AU BORD
DES CENDRES

JEAN-FRANÇOIS BOUYGUES

AU BORD DES CENDRES

LES NOUVEAUX AUTEURS

Le papier de cet ouvrage est composé de fibres naturelles, renouvelables, recyclables et fabriquées à partir de bois provenant de forêts plantées et cultivées durablement pour la fabrication du papier.

ISBN : 978-2-266-20002-8

À mes grands-parents Adrien et Valentine, Henri et Louisa

À Henri et Yvonne « de La Rochelle »

À mes parents

À mes enfants Manuel et Camille.

Il faut vivre pour écrire, et non pas écrire pour vivre.

Jules Renard

PROLOGUE

Je m'appelle Vincent.

Vincent Croizer. J'étais marié.

J'avais un enfant. Un petit garçon de cinq ans.

Il y a des assassins partout dans les villes, et les cimetières ouvrent leurs portes ; des assassins qui s'ignorent et qui, en même temps qu'ils brûlent un feu rouge, brisent la vie d'une famille… Les crimes ne sont pas tous commis avec une arme. Quatre roues, un moteur ont suffi à m'arracher ce que j'avais de plus cher au monde.

Le bonheur n'existe plus pour moi.

J'ai vingt-huit ans et je n'ai déjà plus rien.

Rien, sauf peut-être accomplir l'inéluctable, l'inattendu, l'incompréhensible, l'impossible, l'invraisemblable voyage.

No beast so fierce but knows some touch of pity.
But I know none, and therefore am no beast.

La bête, même la plus féroce, connaît la pitié.
Moi, je ne la connais pas. Aussi ne suis-je pas une bête.

Richard III
William Shakespeare

Novembre 1994

Je croyais que le bonheur n'existait plus pour moi. Il y a un an de ça, j'ai tout perdu. Ma vie s'est arrêtée. J'ai longtemps cru qu'en tirant la porte du cimetière, j'allais pouvoir en même temps tirer un trait sur le passé, oublier mon malheur, et réapprendre à vivre. Au bout du compte, et après six mois de thérapie, j'ai appris lentement, non plus à vivre, mais à survivre. Et voilà que cette survivance, ou plutôt ce voyage intérieur m'a conduit aujourd'hui à préparer un autre voyage des plus inattendus : retrouver la mère de mon père qui est tenue pour morte depuis 1944. Ce retour vers le passé et toutes les investigations qui en résultent sont un défi peu ordinaire. Défi auquel je n'aurais peut-être jamais songé sans le choc du drame de ma vie. Il est bon et rassurant de se dire qu'il est toujours possible finalement de retrouver un sens à sa vie, même après avoir tant perdu.

Lorsque j'étais enfant, je rêvais d'être adulte. Je rêvais d'un autre monde. Un monde qui m'ouvrirait enfin ses bras. Celui dans lequel j'avais grandi fut construit par une mère exécrable qui n'avait su que m'étouffer, me noyer, m'engloutir, sans jamais me laisser le temps de me débattre. Enfant, je rêvais d'amour, de partage. Je rêvais d'une vie simple et saine, dans une vraie famille.

J'avais fini par trouver tout cela. Au sein de ma famille.

Et aujourd'hui, j'ai tout perdu.

Ma véritable famille, celle que j'avais fondée et au sein de laquelle je vivais vraiment heureux, m'a été enlevée il y a un an de ça. L'espace d'une seconde, ma vie s'est arrêtée. De la porte de l'ambulance qui se refermait sur mon fils et ma femme, à celle du cimetière qui s'ouvrait sur mon malheur, il m'a été impossible d'accepter de vivre dans la réalité. Impossible.

Je suis né à Toulon le 10 mai 1966, d'un père orphelin, mécanicien à l'arsenal de Toulon, et d'une mère qui se prostituait. Le foyer où j'ai grandi n'a jamais été qu'un cercle déprimant sur lequel ma mère régna d'une main de fer. Son cœur était de pierre ; l'amour n'y avait pas sa place ; pas même la plus petite attention. Je ne parle pas des petites tartines que mes camarades croquaient pour leur quatre-heures à la sortie de l'école, avec sur le front un baiser de leur maman adorée. Pour moi, rien de tout cela ; à peine un regard oblique, des ongles pointus qui venaient se planter dans la chair de ma nuque, et la voix acide de ma mère qui disait « Allez, avance donc ! ». Une fois que nous étions rendus à la maison, venait alors l'apothéose : des gifles, des cris, des coups de martinet sur les cuisses, des touffes de cheveux arrachées par poignées, et je vous épargne les sempiternels « Bordel de Dieu, je vais le crever ce gosse ! ». Cependant, au-delà des douleurs physiques dont on se passerait toutefois volontiers, convenez-en, j'ai toujours gardé en moi, et en toile de fond de cet acharnement maternel, le souvenir du silence obstiné et constamment résigné de mon père. Si seulement il avait pris ma défense contre ma mère ne serait-ce qu'une fois dans sa vie, il m'aurait donné le sentiment d'exister. Mais il n'a jamais rien fait, jamais rien dit. Démissionnaire sur toute la ligne. Le néant total. L'échec cuisant. Je me demande encore souvent comment il a pu la laisser me faire du mal, sans rien dire. Parfois j'en viens à souhaiter qu'il comprenne un jour sa faute, son manquement, et toute l'amertume que j'ai pu ressentir face à un tel abandon de sa part. Et puis, en y réfléchissant bien, empêtré comme il l'était dans une « inexistence » désolante, mon père a tellement tout raté dans sa vie qu'il m'est difficile aujourd'hui de lui en tenir vraiment rancœur.

Ainsi, telles furent mon enfance et mon adolescence. Telle fut également ma famille, et vous constatez ô combien elle n'en fut pas une.

Puis, les années passant, le temps a fini par déposer son voile obscur, et du soleil est entré dans mon petit univers. Aujourd'hui, le petit enfant malheureux n'existe plus, j'ai rangé mon cartable, mes petits tabliers d'écolier dépérissent dans un coin de la cave. En grandissant, j'ai appris à me défendre. Je suis devenu un homme… Et puis un père… Mais hélas, en vain. Tout recommence toujours.

Depuis le début de l'après-midi, il ne cesse de pleuvoir sur le port de Toulon où Lisa et moi nous nous promenons main dans la main. Ma sœur, qui aura vingt-deux ans au mois de décembre, est étudiante en droit. Elle rêve de devenir avocate, et je suis persuadé qu'elle y parviendra car depuis maintenant deux ans, elle est intimement liée à l'un de ses professeurs. Leur complicité et le travail qu'ils effectuent ensemble me confortent dans l'idée qu'elle peut réussir. J'ai rencontré son professeur à plusieurs reprises, et je dois dire que c'est vraiment quelqu'un de bien. Cela dit, il a dix-sept ans de plus que ma sœur, et papa est très déçu que sa fille ne fréquente pas un gentil petit étudiant de son âge.

Errant le long des quais et serrés l'un contre l'autre sous un parapluie bleu et jaune, je m'entretiens avec ma sœur au sujet de papa et sa famille dont il ne parle jamais. Jusqu'à la semaine dernière, nous ne savions rien de ses parents. Papa nous avait toujours dit qu'ils étaient morts depuis des années. Et comme il n'avait également jamais voulu donner la moindre information à leur sujet, nous ignorions totalement qui ils étaient et s'ils étaient réellement morts. Et puis est arrivé ce jour du mois dernier où Lisa m'a raconté que quelqu'un avait appelé à la maison en disant que notre grand-mère serait vivante, quelque part… Inutile de vous préciser que j'ai longuement interrogé ma sœur à propos de ce mystérieux appel téléphonique ; mais elle n'a rien pu me dire de plus. Les jours suivants, j'ai plusieurs fois tenté de l'aborder, mais à sa manière de s'esquiver j'en ai déduit qu'elle ne souhaitait plus en parler. Tout cela m'a paru suspect, et j'ai supposé que la mère devait lui avoir fait quelques confidences. Troublé par cette affaire, je n'ai point tardé à avoir une conversation avec mon père, sans toutefois guère d'espoir. Comme prévu, avant de se replonger dans son silence et son mutisme habituels, il a déclaré tout bonnement ignorer totalement l'existence de ces coups de téléphone.

Ce qui est incroyable, en dehors du fait que mon père, à ma connaissance, n'ait jamais entrepris de recherches, c'est son silence ininterrompu sur tout ce qui concerne son passé, ses parents, sa famille. Pour ma part, je n'ai jamais compris ni admis ce silence forcé. J'aurais aimé, au contraire, qu'il nous parle d'eux. Aujourd'hui, je me dis qu'il les regrette certainement, et qu'il a souffert toute sa vie de leur absence. Il en souffre encore, naturellement. Qui n'en souffrirait pas ? Je comprends très bien, mais en même temps je ne cesse de me demander : pourquoi un tel silence ? Quel mystère cache ce passé dont personne ne parle ?

Certes, Lisa a beau m'affirmer qu'elle essaie, depuis cet appel mystérieux, d'inciter la mère à faire quelques révélations ; mais je ne la crois guère. Elle pense trop à la mère. Trop pour l'importuner avec des questions. Elle est inquiète à son sujet. Tout à l'heure, elle attendait que je daigne prendre de ses nouvelles. Un petit élan du cœur que je n'ai pas eu. Et j'ai à nouveau senti que mon attitude l'attristait, et même la décevait. Je le regrette bien, mais à chacun son cœur. Même dans ces moments difficiles de la maladie, il m'est impossible d'avoir la moindre pensée pour cette femme allongée sur son lit d'hôpital, sous des draps blancs et froids rejetés sur son corps brûlant. Et ce n'est pas la compassion de Lisa qui me la décrit sans cesse amaigrie et usée par la maladie, qui pourra y changer quoi que ce soit. Je ne doute pas qu'il soit atroce pour ma sœur de voir sa mère ainsi ; mais en dépit de tout, du teint pâle, des yeux absents, des piqûres de morphine, de la souffrance contenue en silence, des effets terribles de la chimiothérapie, du souffle haché par la douleur l'autorisant à peine à bouger les lèvres pour exprimer son désir de mourir, je m'obstine à ignorer cette femme que je n'ai plus revue depuis qu'un après-midi de septembre elle a quitté d'urgence la maison en ambulance.

Lisa m'a une fois de plus demandé de venir lui rendre une visite à l'hôpital : « Tu devrais venir la voir… Ça lui ferait plaisir… » a-t-elle ajouté toujours d'une petite voix suppliante. Elle ne cesse de me harceler avec ça depuis des semaines, et j'ai évidemment refusé comme d'habitude. Elle a beau me prier de ne pas commettre l'irréparable, je persiste à camper sur ma position.

Dignement. Et peut-être aussi bêtement. Mais pardonner, je ne peux pas.

Cette femme n'existe plus pour moi ; je ne puis admettre d'être ému par ce qui lui arrive. Je l'ai effacée de ma mémoire et ne veux plus jamais la revoir.

Voilà maintenant presque une heure que je suis rentré à la maison. Je suis seul. Lisa est allée à l'hôpital rendre une visite à la mère. Et mon père s'est rendu au stade Mayol voir le match de rugby du RCT[1].

Je vis chez mes parents, dans un appartement d'une des tours de La Beaucaire. C'est dans cette cité miteuse des quartiers de Toulon-Ouest que papa a acheté dans les années soixante-dix un appartement situé au neuvième étage. Depuis mon arrivée, j'ai usé l'essentiel de mon temps à fouiller toute la maison, sans succès. Impossible de mettre la main sur notre livret de famille ! Je l'ai pourtant vu pendant des années rangé dans le meuble secrétaire qui se trouve dans la salle à manger. Jamais je n'avais pensé l'ouvrir, car effectivement, le besoin de le feuilleter ne s'était jusqu'alors

1. Racing Club de Toulon, club de rugby de la cité varoise.

jamais fait sentir. Et aujourd'hui qu'il me le fallait pour jeter un œil sur l'extrait de l'acte de mariage de mes parents, pas moyen de mettre la main dessus !

Quand Lisa rentrera, je lui demanderai si elle sait ce qu'il est devenu. Et puis qu'elle essaie aussi d'en savoir plus avec la mère ; aussi malade soit-elle, il est probable qu'elle sache beaucoup de choses !

J'en suis à peu près là de mes pensées lorsque la sonnerie du téléphone se met à retentir dans tout l'appartement. Je replace rapidement dans le secrétaire les affaires que j'ai bousculées, et je cours répondre.

Je décroche, et à ce moment-là, ma voix se fige tout à coup.

Impossible de parler.

Lisa est au bout du fil. Elle sanglote.

Elle est effondrée comme si elle venait de perdre père et mère.

Elle n'a encore rien dit et pourtant j'ai déjà tout compris.

C'est curieux, j'ai tout à coup comme une impression de déjà-vu. Oui, cette seconde-là, je la connais, comme si je l'avais déjà vécue.

« Maman est en train de mourir. Viens avec nous. » Elle n'a dit que ça, puis elle a raccroché.

Elle n'a pas eu besoin d'attendre que je réponde ; elle savait, Dieu sait comment, que je viendrais.

Et j'y suis allé.

*

* *

Ma maman est morte ce matin.

Lundi. À 7 heures du matin.

Ce n'est pas juste. Le jour allait se lever. Je ne pourrai jamais oublier ce lundi 21 novembre 1994…

Mon frère Vincent était dans le couloir. Il n'a pas assisté à son décès. Il a attendu que la toilette mortuaire soit terminée pour entrer. Papa était assis au fond de la chambre, depuis de longues heures, la tête baissée. Il s'est levé juste à la fin.

Dans les minutes qui ont aussitôt suivi son décès, des quantités incroyables de souvenirs, que seule la perte d'un être cher fait rejaillir, se sont bousculées dans ma tête. J'aurais voulu réveiller maman pour les lui raconter, parler encore un peu avec elle, la garder en vie près de moi le plus longtemps possible. Oui, qu'elle continue à vivre, malgré ses souffrances…

Vincent ne sera pas là pour l'enterrement. Il m'a dit que de toute façon il avait déjà décidé de partir avant que… Avant que cela arrive. Mais je n'en suis pas si sûre ; la vérité c'est qu'il veut s'échapper. Depuis le drame qui a coûté la vie à Juliette et Thomas, il ne supporte plus les cimetières. Je sais que ça le rassure de ne pas être avec nous, et j'accepte sa décision. Maintenant qu'il a repris le dessus et effacé de sa vie cette douloureuse période, ce n'est pas pour replonger. Je le conçois très bien. Cependant, je ne peux m'empêcher de penser que c'est le décès de maman, bien plus que ses démons passés, qu'il refuse d'affronter.

Et après tout, il a raison, car, à y regarder de plus près, ce serait terrible pour lui s'il venait à s'effondrer de remords devant son cercueil. De toute façon à quoi bon ? Il est trop tard désormais. Et si je le pouvais, je prierais volontiers afin qu'il ne sache jamais combien il s'est trompé en choisissant de l'ignorer si farouchement.

Son départ est prévu pour demain. Il se rend dans le Limousin, dans le petit village où notre père est né. Il aurait subitement décidé ces derniers jours de se lancer dans des recherches pour retrouver notre grand-mère. Je persiste à penser que c'est le décès de maman qui a précipité sa décision. Mais soit. J'en suis heureuse pour lui. Cela va l'occuper quelque temps, et qui sait ce qu'il va découvrir ? J'aurais évidemment souhaité l'accompagner, mais je ne peux me permettre de laisser de côté mes études.

Il est curieux que dans la famille tout le monde parte tout à coup ; et je crains que papa ne se retrouve bien seul, car je le quitte également. Dimitri veut que j'aille vivre avec lui. C'est mon professeur de faculté. Il y aura bientôt deux ans que nous nous connaissons. Et puis même si je quitte la maison, je ne serai pas loin ; je vais habiter à un kilomètre à peine de chez nous, un quartier qui s'appelle le Pont du Las. Non, je n'abandonne pas mon père. Loin de là. Avec tout ce qu'il a fait pour moi.

Moi qui ne suis même pas sa fille.

Il y a environ un mois, maman, sur son lit d'hôpital, m'a dit en confession que papa n'était pas mon père. Elle me l'a dit exactement en ces termes, de but en blanc. « Il y a des années, il m'a fait promettre de ne jamais te le dire, mais aujourd'hui, je ne peux plus mentir… » Sa maladie lui avait ouvert le cœur. C'est terrible l'idée qu'il faille accepter que ce n'est qu'à l'approche de la mort que ma mère s'est révélée pleinement, telle qu'elle était au plus profond d'elle-même. J'ai découvert une femme complètement épanouie, rayonnante, généreuse, et émouvante comme jamais !

Je l'ai dit à Vincent, pour qu'il vienne la voir. Maintes fois j'ai essayé de lui faire entendre raison. Il a toujours refusé. « C'est poignant ce qu'elle a changé, tu verras », je lui disais ; et comme toujours il faisait l'indifférent en haussant les épaules. Il n'est jamais venu.

Mardi 22 novembre 1994

Sous un soleil radieux, le TGV entre en gare avec un peu de retard. Il ne nous reste que quelques minutes encore à partager… Avant la séparation… La première de notre vie. Vincent me tient la main. Je devine qu'il serre les dents parce que l'émotion le submerge et que des larmes pourraient couler. Moi je pleure depuis le matin, pour un oui ou pour un non. Je lui donne son petit casse-croûte que je lui ai acheté au buffet de la gare, et il me demande de l'excuser auprès de papa, de n'être pas présent à l'enterrement qui aura lieu demain matin.

— T'inquiète pas pour papa, il comprendra, chuchoté-je en jouant avec mon mouchoir.

La voix du speaker annonçant le départ imminent du train, Vincent me donne alors sur la joue un petit baiser timide et mouillé. Puis, accomplissant la dernière volonté de maman, j'ouvre rapidement mon sac et je lui tends un petit paquet grossièrement plié dans du papier bleu.

— Qu'est-ce que c'est ? me demande-t-il avec surprise.

— C'est pour toi. Mais tu ne dois pas l'ouvrir avant que le train soit parti.

— C'est un cadeau ?

— Tu verras…

Puis, il m'embrasse à nouveau, et monte dans son wagon. Les portes se ferment dans un bruit de soufflerie d'aspirateur géant, et je viens me placer tristement devant sa vitre. Une fois assis, il me dit « À bientôt » du bout des lèvres ; et le train s'élance lentement…

LA DAME FECCETTI

Est-ce d'avoir trop ri que leur voix se lézarde quand ils parlent d'hier ?
Et d'avoir trop pleuré que des larmes encore leur perlent aux paupières ?

Les Vieux
Jacques Brel

Mars 1995

Presque quatre mois de recherches. Après quatre mois de recherches, je touche enfin au but. Je savais dès le départ que les origines de mon père se situaient dans la région du Limousin, et plus précisément dans le département de la Haute-Vienne. C'est là-bas que je me suis tout d'abord rendu, dans le village où vivaient mes grands-parents et où mon père est né. Cependant, les profondes blessures dont ce village a été victime par le passé ne m'ont pas permis de progresser dans mes investigations ; des réticences à remuer le passé ont été maintes fois avancées par les habitants, ce que d'ailleurs je comprends fort bien. Ainsi, personne n'ayant pu me renseigner d'une façon satisfaisante, j'ai momentanément écarté la piste du Limousin pour me tourner vers celle du Quercy.

Cette piste quercynoise m'a été offerte d'une façon inattendue, quatre mois plus tôt en gare de Toulon. Au moment de partir, Lisa m'a donné un paquet de la grosseur d'une boîte à sucre, plié dans du vieux papier, en me recommandant de ne l'ouvrir qu'une fois le train parti. Ce que j'ai fait. Elle ne m'avait pas dit ce que c'était. Elle a eu raison ; parce que si j'avais su que ce paquet était de ma mère, je l'aurais bêtement jeté, sans l'ouvrir.

Dans ce paquet, il y avait, outre une lettre de ma mère, notre livret de famille que j'avais tant cherché, ainsi que, bonheur suprême, tout un tas de vieux papiers appartenant à mon père et à mes grands-parents : un extrait d'acte de naissance, des papiers d'identité de mon grand-père Adrien, le livret de famille de mes grands-parents, des lettres, des cartes postales et des vieilles photos, et pour finir, un extrait d'acte de décès établi dans la petite ville de Gourdon en Quercy.

Dans sa lettre, pourtant écrite au seuil de la mort, ma mère ne faisait aucune allusion à sa maladie, ne parlant seulement que de mon père et de son passé. Enfin, ce qu'elle connaissait de son passé. Des détails. C'était très touchant et je n'aurais jamais pensé que cela puisse un jour s'avérer déterminant. En fait, je me rends compte que j'ai eu tort de n'avoir pas voulu revoir ma mère à la fin de sa vie. Ce fut là son plus beau passage, le meilleur de sa vie, et je l'ai manqué. Je l'ai dénigré. J'ai, cela va sans dire, affreusement honte de moi, mais ce que je regrette surtout c'est qu'il soit trop tard. Je voudrais tant pouvoir tout effacer et recommencer, mais ça… c'est une autre histoire.

C'est au fil de mes recherches que j'ai découvert que cette vieille boîte contenait en fait un indice capital. Et quand je pense qu'il fut un temps où j'aurais jeté cette boîte sans même l'ouvrir, j'en viens à me maudire ! Mon Dieu fallait-il que je sois tordu plus que nécessaire ! Je m'étais lancé dans cette aventure sans aucune espèce de réflexion ; je m'étais décidé à retrouver la famille de mon père, rechercher des traces, retourner le passé, traverser le temps et pourquoi pas renverser la Terre, que sais-je encore… ! Rien de tout cela, mais la lettre de ma mère. Seule cette lettre m'a permis d'arriver au point où j'en suis aujourd'hui. La voici. Je ne l'ai pas détruite. Je la porte sans cesse sur moi. Tenez, je la déplie pour vous et je la relis encore une fois.

Mon cher fils

Ta sœur… m'a dit dernièrement que tu désirais rechercher la trace des parents de ton père. Elle a senti en toi comme un besoin impérieux de retrouver tes origines, et je ne doute pas que cela soit vrai. Si quelqu'un doit le faire, qui d'autre que toi ? Un jour, c'est vrai, sur mon lit d'hôpital, je m'étais confiée à ta sœur à propos de la possible existence de votre grand-mère. Mais j'ai compris très vite qu'elle te racontait toutes nos petites conversations, et de ce jour-là j'ai décidé de ne plus rien dire : je voulais te réserver la primeur de ces révélations, et surtout, je voulais qu'elles te soient faites après ma mort. Aussi, j'ai fait jurer à ta sœur de ne te donner ce paquet qu'une fois que je serai partie ; car je sais que je vais bientôt mourir, et en mourant, j'espère un peu me racheter de mes fautes. Et je sais aussi, à cause de ton orgueil et de ta colère envers moi, que tant que je serai vivante tu ne voudras pas de mon aide. La vieille boîte en fer, que tu trouveras dans le paquet que t'a remis Lisa, date de l'époque de la dernière guerre. Ton père l'avait avec lui ce jour d'août 1960 où je l'ai rencontré, errant dans les rues de Toulouse. Outre un maigre baluchon, il n'avait pas d'autres bagages que cette boîte en fer qu'il tenait contre sa poitrine. À l'intérieur, tu y découvriras son extrait d'acte de naissance, ainsi que quelques papiers personnels de ton grand-père ; par contre, il manque ceux de ta grand-mère, mais leur livret de famille devrait t'aider à orienter tes recherches. Pour ce qui est des confidences, ton père ne m'en a guère fait en trente-cinq ans de vie commune. Ce que j'en ai compris, c'est que sa mère, Valentine, donc ta grand-mère, a disparu vers la fin de la guerre, sans laisser la moindre trace. Comme ton père n'avait que six ans à cette époque-là, il a été recueilli par un vieil abbé qui l'a élevé quelque temps, avant d'être ensuite placé dans une famille qui habitait un village du Lot autour de Gourdon dont le nom, que j'ai oublié, finit en « ac ». Essaye toujours de demander à ton père, mais je doute que tu parviennes à tirer un seul mot de lui. La seule chose lui venant de son enfance qu'il m'ait dite un jour remonte à l'époque où nous étions tout juste jeunes mariés, il y a plus de trente ans : il m'a alors avoué que le seul souvenir qu'il avait de sa mère, c'était qu'elle ne l'appelait pas Paul, mais Paulino. Tu vois, il n'y a pas de quoi en tirer un roman, mais tu connais ton père. Maintenant voilà la vraie histoire de ce qui s'est passé au printemps 1969 : ta sœur n'était pas encore née, et toi tu venais d'avoir trois ans ; un matin, une lettre est arrivée à la maison ; c'était une dame qui écrivait, elle était à la recherche de Paul Croizer. Elle se présentait comme une amie de Valentine Croizer, et demandait si ton père était bien le fils de Valentine. Elle disait même être prête à se déplacer jusqu'à Toulon pour le rencontrer s'il le désirait. Moi, à l'époque, je te le dis comme je le pense, je ne me suis guère sentie concernée, quant à ton père, c'est bien simple, il n'a même pas répondu à la lettre ; tant et si bien que l'épisode fut remisé aux oubliettes pendant toutes ces années. Mais voilà, lorsque Lisa m'a appris le mois dernier qu'une vieille dame avait téléphoné à la maison en disant que Valentine n'était pas morte, j'ai été troublée. J'ai alors demandé à Lisa qui avait pris la communication, et comme c'était elle, ça m'a rassurée, car ton père aurait encore fait avorter toute tentative. Pourquoi n'a-t-il jamais répondu à la lettre de cette femme, ou même essayé de la rencontrer ? Je suis bien incapable de vous répondre, et je doute qu'il le sache lui-même. Non, ce qui est important aujourd'hui, Vincent, c'est que nous tenons une piste, ne la lâche pas, va jusqu'au bout. De nous quatre, tu es le seul à pouvoir faire ce voyage dans le passé. Fais-le, sans t'occuper de nous, et surtout pas de moi. Moi je vais partir pour mon voyage sans retour, pour une fois que j'en gagne un de voyage, c'est pas pour le laisser à quelqu'un d'autre. Et puis, ne l'ai-je pas mérité après tout ? Voilà, que pourrais-je te dire d'autre ? Je ne vois pas. Tu sais tout, alors je te dis bonne chance, et adieu, mon fils. Je ne te demande pas de me pardonner, car impardonnable je le suis à jamais, mais je te demande de vivre. Surtout, vivre.

Je ne peux plus lire cette lettre sans faire un effort pour ne pas pleurer comme un gosse. Et je me sens tellement coupable que j'aimerais dire une prière à chaque fois ; une prière pour ma mère et une autre pour moi. Je l'ai toujours cette lettre. Elle ne me quitte pas. Elle ne me quitte plus. Depuis quatre mois.

J'ai retrouvé la trace d'une vieille femme. Elle s'appelle Pauline Feccetti, et vit depuis quarante ans dans un établissement psychiatrique de la région bordelaise. Si ce que je crois se vérifie, cette Pauline Feccetti admise aux Vieux Cèdres le matin du 5 août 1952 après un séjour de huit années dans un hôpital charentais, cette vieille femme est la mère de mon père. Il suffit pour cela que Valentine Croizer ou Mory (Mory étant le nom de jeune fille de ma grand-mère) et cette Pauline Feccetti ne soient en réalité qu'une seule et même personne.

Il y a certes beaucoup de mystères dans cette histoire ; mais le plus petit détail a eu son importance. Notamment cette vieille carte postale adressée dans le Limousin à la famille Mory – en l'occurrence les parents de ma grand-mère Valentine – et qui se trouvait dans la vieille boîte en fer, parmi les autres lettres. Cette carte postale qui provenait d'Italie, et qui était signée Alberto Feccetti, s'est avérée tout à fait *capitale*. Une nuit de la semaine dernière, alors que je cherchais le sommeil, en vain, dans ma chambre d'hôtel, un détail troublant a rejailli du fond de ma mémoire : *Feccetti !* Il y avait déjà plus de quatre mois que j'avais lu les quelques lignes griffonnées sur cette carte postale, mais cette nuit-là – pourquoi pas avant ? je ne le saurai jamais –, mais cette nuit-là ce nom de Feccetti a subitement éclaté dans mon esprit. Sans parvenir à me rappeler où, j'étais cependant persuadé d'avoir récemment déjà rencontré ce nom quelque part, probablement dans les interminables listes de patients que j'avais consultées dans les établissements visités ces derniers mois. Je compris tout à coup que j'avais passé des mois et des mois à rechercher une Valentine Croizer ou Mory, alors que c'était une Valentine Feccetti qui existait probablement. Aussi, le matin même aux premières heures, je décidai de rappeler tous ces établissements. Et après des heures passées au téléphone, ce n'est pas une Valentine mais une Pauline Feccetti que j'ai tout compte fait trouvée ici, aux Vieux Cèdres, il y a tout juste trois jours. Même si des choses m'échappent encore, les pièces du puzzle s'assemblent peu à peu…

Dans maintenant cinq minutes, j'aurai franchi la grille d'entrée des Vieux Cèdres. Dans dix, je serai dans le bureau du docteur Annie Bataille qui s'occupe de Pauline Feccetti, et quelques secondes suffiront pour anéantir ou pour récompenser le travail de quatre-vingt-quatre jours de recherches. Maintenant aussi je voudrais prier, mais je ne sais pas. C'est décidément une chose qui me manque.

L'établissement Les Vieux Cèdres, perdu en rase campagne au bout d'une longue route plantée de grands cèdres, est composé de trois bâtiments : un bâtiment principal, récemment rénové, sorte de manoir datant du siècle dernier et appartenant de toute évidence à la bourgeoisie bordelaise, et deux bâtiments annexes d'architecture plus récente. À l'intérieur du mur d'enceinte, se trouvent un vaste jardin, des allées serpentant au milieu des massifs de fleurs, une fontaine, des arbres de toutes espèces, une aire de stationnement, et pour finir, devant l'entrée, un portail en fer forgé qui en impose. Voilà. L'endroit est très calme, et l'isolement parfait. Cet établissement qui compte parmi les cinquante-huit que j'ai déjà visités au cours de ces deux derniers mois, a somme toute comme les autres l'aspect de sa fonction.

Ayant facilement retrouvé ma route, je laisse mon véhicule de location sur le parking réservé aux visiteurs. Puis je me dirige sereinement vers l'entrée principale, sous un soleil chatoyant qui entre deux giboulées parvient à fendre les nuages et illuminer toute la campagne.

Je me présente à l'accueil. J'explique que j'ai téléphoné il y a trois jours à propos d'une certaine Pauline Feccetti que je recherche, qui est une parente, enfin peut-être, et que j'ai rendez-vous à 15 heures avec le docteur Annie Bataille. La charmante hôtesse qui officie, vérifie aussitôt ses registres en pianotant le clavier de son terminal. Puis elle se tourne vers moi.

— C'est exact, me dit-elle. Le service du docteur Bataille se trouve au deuxième étage, bâtiment B.

Guidé par une aimable infirmière qui m'a retrouvé perdu dans le dédale de couloirs du deuxième étage, je parviens enfin devant une porte où figure l'inscription suivante : *Docteur Annie Bataille*.

Je remercie l'infirmière avec gratitude, et sans plus attendre je frappe trois coups fermes ; après un court silence, une voix feutrée me demande d'entrer.

Dans la pièce froidement meublée, une femme en blouse blanche se lève en m'observant droit dans les yeux, et me tend poliment sa main que je serre franchement.

— Monsieur Croizer, si je ne me trompe ? dit-elle en me regardant une nouvelle fois dans les yeux.

— Tout à fait, dis-je en souriant, un rien intimidé.

Après qu'elle m'a invité à m'asseoir, je m'installe aussi confortablement que possible, en desserrant le nœud de cravate qui me comprime la gorge. Je ne porte habituellement jamais de cravate ; mais je conçois très bien qu'il faille à l'occasion respecter un minimum d'élégance.

— Alors ? Que me vaut l'honneur de votre visite monsieur Croizer ? me dit-elle en s'asseyant à son tour.

Le docteur Annie Bataille est une grande femme maigre, âgée d'une cinquantaine d'années, rousse et surmontée d'un chignon interminable et compliqué, dotée d'un nez en forme de perchoir, lui-même coiffé d'une épaisse paire de lunettes trahissant une myopie, non pas probable, mais inquiétante. Son visage en lame de couteau, son cou éminent, ses oreilles extensives, ses dents désordonnées, enfin tout chez cette femme donne envie de prendre ses jambes à son cou et de disparaître à jamais ; à moins évidemment d'être fou. Alors qu'elle m'observe entre quatre yeux, les doigts croisés près de sa bouche, j'essaie, tout en remarquant qu'elle ne porte pas d'alliance, de lui répondre le plus normalement du monde.

— Voilà, il y a des années que je suis à la recherche de ma grand-mère… dis-je en commençant par un pieux mensonge, afin de susciter chez mon interlocutrice une précieuse et indispensable sympathie.

— Ah, intéressant, me coupe-t-elle en nettoyant ses lunettes. Intéressant.

— Oui, intéressant, mais difficile…

— J'en conviens… me sourit-elle.

— Enfin, pour en revenir à ma visite, dis-je en l'interrompant à mon tour, il se pourrait qu'une de vos patientes, madame Feccetti, soit ma grand-mère.

Elle replace alors ses lunettes sur le nez, et son regard m'observe soudain avec une expression intéressée.

— Vous savez, commence-t-elle d'une voix affable, je connais parfaitement le dossier de madame Feccetti, et des personnes dans votre cas qui recherchaient une parente, j'en ai reçu, depuis à peu près vingt ans, un certain nombre…

— Ah bon… dis-je avec étonnement.

— Oui. Et je les ai toutes orientées vers cette chère Pauline ; mais sans succès. Et aujourd'hui, c'est vous.

— Alors, selon vous, je fais fausse route… dis-je en masquant difficilement une légère insolence dans la voix.

— Pas du tout monsieur Croizer… me réplique-t-elle avec un large sourire, j'ai simplement voulu dire que votre visite ne saurait me surprendre…

Certes, j'acquiesce alors d'un rapide hochement de tête, mais non sans ressentir, dans le ton de la psychiatre, une légère méfiance vis-à-vis de ma démarche.

— Pourriez-vous me parler de Pauline ? dis-je pour en venir rapidement à l'essentiel.

Elle me dévisage quelques instants, fixant presque mon regard, puis elle me répond :

— Oui, bien sûr. Madame Feccetti est malade depuis 1944. Nous ne savons rien d'elle, ou si peu. Les recherches qui ont été entreprises à l'époque, afin de savoir d'où elle venait et quelle était sa famille, n'ont abouti à rien. Nous savons, pardon, nous pensons devrais-je dire, nous pensons qu'elle se nomme Pauline Feccetti parce que c'est ainsi qu'elle s'est toujours présentée.

— Où l'a-t-on retrouvée ?

— À La Rochelle. Un promeneur a découvert, un soir de septembre 1944, une vagabonde famélique inanimée sous un porche, près du port. Elle était effroyablement amaigrie, et n'avait sur elle aucun papier d'identité. Elle a été immédiatement transportée vers l'hôpital le plus proche. À son réveil, mes confrères de l'époque l'ont questionnée, mais elle a simplement déclaré qu'elle s'appelait Pauline Feccetti. Puis, quelques semaines plus tard, lorsque son état de santé a été satisfaisant, une maison spécialisée des Charentes l'a accueillie. Elle est chez nous depuis maintenant… près de quarante-cinq ans.

— Et depuis ? dis-je terriblement intéressé.

— Depuis ? Plus rien, répond-elle en rangeant son Waterman dans la petite poche de sa blouse blanche.

— Vous n'avez jamais rien pu savoir de ce qui lui était arrivé ?

— Absolument rien, confirme-t-elle en secouant négativement la tête. Il est vrai, l'état de santé physique et morale dans lequel se trouvait Pauline lors de son hospitalisation a conduit les médecins d'alors à privilégier l'hypothèse selon laquelle elle pouvait s'être évadée d'un camp d'internement – hypothèse, à mon avis, aussi probable qu'improbable ! Mais les recherches entreprises en ce sens n'ont rien donné, du moins en ce qui concernait une certaine Pauline Feccetti… Vous savez, vous n'étiez pas né évidemment, mais il faut se replacer dans le contexte de l'époque, et ne pas oublier qu'en cette fin de l'été 1944 la France est plongée dans la terrible et tumultueuse période de la Libération. Dans ces conditions, et en connaissant le traumatisme évident qu'a subi durant cette période notre chère Pauline, on peut… oui… être amené à s'interroger sur une possible participation à ces événements…

— Dans la Résistance ?

— Nul ne le sait. La seule chose que je peux vous affirmer, c'est que les raisons de son traumatisme sont dues, directement ou indirectement, à des faits de guerre…

— Vous pensez qu'elle a pu être torturée ? dis-je avec gravité.

— Je serais tentée de répondre non, d'autant plus que le rapport médical établi en 1944 par mes confrères, ne mentionne aucune trace de sévices corporels. Mais rien n'est sûr. Tout cela s'est passé il y a cinquante ans, et c'est pourquoi je dis que toutes ces hypothèses sont aussi probables qu'improbables ! Ceci étant, il est cependant indiscutable que Pauline Feccetti a basculé dans la psychose à la suite d'un choc émotionnel extrêmement grave et important. Depuis, elle s'est enfermée dans son univers à elle, et personne ne peut y entrer. Elle a sombré, si vous voulez, dans une forme d'inconscience où toute notion du temps lui est inconnue.

— Je vois, dis-je en hochant doucement la tête.

Soudain, j'essaie de penser à cette femme que je ne connais pas encore, en lui inventant un visage, un passé, et un avenir qu'elle n'a pas eu.

— Ainsi, vous recherchez votre grand-mère ? continue la psychiatre en posant sur moi un regard bienveillant.

— Oui, dis-je en reprenant mes esprits.

— Et avez-vous ses papiers ?

J'essaie de masquer mon hésitation, et je réponds « non ».

— Ah… s'étonne-t-elle en replaçant sur son nez ses lunettes avec lesquelles elle jouait. Auriez-vous une photo d'elle alors ?

— Non plus, dis-je aussi normalement que possible.

— Ah… s'étonne-t-elle encore en se redressant dans son fauteuil… Excusez-moi de vous paraître un peu perplexe, mais un détail me chiffonne dans tout ce que vous me dites : si vous n'avez ni papiers, ni photos de votre grand-mère, comment voulez-vous l'identifier ?

— Je ne sais pas encore…

— Ah… Dans ce cas, je crains que vous n'alliez au-devant de sérieuses difficultés, monsieur.

— J'ai tout mon temps, et beaucoup de courage.

— Tant mieux. Vous en aurez besoin, confesse-t-elle avec une pointe d'admiration… Et, il y a longtemps que vous avez commencé ces recherches ?

— Cela fait maintenant quatre mois, depuis novembre dernier.

— Vous ne m'aviez pas dit tout à l'heure que cela faisait des années ? songe-t-elle tout à coup.

— Si, cela fait des années, expliqué-je en tentant de me rattraper… Mais disons, aussi sérieusement que maintenant, il n'y a que quatre mois…

— Je vois, marmonne-t-elle évasivement en poussant, de son index, ses lunettes qui ne cessent de glisser le long de son nez. Et vous pensez que Pauline est la personne que vous recherchez ?

— Oui. Enfin, je l'espère.

— C'est tout le mal que je vous souhaite, monsieur Croizer, sourit-elle spontanément.

— Merci docteur…

— Et… Pourrais-je vous demander comment vous êtes arrivé jusqu'ici, si ce n'est pas trop indiscret ? me dit-elle soudain d'un air intrigué en s'approchant de moi.

Nullement désireux de m'étendre sur ce sujet, je fais une rapide diversion en déclarant que c'est une longue histoire, et je demande à la psychiatre si je peux rendre une visite à Pauline.

— Maintenant ?

— Oui, si vous n'y voyez pas d'inconvénients…

— Non… Pas du tout… Venez, je vais vous conduire, dit-elle en se levant.

Je me lève à mon tour, et nous sortons dans le couloir.

— Vous pensez que je pourrai lui parler ? dis-je doucement alors que nous nous éloignons.

— Lui parler… ? réplique-t-elle sans même me regarder… Voyez-vous, monsieur Croizer, la patiente de la chambre 218 ne parle pas ; sauf pour dire : « Ces salauds nous trouveront pas. »

— Comment ça ? Elle ne parle pas ?

— Non, elle ne parle pas… À toutes les questions qui lui sont posées, elle ne sait pas répondre autre chose que cette phrase : « Ces salauds nous trouveront pas. »

— Je ne comprends pas…

— C'est pourtant simple, en dehors de cette phrase, elle ne fait aucun usage de la parole.

— Ah bon… dis-je atterré.

— Eh oui, monsieur Croizer, c'est pour cela que je vous disais tout à l'heure, en supposant que Pauline soit votre grand-mère, je ne vois pas comment vous allez pouvoir l'identifier.

La somme de mensonges que je venais d'accumuler dans cet entretien finissait par me jouer des tours. Mais j'avais trop hâte de rencontrer enfin Pauline Feccetti, et je n'ai pas pris la peine de m'enliser dans de nouvelles explications.

Lorsque nous arrivons devant la porte 218, une légère appréhension commence à naître en moi à l'idée de rencontrer Pauline. J'ai comme le profond sentiment de jouer, en ce moment, une carte extrêmement importante, tant mes espoirs et mon impatience d'aboutir sont immenses. La psychiatre se retourne soudain vers moi.

— Maintenant que vous savez à quoi vous en tenir, voulez-vous toujours voir Pauline ? me demande-t-elle très docilement.

Rien ni personne ne pourrait m'obliger à reculer si près du but, et j'acquiesce d'un hochement de tête. Elle frappe alors deux coups brefs et nous entrons. En me précédant, elle va jusqu'à la fenêtre donner un peu plus de jour. J'aperçois alors dans un fauteuil une vieille dame qui sommeille. Le docteur Bataille s'approche de Pauline, et, en lui tapotant le dessus de la main pour la réveiller, lui annonce qu'elle a de la visite. La vieille dame ouvre alors les yeux. Il m'est encore difficile de croire qu'elle est peut-être ma grand-mère.

— De la visite pour vous ! répète la psychiatre d'une voix prévenante.

Pauline ne semble pas m'avoir remarqué, et d'une voix lugubre elle annonce lentement : « Ces salauds nous trouveront pas. » Le docteur Bataille, se tournant alors vers moi, ne manque pas de souligner, en silence et d'un mouvement de tête, la parfaite illustration de ce qu'elle m'expliquait tout à l'heure.

— De quelles crapules voulez-vous parler, Pauline ? s'exclame-t-elle pour la faire réagir.

Comme unique réponse, Pauline répète inlassablement sa phrase fétiche.

— Regardez, voici de la visite pour vous ! reprend le docteur Bataille en me désignant du doigt.

Tournant alors la tête vers moi, Pauline me regarde et me sourit en hochant la tête. Je ne sais pas ce que peut bien signifier ce signe… Dans ma poitrine, mon cœur cogne à tout rompre… Et je souhaiterais maintenant que la psychiatre nous laisse seuls. Bien qu'il n'y ait qu'une chance sur un million, voire sur un milliard, pour que cette vieille dame se doute ou comprenne que se tient peut-être devant elle son petit-fils, je voudrais pouvoir tenter cette chance.

— Vous pensez que je peux rester un instant seul avec elle ? demandé-je le plus aimablement possible.

— Oui, bien sûr, répond le docteur en glissant ses mains au fond des poches. Bon, eh bien, je vous laisse. En cas de besoin, vous avez ici une alarme, m'annonce-t-elle en montrant un bouton sur le mur.

— Merci, ça ira, dis-je sans inquiétude.

— Méfiez-vous tout de même, elle en a griffé plus d'un, ajoute-t-elle en se dirigeant vers la sortie. Vous avez le bureau des infirmières, à droite, au bout du couloir.

Je la remercie, et elle se retire.

Dès que la porte se referme sur le docteur Bataille, je m'approche de Pauline. Elle me regarde avec intérêt. Profondément certes, mais d'un regard presque attendri, quoique pourtant… Oui il me semble finalement… Enfin c'est surprenant, ce regard docile qui tout à la fois pèse des tonnes. J'ai comme la sensation qu'il pourrait me briser. J'observe Pauline. Je ne vois rien ; aucun des traits de mon père ; mais je suis troublé. Hélas, je ne sais pas dire si cette vieille dame ressemble de près ou de loin à une des vieilles photos qui se trouvent dans la boîte en fer. Cependant, il est possible qu'il n'y ait aucune photo de Valentine dans cette boîte. De même qu'il est également possible que des photos de Valentine se trouvent effectivement dans cette boîte, et que cette Pauline Feccetti ne soit pas ma grand-mère ! C'est le flou le plus total ; rien ne me donne à penser que je suis sur la bonne piste. Je m'approche lentement. Je ne sais si je dois parler, mais tant pis. L'attente est insoutenable.

— Bonjour Pauline. Je m'appelle Vincent.

Comme je m'y attendais, elle ne dit rien. Elle me regarde, en silence. Elle n'a pas encore dit : « Ces salauds nous trouveront pas. »

— Pauline ? Vous m'entendez ?

Toujours le silence.

J'approche une chaise, et je m'assieds face à elle. Les secondes et les minutes passent dans un silence interminable. Elle ne parlera certes jamais, mais moi je ne peux me résigner à me taire.

— Est-ce que vous connaissez quelqu'un qui s'appelle Valentine Croizer ? dis-je en l'observant attentivement.

Elle a de très grands yeux verts. Elle ne me regarde plus, elle me dévisage, elle m'étudie, elle me désarme et me dérègle l'esprit. Elle a de très grands yeux verts, froids et pénétrants. Ses pupilles se dilatent et se rétractent, se dilatent puis se rétractent à nouveau, je ne les quitte pas des yeux. Ce regard est indescriptible. Je ne sais pas à quoi elle réfléchit, ou si même elle réfléchit. Son visage est figé. Aucune expression ne l'anime, ni gravité, ni gaieté.

Seuls ses yeux.

— Je cherche Valentine Croizer… Ou Valentine Mory…

Une question me brûle évidemment les lèvres depuis que je suis entré dans cette chambre ; et cette question, bien que je sache maintenant qu'elle n'y répondra pas, il m'est inconcevable de la garder pour moi. Elle doit l'entendre. Ne serait-ce que l'entendre... Et elle m'échappe aussitôt :

— Est-ce que c'est vous ?

Le silence est plus que jamais présent et lourd. Seuls ses yeux m'obsèdent comme s'ils pouvaient m'abattre, sans pourtant me vider de tout espoir. Certes, dans l'attente de ce moment unique, j'ai si souvent rêvé qu'elle me reconnaisse et se jette dans mes bras, que ce serait mentir si je vous disais que je ne suis pas déçu. Je comprends tout à coup que ma tâche sera longue et difficile, et qu'il me faudra revenir et poser sans cesse cette question pour qu'un jour enfin elle me réponde par l'affirmative. Aujourd'hui, je ne peux plus rien dire, je n'ai plus rien à dire, et je suis si fatigué de tous ces voyages que je décide de rentrer à l'hôtel pour me détendre et réfléchir.

Je me lève et je vais ranger la chaise où je l'avais prise. Puis, sans me retourner, je sors de la chambre. Soudain, alors que je n'ai pas fait deux pas dans le couloir, un choc suivi d'un éclat de verre ébranle la porte que je viens de fermer. Je reviens alors sur mes pas, et tournant légèrement la poignée, je me décide à passer prudemment la tête à l'intérieur. Par terre, un verre se trouve en mille morceaux.

— Entrez monsieur, me dit Pauline d'une voix fluette et inattendue.

En une fraction de seconde, me voilà complètement abasourdi. Quelque chose d'extraordinaire vient de se produire : Pauline Feccetti, la patiente de la chambre 218 vient de parler. Aussi, c'est avec toute obéissance que je referme délicatement derrière moi.

— Restez près de la porte, me dit-elle comme pour garder une distance entre nous. Et que personne n'entre.

J'obéis sans poser de questions.

— Qui êtes-vous ? me demande-t-elle avec dans sa voix une pointe de méfiance.

Je lui réponds que je m'appelle Vincent Croizer, et son visage soupçonneux pâlit tout à coup.

— Je suis à la recherche de Valentine Croizer, dis-je dans la foulée.

Son regard change et devient… Comment dire ? Plus docile à mesure qu'elle m'examine.

— Que lui voulez-vous ?

— C'est ma grand-mère, je voudrais la retrouver.

Elle ne dit rien, mais elle ne cesse de m'observer. Attentivement. Profondément. Dans ses yeux inquiets, je vois maintenant que c'est elle. Elle ne veut pas me le dire, mais je suis sûr que c'est elle, sinon elle m'aurait laissé partir.

— Je suis persuadé que c'est vous, dis-je en espérant la déstabiliser.

Elle se borne à répondre que je me trompe, qu'elle s'appelle Pauline Feccetti. J'insiste encore une fois, mais elle coupe net la discussion :

— Je ne suis pas cette personne ! dit-elle durement. Vous entendez ? Je ne suis pas cette personne !

Les yeux voilés de larmes, elle fixe le vide, devant elle.

— Si vous n'êtes pas Valentine Croizer, pourquoi ne m'avoir pas laissé partir ?

— Sortez maintenant… S'il vous plaît, sortez, soupire-t-elle à bout de force.

« Je ne peux pas me tromper », me dis-je intérieurement, à l'instant où quelqu'un dans mon dos tente vigoureusement d'ouvrir.

Libérant la poignée que je maintenais bloquée, la porte s'ouvre d'un coup et le docteur Bataille fait son entrée.

— Ah vous êtes là ? Je n'arrivais pas à ouvrir…

— Oui, moi aussi… dis-je machinalement.

— Alors ? Comment cela se passe-t-il ? demande-t-elle en entrant dans la chambre.

Je n'ai pas le temps de répondre qu'elle remarque les bris de verre qui jonchent le sol.

— Mais ? Que s'est-il passé ici ? s'écrie-t-elle en se tournant vers moi. Tout va bien monsieur Croizer ?

— Oui oui, ce n'est rien, c'est de ma faute, inventé-je aussitôt en commençant à rassembler du pied les morceaux.

— Laissez cela, vous allez vous couper. Je vais faire appeler quelqu'un pour nettoyer… Alors Pauline ? Vous êtes contente d'avoir de la visite ? s'exclame la psychiatre en s'approchant d'elle.

Imperturbable, les yeux rivés dans le vide, d'où ne coule plus une seule larme, les mains sèches et jointes, Pauline lui répond : « Ces salauds nous trouveront pas. »

L'ARMOIRE

Comment s'y prend-on pour vous détourner de cette façon ?
D'où vient une pareille férocité ?
Je voudrais bien être chez moi, bien fermer la porte.
Je ne sais pas si je pourrai réaliser ce rêve,
être chez moi...

Camille CLAUDEL en exil.

Pour la première fois depuis... depuis... Oh, de longues semaines, de très longues semaines... Je suis heureuse. Oui. Enfin heureuse.

Quand Vincent est entré pour la première fois dans ma maison, j'ai d'abord cru qu'il faisait lui aussi partie des salauds, et qu'il venait nous faire du mal. Je me suis méfiée. Et puis très rapidement j'ai compris à son regard que je pouvais avoir confiance en lui.

C'est que j'ai dû prendre mes précautions pour qu'on ne me retrouve jamais, alors je me méfie de tout le monde ! Et les salauds ne nous retrouveront pas, ni moi, ni mon enfant… Ils ne pourront rien nous faire. Nous nous sommes trop bien cachés. Un jour, je montrerai à Vincent qu'il est là, mon enfant, dans l'armoire… En sécurité. Mais c'est encore un secret…

Je m'approche de la porte de l'armoire, je colle mon oreille, et j'écoute… Le silence… De mon enfant qui dort… Dans la paix…

Ah mon enfant, sais-tu que nous allons bientôt sortir d'ici ? Vincent est revenu, et je suis sûre qu'il va nous ramener à la maison. Si tu veux, je lui demanderai de venir nous voir tous les jours. C'est un garçon tellement adorable. Nous n'avons rien à craindre, il ne fait pas partie des méchants. Il est ici pour nous aider, je l'ai vu dans ses yeux. C'est le ciel qui nous l'a envoyé. Il m'a dit que son papa s'appelait Paul. Je n'aime pas quand il me parle de son papa ; parce qu'il veut me faire croire que son papa c'est toi. Mais je lui ai dit qu'il se trompait. Rassure-toi, il se trompe. Il ne te trouvera pas. Ce n'est pas possible. J'ai la clé de l'armoire sur moi, accrochée à mon cou, personne ne me la prendra !

Combien de fois ai-je contemplé Vincent en me disant que je connaissais ce visage ? Mes yeux ne peuvent jamais se détacher de lui. Je le regarde avec mes yeux de femme, et je le trouve magnifique. Je le connais bien, mais je ne parviens pas à mettre un nom dessus, comme s'il s'était passé quelque chose. Mais impossible de dire quoi.

Mes yeux sont plongés dans le noir et je serre la clé de mon armoire contre mon cœur. J'ai toujours peur que quelqu'un vienne me l'arracher pour nous faire du mal. Je comprends très bien ce qui se passe. Les salauds peuvent revenir à tout moment. Il y en a un peu partout ici, je les connais bien. Surtout la folle, la vieille folle avec la blouse blanche, le gros chignon et les grosses lunettes ; elle, je la connais bien. Elle ne m'aura pas. Personne ne me trouvera.

Maintenant, laissez-moi dormir, j'achèverai demain de nettoyer les taches noires de cendres qui sont restées collées à la vitre. Ils croient peut-être que je vais leur dire ce que j'ai vu, ils se trompent. Je ne suis pas aussi folle que ce qu'ils veulent bien le dire. Personne ne me touchera jamais, ni moi ni mon bébé. Laissez-moi tranquille. Il y a des semaines qu'on m'embête avec toutes ces questions. Inutile de me faire parler, je vous ai vu vous approcher ! Vous voulez encore ma peau, mais vous ne l'aurez pas ! Qu'on me touche et j'éclate d'un coup toutes ces vitres, vous entendez ! Méfiez-vous, j'ai des bouts de verre dans la main, je peux tuer ! Je peux tuer ! Salauds ! Lâchez-moi !

Derrière la vitre, le bruit est tout à coup parti. Tout le monde est parti. Mais je tiendrai bien, encore, quelques jours de plus, et même quelques semaines. Personne ne pourra nous trouver… Et quand tout sera fini, mon amour viendra nous chercher…

Mais laissez-moi dormir, je vous en prie ! Lâchez-moi ! Vous entendez ! Laissez-moi tranquille !

*

* *

Il y a maintenant une semaine que je viens voir Pauline, tous les jours, l'après-midi, de 2 heures à 5 heures. Nous nous entendons bien, et il est clair que mes visites lui font énormément plaisir.

Cependant, les infirmières me disent qu'elle fait souvent, depuis des années, des cauchemars effroyables ; comme cela s'est passé encore la nuit dernière. Elles ont dû se mettre à deux pour la réveiller et la calmer. Par ailleurs, j'ai moi-même constaté ce que la psychiatre m'a tant bien que mal expliqué : Pauline n'a effectivement aucune notion du temps écoulé. Elle ne réalise pas qu'elle a passé, pratiquement, quarante-cinq années dans cette chambre.

En revanche, lorsque je suis seul avec elle, elle semble toutefois posséder toutes ses facultés mentales, à ce détail près et effectivement pas le moindre : elle s'est enfermée dans son univers à elle, pour ne peut-être jamais en sortir, comme le dit si bien la psychiatre. Jusqu'à présent, Pauline m'a seulement parlé vaguement de sa mère ; des bribes de souvenirs qu'elle raconte en passant le plus clair de son temps à rire doucement. Rien de très précis. À mon avis, s'il y a quelque chose d'intéressant à découvrir, c'est dans l'armoire que cela se trouve, car elle en garde précieusement la clé attachée à son cou. Et les infirmières m'ont recommandé d'être vigilant : je ne dois même pas m'en approcher, faute de quoi elle se met à hurler comme si on l'étranglait.

— Mais, que pensez-vous que contient cette armoire ? ai-je un jour demandé aux infirmières, alors que nous parlions dans le bureau.

— Rien bien sûr, m'ont-elles répondu en chœur. Il est évident qu'elle est persuadée qu'il y a vraiment quelque chose. Mais ce n'est que dans sa tête, c'est son secret à elle ; seulement nous, nous savons très bien qu'il n'y a rien ; à part des petites affaires, un peu de linge, presque rien. Vous savez, il y a plus de quarante ans qu'elle est ici et jamais personne n'est venu la voir.

— La psychiatre m'a pourtant dit qu'elle avait eu des visites ?

— Uniquement des personnes à la recherche d'une parente. Elle n'avait rien en arrivant ici.

Tout le monde commence à me connaître ici, aussi bien les infirmières que le personnel de salle qui s'est pris d'amitié pour moi, et de respect face à mon dévouement pour Pauline. Personnel de salle que, par ailleurs très régulièrement, je sais gâter avec des petites douceurs sucrées.

Il y a, dans cette question de l'armoire, tout un mystère que je dois élucider. Cependant, il m'est inutile pour le moment de brusquer Pauline. Ce serait risquer perdre d'un coup tout le bénéfice de notre complicité. J'attendrai donc le temps nécessaire, je n'ai pas d'autre choix.

Comme tous les jours, j'emprunte le long couloir qui mène à la chambre 218. Mais aujourd'hui, je tiens serrée sous mon bras la vieille boîte en fer que Lisa m'avait donnée sur le quai en gare de Toulon, et dont le docteur Bataille ignore encore l'existence. Si pour l'armoire je dois me montrer encore patient, le moment est venu en revanche de montrer à Pauline le contenu de cette boîte.

Venant à ma rencontre et poussant avec adresse son chariot de soin, je croise Valérie, la jeune infirmière de l'après-midi, une gentille demoiselle très avenante et très serviable. Nous échangeons un petit mot, puis après un dernier sourire je pousse la porte de la chambre 218.

À l'intérieur, Pauline m'attend comme d'habitude, installée dans son fauteuil, le regard dans le vide, les mains jointes sur son abdomen. Tournant machinalement ses deux pouces en les frottant sagement l'un contre l'autre, elle fait avec sa bouche flasque et ridée des mimiques et des grimaces, comme si elle parlait toute seule, en silence.

Dès mon entrée, son visage s'illumine.

— Tu es là mon petit ? murmure-t-elle d'une voix enjouée.

— Comment allez-vous aujourd'hui ? lui demandé-je en m'approchant pour lui serrer la main.

— Eh beh ça va, ça va, me répond-elle avec des petits rires enfantins.

Son bonheur flagrant dès que j'entre dans cette pièce est pour moi, de jour en jour, une satisfaction et une joie immenses. Et cela me conforte d'autant plus dans l'idée que l'heure est venue de passer aux choses sérieuses. J'en suis persuadé.

Je m'installe près d'elle en posant sur la table des petites gourmandises qu'elle affectionne. Elle rit aux éclats et se jette sur la boîte de gâteaux avec une frénésie d'enfant. Je la laisse mordre dans son petit plaisir, puis je pousse les gâteaux et je place devant elle la vieille boîte en fer. Elle grignote encore quelques instants en silence, ramassant chaque miette qui tombe sur la table, puis en me regardant avec les yeux brillants d'un enfant ébahi et impatient, elle me demande ce que c'est.

J'ouvre avec fébrilité et émotion la vieille boîte. Je sors les papiers, je les parcours des yeux. Elle m'observe avec intérêt.

— Regardez. Là, c'est l'extrait de naissance de mon père, Paul Croizer, lui dis-je en venant près d'elle pour mieux lui montrer. Et vous, vous êtes là, regardez : Valentine Mory, épouse Adrien Croizer… Vous êtes ma grand-mère, vous comprenez ? ajouté-je de ma voix la plus douce.

Elle me regarde curieusement ; ses traits s'assombrissent.

— Non, je m'appelle Pauline Feccetti, me répond-elle.

— Essayez de vous souvenir. Regardez, insisté-je en lui montrant les photos que je pose à plat devant elle sur la table. Vous reconnaissez ces photos ? lui demandé-je enfin avec précaution.

Elle prend dans ses mains les vieilles photos jaunies par le temps, puis presque aussitôt après avoir posé un œil dessus, elle les laisse tomber en me suppliant de m'en aller. Je n'ose bouger, ému et bouleversé.

— Va-t'en… Laisse-moi toute seule, me dit sa voix chevrotante.

— Je vous en prie, regardez ces photos, dis-je en insistant encore après un silence.

Elle ne bouge pas même un cil. Son visage est figé, stoïque et froid.

Je lui montre alors la carte postale venant d'Italie, et qui est signée Alberto Feccetti.

— Vous pouvez me dire qui était Alberto Feccetti ? dis-je à nouveau dans un murmure.

— Va-t'en… Laisse-moi tranquille, répète-t-elle sèchement.

Ma déception est grande, et je m'apprête à partir, plutôt mécontent de moi. Mais, alors que je devrais me diriger vers la porte, je ne peux me résigner à quitter cette chambre.

— Partez… Partez… Partez… Partez… gémit-elle.

Son corps entier n'est plus qu'une longue et douloureuse supplication.

— Mon père s'appelle Paul Croizer, vous le connaissez, n'est-ce pas ? dis-je malgré moi avec acharnement.

— Je ne sais pas qui c'est…

— C'est votre fils…

— Je ne sais pas qui c'est…

— Je suis le fils de votre fils, est-ce que vous comprenez ?

Elle remue la tête plusieurs fois, de droite à gauche.

— Non, non, non, non, répète-t-elle inlassablement, tu te trompes… Va-t-en…

Sur son visage, de fines larmes se mettent lentement à couler.

— Mon fils ne s'appelle pas Paul, ne cesse-t-elle de nier en secouant énergiquement la tête.

— Et comment s'appelle-t-il ?

Elle demeure silencieuse et respire avec difficulté. Je me rends bien compte que je l'ai épuisée, mais pas question de lâcher prise.

— Valentine, comment s'appelle votre fils ?

— Je ne suis pas Valentine… Je m'appelle Pauline, se défend-elle, tout essoufflée.

— Comment s'appelle votre fils !

— Va-t-en…

— Je vais vous dire comment il s'appelle ! Il s'appelle Paulino ! N'est-ce pas ? Paulino !

— Nooonn ! Nooonnnn ! hurle-t-elle tout à coup en renversant avec fureur la petite table de la chambre.

Pris de peur, je me précipite instinctivement en arrière pour éviter d'être heurté, et butant alors sur ma chaise je me rattrape de justesse en m'appuyant à l'armoire.

C'est alors qu'une série de cris stridents et insupportables résonne aussitôt dans la chambre, et me retournant alors vers Pauline, je la découvre dressée sur son fauteuil, terrifiée, et poussant des hurlements interminables.

Après les événements d'hier dans la chambre de Pauline et la nuit très agitée que j'ai passée, je me suis décidé à téléphoner au docteur Bataille pour lui demander si elle pouvait me recevoir cet après-midi.

Et c'est ainsi que je me dirige vers le deuxième étage. Dans l'ignorance de l'accueil qu'allaient me réserver la psychiatre d'une part, et Pauline d'autre part, j'avais jusqu'à hier volontairement tenu secrète la vieille boîte en fer que je tiens serrée sous mon bras droit.

Comme le jour de mon arrivée, je frappe à la porte, et j'entends la voix du docteur Bataille qui m'invite à entrer. Nous nous serrons la main.

— Bonjour monsieur Croizer, que puis-je pour vous ? me demande-t-elle fort aimablement.

Comme la première fois, je m'assieds dans le fauteuil qu'elle me présente, et je pose devant moi sur le bureau la vieille boîte en fer.

— Quand je suis venu vous voir la semaine dernière, dis-je pour commencer, je vous ai dit que j'étais à la recherche de ma grand-mère.

— Oui, monsieur Croizer… dit-elle avec curiosité, en m'invitant à poursuivre.

— Or, il se trouve que ma grand-mère s'appelle en réalité Valentine Croizer.

Elle pose son stylo à plat sur le bureau, puis s'adossant à son fauteuil, elle m'examine un instant avant de parler.

— Je vois. Et ma patiente s'appelle Pauline Feccetti…

— C'est ce qu'elle prétend, fais-je remarquer judicieusement.

— Vous avez peut-être raison, concède-t-elle.

— Docteur, excusez-moi de vous interrompre, dis-je avec émotion, mais je dois vous révéler que depuis ma première visite, Pauline parle tout à fait normalement. Elle n'a pas perdu, comme vous le croyez, l'usage de la parole.

La psychiatre observe un silence. Elle ne peut rester insensible à cette nouvelle inattendue. Paraissant réfléchir, elle fait rouler son fauteuil pour se rapprocher du bureau, puis elle pose ses coudes sur la table.

— Nous savons depuis longtemps que Pauline s'exprime, monsieur Croizer, proclame-t-elle en plaçant son menton allongé sur ses mains croisées. Elle parle toute seule dans sa chambre, depuis des années.

— Vous m'aviez pourtant dit qu'elle ne parlait jamais sauf pour dire…

— Je vous l'ai dit parce que c'est ce qu'elle pense nous faire croire, c'est pourquoi je joue son jeu. Mais voyez-vous, monsieur Croizer, nous ne sommes pas tout à fait idiots. Les murs ont des oreilles…

— Docteur, je ne fais pas allusion à des divagations nocturnes. Elle ME parle ! Réellement !

— Je n'en doute pas…

— Mais alors, comment se fait-il… dis-je en bredouillant, décontenancé.

— Tout simplement parce que Pauline Feccetti est une malade, monsieur Croizer. Son conscient s'est arrêté de fonctionner il y a cinquante ans. C'est une malade mentale, une psychotique et une schizophrène… Est-ce que vous comprenez, monsieur Croizer ?

— Oui, dis-je en posant subrepticement mon regard sur la boîte en fer.

— Je ne vous facilite pas la tâche, j'en conviens, continue-t-elle, mais c'est hélas la vérité. Cependant, il y a un élément très positif dans ce que vous venez de m'apprendre.

— Quoi donc ?

— Depuis qu'elle est ici aux Vieux Cèdres, c'est la première fois, à ma connaissance, qu'elle s'adresse directement à quelqu'un, remarque-t-elle d'un air songeur. Vous m'avez bien dit depuis le premier jour ?

— Oui…

— Et que lui avez-vous dit ?

— Quand ? Ce jour-là ?

— Oui…

— Je lui ai demandé si elle s'appelait Valentine Croizer, dis-je en essayant de me rappeler tous les détails, et elle m'a répondu que non.

— Quelle a été sa réaction ?

— Elle est d'abord restée longtemps silencieuse, et quand j'ai compris qu'elle ne me répondrait pas, j'ai quitté la chambre. Mais j'avais à peine fermé la porte, lorsque j'ai entendu un fracas derrière moi. Je suis alors revenu sur mes pas…

— Le verre cassé, c'était elle ? devine aisément la psychiatre.

— Oui. C'est à ce moment-là qu'il m'a semblé qu'elle était redevenue une personne normale. Je vous assure que je n'avais plus devant moi une malade mentale. Elle parlait comme vous et moi en ce moment…

— Qu'a-t-elle dit ?

— Je ne sais plus, des détails sans importance… De fermer la porte, de ne rien répéter… Ensuite, pour répondre à ma question, elle m'a dit que je me trompais.

— Ensuite ?

— Ensuite, vous êtes entrée dans la chambre…

— Ce qui est très intéressant, dit-elle après mûre réflexion, c'est qu'elle doit avoir énormément confiance en vous ; c'est bien la première fois qu'une telle chose se produit. C'est un excellent point. Continuez à la voir régulièrement, ça ne peut que lui faire du bien. Mais à l'avenir, essayez d'éviter de toucher à l'armoire, ajoute-t-elle habilement en référence à ce qui s'est passé hier.

— Bien docteur.

Encouragé par l'enthousiasme évident du docteur Bataille, que je peux désormais considérer comme une alliée, je saisis tout à coup la vieille boîte en fer.

— Tenez, lisez, dis-je en sortant l'un après l'autre les papiers qu'elle contient.

La psychiatre parcourt d'un œil rapide les documents.

— Ce sont les papiers de mes grands-parents, dis-je pour commentaire…. Et voici leur livret de famille…

— Où avez-vous trouvé tout ça ? s'exclame-t-elle avec surprise en épluchant attentivement chaque document.

— Il y a longtemps que je les ai, docteur…

— Et vous ne m'avez rien dit ? demande-t-elle en levant son visage vers moi.

— Je n'ai pas osé… J'avais peur que vous m'interdisiez de voir Pauline et de lui parler…

— Mon cher monsieur, vos craintes sont un peu excessives, dit-elle en se replongeant dans les documents, je vous rappelle que je suis médecin, pas CRS. Mais, ajoute-t-elle subitement en vérifiant tous les papiers, il manque la carte d'identité de votre grand-mère…

— Oui, je ne l'ai pas…

— Vous n'avez pas la carte d'identité ?

— Non… Il y a seulement celle de mon grand-père…

— Ah, dommage ! s’écrie-t-elle au comble de la déception.

— Pourquoi ?

— Mais à cause des empreintes digitales, monsieur Croizer, déclare-t-elle le plus logiquement du monde. Ce serait un jeu pour la police que de les comparer avec celles de Pauline !

— Vous voulez dire que si j’arrive à mettre la main sur cette carte d’identité, nous saurons à coup sûr si Valentine Croizer et Pauline Feccetti ne font qu’une ?

— Absolument, affirme-t-elle en fouillant dans la boîte. Avez-vous déjà montré tout ça à Pauline ?

— Oui, avoué-je après une hésitation.

— Quand ?

— Hier.

— Les photos aussi ? demande-t-elle en me regardant du coin de l’œil.

— Oui, avoué-je encore en craignant les questions qui pourraient suivre.

— Votre grand-mère figure sur ces photos ?

— Je ne pense pas, docteur. Je les ai bien étudiées ces derniers jours, et je n’ai guère trouvé de ressemblance avec Pauline.

— Vous avez raison, ce n’est pas très ressemblant, conclut-elle en replaçant le tout dans la boîte en fer.

Puis elle ferme la boîte et la repousse en bout de table, près de moi ; enfin, elle place son Waterman dans la poche de sa blouse, et se lève en resserrant son chignon.

— C’est tout ce que vous vouliez me dire ? dit-elle en tendant la main pour me saluer.

— Oui, docteur.

— Ah… C'est vraiment dommage pour cette carte d'identité, murmure-t-elle, l'esprit contrarié. Cependant, continuez à rendre régulièrement visite à Pauline, et montrez-lui encore les photos… On ne sait jamais…

— Bien docteur, acquiescé-je docilement en quittant le bureau.

Les événements commencent enfin à prendre une tournure favorable, et je décide de rentrer à l'hôtel. Une fois dans ma chambre, je réfléchis longuement à cette question de carte d'identité, et je relis minutieusement toutes les lettres qui se trouvaient dans la boîte. J'épluche chaque ligne à la recherche d'un indice, et vers minuit, à la lueur de ma lampe de chevet, alors que je relis la lettre de ma mère, une idée me traverse ingénieusement l'esprit.

Gare de Gourdon. Lot. Le jour se lève à peine. Je m'engouffre dans un taxi, et je demande au chauffeur de me conduire au lieu-dit Les Vitarelles, sur la commune de Payrignac, le fameux village en « ac ». Un quart d'heure plus tard, il me dépose en bordure d'un petit hameau d'une vingtaine de maisons. L'endroit est tel que me l'a décrit papa, que j'ai eu hier au téléphone. J'ai dû l'appeler de toute urgence pour qu'il me dise quel était ce village qui se terminait en « ac », où il avait grandi jadis. Maman, dans sa lettre, m'avait écrit qu'il se trouvait près de Gourdon. Mais des villages en « ac » proches de Gourdon, j'en avais trouvé lors de ma première visite ici en décembre dernier, plus d'une dizaine sur la carte du département du Lot : Anglars-Nozac, Auniac, Campagnac, Cayssac, Cougnac, Coupiac, Cournazac, Dégagnac, Loupiac, Milhac, Montirac, Payrac, Payrignac, Prouilhac, Rouffilhac, Salviac, Vayssac, tout en « ac » ! Un vrai casse-tête ! Sans l'aide de papa, j'y serais encore !

Je me dirige maintenant vers la première maison qui se trouve à l'angle d'un carrefour de quatre chemins. C'est une vieille maison, au fond d'une petite cour. Je m'approche de la terrasse, et à mon passage des volailles se dispersent dans tous les sens en caquetant bruyamment. Une fois parvenu, je frappe à la porte. Après un instant, une vieille paysanne desséchée et vêtue de noir, tire la porte et me dévisage avec curiosité.

— Bonjour madame, excusez-moi de vous déranger, je suis bien chez la famille Delpy ? dis-je très aimablement.

— La famille Delpy ? s'exclame la vieille femme d'une superbe voix campagnarde et rocailleuse.

— Oui, ce n'est pas ici ? dis-je en commençant à douter des indications de mon père.

— Ah ! mais ils ne sont plus ici, dit-elle en faisant des grimaces avec sa bouche ridée… Ils habitaient la maison abandonnée qui se trouve un peu plus haut, pas celle-ci, mais celle d'après, vous voyez ? ajoute-t-elle en faisant des gestes de son bras squelettique.

— Comment ? Ils ont déménagé ? demandé-je avec une certaine inquiétude.

— Mais oui… Ça fait au moins trente ans qu'ils sont à Gibau, continue-t-elle en gesticulant.

J'étais atterré par ce nouveau coup du sort.

— Et c'est où ça ? Gibau ? dis-je en craignant d'avoir encore tout le département à parcourir.

— Eh mais c'est là ! dit-elle en s'avançant au bord de la terrasse pour m'indiquer l'arrière des bois.

— Ah, c'est tout près d'ici ! constaté-je avec un grand soulagement.

— Mais oui, mais… monsieur ? Vous connaissez pas Gibau ? s'étonne-t-elle avec une telle stupéfaction que j'en ai envie de rire.

— Je peux y aller à pied, madame ?

— Pensez donc ! Vous descendez le chemin, là, et c'est tout en bas, la première ferme sur votre gauche…

Je la remercie sans compter, et je file aussitôt vers la route qui coupe à travers bois.

La ferme Delpy est juchée sur une petite butte, au milieu d'une étroite vallée qui sert de pâture au bétail. Le paysage est vallonné et très boisé. Je gravis le petit monticule qui mène à la ferme et je traverse la basse-cour, sous les aboiements d'un chien chétif et tout souffreteux. Ici aussi, les volailles, apeurées, se mettent à glousser en étirant le cou.

— Vous cherchez quelqu'un ? me dit soudain une voix derrière moi.

Je me retourne, et j'aperçois un jeune garçon se tenant près de la porte du hangar que je viens de longer.

Je m'approche de lui en me présentant et je demande si Jean Delpy est ici.

— Oui, c'est mon père. Je vais voir, il doit être à la grange, dit-il en se dirigeant vers le bâtiment situé en contrebas, de l'autre côté de la cour.

« Bonjour monsieur », retentit décidément encore dans mon dos une voix féminine cette fois.

Je me retourne vers la maison, et une grande femme d'une cinquantaine d'années se tient debout près du portail de sa terrasse.

— Bonjour madame… Madame Delpy ?

— Oui…

— Je viens voir votre mari, madame…

— Ah… Je pense qu'il est à la grange, dit-elle en commençant à descendre le petit escalier.

Je la préviens aussitôt que son fils s'est déjà dérangé pour aller le chercher, et s'arrêtant alors en bas des marches, elle me demande d'une petite voix si je suis le représentant de Fumel.

— Ah non, avoué-je confusément. Veuillez m'excuser, c'est de ma faute, je ne me suis même pas présenté… Je suis le fils de Paul Croizer…

— Ah… dit-elle en m'observant curieusement.

Puis, à sa façon de me sourire en rougissant légèrement, je comprends qu'elle fait mine de connaître cette personne, dont visiblement l'annonce du nom ne l'a absolument pas percutée.

— Excusez-moi, monsieur, rougit-elle en venant me serrer la main, comme nous attendons le représentant en machines agricoles, je pensais que c'était vous.

— Ah non, le matériel agricole ce n'est pas vraiment mon domaine, déclaré-je en souriant.

À ces mots, je me rends compte que j'ai peut-être fait naître dans son esprit une légère inquiétude quant à la possible nature de mon « domaine d'activités ». Et son sourire tout à coup figé de crainte est là pour me le confirmer.

— Votre mari connaît bien mon père, dis-je précipitamment, ils ont été élevés ensemble…

— Ah bon ? dit-elle avec soulagement et tout en faisant rouler ses yeux comme pour chercher à se rappeler.

— Oui, cela remonte aux années cinquante.

— Ah bon… Mais je vous en prie, montez donc à la maison, mon mari ne va pas tarder…

— Merci madame, mais ne vous dérangez pas, dis-je en remarquant deux jeunes filles d'une vingtaine d'années qui guident un troupeau de moutons vers l'arrière de la maison en poussant des cris aigus et en jouant du bâton.

— Attendez, mais j'y suis… ! s'exclame tout à coup madame Delpy. Vous êtes le fils de Paul… Le jeune Paul que mes beaux-parents avaient avec eux quand ils étaient aux Vitarelles !

Elle était au comble de la surprise.

— Mon Dieu, ne bougez pas, je reviens ! me dit-elle en s'élançant vers la grange. Jean ! Ouuhouu !

— Oui ! J'arrive ! répond une voix claironnante alors que la fermière parvient au milieu de la cour.

J'aperçois alors un monsieur qui s'approche de la maison. Ce personnage typique du terroir, à l'allure solide mais attachante, chaussé de bottes couvertes de fumier, portant tablier, bleu de travail et chapeau de paille tout troué, respire au premier coup d'œil la bonté, l'innocence, voire la pureté de cœur et d'esprit.

— Tu devineras jamais qui est là, lui dit sa femme alors que je fais quelques pas vers eux.

— Bonjour monsieur, dis-je en lui tendant la main.

— Monsieur, répond-il, plein de curiosité, en quittant son chapeau.

— C'est le fils de Paul !

— Paul ?

— Paul Croizer, qui a grandi avec vous, aux Vitarelles, affirmé-je en voyant son visage s'illuminer peu à peu.

— Ça alors… balbutie-t-il, le souffle coupé par la surprise. C'est pas possible, Paul ? Et que devient-il ? Mais entrez donc, monsieur ! Venez, montez à la maison ! Venez me raconter tout ça !

Un tel accueil, en dépit de la visite du représentant en machines agricoles en fin d'après-midi, méritait bien que je passe la journée avec eux. Jean Delpy a cinq enfants, trois filles et deux garçons, âgés de quinze à vingt-cinq ans. Il vit heureux dans sa ferme, entouré de sa famille, avec les animaux, et la vie paisible qui s'écoule au rythme des saisons. Ses parents qui avaient élevé mon père étaient tous les deux décédés. Il m'a raconté les souvenirs qu'il avait de mon père, et il a voulu savoir ce qu'il devenait. Mais si je lui avais dit que mon père n'avait guère été gâté par la vie, je lui aurais probablement fait de la peine, alors j'ai éludé la question, et j'en suis rapidement venu à Valentine. Je lui ai expliqué que je recherchais cette fameuse carte d'identité.

— La carte d'identité de la mère de Paul ? répète-t-il en s'interrogeant.

— Vous ne savez pas si elle est ici ?

— Ah non… Je ne crois pas, souligne-t-il en remuant la tête. J'en ai jamais entendu parler. Ma mère me l'aurait dit, c'est elle qui s'occupait toujours de classer et ranger les papiers.

Ma déception n'est que légère, et je continue à y croire.

— Tu n'as pas vu ça traîner quelque part ? demande-t-il à tout hasard à sa femme.

Elle répond que non.

— Mais soit, venez, dit-il en quittant la table. On ne sait jamais… Nous allons chercher quand même.

Durant tout l'après-midi, nous avons fouillé la maison de fond en comble, et nous n'avons hélas rien trouvé. Puis, il y a eu ensuite l'épisode du représentant agricole, et lorsqu'il est parti, nous nous sommes rendus à l'ancienne maison des Vitarelles où nous n'avons pas davantage trouvé trace de la carte d'identité. Le soir venu, j'allais repartir lorsqu'ils ont insisté pour me garder à dîner. Et finalement, ils m'ont offert le gîte pour la nuit avec une telle joie que je n'ai pu refuser. Bien loin d'être déçu de n'avoir pas trouvé cette carte d'identité, je me suis couché dans un grand lit aux draps rêches, l'âme sereine et réjouie d'avoir pu rencontrer des gens aussi épatants. Puis avant de m'endormir, j'ai minutieusement fait le point, et j'en ai conclu que la seule et dernière piste qu'il me restait était cette mystérieuse dame dont me parlait maman dans sa lettre. Et j'ai décidé d'appeler papa dès le lendemain, afin d'avoir des informations sur cette personne.

Il était presque midi lorsque j'ai réussi à le contacter. En ce samedi matin, il était sorti faire quelques courses, et je me suis longtemps demandé si j'allais enfin pouvoir le joindre. Je lui ai raconté mon accueil dans la famille Delpy, et cela a semblé lui faire extrêmement plaisir, puis je lui ai dit que je n'avais pas trouvé la carte d'identité.

— Ah…

— Maman m'a parlé d'une dame qui aurait écrit à la maison, il y a vingt ou trente ans…

— Ah…

— Tu te rappelles ?

— Oui.

— Comment elle s'appelait ?

— Madame Prat, je crois…

— Tu crois ou tu es sûr ?

— Je suis sûr.

— Elle habitait où cette dame ?

— Je ne sais plus, en Dordogne, je crois…

— Tu crois ou tu en es sûr !

— Je crois. Le village c'était Castillon, il me semble.

— Pourquoi elle t'a écrit ?

À l'autre bout du fil, mon père garde le silence. Alors je répète ma question.

— Pourquoi elle t'a écrit ?

— Pour me dire qu'elle était une amie de ma mère… Et… Quoi d'autre ? Qu'elle avait la conviction que ma mère n'était pas morte, que ce n'était pas possible.

— Pourquoi tu ne l'as pas écoutée ! Pourquoi tu n'as pas essayé de la rencontrer !

— Écoute Vincent, ce n'est pas le moment de parler de ça…

— Si papa, c'est le moment ! Pourquoi tu ne l'as pas écoutée ? Dire que tu n'as même pas eu la délicatesse de la rencontrer ! Mais qu'est-ce qui t'a pris ?

— Je ne sais pas… Je n'avais pas envie…

— Oui, de toute façon, tu n'as jamais eu envie de rien. Tu as tout gâché papa, à cause de ta bêtise…

— Je sais mon fiston, mais c'est trop tard maintenant…

— Oh, je t'en supplie, tais-toi…

— C'est tout ce dont tu as besoin, Vincent ?

— Oui, c'est tout, papa. Au revoir.

Et j'ai raccroché.

Il faut savoir ne pas perdre le nord avec mon père : il m'a parlé de Castillon en Dordogne, et c'est Castillonnès dans le Lot-et-Garonne ! Heureusement que je ne me laisse pas facilement abattre, et que cette madame Prat figurait à l'annuaire !

— Allô ? Madame Prat ?

— Oui, Chantal Prat, me répond une voix qui me paraît lointaine.

— Excusez-moi de vous déranger, commencé-je habilement, je suis le fils de Paul Croizer à Toulon, et je voudrais savoir si c'est bien vous qui avez téléphoné plusieurs fois à mon père…

— Attendez, j'ai peur de ne pas avoir tout compris… m'interrompt la voix. Qui êtes-vous ?

— Vincent Croizer, le fils de Paul, répété-je doucement, et je recherche une certaine madame Prat qui a téléph…

— Oui, ne coupez pas, monsieur, je vous passe ma mère…

Le bruit du combiné que l'on repose retentit dans mon oreille, et quelques secondes s'écoulent.

— Allô ? me dit soudain une voix traînante.

— Allô… ?

— Oui, Yvette Prat à l'appareil, je vous écoute…

Je mets un instant avant de pouvoir parler, tellement la surprise est de taille.

— Comment vous appelez-vous ?

— Yvette Prat, reprend faiblement la voix.

J'en oublie presque de respirer à l'idée que cette Yvette pourrait être l'amie de ma grand-mère, l'auteur de la lettre écrite en 1944 qui se trouve dans la vieille boîte en fer !

Toutes mes phrases minutieusement préparées, mes tournures introductives, mes accents, mes précautions d'entrée en matière, tout part d'un coup en fumée pour ne laisser surgir qu'une question, une que je n'aurais jamais cru pouvoir poser un jour :

— Est-ce vous qui avez écrit à Valentine en 1944 ?

Nous demeurons un moment abasourdis devant ce hasard inouï qui nous réunit. Puis, après un silence lourd d'émotion, elle murmure d'une voix éraillée :

— Mes lettres ? Vous avez mes lettres ?

Gare de Castillonnès, Lot-et-Garonne. Je traverse les voies sous une petite pluie fine et je pénètre dans le hall de gare, où Chantal Prat n'a guère de difficulté à me reconnaître, vu que je suis le seul voyageur à descendre du train. Elle me serre chaleureusement la main.

— Venez, ma mère vous attend, me dit-elle en ouvrant son parapluie.

Et après avoir enjambé les flaques, nous nous installons dans la petite Austin blanche garée sur le parking. Une quinzaine de minutes plus tard, la voiture s'arrête dans l'allée d'une petite villa éloignée dans la campagne. Nous claquons les portes et nous nous hâtons vers la maison en tentant d'échapper à l'averse qui maintenant tombe drue. Sur le pas de la porte, alors que je gravis l'escalier, je remarque et reconnais soudain quelqu'un que je n'avais jusqu'alors encore jamais vu, si ce n'est en photo. Yvette Prat n'était certes plus tout à fait la belle jeune femme dont la photo se trouvait elle aussi dans la boîte en fer de Valentine, mais en dépit des années elle avait toutefois sensiblement conservé les mêmes traits.

Quand je suis arrivé à sa hauteur, elle m'a serré dans ses bras comme un fils. J'étais tellement surpris que je n'ai pas su quoi dire, et c'est sa fille Chantal qui a mis fin à l'étreinte, en priant sa mère de ne pas rester ainsi sous la pluie. Puis je me suis laissé guider vers le salon où Chantal nous a servi du thé, pendant que nous parlions, Yvette et moi.

— Vous ressemblez beaucoup à votre grand-père, me dit-elle soudain au milieu d'une phrase.

— Ah bon ?

— Oui. Je n'ai jamais eu l'occasion de le rencontrer, mais Valentine m'avait montré une photo de lui, et je crois me souvenir que vous lui ressemblez…

Jamais personne ne m'avait autant ému que cette pauvre vieille dame. Elle m'a raconté des choses si intimes, si délicates sur Valentine, leur rencontre, leur amitié, leurs espoirs, la promesse qu'elles s'étaient faite de se revoir un jour, toute leur histoire, qu'il ne m'est plus permis de douter de la réussite de mon projet. Et si Pauline Feccetti n'est pas Valentine Croizer, je continuerai quand même à chercher, jusqu'à ce que je trouve. Dussé-je y consacrer ma vie.

Ensuite, j'ai brièvement informé Yvette de l'état de mes recherches. Elle m'a écouté avec beaucoup d'attention et d'émotion. Et, au bout d'un moment, en s'aidant de sa canne, elle s'est levée en me demandant de ne pas bouger. Elle a disparu dans la pièce voisine, puis, moins d'une minute plus tard, elle est revenue en tenant serré dans sa main un petit paquet pas très volumineux, de la grandeur d'une enveloppe, plié dans du papier-cadeau tout froissé. J'ai d'abord pensé qu'il s'agissait d'un petit tas de lettres, mais alors qu'elle déplie le mystérieux paquet, je découvre en fait un vieux portefeuille en cuir beige.

— C'est le porte-monnaie de Valentine, dit-elle en le caressant délicatement. La dernière chose d'elle qu'il me reste…

— Oui… dis-je en retrouvant soudain le souvenir de ce détail, vous parlez effectivement de ce porte-monnaie dans la lettre que vous lui avez écrite…

— Je lui en ai écrit quatre, monsieur, entre février et juillet 44, murmure-t-elle. Et je n'ai jamais reçu de réponse. J'ignore encore ce qui a pu se passer, mais je n'ai jamais oublié Valentine. Au fond, ce porte-monnaie, c'est tout ce qu'il me reste d'elle, reprend-elle en serrant l'objet sur son cœur. Et savez-vous ce qu'il y a à l'intérieur ?

— Non, chuchoté-je avec un intérêt croissant.

J'observe alors fixement ses doigts raides qui s'acharnent à plusieurs reprises sur le fermoir, et après un déclic, le porte-monnaie s'ouvre enfin.

— J'ai mis des années à me décider à l'ouvrir, dit-elle dans un murmure teinté de nostalgie.

Puis, glissant ses doigts tremblants hors de la pochette de cuir, Yvette ajoute d'une voix éraillée, avec une flamme dans les yeux :

— Regardez ce qui s'y cache depuis toutes ces années…

Entre son pouce et l'index, elle tient miraculeusement une vieille carte d'identité jaunie par le temps. La carte d'identité de Valentine Croizer, ma grand-mère.

Le rapport d'identification ne souffre aucun doute. Pauline Feccetti n'est autre que Valentine Mory, épouse Croizer, ma grand-mère. Déjà, à Castillonnès, en découvrant pour la première fois sur la carte d'identité la photo de Valentine, j'avais reconnu sur ce visage éblouissant les yeux et la bouche de Pauline. Je suis rentré dès le lendemain en Gironde, accompagné d'Yvette et de sa fille qui m'ont directement conduit aux Vieux Cèdres. L'ayant la veille au soir prévenue de mon arrivée, le docteur Bataille m'attendait et a aussitôt fait procéder à une dactyloscopie. Nous avons eu le résultat d'analyse des empreintes digitales, hier en début d'après-midi, et j'ai encore du mal à y croire. Avant de rentrer à Castillonnès, Yvette a tenu à revoir l'amie qu'elle n'avait jamais oubliée. Cependant, ces retrouvailles ont été assez pénibles pour Yvette, car Pauline, alias Valentine Croizer, qui était très agitée, n'a pas su ou n'a pas voulu la reconnaître. Cet échec a précipité quelque peu le départ d'Yvette qui souhaitait reprendre la route avant la tombée de la nuit. Quant à moi, peu avant le dîner je suis repassé voir Pauline, ou plutôt Valentine, il est vrai que je ne sais plus trop comment je dois l'appeler. Elle avait recouvré son calme. Elle ne m'a pas parlé, elle était inerte dans son fauteuil, les yeux rivés sur tous mes faits et gestes. J'ai posé devant elle la vieille boîte en fer contenant les photos, et nous sommes restés de longues minutes dans le silence, à nous observer.

— Tu regarderas les photos ? lui ai-je murmuré.

Elle ne m'a pas répondu. Elle a juste baissé un instant les yeux sur la boîte, et je suis sorti.

J'ignore si elle pourra un jour me raconter ce qui a pu se passer en 1944. Et pour quelle raison elle a abandonné mon père, pour se retrouver durant plus de cinquante années internée dans des maisons psychiatriques.

J'avais encore mille pensées comme celle-ci en tête en quittant les Vieux Cèdres. Puis, avant de rentrer à l'hôtel, j'ai longtemps erré seul dans la pénombre du soir que les lumières de la ville au loin refusaient d'éclairer.

*

* *

Maintenant, je sais à qui ressemble Vincent. Et savez-vous à quoi je pense, parfois ? Surtout la nuit, parce que la nuit je ne dors pas... Eh bien, je me dis qu'Adrien ne viendra pas... Il ne viendra pas parce qu'Adrien, c'est Vincent. C'est lui, et pourtant, en même temps, ce n'est pas lui... La ressemblance est frappante, mais Adrien est quand même différent. C'est comme s'il avait changé, comme si par moments, je ne le reconnaissais plus. Et puis, vous savez quoi encore ? Je crois que je l'ai déçu, je ne dois plus être la même, il ne me reconnaît pas...

Je regarde à nouveau les photos que Vincent m'a laissées, hier. Je ne sais pas comment il a su que je m'appelais en vérité Valentine Croizer, et non Pauline Feccetti. Ici tout le monde croit que je m'appelle Pauline Feccetti, mais ce n'est pas vrai. Je devais me cacher, à cause des salauds que je n'ai pas oubliés. Je n'ai pas oublié non.

Et puis, je les reconnais bien, ces photos. Et si c'est vrai, c'est terrible. Et malheureusement... Je crois que c'est vrai : mes doigts sont vieux, et mes cheveux sont gris, je le vois bien, maintenant. Et si mon cœur se mettait à lâcher aujourd'hui ?

Quelle importance après tout ? Je viens de me rendre compte qu'il y a maintenant tant d'années qu'il bat pour rien.

Je n'ai rien mangé depuis hier soir. Cette nuit, je n'ai pas dormi. J'ai pensé à Vincent. Et à mon petit Paulino.

Je pousse la table et je me lève avec difficulté. J'arrache de mon cou la clé de l'armoire, et je m'avance en me tenant au lit. Je vais jusqu'à l'armoire. Allez, souviens-toi Valentine.

Dans ma main tremblante, la clé trouve enfin le trou de la serrure.

Dieu que je me sens vieille, pour la première fois…

Je tourne la clé, et j'ouvre la porte.

*

* *

En entrant cet après-midi dans la chambre de Valentine, j'ai été stoppé sur le pas de la porte par un spectacle effrayant. Valentine se tenait près de la fenêtre, la mine défaite, épouvantable, presque terrifiante. L'armoire était ouverte, et des affaires se trouvaient éparpillées un peu partout dans la pièce. Je suis entré prudemment sans alerter personne. Les photos étaient jetées sur la table. Il régnait dans la chambre un désordre qui ne présageait rien de bon.

— Ça va ? dis-je après un silence.

— Tout est fini, Vincent.

Peu à peu, la peur me gagne. Je me demande ce qui a pu se passer. Valentine a un regard effroyable, qui me tue, comme la première fois où nous nous sommes vus.

— Qu'est-ce qui est fini ?

— Paulino n'est plus dans l'armoire. J'ai perdu la tête, me dit-elle d'une voix sépulcrale…. J'ai perdu la tête, Vincent…

— Mais non, essayé-je de la convaincre.

— Si… J'ai perdu la tête, je le sais bien…

Je ne sais plus que dire… Ma voix est comme écrasée tout au fond de moi.

— Vincent ? reprend-elle.

— Oui ?

— Je veux voir mon fils, me supplie-t-elle timidement.

Une envie de pleurer que je ne peux absolument pas refréner me serre la gorge.

— Ne t'inquiète pas, ça va aller, dis-je en essuyant du doigt une larme fuyante.

— Tu as raison. Voilà que j'y suis. J'y suis enfin.

— Où cela ?

Péniblement, elle fait un pas, puis deux, vers son fauteuil dans lequel elle se laisse tomber lourdement.

— À la croisée des chemins.

— La croisée des chemins ? Que veux-tu dire ?

— Tu vas comprendre. Allez, assieds-toi là Vincent, nous devons parler, dit-elle en posant sur la table ses mains froides et pâles.

J'ai obéi. J'ai approché la chaise de la table. Elle était recroquevillée dans son fauteuil comme à son habitude, et elle a commencé à parler, d'une voix lente et précise. Elle a parlé ainsi durant trente-six jours en me racontant tout ce dont elle se souvenait.

Le matin du trente-septième jour, je me suis installé à ma table de travail, à l'hôtel du Lac ; j'ai sorti une feuille blanche, j'ai ouvert mon stylo à plume, et j'ai écrit, en haut de la page, en lettres capitales :

CHAPITRE 1…

CHAPITRE I

Métro Duroc

Pas une herbe ne pousse
Et pas un brin de mousse
Le long des murs grillés

Politique
Gérard De Nerval

Mai 1936, Paris

Je crois que je vais bientôt rentrer au pays. Les choses commencent à mal tourner pour moi ici. Paris est secoué par la révolte ouvrière et les manifestations se multiplient dans tous les quartiers. J'ai entendu dire que la grève allait bientôt se propager dans tous les corps de métiers, et peut-être même dans toute la France.

Ce matin, je suis allé place de la République avec mes camarades Weller et Malaval. Il y avait au moins un millier de personnes, et aux alentours de midi, le chant de *L'Internationale* a retenti. Ça a fait un sacré foin, et c'est à présent tous les jours comme ça, depuis plus d'un mois. Un de ces quatre matins, la police montée pourrait finir par arroser les manifestants de coups de matraque, et je n'aimerais pas beaucoup me trouver au milieu de tout ça. On dit ici et là que le gouvernement ne peut se risquer à la répression sans crainte d'amplifier le mouvement, voire de provoquer des émeutes ou pire la révolution, aussi le mouvement continue de plus belle. Je me demande quand et surtout comment tout ça va se terminer. Toujours est-il que les Parisiens en grève dansent à tout-va dans les rues, et font la fête dans les usines, jusque tard dans la nuit ; bals improvisés ou rassemblements syndicaux, tous les moyens sont bons pour faire monter la fièvre.

Moi, je passe la journée avec mes deux collègues de travail, Weller et Malaval. On s'entend bien, ce sont de bons copains. Weller est alsacien, et Malaval vient de Decazeville, dans l'Aveyron. Tous les trois, nous déambulons de temps en temps dans les quartiers de la capitale, plus par curiosité que par réel désir de participer à ces extraordinaires mouvements de masse.

Dommage que mon petit frère Henri ne soit pas là, lui qui aime bien l'agitation, il s'amuserait comme un petit fou.

Demain, dimanche, j'accompagne Anna et son mari, Louis Deladieu, à Aulnay-sous-Bois, dans une guinguette sur le canal de l'Ourcq. Les enfants viennent aussi. Ça leur fait leur sortie du dimanche, et ainsi ils peuvent se défouler dans l'herbe, sans que ma sœur soit toujours dans leur dos à les surveiller.

C'est une maligne ma sœur ; elle me force à les suivre lors de leurs petites sorties dominicales, dans l'intention de me faire rencontrer une gentille petite femme. Je ne lui ai encore jamais dit, mais c'est déjà fait. Merci pour moi, j'ai quand même 23 ans ! C'était une Parisienne. Une pure Parisienne, de souche. Mais notre relation n'a pas duré longtemps. Je n'apprécie guère les filles de la ville, alors évidemment, c'était une affaire qui dès le départ ne pouvait pas marcher. Et puis je n'aime pas danser non plus. Enfin, pas trop. Surtout avec ces filles-là qui ne peuvent pas s'empêcher en dansant de toujours se forcer à paraître plus intelligentes qu'elles ne le sont en réalité. Cela n'apporte rien à la situation du moment, et cela laisse présager de la situation future. Non. En comparaison, ma sœur Anna, qui n'est pourtant pas ce qu'on appelle une beauté, est au moins mille fois plus intéressante ! Le plus drôle, c'est que personne n'arrivera jamais à lui enlever de l'idée qu'elle est idiote. Tous les jours c'est le même refrain : elle n'arrête pas de dire qu'elle est sotte comme un manche de casserole, et qu'elle n'a rien dans la cervelle, et patati et patata. Ce qui est tout de même extraordinaire, c'est qu'elle parvient à en tirer une étonnante fierté. Fabuleux. Et puis, c'est une personne tellement franche et directe qu'il est impossible de se sentir mal à l'aise avec elle. Tout est extraordinairement simple en sa présence. Il n'y a jamais de sous-entendus, pif paf c'est dit ! Tout est clair et les problèmes se règlent d'eux-mêmes ! Elle est rigolote, pétillante et expéditive ! Et puis c'est également une bavarde de première, son plus grand défaut si l'on en croit son mari. Il est vrai que lorsqu'elle est seule avec sa voisine Denise, et qu'elles commencent à piailler toutes les deux, elle ne sait pas s'arrêter, à moins que Louis ne rentre plus tôt que prévu ou que la maison ne s'effondre ! Un autre gros défaut que Louis a bien du mal à supporter, c'est son talent inégalé du désordre ! Rien ne l'ennuie autant que de mettre de l'ordre dans ses affaires, et dès qu'elle range, elle ne trouve plus rien ! Elle est ainsi faite, ma sœur. Et dans le fond, son ronchon de mari doit bien souvent admettre qu'elle est la femme qu'il lui fallait !

C'est elle, Anna, qui m'a fait venir ici. À présent, ça remonte à trois ans. J'ai débarqué à Paris à l'âge de vingt ans, un 9 mars 1933, vers 7 heures du matin, gare d'Orléans-Austerlitz, avec la pluie, le froid, bref, un temps de janvier. Je venais de finir mon régiment, et je ne l'avais pas revue depuis son mariage avec Louis. Cinq ans que nous attendions tous les deux ce moment-là ! J'aime bien ma sœur ; c'est une pipelette qui rit sans arrêt.

Sur le quai, nous sommes restés, je ne mens pas, au moins une ou deux minutes sans le savoir l'un à côté de l'autre à se chercher partout. « Et où elle peut bien être avec ses quatre bambins, je ne les vois pas ? » m'impatientais-je. « Mais où il est ? Ça y est, tu vas voir, il a encore loupé le train… » s'inquiétait Anna de son côté. Tout ça alors que nous étions juste à côté l'un de l'autre, mais rien à faire, on ne se reconnaissait pas ! Au bout d'un moment quand même, à force de tourner l'un autour de l'autre, nous nous sommes regardés un peu par hasard, comme l'exigerait la plus élémentaire des politesses envers la personne que l'on aurait manqué de bousculer. Et sans en croire nos yeux, nous nous sommes alors reconnus. À l'intérieur de moi, je me suis dit : « Mon Dieu ». Anna, étonnée, m'a dit : « Mais c'est toi ? » Je lui ai répondu : « Mais oui c'est moi, j'étais là, à côté, mais où tu étais toi ? » « Eh beh, là aussi ! Ça fait au moins dix minutes que je te cherche ! » s'est-elle exclamée. « Ah bon ! et moi aussi. » Nous avons ri pendant tout le trajet du métro.

En tout cas, physiquement elle avait drôlement changé. Du moins, plus que je ne croyais. Quatre grossesses et quelques kilos étaient passés par là ; j'étais un peu au courant, mais à ce point-là, non.

Nous sommes descendus à la station Duroc. À la mort de ses parents, Louis avait hérité d'une petite maison dans une arrière-cour, rue de Sèvres, en bas du boulevard Montparnasse, juste à la sortie du métro Duroc. Ils y habitaient depuis la naissance de Roselyne, en 1931. En arrivant, j'ai aussitôt fait la connaissance de mes petits neveux et nièces, qu'elle avait donnés à garder à sa voisine Denise, le temps de venir me chercher à la gare. Je n'ai vu Louis que le lendemain matin, car il était rentré de son travail tard dans la nuit. Je me souviens de ces jours-là comme si c'était hier.

Louis est cuisinier dans un restaurant du quartier de Saint-Germain-des-Prés. Il touche un bon salaire, mais il fait des heures impossibles. Ainsi, avec ses économies il compte bientôt s'acheter un restaurant. Il m'a même proposé de travailler avec lui ; mais d'ici là, dans deux ou trois ans, il y aura longtemps que je serai reparti.

C'est vrai, à présent mon expérience parisienne touche à sa fin. Après tout, j'ai eu ce que je voulais : une vie différente et des horizons nouveaux.

J'ai travaillé deux ans chez un fabricant de meubles, rue du Faubourg-Saint-Antoine. Le patron a dû déposer le bilan il y a quelques semaines, à cause d'une mauvaise gestion, à ce qu'on dit ; mais tout le monde sait qu'il y a une femme là-dessous. Quoi qu'il en soit, je garderai un bon souvenir de cette expérience ; j'y ai appris à travailler le bois, et à présent si l'occasion s'offrait à moi j'aimerais bien continuer dans ce métier. En rentrant au village, j'essaierai de voir si je peux m'acheter un local ; ou peut-être même reprendre l'affaire du vieil Albert Tessié. Mon père m'a dit qu'il allait bientôt fermer son atelier, à cause de sa maladie, et comme il n'a pas d'enfant… Et si jamais ça marche bien, je pourrai même me lancer plus tard dans la fabrication de meubles, ça me plaît davantage que réparer un pied de table ou recoudre une chaise. Enfin, je verrai ça plus tard ; j'ai encore le temps d'y penser.

J'ai de plus en plus hâte de revoir la famille et de me retrouver un peu au calme. Les dimanches à la campagne à taquiner la truite et le goujon me manquent beaucoup, je dois le dire. Hier encore, maman m'a écrit pour me raconter que mon frère Henri a pêché une truite de plus de quarante centimètres, et des écrevisses par douzaines. Il a dû, à mon idée, abuser un peu de la naïveté de maman qui ne connaît rien à la pêche. Mon frère a l'habitude de tout exagérer, mais ça me donne quand même envie de voir ça.

Je ne sais pas encore comment je vais annoncer mon départ à Anna. Elle m'a logé, lavé, nourri et blanchi pendant trois ans, et je suis un peu gêné de partir ainsi, sur un coup de tête. J'ai le sentiment de lui devoir quelque chose, mais je ne le lui dis pas, sinon elle m'assomme en me qualifiant de gros imbécile. Je sais que tout ce qu'elle a fait pour moi, elle l'a fait de bon cœur. Pour elle, c'était normal, je suis son frère. Elle n'a jamais voulu un sou de moi, et c'est à peine si je pouvais la remercier sans qu'elle ne se mette à grommeler. Mais je suis conscient que je lui dois tout, ou du moins, beaucoup.

*

* *

Début juin 1936

Je crois que je suis enceinte. J'en suis pas sûre, mais presque. Si le cinquième est vraiment en route, c'est terrible. Louis va me passer un de ces savons ! Du coup je me demande si je vais lui dire. Ah bon Dieu ! C'est ma faute, c'est ma faute. Pourtant il me semblait que j'avais pris mes précautions et que j'avais calculé que… Penses-tu, telle que je me connais, j'ai dû mélanger toutes les dates ! Ça, c'est ma faute, c'est ma faute ! Je ne vaux même pas une queue de casserole !

Bref, tu as raison, il ne me faut plus y penser.

Bon sang, ce qui m'inquiète, c'est Louis ! Et puis va savoir ce que ça va être ce coup-ci ? Logiquement ça devrait être une fille ; j'ai eu une fille, un garçon, encore une fille, et puis encore un garçon. J'intercale. Donc ce coup-ci, ça devrait être une fille.

Ah non, ça c'est sûr, Louis va faire une de ces têtes ! Lui qui voulait acheter son restaurant l'année prochaine, j'espère que ça ne va pas mettre tous ses plans en l'air. Penses-tu, en fait ça met tout en l'air ! On devait aussi aller pour la première fois avec les enfants chez mes parents, pour qu'ils les voient un peu ; mais c'est foutu. Tu te rends compte ? On a attendu exprès qu'ils soient tous suffisamment grands pour voyager, résultat : avec le numéro cinq, on est bons pour attendre quelques années de plus. Sans compter que fatalement, le numéro six devrait suivre juste après, puisque sur quatre enfants, je n'ai jamais eu l'impair sans que le pair suive l'année d'après. Regarde : le premier, en 1928, une fille, Laurence ; paf l'année d'après le second : un garçon, Gaston. Le troisième en 1931 : encore une fille, Roselyne ; paf l'année d'après le quatrième :

encore un garçon, Roger. Arrivée à ce stade, je me suis dit : « Là c'est fini, ma petite. 24 ans, quatre gosses, ça ne peut plus durer, pourvu que ça s'arrête. » Et ça s'était effectivement arrêté. Mais voilà que maintenant ça recommence !

Dire que l'année prochaine, toute la famille espère nous voir débarquer. Ils vont être déçus. Non, c'est vrai, je ne ferai pas trois cents kilomètres avec un bébé, non ! Non, ce n'est plus un voyage ! Ou alors après ça je peux partir en cure à Aix-les-Bains pour m'en remettre, je me connais.

Comment ? Tu n'connais pas Aix-les-Bains ! Mais si, c'est une station thermale en Savoie ! Rappelle-toi, je t'ai déjà raconté l'histoire de la vieille tante à Louis, la Germaine, là, qui est tellement déprimée qu'elle n'y passe pas un mois, mais toute l'année !

Ah quand même, ça te revient !

Bon, beh voilà… Où j'en étais ?

Ah oui, le cinquième qui est en route ! Aïe aïe !

Et attends, il va falloir choisir un prénom pour lui aussi ! Si ça fait comme pour Roger, je peux m'acheter une armure et autant partir de suite en croisade. Non c'est vrai, écoute, pendant quatre ans, chaque fois que j'étais enceinte, Louis n'a pas arrêté de me dire à longueur de journée : « Chérie, si c'est un garçon, j'aimerais qu'on l'appelle Roger. » Moi, je lui ai répondu pendant quatre ans : « Jamais de ma vie mon fils ne s'appellera Roger ! » Le premier, je m'en suis bien tirée, c'était une fille. Le deuxième, faut croire que j'étais encore forte, j'ai résisté : il s'appelle Gaston ; il faut quand même que je te précise que le père de Louis, qui par chançe s'appelait Gaston et non pas Roger, venait juste de mourir en tombant d'un échafaudage, ça a pas mal aidé à la chose. Que Dieu ait son âme. Le troisième, encore une fille : apparemment les dieux étaient avec moi. Mais ça n'a pas duré, le quatrième : un garçon. Et voilà que pendant les neuf mois de grossesse, j'ai eu droit à neuf mois de « Roger », et le jour où il est né, non seulement, malchance c'était un garçon, mais j'étais tellement épuisée, avec un accouchement pas piqué des vers que si le cinquième se passe comme celui-là autant ne pas accoucher, je garde l'enfant à l'intérieur toute ma vie ! Non mais alors, j'étais tellement fatiguée que lorsque la sage-femme m'a demandé comment je voulais appeler le petit, crois-moi si tu veux, j'étais tellement lessivée que j'ai répondu… Qu'est-ce que j'ai répondu, avec un long soupir d'épuisement, comme une imbécile que je suis : « Roger… ! »

Je te l'ai dit, je suis aussi bête qu'une queue de casserole, je n'y peux rien !

Tiens donc, il y a du bruit en bas…

— Qui ça peut-il être ? dis-je à Denise en chuchotant.

— Qu'est-ce qui se passe ? me demande-t-elle sans comprendre, comme d'habitude.

— Je ne sais pas, il me semble avoir entendu du bruit en bas… Pas toi ?

— Non. Tu attendais quelqu'un ? me dit-elle bêtement.

— Et qui veux-tu que j'attende ? Mon amant ! rétorqué-je en haussant les épaules.

— Qui sait… ose-t-elle rire.

— Eh ben voyons, comme si j'en avais pas assez d'un mari ! Qui est en bas ? C'est toi Adrien ? m'écrié-je à travers le plancher.

— C'est moi, chérie, ne t'inquiète pas, me répond une voix qui semble être celle de Louis.

Je descends avec prudence, intriguée, car Louis ne peut pas être ici puisqu'il est au restaurant jusque tard ce soir.

Denise me suit de si près dans l'escalier qu'elle m'écorche le talon avec ses chaussures pointues. Si je ne m'étais pas retenue, je l'aurais trucidée !

Parvenant à la cuisine, qui je découvre en train de se laver les mains à l'évier ? Mon petit Louis.

— Mais tu ne travailles pas aujourd'hui ?

— Ils ont balancé des pavés sur la vitrine…

— Au restaurant ?

— Eh oui…

— Qui a fait ça ? demande naïvement Denise.

— Les manifestants, pas le pape, lui répond-il sèchement. J'sais pas ce qu'ils ont, ils sont carrément déchaînés aujourd'hui.

— Et il y a des dégâts ?

— Ils ont tout saccagé. Au moins trois jours de travaux. Je reprends le travail que dimanche, maintenant.

— Ça vous fait des vacances en attendant, lui dit Denise en souriant.

— Oui, eh bien, en ce moment, on s'en serait bien passé, figurez-vous ! rétorque-t-il avec le ton des mauvais jours.

Ouh ! lala, je vais dire à Denise de revenir plus tard, avant qu'il l'égorge. Je tiens quand même à elle, surtout pour papoter. Les draps, je finirai de les plier avec Adrien, et ça ira très bien comme ça. Je ne préfère pas demander à mon cher mari, il sait tout faire, sauf ça. La seule fois où il m'a aidée, quand j'ai rentré le drap dans l'armoire, c'était plus un drap, c'était un parachute. Et pour moi, un drap bien plié, c'est sacré. Le reste, je m'en moque, mais les draps, c'est sacré.

Ainsi, aujourd'hui, avec cette histoire au restaurant, c'est pas le moment de l'asticoter. Et moi qui comptais lui apprendre la fameuse nouvelle ! Je peux attendre demain ou peut-être après-demain. Énervé comme il est, il est capable de tout casser dans la maison !

Oui, attendons plutôt qu'il reprenne le travail.

*
* *

7 juin 1936

« Chéri, je n'irai pas par quatre chemins, je suis encore enceinte », m'a-t-elle dit.

Il y a maintenant une heure que nous sommes couchés. Anna dort comme un petit loir. Moi je réfléchis. Je pense au cinquième enfant que nous allons avoir. Je ne le lui ai pas dit, mais je suis drôlement content. Si c'est une fille, j'aimerais qu'on l'appelle Hortense, en souvenir de ma mère qui est morte il y a cinq ans ; une pneumonie, elle avait 55 ans. Cela dit, je crains qu'Hortense ne lui plaise pas ; de toute façon, c'est à chaque fois la croix et la bannière pour choisir un prénom. On n'a pas tout à fait les mêmes goûts, mais comme ma mère est morte, elle dira oui ; elle est gentille ma femme, elle est compréhensive. Par contre si c'est un garçon, ça va être un problème, elle veut l'appeler Daniel. Moi je trouve que ça ne fait pas assez garçon. Je ne le lui ai pas encore dit, sinon elle n'en dormirait pas de la nuit. Demain. Je le lui dirai demain matin. Surtout que j'ai quelque chose d'autre à proposer, c'est pas le tout de dire non à tout, encore faut-il apporter des éléments constructifs au dialogue et à l'entente commune du couple. Alors voilà, depuis tout à l'heure je cherche, et j'ai pensé à Maurice. C'est pas mal Maurice, ça devrait lui plaire.

Pour le restaurant, tant pis, j'attendrai quelques années de plus. Comme ça, Laurence et Gaston seront en âge de nous aider, et notre restaurant sera une affaire de famille. Je trouve que c'est une assez bonne idée !

Ce qui est dommage, c'est qu'Adrien s'en aille. Il aurait fait un très bon associé. C'est un gars très valable et très intelligent. Quand hier, à table, il nous a dit qu'il partait, je n'ai pas été vraiment surpris. Anna n'a pas compris ; mais moi oui. Entre hommes, on se comprend : la vie de célibataire c'est bien, mais voir défiler les années en attendant désespérément de trouver femme, avec la crainte de finir comme un vieux gâteux, ça fait réfléchir. Et Adrien, c'est quelqu'un comme moi, il réfléchit. Et ce n'est pas ici qu'il trouvera son bonheur, je le sais bien.

Des bruits courent que la grève devrait bientôt se terminer, mais moi je n'en suis pas si sûr. Évidemment, suite aux accords qui ont été signés ce matin, si nous obtenons vraiment, comme ils le disent, les congés payés et les 40 heures, c'est pas mal. C'est même très bien. Mais je me méfie parce qu'il y a souvent des montagnes entre ce qui se dit et ce qui se fait. Je disais encore tout à l'heure à Adrien : « Faudrait pas crier victoire trop vite. »

Enfin tout ça, ce n'est que de la politique, ce n'est pas ce qui remplit le ventre. Et Adrien, même s'il ne me l'a pas dit, il pense comme moi. Entre hommes, on se comprend.

Il s'en va dimanche prochain, par le train. C'est sa mère qui va être heureuse de retrouver son fiston.

Ça serait une bonne idée de descendre voir la famille l'année prochaine. Pour mes premiers congés payés, tiens, ça serait l'occasion. À Pâques. Ou l'été prochain. L'air pur du Limousin ne peut nous faire que du bien, surtout aux enfants. Anna ne va peut-être pas vouloir à cause du bébé, mais je vais lui expliquer la manœuvre, et elle va réfléchir. Maintenant que nous allons avoir des vacances et un peu de temps libre, profitons-en. Enfin, peut-être. Il faut se méfier, comme je dis, des montagnes.

J'ai posé ma main sur la cuisse d'Anna.

Elle dort.

Anna dort toujours quand j'ai quelque chose à lui dire.

*

* *

« Quoi ! Tu veux que mon fils s'appelle Maurice ! »

Et il ose dire que c'est beau en plus ! Il trouve que Daniel c'est juste bon pour les filles, mais par contre Maurice c'est bien !

« Ah non, chéri, ça ne va pas recommencer ! Moi vivante, jamais mon fils ne s'appellera Maurice ! Non, je ne suis pas catégorique, je suis lucide ! S'il s'appelle Maurice, qu'il devienne curé, et qu'il entame de suite son chemin de croix, ça ne pourra jamais être pire ! Franchement ! Maurice ! »

Mais mon mari est fou ! Ce n'est pas des enfants qu'il veut, mais des traumatisés à vie !

« Exactement, je suis d'accord avec toi, on parle, on discute, et si ça se trouve, et non seulement ça se trouve, mais ça tombera même très bien, ça sera une fille… On l'appellera Danielle, avec deux l, e, comme pour les filles, et ça sera très bien ! »

Il trouve que c'est une bonne idée ? Tant mieux. Il était temps.

J'ai fait un cauchemar cette nuit. J'ai rêvé que j'accouchais non pas d'un, mais de deux enfants ! Mais ça, je ne le lui dis pas, sinon c'est sûr, avec la chance que j'ai, dans neuf mois, crac, des jumeaux !

— Chéri, il est l'heure de se lever…

— Tu sais à quoi j'ai pensé ? me demande mon petit Louis.

— Non. Il est l'heure de se lever, mon chéri…

— Ça te plairait Hortense ?

— Quoi ! Je préfère me lever, tiens… !

— Ça te plaît pas ?

— Hortense ? Comme ta mère ? Et la prochaine ? Germaine ? Comme ta vieille tante !

— Oui, pourquoi pas ? C'est une idée comme une autre…

— Chéri, sans vouloir te faire de la peine, si toute ta famille doit y passer, de deux choses l'une : ou on se dépêche de finir de fonder notre petite famille avant que la tienne soit décimée, ou moi j'abdique !

J'en ai marre des enfants, je ne veux plus accoucher !

CHAPITRE II

Mon cher village

Où peut-on être mieux qu'au sein de sa famille ?

Lucile.

Jean-François Marmontel

Fin juin 1936

Savez-vous qui j'ai revu ce matin ? Ce matin, dimanche, sur la place de l'église ? Ensuite je l'ai suivie de loin, jusqu'au Champ de foire. Le village était noir de monde, je n'ai pas eu de mal à me faufiler discrètement. Me croirez-vous si je vous dis que la journée s'annonce des plus lumineuses qui soient, et que je ne regrette pas le moins du monde mon retour ici au pays ?

Je suis arrivé au village samedi dernier, 13 juin, par le tramway qui vient de Limoges. Je n'avais prévenu personne ; j'ai préféré leur faire la surprise.

En arrivant, je me suis collé le nez à la vitrine de la boulangerie. Les petites pâtisseries de papa attendaient à l'étalage comme toujours, et j'ai regardé à l'intérieur. La boutique était vide, c'était 5 heures de l'après-midi. J'ai pensé à maman qui devait être en train de s'occuper dans la cuisine, et sans plus attendre j'ai poussé la porte. Le carillon a retenti et presque aussitôt, je l'ai entendue comme à son habitude crier de sa petite voix fluette :

— J'arrive !

L'odeur du pain me chauffait agréablement les narines ; puis elle est apparue, resserrant son chignon.

Quel bon moment ça a été !

Mémé Alida tricotait silencieusement dans son fauteuil de la salle à manger, et elle ne m'a pas reconnu de suite lorsque je suis venu l'embrasser. Elle a beaucoup vieilli ces dernières années, et sa mémoire s'égrène lentement mais sûrement. Pépé André était sorti en promenade, et papa se levait de sa sieste.

Le soir même, à table, et pour la première fois depuis trois ans, toute la famille était réunie pour le dîner. J'ai raconté les événements de Paris, et tout ce que j'avais vu là-bas. Mais j'ai surtout parlé d'Anna et de Louis, ainsi que des enfants qui avaient bien grandi.

— J'espère qu'ils vont venir nous voir, depuis trois ans qu'on ne les a pas vus, fait remarquer maman.

Je leur ai annoncé que nous les verrions sûrement l'année prochaine, et qu'ils seraient un de plus.

— C'est vrai ? Un autre petit bébé ? s'exclame maman avec ravissement, en servant un plat de cerises du jardin.

Pépé, également très content de cette heureuse nouvelle, se verse pour la peine une bonne rasade de vin et lève son verre à la santé du futur enfant. Henri, lui, la bouche pleine de cerises, n'était pas en état de parler. Seul papa ne semblait guère enchanté.

— Comme s'ils avaient besoin d'en avoir un autre ! dit-il en maugréant au-dessus de son journal.

— Mais enfin, laisse-les tranquilles, lui rétorque aussitôt maman. S'ils veulent avoir un cinquième enfant, c'est pas toi qui vas les en empêcher, si ?

— Oh non, ils font ce qu'ils veulent, mais bon…

— Quoi bon ? Ce que tu peux être pénible avec tes sous-entendus !

— Je sais bien ce que je veux dire, soupire-t-il.

C'est maman qui clôture le débat en disant sur un ton de reproche :

Mais oui, tu sais ce que tu veux dire, comme d'habitude !

Papa, montrant un flegme systématique dès que maman commence à le crier, s'est replongé sans plus attendre dans son journal.

— Papy, je vous sers une petite liqueur de prune ? demande maman en sortant la bouteille du buffet de la cuisine

— Non, merci Emma… Pas ce soir…

— Mais… On dirait qu'elle descend bien vite cette bouteille, remarque-t-elle soudain en examinant de plus près le niveau du contenu. Et vous mamie ? Un peu de liqueur ?

— Ouhh non ! Que la tête me tourne après !

— Ah ? Adrien, un petit verre ?

— Non, merci, maman…

— Henri… ? Non, toi il ne t'en faut pas, t'es pas assez grand…

— Maman, j'ai bientôt dix-sept ans ! proteste-t-il en recrachant des noyaux de cerises.

— Non non… Tu n'vas pas te mettre à boire à ton âge, si ?

Maman parcourt du regard toute la tablée à la recherche d'un éventuel candidat.

— Papa ? Une petite goutte ? finit-elle par lui demander alors qu'il l'observe hébété depuis tout à l'heure.

— Bon, mais tu vas rester toute la soirée avec ta bouteille de liqueur à la main ? lui dit-il d'une voix lasse.

— Mais non, je demande si quelqu'un…

— C'est tous les soirs pareil. Tu vois pas que tu nous casses les pieds avec ta liqueur…

Maman était si vexée qu'elle allait ranger la bouteille dans le buffet, lorsque l'un après l'autre, pépé, mémé et moi avons timidement levé notre verre.

— Ah ! Tu vois ! dit-elle en narguant papa qui était en train de quitter la table.

Montant se coucher, il a rappelé à Henri que demain matin le réveil sonnerait.

— Je descendrai vous aider, dis-je entre deux gorgées, montrant mon intention de reprendre le travail comme auparavant.

— Non non, demain c'est dimanche, tu peux rester te reposer. On verra ça mardi, reprend-il avant de disparaître.

Ce soir-là, je me suis couché très tard. Henri m'a tenu éveillé jusqu'à une heure du matin avec ses questions, que si papa l'avait su, ça aurait bardé pour lui. Il a fallu que je raconte à mon frère tout ce qui s'était passé durant ces trois années. Ensuite, nous avons parlé de filles. Je veux dire, c'est lui qui le premier a abordé le sujet. Moi je n'aime pas trop ces conversations un tantinet indiscrètes… Cela me met mal à l'aise. Soit. Il m'a dit qu'il avait déjà changé trois fois de petite amie, que c'était facile parce qu'elles sont toutes amoureuses de lui. À mon idée, ce n'est pas vrai. Il a toujours raconté, à propos des filles, des histoires à dormir debout. D'ailleurs quand je lui ai demandé qui était sa petite fiancée du moment, il s'est bien gardé de me répondre franchement. Il s'est servi un verre de liqueur de prune en me disant que tout était relatif, et que… comme il en avait plusieurs en même temps, il lui était difficile de… Bref, rien que des salades ; je vous l'ai dit : des histoires à dormir debout. Il est incroyable. Mon frère, derrière ses grands airs et son verre de liqueur, c'est encore un môme. Et puis d'abord, cette liqueur de prune, là, je suis sûr, mais alors j'en suis tellement sûr que j'en mettrais ma main à couper : maman ne doit pas se douter une seconde que c'est lui qui petit à petit sirote tranquillement toute la bouteille !

L'horloge de la cuisine s'était arrêtée, et maman était couchée depuis minuit quand nous avons éteint la lumière de la cuisine. Je me suis couché en laissant la fenêtre de ma chambre ouverte, et j'ai écouté les bruits de la nuit, comme quand j'étais tout gosse. J'entendais pépé ronfler, dans la chambre du bas. Il faisait chaud. J'étais redevenu enfant et je me suis endormi ; j'ai dormi comme un gamin épuisé de sa journée passée à jouer.

La semaine s'est écoulée tranquillement. Tout le village a su très vite que j'étais de retour. D'ailleurs, j'ai eu de nombreux messages de sympathie qui m'ont fait extrêmement plaisir.

Hier, lundi, qui est notre jour de repos à la boulangerie, je suis allé au lever du jour avec Henri promener ma ligne dans les eaux de la Glane. J'ai attrapé une truite et quatre petits gardons. Lui, je n'ose pas dire ce qu'il a ramassé : c'est à ne pas croire qu'il pêche à la ligne ! C'est un véritable chalutier à lui tout seul ! J'ai beau être l'aîné des deux, je me demande parfois comment il s'arrange pour être meilleur que moi dans toutes les situations.

Cet après-midi, il fait tellement chaud que tout le village est enfermé chez soi, derrière les volets à moitié fermés, grillés et comme désarticulés par le soleil. Un silence torride pèse à l'ombre des murs.

J'essaie de faire une sieste, mais pas moyen. Henri doit être lui aussi couché dans sa chambre qui se trouve au fond du couloir. Je pense à Anna, et au temps où nous étions petits, tous les trois. C'est drôle tout de même, tout ce temps qui est passé. Nous avons grandi, mais les choses et les objets ont à peine changé. Je retrouve les senteurs d'autrefois. La maison et ma chambre embaument encore du souvenir des enfants que nous étions ; un souvenir vivant et tenace qui fait du bien lorsque l'on est comme je le suis à nouveau, au sein de sa famille.

Je repense également à ce matin lorsque j'ai aperçu Valentine Mory. La petite Mory de Grivaux comme mes parents l'appellent, et qui n'est plus vraiment petite à présent. Je l'ai remarquée tout à fait par hasard sur la place de l'église, où elle paraissait s'ennuyer au côté de sa mère et de sa grand-mère qui s'entretenaient avec une femme du village. J'ai alors fait discrètement le tour de la place sans la quitter des yeux, joliment surpris par le sentiment agréable qui s'éveillait en moi.

Ensuite, elles se sont toutes les trois dirigées vers le Champ de foire. Je les ai suivies, en observant Valentine en cachette. Je l'ai épiée comme un imbécile et je suis rentré à la maison en pensant à elle. Papa, lui, avait pensé à moi : à peine arrivé, il m'a collé un balai dans les mains, et j'ai dû nettoyer le fournil. Finies les vacances. Je ne lui en veux pas, au contraire c'est avec plaisir. Remarquez, ce n'est pas le balai qui m'a pas empêché de penser à Valentine. J'ai pensé à elle toute la journée.

Du haut de ses dix-sept ans, c'est à présent une vraie jeune femme. Je sais qu'elle a dix-sept ans parce qu'elle est née en 1919, comme mon frère Henri ; et puis, ils ont fait leur communion solennelle ensemble. D'ailleurs ces jours-ci, j'ai constaté avec étonnement et avec satisfaction je l'avoue, qu'il ne court plus après elle comme auparavant, quand il était gamin. C'est une démangeaison qui a dû lui passer, et tant mieux. Ils ont à présent tous les deux dix-sept ans. On change à cet âge-là. Et ils ont changé de la même manière que le monde change.

Comme tout le monde.

Il fait vraiment trop chaud, aujourd'hui, pour sortir. Si seulement je pouvais aller au moins jusqu'à la fenêtre… Mais rien que d'y penser, je suis déjà fatigué.

*
* *

J'entends marcher dans le couloir. C'est mon frère Adrien. Il a perdu l'habitude de la sieste. Et puis c'est vrai qu'il fait vraiment trop chaud. Même moi, j'arrive pas à dormir, et pourtant je suis levé depuis 4 heures du matin.

Aujourd'hui, ça fait pile dix jours qu'il est revenu à la maison. Moi, à sa place, je serais resté là-bas. Quelquefois, je me demande s'il réalise la chance qu'il avait. Paris, la capitale… Ça devait être formidable. En plus, il vivait chez notre sœur Anna, il était pas tout seul. Remarquez, il risquait pas d'être seul, surtout avec les petits morpions de ma sœur, l'animation devait pas manquer. Dire que le cinquième est en route, je le crois pas.

Je partirais, moi, si je pouvais. Et pourquoi pas ? Si je le fais pas, c'est parce que je peux pas. J'ai trop à faire ici. Il faut que j'aide mon père à faire le pain ; il faut que j'aide ma mère au magasin ; il faut que j'aide Michel à retaper ses engins. Michel, c'est Michel Grangier, un copain d'enfance qui travaille dans la mécanique. Il a une moto et on va faire des trucs ensemble, on sait pas quoi, mais la mécanique, ça m'intéresse, alors voilà. Et puis, j'ai aussi envie de monter un concours de pêche dans la région, personne peut me battre, alors c'est intéressant. J'ai bien envie aussi de me lancer dans les courses de vélo. J'y pense de plus en plus depuis que j'en ai vu une à Saint-Yriex, ça m'a l'air intéressant. Et avec tout ça, je continue le football avec mes copains du village : sans moi, l'équipe n'existe plus.

Ah oui, et puis il faut aussi que je me marie. Je sais déjà avec qui, mais à la façon dont elle me regarde quand on se croise, j'ai dans l'idée que c'est pas pour demain. Elle m'apprécie pas beaucoup. Mais je m'inquiète pas trop, elle changera quand elle verra ce que je serai devenu dans quelques années. C'est pour ça que je peux pas partir, pour qu'on me la prenne pas ; il faut que je la travaille, petit à petit, que je la façonne avec mes petites mains, pour qu'elle m'aille comme un gant. Personne m'enlèvera de l'idée que pour qu'une fille comme elle me comprenne et m'apprécie à ma juste valeur, il faut d'abord que je la mette en condition, que je la prépare, pour qu'ensuite elle apprenne à me connaître et tombe amoureuse de moi. Ce qu'elle finira par faire car j'ai des qualités insoupçonnées, qu'on ne voit pas forcément au premier abord. Moi, j'ai conscience de ces qualités. C'est une chance. Mais elle, non. Elle est complètement bornée. Je sais, par une de mes dernières conquêtes qui est une de ses bonnes camarades, qu'elle me trouve désagréable. Elle lui aurait même dit que je suis un prétentieux ! Un prétentieux ? Merci pour moi ! Quand je pense qu'il a suffi qu'une fille dise ça, pour que toutes, d'un coup, se mettent au diapason sans même aller vérifier l'information ! C'est un peu trop facile ! De toute façon, elles disent toutes n'importe quoi !

La porte s'ouvre lentement. C'est Adrien. Tout en passant la tête dans l'ouverture, il me demande si je dors.

— Non, je lui réponds.

— Quelle chaleur, j'étouffe, dit-il ensuite en s'essuyant le front, sans oser entrer.

— Dans une demi-heure, je dois aller chez Michel, ça te dit de me suivre ?

— Pour faire quoi ?

— Comme ça… Tu sais bien qu'on est toujours en train de bricoler le moteur de sa moto…

— Mouais, tu sais, moi, la mécanique. Non, je vais plutôt aller faire un tour dans le coin. Je passerai peut-être après, lui dire bonjour. Jusqu'à quelle heure tu es là-bas ?

— Jusqu'à… ce soir, 8 heures, à peu près. Tu sais bien qu'avec le père, c'est toute une histoire si on rentre tard.

— Bon d'accord. Allez.

Je l'entends s'éloigner dans le couloir et descendre l'escalier. Puis il parle à notre mère, et il sort. Maintenant, il sifflote dans la rue, sous la canicule. Décidément, il est bien joyeux le frangin.

*
* *

Une espèce de camion vient de s'arrêter à ma hauteur. Il semble perdu, et un gros monsieur d'une cinquantaine d'années, assis au volant, ouvre la porte de son engin motorisé et s'apprête à descendre. Assis ? Je devrais dire avachi ! Un gros monsieur avachi, c'est ce qu'il faut dire. Puis, avant d'effectuer le moindre mouvement, il se ravise, sûrement déjà fatigué à l'idée de remuer un tantinet sa carcasse.

— Bonjour, monsieur, vous cherchez quelque chose ?

— Madame, mes hommages, me dit-il avec courtoisie. Je cherche un lieu-dit qui s'appelle Grivaux… Je me suis un peu perdu… Vous ne connaîtriez pas par hasard ?

— Si, bien sûr, et vous cherchez qui ?

— La maison Mory. Vous connaissez ?

— Ça dépend. C'est pourquoi ?

— C'est pour une livraison, madame.

— Une livraison ? Et une livraison de quoi ?

— C'est-à-dire que…

— C'est-à-dire que je suis madame Mory en personne, monsieur. Qu'est-ce que vous nous livrez exactement ?

— Ah c'est vous ? J'ai alors bien de la chance. Je vous livre un colis qui est arrivé pour vous à la gare de Limoges.

— Je regrette, nous n'attendons aucun colis.

— Pourtant, j'ai bien un colis pour la famille Mory. Tenez, regardez, là, dit-il en me montrant le bon de livraison. C'est bien vous, y'a pas d'erreur ?

— Parbleu oui, dis-je en reconnaissant bien notre adresse. Mais je ne comprends pas, monsieur, quel est donc ce colis ? Et d'où cela vient-il ?

— L'expéditeur ? Alors, attendez… Voilà : monsieur et madame Chavez Jacques à Saint-Maur-des-Fossés, vous connaissez ?

— Parbleu, évidemment que je connais, c'est mon beau-frère de Paris. Mais je me demande bien ce qu'il nous envoie là ? Bon, venez, c'est par là… Excusez-moi, mais j'ai cru que vous étiez un de ces colporteurs qui essaient toujours de vous vendre leur bric-à-brac…

— Y a pas de mal, madame… C'est encore loin ?

— Non, c'est juste là, la ferme au bout du chemin.

— Vous voulez monter ?

— Dans votre camion ? Non, merci. Allez-y, je vous rejoins.

— C'est donc au bout de la route ?

— Oui, là, vous continuez tout droit, et vous arrivez directement à la ferme…

Ah le cochon ! Il nous enfume avec son tacot, et il veut que je monte là-dedans ? Et puis, quelle est donc cette espèce de colis !

— Bonjour ! s'élève soudainement une voix dans mon dos.

« Comment ! Encore quelqu'un qui s'est perdu ? » me dis-je en me retournant.

— Ah ! Adrien ! Certes ! Bonjour, quelle surprise !

« Décidément, c'est le jour des rencontres », pensé-je en voyant s'éloigner le tacot dans un nuage de fumée noire.

— Alors ? Vous vous promenez ? dis-je en lui serrant la main.

— Eh oui, ça fait du bien de retrouver un peu la campagne, dit-il en admirant le paysage autour de lui.

— Eh, je pense oui, bien sûr…

— Et… votre mari va bien… ? Il y a quelques années que je ne l'ai pas vu…

— Eh bien, il doit bricoler par là… Avec cette chaleur, il ne va dans les champs que plus tard dans l'après-midi…

— Bien sûr, quand le soleil est un peu tombé…

— C'est ça, c'est ça… Mais si vous voulez le voir, montez donc à la maison, Adrien. Venez boire quelque chose.

— Non, merci bien, je ne vais pas vous déranger…

— Nous déranger ? Eh quoi nous déranger ? Il y a un bonhomme qui nous porte un colis que je me demande bien ce que c'est, alors vous savez, à sortir des verres du placard on peut en sortir un de plus, ça gênera pas grand-chose.

— Eh bien, dans ce cas, c'est pas de refus.

Il est gentil ce petit ; mais comment peut-il se promener comme ça en plein soleil ? On n'a pas idée quand même.

*

* *

J'aurais dû refuser. Si Valentine est chez elle, j'aurai bien l'air malin. Pourtant j'ai envie de la voir, mais bon, ce ne sont pas des manières. Et si elle se doutait de quelque chose ?

Et même si elle ne se doute de rien, que vais-je faire là-bas ? Tant pis. C'est trop tard à présent ; je boirai poliment mon verre, puisqu'on me l'offre, et puis je repartirai, sans oublier de les remercier.

À la maison, nous connaissons tous très bien la famille Mory. Maman et madame Mory se connaissent depuis toujours. Sans être des amies inséparables, elles se sont toujours fréquentées, comme on dit. Et puis, dans le bourg, tout le monde se connaît, et nous plus que tout autre, pensez donc, avec la boulangerie.

Je connais très bien chez eux ; j'ai longtemps suivi papa faire les tournées du pain dans les campagnes, et nous nous arrêtions souvent à Grivaux. Et puis, enfants, c'est souvent que nous suivions maman qui de temps à autre venait acheter à madame Mory une bonne poule pour le dimanche ; il y avait ainsi toujours une occasion qui se présentait. Cela dit, à présent, il y a plusieurs années que je n'y suis pas revenu ; la dernière fois, ça devait être… C'est simple, Valentine ne devait guère avoir plus de dix ans.

Quand nous arrivons dans la cour de la ferme, il y a un camion garé sous le tilleul. Marcel Mory discute avec un monsieur, gras et jovial, qui m'est parfaitement inconnu. Je dis bonjour. Monsieur Mory, ravi de me voir, me serre la main en me gratifiant de tapes amicales sur l'épaule, tandis que l'autre monsieur, qui est le propriétaire du camion, me salue poliment. Le père de monsieur Mory, un vieillard impotent qu'on ne voit jamais au village, est assis sur la dernière marche de l'escalier de la terrasse, les mains appuyées sur sa canne, le regard fixe, son béret penché sur sa tête ronde qui dodeline sans arrêt. Il doit avoir, à présent, plus de quatre-vingts ans. Je m'approche pour lui dire bonjour, et levant sur moi son visage rouge et décrépit, il me détaille un instant des pieds à la tête, en grattant son épaisse moustache grise et tombante. Madame Mory vient aussitôt à mon secours, en m'avouant discrètement que ce pauvre Alphonse est devenu complètement gâteux, et qu'il ne reconnaît personne à part elle et son mari. Nous conversons alors quelques minutes avec compassion, désolés et tristes de voir les vieux décliner parfois si vite ; et je lui raconte que ma grand-mère Alida commence elle aussi à radoter.

Sûrement prise de curiosité par cette animation inhabituelle à la ferme, Suzanne, la petite sœur de Valentine, fait son apparition. Tenant un long bâton à la main, avec lequel elle tape inlassablement le sol, elle nous observe, moi et le camionneur, avec un enchantement inexplicable, comme si nous étions les rois mages.

— Bonjour, petite, lui dit le camionneur dégoulinant de sueur, en s'essuyant le visage à l'aide d'un grand mouchoir sale.

La petite a un mouvement de recul assez compréhensif.

— Susie, tu vas me poser ce bâton ! lui ordonne sa mère. Et arrange-toi un peu, regarde-moi ça… ! Mais c'est pas vrai, où tu as été traîner encore !

La petite obéit, confuse.

— Excusez-la, tempère madame Mory au camionneur, elle est un peu sauvage.

Elle prend sa fille par la main.

— Va dire à ta sœur de préparer les grands verres du buffet de la cuisine…

— Je sais pas où elle est, rétorque la petite en se réfugiant près de son père avec un désir évident de rester avec nous à l'ombre du tilleul.

— Comment ça, tu ne sais pas où elle est ?

Je comprends, à ces mots, qu'on parle de Valentine, et je baisse les yeux au sol, craignant qu'elle n'apparaisse devant tout ce monde. Je ne suis pas toujours certain de parvenir à dominer ma timidité, et ce dont j'ai surtout peur, c'est de rougir devant tout le monde ; cela m'arrive si souvent ! Et presque toujours lorsqu'il ne faudrait pas ! En attendant, je me domine, autant que possible. Mais voilà qu'à présent madame Mory appelle Valentine. Une fois, deux fois, pas de réponse. À la troisième, une voix légère répond dans mon dos. Je devine qu'elle vient d'apparaître sur le seuil de la maison, à une trentaine de mètres derrière moi.

— Je suis là maman, dit-elle.

Je demeure immobile, le cœur battant.

— Ah, tu veux bien préparer des verres, lui demande sa mère, ceux du buffet de la cuisine, ne te trompe pas, les grands… !

Je ne me suis pas retourné, mais je sais qu'elle est rentrée dans la maison. Je n'arrive même plus à suivre la conversation où le camionneur semble expliquer qu'il travaille à la gare de Limoges et s'occupe du transport des colis… À moins qu'il ne travaille pour une société de transport ; j'ai perdu pour de bon le fil de l'entretien… J'entends cependant sa voix très lointaine qui explique qu'il parcourt la région toute l'année, et que rarement il a fait autant de détours pour porter un colis. Ce fameux colis qui nous vaut ce rassemblement inattendu. Lorsque Valentine arrive parmi nous, il y a déjà bien longtemps que la discussion a largement débordé sur un autre sujet, mais comme je vous l'ai dit, j'ai la tête ailleurs et je ne sais même pas de quoi nous parlons. Du coin de l'œil, j'observe Valentine qui dispose, en demi-cercle sur la table de la terrasse, les verres et les boissons. Tout autour de moi, dans un bourdonnement lymphatique, les voix butinent de temps en temps le creux de mon oreille, tandis que moi, je suis sur mon nuage. À l'occasion, je reprends quand même mes esprits, et je ne manque pas de proposer mon aide au camionneur pour transporter le colis jusqu'à la maison. Une fois posé sur la table de la cuisine, je suis soulagé de voir que le centre d'intérêt n'est pas mon regard qui croise celui de Valentine, pas plus que mes oreilles rouge écarlate, mais bien cette grosse caisse en bois dont nous sommes tous impatients de découvrir le mystérieux contenu.

Jusqu'à ce que je parte, je n'ai pas cessé de croiser le regard de Valentine. Je ne l'ai pas fait exprès, c'était ainsi. C'est vrai que je l'ai beaucoup observée, et le plus discrètement possible s'il vous plaît ! Et maintes et maintes fois, nos regards se sont croisés ; je ne sais pas si c'est un signe, mais en tout cas, même si cela m'a un peu gêné, cela m'a également fait chavirer de joie. Oui, ce sont des moments que je n'oublierai pas de sitôt.

Quant à dire si j'ai fait bonne impression sur elle, je l'espère, mais je ne me fais pas trop d'illusions.

De jour en jour, je pense à elle sans arrêt, et ce soir je vais bien dormir. Pour moi, c'est comme un rêve. Je suis émerveillé par ce qui m'arrive, comme les Mory l'ont été cet après-midi en ouvrant leur colis : c'était un poste TSF tout neuf, avec pour mot d'accompagnement, une petite carte sur laquelle était écrit :

Chers Marcel et Françoise,

Ne pouvant être parmi vous à l'occasion de ce beau jour qui se prépare, c'est avec un petit mois d'avance que nous vous offrons ce petit cadeau, en vous adressant également toutes nos félicitations pour ces trente ans de mariage...

En vous souhaitant encore beaucoup de bonheur pour les années à venir...

Jacques et Christiane, qui vous embrassent.

CHAPITRE III

Dix-sept ans

On n'est pas sérieux, quand on a dix-sept ans
Et qu'on a des tilleuls verts sur la promenade.

Roman
Arthur Rimbaud

22 juillet 1936

Ce matin, j'ai reçu pour mes dix-sept ans une petite carte de ma sœur Anna. Avec tous ses gosses à torcher, je suis étonné qu'elle ait pensé à mon anniversaire. Mais ça me fait très plaisir, c'est pas ce que je veux dire.

À part ça, vivement que je sois majeur, que je puisse enfin déployer mes ailes. J'ai tellement de projets que je me languis vraiment que ça commence. Et dire que j'ai encore quatre années à attendre !

Tout à l'heure, je vais à Saint-Junien avec mon copain Michel, pour rencontrer un type qui organise des courses de vélo dans la région. J'ai rien dit à mes parents, bien sûr, sinon ils m'empêcheraient d'y aller, c'est couru d'avance, surtout mon père. Mon père, ce qu'il veut, c'est que je reprenne un jour la boulangerie. Enfin, c'est ce qu'il voulait. Car avec le retour d'Adrien à la maison, j'imagine que c'est désormais sur son fils aîné que reposent tous ses espoirs.

En tout cas, il est hors de question que je finisse boulanger. Je mérite mieux, il me semble. Mon père peut dire ce qu'il veut, j'en ferai qu'à ma tête. J'en ai assez qu'il me commande encore comme si j'avais dix ans. Je suis plus un gosse. Mes copains, c'est pareil, ils se font tous mener à la baguette par leur père. Moi, stop, ça suffit. Je voudrais faire un peu des choses qui me plaisent et qui me serviront dans la vie.

De toute façon, ils pourront tous dire ce qu'ils voudront, je vais me mettre au vélo et devenir un champion. Et qu'on me laisse tranquille. Je sens bien que j'ai une fibre de champion en moi. Michel lui-même me l'a dit. Cet après-midi, je vais voir quelqu'un d'important, il faut qu'il soit persuadé que je suis un as ; il va l'être, c'est obligé. D'ailleurs, j'ai en moi une telle rage de vaincre que ça crève les yeux. C'est pas possible qu'il le voie pas. Moi, quand je me regarde, je le vois, alors…

— Henri !

Ça, c'est mon père qui m'appelle. Je me demande bien ce qu'il me veut encore.

— Henri, ton père t'appelle, me répète ma mère comme si j'avais pas entendu.

— Je sais, je suis pas sourd, je lui réponds.

J'étais bien, assis sur le trottoir, au soleil, devant la devanture. Ma mère revient me voir sur le pas de la porte du magasin.

— Henri, ton père t'a appelé !

— Oui oui, ça va, j'y vais…

— Tu fais comme tu veux, mais tu sais comment est ton père, alors ne le fais pas crier inutilement, me dit-elle en époussetant son balai qu'elle tape contre le rebord de l'escalier extérieur.

Je me lève et j'entre dans la boutique en soupirant.

— Henri ! Bon sang, où il est ce gosse ! crie mon père alors que j'arrive en remontant mes manches.

— Je suis là…

— Ah quand même… Ça fait une heure que je t'appelle ! Bon, viens me donner un coup de main…

Il veut qu'on déplace les sacs de farine. Pourtant ils sont correctement empilés le long du mur du fond, comme on les met d'habitude…

— Mais pour quelle raison tu veux déplacer ces sacs ? je lui demande.

— Parce que ! J'ai besoin de faire de la place, me répond-il, point final !

— Pourtant ils sont à leur place, enfin, comme on les range d'habitude… Ça ne va donc pas ?

— Écoute Henri, c'est pas le moment de discuter, attrape ça.

Comme d'habitude, on peut rien dire avec mon père. Il a fallu que je l'aide à bouger ces putains de sacs. Ras le bol.

— Voilà qui est parfait, dit-il en posant le dernier sac. Comme ça, cet après-midi, on pourra mettre les autres ici.

— Comment ça, cet après-midi ?

— Oui, cet après-midi, ils viennent livrer.

— Comment ça ils viennent livrer ?

— Eh bé, ils viennent livrer, comment il faut que je te le dise ? En chinois ?

— Non, pas la peine…

Recherchant encore la contestation, je lui fais remarquer que les livraisons se font d'habitude le vendredi.

— Eh bien, cette fois, c'est aujourd'hui. Et ne discute plus ! Et puis tu resteras dans les parages ; on aura sûrement besoin de toi.

— Quoi ? Pour décharger ?

— Oui, parfaitement, pour décharger, pour transporter et pour ranger ! Pourquoi ? Je commence à te connaître toi, où voulais-tu aller galoper encore ?

— Nulle part.

— Tu as entendu ! crie-t-il alors que je monte dans ma chambre. Tu as intérêt d'être là !

À chaque fois c'est pareil, on peut rien prévoir dans cette maison. J'en ai ras le bol de cette baraque et encore plus de mon vieux avec sa farine !

*

* *

Cet après-midi, j'ai pu emmener Henri à Saint-Junien. Hier, son père l'a réquisitionné pour bosser, et il fallait voir la tête qu'il faisait. Remarque, je le comprends, on avait tout prévu, ça fait râler. Aussi, aujourd'hui, il s'est tiré de chez lui vers 14 heures, sans prévenir, comme ça on était tranquilles.

On a mis une demi-heure à moto ; j'ai poussé le moteur à fond, c'était fantastique. Avec Henri, on va souvent faire de la moto sur les routes de campagne, entre deux réparations.

Il m'aide vachement bien à la mécanique, il est doué. Il est doué en tout, d'ailleurs. Pendant une semaine, on a trafiqué le moteur, et maintenant, vous pouvez me croire qu'il est au point. On arrive à monter jusqu'à 100 km/h en descente et en ligne droite, sinon il tourne facilement à 60-70 km/h. On ne s'ennuie pas, tous les deux. C'est un bon copain à moi, Henri. Ça fait bien dix ans qu'on se connaît ! J'ai trois ans de plus que lui, mais comme il fait bien plus vieux que son âge, la différence ne se voit pas.

On s'est garés sur la place de la ville, et devant moi, Henri marche à vive allure sans même m'attendre.

— Où tu vas si vite ? Calme-toi…

— Allez, dépêche-toi, qu'est-ce tu fous ? me dit-il en daignant s'arrêter un peu.

— J'arrive… Monseigneur, je lui dis en le taquinant.

— Allez, fais pas le con, me répond-il pour plaisanter en me tapant sur la nuque.

Bientôt, on entre dans l'immeuble des PTT, et Henri se présente à l'accueil.

— Bonjour, mademoiselle. Est-ce que monsieur Combes est là ? Je dois le voir, dit-il avec une belle assurance.

Moi, je me tiens derrière lui, et je le regarde faire. Il a de l'allure quand même, tellement d'allure que la fille sans rien oser demander nous emmène dans un bureau au premier étage.

Elle frappe à une porte, et une voix lui dit d'entrer.

— Ces messieurs désirent vous voir, dit-elle timidement.

— Oui, c'est pourquoi ? dit un gros monsieur d'une cinquantaine d'années, en se tordant le cou pour nous dévisager des pieds à la tête.

Tandis que la fille s'éclipse, Henri me pousse légèrement dans le dos et nous achevons d'entrer.

— Monsieur Combes ? demande Henri.

— Oui…

— Très bien, je voulais vous voir.

— Venez-en au fait, jeune homme…

— Voilà, je venais vous voir… Vous organisez bien des courses de vélo ?

— Moi ? Si j'organise des courses de vélo ?

— Oui.

— Non pas vraiment, ricane-t-il, je n'ai pas encore cette prétention, disons que j'entraîne une sympathique équipe…

— Ah c'est bien ça… J'ai dû mal comprendre…

— Oui, sûrement… Venez-en au fait jeune homme…

— Je viens de la part d'un certain Lorencin…

— Ah… Lorencin… Oui et alors ? dit le type en montrant une certaine impatience.

— Eh bien, je voudrais faire du vélo, dit Henri plein d'enthousiasme.

— Pardon ?

— Oui, je voudrais courir dans des courses… Bien sûr, juste en amateur, au début, pour commencer.

— Et c'est pour me dire ça que vous venez me déranger dans mon travail ?

— Ben oui, réplique Henri le plus normalement du monde.

— Vous êtes débutant ?

— Oui oui.

— Vous n'avez jamais fait partie d'un club ?

— Non non.

— Et vous voulez intégrer mon équipe ?

— C'est ça.

— On verra. Revenez plutôt me voir un autre jour… Disons, dans la semaine prochaine.

— D'accord, acquiesce Henri en me jetant un regard complice.

— On verra plus tard si vous êtes toujours d'accord. En attendant, je vous suggère de vous préparer sérieusement…

— Quoi ?

— Comment quoi ? Vous ne comprenez pas le français ? Vous comptez vous entraîner, je suppose ?

— Non, avoue Henri sans se démonter. C'est pas utile, je peux rouler des heures entières sans la moindre fatigue. Qu'est-ce que vous dites de ça ? Je suis un futur grand champion, monsieur Combes, vous n'devez pas en douter.

— Attendez, je crois avoir mal entendu…

— Quoi…

— Allez, mon petit gars, rentre chez toi. Et quand tu auras une bonne raison de faire du cyclisme, tu reviendras me voir, dit le type en se replongeant dans ses papiers.

Henri est estomaqué. Moi aussi.

— Dehors, messieurs, j'ai du travail, répète-t-il en voyant que nous n'avons pas bougé d'un pouce.

Je regarde Henri et, sur son visage livide, je vois comme jamais auparavant une énorme déception. Ses poings se serrent.

— Je veux faire du cyclisme. Prenez-moi dans votre équipe. Vous le regretterez pas, dit-il en essayant tant bien que mal de garder son calme.

— Parce que tu te figures que j'ai besoin de toi ? s'étonne le type en relevant son front dégoulinant.

— Prenez-moi à l'essai, vous verrez bien ce que je vaux…

— Probablement rien, ou pas grand-chose. Je les vois arriver de loin les marioles de ton espèce.

Une fois ces dernières paroles tombées comme un couperet, Henri se tourne alors vers moi, comme pour dissiper un accès de fureur, et en le montrant du doigt il me demande ironiquement :

Qu'est-ce qu'il dit ?

— Bon, c'est fini ce petit jeu ! s'énerve le type.

— Je vous dis que je veux devenir coureur cycliste ! S'il y a quelqu'un qui sait si j'en ai les capacités, c'est bien moi quand même ! lui lance subitement Henri à la figure, au bord de la crise de nerfs.

— Bon allez, foutez-moi le camp d'ici, le cyclisme n'a pas besoin d'énergumènes de votre espèce ! nous rétorque alors le type en nous regardant froidement.

Puis, il nous fait signe de sortir. Henri est mortifié, moi je n'ose rien dire et j'esquisse un mouvement pour partir.

— Reste ici, me dit Henri.

Ses poings sont serrés, et je sens qu'il peut se passer des choses regrettables.

— Allez, on y va, je lui dis avant qu'il ne soit trop tard.

— Je te dis de rester là !

— Bon, c'est bientôt fini ? J'ai dit dehors ! répète le type en nous montrant une fois de plus la sortie.

Cette fois, Henri va pour s'approcher, mais je l'arrête du bras :

Allez laisse, on s'en va, je lui dis. Il m'écarte gentiment, et s'avance vers le type.

— Est-ce que je pourrais savoir pourquoi vous me parlez sur ce ton ? lui dit Henri en posant ses poings fermés sur le bureau.

Il y a quelques secondes de silence. Un silence lourd et pesant. Le type lève lentement son arrière-train du fauteuil, et se mettant à la hauteur d'Henri, il lui demande qui est son père.

— Ça vous regarde ? réplique Henri.

— Donne-moi ton nom, j'irai voir ton père, répète le type tout à fait sérieusement.

— Pour quoi faire ?

— Tu veux savoir pourquoi ?

— Oui, j'aimerais bien savoir !

— Pour qu'il te mette la raclée que tu mérites.

J'ai arrêté *in extremis* le poing de Henri qui allait s'écraser dans le gras de la figure de son adversaire.

Aussitôt, toute une troupe d'employés, des gratte-papier venant des autres bureaux, alertés par les cris et les vociférations, se sont mis à nous bousculer et nous pousser vers la sortie, sous les « Pauvre type ! », « Répète ! », « On se reverra ! », « Mais oui c'est ça ! », que Henri et l'autre fou se jetaient à la face en se menaçant du poing par-dessus la cohue humaine.

Bravo l'après-midi. Henri est comme fou. Il n'a pas arrêté de jurer tout le trajet du retour. Il l'a mauvaise, très mauvaise.

*
* *

Qu'on me parle plus de cyclisme. Je suis écœuré. Michel m'a dit d'aller voir quelqu'un d'autre, qu'ils étaient pas tous comme celui-là. Je l'ai coupé net : « Sûrement pas ! C'est fini, terminé ! Ils veulent pas de moi ? Tant pis pour eux ! C'est pas moi qu'irai les supplier à genoux ! Je suis pas une lavette ! » Ensuite il a voulu me ramener jusque chez moi, et je lui ai dit non. De chez lui, je suis à cinq minutes à pied, je peux quand même faire ça. Et puis, si mes parents nous voyaient arriver ensemble, ils se douteraient de quelque chose et alors : vas-y que je te commencerais les questions et les engueulades. Je connais la musique, merci. Même avec Michel, je me suis engueulé. Aujourd'hui, je suis énervé, très très énervé. Tant pis pour lui, il a insisté au moins dix fois pour me ramener. Quand je dis non, c'est non. Je l'ai envoyé promener et je suis parti, ni au revoir ni merd… De toute façon aujourd'hui… Rien ne va.

Autre chose : tout à l'heure, en rentrant, j'ai croisé Guibert dans une ruelle derrière le cimetière. Ce mec, je peux pas le voir, j'ai jamais pu le voir. Il a deux ans de moins que moi, c'est un gringalet, c'est une lavette, c'est tout ce qu'on veut, et moi il m'énerve. On a été un peu à l'école ensemble, mais lui, il était dans la classe supérieure. On l'appelait « le petit savon » parce qu'il faisait tout le temps le savant, et moi je lui cassais la gueule parce qu'il m'énervait, et en plus c'était le chouchou de la maîtresse. Raison de plus. Il y a maintenant des années que je l'ignore, depuis que je n'vais plus à l'école. Et là, aujourd'hui – allez savoir pourquoi aujourd'hui, c'était pourtant vraiment pas le jour ! – on s'est croisés dans la rue. Il m'a regardé et il a souri. Je n'sais pas pourquoi il a souri, bref, il a souri. J'ai continué mon chemin tout en réfléchissant puis, au bout de deux ou trois mètres, je me suis retourné et je l'ai interpellé.

— Pourquoi tu rigoles ? je lui ai demandé.

— Moi ? Je rigole ?

— Oui, tu as rigolé…

— Ah bon, me dit-il étonné en avançant stupidement le cou comme un dindon.

— Oui, j'ai bien vu, tu as rigolé et maintenant tu te fous de ma gueule ? Tu le fais exprès ?

À cause du gros plein de soupe de tout à l'heure, j'avais encore la haine, alors je me suis approché lentement de cette petite lavette de Guibert, pour lui demander de s'expliquer et d'arrêter de me prendre pour un imbécile. Toujours égal à lui-même, il s'est alors mis à reculer comme le péteux qu'il est, en se souvenant sûrement de l'époque où je lui mettais tous les jours la correction qu'il méritait.

— Qu'est-ce que tu fais ? me dit-il en bégayant.

— Tu te marres ? Hein, tu te marres bien de ce qui m'arrive ? lui ai-je répondu.

— Mais non, je n'ai rien fait. De quoi tu parles ?

Il tremblait comme une feuille morte, et avant qu'il s'en aille en courant, j'ai sauté sur lui et je l'ai tabassé, tabassé, et tabassé jusqu'à ce qu'il hurle et qu'il me supplie d'arrêter. Le coin était désert, ça m'a bien aidé. De toute façon, je savais plus ce que je faisais. Quelqu'un aurait pu passer à ce moment-là, je m'en serais pas rendu compte jusqu'à ce qu'on m'empêche de frapper encore. Quand j'ai arrêté de m'acharner sur cette lavette, il avait le nez en sang, et peut-être encore d'autres dégâts, mais je l'ai même pas regardé ; je suis parti, calmé, et enfin soulagé. De toute façon, aujourd'hui c'est comme ça, faut pas me chauffer.

En arrivant à la maison, j'ai nettoyé le sang que j'avais sur les mains, avant que ça se remarque. Ensuite, je suis monté dans ma chambre. Ma mère m'a demandé au passage où j'étais parti. « Quelque part », je lui ai répondu. Après, c'est mon père qui a pris le relais :

— Où tu étais ? Ça fait des heures qu'on te cherche.

Comme il avait sa voix des mauvais jours, j'ai préféré répondre et éviter ainsi de ramasser une beigne.

— J'étais avec Michel.

— Où ça !

Comme d'habitude, mon père gueulait. Il m'engueule tout le temps, je peux rien dire avec lui.

— On était à Saint-Junien. On faisait de la moto, ai-je ajouté avant que d'autres questions fusent.

J'ai rien dit sur le reste, il m'aurait assommé. Et je tiens pas trop à ce qu'il m'assomme.

Maintenant, je suis étendu sur mon lit, et je repense à tout cet après-midi. Quel gâchis. Je suis écœuré. Il faut que je me rattrape, je peux pas rester sur un échec comme celui-là. Demain, j'irai voir mon amour secret, et je lui dirai que je l'aime, et que je veux qu'on se marie un jour, quand j'aurai ma majorité, par exemple. J'en peux plus qu'on me rejette et qu'on me prenne pour un gosse. Tout le monde me prend pour un gosse. Sauf ma mère. Et mon frère. J'ai quand même dix-sept ans, et j'en parais au moins cinq de plus, tout le monde me le dit. Et si tout le monde le dit aussi unanimement, c'est bien que ça doit être vrai.

Comme chaque midi après le repas, maman attaque la vaisselle. Mon père est monté faire sa sieste, et Adrien range un peu le magasin. C'est le calme plat. Alors, discrètement, j'en profite pour sortir par-derrière, et je file sans ameuter la maison. Je prends les petites ruelles et je cours à fond pendant au moins un kilomètre. Arrivé sur le pont, en bas du village, je traverse la Glane et je me dirige vers Grivaux. En moins de vingt minutes, j'arrive là-bas. Comme tous les jours depuis une semaine, je réintègre mon poste. Accroupi derrière des genêts, j'écoute et j'observe ; seulement pour le plaisir de voir durant quelques secondes mon amour traverser la cour de la ferme. Pour rien au monde, je céderais ma place. Aujourd'hui, il s'est encore rien passé. Les bruits de la ferme, pas plus. De temps en temps, le chien aboie, mais pas plus. Le grand-père est également à son poste, au bas de l'escalier de la terrasse, comme tous les jours de l'année. Il paraît que de toute la journée, il n'bouge plus de son siège en bois, sauf pour aller manger et se coucher. C'est ce que madame Mory a raconté à ma mère, un jour alors qu'elles étaient seules dans la boutique. « Il se paralyse peu à peu », disait madame Mory. Et effectivement, il est tout le temps assis, au fond de l'escalier, sur sa marche, toujours la même.

Il doit être maintenant trois heures, trois heures et demie. Les minutes passent ; les mois et les siècles aussi, me semble-t-il. Lorsque tout à coup… Enfin ! Enfin ! D'un coup, mon cœur se met à battre plus vite : mon amour vient de sortir de la maison. Elle marche comme une reine dans la cour de la ferme. Une beauté des dieux ! Si légère, si fine, si jeune, si douce ! Je n'la quitte pas des yeux une seconde ; elle se dirige vers les champs. J'ignore ce qu'elle fait, sinon qu'elle s'éloigne de la maison : c'est exactement ce que j'attendais depuis une semaine. En deux sauts de lièvre, je m'extirpe de ma cachette, et hop ! je m'avance en courant d'un arbre à l'autre, le dos baissé, avec un esprit rigoureux du camouflage. Je la suis de loin ; elle est à peu près à cent mètres de moi. Bientôt, elle bifurque vers la gauche, et emprunte le sentier des Chênes. En un éclair, je devine où elle va. Je contourne alors le petit bois de Val Clair, je cours à la dérobade le long des taillis, en me faisant griffer deux trois fois les bras par des ronces longilignes. Je prends à droite en direction du sentier des Chênes, et je reprends à nouveau à droite pour me jeter à plat ventre au milieu du bois, derrière un tas de fagots. De là, je suis à dix mètres du sentier, en aval. Je n'ai qu'à m'étirer un peu le cou à travers les branchages pour la voir arriver comme prévu, descendant le sentier dans sa petite robe d'été. Dès qu'elle atteint une distance raisonnable, je sors du bois sans coup férir, et je débouche dans le sentier comme si de rien n'était ; comme si c'était le hasard de notre promenade qui allait nous faire nous rencontrer, pas plus. Sur le moment elle a un peu peur, mais quand elle voit que c'n'est que moi, tout va mieux. Je lui dis bonjour. Elle me répond poliment, tout en continuant sa marche. On se connaît tous les deux. On a le même âge ; on a fait notre communion solennelle ensemble, je me rappelle bien. Moi, ça m'ennuyait terriblement, mais elle, elle était purement magnifique dans sa robe blanche ! Une véritable enfant de Dieu !

— Ça va ? je lui demande en suivant son chemin.

— Qu'est-ce que tu veux ? me dit-elle sans me regarder.

Ses cheveux clairs flottent au vent, et son pas s'accélère, comme si elle voulait se dégager de ma présence. J'accélère aussi, sans pouvoir détacher mon regard de ce visage poupin que je voudrais tant couvrir de baisers. Et puis j'ai tellement de choses à lui dire, et des choses importantes, que je lui demande de s'arrêter parce que parler en marchant ça me déconcentre. Même pas elle m'écoute, et elle continue son chemin comme une tête de mule qu'elle est !

— Pourquoi tu m'écoutes pas ? je lui demande gentiment.

Elle répond toujours pas et continue à faire sa forte tête.

— Où tu vas ? Attends-moi ! J'ai des choses à te dire !

Je lui crie tout ce que je peux, tellement que ça m'étouffe, mais rien n'y fait, au contraire elle s'enfuit en courant, et moi je me retrouve planté. Je n'ai eu le temps de rien faire. J'avais envie de lui dire… J'avais envie, mais j'ai pas pu. Je n'sais pas ce qui s'est passé ! J'étais d'un coup comme bloqué, comme si j'n'avais plus de voix dans la gorge ! Je suis vraiment un bon à rien ! La prochaine fois, ça n'se passera pas comme ça ! D'abord, il faudra qu'elle m'écoute ! Et je lui dirai tout. Tout… tout… TOUT !

Valentine, mon amour ! L'amour de ma vie !

CHAPITRE IV

Deux frères

Alors moi, j'aime qui ?... Mais cela va de soi !
J'aime... mais c'est forcé !... La plus belle qui soit !

Cyrano de Bergerac
Edmond Rostand

Octobre 1936

Il y a presque quatre mois que je suis rentré au pays, et mon espoir d'être un jour menuisier s'annonce compromis. L'atelier d'Albert Tessié va être repris en décembre par un de ses neveux qui vient d'Angoulême. Quant à l'achat d'un local, papa n'y était pas trop favorable. Par ailleurs, je m'étais renseigné dans le courant de l'été, ici et là, sur quelques possibilités, mais vu l'état de mes finances, j'étais loin d'avoir les moyens d'acheter tout le matériel nécessaire. Et puis surtout, papa, qui à présent vient de dépasser la cinquantaine, se demande ce que va devenir la boulangerie. Au début du mois de septembre, alors qu'un matin nous étions seuls au fournil, il m'a dit qu'il préférait me voir m'associer avec Henri, plutôt que je me lance dans quelque entreprise incertaine et périlleuse. « Je ne sais pas pourquoi, mais, je ne te vois pas du tout menuisier », m'avait-il finalement déclaré. Cela m'a blessé parce que je trouvais qu'il s'immisçait un peu trop dans mes affaires. Mais j'ai compris tout de même ce qu'il voulait me dire. Et en y réfléchissant, cela ne me déplairait pas de rester boulanger. C'est un métier que je connais bien. Et si papa souhaite que je reste, je resterais probablement. « Enfin, soit, nous verrons bien, et l'avenir nous dira le reste », pensais-je. Moi aussi, depuis quelque temps, je pensais beaucoup à l'avenir, plus qu'à toute autre chose à vrai dire. Je pensais à moi, à l'avenir, à fonder une famille… Oui, à fonder une vraie petite famille ! J'y pensais beaucoup, et j'y pense à présent de plus en plus.

Si Valentine me disait oui, ce serait formidable. Elle est si jolie, si gentille, si douce et si étincelante : une véritable fleur des champs ! Oui, ce serait formidable. Je la vois de temps à autre à la boutique quand elle vient chercher le pain, et dès qu'elle pousse la porte, mon cœur se met à palpiter. Droite et toute fine, elle attend timidement que son tour arrive. Elle est polie avec tout le monde, elle est mesurée et discrète. Ses yeux verts parcourent lentement les étalages pour ne pas rencontrer ceux des gens qui se retournent vers elle. Je ne cesse de l'observer. Elle ne me voit pas, ou rarement. Elle s'approche, joliment ; elle parle, doucement ; et sa voix me chauffe le cœur. Elle est merveilleuse, elle est formidable, et c'est peu dire. Si elle savait que je la guette parfois derrière le rideau du magasin, pendant que maman sert le pain. Et quand la porte se referme sur elle et qu'elle disparaît dans la rue, je me languis qu'elle revienne. Elle sent bon le parfum, un parfum doux et miellé ; un parfum que l'on rencontre souvent dans les champs au début de l'été, un mélange de soleil et d'effluves de chaume. Une fois ou deux j'ai frôlé Valentine, à l'église, et sur la place du marché au Champ de foire ; c'était toujours le même parfum. Lorsque je suis près d'elle, elle ne me remarque pas ; mais peu importe, car j'ai le sentiment de nager dans le bonheur, en attendant la fois prochaine.

Je ne suis pas encore parvenu à lui parler. C'est-à-dire que je n'ai pas encore décidé, ni le lieu, ni la façon dont je vais m'y prendre. C'est tellement délicat, il me semble que je vais l'effrayer. J'avais pensé mettre Henri dans le coup, c'est vrai qu'il pourrait m'aider, il est tellement direct. Et puis en réfléchissant – il est vrai que je n'ai jamais autant réfléchi qu'en ce moment –, je me suis dit qu'il est justement tellement direct que son intervention pourrait très vite se terminer en catastrophe ; alors, j'ai abandonné cette idée. Et puis tout de même, c'est à moi de me débrouiller seul. Ce n'est pas parce que je suis un peu timide que je dois nécessairement me faire assister.

Deux semaines entières se sont écoulées, et je n'ai toujours rien tenté. Les derniers jours d'octobre approchent, et j'espère que je serai fixé avant l'hiver. Mais je suis si impatient que je crains d'aller trop vite.

Une porte claque. C'est encore Henri qui se fait attraper par papa, parce qu'il revient de je ne sais où. En ce moment, il est plus souvent dehors qu'à la maison. On ne sait pas où il va, il ne dit rien. Il disparaît presque tous les jours pendant des heures. Papa voudrait le voir travailler plus souvent, alors forcément ça barde. Henri, lui, reste insensiblement muet. Puis il avait pris l'habitude depuis quelque temps de claquer les portes. Il l'a fait une fois, deux fois, trois fois, et à la quatrième, papa est monté le voir dans sa chambre pour lui mettre une raclée. À présent ça va mieux, enfin, ça ne fait que crier. Mais dès qu'il y a des claques qui volent à nouveau, ça devient impossible. Maman s'interpose pour calmer papa, et c'est interminable. Moi, ça me gêne parce qu'en tabassant mon frère, papa lui reproche de fainéanter et de me laisser tout le travail. Or, je m'en fiche pas mal, je m'en sors très bien tout seul. Mon frère peut bien passer du bon temps, ça ne me dérange pas. C'est normal, il est plus jeune que moi, mais ça, papa ne veut pas le comprendre. Et souvent après l'avalanche de coups qui s'est abattue sur lui, je vais voir mon frère pour le rassurer, lui dire qu'il peut continuer à faire ce qu'il veut, que pour moi ça n'a pas d'importance. « Je sais bien que toi t'es pas comme ça, me dit-il le plus souvent. Y a que le père pour sans arrêt m'empoisonner la vie ! »

J'adore mon frère. Nous avons beau être du même sang puisque nous sommes frères, il n'en demeure pas moins l'opposé de moi ; et quoi qu'on en dise c'est ce qui m'épate plus que tout. Ces dernières années, durant lesquelles je n'étais pas là, Henri a beaucoup changé. Je ne peux pas dire que je ne le reconnais pas, mais il est à présent vraiment différent. Il s'est énormément assagi, et ce n'est plus du tout le petit adolescent que j'ai quitté. Il a acquis, je ne saurais dire où ni comment, une assurance assez étonnante voire presque unique pour un gosse de dix-sept ans ! Il a mûri et c'est bien normal ; quoique j'ai du mal à m'y faire : c'est comme si je ne pouvais pas m'imaginer qu'il pouvait grandir et, lui aussi, devenir un homme.

Avant que je parte, il était fier de lui comme un adolescent qui veut devenir adulte avant l'âge. Oui, il s'est assagi, je trouve ; sauf avec papa, avec qui il a tout de même bien des difficultés. Il faut dire que papa est parfois tellement injuste avec lui. Il le considère souvent comme un bon à rien. Et il se permet bien des fois de prendre les décisions pour lui. D'ailleurs, papa décide pour tout le monde, dans la maison. Directement ou indirectement, il se débrouille toujours pour que les choses se passent comme il l'a décidé. Même pour moi. Ce n'est pas un hasard, ni le seul fait de ma volonté, si j'ai décidé de rester ici à la boulangerie. La chose a été conclue il y a quelques jours d'un commun accord, c'est vrai. Mais cette décision, si je l'ai acceptée, ce n'est pas tant parce que mon père me l'a subtilement imposée, mais seulement parce qu'Henri venait de m'avouer qu'il était hors de question, en ce qui le concernait, qu'il reste à la maison sous le joug du père. Je n'ai pu cependant m'empêcher de lui apprendre les projets de notre père qui souhaitait nous voir dans un avenir proche nous associer. À ces mots, Henri est devenu rouge de colère, et il m'a fait jurer de ne rien répéter au père, qu'il se chargerait le moment venu de mettre les choses au clair.

— Tu peux avoir confiance, je ne te trahirai jamais, l'ai-je aussitôt rassuré.

— Oui, je sais, a-t-il murmuré en allant s'enfermer dans sa chambre. Dis à maman que ce soir j'ai pas faim…

Il a mis plusieurs jours à retrouver son entrain habituel. Et c'est pour cette raison que j'ai dit à papa que j'étais d'accord pour reprendre la succession ; pour qu'il laisse Henri tranquille le jour où il saura qu'il veut partir ; en espérant que ce léger sacrifice de ma part aura au moins le mérite d'empêcher papa de retenir mon frère contre sa volonté. Tout ce que je souhaite, c'est que la séparation se passe bien, et que papa ne s'emporte pas démesurément, comme cela lui arrive parfois. Henri a le droit après tout de choisir sa vie. Moi aussi, en y réfléchissant bien, je l'ai choisie. Je serai aussi heureux au fournil qu'à tailler et ciseler le bois dans un atelier poussiéreux. Et puis, en dépit de la fatigue et de la somme de travail que demande ce métier, c'est un beau métier que celui de boulanger. Et puisqu'il m'ouvre ses bras, je vais m'y consacrer. J'ai d'ailleurs déjà pris dans ce sens l'initiative de redémarrer les tournées dans les campagnes, que papa avait abandonnées à la suite de mon départ à Paris. Je passe ainsi toutes mes matinées sur mon triporteur, allant de village en village, de ferme en ferme, sortant une à une les bonnes tourtes odorantes entassées dans le coffre en bois qui sert de réserve à pain. C'est un travail que je connais bien pour avoir, durant nombre d'années lorsque j'étais enfant, accompagné papa dans ces chevauchées matinales où l'odeur du pain chaud se répand dans les chemins de verdure.

L'hiver est encore loin – il reste à passer tout le mois de novembre et une bonne partie de décembre –, et pourtant il fait depuis deux jours un temps exécrable. Ne pouvant me résoudre à rester enfermé plus longtemps à la maison, je décide de sortir une petite heure, histoire de mettre le nez dehors. La pendule de la cuisine sonne les coups de 4 heures lorsque maman finit de servir madame Chapuit, une vieille dame qui habite deux rues plus loin. Après la sortie de la cliente, la porte se referme sous les tintements du carillon, et maman apparaît au travers du rideau de billes qui sépare la boutique du reste de la maison.

— Où vas-tu ? marmonne-t-elle en remarquant ma veste et les grosses chaussures d'hiver.

— Tu l'vois bien, je réponds en ajustant mon écharpe.

— Tu n'as pas vu Henri ? me demande-t-elle soudain en brossant la farine collée à son tablier.

— Il est dans sa chambre, dis-je en pesant mes mots pour bien faire comprendre qu'il ne veut pas être dérangé.

— Encore, soupire-t-elle. Je ne sais pas ce qu'il a en ce moment, mais il est pénible ; on dirait qu'il le fait exprès pour énerver ton père… !

Je ne sais pas quoi répondre ; ou plutôt je ne sais que trop quoi répondre, mais maman a déjà disparu dans la cuisine. Je hausse les épaules en signe d'impuissance, puis, une fois dans le froid de la rue, serrant le col de ma veste, je ne pense plus qu'à Valentine. Dimanche, j'irai à la messe. Rien que pour la voir. Je trouverai bien une place où je pourrai la regarder à loisir. Et bientôt j'essaierai de lui parler, si elle veut bien m'écouter.

*
* *

Tous les dimanches, après la messe, c'est moi qui vais chercher le pain à la boulangerie Croizer. Maman me donne les sous, et je file à toutes jambes au milieu de la cohue qui remonte la rue centrale. Parfois, ma petite sœur Susie m'accompagne, et nous en profitons pour flâner devant les vitrines des petits magasins du bourg. Il faut dire que la sortie de la messe est toujours un moment privilégié pour se donner quelques minutes de bon temps, pendant que les grandes personnes discutent sur la place de l'église, en échangeant les dernières nouvelles, ou les derniers ragots du pays.

La boulangerie Croizer est située dans la rue centrale, presque en face de l'école des filles, et non loin du Champ de foire, la grande place du village. Les Croizer sont des gens très gentils que mes parents connaissent depuis très longtemps ; surtout maman qui, petite fille, était amie avec madame Croizer. Par ailleurs, Henri, un des fils de madame Croizer, aurait le même âge que moi – du moins d'après ce qu'en dit maman. Voilà pourquoi inlassablement depuis des années, nos chemins se sont toujours croisés. Hélas. Je dis hélas, parce que ce n'est pas ce qui pouvait m'arriver de mieux, loin de là. Je l'ai toujours eu sur mes pieds cet énergumène ! Depuis l'âge de huit ou dix ans ! Je ne pouvais pas faire un pas au village sans qu'il soit derrière moi. Un jour, il me griffait, un autre jour, c'étaient des coups de pied, une autre fois, les cheveux ; après il voulait que je joue avec lui, puis, à nouveau des coups, ensuite il soulevait ma robe, une autre fois, il me suivait partout en me racontant des histoires, des exploits, des aventures, pour finir en me disant qu'il était le plus fort et le plus beau de toute l'école, de tout le village et de toute la contrée. Insupportable. Insupportable, insupportable.

Il n'y a que depuis que j'ai quitté l'école, depuis l'âge de treize ans, qu'il me laisse tranquille. Quoique, je dis cela mais pas plus tard que cet été – ça devait être en août –, il m'a abordée un après-midi pour s'amuser avec moi et voir peut-être jusqu'où irait ma patience, je l'ai bien senti. Pour ce que sa compagnie m'était intéressante, je l'ai planté au milieu des bois comme un piquet, et j'ai continué ma route toute seule et bien tranquille. Ce gars-là est vaniteux comme personne ! Ce que cela peut m'agacer. Et dire que j'ai des tas d'amies qui toute la journée ne parlent que de lui ! Pour ma part, il y a longtemps que j'ai dépassé ce cap. Quant à me demander ce qu'il pouvait bien avoir à me dire d'intéressant ce jour-là, cela ne risquait pas de m'effleurer l'esprit. Vous pouvez me croire, Henri Croizer, c'est quelqu'un de particulier, connu dans tout le village pour être un phénomène.

En revanche, je connais beaucoup moins bien Adrien, son frère. C'est parce qu'il est plus âgé et bien plus réservé, je dois dire. Lorsque j'étais plus petite, je le voyais de temps en temps, lorsque, faisant sa tournée de pain, il s'arrêtait à la maison. Et, après avoir posé la grosse tourte croustillante sur la table de la cuisine, il échangeait quelques mots avec papa ou maman, tout en rangeant dans sa bourse en cuir les sous de la livraison. Quelque temps plus tard il a quitté le village ; je ne sais pas combien d'années, enfin longtemps, parce qu'ici les gens s'étaient habitués à ne plus le voir.

Puis il est revenu, il y a quelques mois ; c'était dans le courant du mois de juin. Et un après-midi qu'il se promenait du côté de chez nous, il est même venu à la maison. Maman l'avait rencontré sur la route, et lui avait proposé de passer boire un verre. C'étaient les premiers jours de l'été, et il faisait un soleil de feu. Je m'en souviens bien, car ce jour-là on nous a livré le poste TSF que tatie Christiane et tonton Jacques ont offert à papa et maman, pour leur anniversaire de mariage. À cette occasion et pour réunir toute la famille, nous avions décidé d'organiser pour le deuxième dimanche de juillet, une grande fête à laquelle ils ne pouvaient, hélas, assister. Ce fabuleux cadeau avait eu pour effet de marquer très fortement, par la pensée, leur présence parmi nous. Tatie Christiane est la sœur unique de papa. Elle travaille dans les bureaux comme secrétaire et vit depuis longtemps près de Paris avec son mari qui est avocat. Maman m'a raconté qu'ils gagnaient beaucoup d'argent, et qu'ils auraient été comblés de bonheur si seulement ils avaient pu avoir des enfants. Mais Dieu en avait décidé autrement.

Je me souviens qu'après avoir déballé l'appareil, papa aidé d'Adrien l'a soigneusement placé sur le buffet de la cuisine. Et, après maintes précautions, il a tourné le bouton non sans une dernière hésitation ; une petite lumière s'est alors allumée derrière la plaque de verre, et après un grésillement le son a fini par apparaître. C'était tellement magique et charmant, que nous nous sommes tous regardés joyeusement. Et je me rappelle bien qu'Adrien m'observait depuis longtemps déjà.

Aujourd'hui, Susie n'est pas venue à la messe. Elle est clouée au lit avec une bonne grippe. Papa est resté à la maison pour veiller sur elle.

J'arrive à la boulangerie dont je pousse lentement la porte. La clochette tinte, et les personnes déjà présentes se retournent avec curiosité. Je dis bonjour poliment, et je me glisse dans la file en regardant les petits pains et les confiseries sur l'étalage. Derrière son comptoir, madame Croizer remarquant ma présence, me dit bonjour avec les yeux tout en servant les clientes. Elle est vraiment gentille, cette boulangère.

Voilà mon tour.

— Alors Valentine ? Maman va bien ? me dit-elle en replaçant son gilet de laine sur ses épaules.

Je réponds timidement que tout le monde va bien.

— Deux tourtes comme d'habitude ? me demande-t-elle en posant les pains chauds sur le comptoir.

— Oui, deux tourtes, acquiescé-je en posant les sous dans la coupelle réservée à cet effet.

— Allez, au revoir, petite.

— Au revoir, madame.

Je sors alors en tenant les pains chauds serrés contre ma poitrine.

Adrien n'était pas là.

J'ai dit à madame Croizer que tout le monde allait bien, alors que Susie est malade. Ça m'était sorti de la tête.

*

* *

Je descendais de ma chambre, où je m'étais changé pour aller rejoindre mes camarades de football au café Duros. Le dimanche matin, je remplace souvent ma mère à la boutique, du temps où elle est à la messe. Et dès que la messe est finie, elle rentre à la maison et reprend son poste ; alors moi, je sors m'aérer.

Je descendais donc l'escalier.

Adrien était dans le couloir, debout, le cou tendu, le corps raidi et blanc de farine, en retrait dans l'ombre, caché derrière le rideau de la boutique, un rideau en billes de bois. Je me suis demandé ce qu'il faisait là au lieu d'être en bas au four avec le père, et j'ai regardé dans la boutique pour voir ce qui attirait tant sa curiosité. J'ai pas compris de suite ; il m'était difficile d'où je me trouvais de distinguer ce qui pouvait bien s'y passer d'intéressant.

Mon frère sait pas que j'ai découvert son manège. Sur le coup, ç'a été pour moi un véritable choc, j'étais tellement abasourdi, suffoqué, que j'ai rien pu dire. Il m'avait pas vu et je suis remonté dans ma chambre.

Maintenant, je suis étendu sur mon lit, et de revoir devant moi cette image de mon frère épiant Valentine, l'amour de ma vie, il me vient au fond de la gorge une colère... Une haine terrible ! J'ai presque envie d'aller lui casser la figure, et qu'il m'explique ce qu'il faisait ! C'est pas possible qu'il me fasse ça. S'il me fait ça... Je n'sais pas ce que je serais capable de faire !

C'est pas possible !

L'après-midi a été long, très long. Mes camarades de football, étonnés de mon absence de ce midi, sont venus voir ce que je faisais. C'est Philippe Deslandes, le capitaine de l'équipe – capitaine parce que fils du maire, car entre nous, les qualités pour briguer ce poste, c'est moi qui les ai ! – qui est venu aux nouvelles, jusque dans ma chambre. Tout en restant correct, je lui ai à peine répondu, et ils sont tous repartis comme ils étaient venus. Je suis resté enfermé dans ma chambre jusqu'à l'heure du dîner. Toute cette histoire m'a gâché l'après-midi. Ce soir à table, j'ai observé Adrien. J'ai pas mangé, j'ai observé tous ses faits et gestes. Il s'est rendu compte de rien. Il est heureux, lui. Il est sur son nuage, et moi j'enrage dans mon trou. J'ai mastiqué un bout de lapin pendant dix minutes sans pouvoir l'avaler. Ma mère était toujours après moi à demander si j'avais faim ou pas. Et pendant que le père lisait son journal, pépé et mémé se disputaient le dernier morceau de viande, tandis qu'Adrien rêvassait à qui vous savez.

Là encore, une formidable soirée j'ai passée !

Après, maman est venue me voir dans ma chambre. Elle est toujours à mes petits soins quand elle sent que je vais pas bien. Le temps qu'elle est restée avec moi, ça allait mieux. Elle s'est assise au bord du lit, avec son visage adorable de maman qui s'inquiète pour son enfant ; j'avais envie qu'elle m'embrasse la joue, comme autrefois quand j'étais petit et que le père venait de me punir en m'enfermant dans ma chambre. Plusieurs fois, elle m'a demandé ce que j'avais, pourquoi je paraissais si malheureux. Bien sûr, je n'ai pu que lui mentir, et je lui ai dit qu'au contraire tout allait très bien. Puis elle est sortie de la chambre, et quand elle a refermé la porte, j'ai failli me mettre à chialer comme un mioche ; si elle savait ! Tout le monde est maintenant couché depuis des heures, il me semble, et je dors toujours pas. Il doit être minuit, ou une heure, peut-être plus. Ça doit être un mauvais rêve. Oui, si seulement c'en était un.

C'est un mauvais rêve.

Il faut que je parle à mon frère, que je garde mon calme, parce que si ça se trouve, je me fais des idées sur ce que j'ai vu.

C'est ça, des idées. Restons calme.

D'abord, demain j'irai voir Valentine, et je lui dirai tout. Il faudra bien qu'elle m'écoute. Je lui dirai tout, comme ça je saurai où j'en suis avec elle. Et si tout se passe bien, personne ne risquera plus de me la prendre. Je dois me méfier. Jusqu'à maintenant, je me suis pas assez méfié. Il m'aurait fallu être plus vigilant.

Demain, c'est décidé !

C'est pas possible que mon propre frère me fasse ça !

Il faudra s'expliquer, régler cette histoire avant qu'il soit trop tard.

Je sais ce que je vais faire : on va s'organiser une petite partie de pêche dès demain, et l'occasion sera bien trouvée pour mettre les choses au point ; quand les parents sont au milieu, on ne peut jamais discuter tranquillement.

Deux jours, j'ai finalement mis deux jours pour le décider ! En plus, hier, j'ai pas pu aller chez Valentine : il a plu des cordes toute la journée, sans s'arrêter. J'ai hâte de la voir. Et lui dire que je l'aime. C'est l'amour de ma vie et elle le sait même pas ! C'est drôle, j'ai toujours su dire à certaines filles que je les aimais. Certes, pour la plupart d'entre elles, dans la seconde qui suivait je savais même plus qu'elles existaient ! Quant à celles que j'ai embrassées ces dernières années, je les compte plus ! Mais face à Valentine, c'est terrible, j'arrive pas à mettre à profit mes capacités habituelles ; pas plus d'ailleurs que mon talent en principe infaillible, et qui en général m'est très coutumier dès que je dois séduire une fille. Ainsi, j'ai longtemps cru qu'il me serait facile d'aborder Valentine, et en réalité c'est un enfer. À chaque fois que je veux lui parler, je perds tous mes moyens. J'ai l'impression de ne plus exister, enfin de n'être plus qu'un idiot parmi tant d'autres. C'est horriblement désagréable. Je déteste me voir comme ça et je me demande des fois si cette Valentine n'est pas le diable en personne.

Le jour vient à peine de se lever, en cette matinée de pêche. Je pousse la porte de la maison, et nous traversons le village qui peu à peu s'éveille à notre passage. Des volets s'ouvrent ; des hommes et des femmes apparaissent sur le pas de leur maison ; des draps ici et là pendent aux fenêtres.

Le ciel devrait être beau aujourd'hui, dès que les brumes matinales se seront dissipées, mais c'est pas ma préoccupation première.

On nous salue sur notre passage. On s'échange des bonjours, et on s'échange des petits mots, surtout Adrien qui est bien avec tout le monde ; moi, j'ai envie de parler à personne. Enfin si, à deux personnes en l'occurrence, et c'est bien assez difficile comme ça sans aller en rajouter. Nous passons devant l'église – même monsieur le curé y va de son petit bonjour. Nous lui faisons un signe, et quelques centaines de mètres plus loin, nous commençons à nous enfoncer dans les chemins de brume.

C'est Adrien qui porte tout mon attirail de pêche. Moi, je porte rien. J'ai des choses à régler. Je réfléchis. C'est bien ça, je réfléchis.

Il devrait faire beau aujourd'hui. J'ai bien dit « Il devrait ».

*

* *

Henri a insisté pour qu'on aille à la pêche, alors on va à la pêche, je ne suis pas contrariant. De toute façon, je connais le résultat d'avance : il va tout ramasser, des truites, des goujons, des gardons, même des écrevisses, et moi rien. Mais soit, s'il n'y a que ça pour lui faire plaisir.

Ce matin, quand nous sommes partis, il y avait de la brume ; mais à présent elle s'est évaporée avec le soleil, un beau petit soleil d'automne. On s'est installés sous un saule, au bord de la Glane, vers le Repaire, un kilomètre en aval du pont qui se trouve à la sortie du bourg. Moi, je voulais qu'on s'arrête plutôt du côté du moulin, c'est un coin où on taquine facilement, où j'aurais pu ramasser quelque chose. Il n'a pas voulu, ce qui l'intéresse c'est pêcher « *à la fouette* » ou « *à la volante.* » Il prétend que la pêche « *à la ligne flottante* », ce que j'affectionne, c'est tout juste bon pour les amateurs ; ce que lui n'est pas. Il est têtu mon frère.

Tout à l'heure en marchant, en venant ici, il m'a posé une drôle de question à laquelle je n'ai pas répondu, tellement j'étais décontenancé. Et puis mon frère, dès qu'il se trouve avec moi, il est sans arrêt en train de parler et de dire n'importe quoi, s'il fallait que je réponde à toutes ses âneries…

— Je te trouve bien bizarre en ce moment, m'a-t-il dit. T'as rien à m'annoncer ?

Comme si j'avais quelque chose à lui annoncer. Pas plus que d'habitude. Rien qui puisse l'intéresser en tout cas. Franchement, je n'ai pas compris.

Depuis bientôt une heure que nous sommes là, il n'a pas arrêté de discuter et de remplir au fur et à mesure sa bourriche. Il est comme ça mon frère, il est assommant. Moi, je me contente de deux petits gardons qui gisent le ventre en l'air au fond de mon seau. J'ai bien dit mon seau ! Chacun a son récipient, c'est une des conditions pour venir se frotter aux talents de pêcheur de mon frère ! Lui, il a une bourriche, et moi j'ai un seau. Mais vu les qualités extrêmes des deux pêcheurs, je comprends fort bien qu'il tienne à ce qu'on sépare notre poiscaille[1].

Il parle, il parle… Tout y passe : les engueulades avec papa, son envie de partir de la maison, les dernières histoires qu'il a eues avec Michel, les filles du coin qui sont toutes des boudins, le cyclisme dont il ne veut plus entendre parler, et le fameux concours de

1. Terme dérivé du patois, signifiant pour Henri l'ensemble des poissons recueillis lors de la pêche.

pêche à la truite qu'il voudrait organiser – en ce qui concerne ce dernier point et en regardant effectivement sa bourriche, je ne peux certes que songer à encourager l'initiative !

— Qu'est-ce tu penses des filles, toi ? me demande-t-il tout à coup en changeant complètement de sujet.

Je le regarde embecquer une mouche sur son hameçon, et je tire sur ma ligne.

— Qu'est-ce que tu veux dire par là ?

Sans se lever de son siège, il lance sa ligne avec une attention quasi professionnelle, puis il me répond enfin, en me regardant étrangement, un sourire en coin.

— Tu vas te marier un jour ?

— Pourquoi tu me demandes ça ?

— Comme ça. Pour savoir. T'es en âge de te marier.

— Pour se marier, il faut avoir une fiancée, je lui réponds.

— Et t'en as pas ?

— Non.

— Ah bon, dit-il en promenant sa ligne, je croyais.

Je ne réponds plus. J'aime autant rester sur mes gardes lorsqu'il commence à poser ce type de questions. Puis, en réfléchissant, je me dis qu'il s'est peut-être rendu compte de quelque chose avec Valentine. Et si je répondais à sa curiosité, cela reviendrait à apporter de l'eau à son moulin. Mon frère a toujours été avide de ces petites discussions sentimentales. Mais puisqu'il veut savoir, moi, je ne réponds rien.

Je lève ma ligne. La mouche a disparu.

— Tu l'as mal mise, encore une fois, me dit-il en fouettant sa ligne à tour de bras. Tu veux que je te le fasse ?

— Non, merci, je lui réponds en soupirant.

Je replace fermement un appât, et je lance ma ligne à la flotte. Henri est un expert de la pêche à la truite. Moi, j'ai beau essayer de l'imiter, rien ne s'accroche à l'hameçon.

— Je t'ai vu l'autre jour, me dit-il après un silence.

Je ne réponds toujours rien. Les choses se précisent.

— Dans le couloir… Tu regardais Valentine en cachette derrière le rideau.

— Qui ? je lui demande comme si je ne savais pas de qui il parlait.

— Valentine, répète-t-il, Valentine Mory. Tu sais très bien qu'il y en a pas cinquante.

À présent, je commence à comprendre pourquoi il voulait tant que je vienne à la pêche.

— Moi ? Je l'ai regardée en cachette ? dis-je étonné.

— Il m'a semblé, dit-il faussement avec précaution.

— Tu te fais des idées.

— Je crois pas, non.

— Eh bien, si. Je te le dis, tu te fais des idées !

— Ça alors, des idées ? dit-il en rigolant. N'exagère pas, tu es tout le temps après elle. Je t'ai vu plusieurs fois. Me dis pas que c'est pas vrai, je t'ai vu…

— Tu me surveilles à présent ? Bravo.

— Non, je te surveille pas…

— Si, tu me surveilles ! Tu m'excuseras, mais moi j'appelle ça comme ça !

— Tu te fâches ?

— Non, je ne me fâche pas.

Quand il s'y met, quel pot de colle vraiment !

Cette fois j'essaie à mon tour de fouetter énergiquement ma ligne à la surface de l'eau, mais c'est un fiasco. En deux heures et en pratiquant pourtant « la *longue coulée* » avec des vers ou des mouches noyées, je n'arrive que péniblement à réunir dans mon seau, trois minables gardons et une petite truite.

— Tu l'aimes ? me demande-t-il soudain avec un culot que je ne saurais qualifier.

Rien ne l'arrête, et me voyant toujours muet, voilà qu'il remet ça, sans la moindre gêne :

— Tu peux bien me le dire, tu es amoureux pas vrai ?

Après un silence tendu, je lui ai demandé s'il allait bien en ce moment, et s'il allait continuer encore longtemps avec ses questions. Il a cru bon rigoler.

J'étais tellement énervé que j'ai tout balancé à la flotte, la canne à pêche et le seau, et je l'ai laissé en plan sur la berge.

CHAPITRE V

Les déclarations

On s'étudie trois semaines, on s'aime trois mois, on se dispute trois ans, on se tolère trente ans… Et les enfants recommencent.

Hippolyte Taine

Automne 1936

Depuis quelques semaines, j'ai remarqué qu'Adrien faisait beaucoup attention à moi. J'ai souvent le sentiment que nos regards ne se croisent pas par hasard ; en somme, un peu comme s'ils se cherchaient. Et chaque fois que nous nous voyons, c'est un moment agréable qui ne dure jamais assez. Surtout si ma sœur Susie n'est pas dans mes jambes. Lorsqu'elle est avec moi, elle veut toujours que je m'occupe d'elle. Elle est tellement énervante que ça me gâche tout !

Adrien et moi, on ne s'est encore jamais parlé librement, et guère vus non plus tout à fait seuls. Cependant, on se voit souvent le dimanche après la messe quand je passe à la boulangerie, mais aussi à l'église, où d'ailleurs à ma grande joie il vient régulièrement depuis la fin de l'été. Sans trop vouloir m'avancer, je crois qu'il m'apprécie. Et moi, plus je le regarde, plus je le trouve beau. Dans quatre semaines, c'est Noël. Je ne sais quel cadeau Dieu me réserve, mais si cela pouvait être celui auquel je rêve… Non, ça serait trop beau. Je ne sais pas si je mérite un tel cadeau.

Dimanche après dimanche, j'attends avec impatience la prochaine messe, pour le voir, et prier pour lui. Prier avec lui. Ensuite, je ne le vois plus de toute la semaine. Je reste à la maison, où j'aide maman aux tâches ménagères et aux petits travaux comme s'occuper des volailles, entretenir le potager, soigner les cochons. Mémé Melina nous aide aussi quelquefois, mais elle a bientôt quatre-vingts ans. Son dos se voûte de plus en plus et ses jambes frêles lui jouent de bien vilains tours. Elle est tombée plusieurs fois dans la cour, et nous craignons qu'elle ne se casse un jour le col du fémur. Papa lui interdit souvent toutes ces petites occupations, mais elle préfère se tuer à la tâche, que de rester assise près du cantou[1].

Ma sœur Susie qui est un véritable garçon manqué, passe le plus clair de son temps avec papa. Malgré son jeune âge, elle l'aide beaucoup à la ferme. Mais dès que les gros travaux des champs arrivent, nous mettons tous les quatre la main à la pâte. Pas question pour quiconque de fainéanter. D'ailleurs, ça ne nous viendrait pas à l'esprit à ma sœur et moi, de laisser nos parents travailler seuls dans les champs. Le travail à la ferme est un travail tellement dur, qu'il faut rallier

1. Terme patois utilisé pour désigner l'âtre.

toutes les bonnes volontés pour arriver à faire vivre une famille. En ce moment, nous avons dans l'étable une dizaine de vaches limousines. À la fin du printemps prochain, nous en aurons vendu une bonne moitié, mais d'ici là, les petits veaux seront nés. C'est Susie et papa qui s'occupent surtout de tout ce qui se passe à l'étable. Ils s'en sortent très bien. Maman, elle, s'occupe de la basse-cour, et plus particulièrement des cochons dont elle est la spécialiste. Nous en avons deux ou trois tous les hivers pour faire des pâtés, des boudins, de la saucisse, du jambon, de la ventrèche[1], du salé pour la mique[2]... Enfin voilà pour l'essentiel car tout se mange dans le cochon, même la tête, la queue, les oreilles et les pieds... Et c'est un régal !

La journée est glaciale ce matin. De la fenêtre de ma chambre, je vois toute la campagne qui est recouverte de givre. Pour un peu, on se croirait en plein hiver. Je secoue rapidement les draps au-dehors, puis je les laisse quelques minutes sur le rebord de la fenêtre pour qu'ils s'aèrent, mais pas trop longtemps, à cause du froid. Je répète l'opération dans les deux autres chambres, tandis que j'entends maman, à la cuisine, qui fait crépiter du feu dans le cantou. Une odeur de marmite chaude remonte jusqu'à moi. Ce que c'est agréable ! Maman a préparé pour ce midi une mique, avec du salé de cochon. C'est le plat préféré de pépé Alphonse, mais je doute qu'il puisse venir à table aujourd'hui. Il est malade ces jours-ci, et il ne se lève guère. Je pousse la porte de sa chambre, et je

1. Poitrine roulée et séchée dans du sel et du poivre.
2. Boule de pain au levain cuite dans un bouillon avec du salé de cochon (viande de cochon conservée dans du sel).

m'approche du lit défait où repose son corps massif, perdu dans un enchevêtrement de draps et de couvertures.

— Pépé… Tu es réveillé ?

Un grognement s'élève péniblement.

— Ça va mieux aujourd'hui ? dis-je en me penchant vers lui. Tu veux te lever ?

Il se retourne alors, me regarde faiblement entre ses yeux mi-clos, et sans rien dire, reprend sa position initiale, en grognant des mots incompréhensibles.

Il règne dans la pièce une odeur incommodante de renfermé, aussi je vais jusqu'à la fenêtre donner un peu d'air frais. De là, on peut apercevoir le chemin de terre qui vient de la route des Bordes et qui se termine dans notre cour. Traversant la basse-cour en portant difficilement un seau d'eau fumante, mémé se dirige en courbant l'échine vers les abreuvoirs des poules qui sont complètement gelés. Si papa la voyait ! Elle verse avec précaution l'eau chaude sur la glace, puis elle retourne à la grange de son pas hésitant. Tout à coup j'aperçois quelqu'un qui s'approche sereinement de la maison, à quelque deux cents mètres de là, marchant sur le chemin. Je me camoufle un peu dans un coin de la fenêtre, et j'essaie de voir qui cela peut être. La campagne est blanche, le froid est vif, et je ne distingue que le voile blanchâtre de l'haleine qui flotte devant la bouche du visiteur. À son passage, les moineaux s'éparpillent à la volée, et toute la basse-cour, apeurée, lève le cou et tend l'oreille en caquetant. Pongo se met à aboyer, et quelques secondes passent en attendant d'en savoir plus. Il y a des bruits de fourneaux, en bas à la cuisine. Au-dehors, des coups de hache retentissent ; papa est dans le hangar avec Susie. Ils coupent du bois. Le visiteur n'est plus qu'à une vingtaine de mètres de la maison et, alors que je viens de le reconnaître, j'écarquille mes yeux de surprise et de joie ! Mon cœur s'accélère ! Je me mets à trembler ! Je referme précipitamment la fenêtre, et sans m'en rendre compte je m'élance vers la cuisine ! Quand j'arrive en bas, deux coups ont retenti à la porte ; maman vient déjà d'ouvrir, et je vois Adrien tout frigorifié qui lui serre la main. Maman le prie d'entrer et de venir se réchauffer près du feu. Il est transi de froid ; il a le teint rose comme un bébé, il est beau, plus beau que jamais !

Il me fait un signe et je comprends qu'il fait semblant d'être étonné de me voir.

Je lui dis bonjour, et il me répond.

C'est comme s'il y avait du soleil dans la maison.

*
* *

— Alors, Adrien ? Quel bon vent t'amène ? me demande madame Mory en m'offrant une chaise près du cantou.

— Comme vous voyez, je vous amène le froid, dis-je en me frottant les mains devant le feu.

Également assise au cantou, Valentine admire les flammes danser dans l'âtre. Dès que je pose les yeux sur elle, elle s'en rend compte, et lève alors les siens vers moi. Nous nous regardons, succinctement, timidement, puis elle se dérobe et se renferme à nouveau dans une contemplation silencieuse du feu.

— Je viens vous passer la commande pour Noël, dis-je aussitôt afin de ne pas oublier la commission de maman.

— Ah… dit madame Mory en souriant.

— C'est pour ma mère…

— Oui, oui, je me doute, dit-elle amusée en remuant le contenu de sa marmite. Alors, une dinde, comme l'année dernière, c'est ça ?

— Oui, c'est bien ça… Si c'est possible…

— Mais sûr, rit-elle encore, mais je lui avais dit à ta mère que ça ne pressait pas ; elle pouvait me prévenir juste une semaine avant, et ça suffisait ! Penses-tu, la pauvre volaille, il ne me faut pas trois jours pour lui passer le couteau, la plumer et la préparer !

— Ah ah, balbutié-je en ignorant tout du problème.

— Mais oui, reprend-elle avec évidence, ça t'aurait évité de descendre jusqu'ici !

— Oh moi, ça ne me dérange pas, dis-je gaillardement.

— Oui, mais quand même, ça fait une petite trotte !

— Oh, c'est pas grand-chose, vous savez…

— Parbleu ! Avec un froid pareil ! Tu aurais été mieux de rester bien au chaud ! La prochaine fois que je verrai ta mère, dit-elle sans s'arrêter une seconde de parler, je la taquinerai en lui disant qu'elle n'a donc pas de cœur d'envoyer ses enfants dans la campagne par un froid pareil, et pour si peu de chose par-dessus le marché !

Son visage était animé et amusé, tout en demeurant toutefois vraiment désolé pour moi.

— Oh, mais ce n'est pas une idée de ma mè… dis-je bêtement en mangeant juste à temps la fin du mot.

— Il n'empêche que tu es quand même le bienvenu chez nous ! C'est toujours un plaisir de te voir ! poursuit-elle avec la même volubilité.

Je sens le regard de Valentine fixement posé sur moi, tandis qu'avec effort j'essaie de contenir tant bien que mal la bourrasque heureusement amicale qui sort de la bouche de madame Mory. Imaginant très bien ce qu'un tel feu de langue pourrait être capable de produire en cas de colère, pour rien au monde je ne souhaiterais avoir affaire un jour à cette fermière en apparence si inoffensive.

Nous avons parlé encore quelques minutes ; enfin, elle a surtout beaucoup parlé toute seule, devrais-je dire, et dès que j'ai été un peu réchauffé, je me suis levé pour reprendre la route. En dépit du moulin à paroles de madame Mory qui aurait dû capter toute mon attention si la fatigue et l'ennui ne m'avaient pas gagné, j'avais pu à plusieurs reprises effleurer du regard Valentine, sans pourtant trouver l'occasion ni le courage de lui faire comprendre que je voulais lui parler. Ainsi, après avoir salué la grand-mère de Valentine que j'ai croisée devant l'entrée, la porte s'est refermée sur moi, et tout bonnement je me suis retrouvé dans le froid.

À présent j'ai parcouru un bon kilomètre, réfléchissant, tournant le problème dans tous les sens, me maudissant, m'en voulant d'être si timoré, lorsque tout à coup je me décide à faire demi-tour. Je ne sais pas ce que je vais dire, ni comment je vais pouvoir m'expliquer et dire pourquoi je reviens frapper à la porte, mais tant pis. Je marche, la tête dans le cou, ne réfléchissant plus, les yeux rivés au sol. Surtout ne pas réfléchir, marcher, marcher. Marcher.

Mes pieds sont glacés, et levant les yeux, je regarde le ciel en pensant qu'il neigera certainement bientôt. La neige sera bientôt là. Tout le monde le dit.

Soudain, je vois une personne qui marche lentement dans ma direction. Valentine ! Nous sommes à une centaine de mètres l'un de l'autre. Je ne m'arrête pas, je ne cours pas non plus, je continue à mon rythme.

Elle s'arrête. J'arrive enfin près d'elle. C'est atroce la peur que nous avons – je perçois la sienne, donc elle doit bien voir la mienne. Elle est à deux mètres de moi, emmitouflée dans des écharpes et de la laine chaude. Après un long silence paralysant, je tends la main vers elle en lui demandant de me suivre, sans aucune arrière-pensée. C'est un moment unique.

Elle me regarde un moment, puis hésite, en regardant ses pieds.

— Tu as peur ? je lui demande doucement.

— Non, me répond-elle en levant une épaule.

Puis de sa voix fluette, elle me dit qu'elle doit rentrer.

— Comme tu voudras…

— Tu reviendras ? murmure-t-elle avec un regard plein d'espoir.

— Si tu veux…

— Oui, je veux…

— Alors, d'accord. Allez, rentre chez toi, tu vas attraper froid, dis-je en reculant lentement pour m'éloigner.

— Adrien ?

— Oui ?

— Tu sais… balbutie-t-elle en se tordant les mains.

— Oui ?

— Tu es beau comme un cœur ! s'exclame-t-elle en s'échappant aussitôt en courant.

*

* *

Lorsque je me suis rendue au village hier après-midi, il y avait une semaine qu'Adrien n'avait donné signe de vie, depuis notre petit brin de causette sur le chemin en plein froid. Il n'était pas venu non plus à la messe le dimanche suivant. Et, ne résistant plus à ce silence inexpliqué, j'avais décidé de me rendre au village, sans idée précise, toutefois. Peut-être, n'aurais-je même pas poussé la porte de la boulangerie… Hélas, je n'ai pas eu le temps d'arriver à la boutique : dans une petite rue du village, Henri qui me suivait sans que je ne m'en sois rendu compte m'a d'abord arrêtée du bras, puis il m'a barré le passage. Il s'est mis subitement à divaguer, en me disant qu'il m'aimait. Pour ce que ça pouvait me faire ! Venant de lui, ça ne m'avait jamais intéressée, alors encore moins maintenant ! Mais alors que d'un ton sec et franchement véhément je lui demandais de me laisser tranquille, il s'est soudain jeté sur moi. Profitant qu'il n'y avait personne dans les alentours, il m'a serrée contre le mur en essayant de m'embrasser. Bien que prise au dépourvu, je n'ai pas manqué de le réceptionner, et ce d'ailleurs beaucoup plus par réflexe, je dois dire, que par stratégie. Dieu soit loué, il ne m'avait pas encore souillée avec sa bouche, lorsque je lui ai lancé un coup de genou bien placé. Et grâce à ce coup salutaire, j'ai finalement pu m'échapper et rentrer à la maison en toute hâte. Je n'ai évidemment rien dit à personne. Mais s'il m'ennuie encore, je parlerai à Adrien.

Aujourd'hui je n'ai guère d'efforts à faire pour oublier Henri et ses sales combines, car Adrien me tient tendrement la main. Nous marchons, en amoureux, dans la campagne et sous le froid. Je n'oublierai jamais ce moment où, il y a quelques minutes, il m'a offert sa main douce et chaude qu'il gardait au fond de sa poche. Il est réapparu tout à l'heure, sur le chemin, à l'endroit même où nous nous étions entretenus la semaine dernière. Grâce à Dieu, je le guettais de loin, comme chaque jour de cette interminable attente. Après avoir couru, je me suis arrêtée à quelques pas de lui, essoufflée, l'observant timidement. Nous nous sommes dit bonjour, d'une manière un peu gauche, et je lui ai demandé s'il ne travaillait pas ce matin. Il devait être 11 heures, et il m'a répondu qu'il avait demandé à Henri de le remplacer. Il m'a ensuite invitée à faire quelques pas. Sans hésiter, j'ai saisi la main qu'il m'offrait et nous sommes partis dans la campagne, seuls et unis pour la première fois.

C'est aujourd'hui pour moi, le plus beau jour de ma vie. Mais il faut maintenant que je me dépêche de rentrer, il doit être midi passé. En approchant de la maison, je cours un peu. Je pousse la porte, et j'entre tout essoufflée. Papa, maman, Susie et mémé sont déjà à table, ce que je craignais.

— Alors, où tu étais ? me demande maman en me servant une bonne assiette de soupe. Ça fait une demi-heure que je t'appelle !

Je jette mon lourd manteau, je m'assieds et je la rassure en lui disant que je n'étais pas loin.

— Moi, je sais où elle était, dit tout à coup triomphalement ma sœur.

— Toi, tu te tais et tu manges ta soupe !

J'ai eu une seconde de panique. Heureusement que maman, sans le vouloir j'imagine, m'est venue en aide sur ce coup-là.

Je lance un regard inquisiteur à ma sœur, qui elle aussi m'observe du coin de l'œil. Je me demande un peu ce qu'elle sait vraiment. Probablement rien, j'en déduis ; et je me replonge dans mon assiette. Papa ne dit rien ; assis en bout de table, il lit son journal en attendant que maman apporte la suite.

— Tu veux encore couper du bois cet après-midi ? demande-t-elle à papa en posant la marmite sur la table.

— Eh oui, il faudrait finir cette semaine, dit-il en fermant son journal.

Puis il se lève et va allumer la TSF. Il n'y a que lui qui touche le poste.

Contrairement aux autres jours, c'est un repas silencieux, excepté le son radiophonique qui se mélange au bruit des fourchettes. Je n'en suis pas certaine, mais il me semble que c'est à cause de moi.

Je mange sans gros appétit, et je repense à tout à l'heure, quand Adrien m'a donné un baiser sur la bouche. Je pense à lui, je ne pense qu'à lui, et je me languis d'être à nouveau dans ses bras. Le reste n'a plus d'importance.

Le plus beau jour de ma vie. Vraiment.

Après le repas, j'aide maman et mémé comme tous les jours à faire la vaisselle et nettoyer la cuisine. L'atmosphère n'est guère meilleure ; papa et Susie sont sortis, et maman ne m'a toujours pas adressé la parole. J'ai l'impression qu'elle a tout deviné, et puis surtout qu'elle m'en veut. Ou peut-être est-ce Susie qui m'a suivie tout à l'heure ? Et lorsqu'elle m'a vue partir avec Adrien, est-elle venue tout raconter à maman ? Oui, c'est plus probable. Je vais devoir aller m'expliquer avec ma sœur, lui dire de se méfier de jouer les petites pestes avec moi.

Tout en m'habillant pour sortir, j'annonce à maman que je vais rejoindre papa et Susie, au hangar. Depuis une dizaine de jours, l'air est toujours aussi froid. Et si ce temps continue, il faut s'attendre à ce qu'il neige, bien que l'automne ne soit pas terminé. D'habitude, la neige ne fait son apparition qu'en janvier ou février. Nous verrons bien.

Nous avons travaillé tout l'après-midi, jusqu'à la tombée de la nuit. Nous préparons la réserve de bois pour l'hiver. Et papa a dit que nous aurions bientôt fini, demain, probablement… Enfin ! Moi, je n'ai évidemment pas cessé de penser à Adrien. Il ne me quitte plus. Chaque seconde qui passe, j'essaye d'imaginer ce qu'il fait, et l'endroit où il peut se trouver. C'est un sentiment merveilleux.

Tout l'après-midi, Susie s'est montrée très fuyante avec moi, comme si elle avait pressenti que je tenais à régler quelques comptes avec elle. Ensuite, elle n'a pas quitté les talons de papa, jusqu'au dîner. Et, lorsque toute la maison s'est endormie, j'en suis arrivée à la conclusion que ma sœur pouvait bien raconter tout ce qu'elle voulait, je m'en fichais complètement.

D'ailleurs, je vais aller voir maman, et je vais tout lui dire. Ça sera le mieux.

Quoique… ? Non, je lui dirai dimanche, à l'église, après la messe. C'est dans la maison de Dieu que je dois lui annoncer mon bonheur, j'y tiens.

*

* *

La lueur des cierges que nous tenons à la main flotte doucement devant nos yeux. L'église est vide et silencieuse. Nous nous sommes assises un peu à l'écart, où le froid du dehors, quand la porte s'ouvre, n'arrive pas jusqu'à nous.

Quand elle m'a appris la nouvelle, je n'ai d'abord pas su quoi répondre à ma fille. Je n'étais guère surprise bien sûr. Certains signes, qui ne trompent pas, avaient à plusieurs reprises éveillé mon attention. Ensuite, le jour où Valentine avait disparu toute la matinée, Susie l'avait vue partir avec Adrien, et elle était aussitôt venue me le dire. Cela dit, je ne pensais pas que cette escapade prendrait si vite de telles proportions.

— Tu ne dis rien ? me dit-elle en me regardant en coin.

— Tu es bien jeune, tu sais, Valentine…

— Maman ! J'ai dix-sept ans !

— Je sais que tu as dix-sept ans. Est-ce que tu as bien réfléchi ?

Elle me regarde tout abasourdie.

— Réfléchi ?

— Parbleu oui, est-ce que tu as réfléchi… ?

— Mais maman, y a pas à réfléchir pour savoir si on aime quelqu'un ! On l'aime, c'est tout, c'est pas plus compliqué que ça.

« Évidemment, quand on est jeune tout est simple », pensé-je.

— Si vous vous aimez, alors il faut vous fiancer…

— C'est vrai ? Ça te ferait plaisir, maman ? me demande-t-elle en chuchotant pour ne pas faire de bruit.

— Bien sûr, ma fille. Adrien est un garçon parfait, et puisque c'est ton bonheur…

Elle était ébahie. Comme si j'étais assez stupide pour refuser un gendre aussi adorable qu'Adrien !

— J'irai voir Emma pour décider de la date des fiançailles…

— Merci, maman, mais je crois qu'Adrien tient à faire les choses comme il faut. Enfin… Je veux dire par là qu'il a son idée, me rassure-t-elle en souriant.

— Comme vous voudrez.

Durant toutes ces années, c'est comme si je n'avais pas vu grandir ma fille, et maintenant elle a dix-sept ans et elle est amoureuse. Elle est plus heureuse que jamais, et je dois l'être moi aussi, même si une petite émotion de tristesse me serre tout de même un peu le cœur.

— Sois tranquille, ma fille, dis-je sans cacher davantage mon émotion, le mariage, c'est ce qu'il y a de plus beau.

— Je sais, maman.

— Je veux que tu saches aussi que je suis très heureuse pour toi, et vraiment très fière, dis-je enfin après un silence.

En disant ces paroles, j'ai manqué de pleurer comme une enfant parce que je pensais à ma sœur chérie, Pauline, disparue depuis treize ans. Elle aussi doit être heureuse et très fière en ce moment. Après une petite prière, j'ai embrassé ma Valentine, et nous nous sommes levées en nous signant une dernière fois avant de sortir.

Dehors, il n'y a plus grand monde aux quatre vents. Je sors mon porte-monnaie et je donne les sous à Valentine pour qu'elle aille acheter le pain, comme tous les dimanches.

— Embrasse-le des yeux pour moi, lui dis-je tendrement, et elle s'en va en courant.

Puis, je me tourne vers le café Leford où ma petite Susie, tout en tenant compagnie à son père et des amis qui boivent l'apéritif de la semaine, attend rageusement le compte rendu de notre conversation. En me voyant venir, elle sort en courant à ma rencontre.

— Alors ? me dit-elle en arrivant.

J'ai beau y être habituée, parfois son outrageante curiosité me fait frémir de honte.

— Alors quoi ? je lui demande calmement.

— Qu'est-ce que Valentine t'a dit ? fait-elle, impatiente.

— Occupe-toi de ce qui te regarde, et va chercher ton père, ça ira mieux ! dis-je en lui faisant faire demi-tour.

Elle m'obéit, mais je vous assure que ça lui fait peine.

*
* *

Finalement, même s'il y a eu un redoux la deuxième semaine de décembre, la neige est arrivée. Deux jours après Noël. Il en est tombé entre dix et quinze centimètres en une nuit. Et les journées sont si froides qu'elle n'a aucun mal à rester. Selon papa, nous en avons au moins encore pour une semaine. Il y a maintenant un mois que discrètement Adrien et moi nous nous fréquentons. Un mois si vite passé ! Nous nous voyons tous les jours, dès que nous pouvons nous échapper. Aujourd'hui, il est à la maison. Il est venu voir papa. Il est venu lui demander ma main. Papa achevait de donner aux bêtes à l'étable, quand il est arrivé. Ils sont là-bas, depuis presque une heure maintenant, et je me demande bien ce qu'ils font. Susie a été renvoyée à la maison où elle n'arrête pas de me tourner autour, en me demandant avec des yeux émerveillés si je vais me marier.

En ouvrant la porte pour écouter au-dehors et voir si Adrien revenait, j'ai vu qu'il recommençait à neiger.

Depuis la dernière fois, je n'ai plus revu Henri. Il a dû calmer ses ardeurs, et j'espère qu'il aura retenu la leçon. Ce gars est véritablement détraqué, et j'ai peur quelquefois qu'il essaye à nouveau de m'importuner. Je pourrais en parler à Adrien, mais je n'ose pas me décider, ça lui ferait trop de peine. Je n'attends qu'une chose, c'est que bientôt nous annoncions officiellement nos fiançailles. Dès que ça sera fait, Henri comprendra certainement qu'il est inutile pour lui de continuer son petit manège. Il en aura peut-être d'ailleurs tellement honte qu'il n'osera même plus me regarder en face… Quoique ? Henri avoir honte ? Ça serait bien la première fois.

Voilà que la porte s'ouvre enfin. Papa et Adrien entrent en époussetant la neige qui s'est déposée sur leurs épaules. Ils ont tous les deux le sourire, et je vois bien que tout s'est parfaitement passé. Papa s'approche de moi, et maladroitement il m'embrasse le haut du front. Je sais dès lors que c'est oui. Adrien est radieux, moi aussi, maman encore plus, et même Susie nous regarde avec ses yeux pétillants de malice.

— Adrien, vous resterez bien manger avec nous ? demande maman en ajustant son tablier de cuisine.

— Ce n'est pas de refus, dit-il en acquiesçant timidement.

Nous nous regardons et nous nous sourions amoureusement.

Je l'ai eu mon cadeau.

Quel bonheur.

Oui. Quel bonheur.

*

* *

Je suis atterré. Valentine ne m'aime pas.

Je l'ai compris à la façon dont elle m'a traité la dernière fois que je l'ai vue. Je venais de lui dire que je l'aimais, et tout ce qu'elle a trouvé à faire, c'est hausser les épaules en se moquant bien de moi. Elle va me le payer. En plus, quand j'ai voulu lui montrer à cette petite vierge ce que c'était qu'un vrai baiser, elle m'a donné un coup assassin dont j'ai longtemps souffert. J'ai eu un mal terrible à m'en remettre. Tellement de mal que j'ai préféré ne plus la voir de quelque temps, sinon je n'aurais pas pu m'empêcher de lui faire méchamment payer son geste. Oui, si j'avais pu penser que cette petite garce oserait m'atteindre de cette façon dans mes parties intimes, j'y aurais réfléchi à deux fois avant de la coincer contre un mur.

Trop tard pour moi. Mais elle perd rien pour attendre, elle va me le payer… Pendant un mois entier, j'ai pensé à ma revanche, et elle verra bientôt que je suis pas une femmelette.

Ces derniers temps, Adrien m'a demandé plusieurs fois de le remplacer au fournil, et je n'ai rien pu dire à cause du père qui est toujours sur mon dos à me commander, et ce jusqu'au harcèlement. Je vais devoir parler au frangin, voir ce qu'il nous mijote. J'ai remarqué dernièrement qu'il était gai comme un pinson. Il siffle en travaillant. Toute la journée cela dure. Et moi, ça m'inquiète.

Pareil pour maman qui toute la journée d'aujourd'hui n'a pas arrêté de courir dans tous les sens, en mettant dans tout ce qu'elle fait une ardeur que je lui connaissais pas.

Quand la table a été dressée, elle nous a appelés ; sauf Adrien qui n'était toujours pas là. Il est parti en fin d'après-midi et toujours pas rentré.

Je descends de ma chambre comme tous les soirs à l'heure du dîner.

— Qu'est-ce que tu as en ce moment, mon petit ? me demande maman en me regardant descendre l'escalier.

— Comment ça, qu'est-ce que j'ai ?

— Tu n'as pas l'air d'avoir beaucoup d'entrain… dit-elle en allant à la salle à manger.

« Laisse donc faire », pensé-je, un peu exaspéré.

Je vais jusqu'à la cuisine me laver les mains, puis je m'aperçois avec surprise que la table est toujours pas mise. Cela m'étonne de ma mère parce que d'habitude quand elle nous appelle, c'est que nous sommes prêts à passer à table.

— On mange pas ce soir ? je demande en levant la voix parce qu'elle est dans la salle à manger et qu'elle m'entend peut-être pas.

N'ayant pas de réponse, je prends le torchon des mains, et je me dirige vers la salle à manger en répétant ma question.

Et là, je m'arrête net.

— Bien sûr qu'on mange ce soir. Pourquoi ne veux-tu pas qu'on mange ? me répond maman.

Pour sûr qu'on mange ce soir, je veux bien la croire : je regarde la salle à manger, la table de la salle à manger. Sur la table : une nappe. Sur la nappe : les belles assiettes de maman, les beaux couverts en argent, les verres en cristal, toute la panoplie !

— Qu'est-ce que c'est tout ça ?

— Ah, c'est une surprise, déclare-t-elle avec mystère, en glissant un regard complice à mémé qui tricote dans son fauteuil.

— Quelle surprise ?

— Tu verras bien.

J'ai le sang qui commence à cogner très fort dans ma tête. J'aime pas trop ce genre de surprise.

Puis soudain quelqu'un frappe à la porte et tout s'accélère : maman ôte son tablier, sous lequel je remarque maintenant une de ses belles robes qu'elle met que deux fois l'an aux grandes occasions, puis elle s'arrange une dernière fois devant la glace. Le père, lui, descend de la chambre, propre et bien habillé, impeccable ; le prince descendant les marches du palais. Ensuite, c'est au tour de pépé de paraître dans son beau costume du dimanche. On croirait le carnaval ! Adrien entre le premier. Dehors il fait nuit noire, et un petit air froid pénètre avec lui. Devant l'entrée, l'obscurité s'est installée, ainsi que maman et le père qui, près de la porte, scrutent impatiemment. Il fait toujours aussi sombre quand Adrien fait signe à quelqu'un de s'approcher, quelqu'un qui maintenant lui donne la main. Mais avec les parents qui apparemment ont décidé d'assiéger la porte d'entrée, je n'distingue pas bien. Puis ils embrassent enfin quelqu'un qu'Adrien tient par la main, mais toujours dans l'obscurité tant et si bien que j'en sais toujours pas plus. Ensuite, viennent des formules de politesse et des petits mots d'accueil dont ma mère est très friande, et enfin s'élève une voix qu'il me semble reconnaître. Mon sang se glace soudain, et tout ce beau monde arrive enfin dans la lumière où mon cœur semble éclater en la voyant. Je la vois de mes yeux, et c'est horrible. Elle me regarde en se tenant serré contre mon frère. C'est horrible.

Maman ferme la porte. Tout le monde s'avance vers moi.

— Henri, inutile de te présenter Valentine, me dit Adrien.

— En effet, j'ose articuler. Qu'est-ce qui s'passe ?

Adrien et Valentine se regardent tendrement.

— On a voulu te faire la surprise, me dit mon frère.

— Merci. C'était pas la peine.

— Allez allez, avancez ! clame maman en poussant tout le monde vers la salle à manger.

Je n'sais pas comment j'ai fait pour marcher, j'étais mort debout.

Le repas a été long. Trop long pour moi du moins. Insupportable même. Pourtant il faudra que je m'y fasse ; oui, j'espère m'y faire un jour, sinon ça sera un enfer.

Juste avant le dessert, Adrien et Valentine ont annoncé leurs fiançailles pour le mois de février, et le mariage en juin.

Moi, j'ai eu envie de me lever et d'aller vomir le peu du repas que j'avais pu avaler. Je suis resté assis en feignant d'être heureux, et, devant toute la famille réunie, j'ai dû lever moi aussi mon verre de champagne et trinquer à la santé des futurs fiancés. Il m'a même fallu aller jusqu'à sourire, et cette gymnastique forcée m'a comme révulsé le cœur.

Ensuite je n'ai pas pu digérer, et j'ai encore un poids sur l'estomac. Il va maintenant falloir que je dorme. Adrien vient de rentrer, il a raccompagné Valentine chez elle. L'amour de ma vie qu'il me vole. Dans six mois elle vivra ici tous les jours, elle sera la femme de mon frère et moi j'aurai rien. J'ai jamais rien. Et maintenant, tout ce qui me reste à faire, c'est me taire et souffrir un peu moins chaque jour.

Ou un peu plus chaque jour.

*

* *

Dans un peu moins d'un mois, ce sont les fiançailles. Et il faut que je pense à dire la vérité à ma fille Valentine. Tout comme sa sœur la connaîtra un jour, quand elle aussi quittera la maison. Je ne pensais pas que ce moment difficile viendrait si vite, mais maintenant qu'elle va se marier et que nous avons fait tout ce que nous pouvions pour elle, notre dernier devoir envers elle est de lui dire la vérité. Même si Pauline ne souhaiterait pas que nous le fassions. Nous en avons longuement parlé, mon mari et moi. Une telle décision ne se prend pas à la légère.

Le repas des fiançailles se fera chez Emma et Charles, les parents d'Adrien. Emma est une superbe femme, simple et intelligente. Elle tient très bien son magasin, et tout le monde l'apprécie pour sa gentillesse. Cela me fait drôle de penser qu'elle et moi allons désormais faire partie de la même famille, que toutes les deux nous allons un jour devenir en même temps des grands-mères, et qu'après avoir commencé notre vie ensemble nous allons aussi la terminer ensemble. Charles, en dépit de la froideur qui le caractérise, est un homme très serviable, très courtois avec sa clientèle et très travailleur. C'est son physique, grand et un peu bedonnant, la peau rugueuse et tirée après tant d'années passées devant les fours, qui lui donne cette apparente froideur ; mais quand on le connaît mieux, on se rend compte que c'est quelqu'un de mérite et de confiance. Il a tant travaillé, cet homme ; et ce métier de boulanger est si pénible. Quant à leurs enfants, Adrien et Henri, rien à redire. Très beaux et bien élevés. La fille, qui est à Paris, je la connais moins ; c'est-à-dire qu'elle est plus âgée qu'Adrien et comme il y a maintenant longtemps qu'elle est partie, je ne saurais pas dire. Le peu que je sais, je le sais par Valentine, qui elle-même l'a appris par l'intermédiaire d'Adrien ; la semaine dernière, vers le 10 janvier, elle a accouché pour la quatre ou cinquième fois, je ne me rappelle plus très bien. Une fille. Hortense. Je me souviens bien du prénom parce que j'avais une vieille tante qui s'appelait aussi Hortense. Non vraiment, c'est une très bonne famille, pas d'histoires, des gens très sérieux, pas dépensiers, pas buveurs, rien à redire. Cela me fait chaud au cœur, et me rassure d'autant plus quant à la façon dont ma Valentine va être accueillie dans sa nouvelle maison. Je sais qu'elle y sera bien et qu'elle aura de beaux enfants. Et nous les verrons souvent.

Le cimetière se trouve légèrement à l'écart du village, au bout du Champ de foire. J'ai amené Valentine sur la tombe de Pauline. Mon mari est resté à la maison avec Susie, parce que si nous y avions été tous les trois, elle aurait été capable de nous suivre de loin par curiosité.

Je me suis agenouillée devant la tombe de ma sœur, et j'ai fait le signe de la croix.

Valentine, sans comprendre bien sûr, m'a imitée.

Nous nous recueillons en silence, quelques instants. Je ne sais comment annoncer cette chose terrible. Plusieurs fois, Valentine me regarde par en dessous, pour voir si j'ai fini. Je la sens intriguée, c'est bien normal. Elle a dû lire les inscriptions qui figurent sur la pierre tombale : PAULINE REYNAUD-FECCETTI, 1902-1923. Elle doit s'interroger puisqu'elle sait que mon nom de jeune fille c'est Reynaud, et qu'elle vient sûrement de calculer que j'avais quinze ans quand est née cette Pauline qu'elle ne connaît pas.

— Qui est-ce ? me demande-t-elle enfin dans un petit murmure.

Valentine avait quatre ans quand Pauline nous a quittés, et j'ai longtemps pensé, et je pense encore d'ailleurs, qu'elle doit avoir quelque part dans sa mémoire un petit souvenir d'elle. Il est possible même qu'elle connaisse la vérité, ou que n'ayant peut-être pas conscience de la connaître, elle la connaisse malgré tout, au plus profond d'elle-même. Pourtant, que cela était difficile à dire. Au moment de parler, j'ai eu comme un nœud dans la gorge, aussi je lui ai d'abord dit que c'était ma petite sœur. La gorge me serrait effroyablement, et je me demandais comment j'allais pouvoir dire la suite.

— Mais alors… ? C'était ma tatie ? Pourquoi tu ne me l'as jamais dit ? me demande-t-elle en chuchotant.

J'ai pris une profonde inspiration, et je lui ai doucement répondu que c'était sa maman. Nous nous sommes alors longuement regardées avant qu'elle n'ose parler.

— Comment ça… Ma maman ? balbutie-t-elle.

— Oui, ta maman, dis-je en me cachant le visage.

Je ne veux pas que ma fille me voie pleurer.

— Tu ne te souviens plus d'elle, c'est normal, tu étais trop petite… Elle est morte en mettant ta sœur au monde, le 30 octobre 1923…

Voilà, c'était dit. Je me suis une nouvelle fois demandé si j'avais eu raison. Je crois que oui malgré tout. Parce qu'on ne peut pas cacher éternellement ce genre de secret. Tôt ou tard, elle l'aurait su par quelqu'un d'autre, ce qui aurait été pire.

Après m'avoir écoutée, elle s'est levée, et sans un mot elle est partie. Elle n'avait plus l'air vivante, et j'étais trop désemparée pour la retenir. J'aurais peut-être pu essayer de la rattraper, mais ce n'est plus de mon âge de courir derrière la jeunesse.

Poussée dans le dos par un vent glacial, je rentre maintenant à la maison, toute seule.

En arrivant, mon mari m'attend dans la cuisine.

— Alors ? Ça s'est bien passé ? me demande-t-il.

— Je ne sais pas, lui dis-je sceptique.

— Et où est la gosse ? demande-t-il à nouveau en regardant ses mains calleuses, assis à la table de la cuisine.

— Elle n'est pas rentrée ?

— Non, répond-il inquiet, et comprenant tout à coup ce qui se passait, il donne de rage un grand coup de poing sur la table.

Moi aussi, un instant j'ai eu peur de ce que nous avions fait. Puis je me suis rassurée, je connais bien ma fille, et finalement je ne suis pas étonnée qu'elle ne soit pas là. J'aurais sûrement agi de la même façon. J'ai essayé de rassurer mon mari en lui disant qu'elle rentrerait d'ici une heure ou deux.

Nous l'avons attendue tout l'après-midi.

Maintenant, la soirée est largement entamée, et toujours rien. Tous les quarts d'heure, mon mari sort dans la cour, avec la lampe à pétrole à la main. De son côté, Susie n'a pas arrêté de poser des questions, et quand j'en ai eu assez, après le dîner je l'ai envoyée se coucher. De temps en temps, je sors à mon tour et j'appelle ma fille, sans aucune réponse. Un instant, nous avons pensé qu'il faudrait alerter les voisins, mais cela nous gêne de les déranger, il fait froid et nuit noire.

Quand tout à coup, sur les coups de onze heures et demie, nous entendons Pongo aboyer dans la cour, nous sortons précipitamment ; je dis à mon mari de rester sur la terrasse, et je m'avance dans la cour avec la lampe.

— C'est toi, ma petite ? dis-je en voyant une forme bouger.

Quelqu'un s'approche lentement. C'est elle.

Je m'approche alors à mon tour, et elle se jette dans mes bras. Elle me serre si fort que j'en pleurerais.

Puis nous sommes rentrées à la maison.

Nous avons fermé la porte.

Et le froid est resté dehors.

À jamais.

Ce matin, le soleil fait une adorable apparition. Il est bientôt 9 heures. Je monte discrètement dans la chambre de Valentine. Nous nous sommes couchés tard hier soir, et j'imagine qu'elle a passé une nuit agitée. C'est pourquoi je ne l'ai pas réveillée plus tôt.

J'entrouvre un peu la porte. Un rayon de lumière passant l'encoignure des volets donne un peu de jour dans la pièce. Le lit est sens dessus dessous, et au milieu des draps j'aperçois une tête bouger. Valentine se dresse légèrement sur un coude et me voit derrière la porte. J'entre et je m'approche d'elle.

— Tu as bien dormi ? je lui demande en l'embrassant sur le front.

Elle ne répond pas, mais un sourire se dessine, et je suis contente qu'elle aille bien.

— Tu veux que j'ouvre les volets ?

De la tête, elle me fait signe que oui. En refermant la fenêtre, je lui demande si elle a faim.

— Très faim, me répond-elle.

— Bon, je vais te faire chauffer le lait, lui dis-je en m'apprêtant à sortir.

— Maman…

— Oui ?

Elle regarde les murs en silence. Je viens près d'elle.

— Qui est mon vrai père ?

Je lui caresse la joue, puis les cheveux.

— Tu veux vraiment que je te le dise ?

— S'il te plaît.

Je m'assieds alors près d'elle, sur le rebord du lit, puis, je réfléchis quelques secondes.

— C'était un Italien. Alberto Feccetti, dis-je enfin. Il était ouvrier couvreur, dans une entreprise de Saint-Junien qui est venue travailler en août 1918 chez papy et mamie de Saint-Victurnien. En ce temps-là, le toit de la maison prenait l'eau de toute part, et ça depuis le début de la guerre. Ton pauvre papy Jules, qui était encore en vie à l'époque, ne voulait pas se décider à faire réaliser les travaux ; il n'aimait pas beaucoup dépenser le peu d'argent qu'il avait. Mais, quand la charpente commença à pourrir et que le toit menaça de s'écrouler, il a bien fallu qu'il se résigne. Alors il a fait venir cette entreprise de Saint-Junien parce qu'il connaissait très bien le patron, un dénommé Rivière ou Torrent, je ne me rappelle plus. Ce dont je me souviens, c'est qu'ils étaient trois ouvriers étrangers, ton père et deux Espagnols ; les jeunes du pays étant bien sûr tous à la guerre, le patron s'était rabattu sur la main-d'œuvre étrangère. Moi, j'étais déjà mariée ici, mais ça ne m'empêchait pas d'aller souvent à Saint-Victurnien, chez mamie ; et puis j'étais intéressée de voir comment les travaux avançaient. Pauline, elle, avait dix-sept ans. Elle était très dégourdie, et pas timide pour un sou, toujours en train de remuer, de parler à droite à gauche. Impossible pour elle de rester en place, comme ta sœur. Toi, c'est à ton père que tu ressembles. Il était très calme, c'est, paraît-il, rare chez les Italiens ; en revanche ce qu'il avait de bien italien, c'était son charme. Un véritable apollon. Et comme il était le seul des trois ouvriers à parler correctement le français, Pauline s'est rapidement bien entendue avec lui. Tant et si bien que j'ai su immédiatement, connaissant ma sœur, qu'elle serait amoureuse. Les travaux ont duré un mois. Et ce mois a suffi pour que Pauline tombe enceinte. Le plus terrible, ce fut lorsque Alberto annonça qu'il ne l'épouserait pas. C'était une catastrophe, et comme il n'était pas question d'enfants hors mariage dans notre famille, papy et mamie ont ordonné à cet Italien qu'ils connaissaient à peine d'épouser Pauline et de réparer ainsi la faute commise ; mais il n'a jamais voulu.

— Pourquoi ? m'interrompt Valentine.

— Je ne sais pas. Il était ainsi fait, il ne fallait pas lui parler de mariage. Pour papy et mamie, c'était tout à coup plus qu'une catastrophe, c'était un déshonneur. Ils se sont disputés avec Pauline, et elle a fini par partir s'installer avec Alberto, à Saint-Junien, où il avait son travail. Papy et mamie m'avaient interdit de la revoir, et comme eux je lui reprochais de vivre dans le péché. Elle m'écrivait de temps en temps pour me dire qu'elle était heureuse avec Alberto, dans leur petite maison située à la sortie de la ville ; et elle me demandait souvent de venir la voir. Mais j'étais trop bête pour l'écouter. Et puis, à l'approche de ta venue au monde, j'ai soudainement pensé, moi qui ne pouvais pas avoir d'enfants, j'ai pensé que j'étais en train de gâcher ma vie pour des questions de moralité, pour des mesquineries. Alors, sans prévenir personne, j'ai débarqué chez ma sœur pour me réconcilier avec elle, avec Alberto, avec la vie. Et c'est ainsi que j'ai pu être près d'elle le jour de ta naissance. Tu es née sans trop de difficultés, bien qu'avant terme, au huitième mois. Rapidement, papy et mamie se sont laissé convaincre au pardon. Tu étais un si beau bébé, qu'ils n'ont pu résister longtemps au bonheur de te voir grandir. Les mois ont passé ; puis lorsque tu as eu environ deux ans, Pauline a trouvé un travail d'aide-couturière. Alberto ne voulait toujours pas entendre parler de mariage, mais il avait reconnu l'enfant, ce qui était le principal, alors papy et mamie s'étaient résignés. Quand elle est retombée enceinte deux ans plus tard, on ne s'imaginait pas ce qui allait arriver. Ils étaient heureux. Puis tout s'est arrêté ce soir d'octobre. Moins d'un mois après la mort de Pauline, ton père est reparti en Italie…

— Comment a-t-il pu ? dit-elle en regardant le mur.

— Quoi donc ?

— Comment a-t-il pu abandonner ses enfants ?

— Non, ma petite fille… Il ne vous a pas abandonnées, nous étions là ; nous ne pouvions pas avoir d'enfants, et il savait qu'avec nous vous seriez plus heureuses… Il était seul, tu comprends…

— Maman, je n'abandonnerai jamais mes enfants…

— Je sais Valentine… Mais il était seul, comprends-tu ? Il a eu peur. Il ne s'est pas senti le courage d'élever seul deux enfants. Ce n'est pas rien d'élever des enfants, comprends-tu ?

— Oui, me dit-elle en baissant les yeux, je comprends.

Ma pauvre petite fille. Je la serre dans mes bras, sans oser lui dire que nous n'avons jamais eu la moindre nouvelle de lui, qu'il ne s'est même jamais inquiété de savoir si ses filles allaient bien, ni de savoir ce qu'elles devenaient.

C'était peut-être mieux ainsi.

Oui, finalement, c'était bien mieux ainsi, disparu à jamais.

*
* *

Juin 1937

Aujourd'hui, de retour de notre voyage de noces, et pour la première fois depuis que je m'appelle Valentine Croizer, je viens de rentrer dans ma nouvelle maison.

La maison a deux entrées : une par la boutique, et une par l'extérieur en passant le portillon qui donne sur le jardin. La boutique, il me semble la connaître depuis toujours, après tant de dimanches à venir chercher le pain de la semaine. À gauche du comptoir de marbre, qui est le territoire exclusif d'Emma et sur lequel trône l'énorme tiroir-caisse en métal, se trouve un étalage de confiseries alléchantes et multicolores à faire pâlir d'envie les enfants. Tandis qu'à droite du comptoir, où sont également posés une balance en fer forgé et le grand couteau à pain, s'ouvre le passage qui, derrière un rideau en billes de bois, mène à l'arrière-boutique. La maison me plaît beaucoup, et je m'y sens déjà comme chez moi.

Les aiguilles du gros réveil posé près de notre lit marquent cinq heures et quart. Adrien m'aide à ranger des affaires dans l'armoire de la chambre, quand Henri fait son apparition. Il n'était pas là quand nous sommes rentrés tout à l'heure. Il vient nous embrasser et me souhaiter la bienvenue. Il a une mine déplorable, et je suis la seule évidemment à savoir pourquoi. Emma m'a dit tout à l'heure qu'elle s'inquiétait pour lui, qu'elle pense qu'il a une maladie, mais qu'il ne veut pas le dire. « Allez savoir pourquoi ? » a-t-elle ajouté.

Si seulement je pouvais lui dire qu'il n'est que jaloux à mourir, ça la rassurerait. Quoique. Non, je ne dirai rien. J'attendrai que ça lui passe. Ça lui passera.

Demain, j'irai à la maison chercher mes dernières petites affaires. Quelques robes, du petit linge, des bibelots auxquels je tiens. Adrien m'a dit que je pouvais emmener tout ce que je voulais, mais je n'ai pas grand-chose. Ça me fait peine quand même de quitter maman. Qui va l'aider à la maison, maintenant ? Mémé n'est plus très alerte. Et Susie, comme elle va être triste, même si elle ne le montre pas.

Ne passant pas à table avant une bonne heure, je me glisse discrètement dehors, et je me promène dans le village en respirant l'air pur de notre campagne. Je repense à ces derniers jours qui m'ont fait tourner la tête, tellement il s'est passé de choses ! Des personnes me saluent sur le pas de leur porte, des personnes que je ne connais pas très bien encore, mais auxquelles je réponds très poliment. Le hasard de la marche m'amène près du cimetière. Sans réfléchir, j'en franchis l'entrée, et je retrouve facilement la tombe de Pauline, qui a été fraîchement fleurie. Je fais le signe de croix, et je prie un peu pour elle. À genoux dans la terre, je lui raconte tout ce qui m'est arrivé, et je suis certaine qu'elle m'écoute.

« Pour notre voyage de noces, nous sommes allés voir l'océan. Ni Adrien ni moi ne l'avions vu auparavant. Nous avons logé chez Yvonne « de La Rochelle ». C'est elle qui a eu l'idée de ce voyage. Elle souhaitait me connaître, et revoir Adrien, car elle ne l'avait pas vu depuis quinze ans. Et puis ce fut pour nous l'occasion de découvrir l'océan. Yvonne, si je me souviens bien, est une cousine un peu éloignée d'Adrien ; je ne saurais plus dire à quel degré. Il n'en demeure pas moins que, depuis son départ du pays et son mariage quelques années plus tard avec Henri Descars, un ancien marin originaire d'Albi, elle n'avait plus revu ni sa famille lointaine ni le village où elle avait si souvent passé dans son enfance d'inoubliables vacances. Pour les uns et les autres, et malgré une parenté éloignée, ces formidables séjours avaient consolidé les liens familiaux.

« Après ce merveilleux voyage de noces, je garde un souvenir unique de cette cousine qui est une femme d'une grande beauté. Elle me rappelle ces actrices de cinéma que j'ai vues dans un film que nous sommes allés voir un soir, en ville, pendant notre séjour. Peu après, Adrien m'a dit qu'elle avait trente-trois ans, et j'étais abasourdie parce qu'elle paraissait bien plus jeune que son âge. Yvonne et son mari nous ont royalement reçus dans leur maison de La Rochelle. Nous avons vécu comme des princes pendant une semaine. Nous avons visité toute la côte jusqu'à Hendaye, à bord de l'automobile d'Henri. Je n'étais jamais montée dans une automobile. Au village, le docteur Conte en possède une, mais je n'ai jamais osé lui demander de m'emmener faire un tour. Adrien et moi étions installés à l'arrière, et la vitesse de l'air nous enivrait tellement que nous avions des sensations de vertige en descendant. Ce que nous nous sommes amusés !

« Il est dommage qu'Annie, la fille d'Yvonne et Henri, née en 1926, n'ait pas été conviée à nos escapades. Comme elle préparait un examen dans les écoles, elle est restée étudier chez ses grands-parents durant tout notre séjour, et nous nous sommes hélas à peine vus.

« Henri est propriétaire d'un magasin de radio, en ville. Et pour être plus souvent avec nous, il avait laissé son employé s'occuper seul du commerce. Yvonne, elle, ne travaille pas ; grand Dieu, cela, elle n'en a guère besoin ! Ce sont des gens aisés ; pas énormément riches, mais bien plus aisés que la majorité des gens que nous rencontrons dans nos campagnes. Aussi, elle peut largement se permettre de ne penser qu'à ses dernières toilettes ou sa prochaine coiffure ; tout en s'occupant, à l'occasion, de l'accueil de la boutique, avec beaucoup de charme et de distinction.

« Quand je repense à notre voyage de noces, je me rends compte que c'est un moment inoubliable qui m'aura marquée dans ma vie, profondément marquée. Et j'en remercie Dieu. »

Après ma promenade, je suis rentrée juste à temps pour aider Emma à dresser la table. Adrien s'inquiétait, il croyait que je m'étais déjà perdue. Il a voulu savoir où j'étais, et quand nous avons été seuls, je le lui ai dit. Il m'a embrassée, et je me suis blottie dans ses bras, ces bras qui me serraient si fort ; j'ai eu envie de pleurer tout à coup, et j'ai eu beau lutter, des larmes ont coulé. Adrien m'a alors demandé si je n'étais pas heureuse. Mais évidemment que j'étais heureuse ! J'avais tout ! Et je me suis serrée d'autant plus dans ses bras d'amour. Pourtant, malgré tout ce bonheur si vite d'un coup, je ressens comme une petite pointe de douleur au cœur.

Je suis heureuse, c'est vrai. Heureuse comme je ne l'ai jamais été.

Mais je réalise aussi que j'ai quitté maman.

*

* *

Du coin de l'œil, je regarde Valentine manger. J'en reviens pas encore de mon malheur. Adrien est à côté d'elle. Moi, je suis en bout de table, entre lui et le père. Ç'a toujours été ma place en bout de table et il était hors de question pour moi d'en changer. Pépé et mémé ont gardé leur place, à côté du père. Maman est assise en face de moi, à l'autre bout de la table, entre mémé et Valentine. Finalement, c'est très bien ainsi, si Valentine était à côté de moi, je pourrais rien avaler.

Oui, j'en reviens pas de mon malheur. Et dire que ce soir, ils vont aller se coucher. En ce moment, je suis comme un mort vivant. Maman est persuadée que je suis malade, et elle se plaint que je veux pas dire ce que j'ai. La pauvre, si elle savait !

Aujourd'hui, c'est mon dixième jour de mort. Dix jours qu'ils sont mariés. Si seulement j'avais pu ne pas voir ce mariage ! Mais ma mère en aurait été malade à vie, je la connais. Sans compter qu'il aurait fallu que je m'explique. Alors j'ai préféré me taire, et j'ai suivi la cérémonie, comme ma propre mise à mort. La mairie était archicomble, et des gens sont restés dehors, mais moi non, ma mère me lâchait plus, et je devais toujours être aux premières loges. Notre sœur Anna aussi était là. Pour rien au monde, elle aurait raté le mariage de son frère. Louis, mon beau-frère, avait dû rester à Paris, à cause de son patron qui pouvait ou voulait pas lui donner du congé ; ainsi, privé de fête, il avait gardé avec lui les cinq garnements qu'Anna ne pouvait raisonnablement pas emmener avec elle.

À l'occasion de ce mariage, maman était très belle et heureuse, comme je ne l'avais encore jamais vue. Quelque part, ça m'a consolé. Ensuite, il fallait voir la population aux fenêtres et sur le bord des portes, acclamant les mariés avec mille vivats, alors que le cortège traversait le bourg en empruntant la rue centrale, et ça, jusqu'à l'arrivée à l'église. Je revois maman marchant au bras d'Adrien, fière et émue. Moi aussi à ce moment-là, ça m'a remué le cœur, parce que ça aurait dû être moi, au bras de maman ; les fleurs auraient été pour moi et Valentine aussi, si elle s'était pas mise en tête de me détester, alors que je lui ai jamais rien fait, et que tout le monde m'adore, tout le monde sauf elle.

L'église, ça a été le plus terrible. Pendant deux heures : debout, assis, debout, assis, et des chants à n'en plus finir, des prières toujours répétées. Quand Adrien et Valentine sont sortis de l'église au bras l'un de l'autre, j'ai tourné la tête. Jusque-là, après une telle journée, j'aurais dû être décoré de l'ordre du Mérite. Heureusement, est arrivé ensuite le repas de noces, au restaurant Leford, en face de l'église. Là aussi, la salle était comble. Les tables étaient dressées en fer à cheval, et par chance, j'étais assis en bout de la table d'honneur, ce qui me permettait de lever les yeux à tout moment, sans voir les mariés. J'étais assis à côté de Suzanne, la sœur de Valentine, une gamine de treize ans qui a pas arrêté, toute la sainte journée, de me dévisager dans une contemplation béate, comme si j'étais le roi d'Angleterre. Quelque part, je la comprends, mais bon, il y a des limites. Tout le monde l'appelle Susie, sauf moi qui l'appelle Suzanne, exprès parce que ça lui plaît pas, et parce que ce jour-là, j'avais particulièrement envie d'être désagréable. Mon autre voisine de table était ma cavalière, une lointaine cousine de Valentine arrivée tout droit de la ville, je sais même plus quelle ville, bref, une grande gigue moche et puante, maniérée à en mettre des gifles, avec des dents qui avancent et qui, de tout le repas, n'a rien fait d'autre que de déguster très cérémonieusement, avec sa bouche pincée et trop délicate, les quelques trois aliments qu'elle a daigné qu'on lui serve ! De peur qu'elle perde sa ligne et abîme sa remarquable denture de lapin ! Vraiment, c'était la journée.

La seule note que j'ai appréciée dans ce mariage est venue sur les coups de 5 heures, un peu avant le dessert, quand la mère de Valentine s'est levée pour venir chanter, debout entre les mariés, *Le temps des cerises*. Cette chanson m'a bouleversé, tellement elle m'était destinée un jour pareil, puisque l'amour de ma vie m'échappe ainsi des doigts. Après cela, je me suis levé, et je suis rentré à la maison. Je me suis enfermé dans ma chambre où j'ai chialé comme un gosse, et j'ai conclu ma journée avec le poing, en brisant de rage un carreau de la fenêtre. J'ai pissé le sang pendant plusieurs minutes ; puis je me suis soigné, et je suis allé me coucher. Au restaurant Leford, ils ont dressé à nouveau la table, le soir, pour achever les restes, et la fête a continué jusqu'à minuit, heure à laquelle maman et le père sont rentrés. Maman est venue me voir, et j'ai fait semblant de dormir, je voulais pas qu'elle me parle encore d'Adrien, de Valentine, et de leur satané mariage.

Lors de ce premier repas depuis leur retour de voyage de noces, les discussions commencent à s'animer autour de la table. Le père parle avec Adrien et pépé, et maman, tout en s'occupant de mémé, s'épuise à lancer la conversation avec Valentine. Elle est timide, elle parle pas facilement Valentine ; sauf avec moi quand c'est pour me maudire. Je la regarde, j'ai pas faim, et je dis rien. De temps en temps, elle voit que je l'observe, et elle pose alors amoureusement sa main sur celle d'Adrien. « Je le sais que tu l'aimes », ai-je envie de lui dire, mais je dis rien bien sûr.

Ils sont rentrés cet après-midi de leur voyage de noces. S'ils se mettent à en parler, moi je me lève, ça m'intéresse pas.

Après le repas, le père est monté se coucher, et je l'ai imité peu après. Adrien, Valentine et maman sont restés en bas. Je les entends parler. Au bout d'une heure, je les entends encore parler, et je tourne et je vire dans tous les sens ; les draps me collent à la peau, je suis énervé à cause de la chaleur, et à cause du reste. L'idée que les deux tourtereaux vont bientôt se coucher ensemble dans la chambre d'à côté n'est pas faite pour me calmer. Et puis, je pense que je vais devoir trouver un moyen pour ne plus voir Valentine, au moins pendant quelque temps ; je pourrais peut-être devancer mon appel pour le régiment, je vais y réfléchir.

Il est presque minuit quand ils montent enfin. La fenêtre de ma chambre est ouverte. J'écoute la nuit, allongé de tout mon flanc, les mains derrière la tête. Il y a du silence dans la maison. J'écoute le moindre bruit dans la chambre d'à côté, rien. Je sais qu'ils sont maintenant couchés, mais il se passe rien. J'écoute encore pendant une heure, sans déceler le moindre bruit, à peine celui d'un froissement de drap.

Puis, harassé, je sens peu à peu le sommeil me gagner.

*

* *

Juin 1938

Il faut prévenir le docteur sans tarder. Valentine vient de perdre les eaux. Maman reste près d'elle en attendant. J'enfile une paire de chaussures, et alors que la nuit se met à tomber, je cours jusqu'au bout du village. Par chance, le docteur a pu venir de suite, accompagné de sœur Marthe qui dans toute la région a accouché plus de femmes qu'un curé en bénirait.

La sage-femme est restée toute la nuit avec Valentine. Maman et moi n'avions guère dormi quand le docteur est revenu aux aurores. Ils sont là-haut, dans la chambre, avec Valentine. En attendant, je tiens la boutique, alors que papa est resté en bas au fournil. De temps en temps il monte me voir pour savoir comment cela se passe. Il est presque 10 heures du matin, et cela fait à présent treize heures que nous attendons l'arrivée du bébé. Mémé s'occupe dans la cuisine, et pépé, qui ne veut pas manquer le moment de la naissance, fait inlassablement le tour de la table de la salle à manger, en marchant anxieusement, les mains croisées dans le dos.

Toute la nuit j'ai lutté, et je lutte encore, contre cette angoisse qui me tenaille et qui me fait craindre pour Valentine ce qui est arrivé à sa mère Pauline, quinze ans plus tôt.

Quelqu'un cogne tout à coup à la porte, et je vais voir. C'est Françoise, la maman de Valentine, qui arrive enfin, tout essoufflée.

— Bonjour Adrien, dit-elle en m'embrassant. J'ai fait aussi vite que j'ai pu. J'étais chez ma belle-sœur Paulette quand Susie est venue me prévenir. Valentine est là-haut ?

Je réponds que oui, et j'ajoute qu'on l'attend. Elle disparaît alors aussitôt dans le corridor et monte à l'étage.

Une heure et demie plus tard, j'entends marcher dans l'escalier et je me précipite. C'est maman.

— Ça y est, dit-elle avec un sourire de soulagement.

Je monte les marches quatre à quatre, et au moment où j'entre dans la chambre, le bébé pousse son cri.

Valentine est couchée au milieu du lit, fatiguée, mais heureuse, je le vois bien. Françoise est assise près d'elle. Je m'avance vers la sage-femme qui me présente le bébé. Je vois que c'est un garçon. Mon cœur se remplit de bonheur, mais je n'ose toucher le petit être qui passe dans les bras de Valentine. Françoise me laisse sa place, et j'embrasse mon amour sur le front.

— Alors ? Comment vous voulez l'appeler ce petit ? demande le docteur en se lavant les mains dans une bassine d'eau savonneuse.

— Paul. Nous avons décidé de l'appeler Paul, dis-je en regardant mes deux amours.

C'est une idée de Valentine, en souvenir de Pauline. Moi, je suis d'accord, et puis ça me plaît bien comme prénom.

Un peu plus tard dans la matinée, papa, recouvert de farine, est monté voir le bébé, suivi de près par pépé et mémé. En les voyant penchés au-dessus du petit berceau, riant et faisant à l'enfant mille grimaces gazouillantes, il me sembla soudain, à mon grand amusement, que ce n'était pas un enfant qui venait de naître, mais quatre ! Une fois terminé le traditionnel babillage des personnes âgées autour du nouveau-né, tout le monde est descendu, et je me suis retrouvé enfin seul avec mes deux amours.

Puis, j'ai pensé à Henri qui, depuis bientôt dix mois, fait son régiment en Lorraine dans les hussards, et qui ne sait pas qu'à présent il est tonton d'un petit Paul. Il est vrai, maman lui a régulièrement écrit à la caserne ces derniers mois, et elle aurait aimé, nombre de fois, lui parler de l'heureux événement qui se préparait.

Mais c'est Valentine qui ne l'a pas souhaité, allant jusqu'à supplier maman qui essayait toujours de lui faire changer d'avis. « Je vous en prie, Emma... Ne lui dites rien. Du moins, pas avant que l'enfant soit né... J'ai peur, disait-elle, que d'en parler ainsi trop tôt, cela n'attire quelque malheur sur moi ou l'enfant. »

Connaissant tous l'histoire de Pauline, nous comprenions son appréhension, et nous avons respecté sa décision, si ce n'est quelques tentatives de maman qui était trop impatiente d'apprendre la nouvelle à Anna et Henri.

Mais à présent que Dieu nous a offert ce bonheur extraordinaire, maman va pouvoir prendre sa plume et annoncer, de sa plus belle et plus fière écriture, que cette fois les Croizer ont leur héritier !

Valentine n'a pas beaucoup mangé ce soir. C'est normal, elle est encore très fatiguée. Mais le docteur a dit qu'elle irait mieux dans quelques jours.

Ce soir, avant de me coucher, j'ai longuement admiré le petit berceau de bois à côté de notre lit, et j'ai eu une drôle de sensation. Puis, avant de m'endormir, j'ai tendrement embrassé Valentine sans la réveiller, en pensant qu'il ne pouvait exister, sur la terre, de bonheur plus fabuleux que celui que j'étais en train de vivre.

J'étais papa.

CHAPITRE VI

La guerre déclarée

Ce pauvre agonisant que déjà le loup flaire !
[…]
Peut-on illuminer un ciel bourbeux et noir ?
[…]
L'Irréparable ronge avec sa dent maudite !

« L'irréparable », *Les Fleurs du Mal*
Charles Baudelaire

Juin 1939

Aujourd'hui, nous fêtons le premier anniversaire de Paul. Il a eu un an, mercredi dernier, le 14 juin. J'ai invité Françoise et Marcel, ainsi que la petite Susie qui commence à grandir et va sur ses seize ans maintenant. La mémé Melina n'a pas voulu venir, car elle doit veiller sur son mari, Alphonse, qui ne quitte plus le lit. Son état s'est encore aggravé ces derniers mois, et Marcel dit que son père ne passera pas l'année. Henri n'est pas là aujourd'hui. Il n'est jamais là, je devrais dire. Depuis deux mois qu'il est revenu du régiment, il trouve toujours un moyen de s'esquiver dès que j'invite quelqu'un à la maison. Aujourd'hui, il avait semble-t-il une sortie prévue depuis longtemps avec son ami Michel, et demain ça sera autre chose, je connais l'air et la chanson. Soit. Les réunions familiales, ça l'a toujours ennuyé, mais tout de même il pourrait faire un effort de temps en temps.

— Vous avez vu ce Hitler ? demande mon mari alors que nous buvons le café autour de la table du jardin.

Maintenant que nous avons nous aussi la TSF, mon mari ne manquerait pour rien au monde le rendez-vous des bulletins d'informations.

— Tu ne vas pas commencer avec ta politique, lui dis-je d'un ton de reproche.

— Il faut bien parler de quelque chose, me répond-il en cherchant sur le visage de Marcel un signe d'approbation.

— S'il continue, il va achever d'envahir toute l'Europe… dit Adrien.

— Oh, toute l'Europe c'est un bien grand mot. Coincé entre la Russie et la France, qu'est-ce que vous voulez qu'il envahisse de plus ? nous fait remarquer Marcel.

Moi, ces conversations, ça me fatigue. Je prends Françoise à part et je lui annonce, pour parler de choses plus intéressantes, que ma fille Anna va enfin venir en vacances cet été, avec son mari et ses cinq enfants.

— Ah bon ? s'exclame Françoise, ravie de cette nouvelle.

— Oui, maintenant qu'ils ont leur restaurant à eux, ils sont beaucoup plus libres pour s'organiser.

— Ah oui, c'est vrai qu'ils ont acheté un restaurant, Valentine m'en a parlé, me dit-elle en souriant.

— Ils vont prendre deux semaines de congé…

— Ça leur fera du bien…

— Oui, depuis le temps qu'ils en parlaient de ces vacances ! Et puis, comme la petite dernière a maintenant deux ans et demi, ils se sont enfin décidés…

— Ça va t'en faire de la jeunesse dans la maison, me dit Françoise en compatissant à ma joie. Et où vas-tu faire coucher tout ce beau monde ?

— Ah, ça, c'est justement le problème. Je suis en train de chercher… On verra bien.

— Et pourquoi ils ne viendraient pas à la maison ? me propose-t-elle, ayant tout à coup comme un éclair de génie.

— Non… lui dis-je, gênée.

— Parbleu ! Et pourquoi donc ? J'ai deux chambres à la maison qui ne font rien, ajoute-t-elle comme pour me convaincre.

— Non… lui dis-je à nouveau en insistant.

Vraiment, ça me gêne. Puis, comme je vois qu'elle insiste encore plus, je lui dis que j'en parlerai à ma fille, et que c'est elle qui décidera. Et nous voilà tombées d'accord.

La petite redescend avec le bébé – c'est ma belle-fille Valentine que j'appelle la petite. Quel beau bébé, ce petit Paulino ! Un gros poupon aux yeux bleus comme son père, tout bouclé et blond comme les blés, avec de bonnes grosses joues, qu'on en mangerait !

Valentine vient de le réveiller de sa sieste. Elle ne veut pas qu'il dorme trop la journée, sinon c'est la nuit qu'il ne dort pas ; après tout, elle a peut-être raison, même si ce n'est pas comme ça que j'ai élevé les miens.

Nous sommes toutes les trois installées sous le cerisier du jardin, au soleil ; l'été s'annonce beau. Le petit Paulino est posé par terre sur une couverture, devant nous. Il ne marche pas encore, mais cela ne saurait tarder.

La petite Susie est restée à table, avec les hommes. C'est un drôle de garçon manqué celle-là. Pourtant, elle commence à se faire belle, et d'ici quelques années, il se pourrait bien qu'elle fasse tourner la tête à plus d'un ! Nous les entendons d'ici discuter encore politique. Il paraît que les choses vont mal, mais il ne faut pas trop croire tout ce qui se raconte dans les journaux. Moi par exemple, je regarde mon petit-fils qui gazouille dans l'herbe ou sur les genoux de sa mère, et mon Dieu, il n'y a rien de mieux pour trouver que la vie est belle, et puis voilà ! Il n'y a que les hommes pour trouver cela bête comme tout. Mon mari le premier. Lui et la tendresse, ils n'ont pas été élevés ensemble, croyez-moi ! Il est pénible, mon mari, en ce moment ! Chaque fois qu'il ouvre la bouche pour parler, ou ça ne tient pas debout, ou c'est de la politique, au choix. Et heureusement que ce n'est pas un bavard ! J'en tiens pour exemple, un soir dans la semaine : on venait à peine de se coucher et il m'a dit, à voix basse évidemment pour que les concernés n'entendent pas, comme toujours… ! Il m'a dit qu'il ne fallait plus appeler le gosse Paulino. Je lui ai demandé pourquoi, vu que je trouvais ça vraiment culotté de sa part. C'est vrai, c'est la petite qui a voulu qu'entre nous nous l'appelions de cette manière, en souvenir de Pauline et de son Italien de père. Après tout, c'est son choix, ça la regarde, et puisqu'on était d'accord… Et voilà que mon mari l'ouvre maintenant pour m'annoncer ça ! Alors je lui demande pourquoi, et il me répond : « Ça fait italien. » J'étais un peu sidérée, il faut le dire.

— Forcément que ça fait italien, c'est fait exprès pour que ça fasse italien ! lui ai-je répondu en haussant les épaules.

— Eh bien, justement, je sais bien ce que je veux dire… Par les temps qui courent… chuchotait-il.

Mon mari ne finit jamais ses phrases, c'est plus que pénible !

— Quoi ! Quels temps qui courent ? Qu'est-ce que tu veux dire ? Tu pourrais finir tes phrases !

Je m'énervais, mais à voix basse, forcément.

Il n'a pas voulu achever complètement ce qu'il voulait dire, mais à force de lui tirer les vers du nez, j'ai quand même pu deviner que c'était encore une vague histoire de politique.

Moi je dis : « La barbe à la fin avec la politique ! » Ils vont finir par nous gâcher le plaisir !

*
* *

Papa et Marcel, mon beau-père, discutent à bâtons rompus des manigances de Hitler. La plupart des gens sont inquiets, et même si peu le disent, nombreux sont ceux qui pensent que la guerre va finir par éclater. Papa fait partie du nombre. Cela dit, moi j'ai confiance. On sort à peine d'une guerre, ce n'est pas pour replonger, vingt ans après, dans le même enfer. Les gouvernements savent ce qu'ils font.

— Vous pensez qu'il va y avoir la guerre ? nous demande naïvement Susie au bout d'un moment.

— Mais non, l'arrête aussitôt son père en haussant les épaules, Hitler ne fera rien…

— Oh, ça, ce n'est pas si sûr, intervient papa.

— Hitler ne fera rien ! Ce qu'il cherche, c'est à faire peur, pas plus, répète inlassablement Marcel en pointant son doigt sur la table. Il faudrait qu'il soit fou pour risquer de se lancer actuellement dans une guerre… Il n'a aucune raison de nous attaquer.

Exaspéré de voir que mon beau-père ne comprend décidément rien à ce qu'il lui dit, papa me regarde en levant désespérément les yeux au ciel.

— Qui parle de nous attaquer ? dit-il avec véhémence. On sait bien qu'il ne va pas s'attaquer à nous, ni même aux Russes, mais moi, je vous dis que ce Hitler va aller très loin, jusqu'où j'en sais rien, mais il ira très loin ! Et un jour ou l'autre, il faudra bien en finir. Et pour en finir, malheureusement, il n'y aura pas d'autre moyen que de lui déclarer la guerre, vous le savez très bien. Et d'abord, s'il s'est allié avec Mussolini, ce n'est pas par hasard.

— Ça, peut-être, je ne dis pas le contraire, dit mon beau-père en se levant pour montrer qu'il est l'heure de partir. Mais de là à déclarer la guerre, je trouve ça fort.

— S'il faut l'arrêter, comment voulez-vous faire ?

— Moi, je pense que votre Hitler se calmera tout seul dès qu'il verra qu'il va trop loin…

— Permettez-moi d'en douter, réplique papa qui ne veut pas en démordre.

— Mais, Charles, vous le savez aussi bien que moi ! s'exclame Marcel avec ironie. Déjà l'année dernière, tout le monde annonçait la guerre, c'était paraît-il inévitable ! Eh bien, tout compte fait, Daladier et l'anglais, là, je ne sais plus son nom…

— Chamberlain, souffle papa.

— Oui, Chamberlain, eh bien, ils sont partis là-bas à Munich, et il n'y a pas eu de guerre !

— Et bien sûr ! rétorque vivement papa. Mais vous voulez que je vous dise ce qu'ils ont fait là-bas ? Ils ont baissé leur pantalon devant Hitler, et rien d'autre, voilà ce qu'ils ont fait ! C'est sûr qu'en agissant de la sorte, il ne peut pas y avoir la guerre ! Mais en attendant, le Hitler, il rigole, oui, il doit bien rigoler !

Marcel ne répond pas et, frappant dans ses mains pour annoncer à son épouse le départ, il lui demande si elle est prête. Alors, nous nous levons tous à notre tour, et Susie, envoyée par sa mère, court à la maison chercher leurs affaires. J'embrasse Françoise qui tient mon fils dans ses bras une dernière fois avant de partir. Emma et Valentine débarrassent la table de jardin, alors que papa et Marcel ne se lassent pas de ressasser toujours la même chose.

— Je vous dis que si personne n'arrête Hitler, il ira loin ! Il ira très loin même…

— Ah mais ça, peut-être, je ne dis pas le contraire ! s'exclame Marcel. Mais bon, comme je vous ai dit, je doute qu'il soit assez fou pour risquer une guerre…

— Vous savez à quoi je pense parfois ? lui demande papa en lui coupant la parole. Je vais vous dire ce que je pense vraiment de ce Hitler… À mon avis, ce qu'il veut, et malgré ce que vous dites, je suis sûr que vous pensez comme moi, ce qu'il veut, c'est la revanche de 14-18, et rien d'autre !

— Ça peut-être, je ne dis pas le contraire, avoue mon beau-père avec un flegme déconcertant.

— Vous ne dites pas le contraire ! Vous dites toujours que vous ne dites pas le contraire, mais vous dites ça en ayant toujours l'air de dire le contraire !

Papa était consterné, Marcel amusé, et comme tous les deux voulaient avoir le dernier mot, c'est Françoise et Emma qui l'ont finalement eu en s'exclamant en chœur :

— Ah les hommes, la barbe avec votre politique !

Marcel, Françoise et Susie sont repartis après avoir des centaines de fois embrassé mon fils.

C'était un dimanche de plus qui s'achevait.

*
* *

Août 1939

Ma fille et mon gendre ont un temps magnifique pour leurs vacances. Ils sont arrivés samedi dernier, le 12 août, avec les enfants. C'est la première fois que j'ai tous mes petits-enfants à la maison. Tout ce beau monde me donne un peu de travail, mais finalement j'en suis ravie. Le plus dur, ce fut le jour de leur arrivée. Les enfants étaient fatigués et malades de leur voyage depuis Paris. Anna m'a raconté que les wagons étaient pleins à craquer. Les gares grouillaient de monde. Pour ces départs en vacances, des milliers de voyageurs se bousculaient et s'entassaient dans les trains. Ils sont restés debout pendant plus d'une heure. Puis ils ont trouvé des jeunes personnes très aimables qui ont cédé leur place à ma fille et aux enfants. Il n'y a que Louis qui est resté debout jusqu'à Limoges. Leur voyage a été plus que pénible, mais soit, ils sont là. En plus, Roger, le troisième, celui qui a sept ans, s'est fait pincer les doigts dans la porte du tramway en descendant à l'arrêt du village. Aussi, il n'a pas arrêté de pleurer jusqu'à ce qu'on le couche. Quant à Roselyne, l'avant-dernière, une fois arrivée à la maison, elle a passé son temps à vomir tout ce qu'elle pouvait, et moi je la suivais avec la serpillière. Les autres dormaient debout et réclamaient sans cesse à boire, en déambulant dans toute la maison, derrière les jupons de leur mère. Un véritable charivari qui ne s'est arrêté qu'au moment de les coucher. Et ça, Dieu soit loué, ça s'est très bien passé. Pas de dispute. À peine couchés, ils se sont tous endormis comme des loirs, et le calme s'est enfin installé dans la maison. Tout compte fait, j'ai pu regrouper les quatre aînés ensemble, dans la chambre d'amis : Laurence et Roselyne dans le grand lit, et les deux garçons sur un matelas prêté par Françoise, et qu'on a simplement posé sur le plancher. Anna, quant à elle, a retrouvé avec plaisir la chambre de son enfance qu'elle partage bien sûr avec Louis, mais aussi la petite Hortense qu'il faut par précaution séparer de ses frères et sœurs.

Voilà, tout le monde est casé, et les vacances peuvent commencer. Finalement, je suis très heureuse que mon gendre ait enfin pu acheter son restaurant. Au début, nous étions un peu inquiets, Charles et moi. Enfin, je dis nous, mais c'est surtout moi, parce que mon mari, de lui-même, il ne s'inquiète pas de grand-chose. Soit… J'étais donc quelque peu inquiète, parce que se lancer si jeunes dans un tel commerce, c'est un drôle de pari ! Une fois le risque pris, l'affaire peut rapidement se transformer en catastrophe ; d'autant plus qu'ils se sont saignés pour rassembler l'argent nécessaire. Bien évidemment, quand nous avons appris leur projet, nous avions proposé de les aider financièrement, ne serait-ce qu'un peu. Rien à faire. Louis a refusé catégoriquement de commencer son affaire en nous devant de l'argent. Alors, on s'est inclinés, et ils se sont débrouillés seuls. Finalement, au bout d'un an la réussite est totale. Remarquez, ils ont énormément de travail. Mais en contrepartie, ils sont beaucoup plus libres. Aussi, maintenant que leur installation est terminée et que la clientèle est faite, ils vont pouvoir venir passer chaque année quelques vacances ici. Moi, je n'ai qu'une chose à dire, bravo, parce que désormais je vais enfin pouvoir profiter un peu tous les ans de mes petits-enfants.

Laurence, qui est l'aînée, est une belle petite gamine de onze ans. Elle ressemble un peu à son père, brune aux yeux marron, un peu frêle aussi comme lui, mais elle est très vaillante et dynamique comme sa mère. D'ailleurs, c'est elle qui s'occupe de tous ses frères et sœurs, et elle me raconte qu'à Paris, c'est aussi elle qui s'occupe de toute la maison.

— Ah bon ? lui dis-je en montrant toute mon admiration.

— Ben oui, il faut bien, comme maman est souvent avec papa au restaurant, me dit-elle avec fierté. Et puis maman m'a dit que l'année prochaine, je pourrai l'aider à servir au restaurant, qu'elle allait m'apprendre.

— Ah ! C'est bien, tu es contente ?

— Oui, me dit-elle en jouant à sauter deux à deux les marches du grand escalier.

— Veux-tu donc cesser ces sauts de biche… ! Tu me donnes le tournis !

— Viens mémé, fais comme moi, tu vas voir comme c'est amusant !

— Ma petite, je t'ai déjà dit de ne pas m'appeler mémé. Moi, c'est mamie ; et mémé, c'est mémé Alida, tu le sais bien…

— Mais maman m'a dit que mamie ou mémé c'était pareil, c'était pour les grands-mères, enfin quoi, quand on est vieille…

— Si tu te tords la cheville, faudra pas venir pleurer ! fais-je remarquer en lui tournant les talons, un brin vexée.

Elle m'écoute enfin, et court à l'étage rejoindre sa mère qui comme tous les matins fait les lits avec Valentine.

Gaston, le second, vient juste d'avoir dix ans. Lui ressemble beaucoup à sa mère, mais il n'en a pas le caractère. Il n'est pas aussi vif que sa sœur par exemple, et il a toujours sur le visage un petit air triste qui pourtant n'est pas de famille. En dehors de ça, il est très agréable et constamment fourré dans les jambes de son père.

Les plus difficiles, ce sont les trois suivants. Roselyne, Roger, et surtout la petite dernière, Hortense. Roselyne et Roger, qui ont huit et sept ans, ressemblent plutôt à leur père, physiquement je veux dire. Parce qu'en ce qui concerne le caractère, c'est ma fille tout craché, quoiqu'en multipliant au moins par mille l'avalanche de bêtises qu'ils savent déjà faire, alors que leur mère, au même âge, n'en était qu'aux premiers balbutiements de l'assiette cassée et des genoux égratignés. J'avoue que ma fille, petite, était turbulente, mais ces deux-là, ce sont des garnements intenables. Et la petite Hortense, qui n'a que deux ans et demi, c'est même pire : elle ne fait que courir, hurler, sauter partout, pleurer parce qu'elle trouve toujours un coin de table ou un pied de chaise pour se cogner, et remplir sa culotte parce que, du matin au soir, elle est toujours avec quelque chose à la bouche, en train de manger ou de boire, allez savoir. Cette petite, c'est une boule. Elle pèse au moins quinze kilos.

— Elle est trop grosse pour son âge cette petite, pourquoi elle mange tant ? ai-je demandé à ma fille.

Je n'ai pas eu de réponse. Soit. C'est une boule, n'en parlons plus. Autrement, si ce n'est pas les rondeurs, physiquement, la petite Hortense, c'est la copie conforme de sa mère. Et d'ailleurs, elle lui ressemble tellement, qu'il me semble être revenue trente-cinq ans en arrière. La seule différence, c'est que c'est ma fille, et non plus moi, qui distribue les paires de gifles. Dieu soit loué ! Enfin, cela fait de l'animation dans la maison…

*
* *

Une heure du matin. Sur la table de chevet, la sonnerie du réveil cliquette discrètement dans le silence de la nuit. Comme tous les jours, je tends le bras et j'appuie sur le pressoir d'arrêt. Par la fenêtre ouverte, un petit air frais et apaisant se glisse dans la chambre, avant l'arrivée des fortes chaleurs de la journée. Emma dort profondément, et je me lève en repoussant doucement le drap. Je m'habille et je sors dans le couloir. Au moment où je referme la porte de la chambre, la sonnerie du réveil retentit à son tour dans la chambre d'Adrien. Cette nuit, je ne dois pas oublier d'aller réveiller mon petit-fils Gaston, qui depuis son arrivée est impatient de voir au travail son grand-père et ses oncles. Tout l'intéresse, ce petit.

Je me dirige donc vers la chambre des enfants, et après avoir poussé la porte et manqué de marcher sur les garçons qui dorment sur un matelas posé par terre, je gratouille la tête de Gaston qui se réveille en sursaut, me sourit et saute littéralement du lit en saisissant au vol son petit pantalon et sa chemisette. En un éclair, le voilà déjà en bas. J'ai évidemment du mal à faire aussi vite que lui, et arrivant à la cuisine, je le trouve attablé et impatient de me voir arriver.

— Tu veux déjeuner maintenant, petit ? dis-je étonné.

— Non… Je veux juste un bol de lait, pépé, me dit-il en riant de ses belles dents.

— Bon, prends-toi un bol et le pot de lait, et viens avec moi, dis-je en ouvrant la marche.

Nous empruntons l'étroit escalier qui descend au fournil.

— Tonton Adrien n'est pas là ? me demande le petit Gaston.

— Il va arriver…

— Et tonton Henri aussi ?

— Ah non, tonton Henri ne viendra que vers 6 heures, au moment de la fournée.

— Et maintenant, qu'est-ce qu'on va faire ? continue-t-il en descendant prudemment.

— Ah, maintenant, on va préparer la pâte pour faire le pain, parce qu'avant de le faire cuire, ce pain, il faut d'abord faire la pâte, mon petit, dis-je en lui tapotant le haut de la tête.

— C'est bigrement intéressant, me dit-il émerveillé.

— Eh, je comprends. Tiens donne-moi tout ça, dis-je en lui débarrassant les mains.

Je pose le bol sur la table de travail, près du pétrin, et je verse une longue rasade de lait. Puis, tirant la porte à glissière, je passe dans le local à côté où se trouve le four, suivi de près par Gaston.

— Qu'est-ce que tu fais ? me dit-il en m'observant minutieusement.

— Tu vois bien, je fais chauffer ton lait.

J'ouvre alors doucement la porte du fourneau et place à l'intérieur le bol de lait.

— Il est déjà chaud le four ?

— Non, il est juste tiède.

— Pourquoi ?

— Parce que depuis hier, il n'a pas eu le temps de se refroidir complètement. Tu sais, un four de boulanger, ce n'est jamais froid…

— Alors ? Déjà levé ? s'exclame Adrien en bas de l'escalier en voyant son neveu accoudé au pétrin avec un grand intérêt.

— Bonjour tonton ! dit le petit Gaston en allant se jeter dans ses bras.

— Allez, allez, les enfants, au travail, dis-je pour plaisanter en tapant dans les mains.

Une fois la préparation de la pâte terminée, Adrien met en route la machine à pétrin et s'installe à son poste de travail.

— Qu'est-ce tu fais ? lui demande Gaston.

— Je surveille le pétrissage, sourit Adrien, amusé des tonnes de questions que nous pose le petit.

— Pourquoi ?

— Parce que la machine, c'est bien beau, dis-je en prenant la parole, mais ce n'est quand même pas elle qui fait tout…

— On n'aurait plus rien à faire sinon, fait remarquer Adrien d'un éclat de rire.

— Ah ben oui, j'y avais pas pensé… s'exclame l'enfant en portant sa main au front. La machine fait le travail mais il faut regarder si elle travaille bien, c'est ça ?

— Exactement petit. Il faut la surveiller, dis-je en me dirigeant vers le four.

Après avoir sorti du fourneau le bol de lait, je reviens près du pétrin.

— Alors ? Ça t'intéresse tout ça ? dis-je en le voyant rivé sur les gestes d'Adrien.

— Oh oui, pépé !

— Tiens, voilà ton lait, dis-je en lui faisant signe d'aller s'asseoir au bas de l'escalier.

Tenant son bol à deux mains, il boit avidement son petit déjeuner, impatient de retrouver son poste d'observation.

— Et maintenant, qu'est-ce qu'on fait ? dit-il les lèvres blanches de crème.

— Maintenant… Tiens… Je vais sortir le bois qui est dans le four…

— Vous avez mis du bois dans le four pour le faire cuire ?

— Ah, tu as presque trouvé ! C'est pour l'étuver…

— Ça veut dire quoi « étuver » ?

— Ça veut dire le faire sécher…

— Pourquoi il faut le faire sécher le bois ?

— Parce que pour faire du bon pain, il faut un four bien chaud. Et pour avoir un four bien chaud, il faut du bois bien sec…

— Pourquoi ?

— Eh, parce que du bois qui n'est pas bien sec, c'est du bois qui ne brûle pas bien. Et si le four n'est pas à la bonne température, ça donne du mauvais pain, comme à Paris.

— Ah… ?

— Eh oui.

— C'est vrai, tonton ?

— Oui, c'est à peu près ça, répond Adrien en riant doucement.

Au bout d'une demi-heure de pétrissage, Adrien a stoppé la machine, et on a laissé la pâte reposer une petite heure dans la maie. Ensuite on l'a coupée en pâtons, pesée et disposée dans les panetons, pour une deuxième fermentation.

Le travail est presque fini ; il ne reste plus qu'à attendre l'heure pour l'enfournement.

C'est vers 5 heures que j'ai allumé le four, et le petit a suivi l'opération avec beaucoup d'intérêt. Le pauvre enfant nous avait aidés pour tout, mais vers 6 heures, ses forces ont lâché. Il est tombé de sommeil sans pouvoir assister cette nuit-là à l'enfournement, et il a dormi jusqu'à midi.

Mais depuis il s'est rattrapé : tous les matins, vers 8 heures, après son petit déjeuner, il descend nous rejoindre au fournil, et il passe toute la matinée avec nous, nous aidant à préparer la dernière fournée. Il est très méticuleux. Tous les gestes que je lui ai appris, il les refait parfaitement. Il commence déjà à manier correctement les pelles à enfourner qu'on utilise pour les pains ronds, les pains longs et les pains courts ; mais également le rasoir qui sert à couper le dessus des pains et qu'on appelle le coupe-pâte. Les panetons, les moules à gâteaux, à brioches et pains de mie, n'ont plus de secret pour lui. Il sait reconnaître et manier la brosse à pain, la brosse à mouiller. Il sait où se trouvent la corbeille à pâte, les bacs à farine, le conduit à farine, la fourche à fagots, le tire-braise. Il sait même comment fonctionne l'étouffoir à braise. Rien ne lui a échappé ! Ainsi, le voyant si doué, mon fils Adrien l'a chargé de faire les brioches et les croissants, et il se débrouille très bien tout seul. Tant et si bien qu'Henri nous dispense désormais de sa présence devant les fourneaux ; se voyant pour l'occasion remplacé, il en profite comme d'habitude pour passer ses journées à fainéanter chez les copains. Ou chez son Michel. Encore un de fainéant celui-là ! Ce n'est pas pour critiquer, mais je sais bien ce que je veux dire…

De toute façon, dans trois jours, finies les vacances ! Ma fille et mon gendre vont repartir, et j'aurai vite fait de le remettre au boulot. D'ailleurs, il sait très bien ce qui l'attend. Mon fils Henri est difficile à cerner. Il est sans arrêt en train de râler, dans mon dos comme d'habitude, mais je le vois quand même. Il ne sait pas ce qu'il veut faire plus tard. Quand je lui pose la question, il ne répond pas, ou il dit qu'il ne sait pas. Il vient de terminer son régiment, mais ce n'est pourtant pas ce qui lui a mis du plomb dans la tête ! Moi, je l'ai maintes fois prévenu que je voulais qu'il reprenne la boulangerie avec son frère aîné. Mais ça n'a pas l'air de l'enchanter. Peu importe, je préfère l'obliger à faire ça, que de le voir mal tourner. De toute façon, il n'a que vingt ans… Et que sait-on de la vie à vingt ans ? Dans notre famille, nous sommes boulangers de père en fils depuis quatre générations, et mes fils seront boulangers eux aussi. Ce n'est pas plus difficile.

Souvent, ma femme dit que je suis trop dur avec Henri, que je devrais le ménager. Il y a vraiment de quoi rire. Trop dur ? Ce ne sont que des paroles de bonne femme, et rien d'autre. Si mon fils veut être un homme, il ne peut pas penser que je suis trop dur. Qu'il se garde de m'en faire un jour le reproche, ou je l'assomme des deux poings ! C'est ma femme qui l'a pourri ce gosse ! Petit, elle était toujours à ses petits soins, elle lui laissait faire tout ce qu'il voulait… Vous voulez que je vous dise : parce que c'était le dernier, elle l'a gâté, elle l'a gâté, et à force de le gâter, elle l'a pourri ! Moi, je ne disais rien, pensez donc, j'avais autre chose à faire qu'à m'occuper des gosses. Mais à deviner, j'y mettais mon grain de sel ! Maintenant il a pris un mauvais pli, et c'est pour cela que je suis obligé de le serrer, sinon, on n'en fera rien ! Que voulez-vous que j'aille expliquer ça à ma femme ? C'est inutile, je préfère ne rien dire. Aussi, elle trouve que je suis trop dur, et moi, ça me donne envie de rire parce qu'elle se trompe complètement.

La preuve : avec mon petit-fils Gaston, je ne suis pas dur. Il aime mon métier, il s'intéresse, il est normal. Comme Adrien. Mon gendre, je suis sûr qu'il s'y ferait très bien. Mon autre petit-fils, il est trop petit, mais s'il était plus grand, ça serait pareil. Il n'y a qu'Henri. Il n'y a que lui pour me causer autant d'ennuis.

*

* *

La maison est silencieuse, ce matin. Anna, Louis et les enfants sont allés au Champ de foire faire quelques emplettes, avant le départ demain matin. Emma est au magasin. Henri et Charles sont en plein travail. Adrien fait la tournée dans les campagnes, et Paulino est avec ses petits cousins et cousines. Anna a voulu à tout prix l'emmener pour lui acheter un cadeau. Je n'ai cessé de refuser, mais elle a tellement insisté. Et en attendant qu'ils reviennent, j'achève de ranger du linge dans l'armoire de la chambre. D'ailleurs, il faudrait que je descende voir si Emma s'en sort toute seule au magasin, quoique ce n'est pas encore l'heure d'affluence.

Tout à coup, la porte s'ouvre. Je me retourne, et je vois Henri dressé dans l'entrée. Il ferme derrière lui, et s'adosse à la porte en gardant dans son dos la main sur la poignée.

— Emma a besoin de moi au magasin ? je lui demande en achevant de fermer la porte de l'armoire.

— Non, c'est calme, dit-il en s'approchant.

— Qu'est-ce qui se passe ?

— Rien.

— Où vas-tu ?

— Nulle part.

— Qu'est-ce que tu fais ?

— Rien.

— Fais bien attention Henri, si tu me touches, je crie !

— Tu peux crier, personne t'entendra, dit-il en m'empoignant d'un geste brutal.

— Henri ! Lâche-moi !

Il essaye de me prendre dans ses bras. Puis il me jette violemment sur le lit.

— Adrien !

— Tais-toi ! dit-il en voulant me gifler, il est pas là ton Adrien !

— ADRIEEENNNN ! hurlé-je alors plus fort en essayant de me débattre, le cœur serré de peur.

Henri est couché sur moi. Sa main m'écrase la bouche pour m'empêcher de crier. Il a un regard fou et surexcité. Et je prie pour que quelqu'un m'ait entendue… !

— Bon Dieu, tu vas te taire ! chuchote-t-il avec nervosité en envoyant sur mon visage son haleine de mufle.

— Valentine ? C'est toi qui cries si fort ? retentit enfin une voix qui semble provenir d'en bas.

Je reconnais aussitôt Emma, et Henri, prenant peur, s'enfuit soudain en m'abandonnant sur le lit. Je me redresse alors rapidement en essayant de retrouver mes esprits, lorsque Emma apparaît dans l'entrebâillement de la porte.

— C'est toi qui as crié ? me dit-elle inquiète en n'osant entrer.

J'ai réfléchi à peine deux secondes, et je lui ai répondu n'importe quoi, une histoire d'araignée que j'ai trouvée dans l'armoire en rangeant le linge.

— Une araignée ?

Grimaçante d'horreur, elle sort de la chambre et se plante au bord de l'escalier.

— Henri ! crie-t-elle en se penchant par-dessus l'escalier. Où est-il encore ? Henri, viens par ici, on a besoin de toi !

Henri n'a évidemment pas répondu et j'ai dit à Emma que ce n'était rien. Par bonheur, elle a cru à mon histoire d'araignée, mais ce soir je parlerai à Adrien. Cette situation avec Henri ne peut plus durer.

À midi, Henri n'était pas là et je l'en remercie. Ce n'est qu'au moment du dîner qu'il a fait son apparition. Il vient prendre sa place à table sans dire un mot. Il ne me regarde pas et je l'en remercie. Adrien et Louis reprennent leur conversation politique sur l'histoire du pacte que les Russes et les Allemands ont signé il y a quelques jours. Adrien m'en a un peu parlé, mais je n'entends rien à la politique. Anna fait manger la petite Hortense. Moi, je m'occupe de Paulino. Tandis qu'Henri demeure silencieux.

— Tu veux que je réchauffe ta soupe ? lui suggère Emma.

— Non, pas la peine… dit-il en se servant un grand verre d'eau qu'il avale d'un trait.

— Où tu étais encore parti, toi ? demande alors son père.

— Chez Michel, répond-il sans lever la tête.

— Comme toujours.

— Oui, comme toujours, reprend Henri.

— Très bien, à partir de demain je ne veux plus te voir aller chez ce bon à rien !

— De toute façon, tu me verras plus, dit Henri d'un ton très calme.

Emma qui était penchée sur la cuisinière à bois, se retourne vers son mari en lui lançant un regard de glace. Tout le monde se tait tout à coup, sauf les enfants qui chahutent un peu. Mon cœur s'accélère.

— Qu'est-ce que tu racontes ? demande Charles en posant sa fourchette.

— Demain je pars à Paris, avec Anna et Louis, s'ils veulent bien, annonce-t-il dans un silence de marbre en les consultant du regard.

— Si tu veux, lui répond Anna quoique surprise, la maison est grande et tu seras le bienvenu.

— Sûrement pas. Tu ne partiras pas d'ici, rétorque Charles froidement.

— Charles… dit Emma en essayant de le raisonner.

— J'ai dit non !

— Bon, les enfants, ce n'est pas la peine de crier, intervient pépé André pour détendre un peu l'atmosphère.

— Et pourquoi je partirais pas ? s'écrie Henri.

— Parce que !

— Pourquoi ?

— Je t'ai dit non et tu obéis !

— Charles ! s'écrie Emma.

— Toi, tu te tais ! lui dit-il. Ne te mêle pas de ça !

— Papa, n'exagère pas, dit Anna en essayant de calmer tout le monde.

— Je n'exagère pas, dit-il en se servant un verre de vin. Henri reste ici, un point c'est tout.

— Et Adrien, tu l'as bien laissé partir, rétorque Henri presque jalousement. Alors pourquoi pas moi !

— C'est vrai, papa, reprend Adrien. S'il veut partir, on ne peut pas l'en empêcher.

— Il restera ici, parce qu'ici j'ai besoin de lui ! Est-ce que c'est clair ?

Frappant de rage son verre sur la table, Henri, devenu blême, quitte la cuisine en claquant la porte. Puis, personne n'osant plus rien dire, le dîner s'est terminé dans une atmosphère de malaise.

Toute la journée, j'avais tourné mes phrases dans la tête pour raconter à Adrien ce qui s'était passé dans la chambre ce matin avec Henri. Mais une fois couchée, et après la dispute du dîner, je n'ai pas osé lui en parler.

Une fois de plus.

La nuit est avancée. Dans l'obscurité et la chaleur, les minutes passent sans que nous arrivions à trouver le sommeil. Adrien pose sa main sur la mienne, puis il me caresse le visage.

— Je n'arrive pas à dormir, lui dis-je en hésitant encore à lui parler de son frère.

— Moi non plus, dit-il soudain en se levant.

Il va jusqu'à la fenêtre, pousse les volets de bois et regarde la nuit. Puis, au bout d'un moment, il revient se coucher.

— Cette fois, nous allons avoir la guerre, me dit-il sombrement après un silence.

— Qu'est-ce que tu dis ?

— Oui, la guerre, avant la fin de l'année…

— Comment le sais-tu ?

— Tout le monde le sait. Cette guerre est à présent inévitable.

— Tu en as parlé avec Louis ?

— Il est d'accord avec moi. Et puis tout le monde en parle... Au village, dans les journaux...

— Ça ne veut rien dire. Personne ne peut prévoir.

— Si seulement les Russes n'avaient pas signé ce pacte.

— Tu te fais des idées, mon amour, dis-je en cachant mon inquiétude.

Puis j'ai embrassé mon doux amour, et la nuit a été longue et agitée. Cette question de la guerre m'a hantée durant mon sommeil, et ce matin encore, je n'arrête pas d'y penser.

Vers 9 h 30, Anna, Louis et les enfants ont pris le tramway jusqu'à Limoges, où leur train pour Paris part vers 11 heures.

Quand je vois le temps magnifique qu'il fait encore aujourd'hui, et la tranquillité de la vie que nous menons, je ne peux pas croire en cette guerre. Je refuse ne serait-ce que d'y penser. Le calme règne partout. La journée s'est écoulée comme à son habitude. Henri est resté au village, et le quotidien a repris le pas.

*

* *

Mon père veut m'empêcher de partir, mais je partirai quand même ! Un jour, je partirai ! Et s'il veut m'en empêcher encore, je serai capable de tout ! S'il essaye encore de m'en empêcher, je prends un couteau de la cuisine, et il faudra bien qu'il me laisse partir ! Il a pas le droit de me retenir prisonnier ici ! Ici c'est un trou mort ! J'ai plus rien à faire ici ! Rien d'autre que crever d'ennui ! Tout le monde me déteste, alors je vais foutre le camp ! C'est ça qu'ils veulent ? Que je foute le camp ? Ils me détestent tous ? Ils se marrent tous quand je dis que je peux faire un champion de vélo ? Valentine veut pas de moi ? Le père veut que je bosse dans son trou à farine ? La mère veut que je sois gentil avec le père ? Ils me détestent tous ? Eh bien, moi aussi ! Leur concours de pêche, ils peuvent se le mettre où je pense ! J'ai rien à faire ici, et surtout pas le boulanger dans un village de blaireaux ! Qu'ils se débrouillent sans moi !

Ils s'imaginent quand même pas que je vais rester ici à m'encroûter et finir comme eux, comme un vieux crétin ! Je suis d'un autre niveau, moi !

Quand j'y pense, moi, petit boulanger ?

Il faut vraiment que mon père soit crétin pour croire à ça !

*
* *

Septembre 1939

Je me souviens que je venais de lever Paulino de sa sieste de l'après-midi, quand les cloches de l'église se sont mises tout à coup à sonner à la volée, interminablement, me semblait-il. Je suis allée jusqu'à la fenêtre de la chambre d'Emma, et j'ai vu alors les gens courir dans tous les sens en criant que la guerre était déclarée. La guerre venait d'éclater !

Prenant Paulino dans mes bras, je m'apprêtais à descendre quand Adrien est apparu dans le couloir. Nous nous sommes enlacés, en tremblant. Et plus nous nous serrions l'un contre l'autre, plus notre peur grandissait. Nous sommes restés longtemps, ainsi, à pleurer dans l'ombre, avant de descendre rejoindre Emma qui sanglotait elle aussi. Henri, l'œil étrangement brillant, se tenait immobile adossé au mur de la cuisine. « Courage les enfants », dit alors Charles d'une voix traînante. Emma qui demeure inconsolable, abattue sur sa chaise, le supplie de se taire, mais il ajoute avant de sortir : « Ça ne pouvait pas se terminer autrement. »

Henri, comme grand nombre de jeunes du village et de la région, a reçu son ordre de mobilisation hier.

« Tu vois que je m'en vais quand même », a-t-il dit à son père, d'un ton hautain et victorieux, en lui tendant le papier et en me regardant du coin de l'œil. Charles n'a pas répondu à la provocation. Il a lu le papier, l'a plié et l'a posé sur la table, avant de disparaître au fournil. Emma n'a pas cessé de pleurer toute la soirée, pendant que son fils préparait en silence des petites affaires.

Le jour vient de se lever, et à l'arrêt du tramway il y a une foule terrible pour accompagner jusqu'au départ tous ces fils arrachés à leur famille. Une foule dense et résignée. L'arrivée du tramway au village est accueillie par des gémissements et des sanglots étouffés. Les bousculades séparent familles et mobilisés, et Henri parvient à embrasser sa mère avant de monter dans le wagon. Il me fait un signe d'adieu, de la main, auquel je ne peux répondre, et Adrien, ému, me serre dans ses bras. Au moment où le convoi s'élance, bringuebalant sur les rails qui longent la rue centrale du village, Henri, dans un mouvement inattendu et incontrôlé, lève son visage et ses bras au ciel, en laissant éclater un soulagement et une joie incontestables. Pendant qu'Emma, immobile de tristesse, sèche ses yeux, une vague déferlante d'enfants et de jeunes filles suit la machine jusqu'au bas du village, en agitant des mouchoirs.

*
* *

Alsace, février 1940

Voilà trois mois que je me suis engagé volontaire pour combattre auprès de mes compatriotes. Cette résolution m'a été douloureuse, et mon départ bien difficile, autant pour moi qui me sépare des êtres que j'ai de plus chers au monde, que pour mon amour et maman qui n'ont pu comprendre cette décision. Je ne pouvais admettre l'idée que mon frère Henri puisse se retrouver au front, pendant que je demeurerais bien à l'abri, au chaud, au cœur de ma famille et sans le moindre danger. Cette sorte de privilège, qui m'est dû parce que je suis père de famille, m'a très vite paru injuste. Papa, lui, en tant qu'ancien poilu, pouvait aisément situer ce sentiment étrange et imprévisible qui nous exhorte à défendre notre pays, notre liberté, et qu'on appelle tout bonnement : le sentiment patriotique. Jusqu'à la déclaration de cette guerre, je n'avais aucune connaissance de telles notions, je n'avais même pas idée qu'elles puissent exister et encore moins me toucher un jour ! Et me voilà aujourd'hui, chose incroyable, par pur patriotisme, en poste dans la région d'Haguenau. À Niederbronn plus précisément, petite localité alsacienne servant de base à la 27e division alpine du 97e régiment d'infanterie alpine auquel je suis rattaché. Le jour de mon départ, papa, bien que triste de voir partir à la guerre son deuxième fils, était en même temps très fier de nous. Il m'a avoué ce sentiment au moment où démarrait le tramway qui, comme pour Henri, allait m'emmener à Limoges, puis Paris, puis le front de l'Est. La machine avait commencé à prendre un peu de vitesse lorsqu'il est monté en marche ; je me trouvais près de l'entrée, et tout en m'étreignant, il m'a dit cette chose étonnante : « Je suis fier de mes fils. » Moi, regardant une dernière fois vers la rue où mon amour, mon fils, maman et mes grands-parents me faisaient de la main des signes d'adieu, je lui ai seulement dit, la gorge serrée : « Arrête papa, j'ai une de ces pétoches… ! »

À présent, voilà bientôt deux mois que je suis sans nouvelles de la maison. Le courrier n'arrive pas. Fort heureusement, ma première lettre, où je donnais l'adresse de mon régiment, est arrivée sans mal, puisque j'ai bien reçu, vers la Noël, et quoique avec un mois de retard, une première lettre de Valentine. Mais depuis, plus rien. Dans cette lettre, elle m'apprenait que son grand-père, pépé Alphonse, venait de mourir ; qu'il s'était éteint dans son sommeil le premier lundi de décembre, et que c'était mieux ainsi, qu'il avait désormais fini de souffrir. Ensuite, elle me donnait des nouvelles du village qui s'était vidé de ses jeunes, et me disait qu'elle m'écrirait deux fois par mois…

« Notre petit Paulino, m'écrivait-elle, réclame souvent son papa. Quelle folie que tu sois parti si précipitamment. Henri a écrit dernièrement. Il se trouve dans les Ardennes. Il dit que là-haut il fait un froid de chien ; mais la rudesse du climat ne semble pas lui faire regretter le moins du monde notre doux pays. Il dit qu'il a des tas de camarades et qu'il s'amuse bien.

Tant mieux, n'est-ce pas ? Ton père nous a montré sur la carte où se trouvaient les Ardennes. Finalement, vous êtes si proches l'un de l'autre…

« J'espère mon amour que tu ne souffres pas trop du froid. Pourquoi a-t-il donc fallu que tu partes ? »

Je ne le dis pas dans mes lettres, quoiqu'ils doivent s'en douter, mais ici aussi nous crevons de froid. Nous vivons un mois de février terriblement glacial, et l'hiver, malheureusement, est loin d'être fini.

Aujourd'hui, notre sortie de reconnaissance se situe en pleine zone de frontière. Nous sommes une dizaine de soldats, et nous effectuons régulièrement des missions de reconnaissance comme celle-ci, restant la plupart du temps et pendant des heures, voire la nuit entière, allongés en sous-bois, à plat ventre, dans la neige, par des températures de moins trois, moins cinq, moins dix, voire moins quinze degrés. Un enfer dont nous revenons chaque fois transis, à moitié gelés, sans avoir évidemment livré combat, puisque la consigne est de « ne pas tirer sur l'ennemi ».

En décembre, nous avons eu jusqu'à moins vingt-quatre degrés. Et pour notre grand malheur, nous ne portons pas de bottes, mais seulement de simples brodequins. Nos jambes ne sont protégées que par des bandes molletières qui, comme du parfait coton, s'imbibent aussitôt du froid et de la neige qui s'enfoncent jusqu'au genou à chacun de nos pas. Cette « drôle de guerre » n'est vraiment « drôle » que pour ceux qui la passent les pieds au chaud. Parfois, je pense à mon frère, et je m'inquiète de savoir comment il va. Je voudrais tant être à ses côtés, pour veiller sur lui.

Nous avançons dans un bois touffu, avec à la main notre fusil-mitrailleur que nous appelons plus familièrement EM. Nous nous camouflons d'arbre en arbre, derrière des buissons, ou plongeant dans un trou de neige. Notre chef de groupe, le lieutenant Le Guenec, un Breton, sort ses jumelles et observe les alentours. Je me tiens en embuscade quelques mètres derrière lui, caché dans un buisson, en compagnie de mon camarade Dalancourt qui est l'éclaireur de notre section. Les autres sont un peu éparpillés dans un périmètre de dix mètres autour de nous. Dans un silence total et l'œil aux aguets, nous approchons d'une clairière.

— Tu vois là-bas ? me murmure Dalancourt en désignant la forêt.

— Non, quoi ?

— Tu les vois les barbelés ?

Je cherche des yeux dans la direction qu'il m'indique, et j'aperçois bientôt en effet une ligne de barbelés.

Le lieutenant, ayant évidemment remarqué ce détail aux jumelles, se tourne vers nous et les autres, en nous faisant signe de nous approcher. Dalancourt et moi avalons la distance en deux sauts, tandis que les autres nous rejoignent en rampant dans la neige.

— Il faut aller voir ça de plus près, nous dit Le Guenec intrigué. Bon, Jallard, Herdieu, Dalancourt, Miquel et Croizer, venez avec moi. Les autres, ne bougez pas.

Dalancourt me sourit de ses yeux pétillants. Je serre mon EM contre le cœur. J'ai comme une sensation de peur et d'exaltation.

— Qui part en éclaireur avec Dalancourt ? demande Le Guenec.

— Moi, dis-je en levant la main sans aucune hésitation.

— Allez les gars, murmure notre chef en guise d'encouragement.

Michel Dalancourt passe devant, et je le suis à deux mètres derrière lui. Je lui demande de m'attendre, mais il ne m'écoute pas. Nous progressons lentement, passant d'arbre en arbre. Derrière nous, Le Guenec et les trois autres camarades nous observent de loin, en attendant notre retour. Je serre mon EM contre moi. Michel Dalancourt est mon meilleur camarade, il n'a pas encore vingt ans, mais cela ne l'empêche pas d'être le plus courageux de nous tous. Nous progressons lentement, passant d'arbre en arbre. Je le suis à la trace. Je pose mes pieds à l'endroit où il a posé les siens. Je suis à l'affût de tout. Nous progressons lentement, passant d'arbre en arbre. Je ne m'écarte pas d'un cheveu de la trace de Michel. Je pose mes pieds à l'endroit où il a posé les siens. Je tiens fermement mon EM serré dans mes mains. Michel est devant, nous avançons lentement… Et d'un coup, en une seconde, le feu jaillit devant moi.

CHAPITRE VII
Le télégramme

Plutôt souffrir que mourir,
C'est la devise des hommes.

La Mort et le bûcheron
Jean DE LA FONTAINE

Le village, février 1940

La pluie tombe aujourd'hui sans discontinuer sur la campagne. Hier, quelques nuages sont arrivés par l'ouest, mais sans toutefois donner d'averses.

À la maison, Emma, qui voudrait bien se défaire d'un mauvais rhume, est assise à la table de la cuisine, penchée sur un bol fumant recouvert d'une serviette qui lui englobe la tête, s'efforçant d'inhaler les vapeurs de thym et de miel de ma préparation médicinale.

— Ça va ? Ça vous fait du bien ? lui demandé-je en achevant de ranger la vaisselle dans le buffet.

— Oui, mais ce qu'il fait chaud là-dessous ! me répond-elle d'une voix souffreteuse. Y en a encore pour longtemps ?

— Vous venez à peine de commencer, fais-je remarquer en la taquinant.

— Tu es sûre ? dit-elle en paraissant trouver le temps long. Tu me diras quand je pourrai enfin sortir de cette étuve ?

Je la rassure en lui disant que je n'oublierai pas.

Après le déjeuner, Charles est monté se reposer, pépé André est sorti faire sa promenade quotidienne, et mémé Alida assise dans son fauteuil de la salle à manger fait du tricot tout en sommeillant. J'ai mis Paulino à la sieste tout à l'heure dans son petit lit de bois et me voilà tranquille pour l'après-midi ; du moins, jusqu'à l'ouverture de la boutique, à 4 heures. Dès que Emma aura fini ses inhalations, je m'installerai pour écrire à Adrien. Dans sa dernière lettre, il me disait qu'il ne recevait presque jamais mes lettres, que le courrier avait du mal à arriver jusqu'au front. Ça ne fait rien, je préfère continuer à écrire, même si c'est peine perdue ; et puis, c'est peut-être cette lettre-là qui lui parviendra, et si je ne l'écris pas, je m'en voudrai toute ma vie.

Alors que la pendule de la cuisine sonne 2 heures, quelqu'un semble frapper à la porte du jardin. Je tends l'oreille, les coups redoublent.

— Quelqu'un a frappé, dis-je à Emma.

— Ah bon ? s'étonne-t-elle en gardant son visage sous la serviette. Tu veux bien aller voir ?

Je vais jusqu'à la porte du jardin, et, à travers les carreaux, je reconnais le facteur de service. Je tire alors la porte d'un coup sec parce qu'elle frotte sur le plancher, et je m'apprête à faire entrer le pauvre homme qui est trempé jusqu'aux os.

— Entrez donc, facteur, ne restez pas sous la pluie, dis-je en lui offrant le passage.

— Non, madame, c'est gentil à vous, merci... dit-il en ôtant sa casquette, et ce malgré la pluie.

— Mais, vous allez attraper mal, mon pauvre monsieur !

Puis, j'insiste encore en le priant d'entrer, mais très vite, devant son visage grave, je sens instinctivement qu'il se passe quelque chose.

— Excusez-moi de vous déranger, dit-il alors d'une voix maussade, mais il est arrivé un télégramme pour vous.

— Un télégramme ?

— Oui, il y a tout juste quinze minutes, dit-il en me tendant sous la pluie un bout de papier.

D'ici, j'entends la voix pointue d'Emma qui, de la cuisine, me demande qui est là.

— Comment ça un télégramme ? dis-je en prenant le papier.

— C'est un télégramme du ministère des Armées... Je suis désolé... Au revoir, madame, récite le jeune postier avant de me saluer et de s'enfuir en me laissant sur le pas de la porte.

Emma me demande encore qui est là. Sa voix toujours pointue me paraît maintenant lointaine, lointaine. J'ouvre en tremblant le papier mouillé, et je lis les mots sèchement griffonnés à l'encre bleue.

J'essaie ensuite de marcher jusqu'à la cuisine. Comment ai-je fait pour ne pas tomber ? Je l'ignore. J'ai trouvé une chaise sur mon passage, et je me suis assise à la table, en face d'Emma.

— Ah, tu es là... Alors qui c'était ? me dit-elle en gardant son visage sous la serviette.

J'avais un mal terrible au dos et à la tête, mes yeux pleuraient des larmes fines et cruelles. Emma reniflait bruyamment ses vapeurs chaudes, et sans qu'elle le sache encore, mon monde venait de s'écrouler.

J'avais probablement dû laisser échapper un sanglot, parce que d'un coup, Emma s'est redressée.

Sa serviette tout humide est maintenant perchée sur sa tête. Ses yeux comme son visage sont rouge écarlate à cause des vapeurs. Elle voit, à n'en pas douter, mon état. Elle me regarde, et tout ce qui était rouge sur son visage devient subitement pâle, tristement pâle.

— Qu'y a-t-il ? me dit-elle, blême comme la mort.

Alors, ne pouvant parler, je lui tends le télégramme.

Mon monde s'était écroulé, et le sien en fit de même. Elle cache son visage dans la serviette qu'elle avait autour du cou, et quitte la cuisine en laissant sur la table le bol fumant où nageait le papier froissé.

*
* *

La nouvelle du malheur qui s'est abattue sur la famille Croizer s'est répandue ce matin comme une traînée de poudre à travers tout le village. Aussi, en tant que médecin du village et ami de la famille, je me suis empressé de me présenter chez Charles et Emma, pour les assurer de toute ma sympathie et de mon soutien.

— Merci de votre visite, docteur, dit Charles en me serrant la main sur le pas de la porte, alors que je viens de passer un moment avec eux.

— Surtout, Charles, si vous avez besoin de quoi que ce soit, n'hésitez pas…

— Entendu, répond-il en tirant légèrement la porte.

Puis, je redescends lentement la rue principale. La pluie a cessé depuis le milieu de la nuit. À mon passage, les gens me saluent, et je rends la politesse en levant légèrement mon chapeau.

— Docteur ! m'interpelle soudain une voix derrière moi.

Je me retourne, et j'aperçois alors Valentine qui s'approche en hâtant le pas. Cette petite Valentine est pour moi comme une fille. C'est moi qui l'ai mise au monde, il y a maintenant vingt et un ans. Françoise Mory avait fait appel à moi, car auparavant, en 1902, j'avais également mis au monde la petite Pauline. C'était la première année que j'exerçais, et depuis Pauline, Valentine et Paul avaient avec l'aide de mes humbles mains effectué à leur tour leur saut dans le monde. Trois vies, trois générations, et à travers cette jeune femme qui venait vers moi, je ressentais plus que jamais avec plaisir et fierté une passion toujours intacte pour mon métier.

— Docteur…

— Oui, ma petite, dis-je en l'accueillant tendrement.

— Je voulais vous parler seul à seul, me dit-elle essoufflée.

— Oui, ma petite, parle donc…

— Voilà, docteur… commence-t-elle.

— Attends, peut-être veux-tu que nous poussions jusque chez moi ? Nous y serons plus tranquilles qu'ici, dis-je en regardant alentour.

— Oui, si vous voulez, avoue-t-elle en me prenant le bras. Docteur, continue-t-elle au bout de quelques pas, j'ai besoin d'avoir des nouvelles d'Adrien… Et j'ai pensé que… hésite-t-elle en baissant les yeux, je me disais que vous pourriez utiliser votre téléphone et appeler l'hôpital… Vous êtes docteur, vous savez mieux que quiconque ce qu'il faut dire… ajoute-t-elle comme pour me convaincre.

N'ayant nullement besoin d'être convaincu, je lui tapote tendrement la main.

— Mais bien évidemment, ma petite, dis-je pour chasser ses scrupules. Et je m'en veux vraiment de ne pas y avoir moi-même pensé plus tôt.

Une fois à la maison, je l'installe dans le salon où Gabrielle, mon épouse, s'occupe de lui servir un bon thé chaud.

— Bon, inutile d'attendre davantage.

Je vais donc jusqu'au téléphone, et je fais signe à la petite de venir s'asseoir près de moi.

Elle acquiesce de la tête, et son visage s'éclaircit.

Je décroche l'appareil et je lance l'appel. Au bout d'un instant, et après quelques crachotements, la douce voix de Raymonde, l'opératrice du bureau de poste de notre village, me répond :

— J'écoute…

— Allô, dis-je en parlant clairement, l'appareil près des lèvres. Bonjour Raymonde, ici c'est le docteur Conte… Pourriez-vous me mettre en contact avec l'hôpital militaire d'Épinal, s'il vous plaît ?

— Quel numéro docteur ?

— Je ne connais pas le numéro.

— Ah, dit-elle en réfléchissant. Dans ce cas, ne quittez pas docteur, j'appelle Épinal.

— Oui oui, j'attends…

— Alors ? s'inquiète la petite.

Je lui réponds que Raymonde, notre opératrice des PTT, va rechercher le numéro de l'hôpital.

Valentine me regarde tristement, en s'efforçant de boire quelques gorgées de thé.

— Ne t'inquiète pas, petite, ça va marcher, lui dis-je d'un clin d'œil.

Quoique, je sais très bien que ce n'est pas avec mes tisanes ni avec mes petits mots de réconfort qu'elle ira mieux. De toute évidence, les pensées de la petite sont ailleurs, et l'important pour elle est d'avoir le plus vite possible des nouvelles d'Adrien.

L'opératrice revient.

— Allô ? Oui, je vous entends Raymonde, dis-je en m'approchant bien de l'appareil. Oui, d'accord, je reste en ligne…

J'annonce maintenant à la petite que Raymonde a eu l'opératrice d'Épinal, et que la communication ne va pas tarder à être établie.

En effet, au bout de quelques secondes, un roulement à cadence lente reproduisant la sonnerie du téléphone retentit dans l'appareil :

— Brrrrr… Brrrrr…

Quelqu'un décroche enfin.

— Allô ? Allô ? Vous m'entendez ? Allô ? m'écrié-je.

— Qu'est-ce qui se passe docteur ? me demande Valentine.

— Je crois que ça a coupé… Allô ?… Oui, nous avons été coupés… Mais ce n'est pas grave, nous allons recommencer, ajouté-je pour la rassurer.

Je relance la manivelle et bientôt la voix de Raymonde refait surface.

— Allô ? Raymonde ? C'est toujours le docteur Conte… Ma communication avec l'hôpital a été coupée…

— Ne quittez pas, docteur, je rappelle Épinal.

Le balancier de l'horloge du salon égrène d'interminables secondes, avant que la sonnerie d'appel retentisse à nouveau dans l'appareil :

— Brrrrr… Brrrrr…

Soudain la sonnerie s'arrête. Puis, une voix perce le silence de mort qui vient de s'installer dans le téléphone.

— Docteur ?

— Oui, dis-je avec inquiétude en reconnaissant Raymonde.

— Je suis désolée, docteur, la liaison aussitôt établie a été à nouveau coupée, dit-elle en détachant bien les mots.

— Pouvez-vous réessayer, s'il vous plaît ? C'est urgent…

— Bien, ne coupez pas, dit-elle alors très dévouée, je lance un nouvel essai.

Valentine s'est déjà levée et rassise dix fois depuis tout à l'heure. Elle ne dit pas un mot et tremble comme une feuille à mesure qu'approche le moment où nous aurons ce satané hôpital au bout de la ligne. Le silence semble perdurer, quand enfin un bruit mêlé de souffle et de grésillement fait peu à peu surface dans l'écouteur.

— Ah ! Ça y est petite ! dis-je en m'écriant. Il me semble que cela sonne à nouveau à l'autre bout de la ligne !

— Brrrrr… Brrrrr…

Elle revient s'asseoir près de moi, lorsque quelqu'un décroche enfin.

— Hôpital militaire, j'écoute… me dit-on d'une voix très détachée.

— Allô ? Épinal ?

— Oui, monsieur, j'écoute…

— Je suis le docteur Conte, près de Limoges. Voilà, je vous téléphone à propos d'un blessé qui est chez vous… Son épouse, très inquiète à son sujet, est à mes côtés…

— De quel blessé s'agit-il ? dit la voix.

— Croizer. Adrien Croizer.

— Ne quittez pas, je me renseigne…

Valentine ne bouge plus. Les yeux rivés sur l'appareil, elle mordille nerveusement le haut de sa lèvre.

— Oui, c'est juste, il est bien ici, reprend tout à coup la voix.

— Ah, dis-je en regardant la petite qui aussitôt émue aux larmes s'approche encore plus de l'écouteur. Allô ? Allô ? Vous m'entendez ? Oui… Pouvez-vous me donner de ses nouvelles, s'il vous plaît ? Je suis son docteur de famille…

Il y a un crachotement du tonnerre sur la ligne. La personne me fait alors répéter, puis m'indique qu'il me passe le docteur Moreau.

— Allô… ? dit une voix grave.

— Oui, je vous écoute, je suis le docteur Conte, un confrère…

— Eh bien, cher confrère, l'état de ce pauvre homme est stationnaire, répond-il dans un concert de craquements. Il subit un coma profond et malheureusement il est impossible de se prononcer actuellement… Allô ? Allô ?

— Allô ? Je ne vous entends plus ! dis-je en collant l'oreille sur l'appareil. Allô ! Allô, Épinal ? Ça a encore coupé, dis-je à la petite en raccrochant. Je vais rappeler l'opératrice…

— Ce n'est pas la peine, docteur… dit-elle en se levant. Nous n'apprendrons rien de plus…

— Mais si, allons, rassieds-toi…

— Vous avez été très aimable, docteur, mais je vous ai suffisamment dérangé…

— Mais pas du tout. Écoute, je vais leur demander qu'ils m'envoient un rapport complet de…

— Non, c'est inutile docteur, je vais partir à Épinal. Je ne peux plus rester ici, me dit-elle soudain.

— À Épinal ? dis-je hébété en raccrochant lourdement le téléphone.

— Oui, à Épinal, répète-t-elle avec résolution. Adrien se trouve là-bas entre la vie et la mort, et attendre ici sans rien faire m'est insupportable.

— Mais comment vas-tu faire ? Sais-tu seulement où se situe Épinal ?

— Je trouverai bien, dit-elle en reniflant, les larmes au bord des yeux.

Après quelques secondes de réflexion, je me suis levé aussi, et trouvant comme une deuxième jeunesse, je me suis alors dirigé vers la bibliothèque.

— Allez, viens, dis-je en posant un gros livre de géographie sur la table de la salle à manger. Je vais te montrer où cela se trouve, Épinal.

Elle s'est alors approchée, et je lui ai montré les Vosges, et Épinal. Ensuite, j'ai téléphoné aux Chemins de fer pour connaître l'horaire des trains, et les différents changements qu'elle aurait à effectuer. J'ai rapidement compris que ce voyage serait interminable, et j'ai essayé de la convaincre de se faire accompagner, mais en vain. Elle est résolue à prendre son train, ce soir, à Limoges, à 23 h 34, en direction de Paris où elle arrivera demain matin à 5 h 35, en gare d'Orléans-Austerlitz. Ensuite, nouveau départ en gare de l'Est, à 7 h 50, jusqu'à Chaumont où un autre train l'attendra à 11 h 46, en direction de Neufchâteau. À 16 h 40, un dernier changement la conduira enfin à Épinal. Arrivée à 19 h 02. Presque vingt heures de voyage ! Je lui ai adressé une dernière fois de multiples conseils, puis je lui ai donné pour le trajet un peu d'argent qu'elle voulait refuser. Mais j'ai tellement insisté qu'elle s'est vue obligée d'accepter. Je l'ai aidée à tout préparer, et après lui avoir glissé dans la main le numéro de mon téléphone, je lui ai bien recommandé de me téléphoner en PCV si quelque chose n'allait pas.

Valentine venait de finir de recopier tous les horaires et les différentes correspondances qu'elle aurait à prendre, et nous étions penchés sur la table, les yeux perdus dans le livre de géographie où les cartes des régions de France se succédaient les unes aux autres, parlant de tout et de rien, traçant et mettant au point ce périple comme si nous allions l'entreprendre tous les deux, lorsque, levant par hasard mon regard sur elle, j'ai remarqué avec une profonde émotion que de longues larmes silencieuses ne cessaient de couler sur son visage attristé.

À ce moment-là, de la même façon qu'un père aurait consolé sa fille, j'ai eu envie de la prendre dans mes bras… Mais je n'ai pas osé. Les délicatesses de la pudeur s'étaient mises en travers de mon chemin ; alors, sortant mon grand mouchoir blanc, je pris cependant le soin de sécher ses larmes.

*

* *

Le paysage défile depuis des heures, derrière la vitre du compartiment, sous une averse continuelle qui me fait frissonner. Empestant le charbon, le train file vers Épinal dans un bruit lancinant de fer qui s'entrechoque. J'ai beau être emmitouflée dans le manteau de maman – qu'elle est venue m'apporter hier après-midi au départ du tramway – cette atmosphère humide, ajoutée à l'air froid qui pénètre dans le compartiment, me fait claquer des dents, comme si je me trouvais à l'extérieur, en plein froid, sur le toit du train !

Dans les trains, j'y suis depuis dix heures hier soir, si je tiens compte du trajet en tramway. Je n'ai guère dormi cette nuit, et la fatigue me fait presque oublier l'endroit où je me rends. Toute la nuit le train s'est arrêté, parfois dans des gares obscures, parfois en rase campagne, sans qu'on sache pourquoi. Mille fois j'ai pensé que nous n'arriverions pas à Paris, et puis vers 6 heures du matin, les haut-parleurs de la gare d'Austerlitz ont annoncé l'arrivée en gare du train de Toulouse dans lequel je me trouvais. Nous avions déjà une demi-heure de retard, et je m'inquiétais pour la suite de mon voyage. En compagnie d'un jeune homme qui se trouvait dans mon compartiment, je suis descendue sur le quai où s'engouffrait un vent glacial. Voyant que je ne savais pas vers où me diriger, il m'a demandé s'il pouvait me renseigner. L'obscurité et les quais interminables de cette gare sinistre m'effrayaient un peu. Avec ça, il faisait un froid si terrible pour la saison que je me suis demandé dans quel pays je pouvais bien me trouver. Puis, serrant dans mes mains ma petite valise, j'ai enfin répondu au jeune homme que je devais me rendre à la gare de l'Est.

— Comme c'est drôle, moi aussi, m'a-t-il dit en souriant. Si vous voulez, nous pouvons faire encore ensemble un petit bout de chemin, notre voyage n'en sera que plus sûr et plus agréable.

Je trouvais sa voix rassurante, et il me paraissait gentil et bienveillant. J'ai donc accepté. En chemin il m'a dit qu'il venait d'Orléans et qu'il se rendait à Besançon. Il m'a longtemps parlé de cette ville et de sa région, un peu à la manière du docteur, hier, à propos des Vosges. Mais n'étant guère attentive à ce cours de géographie, je n'ai pas posé de questions. Je n'ai guère parlé non plus. J'ai seulement dit que j'allais à Épinal, et il m'a fait remarquer avec regret que nos routes se sépareraient donc à Chaumont.

Après le parcours dans le métro parisien où les gens s'entassent dans les rames en bousculant tout sur leur passage, nous sommes arrivés sur les quais de la gare de l'Est. Là, il s'est occupé de trouver notre train, et je me suis laissé ainsi guider, lasse et à moitié endormie. Puis, après avoir péniblement grimpé le marchepied, nous nous sommes installés dans un compartiment de troisième classe.

À 7 h 50, les jets de vapeur ont rempli la gare, et nous sommes enfin partis sur la route de l'Est. Avec la pluie.

J'ai tout à coup pensé à Anna, Louis et les enfants, commençant à se réveiller, quelque part dans une modeste maison de Paris. Je me disais que j'aurais peut-être pu leur rendre visite. Mais à quoi bon ? Quoi leur dire ? Qu'Adrien allait peut-être mourir ? J'avais trop hâte d'arriver à son chevet.

Je m'arrêterais à Paris au retour. En le ramenant vivant à la maison. Oui, vivant et bien vivant.

Arrivée vers midi à Chaumont avec un sensible retard, j'ai rapidement quitté le wagon, car je n'avais que quelques minutes pour effectuer mon changement. Heureusement, aidée de mon compagnon de voyage qui m'a indiqué ma correspondance, j'ai pu m'embarquer sans trop de difficultés. Je l'ai gracieusement remercié en lui faisant un léger signe par la fenêtre de la voiture, puis, songeant que j'allais devoir maintenant me débrouiller toute seule – ce qui d'ailleurs ne m'inquiétait nullement –, mon train s'est bruyamment élancé vers Neufchâteau où un dernier changement m'attendait.

Il doit être maintenant plus de 7 heures. La nuit est tombée sur Épinal, et la pluie est au rendez-vous. Tout y est gris et froid. Docilement, je suis le cortège de voyageurs qui pénètre dans le hall de la gare. Là, allant des uns aux autres en demandant où se trouve l'hôpital militaire, je déambule comme une morte ; mais s'il le faut, c'est en rampant que j'irai retrouver Adrien. Les gens ne savent pas me renseigner, ou bien c'est moi qui ne comprends pas. L'horloge de la gare indique 19 h 30 lorsque enfin une vieille dame très gentiment me guide vers la sortie pour me montrer le chemin.

— L'hôpital militaire ?

— Oui.

— Regardez, me dit-elle en tenant son chapeau bien enfoncé sur la tête, ce n'est pas très loin. Vous prenez cette grande rue jusqu'au prochain carrefour, et vous tournez à gauche. Vous marchez quelques minutes, et vous allez voir sur votre droite une caserne, mais ce n'est pas là, vous continuez tout droit. Ensuite, vous passez sous la voie de chemin de fer, et vous tournez immédiatement à droite. Vous allez arriver sur une grande avenue, et là vous trouverez facilement, c'est indiqué, hôpital militaire.

Je remercie l'aimable femme qui retourne se mettre à l'abri au moment où par miracle la pluie se met peu à peu à cesser. Je marche longuement, au milieu de la ville, sans rien remarquer, sans ne rien voir d'autre que le petit espace de rue qui, devant moi, disparaît à chacun de mes pas, pour laisser la place à un autre petit espace de rue… Le suivant toujours identique au précédent. Je ne remarque rien d'autre. Il y a peut-être des gens sur le trottoir, mais je ne les vois pas. Je n'ai d'autre but que la fameuse ligne de chemin de fer que je traverse bientôt, puis, ensuite, l'hôpital qu'il me semble distinguer au loin.

Après presque une demi-heure de marche, j'arrive enfin devant un grand bâtiment blanc. L'hôpital militaire. Épuisée, je pousse la porte d'entrée.

— S'il vous plaît, où allez-vous ? m'arrête soudain une grosse voix dans mon dos.

Je me retourne, et je vois une grande femme en blouse blanche qui s'est levée de son bureau et se dirige vers moi.

— Où allez-vous comme ça, mademoiselle ? répète-t-elle sèchement. Les visites sont terminées…

— Je viens voir mon mari. Il est gravement blessé, dis-je en pleurant d'épuisement.

La dame, tout à coup moins agressive, me prend alors doucement les mains.

— Allons. Venez. Nous allons voir ça, dit-elle en m'entraînant dans une pièce voisine de son bureau. Comment s'appelle votre mari ? ajoute-t-elle en ouvrant un grand cahier.

— Adrien Croizer, dis-je en reniflant.

— Ah oui. Je vois, dit-elle en relevant les yeux vers moi, comme si elle allait m'annoncer quelque chose de terrible. Votre mari se trouve aux soins intensifs. Je ne peux pas vous laisser aller le voir.

— C'est impossible, dis-je abattue, j'ai traversé la France pour le voir… Je vous en prie.

Elle range le cahier dans un tiroir, et revenant vers moi en plongeant ses mains au fond des poches, elle paraît réfléchir.

— Bon, venez avec moi. Je vais vous conduire auprès du docteur Moreau. C'est lui qui décidera, dit-elle en arrangeant au moyen d'une épingle à nourrice la coiffe blanche qui glissait sur sa nuque.

Nous empruntons le grand escalier au fond du hall d'entrée, et nous montons trois étages. C'est à ce moment-là que je réalise la désagréable odeur qui depuis mon arrivée m'emplit les narines. Une odeur fade, froide, mélange d'éther et de médicaments, et qui peu à peu semble m'imprégner de partout : l'odeur de l'hôpital ! La dame marche devant moi. De temps en temps, elle jette un œil derrière elle pour vérifier que je la suis bien.

Nous traversons maintenant un long couloir dont les murs nus et blancs sont si hauts qu'ils donnent l'impression de vous tomber dessus. La dame s'arrête bientôt devant une porte et donne trois coups secs.

— S'il n'est pas dans son bureau, nous irons voir les infirmières, me dit-elle en frappant à nouveau quelques petits coups qui demeurent sans réponse. Venez, ajoute-t-elle en ouvrant une porte sur la gauche.

Nous suivons à nouveau un couloir, mais celui-ci plus étroit, et nous parvenons dans une pièce remplie de femmes en blouse blanche qui s'affairent dans tous les sens.

— Ça va les filles ? clame la dame en entrant.

— Ça va, répondent-elles en chœur.

— Vous savez où je peux trouver le docteur Moreau ?

— Il est dans la grande salle au quatrième, répond l'une d'entre elles.

La dame la remercie, et une fois sorties nous traversons à nouveau, mais dans l'autre sens, les interminables couloirs. Nous montons au quatrième étage, et nous retraversons encore des couloirs tous identiques les uns aux autres. Arrivées devant deux grandes portes, elle tire la poignée et nous entrons dans ce qu'appelait tout à l'heure l'infirmière, « la grande salle ». J'ai cru être prise de vertige devant son immensité.

— Attendez-moi là, me dit la dame en me laissant toute seule à l'entrée.

Tout impressionnée, je n'ose bouger ne serait-ce qu'un cheveu. Et c'est avec morosité que j'observe les lieux. De chaque côté d'une longue allée centrale, sont alignés une multitude de petits lits blancs occupés par des malades ou des blessés. Mon apparition semble être l'attraction de la journée pour ces pauvres jeunes gens dont les têtes se tournent peu à peu vers moi. Des bras enrubannés bougent difficilement. Perdus au milieu des bandages blancs qui recouvrent les visages, des yeux noirs et mélancoliques m'observent. Des froissements de draps se font entendre ici et là. Les lits grincent.

Je ne tiens plus sur mes jambes, j'ai une terrible migraine : désormais je voudrais retrouver mon pauvre amour qui doit horriblement souffrir… Comme tous ces jeunes.

La dame de l'accueil s'est dirigée vers un groupe de cinq soignants revêtus de blouses blanches qui parcourt les rangées de lits. Elle dit quelques mots à celui qui semble être le médecin-chef. Celui-ci se retourne et me regarde. Derrière lui, deux infirmières déplient un drap blanc dans lequel mon regard a l'air de s'embuer… Non, je ne vois plus rien. Tout est si blanc partout que j'en ai mal à la tête. Puis elle revient seule, lentement. Qu'elle ne me dise pas qu'on m'interdit de voir Adrien, ou je hurle.

— Bon, je vous raccompagne au bureau du docteur, me dit-elle en me prenant le bras. Il va vous recevoir tout de suite.

Et voilà que nous refaisons encore, dans l'autre sens, les kilomètres de couloirs qui nous séparent du bureau du docteur. Lorsque nous y parvenons, la dame me fait gentiment entrer, et voyant que je n'en peux plus, elle me fait signe de m'asseoir.

— Je veux voir mon mari, dis-je dans un murmure.

— Bientôt, ma petite dame, dit-elle en m'offrant un verre d'eau pour me réconforter.

— Je veux voir mon mari, répété-je lasse.

— Ne vous inquiétez pas, le docteur arrive, finit-elle par dire pour prendre congé.

Et la porte se referme.

J'hésite un instant à me relever, pour aller chercher toute seule Adrien. Où qu'il soit, je saurai le trouver, et c'est de toute façon ce que je ferai, si on m'empêche de le voir.

Mais je suis si fatiguée que mes paupières paraissent soudain vouloir se fermer…

*

* *

— Bonjour, madame, dis-je en secouant doucement l'épaule de la jeune femme.

Elle ouvre les yeux, hébétée.

— Je suis le docteur Moreau. Vous allez bien ?

— Oui. Excusez-moi, répond-elle en se redressant dans son fauteuil, je me suis assoupie.

— Vous êtes arrivée aujourd'hui ?

— Oui. J'arrive à l'instant de Limoges. Des dizaines d'heures de train pour voir mon mari, explique-t-elle en mettant dans ces derniers mots tout son espoir.

— Rude voyage, fais-je remarquer en sortant le dossier de son mari.

— Oui, docteur.

— Bon, commençons par le début, dis-je en soupirant. Votre mari est dans un coma profond. Il aurait pu être tué, mais il est vivant. D'ailleurs, son camarade qui a mis le pied sur la mine a été tué sur le coup. Votre mari le suivait de si près que le choc de l'explosion lui a causé une grave lésion frontale, avec un traumatisme des yeux… Nous avons pu également repérer une brèche osseuse, mais nous ne pouvons pas encore nous prononcer définitivement… Ceci étant dit, je ne veux pas vous effrayer davantage… Vous désirez le voir n'est-ce pas ?

— Oui, docteur, acquiesce-t-elle en roulant tristement son mouchoir au creux de ses mains.

La pauvre dame est bouleversée.

— Vous savez, ajouté-je d'une voix aussi douce que prévenante, vous risquez de recevoir un choc… Car il est extrêmement difficile pour vous de…

— Je comprends, docteur, m'interrompt-elle dans un souffle d'espoir.

Ses pupilles, son visage, sa voix, son cœur, tout chez cette personne est animé d'une telle beauté, d'une telle force et d'une telle détermination que je n'ai pas à réfléchir longtemps pour lui accorder ce droit de visite. D'autant que le pauvre homme peut très bien ne pas passer la semaine.

— Allez, venez, dis-je en me levant le premier.

Elle me suit en emportant avec elle ses affaires de voyage. Nous descendons au premier étage, en salle de réanimation. Avant d'entrer dans la chambre, je lui demande comment elle se sent.

— Bien, docteur, dit-elle en tremblant.

— Tout va bien se passer, vous verrez, dis-je pour la soutenir dans cette épreuve.

Nous entrons, et je referme la porte.

Maintenant elle se dirige lentement vers le lit, avec un courage authentique. Elle regarde le corps inerte, sans le toucher. Elle le regarde longtemps, immobile près du lit. Ses épaules trahissent quelquefois, chagrin bien légitime, un sanglot aussitôt refréné. Puis, elle se penche vers le visage du blessé jusqu'à le toucher presque, et, près de l'oreille enfouie sous les bandages, elle lui dit dans un murmure : « Mon amour, tu m'entends ? Je suis là, près de toi… »

Au bout d'un moment, j'approche une chaise de la jeune dame, et je la prie de s'asseoir. Elle accepte timidement, en me regardant tout à coup comme si elle voulait me parler, mais sans qu'aucun son ne sorte de sa bouche.

Je lui ai laissé cinq minutes de plus, et même si dans le geste cela n'a pas été le cas, je sais bien que dans le cœur je l'ai quasiment arrachée à sa dévotion.

Elle l'aurait veillé toute la nuit sans bouger, toute une année, et même toute une vie.

*

* *

Début mars 1940

Il y a un peu plus d'une semaine que je suis ici. Adrien n'est plus rien d'autre qu'un pauvre corps endormi sur un lit blanc où il gît de tout son long, relié à tout un tas d'appareils effroyables. Des tubes en tout genre lui sortent de la bouche, du nez, des bras. Sa tête est couverte de bandages, même les yeux. Mais il est vivant. On ne cesse de me dire que c'est un miracle, et, s'il sort un jour de cet hôpital, j'en remercierai Dieu toute ma vie. Je le vois un petit peu tous les jours. Le docteur Moreau et les infirmières sont très aimables avec moi. Par ailleurs, au regard de la lettre de recommandation du docteur Conte, l'intendance m'a accordé une chambre à l'hôpital. Ainsi, je suis sur place pour m'occuper d'Adrien, et j'économise l'argent que maman et Emma m'avaient donné pour l'hôtel.

La semaine dernière, j'ai reçu une visite inattendue que je n'oublierai jamais : monsieur et madame Dalancourt, les parents du jeune garçon qui a été tué dans l'accident. Ils venaient chercher leur fils qui reposait à la morgue de l'hôpital. Et, ayant appris ma présence ici, madame Dalancourt – une fort belle dame d'une quarantaine d'années à peine – a tenu à me rencontrer. Elle a été très gentille avec moi, et aussi très émouvante. Elle m'a souhaité beaucoup de courage, et avant de partir, elle m'a dit en m'embrassant qu'elle prierait pour Adrien.

Moi aussi, je prie tous les jours, et pourtant cela fait maintenant dix jours qu'il est sans connaissance. Le docteur me dit qu'il faut être patient, que cela peut durer des mois ; mais je suis persuadée qu'il n'ose pas me dire tout ce qu'il sait. Il y a quelques jours, j'ai écrit à maman, ainsi qu'à Emma, en leur donnant de mes nouvelles, pour les rassurer. Et je n'ai pas pu m'empêcher de leur dire qu'ils me manquaient tous, et que nous allions rentrer bientôt, Adrien et moi.

Absorbée dans mes pensées, je pose mon livre que je n'arrive plus à lire. Soudain quelqu'un frappe à ma porte. Trois coups secs et rapides. Je saute immédiatement du lit, et je vais ouvrir. C'est Simone, une des infirmières qui s'occupent d'Adrien.

— Venez, il s'est réveillé ! me dit-elle en me prenant le bras.

Mon sang ne fait qu'un tour. Je claque la porte et nous filons à travers les couloirs, en marchant à vive allure, car il est, hélas, interdit de courir.

— Il y a longtemps qu'il est revenu à lui ? demandé-je d'une voix entrecoupée.

— Depuis hier soir, me répond-elle.

— Ah bon ? Mais pourquoi ne m'a-t-on pas prévenue plus tôt ?

— Les docteurs voulaient être sûrs avant de... Attendez, n'entrez pas ! Les docteurs sont là, je vous appellerai, dit-elle en se glissant délicatement à l'intérieur de la chambre.

J'ai attendu une éternité avant que la porte se rouvre. Le docteur Moreau paraissait préoccupé, et, laissant entrebâillée cette porte que je voulais tant défoncer, il m'a demandé de le suivre.

— Que se passe-t-il docteur ? Vous ne me laissez pas voir mon mari ?

— Non, pas tout de suite... dit-il en baissant la tête. Venez. Je dois d'abord vous parler...

Ces mots étaient pour moi un véritable coup de massue.

— Il est mort, n'est-ce pas ? chuchoté-je en retenant mes larmes.

— Mais non... Rassurez-vous, il est tiré d'affaire...

Mon cœur s'ouvre alors de joie, de bonheur et de gratitude pour Dieu qui a enfin écouté toutes nos prières. Cependant, le docteur Moreau me saisit le bras et m'entraîne faire quelques pas dans le couloir.

— Il faut que vous sachiez, madame Croizer, qu'un blessé qui vient de sortir d'un coma profond, comme c'est le cas de votre mari, peut avoir pour les proches des réactions... Je dirais, assez difficiles à supporter...

— Que voulez-vous dire, docteur ?

— Il est très agité… Terriblement anxieux. Il ne cesse de poser des questions. Toujours les mêmes…

— Ça ne fait rien, docteur, dis-je soulagée. Il va mieux… Et il va guérir. C'est déjà une telle joie pour moi, vous savez…

Son visage a une expression désolée, et je n'ose croire que ce n'est pas fini.

— Je vous comprends, madame Croizer… prononce-t-il prudemment. Mais je crains, hélas, qu'il ne vous reconnaisse pas… Enfin, pas encore…

Un grand froid m'envahit alors tout le corps. Je ne peux même plus respirer, comme si mon cœur s'était subitement arrêté. Ma gorge est paralysée ; et la voix du docteur semble résonner dans ma tête vide.

— Mais il ne faut pas encore nous alarmer inutilement, continue-t-il d'une voix plus rassurante. Vous verrez, son état va sûrement s'améliorer dans les prochains jours… C'est à cause du choc…

— Si vous le dites, docteur… parviens-je enfin à articuler. Puis-je le voir, maintenant ?

Avant de me ramener vers la chambre, il me demande comment je me sens. Je lui réponds que je suis prête à affronter n'importe quoi. Il me conduit alors vers la chambre 101. Lorsque, lentement, je pousse enfin la porte, Simone et une autre infirmière s'affairent auprès de mon amour, mais pour moi elles n'existent déjà plus. Seule la voix d'Adrien, à mesure que je m'approche de son lit, me parvient, me touche et me serre le cœur.

— Mais où je suis ?

— Je vous l'ai déjà dit, vous êtes à l'hôpital, lui répond Simone en me faisant signe de m'approcher encore.

— Quel hôpital ? Qu'est-ce que je fais là ?

— Vous avez eu un accident… continue-t-elle docilement.

— Un accident ? Mais non, je me rappelle pas… Quand ? Et pourquoi tout est noir ? Je n'y vois rien…

— Je vous l'ai dit. Vous avez été blessé à la tête, et vous avez des pansements sur les yeux…

— J'ai été blessé ? Mais quand ?

Arrivée près du lit, j'observe avec douleur s'agiter sans cesse cet homme qui est mon mari, et que je voudrais tant serrer dans mes bras, consoler et guérir.

— À tout à l'heure, monsieur Croizer. Nous vous laissons avec votre épouse, murmure Simone en se penchant près de son oreille, puis elle me sourit pour m'encourager.

— Mais qui je suis ? Quel jour nous sommes ?

Les infirmières sont maintenant sorties, et je m'assieds près de mon amour en lui prenant la main.

— Qui est là ?

— C'est moi, Valentine… dis-je en pleurant pour la première fois.

— Qui êtes-vous ? Et où je suis ?

— À l'hôpital…

— À l'hôpital ? Pourquoi ?

— Tu as été blessé à la guerre…

— Quelle guerre ? Quel jour nous sommes ?

— Le 7 mars 1940…

— Je ne vois rien… Où je suis ?

Profondément désespérée, j'essuie mes yeux d'un revers de main, ne sachant plus quoi dire pour mettre fin à ces interminables questions, invariablement répétées.

— Tu es à l'hôpital, mon amour, murmuré-je une dernière fois, car tu as été blessé aux yeux. Le docteur t'a fait des pansements, et quand tu seras guéri, je te ramènerai à la maison…

— Mais où je suis ? Qui vous êtes ?

— Je m'appelle Valentine, et je suis ta femme… dis-je en regardant cette forme allongée, cet homme tout enrubanné qui n'a plus rien à voir avec celui que j'ai laissé partir de la maison, un matin d'automne. Cet homme qui aujourd'hui répète inlassablement toujours les mêmes questions, sans même plus savoir qui je suis.

J'ai fait le tour du lit. Il avait toujours autant de bandages sur le visage que la première fois où je l'avais vu. Rien n'avait changé dans cette chambre, sinon quelques rayons de soleil qui flottaient sur son visage tourné vers la fenêtre. Oui, il y avait aujourd'hui du soleil dans cette chambre. Cela me paraissait un miracle puisqu'il n'y avait pas eu de soleil un seul jour depuis mon arrivée à Épinal. Et, même si la guérison était bien loin d'être accomplie, je venais de penser qu'il me faudrait remercier madame Dalancourt pour ses prières. Je n'avais pas le droit de me plaindre de mon sort. N'aurait-elle pas été plus heureuse de ramener à la maison son fils, vivant, même atrocement mutilé, plutôt que de n'avoir plus aujourd'hui d'autre consolation que d'aller fleurir tous les jours sa tombe ?

*

* *

Fin avril 1940

J'ai déjà procédé à toute une série d'examens avec Croizer, le blessé de la 307. Presque deux mois se sont écoulés depuis qu'il a quitté les soins intensifs, et son état ne s'est pas amélioré. Je n'ai toujours rien dit à son épouse, j'attendrai tout à l'heure, après le dernier contrôle. Quoiqu'elle doit se douter qu'il se passe quelque chose d'anormal, puisqu'elle me harcèle souvent de questions à propos de ses blessures aux yeux, et de son mutisme. Une fois passé sa période d'anxiété et d'agitation mentale, notre malade s'est replié sur lui-même, et ce depuis plusieurs semaines. Il ne parle plus, et ne pose plus de questions depuis qu'il a réalisé qu'il avait une déficience de la mémoire. Il passe ses journées ainsi, prostré et totalement renfermé, ignorant la présence de son épouse qui le veille toute la journée.

— Êtes-vous prête, mademoiselle Peyrot ? demandé-je en enfilant rapidement ma blouse.

— Oui, docteur, répond-elle en se dépêchant de préparer les compresses et les instruments stérilisés.

— Très bien, allons-y, dis-je en ouvrant la porte donnant sur le couloir.

Nous parvenons rapidement à la chambre 307, et après avoir frappé, nous entrons.

Madame Croizer est là, comme tous les jours, assise sur sa chaise, près de son mari. Elle se lève à notre entrée, et vient échanger à voix basse quelques mots avec notre infirmière Simone Peyrot. Presque aussitôt, mon confrère ophtalmologue, le docteur Hermiès, que j'avais convoqué pour aujourd'hui et qui soigne notre blessé, fait également son entrée.

— Je vous laisse travailler, dit alors madame Croizer en rangeant sa chaise sur le côté.

— Nous ne serons pas très longs, rassurez-vous, lui dis-je en l'accompagnant jusqu'à la porte que je referme après sa sortie.

Je demande ensuite à mademoiselle Peyrot de retirer les pansements des yeux du malade, pendant que le docteur Hermiès prépare son matériel. Il l'ausculte environ une vingtaine de minutes, penché au-dessus de ses pupilles, puis il se retourne vers nous, et balançant la tête négativement, il nous fait comprendre qu'il n'y a plus d'espoir.

Nous sortons tous, et je demande à madame Croizer de me suivre dans mon bureau.

— Comment va-t-il ? me demande-t-elle inquiète.

— Il pourra sortir dans une semaine, dis-je en me retournant vers elle.

— Dans une semaine ! s'exclame-t-elle en remontant à ma hauteur. Quel jour, docteur ?

J'ouvre la porte de mon bureau.

— Allez-y, dis-je en l'invitant à entrer.

Nous prenons place chacun autour du bureau.

— Quel jour sommes-nous ? Vendredi 26 ?

— Oui, docteur…

— Eh bien, disons que je pourrai vous libérer… dis-je en consultant un calendrier, à partir du samedi 4 mai ?

— Très bien docteur, dit-elle rayonnante. Et comment vont ses yeux ? ajoute-t-elle alors avec optimisme.

— J'allais vous en parler, dis-je en observant un silence lourd de gravité, et qui, bien vite, me fait regretter son visage si rarement lumineux.

— Y a-t-il du nouveau, docteur ?

— Oui. Il faut que vous sachiez que votre mari va garder de graves séquelles de son accident.

Ses yeux s'agrandissent d'inquiétude.

— Quelles séquelles, docteur ? murmure-t-elle.

— Mon confrère ophtalmologue a une nouvelle fois minutieusement examiné votre mari ce matin, et hélas il semblerait que le nerf optique ait été touché…

— Expliquez-vous, docteur, je ne comprends pas… dit-elle affolée.

— En fait, le nerf optique a été sectionné, dis-je gravement, et nous ne pouvons qu'être, hélas, formels : il n'aura plus jamais l'usage de ses yeux… Nous ne vous avons pas informée plus tôt de la gravité de cette lésion, car le diagnostic n'était pas certain ; enfin, nous espérions une amélioration…

Elle demeure silencieuse, consternée, abattue. Son visage pâlit, ses yeux rougissent de douleur, mais elle est toujours immobile et sans réaction.

— Mais ce n'est hélas pas tout, madame, dis-je en continuant à lui annoncer des catastrophes. Votre mari souffre également d'une amnésie.

Elle me regarde comme si elle ne me connaissait pas, comme si j'étais tout à coup un fou qui inventait des atrocités.

— Qu'est-ce que c'est ? articule-t-elle péniblement d'une voix tremblante.

— Cela veut dire, globalement, qu'il a perdu la mémoire.

— Oui, docteur, vous avez dit que c'était à cause de son coma, dit-elle en essayant de contourner la gravité du problème.

— Cette explication n'est plus suffisante, madame Croizer, répliqué-je avec prudence. Et nous pouvons affirmer aujourd'hui qu'il s'agit bien d'une amnésie… due au traumatisme subi lors de cette terrible explosion…

Il y a un silence que je ne sais comment combler, si ce n'est en rajoutant, profondément désolé, que nous ne pouvons plus rien faire pour lui.

À ces mots, elle lève alors son regard vers moi, offrant un visage que je n'oublierai jamais, un visage radieux animé d'une profonde et immense gratitude.

— Ça ne fait rien, dit-elle de ses fines lèvres tremblantes. Il est vivant et nous allons rentrer à la maison.

— Il faut que vous sachiez, ajouté-je sincèrement, qu'il peut retrouver un jour la mémoire, à tout moment. Des cas similaires d'amnésies dues à des traumatismes de guerre ont été observés, lors de la Grande Guerre, sur des soldats victimes d'explosions… Des souvenirs peuvent lui revenir peu à peu, ou au contraire d'un seul bloc, ce qui, toutefois, est plus rare. Vous m'entendez ? Ces hypothèses ne sont pas à exclure.

— Vous dites, peut-être un jour… Ou peut-être jamais, ajoute-t-elle avec une lucidité terrible.

— Ou peut-être jamais, dis-je effectivement en conclusion.

*

* *

Mai 1940

Il y a deux jours, samedi 4 mai, comme le docteur Moreau me l'avait annoncé, j'ai quitté l'hôpital militaire d'Épinal, non sans un réel pincement au cœur. Tant de personnes s'étaient dévouées pour Adrien, que je ne savais comment les remercier ! C'est une voiture médicale de l'hôpital qui nous a conduits à la gare, et les deux brancardiers nous ont installés confortablement dans le train de Paris.

Le voyage s'est bien passé. Adrien est très docile. Comme je me l'étais promis deux mois plus tôt dans le train qui m'emmenait à Épinal, nous avons fait une halte à Paris pour nous rendre chez Anna et Louis. Le taxi nous a déposés au beau milieu de l'après-midi devant l'entrée de l'impasse qui mène à leur maison. Ils ne s'attendaient pas à notre visite, et, bien qu'ils fussent au courant de l'essentiel, Anna et Louis ont reçu un choc en voyant Adrien aussi diminué ; mais la joie de le retrouver vivant l'a très vite emporté. Nous avons passé deux nuits, ainsi que la journée d'hier. Puis, ce matin nous avons repris le train. C'est Louis qui nous a accompagnés à la gare avec l'automobile qu'il s'est achetée l'hiver dernier. Nous sommes arrivés juste à temps. Nous nous sommes à peine installés, que le train démarrait déjà. J'ai baissé la fenêtre, et je lui ai fait un signe de la main en lui disant à bientôt.

Le train entre maintenant en gare de Limoges, et après les derniers soubresauts de l'arrêt, nous nous levons et quittons le compartiment. En descendant le marchepied, je tiens Adrien par le bras. Puis je saisis nos bagages, et nous suivons le mouvement de la foule qui remonte le quai en direction de la sortie, sous un beau soleil de printemps. La gare du tramway n'est pas très loin, et dans maintenant moins d'une heure, nous arriverons au village où toute la famille doit attendre avec impatience notre retour.

Venant à notre rencontre, et cherchant des yeux un parent ou un ami, des gens nous croisent en posant leurs regards pleins de curiosité sur Adrien. Je n'en fais pas cas et, Adrien prenant appui sur moi, je continue à marcher. Un peu plus loin devant nous, un couple de personnes lèvent leurs bras et s'élancent dans notre direction. Je jette un œil derrière nous, et ne remarquant personne, je continue ma route sans comprendre à qui ces signes sont destinés. Mais, venant à contresens, les deux personnes hâtent soudain leurs pas, en évitant le flux des voyageurs qui marchent vers la sortie. Parvenus maintenant à une vingtaine de mètres devant nous, l'homme et la dame s'élancent tout à coup vers nous. Ce n'est qu'au dernier moment, comme si je ressuscitais, comme si je me réveillais enfin d'un long cauchemar, ce n'est qu'au tout dernier moment que je les reconnais !

Finissant sa course les bras ouverts et pleurant toute la misère que peut porter la terre, Emma se précipite aussitôt vers Adrien en le recueillant contre son cœur avec une émotion si poignante, une affliction si chaleureuse, un espoir si réconfortant que soudainement je prends conscience de notre réel retour parmi les nôtres ! Je réalise alors que la récompense de tous ces moments si terribles qu'Adrien et moi venons de traverser est enfin là, que la vie a repris son cours, que notre famille nous attend, que notre fils n'a oublié ni sa maman, ni son papa, qu'il sera dans peu de temps dans nos bras, qu'il me manque déjà… Qu'il m'a tant manqué…

Puis, n'en pouvant plus tenir, des sanglots douloureux m'accompagnent alors sur quelques pas et je m'effondre de chagrin dans les bras du docteur Conte.

CHAPITRE VIII

Avec espoir de retour

Et ils marchent dans la boue des souvenirs
dans la boue des regrets
Ils se traînent
À grand-peine
Dans les marécages du passé

Fleurs et Couronnes
Jacques PRÉVERT

Vendredi 10 mai 1940

— Réveille-toi !

Bien que ma tête soit encore alourdie de sommeil, il me semble reconnaître soudain la voix de Peulet, mon camarade de section. Celui-ci, penché sur moi et me secouant à n'en plus finir, cherche semble-t-il à me tirer au plus vite du lit. J'écoute à peine ce qu'il me dit et non sans râler je replonge aussitôt la tête sous la couverture.

— Henri ! Réveille-toi ! continue-t-il en me secouant de plus belle.

— Bon Dieu ! Qu'est-ce tu veux ! dis-je en marmonnant de colère.

— T'entends pas ? dit-il en faisant le silence.

— Quoi ?

— Dehors ! Écoute ! ajoute-t-il en me secouant encore.

J'ouvre alors un œil, puis deux. Dehors le jour commence à se lever, et je tends l'oreille pour en finir une bonne fois pour toutes avec cette histoire. Je pensais bien pouvoir replonger tranquillement dans mon sommeil, quand peu à peu un bourdonnement lointain se glisse effectivement jusqu'à mon oreille, un bruit sourd qui semble se rapprocher.

— Qu'est-ce que c'est ? dis-je en me redressant lentement.

Je croise dans la pénombre le regard de Peulet.

— À ton avis ? me dit-il mystérieusement.

En deux secondes, je m'extirpe de mes couvertures, et nous nous précipitons dehors.

— Merde ! Mais qu'est-ce que c'est, ça ! hurlé-je en voyant au loin un ciel rempli de petites lumières blanches.

— Ils attaquent ! s'écrie Peulet. Les Boches attaquent !

En quelques minutes, les taches lumineuses ont noirci le ciel et ce sont des nuages entiers d'avions allemands qui passent au-dessus de nos têtes, dans un vrombissement angoissant.

— Où vont-ils ? dis-je sans les quitter des yeux.

— J'en sais rien, me répond Peulet, mais cette fois c'est la guerre, la vraie !

Dimanche 12 mai

Peulet et moi faisons partie du 3e bataillon du 77e régiment d'infanterie. Depuis notre départ vendredi vers midi de Signy-le-Petit, nous avons effectué trois journées de marche forcée avant d'atteindre la Belgique où nous devions prendre position. Quatre-vingts kilomètres parcourus à pied, sous les bombardements, sous la chaleur, et avec la capote[1], s'il vous plaît ! Épuisés ! Sans oublier ce foutu sac à dos, ainsi que l'armement individuel qui constitue notre attirail habituel ! Un enfer ! Et tout ça, pour finalement être transportés en camion dans les derniers kilomètres ! Je n'suis pas prêt d'oublier ce gentil voyage ! Dès notre arrivée, nous avons installé nos cantonnements à droite de la route de Dinant, tandis que notre PC se trouve au château de Melin.

Depuis le début de l'après-midi, l'aviation allemande n'arrête pas de survoler nos têtes sans que, bonheur suprême ! aucun ordre de nous bombarder semble avoir été donné ; pas encore du moins. Pendant ce temps, nous préparons le front en creusant des tranchées abris dans les bois et les vergers du domaine. Le régisseur du château, qui n'est pas encore parti malgré les ordres des officiers, s'occupe de nous avec beaucoup d'intérêt. Il nous a même autorisés à traire les vaches du domaine, car nos cuisines roulantes n'ont rien plus que du riz et du sucre. De temps en temps, il vient aimablement nous porter à boire pendant que nous nous acharnons comme des mules sur nos pioches et nos pelles.

— C'est tout ce que vous avez comme armement ? demande-t-il tout à coup à Peulet, en faisant probablement allusion à nos quelques mitrailleuses et fusils-mitrailleurs.

Peulet lève la tête.

1. Grand et épais manteau militaire.

— Hein ?

— Vous n'avez pas de canons ? répète le régisseur avec étonnement.

— Ne vous en faites pas, réplique Peulet, on les aura quand même les Boches !

Lundi 13 mai

Les Boches ont bombardé vers 8 heures du côté de la ferme de Chestruvin où se trouve le PC du 2e bataillon. Le poste de secours a également été touché. Le capitaine médecin a été tué, et le pharmacien qui l'assistait a été gravement blessé. Ici, au 3e bataillon, nous n'avons rien subi, mais tout ça n'est pas de très bon augure, et je commence à m'inquiéter un peu. D'ailleurs, tout au long de la nuit qui a suivi, nous avons été animés d'un sentiment de malaise. Y a pas eu de combat, c'est vrai, et nous avons rien vu de douteux non plus, mais pourtant nous avons quand même pressenti l'infiltration ennemie. Et ça, c'est pire que tout : c'est la peur qui petit à petit s'infiltre elle aussi dans le corps...

Mercredi 15 mai

C'est un désastre ! Nous nous replions dans la confusion la plus totale. Les Boches ont réussi à passer la Meuse, à Sedan et à Dinant. Nous avons que nos fusils et nos mains nues à opposer aux divisions panzer qui écrasent tout sur leur passage. Les raids aériens sèment la panique. On n'compte plus les morts parmi les soldats et les officiers. Notre régiment est totalement dispersé. Nous n'avons plus d'ordres, c'est une véritable débâcle ! Nous marchons vers l'ouest sous une chaleur torride, complètement démunis, impuissants, abasourdis, choqués et mourants de soif.

*
* *

Paris, 16 mai 1940

Je devais me rendre ce matin chez madame Lecouvreur, notre couturière qui habite juste derrière la gare Montparnasse, rue Vercingétorix. Profitant de la fermeture du restaurant occasionnée par les travaux de rénovation, j'avais décidé de passer chez elle récupérer ma dernière commande – des petites affaires d'été pour Louis et les enfants – commande qui, au demeurant, était prête depuis quelque temps déjà. Ainsi, en passant devant la gare, j'ai remarqué toute une cohue inhabituelle. Intriguée, je me suis d'abord approchée. Puis, finalement, poussée par la curiosité, je suis entrée.

Mon choc a été immense. Une foule gigantesque d'enfants perdus, de mères qui pleuraient, de vieux ne pouvant plus marcher était entassée dans le hall de la gare. Les dames de la Croix-Rouge prodiguaient des soins élémentaires, offraient à boire, distribuaient aux réfugiés des habits ou des morceaux de pain sec. C'était à la fois horrible et tellement émouvant. Je me trouvais si bête au milieu de ce flot du malheur que je suis rentrée à la maison ramasser tout ce j'ai pu, tout ce qui ne servait plus pour nous, mais qui serait d'un précieux secours pour ces pauvres gens. « Mais qu'est-ce que tu fais maman ? Où est-ce que tu vas avec tout ça ? » me demandaient les enfants en me voyant ressortir les bras chargés.

— Restez là, les enfants, maman revient bientôt, dis-je en refermant la porte sur eux.

Une demi-heure après, j'étais de retour à la gare avec ces quelques affaires, du pain chaud et une poche de croissants achetés en passant devant une boulangerie. J'ai déposé le pain et tout le linge au personnel de la Croix-Rouge ému de reconnaissance et, après avoir distribué les croissants à des petites mains tendues dont je voyais à peine les visages hagards et larmoyants, je suis sortie en me disant que je n'oublierais jamais cet enfer. Puis, comme je n'avais plus le temps, ni le désir, de me rendre chez madame Lecouvreur pour discuter des habituelles banalités, je suis rentrée directement à la maison. Au repas de midi, il n'y avait que du pain rassis sur la table. Le pain chaud que je devais acheter pour nous, je l'avais donné ; quant au reste de l'argent qui m'aurait permis de ramener tout de même à la maison au moins une partie de la ration quotidienne, je l'avais dépensé pour acheter les petits croissants au beurre. Je me doutais bien que des questions seraient posées et que j'aurais à m'expliquer.

— Mais… Tu n'as pas été à la boulangerie ? a commencé par s'étonner Louis en s'installant en bout de table, à sa place habituelle.

— Non… J'ai oublié, dis-je en bafouillant.

— Comment ça, t'as oublié ? dit-il en me regardant curieusement.

— Oui, j'ai oublié… Y a pas de quoi faire un drame. Allez les enfants, vos assiettes !

— Ça alors, c'est bien la première fois… continua-t-il en mâchouillant son pain.

— Oui, c'est comme ça. Il y a toujours une première fois, dis-je en remplissant les assiettes d'une bonne fricassée de carottes.

— Tu n'as pas perdu les sous, j'espère ?

La question fatidique ne s'était guère fait attendre. Et je ne doutais plus qu'il allait me demander de rendre l'argent !

— Maman est partie ce matin avec toutes nos affaires, laissa échapper Roger avant que je réponde.

— Mange ! lui dis-je pour qu'il se taise. Et d'abord, je t'ai déjà dit qu'on ne parle pas la bouche pleine !

— Comment ça ? Quelles affaires ? s'étonna Louis.

— Oui, maman est partie, après elle est revenue, et après elle est repartie avec toutes nos affaires, expliqua Roselyne qui, elle, n'avait pas la bouche pleine.

— Chérie, qu'est-ce que c'est que cette histoire ?

J'avais l'impression d'être au tribunal, dans le box des accusés.

— Ce matin, alors que je me rendais chez madame Lecouvreur, commençai-je en exposant calmement les faits, je suis passée devant la gare… Et j'ai remarqué comme une agitation inhabituelle… Donc, prise de curiosité, tu me connais…

— Oui oui, la suite, s'impatienta Louis en portant sa fourchette à la bouche.

— Je me suis approchée…

C'était le silence à table, on n'entendait que les bruits des fourchettes et ma voix qui s'enlisait avec hésitation.

— Il y avait là-bas des centaines et des centaines de réfugiés.

— Des réfugiés ? demanda Louis préoccupé à rassembler trois bouts de carottes sur le coin de sa fourchette.

— Oui, des réfugiés, des malheureux…

— Les pauvres gens, dit-il en vidant d'un trait son verre de vin.

— Ils m'ont tant fait pitié… Alors je suis rentrée à la maison, et j'ai emporté des vieilles affaires… Enfin surtout du vieux linge, pour que la Croix-Rouge le distribue…

— Le distribue ! répéta-t-il en ouvrant des yeux hébétés.

— Oui…

— Nos affaires ? Tu as distribué nos affaires ?

— Quoi, nos affaires ? Ben oui…

— Mais tu es devenue folle ?

— C'étaient des vieilles choses qu'on ne mettait presque plus… ! prétextai-je avec la certitude d'avoir accompli une bonne action.

— Ça aurait pu toujours servir ! s'écria-t-il furieux.

— Quoi ? Ces bouts de chiffon ? Servir encore ? criai-je aussi fort que lui.

— Alors nous, on travaille ! On se sacrifie ! On se prive pour avoir des petites choses ! Et toi, tu vas tout distribuer au premier venu !

— Au premier venu ! Non mais vraiment ! Tu veux que je te dise : tu me dégoûtes tiens !

J'ai jeté la poêle de carottes au milieu de la table.

— Et qu'est-ce qu'on deviendra quand on n'aura plus rien ! dit Louis en se levant.

Arrivée sur le pas de la porte, je me retourne brusquement avant de sortir :

— Et puis d'abord, l'argent du pain que tu m'as donné ce matin, je l'ai dépensé en achetant pour ces malheureux un peu de pain et des croissants chauds ! Si seulement tu avais pu voir ces enfants affamés, ces enfants qui auraient très bien pu être les nôtres, tu ne serais pas là à pleurer ton petit bout de chemise !

Puis je suis sortie en claquant la porte. Terminé ! Je suis peut-être une imbécile, une queue de casserole, tout ce que vous voudrez, mais quelquefois, je sais aussi lorsque je n'en suis pas une !

Ce n'est que dans l'après-midi, une fois apaisée, que je suis rentrée à la maison. Assis à la table de la cuisine, Louis lisait le journal. Il m'attendait. Dès que je suis rentrée, il m'a regardée. Je le connais mon mari, je voyais bien qu'il n'était pas fier. Les enfants étaient en haut, je les entendais se chamailler. Il s'est levé, et il est venu dans mes bras implorer mon pardon. Mon mari est un amour, mais quelquefois, c'est un drôle d'imbécile.

*

*   *

Je me dirige lentement d'un pas tranquille vers la rue du Cherche-Midi où nous avons notre restaurant. C'est à deux pas de la maison.

Anna m'a fait une scène à midi. Elle est partie en claquant la porte, et j'attendais qu'elle rentre avant de retourner au restaurant ; quoique les ouvriers n'ont pas besoin de moi pour travailler, mais au lieu de rester enfermé à la maison, j'aime mieux être là-bas, ne serait-ce que pour être sur place, et surveiller un tant soit peu l'avancée des travaux.

Anna, c'est mon amour, et je ne supporte pas que nous nous disputions, même si je sais que c'est moi parfois qui suis complètement ridicule, comme ce midi. Je ne sais pas ce qui m'a pris, comme chaque fois d'ailleurs. Sur le moment, je ne réalise pas que je suis stupide, je défends mon opinion, bec et ongles. Ce n'est qu'après, quand la dispute est consommée, que je comprends ma bêtise. J'ai besoin d'Anna, elle me remet dans le bon chemin, elle m'équilibre et je l'aime. Plus que tout.

Au restaurant, les ouvriers travaillent d'arrache-pied, accompagnés d'un fond de musique émanant du vieux poste TSF posé sur le comptoir.

— Il doit y avoir un incendie par là-bas, il y a une de ces fumées noires, dis-je aux ouvriers tout en montrant le nord-ouest de Paris.

— Un feu ? Où ? demande l'un d'eux en sortant dans la rue avec curiosité.

— On dirait que ça se passe du côté des Tuileries ou de l'Opéra… Il faudrait être sur le boulevard Montparnasse pour bien se rendre compte, car d'ici on ne voit rien.

— Ahhh bon… dit l'ouvrier en revenant, apparemment déçu de manquer un tel spectacle.

— Je me demande bien ce qui a pu se passer, dis-je en conclusion en refermant derrière moi la porte du restaurant.

Mais soit, peu importe. Le travail ne doit pas s'arrêter pour autant. Nous agrandissons les cuisines, aussi nous avons été obligés de fermer quelques jours. L'entrepreneur de maçonnerie qui est un bon ami pense pouvoir finir demain avec un peu d'avance sur les prévisions. Avec cette histoire de dispute, j'ai oublié de le dire à Anna. Ainsi, samedi, il ne nous restera plus qu'à tout replacer et afficher la réouverture pour dimanche.

La radio annonce tout à coup un bulletin spécial ; elle va diffuser un discours de Paul Reynaud, le président du Conseil. Nous nous arrêtons tous, nous regardant les uns les autres, avec une inquiétude à peine feinte, nous demandant quelle catastrophe allait être encore annoncée.

Une voix s'élève soudain :

On a fait courir les bruits les plus absurdes. On a dit que le gouvernement voulait quitter Paris : c'est faux. Le gouvernement est et demeurera à Paris. On a dit que l'ennemi se servait d'armes nouvelles et irré-

sistibles, alors que nos aviateurs se couvrent de gloire, alors que nos chars lourds surclassent les chars allemands de la même catégorie. On a dit que l'ennemi était à Reims, on a même dit qu'il était à Meaux, alors qu'il a réussi seulement à faire, au sud de la Meuse, une large poche que nos vaillantes troupes s'appliquent à colmater. Nous en avons colmaté d'autres en 1918 ! Vous, anciens combattants de la dernière guerre, vous ne l'avez pas oublié !

En 1918, j'avais vingt ans, et je faisais partie de ces combattants dont Reynaud vient de parler. Et c'est vrai que rien n'est perdu, même si c'est mal engagé. On peut perdre une bataille, sans pour autant perdre la guerre. Pourtant. Pourtant la rumeur est terrible pour notre armée. On la dit enfoncée de toute part, incapable de résister à la progression des chars allemands ; les soldats ne tiendraient plus, et si c'est vrai, ça serait catastrophique. Pourtant, il faut garder l'espoir, coûte que coûte.

Nous nous sommes remis au travail, quelque peu rassurés. Mais guère longtemps puisque au bout d'une heure à peine, Anna fait irruption dans le restaurant en s'écriant : « Ils brûlent les archives du Quai d'Orsay ! »

Ainsi voilà l'explication des fumées que j'avais vues s'élever dans le milieu de l'après-midi.

« S'ils brûlent les archives, c'est que tout va mal et que le gouvernement va quitter la capitale. » Ce n'est plus dans nos esprits une simple réflexion, mais bien désormais une certitude ; quelque chose d'irrémédiable.

Lorsque nous nous sommes couchés ce soir, j'ai longtemps réfléchi à ce que nous allions devenir dans les prochains jours, dans les prochains mois, sans pouvoir trouver la moindre réponse à cette angoisse soudaine. Depuis les tranchées de Verdun, je n'avais plus ressenti une semblable peur.

J'ai pensé à mes camarades morts à Verdun. Je pensais à Adrien. Je me demandais aussi ce que devenait Henri. Où se trouvait-il dans ce gigantesque chaos ? Lui, comme mes apprentis partis au front voilà six mois ; lui, comme la plupart des soldats français.

— Chérie ?

— Oui ?

— Il faut que je te dise…

— Oui ? dit-elle en se retournant.

Malgré l'obscurité, je perçois son regard plein de crainte.

— Je suis allé à la gare cet après-midi, dis-je dans un aveu. Je suis allé voir ces enfants qui auraient pu être les nôtres, et j'ai prié… Toute la journée. Si tu savais combien j'ai prié pour eux et pour nos enfants, pour que s'arrête cette saloperie de guerre.

Elle m'a alors embrassé en me déchirant d'émotion, et nous nous sommes serrés dans nos bras, si fort, si fort, et si longtemps que nous étions persuadés que rien ne pouvait nous arriver.

*

* *

Fin mai 1940

La 9e armée n'existe plus depuis le 21 mai. Reynaud l'a dissoute, et nous devions être reversés dans d'autres corps d'armée. La plupart l'ont été. Moi, j'ai à nouveau perdu mon régiment en compagnie de Raoul

Peulet alors que nous nous dirigions vers Compiègne. Déjà, quelques jours auparavant, nous nous étions perdus une première fois entre Philippeville et Bavai lors de notre repli vers Valenciennes. C'est là que nous avons perdu définitivement le 77e RI ; puis nous avons été presque aussitôt récupérés par un autre régiment qui semblait se diriger vers Compiègne.

Depuis le 10 mai, les routes et les gares encombrées de réfugiés n'avaient cessé d'être mitraillées et bombardées. C'est ainsi que je descendais donc en direction de Compiègne avec ce qui restait non plus d'un régiment, mais d'un vague troupeau hagard et épuisé, errant au milieu des réfugiés en fuite. Je marchais dans cette vague humaine et miséreuse dont regorgeait la route, lorsque au cours d'une énième attaque des Stukas qui mitraillent tout sur leur passage, je me suis enfui à travers bois avec quelques camarades, dont Raoul Peulet. Acculés depuis des jours dans une angoisse permanente et obsessionnelle que provoquaient sur nos nerfs les plongeons des Stukas vers nos têtes, nous avons jeté nos fusils et couru pendant plusieurs kilomètres, sans jamais nous arrêter, pris d'une terreur foudroyante.

Une fuite bien salutaire qui m'a ramené sur terre et replacé dans la vie réelle.

Adieu les espoirs de victoire ! Les lauriers de la gloire ! Les rêves idiots où l'amour se conjugue au plus-que-parfait du conditionnel antérieur. Oui, en courant à travers bois, c'est tout cela que j'ai enfin pu m'arracher de la cervelle ! Depuis le début de cette sale guerre, je m'étais mis beaucoup trop d'idées en tête, mais une seule y trotte encore au rythme de mes enjambées effrénées : Valentine ! C'est pour elle finalement que j'étais parti à la guerre, et c'est pour elle que je m'enfuis aujourd'hui. Pourtant j'interdis quiconque de me traiter de lâche ! Si je fuis, c'est parce que j'ai peur pour Valentine ! Moi, j'ai pas peur ! J'ai jamais eu peur d'avoir du sang sur les mains !

Nous voilà maintenant à nouveau sur une route, dans un flot grossissant de voitures, de vieilles guimbardes et de charrettes surchargées qui descendent vers Paris. Nous avons marché une partie de l'après-midi, au milieu des civils, épuisés et perdus, sans nul autre but que de rentrer chez nous et nous mettre à l'abri de cet enfer.

Soudain, venant d'un ciel de feu, un bruit de sirène et de miaulement de machine hurlante s'élève au-dessus de nos têtes. Les Stukas reviennent à l'assaut ! Tout le monde plonge alors dans les fossés ! On abandonne sur la route son chargement ! La panique sépare des enfants de leurs parents ! Des vieux trébuchent dans leur précipitation ! L'ami s'égare parmi la foule éparpillée ! Et le crépitement des balles commence sa tâche macabre ! Le mitraillage paraît durer une éternité, comme chaque fois. Je voudrais que Valentine soit là, pour que nous partagions ensemble cet instant d'horreur. Recroquevillé, la tête enfouie dans mes mains, les mâchoires serrées, tendant le dos et me bouchant les oreilles, j'attends, comme une délivrance, l'éclatement des torpilles et les impacts de balles qui sifflent près de moi. Lorsque les avions s'éloignent enfin, je relève doucement la tête et un spectacle ahurissant s'étale devant moi : des dizaines et des centaines de personnes maculées de sang, fauchées, blessées, ou simplement choquées, crient, gémissent, hurlent, devant un parterre de morts.

J'aperçois ici et là quelques-uns de mes camarades qui comme tant d'autres ne se relèvent pas. Je fais quelques pas à la recherche de Raoul, et bientôt je le découvre gisant sur le côté, près d'une cage d'oiseaux renversée, les bras ouverts, le front et le dos tachés de rouge. Dans la cage, un petit canari observe son regard définitivement fixe.

Reprenant la route, et suivant le mouvement comme un automate, je m'enfuis à nouveau sans me retourner. Sans même une pensée pour mon camarade mort. Je ne ressens plus rien, si ce n'est de l'épuisement. Incapable de parler, je reste seul et indifférent aux gens qui s'effondrent de fatigue, qui réclament à boire, ou qui réclament la mort. Tous les jours, les raids, les crépitements des balles, les morts, les plongeons dans les fossés, les nuits sans sommeil dans les granges, la faim, la solitude, la peur.

Plus de dix jours se sont écoulés, lorsque le 9 juin en fin d'après-midi j'entre enfin dans Paris, épuisé, mort de faim et de soif. Je n'sais pas comment, mais je parviens à marcher jusqu'à la rue de Sèvres. Au numéro 137, je pousse la lourde porte, et après avoir passé le porche où une vieille dame m'a indiqué la maison des Deladieu, je me dirige vers le fond de la cour. Une fois arrivé devant la porte d'une petite maison, je frappe. Personne ne répond, alors je me mets à cogner du poing, et après des bruits de verrous, la porte s'ouvre enfin.

— Qu'est-ce que c'est ? dit la voix de ma sœur dans la fente de la porte qui reste entrouverte.

— Anna, c'est moi, dis-je au bord de l'épuisement.

La porte s'ouvre alors complètement, et Anna abasourdie apparaît sur le seuil.

— Henri ! s'écrie-t-elle en mettant quelques secondes à me reconnaître.

*
* *

11 juin 1940

— Je t'en conjure chérie, pars demain avec ton frère, et emmène les enfants.

— Tu es fou ! proteste Anna en haussant le ton.

— Chuttt ! Parle moins fort tu vas réveiller les enfants, dis-je à voix basse.

Nous sommes dans la cuisine avec Henri, qui après avoir dormi toute la journée d'hier va aujourd'hui beaucoup mieux. Il est peut-être 23 heures, et nous discutons à bâtons rompus de cette question du départ avant l'arrivée des Allemands ; si arrivée allemande il y a. Des clients au restaurant m'ont dit que la Russie et les États-Unis ont déclaré la guerre à l'Allemagne, et qu'une importante contre-attaque française se préparait.

— Chéri, tu viens avec nous ou je ne pars pas, me dit-elle résolue.

— Et qui va garder la maison et le restaurant ?

— C'est vrai, toutes les maisons ou presque qui sont inoccupées se retrouvent pillées ou saccagées, affirme Henri pour essayer de la convaincre.

— C'est impossible !

— Mais si, je l'ai vu, persiste-t-il.

— Très bien, tu l'as vu, eh bien, tant pis, elle sera pillée comme les autres !

— Tu ne penses pas ce que tu dis, lui dis-je dans un murmure agacé.

— J'aime mieux ça que de te voir rester ici aux mains de ces sales Boches.

— Enfin chérie, je ne risque rien. D'abord, les Allemands ne sont pas encore là…

— Alors pourquoi doit-on partir ?

— Parce que c'est plus prudent, on ne sait jamais ce qui peut se passer. Il pourrait y avoir des combats dans les rues, dans les quartiers…

— Oui c'est ça, des combats maintenant… Tu veux vraiment me faire avaler n'importe quoi !

— Bref, ce n'est pas un endroit pour des enfants !

— Alors justement, viens avec nous, supplie-t-elle.

— Non, je reste ici, moi, je ne risque rien, je saurai me cacher. Et puis bon Dieu est-ce que le Tout-Paris s'en va ?

— Oui !

— Tu sais bien que non. Écoute chérie, je t'ordonne de partir demain chez tes parents avec ton frère et les enfants. Fais-le au moins pour eux. Et je te promets qu'au moindre danger, je vous rejoindrai.

Les yeux dans le vide, triste et enfin résignée, elle ne dit plus rien.

— Vous prendrez l'auto, il y a le plein, ainsi qu'une réserve d'essence que j'avais prévue depuis quelque temps déjà… Tu verras, les bidons sont dans le coffre.

— D'accord, acquiesce Henri en hochant la tête.

Voilà. Il était minuit lorsque nous sommes allés nous coucher. Anna s'est blottie contre mon épaule, avec tristesse, ne recherchant guère le sommeil, qui de toute façon ne viendrait pas. C'était notre dernière nuit ensemble avant quelques semaines et peut-être quelques mois…

*

* *

Nous avons chargé la voiture au lever du jour en entassant les valises et les malles de linge sur le toit, le tout solidement arrimé avec des vieilles cordes. Anna a rassemblé quelques denrées et de l'eau pour le voyage, mais bien peu, parce qu'il n'est plus guère possible de se ravitailler ; les boulangers et les épiciers, comme la plupart des commerçants, ont pris le chemin de l'exode.

En deux coups de manivelle, Louis a lancé sans trop de difficulté le moteur. Il a ensuite longuement embrassé Anna et les enfants, et une fois tout le monde en place – les quatre aînés à l'arrière, et côté passager la petite Hortense avec sa mère – la voiture après quelques cahots et soubresauts s'est élancée dans le grand boulevard.

Anna m'a dirigé jusqu'à la porte d'Orléans où nous devions prendre la route nationale 20. L'enfer commençait déjà, ou recommençait, en ce qui me concernait. Toutes les directions étaient bouchées et nous avons mis deux heures pour sortir de cette maudite porte d'Orléans.

Il est maintenant 8 heures du matin. Les routes sont encore comme je les ai connues dans le Nord, encombrées, continuellement encombrées. Nous suivons l'interminable cortège qui sillonne la campagne. Parfois, et bien que le dépassement soit interdit, je n'peux pas me résoudre à rester derrière de lourdes charrettes ballantes qui avancent à pas de fourmis. Depuis notre départ de Paris, Anna est stupéfaite. Elle m'a raconté l'épisode de la gare Montparnasse, mais il est évident que ce qui se passe sur les routes atteint une dimension encore plus hallucinante.

— Mon Dieu, quel désastre, murmure-t-elle alors que nous suivons depuis une dizaine de kilomètres seulement la longue colonne de réfugiés.

Au bout de six heures de route, nous dépassons à peine Orléans. Il est un peu plus de midi. Les gosses sont fatigués. Ils réclament à manger, surtout Hortense qui commence à être sérieusement énervante. Aussi, sans nous arrêter de crainte que la voiture ne puisse plus repartir, chacun grignote un bout de saucisse sur du pain et une pomme. À cause de la chaleur, l'eau commence déjà à manquer, et Anna me demande combien de temps va encore durer le voyage.

— C'est simple, en roulant à 20 km/h comme maintenant, dis-je en m'épongeant le visage, on arrivera tard dans la nuit, peut-être vers 2 ou 3 heures du matin... Si seulement nous pouvions accélérer un peu, on arriverait sûrement avant minuit !

— Et l'essence ?

— Ça ira, dis-je en la rassurant.

Après la traversée de Châteauroux, Roselyne a dû descendre de voiture pour vomir. Cette gamine est toujours en train de vomir, ma parole ! J'ai pas coupé le moteur, et les gosses en ont tous profité pour aller faire pipi. Il était presque 8 heures du soir, et nous avions déjà quatorze heures de route pour même pas trois cents kilomètres parcourus.

Et voilà que quelques kilomètres plus loin nous avons pu enfin accélérer notre allure. Ensuite, pendant plus de trois heures, nous avons roulé à trente, quarante et parfois presque cinquante à l'heure. Si bien qu'une heure avant minuit, Limoges était en vue.

À l'arrière, les cinq gosses dorment heureusement à poings fermés, et depuis Roselyne avec ses boyaux à l'envers, tout est redevenu calme dans la voiture. Dans moins d'une heure, je vais revoir Valentine. J'ai tant attendu ce moment que j'ose pas y croire. Je réveille doucement Anna pour lui dire que nous allons bientôt arriver. Elle semble pas y croire non plus. Les phares éclairent seulement que quelques mètres devant nous, et la nuit noire est guère rassurante. Je crois que de tout le voyage, le moment le plus difficile a été cette dernière heure interminable, avant d'apercevoir enfin, au fond d'une petite descente, notre pont si cher qui annonce l'entrée du village. Puis, la masse imposante du clocher de l'église qui se dresse dans l'obscurité, signe enfin notre retour à la maison.

Tout en remontant la rue centrale qui traverse tout le village, il me semble tout à coup que les routes du Nord et les Stukas sont bien loin. Je n'saurais plus dire si j'ai réellement vu tout ça, et si Raoul a existé. Je crois que oui, mais c'est si loin, tellement loin d'ici. Oui, j'ai jamais autant apprécié mon paisible village qu'en ce moment.

Je me gare sur le côté de la rue, en face de la maison. Anna, à qui je demande de venir m'aider à me lever, fait le tour de la voiture. Après pratiquement dix-huit heures de route, mes reins sont tellement tassés que je mets quelques minutes à pouvoir retrouver ma position verticale.

Puis nous allons frapper à la porte. Le bruit du moteur et des portières de la voiture a dû réveiller la maison, car presque aussitôt la fenêtre de la chambre de mes parents s'ouvre.

— Qu'est-ce que c'est ? demande mon père d'une voix feutrée et presque méfiante.

— Papa, ouvre-nous, c'est nous, lui dit Anna.

— Qui nous ? demande-t-il encore tout à fait hébété.

— Eh ben nous, Anna, Henri et les enfants.

C'est alors qu'une voix fluette retentit dans la nuit.

— Anna ! Henri ! Oh mes enfants !

Ce n'est pas Valentine, mais maman qui vient d'ouvrir la porte du magasin.

CHAPITRE IX

Les tentatives

Tu ne crois pas que ça ferait un mélange terrible :
tout le regret du mal que je t'ai fait,
et tout le plaisir du bien que je veux te faire ?

Ugolin dans *Manon des Sources*
Marcel PAGNOL

17 juin 1940

Français !

À l'appel de M. le président de la République, j'assume à partir d'aujourd'hui la direction du gouvernement de la France.

Sûr de l'affection de notre admirable armée, qui lutte avec un héroïsme digne de ses longues traditions militaires contre un ennemi supérieur en nombre et en armes ; sûr que, par sa magnifique résistance, elle a rempli son devoir vis-à-vis de nos alliés ; sûr de l'appui des anciens combattants, que j'ai eu la fierté de commander ; sûr de la confiance du peuple tout entier, je fais à la France le don de ma personne pour atténuer son malheur.

C'est le cœur serré que je vous dis aujourd'hui qu'il faut cesser le combat. Je me suis adressé cette nuit à l'adversaire pour lui demander s'il est prêt à rechercher avec moi, entre soldats, après la lutte et dans l'honneur, les moyens de mettre un terme aux hostilités.

Depuis midi, ce discours de Pétain est rediffusé toutes les heures à la radio. Dans l'après-midi, ma sœur Susie est venue aux nouvelles, intéressée de savoir si nous avions entendu le discours du maréchal. Comme je lui ai répondu que nous finissions par le connaître par cœur, elle est remontée sur son vélo, et sans s'attarder davantage elle est rentrée à Grivaux.

Il était bien temps que cette guerre finisse. Henri et Anna nous ont un peu raconté ce qui se passait sur le front, à Paris, et surtout sur les routes. Moi, je remercie Dieu de m'avoir guéri Adrien avant l'attaque allemande. Que serions-nous devenus, tous les deux, sous les bombardements ? Deux pauvres victimes parmi tant d'autres, certainement.

Les Allemands sont entrés dans Paris il y a trois jours, et Anna s'inquiète pour Louis. Elle a tenté de lui télégraphier le lendemain de leur arrivée pour le rassurer, mais cela n'a pas été possible à cause des lignes endommagées par les bombardements. Elle lui a quand même envoyé une lettre qu'il ne recevra probablement pas avant quelques semaines, si tant est qu'il la reçoive. Nous ne savons pas quand tout cela sera rétabli, mais il faut être patient.

Henri a beaucoup changé physiquement. Il a définitivement perdu son teint rosé. Son corps semble plus fort, ses muscles plus épais. Cependant, son visage s'est creusé, et ses yeux gris paraissent plus sombres que jamais. Lorsque je l'ai revu l'autre nuit en bas dans la cuisine, j'ai eu comme un mauvais pressentiment, encore un, à son égard. Toute la maison – et surtout Emma – était en ébullition, et j'ai dû m'avancer pour que nous nous embrassions. Après tout ce qui s'était passé entre nous, pouvions-nous enfin faire la paix ? Nous nous sommes furtivement, et pour ma part, froidement embrassés. Puis, tandis qu'Emma s'accrochait à son bras, j'en ai profité pour me jeter dans ceux d'Anna. Le moment de ce contact avec Henri était passé, et j'en étais plutôt soulagée.

J'ai très vite compris qu'Anna ne lui avait rien dit à propos d'Adrien, car Henri s'est soudain étonné de l'absence de son frère. Il a demandé aussitôt après lui, mais je ne me suis pas senti la force de lui apprendre ce qui était arrivé. C'est Emma qui est venue à mon secours en se chargeant de lui raconter l'essentiel :

— Adrien est revenu de la guerre il y a un mois, commence-t-elle d'une voix un peu tragique.

— De la guerre ? dit Henri médusé. Mais je croyais que…

— Oui, mais il est parti en novembre, comme engagé, continue Emma dans un silence de mort.

— Engagé ?

— Laisse-moi finir, le coupe-t-elle. Il est revenu depuis un mois… Et il est gravement blessé.

— Quoi ? Où est-il ?

— Il dort… dis-je pour l'arrêter alors qu'il allait s'élancer dans le couloir pour monter à l'étage.

— Ton frère a perdu la vue, reprend tristement Emma, et il ne se rappelle plus qui nous sommes… Voilà, maintenant tu sais tout.

Henri est resté plusieurs minutes abattu, ne parvenant même pas à murmurer le moindre mot. Je l'ai laissé en tête à tête avec sa mère, et je suis allée aider Anna à coucher les enfants.

Le lendemain, lorsqu'il est descendu après une courte nuit, n'ayant probablement guère dormi, Adrien était en bas, immobile dans son fauteuil, comme tous les jours. Il ne s'est même pas approché de lui, il l'a seulement regardé un peu de loin, puis il est sorti sans lui dire un mot ; ce qui de toute façon aurait été complètement inutile. Mais, plus que jamais, j'avais encore en moi ce mauvais pressentiment.

*

* *

Quand je vois dans quel état se trouve mon frère, je suis révolté… Un jour que j'étais seul avec lui dans la salle à manger, j'ai essayé de lui parler. Je me suis assis près de lui, et je lui ai dit que j'étais là, que c'était moi, son frère Henri. Je ne pouvais pas admettre qu'il ait pu m'oublier.

— Qui est là ? m'a-t-il dit après un petit silence.

— Ton frère Henri… C'est moi, je suis revenu à la maison, ai-je dit en posant ma main sur son bras.

— Où je suis ?

— À la maison, voyons, tu es à la maison…

— Quelle maison… ?

— Eh bien, chez nous… Dans notre maison…

— Ah… ?

— C'est moi Henri, je suis revenu de la guerre…

— Quelle guerre ?

Même ça, il l'avait oublié, et je n'en croyais pas mes oreilles. Puis, finalement, je me suis dit que c'était une chance pour lui que cette guerre n'existe plus dans son esprit.

— Où je suis ? a-t-il demandé à nouveau d'une voix agitée.

— Je te l'ai déjà dit, à la maison.

— Ah… Oui…

— Adrien… C'est moi, ton frère Henri… Je suis de retour à la maison… Tu vas guérir maintenant…

Après un long silence, Adrien a tendu sa main vers la table, cherché son verre d'eau, l'a saisi, bu une petite gorgée, et l'a reposé délicatement.

Cette conversation qui s'était avérée sans espoir, m'a beaucoup atteint moralement. Et depuis ce jour, je n'ai plus eu la moindre attention pour mon frère. Je ne peux plus le regarder, ni admettre ce qu'il est devenu. Comment est-il possible de supporter de le voir dans un tel état ? Mieux vaut être dix pieds sous terre que réduit à une telle déchéance. Ne jamais revenir. Crever. Comme Raoul et mes camarades.

Cela va faire quinze jours que je suis rentré à la maison, et je m'ennuie déjà comme un rat mort. Tout recommence comme avant ; avant mon départ à la guerre. Je pensais qu'en revenant à la maison, après l'horrible expérience de la débâcle, je pourrais retrouver dans le foyer familial le plaisir de vivre des heures paisibles et heureuses. Et tout est probablement réuni pour que j'y sois heureux. Tout, sauf moi, justement. Je me rends compte que j'ai plus ma place ici. Tout est mort. Même mon frère.

Michel est revenu, lui aussi. Et il a également beaucoup changé, comme nous tous qui sommes revenus de cette horreur parfaitement lamentable et inutile. On dirait quelqu'un d'autre. Il n'a qu'un mot à la bouche : la guerre. Il est revenu quelques jours avant moi, entier, mais avec une béquille, et il parle de repartir dès qu'il ira mieux.

— Repartir ? Repartir où ? lui ai-je demandé. Tu n'sais pas que l'armistice est signé ?

Il s'est alors mis à ricaner, et il m'a juste dit d'un ton mystérieux qu'en Angleterre un général français avait parlé il y a quelques jours à la radio de Londres, pour dire à ceux qui voulaient encore se battre que la guerre n'était pas finie.

J'ai regardé Michel, et il était si frénétique que j'ai eu envie de lui demander s'il avait pas reçu un mauvais coup sur la tête. Finalement, je l'ai laissé se débattre avec sa béquille parce qu'il n'arrive pas encore à marcher avec son bout de bois, et je suis rentré.

La guerre n'est pas finie ? Je me demande bien ce que c'est que ces salades… ! Michel m'a dit d'écouter Radio Londres, que son général passait de temps en temps des messages. On verra ça. Enfin bon, à mon avis, c'est de la vaste blague, pour ne pas dire autre chose !

Aujourd'hui, Anna est à Saint-Junien avec toute sa marmaille chez un couple de vieux, de la famille à son mari, une grand-tante, si j'ai bien compris. Le grand-oncle est venu ce matin les chercher en carriole, et il les ramène demain, dans l'après-midi. Du coup, on peut enfin se reposer dans cette maison. Ces mioches sont tellement énervants qu'ils vont finir par nous rendre dingues. Il y a que les gifles qui les calment. Et on n'a pas un instant de répit, on gifle, on gifle, on fait que ça toute la journée. Encore quelques semaines à tenir. Mon père dit rien, mais il en pense pas moins. C'est simple, il en a que pour le petit Gaston qu'il adore parce que lui, au moins, il l'aide au fournil. Ma mère, je vous laisse imaginer le tableau, elle qui est si maniaque ! Elle passe son temps à surveiller et réparer les bêtises des gosses. Anna est désespérée. Pour que cela ait plus de poids, elle m'a chargé de la distribution des gifles, et je peux vous dire que je les manque pas. Valentine, quant à elle, est étrangement silencieuse, pas seulement avec moi, avec moi c'est une habitude, non, elle est silencieuse avec tout le monde. Comme si quelque chose en elle était éteint. Je crois qu'elle est malheureuse. Mais le jour viendra où je lui rendrai son bonheur, et ce jour-là sera un grand jour pour moi. Pour ce qui est des grands-parents, eux aussi ont bien changé en quelques mois : pépé a beaucoup vieilli et mémé achève complètement de radoter.

Il n'y a qu'Adrien et le petit Paul, égaux à eux-mêmes, pour traverser cet ouragan dans une indifférence totale. Adrien, toujours absent et cloué sur son fauteuil, et Paul, fidèle à ses activités habituelles : dormir, manger, jouer, dormir, manger et encore jouer, en se souciant le moins du monde de ce qui peut se passer autour de lui.

*

* *

Henri et la petite ne se parlent plus. Depuis presque une semaine. Heureusement que je suis là parfois pour entretenir un semblant de conversation entre eux. Quelle joie, vraiment.

Mon mari dit que je me fais des idées. Il dit aussi que je parle trop. Bien sûr que non ; je parle normalement comme tout le monde. Évidemment, lui ne parle pas tant ! Mon mari ne dit jamais rien, sauf pour crier après Henri ; il ne finit jamais ses phrases, sauf quand il se met à crier ; et il dit tout le temps que je suis casse-pieds, sauf quand je ne suis bonne qu'à lui servir le manger : ce qu'il est pénible, je vous assure !

Bon, tout ceci est bien intéressant, mais je n'ai toujours pas passé ma serpillière. Ma fille et mes petits-enfants ne sont pas là aujourd'hui, aussi je veux en profiter pour faire un peu de ménage. Cette maison est une véritable porcherie.

Je viens de finir de préparer mon seau d'eau chaude lorsque mon mari entre dans la cuisine avec son fusil à la main.

— Mais ? Qu'est-ce que tu fais avec ça, toi, c'est bientôt la chasse ? je lui demande avec une fine ironie.

— T'occupe ! me rétorque-t-il d'un ton qui ne donne pas envie d'y revenir.

Cette fois je laisse courir, mais je me demande quelle idée l'a pris pour se décider à nettoyer son fusil. Il y a des années qu'il ne va plus à la chasse !

— J'espère que tu n'en as pas pour longtemps, car je vais passer la serpillière partout !

Il ne me répond même pas et m'adresse au contraire un regard froid et plein de lassitude. Je remballe alors aussi sec mon seau et mon balai et je passe dans la pièce voisine en soupirant. Mon mari est d'un pénible !

— Tout le monde dehors, je vais passer la serpillière, annoncé-je vaillamment en entrant dans la salle à manger.

Eh bien là, croyez-moi, la réponse ne s'est pas fait attendre !

— Attends un peu, maman, je cherche quelque chose à la radio, proteste Henri.

— Oui, il vaut mieux que vous attendiez un peu ! s'écrie Valentine qui fait la vaisselle dans la cuisine. Ma sœur va arriver d'un instant à l'autre, nous sortons nous promener ! Je la connais, elle va tout vous salir !

Eh oui, je l'avais oubliée celle-là. Moi aussi, je commence à la connaître la petite Susie ! Elle va d'abord faire dix fois le tour du village avec sa bicyclette, et la nuit sera tombée qu'elle ne sera pas encore là ! Et moi, je n'aurai toujours pas lavé ma salle à manger !

— Ouh oooouuuhhh ! Devinez qui est là ! chantonne une voix dans le jardin.

Ah, j'ai parlé trop vite, voilà La Rallonge qui arrive. C'est Susie, la sœur de la petite, que j'appelle La Rallonge. Cette fille-là, ce n'est pas une fille, ce n'est pas une femme, c'est une paire de jambes ! C'est bien simple, on ne voit que ses jambes ! Elle a des jambes tellement longues, qu'on dirait une rallonge, précisément.

— Bonjour tout le mooonnnde ! chantonne encore La Rallonge en prenant le petit Paul dans ses bras. Alors, on y va ? Moi, je suis prête, je vous attends…

— Oui oui, on y va, dit sa sœur en l'embrassant.

— Ah, c'est bientôt la chasse… fait-elle aussi remarquer en voyant mon mari trifouiller son fusil sur la table de la cuisine.

Sans même attendre sa réponse – qui de toute façon n'aurait été ni plus claire ni plus aimable que celle qu'il m'a faite tout à l'heure –, elle vient vite m'embrasser en me demandant si Henri est là.

— Il est dans la salle à manger, je réponds en la regardant de la tête aux pieds.

— Henri ! On y va ! lui crie-t-elle en jouant avec le petit Paul.

— Il écoute le poste, alors vous n'êtes pas encore partis, dis-je en m'immisçant dans la conversation, histoire d'activer un peu les événements.

— Qu'est-ce qu'il fait ? s'étonne La Rallonge sans remarquer que je continue à l'observer.

— Il écoute le poste ! Ça fait des jours que ça dure ! Je me demande bien ce qu'il peut y avoir d'intéressant au poste pour l'écouter toute la journée !

— Comme si c'était le moment d'écouter la radio, dit-elle en trouvant la chose bien incongrue.

— Oui, et avec tout ça, moi j'attends pour passer ma serpillière, ajouté-je, ravie de voir qu'elle est pressée de sortir.

— Mais laissez tranquilles vos seaux et vos éponges, Emma, et reposez-vous un peu, me répond-elle en courant vers la salle à manger, virevoltante et légère.

Elle est bien gentille cette Rallonge, avec ses longues jambes, mais je me demande bien ce qu'elle fait de ses journées. Je n'en parlerai pas parce que je sais me tenir, mais bon, à mon avis… Bref, autant ne rien dire, ça vaudra mieux. Je n'aime pas dire du mal des gens. Et puis enfin, elle n'est pas méchante, elle ne ferait même pas de mal à une mouche ; c'est déjà un bon point.

Mais ! Maintenant que j'y pense ! Où est passée toute cette jeunesse ? Je ne l'entends plus…

— Où vous êtes ! crié-je.

— On est là !

— Où là ?

— Dans la salle à manger ! me répondent-ils en chœur.

Quoi ? Ce n'est pas vrai ! Je me précipite avec mon seau et ma serpillière…

— Mais vous êtes encore là ? Ah non non non, tout le monde dehors, ouste, j'ai du travail !

— Chhhuutt maman ! Tais-toi et écoute ! me dit Henri en montant le son du poste.

— Écouter quoi, je me le demande !

Personne ne me répond !

Eh bien, puisque c'est comme ça, je vais aussitôt voir mon mari dans la cuisine en me plaignant que j'ai du travail dans la maison et que personne ne m'écoute. Croyez-moi si vous le voulez, même lui c'est à peine s'il réagit à ma présence. Il continue à décortiquer son fusil sans même lever la tête. Je fais une autre tentative en le chargeant d'aller dire aux gosses de me débarrasser le plancher. Je vous jure, la prochaine fois que je parle à mon mari, je me tourne vers le mur, ça sera tout aussi efficace ! Ce qu'il est pénible ! Évidemment, pour lui, inutile de vous dire que faire le ménage, ce n'est pas la préoccupation du siècle ! Et il fait encore mieux, il me décroche un « Tu nous casses les pieds avec ta serpillière ! » net et sans bavure ! J'en ai pardessus la tête. Vous voyez, quand je vous disais que mon mari ne dit jamais rien… !

Sans compter qu'il est également très attentionné. Laissez-moi vous raconter : un jour, j'ai pris la petite à part, gentiment, très discrètement, je l'ai ménagée très adroitement, j'ai très bien mené la conversation, et patati et patata, et de fil en aiguille, comme si de rien n'était, je lui ai demandé s'il s'était passé quelque chose avec Henri. Bref, toujours la même histoire, j'avoue que ça me tracasse quand même.

— Avec Henri ? m'a-t-elle répondu, surprise. Non, je ne vois pas. Que voulez-vous qu'il se soit passé ?

— Ben, j'en sais rien, mais il me semble que vous ne vous parlez plus comme avant, ai-je alors dit évasivement.

— On ne s'est jamais tellement parlé…

— Oui, mais quand même…

Vous pensez bien que j'ai insisté ; mais elle n'a pas voulu en démordre. Allez comprendre quelque chose. C'était à croire, à l'entendre, que tout allait pour le mieux dans le meilleur des mondes. Je n'ai pas insisté une deuxième fois, je sais me tenir, mais je n'en pensais pas moins. Aussi, le soir même, alors que nous venions de nous coucher, je raconte à mon mari ce que la petite m'a dit, mais j'ajoute que je suis à peu près sûre qu'il s'est passé quelque chose de grave… Mon Dieu ! Ce que je n'ai pas dit là ! Il s'est mis à crier, à voix basse bien sûr pour qu'on nous entende pas, en disant que je n'arrêtais pas de m'occuper de ce qui ne me regardait pas, que je n'avais pas à parler de cette façon à la petite, et que j'étais casse-pieds ! C'est son grand mot ça. Il ne dit jamais rien, sauf que je suis casse-pieds ! Je me demande bien lequel des deux l'est le plus !

Quelle histoire.

— Bon ? Ce n'est pas encore fini ? dis-je en revenant à la charge, en me plantant devant la porte de la salle à manger, les bras croisés.

— Henri, monte le son, on n'entend franchement rien, dit La Rallonge en râlant ouvertement.

Je ne suis pas folle ni sourde, j'ai très bien entendu ! La Rallonge m'a crié dessus ! Je vous prie de croire qu'elle a de la chance que Valentine soit là, sinon…

Et puis mon mari qui ne sort plus de ce fusil ! Je vais me l'attraper et je vous prie de croire qu'il va servir plus tôt que prévu !

Ah, quelle poisse !

*
* *

— Bravo, me dit en douce Valentine sur un ton de reproche. Tout de même, tu pourrais faire attention à la manière dont tu parles.

— C'est vrai, ça m'a échappé ; mais cette fois au moins on est tranquilles.

— J'espère que tu iras t'excuser.

— Chhutt, les filles.

— Tu crois qu'elle s'est vexée ?

— Mets-toi à sa place, me rétorque Valentine.

— Mais écoutez, bon Dieu ! s'énerve Henri.

Oui oui, on se tait. Je lui demande de monter le son parce qu'on n'entend pas bien.

— C'est à fond, vous n'avez qu'à vous taire, dit-il en râlant.

J'espère que Emma ne s'est pas vexée. C'est vrai que j'ai peut-être un peu trop haussé le ton, mais bon c'était gentil, je trouve. J'irai quand même m'excuser tout à l'heure, on ne sait jamais.

Malgré des grésillements, voici ce que nous entendons soudain à la radio :

... Par la bataille de France. Cette guerre est une guerre mondiale. Toutes les fautes, tous les retards, toutes les souffrances n'empêchent pas qu'il y a dans l'univers... tous les moyens nécessaires pour écraser un jour nos ennemis. Foudroyés aujourd'hui par la force mécanique, nous pourrons vaincre dans l'avenir par une force mécanique supérieure. Le destin du monde est là... Moi, général de Gaulle, j'entreprends ici, en Angleterre, cette tâche nationale de grouper

une force française aussi grande que possible... J'invite les officiers et les soldats français qui se trouvent en territoire britannique ou qui viendraient à s'y trouver avec leurs armes, j'invite les ingénieurs et les ouvriers spécialistes des industries d'armement qui se trouvent en territoire britannique ou qui viendraient à s'y trouver, j'invite tous les Français qui veulent rester libres à m'écouter et me suivre...

Quoi qu'il arrive, la flamme de la résistance française ne doit pas s'éteindre, elle ne s'éteindra pas. Demain, comme aujourd'hui, je parlerai à la radio de Londres.

Henri tourne le bouton de l'appareil.

— Il y va fort quand même, dit-il en se levant.

— Qui est-ce ? demande Valentine.

— T'as pas entendu ? C'est un général...

— Un général français, précise Henri.

Valentine se lève à son tour.

— Français ou pas, il est complètement fou ce type, dit-elle en haussant les épaules.

Moi, je ne suis pas tellement d'accord avec ma sœur, et je ne manque pas de faire remarquer que la guerre n'est peut-être pas encore finie.

— Toi, tu es aussi folle que lui, me dit-elle sèchement et elle s'en va dans la cuisine.

Eh ben, qu'elle s'en aille.

— Et toi, qu'est-ce que tu en penses ? je demande à Henri.

Il me regarde avant de répondre. Il me regarde d'une telle façon que je me demande ce que je peux bien avoir au milieu de la figure. Il me regarde et me dit :

— Les Boches, je les ai vus, et je crois pas que c'est en parlant assis derrière un micro qu'on pourra les foutre dehors.

— T'as raison, dis-je sans le quitter des yeux.

— Bon, les enfants, ça y est ? Je peux faire mon ménage ? demande Emma en faisant irruption dans la salle à manger avec son éternel seau à la main.

Bien sûr qu'elle peut, s'il n'y a que ça pour lui faire plaisir !

Près de la porte, nous croisons Charles qui monte se coucher. Pour rien au monde, il ne manquerait sa sieste quotidienne.

— À quelle heure vous rentrez ? demande-t-il à Henri tout en tirant sur ses bretelles.

— Dans une heure, répond-il en hésitant un peu.

Henri craint son père, ça se voit comme le nez au milieu de la figure.

— Bon, où est Valentine ? demande-t-il en l'appelant et en ignorant son père qui commence à gravir l'escalier, non sans montrer qu'il y aurait peut-être autre chose à faire que d'aller se promener.

— Je connais ma sœur, ton général l'a mise en colère ; elle ne veut sûrement plus venir avec nous, dis-je évasivement. Henri ne relève même pas et file à la cuisine.

— Valentine, tu viens ? On t'attend, dit-il en la cherchant inlassablement.

Puis, alors qu'il repasse devant moi sans l'avoir trouvée, je lui répète qu'elle fait la tête et qu'elle ne viendra pas avec nous.

— Si elle vient pas, moi non plus, dit-il d'un ton mauvais.

Flûte à la fin ! C'est toujours pareil ! Dès que c'est le moment de partir, y a toujours quelqu'un pour dire qu'on ne part plus !

*
* *

Je n'ai plus envie d'aller faire leur balade. Qu'ils y aillent tous les deux s'ils veulent, moi je reste ici. Surtout que l'autre, moins je le vois, mieux je me porte. Et puis Susie m'a énervée avec ses réflexions pointues sur la politique. Elle n'y connaît rien, et fait celle qui sait tout. Ça se voit qu'elle n'a toujours pas compris ce que c'est que la guerre ; dommage qu'elle ne soit pas mariée, elle parlerait différemment peut-être.

Henri vient de claquer la porte, déçu que je ne vienne plus. Peu importe, ils sont enfin sortis.

Je suis assise dans la cuisine, à côté d'Adrien qui demeure rivé sur son fauteuil. Je pose ma main sur ses yeux et je caresse doucement son mal.

— Qu'est-ce que c'est ? demande-t-il apeuré.

— N'aie pas peur. Ce n'est que moi, Valentine.

Son état, stationnaire depuis des mois, ne semble pas vouloir s'améliorer. Je n'arrive même plus à pleurer de mon malheur ; surtout lorsque j'entends des fous comme l'autre à la radio, dire que la guerre n'est pas finie, qu'il faut continuer à se battre ; s'il avait été là, je lui aurais envoyé une chaise en travers de la figure, pour le faire taire.

J'entends Emma qui chantonne dans la salle à manger. Mémé est avec nous, dans la cuisine ; elle boit son verre de tisane, en soufflant sur son breuvage pour le refroidir. J'embrasse Adrien sur le front, et profitant de la sieste de Paulino, nous sortons faire quelques pas dans la rue. Avant de sortir, je préviens Emma que nous revenons d'ici un quart d'heure.

Devant le portail de la maison, je tombe nez à nez sur Philippe Deslandes, un ami de Henri.

— Bonjour, Valentine, me sourit-il. Henri est là ?

— Non, il vient de sortir. Repasse un plus plus tard, dis-je poliment.

Il paraît déçu. Avant de me quitter, il me demande si Adrien va mieux. Je lui réponds que malheureusement son état ne s'améliore guère, mais que je reste confiante. Il me souhaite alors bien du courage et je le regarde s'éloigner à petits pas, en me demandant ce qu'il peut bien trouver à Henri pour être de ses amis ; car il n'y a pas de doute, ce Philippe Deslandes est un jeune garçon bien sympathique, tout ce qu'il y a de plus agréable.

Je prends le bras d'Adrien et nous remontons la rue principale du village en direction de la route de Javerdat. Adrien se laisse mener partout où nous allons. Il est tellement docile que j'en suis parfois à me demander s'il est réellement conscient. Pourtant il sait qu'il est malade. Il parle peu et ne pose plus de questions ou rarement. Pour beaucoup de gens au village, il est comme mort, je le sais, je l'ai déjà entendu dire.

Alors qu'on ne me parle plus de guerre !

*
* *

Elle a voulu qu'on s'asseye un peu, à l'ombre sous un chêne vert, elle trouve ça agréable. Moi, elle m'ennuie cette Susie. De la promenade, j'en parle pas, je préfère rester poli. Valentine n'a pas voulu venir avec nous, mais j'ai quand même fait le sacrifice d'accompagner cette godiche de Susie. Qui sait ? Ça pourrait m'être un jour utile de tenir compagnie à cette petite gourde, alors je dis rien, j'attends, je patiente. Et quand mon heure viendra, je saurai savourer, avec délice !

Maintenant, elle me contemple avec ses yeux de merlan frit. On dirait qu'elle m'a jamais vu. Et puis elle arrête pas de parler. Elle est assommante cette gamine. Enfin, c'est pas une gamine. C'est plus une gamine. Mais bon, à dix-sept ans, c'est quand même encore une petite vierge de la campagne.

— On n'est pas bien là ? me demande-t-elle en admirant le ciel.

— Si si, je lui réponds tant bien que mal, pour montrer que je m'intéresse un minimum.

C'est ça, admire donc, j'ai que ça à faire, regarder le ciel, pour ce que je m'en fous du ciel ! Je crains d'avoir pensé trop fort, et revenant à moi, je lui fais un sourire parce qu'elle me contemple encore. Elle me contemple, elle fait que ça sans arrêt. Puis, elle lève sa main, et pose délicatement ses doigts sur la cicatrice que j'ai en haut du bras droit.

— C'est à la guerre que tu as eu ça ? me demande-t-elle admirative et soucieuse de ma petite personne.

— Ouais, une balle qui m'a déchiré le bras.

— Cela a dû te faire mal, me dit-elle en caressant la cicatrice.

— J'en ai vu d'autres, je lui réponds pour l'épater.

Le pire, c'est que ça marche, parce qu'elle se met à parler du courage que j'ai dû avoir, et cetera. Après ça, elle mâchouille bêtement un brin d'herbe dans sa bouche de gamine. « Ce qu'elle peut faire comme dégâts cette bouche », me dis-je intérieurement. Quand je pense que si je voulais… Je n'aurais qu'un mot à dire, et elle se jetterait sur moi.

— Qu'est-ce que tu penses de ce général ? Tu crois que c'est possible ? demande-t-elle évasivement.

— Quoi ?

— De continuer la guerre…

— Si tu avais vu la débâcle de l'armée française la semaine dernière, tu poserais même pas la question.

Elle se tait enfin ; je crois bien lui avoir cloué le bec, pour une fois.

— D'accord, mais si ce général dit qu'on peut reconstruire une armée, on ne va pas se laisser envahir par ces Allemands sous prétexte…

C'est reparti.

— Si tu crois qu'on a envie de recommencer, on n'va pas faire que ça.

Franchement, elle réalise pas ce qu'elle dit !

— Alors, à ton avis, c'est impossible ?

— J'en sais rien, j'y ai pas réfléchi.

Elle se tait un peu, et je retrouve mon calme.

— Tous ces soldats allemands qui envahissent notre pays, cela me fait peur. Comment sont-ils les Allemands ?

— Blonds, lui dis-je sèchement.

Et pour éviter qu'elle ne m'achève complètement, je me relève en un coup de reins, pour partir.

— Tu t'en vas ? me demande-t-elle de sa petite voix d'enfant gâtée.

— Ben oui, il faut que j'aille chercher ma sœur et sa marmaille…

J'invente tout ce que je peux, sinon je m'en déferai pas.

— Ah bon ? Je croyais que quelqu'un devait les ramener, me dit-elle en essayant de comprendre.

Y a rien à faire, c'est une plaie !

— Y a eu changement de programme, dis-je à bout de nerfs.

— Tu me raccompagnes chez moi ? me dit-elle en faisant les yeux doux.

Si elle croit que je vois pas son petit manège, elle se trompe ! Je suis fatigué, énervé, j'ai envie de l'envoyer balader, qu'elle aille donc au diable !

— Mais, tu reprends pas ton vélo ? lui dis-je en réalisant qu'elle l'a laissé chez moi.

— Ah ben oui, ce que je suis bête ! J'allais oublier ma bicyclette ! claironne-t-elle de sa voix criarde, en s'accrochant à mon bras, tordue de rire.

Quelle gourde, vraiment. Et puis elle arrête pas de s'accrocher à moi, mais qu'elle me laisse ! Si je pouvais la balancer dans le talus, tiens ! Au lieu de ça, je vais devoir me la coltiner encore jusqu'à la maison.

— Qu'est-ce qui va se passer maintenant que l'armistice est signé ? dit-elle en marchant avec nonchalance pour freiner notre allure. Ils vont venir jusqu'ici les Allemands ?

— Mais non, ce qui va se passer, c'est, c'est de la politique. De toute façon la guerre on l'a perdue, on l'a perdue, c'est sûr, mais c'est pas pour ça que du jour au lendemain toute la France va être envahie par les Boches. Faut pas toujours croire au pire. On va pas nous chasser de nos maisons ni de nos villages.

— Ah bon, je préfère, dit-elle rassurée.

Quelle gourde vraiment.

Et ça continue… La fin août approche, et Susie est presque tous les jours à la maison. Deux mois que cela dure. Elle a beau dire que c'est pour venir voir Valentine et le petit, moi je sais bien que c'est pour mes beaux yeux qu'elle dévale à vélo les trois kilomètres qu'il y a de chez elle jusqu'ici.

Un de ces quatre matins, je vais la coincer contre un arbre, et elle aura ce qu'elle veut. Après ça, faudra pas qu'elle vienne pleurer.

Quant aux nouvelles, ma sœur est tout de même repartie à Paris il y a quelques jours avec sa ribambelle de gosses. Louis est arrivé en train un beau matin pour les récupérer. Il disait que Paris était enfin redevenue calme, et comme il voulait pas abuser de la gentillesse d'un de ses amis qui gardait la maison et le restaurant, ils sont tous repartis le lendemain avec la voiture qui, depuis notre voyage précipité, attendait dans une remise du village. Je sais pas si Paris était vraiment redevenue calme, ou si mon beau-frère avait eu des scrupules à force de nous faire supporter sa progéniture, toujours est-il qu'ici, du coup, on revit.

Michel, lui, est toujours en train de me parler de son de Gaulle. Et maintenant qu'il a été condamné à mort par les tribunaux militaires, son de Gaulle, c'est encore pire. Au tout début, il parlait de lui à tout le monde, enfin à trop de monde, mais depuis que les Anglais ont coulé la flotte française du côté de l'Algérie, à Kébir, ou un nom comme ça, il s'est un peu calmé sinon il se serait fait tabasser. C'est que ça rigole plus. Avec le nombre de Français morts dans cette histoire, c'est pas le moment de la ramener avec les Anglais. De toute façon, ces Anglais, ce sont des ordures, on peut pas leur faire confiance. Mais ça, Michel, il veut pas l'admettre. Il m'a répondu : « Si les Anglais sont des salauds, nous les Français, on est des lâches, et Pétain le premier, parce qu'on a préféré déguerpir de Paris et laisser la place nette aux Allemands... » J'ai haussé les épaules, et une fois de plus j'ai préféré pas répondre.

Je sais qu'il veut m'entraîner avec lui, mais moi je m'en fous de toute cette politique, j'ai d'autres chats à fouetter.

Ce premier hiver de la défaite s'est écoulé sans trop de dommages. Bien sûr, quelques restrictions sont apparues dans les produits de tous les jours et sur le pain, mais chacun arrive à se débrouiller. À l'automne dernier, des réfugiés lorrains, à qui toute la population a réservé un très bon accueil, sont venus s'installer dans notre village.

Puis, un malheur est survenu à la maison quelques jours avant Noël. Pépé André nous a quittés. Il a été retrouvé raide mort sur la route de Javerdat où il allait souvent se promener. Il n'avait que soixante-seize ans, et paraissait pourtant avoir encore quelques bonnes années devant lui. Toute la famille a été choquée et peinée par cette disparition brutale, et particulièrement mon père qui a longtemps été malheureux. De même tout le village qui dès l'annonce de la nouvelle a montré et exprimé beaucoup de sympathie et de compassion. Le jour de l'enterrement, il y avait une foule immense à l'église et au cimetière. Moi, je me suis échappé, et je suis allé retrouver une dernière fois mon pépé sur ses chemins de promenade, où il aimait tant errer, les mains croisées dans son dos et le chapeau penché en arrière sur son crâne dégarni. Et lorsque j'ai compris que je ne le reverrais plus, j'ai pleuré à chaudes larmes, tout seul, dans un coin de la forêt, où personne ne pouvait ni me voir, ni me consoler.

Dans les derniers jours de janvier 1941, mon copain Michel a filé en douce en Angleterre. Quand je vous disais que son de Gaulle allait finir par lui mettre des idées en tête. Aussi me voilà maintenant sans amis ; mes camarades de football ont été dispersés ici et là par les événements de la guerre ; certains y ont laissé leur peau en mai-juin 40 ; d'autres sont encore au village mais ne sont plus de mes amis, comme le fils du maire, Deslandes. En voilà un que je n'ai pas tardé à mater ! Les fils à papa qui font les malins et les jolis cœurs, je les expédie d'un tour de main ; monsieur-je-commande-et-je-fais-tout-mieux-que-tout-le-monde a été prié de faire son commandant ailleurs ! Sans compter que ce vaurien commençait – j'en mettrais ma main au feu – à se mettre en tête de conter fleurette à la gourde de Susie. Ce n'est pas que je sois jaloux, loin de là, mais bon, je n'ai jamais apprécié que l'on vienne marcher sur mes plates-bandes, surtout quand le déplaisant est un fils de maire !

Avec ça le printemps est là depuis plus d'un mois, et après un hiver sec et froid et un mois de mars pluvieux, le soleil est au rendez-vous depuis la mi-avril.

Ce midi, le facteur nous a apporté une lettre de Paris. C'est Anna qui nous écrit au moyen de ces infâmes cartes interzones, seules correspondances possibles qu'autorisent les Boches. Une carte déjà à moitié imprimée, dont il suffit de remplir les blancs, et qui ressemble à ceci :

Paris… le 21/04/1941
… Enfants en bonne santé........ fatigué
.... légèrement, gravement malade, blessé....
.... tué......... prisonnier...............
.... décédé..... sans nouvelles de.........
.... Toute la famille Deladieu va bien
.... besoin de provisions.... d'argent......

.... nouvelles, bagages… est de retour à......
.... travaille....... va rentrer à l'école de......
.... a été reçu..... aller à........ le......
Affectueuses pensées. Baisers à tous. Signature
Anna

— Tant qu'ils resteront là-bas, je ne serai pas tranquille, dit maman en replaçant la carte dans l'enveloppe déchirée.

— Qu'est-ce que tu veux qu'il leur arrive, soupire le père.

— Oh toi… C'est bien simple, tu n'as pas de cœur, rétorque-t-elle irritée.

— C'est vrai qu'il n'y a que toi qui en as, marmonne le père en baissant son journal.

— Des fois, j'aimerais mieux que tu te taises, tiens ! lui dit maman.

— Je me tairai le jour où je serai mort, et tu seras bien contente ! N'est-ce pas ?

— J'espère que tu ne penses pas ce que tu viens de dire ? balbutie maman.

Valentine dit rien, elle se lève et débarrasse la table. Moi, j'ai envie de leur dire d'arrêter de se disputer, mais le père se lève à son tour et, juste en regardant maman d'un air de se moquer, il hausse les épaules et sort sans répondre. Depuis la mort de pépé, le père est constamment taciturne, aigri, et parfois méchant envers maman, ce qu'il n'avait jamais été jusqu'alors.

Au bord des larmes, maman se met à aider Valentine en préparant l'eau pour la vaisselle. Je les regarde un instant toutes les deux, sans rien oser dire, ni faire. Je suis las de toutes ces mesquineries quotidiennes, ces disputes qui n'en sont pas, mais qui pourrissent pourtant l'atmosphère de la famille. Et moi, je n'dis rien comme chaque fois, j'ai pas le courage de m'élever contre mon père. Pas même pour dire un mot. Quand je suis comme ça, je me mettrais des coups si je pouvais, tellement ça me met hors de moi. Et puis, ce n'est pas que ça, j'ai envie de rien, rien qui existe. Plus les mois passent et plus je deviens fou. Il n'se passe rien, rien de ce que je veux… Tout est vide et ennuyeux. Si ça continue, je vais finir par me pendre. Je voudrais partir, faire bouger le monde. Mais je voudrais rester aussi. Admirer Valentine, l'attendre, avec patience. Avec amour, et croire en ma chance. Mais plus je la vois, et plus je me dis que j'ai vraiment aucune chance.

Je suis sorti au soleil en tirant la porte derrière moi. Le village est calme… Un coup de sonnette dans la rue me réveille tout à coup, et je vois une bicyclette qui fonce droit sur moi en manquant de me renverser.

— Bonjour Henri, me dit Susie en riant de m'avoir donné des frayeurs.

Revoilà la petite gourde.

— Où tu vas ? je lui demande sans savoir pourquoi je lui adresse la parole.

— Ici et là, sourit-elle tout essoufflée.

Une fois de plus, elle me fait bien sentir qu'elle est plus qu'heureuse de me voir, et je suis tellement las et fatigué que j'ai même pas la force de la renvoyer d'où elle vient.

C'est ainsi que nous sommes allés nous étendre dans un pré, où nous sommes seuls et tranquilles. Elle me parle encore de la guerre, et toujours en bouffant ses herbes. Moi, je lui raconte que mon copain Michel est parti un soir de janvier, qu'il est parti en Angleterre rejoindre de Gaulle. Elle dit rien. Elle me regarde étrangement.

— Tu crois que c'est sérieux ? me demande-t-elle enfin.

— Quoi donc ?

— Cette histoire de Résistance, tu crois que c'est sérieux ?

— Pourquoi tu me demandes ça ? lui dis-je pour répondre à son air mielleux.

— Pour savoir, répond-elle alors en baissant les yeux.

Elle me regarde une nouvelle fois étrangement.

— Tu vas partir ?

Ses yeux semblent tristes tout à coup.

— Ça te fait peur ? dis-je dans un murmure.

— Oui, m'avoue-t-elle en baissant encore les yeux vers le sol où ses doigts jouent à arracher des petites touffes d'herbes.

Sans le vouloir, ma main vient se poser près de la sienne en l'effleurant imprudemment. Pensant à une caresse de ma part, elle me prend la main à son tour, et je sens sur ma peau le frémissement de ses doigts. Moi, j'ai rien voulu, c'est le hasard, c'est de sa faute, tant pis pour elle. Je m'approche de sa bouche et je l'embrasse sans réfléchir ; je lui montre ce que c'est qu'un vrai baiser de séducteur, et, voyant avec étonnement qu'elle s'abandonne et se délecte de mon talent, je la prends dans mes bras et je l'enlace avec tout l'amour que je peux. Mais c'est à Valentine que je pense ; l'amour de ma vie. Avec ce baiser qui n'en finit pas, je réalise avec plaisir – comme chaque fois que j'embrasse une de ces idiotes – le réel pouvoir de ma puissante beauté, cette beauté qui me donne tous les droits, toutes les chances. Sauf une, toutefois. Une chance que je voudrais tant avoir, que je n'ai pas encore, et qui est bien sûr de vivre avec l'amour de ma vie. Valentine. Mon seul amour.

Mais le jour est proche où j'y parviendrai, j'en suis sûr.

J'étais tranquillement en train de dormir lorsque j'ai entendu du bruit à ma fenêtre. Je me redresse dans mon lit. Je tends l'oreille, et j'entends effectivement des petits coups secs contre mes volets, comme si quelqu'un jetait des cailloux. Je me lève, me dirige vers la fenêtre et pousse légèrement un des deux volets.

— Qu'est-ce que c'est ? je demande en regardant dans le jardin en bas de ma fenêtre, mais sans rien voir à cause de l'obscurité.

— Henri ! C'est moi ! me répond une voix sourde.

La voix ne ressemble pas du tout à celle de Susie, car j'aurais parié qu'elle seule pouvait avoir le culot de venir me tirer de mon lit…

— Qui moi ?

— Eh bien, moi ! Michel !

— Michel ? Mais qu'est-ce que tu fais là !

— Tu peux descendre ? Je dois te parler !

— J'arrive…

Je descends sans bruit et sors par la porte du jardin. Lorsque nous nous voyons, nous nous étreignons chaleureusement. Je n'aurais jamais pensé que cela fasse autant plaisir de retrouver son meilleur camarade. Aussitôt Michel me dit qu'il souhaite me parler, et pour ne pas rester sous les fenêtres de la maison, nous allons nous asseoir sur un muret en pierres, à l'écart du village.

— Je t'en conjure, Henri, viens avec moi à Londres… me dit-il sans préambule. Il y a tant à faire là-bas !

— Toujours avec ton de Gaulle ?

— La France libre, c'est là-bas qu'elle se trouve, de l'autre côté de la Manche ! Je ne peux pas croire que tu te résignes à végéter dans ce trou que tu voulais tant quitter, fut un temps !

J'ai le sentiment qu'il me reproche quelque chose, d'être lâche, par exemple.

— Et que ferais-je de plus là-bas ? je lui rétorque assez sèchement.

— Il se pourrait que le vent de l'histoire tourne, Henri…

— Tiens donc ? T'es bien le seul à le croire !

— Viens avec nous, je te dis, et tu seras un autre homme ! insiste-t-il sur le ton de la conviction. Ta vie entière en sera bouleversée… Tu as tout à y gagner et rien à perdre !

Après tout, peut-être a-t-il raison. Qu'ai-je à attendre ici ? Rien, ou pas grand-chose. Valentine ? Il y a bien longtemps que je l'ai perdue. Et encore, même pas perdue, puisque je ne l'ai jamais eue à moi. Susie ? alors là, elle, je m'en balance comme de ma première chemise.

« Allez, arrête de réfléchir. Ça va te donner mal à la tête », je me dis.

Michel se lève et pose sa main sur mon épaule.

— Allez, je ne peux pas rester davantage, je dois partir. Si tu te décides, rends-toi à Ustaritz dans le Pays basque, et prends contact avec le boucher qui est sur la place du village… Il te fera rencontrer un passeur à la frontière espagnole. Crois-moi. Fais ce que je te dis.

— Tu as peut-être raison… lui dis-je en faisant encore quelques pas avec lui. Mais…

— Mais quoi ?

— Et si c'était un fiasco ?

— Pour moi, la question ne se pose pas… répond-il, la voix toujours aussi sûre. J'ai décidé de combattre, et de gagner… c'est aussi simple.

On s'étreint une dernière fois.

— Au revoir, Michel.

— Rendez-vous à Londres ? me dit-il avant de s'en aller.

— Je vais y réfléchir, suis-je surpris de lui répondre.

Et il disparaît dans la nuit noire.

Cette nuit-là, je n'ai pas dormi. J'ai longtemps repensé aux paroles de Michel, et c'est cette nuit-là que j'ai commencé à préparer un plan d'attaque… un de ceux qui me permettrait de danser bientôt au « Bal de la victoire ».

*

* *

C'était la première fois qu'un garçon m'embrassait. C'est fou, ça ne fait qu'une semaine à peine, et j'ai l'impression que c'était il y a au moins un siècle. Tous les jours, je ne pense qu'à une chose : aller le retrouver et me blottir encore dans ses bras. Moi, je voudrais bien, mais c'est lui qui ne veut pas. Il m'a dit qu'il nous fallait être prudents. Il ne souhaite pas que ça se sache, pas encore du moins. Aussi, il m'a bien recommandé de ne rien dire à personne, et surtout pas à Valentine ; il a bien insisté là-dessus. De toute façon, la dernière personne à qui j'irais raconter ça, c'est bien ma sœur. Elle n'apprécie pas beaucoup Henri, et le jour où elle va apprendre le pot aux roses, ça va aller très très mal pour moi. Tant pis. J'aurai toujours le temps d'y penser le moment venu.

C'est lui qui veut annoncer la nouvelle. « En temps et en heure », m'a-t-il précisé. Après tout, si ça lui fait plaisir, qu'il fasse comme il veut. Moi, tout ce que je demande, c'est d'être avec lui. Le reste, ça me passe complètement par-dessus la tête. En ce qui concerne son départ en Angleterre auquel il pensait la semaine dernière, il m'a dit qu'il ferait ce que je voudrais. Et comme je ne veux pas qu'il parte, non seulement il n'en parle plus, mais je crois surtout que maintenant ça lui ferait peine. J'adore trop être avec lui. Et puis ce que j'aime bien aussi avec lui, c'est qu'il faut se cacher. Ça me plaît ; ça donne davantage de piquant à notre tendre romance. On doit se voir demain après-midi, dans une grange en ruine au milieu des pâturages, à deux kilomètres d'ici, sur la route de Javerdat. Je prendrai mon vélo en douce, et hop ! ni vu ni connu je me ferai la belle.

En attendant, il faut que je dorme. Si seulement papa voulait bien s'arrêter de ronfler. On ne dirait pas qu'il est dans la chambre d'à côté, mais juste là, dans mon lit, ou sous mon lit plus exactement, dans mon lit, ça y est, la place est réservée. Ah, mon Dieu, ce que je donnerais pour qu'Henri soit là, ronflant dans mon lit trop petit.

Cette nuit il fait une chaleur du tonnerre, et pour m'alléger, j'écarte du bras la tonne de draps qui m'étouffe. Puis, comme ça ne suffit pas, j'ouvre mon corps entièrement à la recherche d'un peu de fraîcheur… Pris par le sommeil, mes yeux se ferment lentement et je vois dans mon rêve Henri qui me jette du sable froid… Je le vois enfin comme je ne l'ai jamais vu, et, écartant du bras la tonne de draps qui me tient prisonnière… il entre profondément dans mon sommeil.

*

* *

Juin 1941

Depuis maintenant deux mois que je fréquente en cachette la Susie, personne s'est rendu compte de rien. J'ai déjà couché plusieurs fois avec elle dans la grange de Baptistin, pendant qu'il est à la foire de Saint-Junien, mais aujourd'hui elle est en retard à notre rendez-vous. J'espère qu'elle va pas tarder parce que c'est quand même un peu risqué. Et puis, ça serait dommage pour elle qu'elle vienne pas à notre dernier rendez-vous galant. Elle le sait pas encore, je vais le lui annoncer tout à l'heure : j'ai décidé de partir en Angleterre. J'ai un plan derrière la tête.

Ah… Dans un grincement de bois sec, la lourde porte de la grange s'ouvre lentement. Je m'enfonce dans le foin pour me dissimuler, au cas où ça serait pas elle…

— Henri, tu es là ?

— Pssiit, par ici, murmuré-je en dépassant la tête des meules de foin.

Elle laisse tomber son vélo par terre, et monte la petite échelle pour me rejoindre.

— Henri ! Tu sais la nouvelle ?

— Quelle nouvelle ?

— Hitler a attaqué les Russes !

— Qu'est-ce que tu dis ?

— Hitler a envahi la Russie, je te dis ! Ils viennent de l'annoncer à la radio !

— C'est pas possible, t'as mal compris !

— Mais si ! Ils l'ont dit à la radio !

— Les Allemands et les Russes sont alliés ! Réfléchis avant de parler !

— Alors, tu me crois pas ?

— Ce que tu dis est impossible et complètement ridicule !

— Peut-être, mais Hitler l'a fait !

Je pense alors à mon plan qui tout à coup pourrait être remis en cause si ce qu'elle dit est vrai. Elle m'embrasse partout, et ça m'énerve tellement que je l'écarte du bras en lui annonçant que je vais partir.

— Où ? me demande-t-elle de son air stupide et hébété.

— Je vais partir au Pays basque rejoindre la frontière espagnole.

— Pour aller à Londres, c'est ça ?

— Oui.

— Je viens avec toi, dit-elle en se jetant dans mes bras.

C'est ça, et puis quoi encore ? Je peux plus me la supporter, et elle veut me suivre ?

Je lui dis tout net que c'est hors de question.

— Pourquoi ? insiste-t-elle en gémissant niaisement.

— C'est pas un endroit pour une fille de ton âge.

— Pour rester avec toi, je suis capable de tout, m'annonce-t-elle très sérieusement. Je suis une tête de mule, comme toi, et tu ne m'empêcheras pas de te suivre !

Je lui ai envoyé une gifle en pleine figure, pour qu'elle ferme sa bouche cinq minutes !

— Je pars tout seul, c'est clair ?

Elle acquiesce d'un signe de la tête, tout en frottant sa joue endolorie.

— Je t'ai pas fait mal ? dis-je sèchement.

— Non.

En plus, elle ose me dire non. Elle a un grain, cette fille.

— Henri ?

— Quoi ?

— Est-ce que tu m'aimes ?

— Pourquoi tu me poses cette question ? je lui demande, l'air de rien.

— Parce que je commence à en douter.

— Mais bien sûr que je t'aime, je lui réponds en me résignant à la prendre dans mes bras, pour la rassurer. Je lui embrasse le cou, et mes doigts font semblant de jouer amoureusement avec son médaillon.

— Il te plaît mon médaillon ?

— C'est quoi ? C'est du toc ?

— Beh, tu vois pas que c'est de l'or ! C'est pas de la gnognote ! C'est ma médaille de baptême avec mon prénom et ma date de naissance gravés au dos, me fait-elle remarquer avec fierté.

— Humm, humm… C'est joli.

— Henri ?

— Quoi ?

— Je t'aime aussi, tu sais.

— Oui, je sais.

— Il n'y a rien que tu fasses, rien que tu dises que je puisse mépriser. Tu es toute ma vie, ajoute-t-elle en se blottissant contre moi. Je t'attendrai toute ma vie, je te donnerai tout ce que j'ai, tu verras…

Non mais vraiment, quelle gourde. Qu'est-ce qu'elle s'imagine ? Que je vais l'épouser ? Qu'elle me donnera des enfants ? C'est impossible, c'est la plus grosse calamité que la terre puisse porter !

Il n'y en a qu'une que je comblerai d'un tel bonheur, c'est Valentine. Et pour y parvenir, je pourrais bien me servir de sa petite idiote de sœur.

C'est une idée à laquelle je pense depuis quelque temps déjà… depuis ma conversation avec Michel il y a deux mois.

CHAPITRE X

Ombres et espérances

Il voulut tout revoir, l'étang près de la source,
[…]
Il voyait à chaque arbre, hélas ! se dresser
[l'ombre
Des jours qui ne sont plus !

Tristesse d'Olympio
Victor HUGO

Juillet 1941

Je pars cette nuit. En silence. Sans réveiller personne. Sans prévenir personne non plus. Je veux pas voir ma mère pleurer, et puis mon père pourrait me mettre une trempe pour m'empêcher de partir. Il est pas assez intelligent pour comprendre la situation dans laquelle je me trouve, et il l'a même jamais été pour me comprendre tout simplement.

Je quitte à nouveau le village. Je quitte ma mère. Je quitte mon amour. Mais je reviendrai. En vainqueur cette fois. C'est certain.

J'ai préparé un petit baluchon qui est caché sous mon lit. Il est bientôt minuit, et je suis fin prêt.

Après une dernière inspiration, je me lève, et sans bruit je me dirige vers la porte, mes chaussures à la main. Je tourne la poignée de la porte qui malgré mes précautions grince quand même. Je sors ; j'écoute le silence de la maison. Tout va bien alors je referme la porte, et j'entame la traversée du couloir… J'ai beau avancer sur la pointe des pieds avec, autant qu'il m'est possible de le faire, mesure et légèreté, ce satané plancher se met à craquer à chacun de mes pas. J'arrive enfin à l'escalier avant que toute la maison soit réveillée, et je commence à descendre les marches une à une. Là aussi, le bois se met à chanter sous mes pieds et je prie pour que tout le monde dorme, sinon…

Une fois dans la cuisine, je prends un bout de pain et une moitié de saucisson qui traînent dans le buffet ; je vais à l'évier et ouvre le robinet dans un tel vrombissement de tuyauterie que toute la maison semble vibrer ! Dans cette maison, c'est bien simple, il y a tout qui fait du bruit ! Une fois ma gourde remplie, je coupe l'eau et je fourre le tout dans mon baluchon. Puis, me glissant à pas de velours vers la sortie, je regarde une dernière fois derrière moi et je tire la porte du dehors. Cette nuit est une nuit de pleine lune, une nuit idéale pour trouver son chemin.

— Où vas-tu ?

Je me retourne d'un bond, et je vois ma mère dans la lueur, en chemise de nuit, tenant contre elle sa robe de chambre qu'elle a pas eu le temps d'enfiler.

— Où vas-tu Henri ? répète-t-elle affligée.

— Pourquoi t'es-tu levée maman ? murmuré-je agacé.

— Où vas-tu ?

— Tu le vois bien… Je pars.

— Où ?

— J'ai pas le temps de t'expliquer…

— Mais où veux-tu aller ? Quelle est cette folie ? Tu n'es pas bien à la maison ? Tout est tranquille ici, allez rentre, ne fais pas l'imbécile, ou j'appelle ton père… supplie-t-elle au bord des larmes.

— Adieu, maman, dis-je en l'embrassant furtivement.

— Henri ! s'écrie-t-elle sans voix.

— Chhutt, le père va finir par se réveiller, dis-je en m'éloignant de la porte. Ne t'inquiète pas, je t'écrirai…

Je remonte la grande rue dans le clair de lune, et je traverse le Champ de foire pour couper à travers le village et rejoindre, un kilomètre plus loin, la route de Saint-Junien, la route de Bordeaux et, je l'espère, celle de la gloire.

Sur le sol, mon ombre qui me devance semble me guider frénétiquement par cette belle nuit de juillet, tandis que je pense à ma mère qui, je le sais, souffre à en mourir. Tant pis.

C'est maintenant que ma vie commence.

*

* *

Henri est parti la nuit dernière. En ce qui me concerne, et sans vouloir être désagréable, je n'en suis pas fâchée. Ce n'est évidemment pas le cas de Charles qui, au moment de réveiller son fils comme tous les matins vers 3 heures pour descendre au fournil, n'a trouvé que lit et chambre vides. Sa colère a été si terrible qu'elle nous a tous réveillés. Je me suis levée aussitôt, et j'ai vite compris ce qui se passait.

— Quel sale gosse ! Mais quel sale gosse ! hurlait Charles dans le couloir. Ça, il a fallu qu'il parte ! Et qui va m'aider maintenant ! Qui !

Emma était déjà dans la chambre d'Henri quand j'y suis entrée. Elle pleurait silencieusement. Elle m'a montré le petit mot qu'il avait laissé sur sa table de nuit. Il y avait à peine trois phrases griffonnées rapidement au crayon, sans points ni virgules, et remplies de fautes ; ça, c'était tout à fait lui, toujours aussi fâché avec l'orthographe. Il nous disait de ne pas nous inquiéter, qu'il ferait attention à lui. Puis il terminait en disant qu'il serait vite de retour.

Mon Dieu, qu'il y reste en Angleterre puisque nous savons bien que c'est là-bas qu'il est parti ! Ça le démangeait. Depuis que son ami Michel est allé rejoindre de Gaulle, l'hiver dernier, il ne disait rien mais il préparait son coup lui aussi. Il me semblait bien, mais je n'ai rien dit. Cela faisait plusieurs mois qu'il prenait toujours un air mystérieux ; il disparaissait parfois la matinée ou tout un après-midi entier, sans jamais dire où il allait ni ce qu'il faisait. Sans compter les soirs où il sortait en rentrant à des heures impossibles. Et chaque fois que son père commençait à le crier, il courait s'enfermer dans sa chambre en faisant sa mauvaise tête.

Bref, maintenant nous voilà enfin débarrassés.

À midi, Emma n'a pas beaucoup mangé, et Charles, coupé de fatigue, enrageait intérieurement. Maintenant, il est en train de faire sa sieste, et Emma, une fois de plus, ne trouve refuge que dans le ménage. Je lui ai conseillé d'aller se reposer, après la nuit que nous avons passée.

— Non, ça va aller, me dit-elle. Ça va passer.

— Je vais chez mon cousin François, au Repaire, j'emmène Adrien et Paulino, vous voulez nous accompagner ? dis-je pour la sortir un peu de cette maison.

— Non non, merci ma petite, me dit-elle en souriant enfin un peu. Finalement, tu as raison, je crois que je vais aller me reposer une petite demi-heure.

Il est presque 2 heures de l'après-midi lorsque nous sortons dans la rue. Paulino part devant en courant, et Adrien se laisse sagement guider.

Charles doit absolument trouver un commis. Il ne peut pas faire tout le travail au fournil. C'est dans cette idée que je me rends chez mon oncle et ma tante au Repaire, afin d'essayer de trouver une solution à ce problème. Malheureusement mon oncle n'était pas là, mais j'ai pu m'entretenir avec ma tante qui m'a donné quelques espoirs. Et c'est ainsi tout à fait confiante que je suis rentrée à la maison.

Le sujet de conversation du repas du soir étant tout trouvé, j'ai donc parlé à Charles de mon petit cousin Alban Viaud, qui a quinze ans et qui est très vaillant.

Alban est le deuxième enfant de ma tante Paulette, la sœur de papa. François, qui a dix-neuf ans, est l'aîné ; ensuite, viennent après Alban, trois filles : Régine, treize ans, Marie, douze ans, et Catherine, onze ans. Mon oncle Robert et ma tante ont une petite ferme du côté du Repaire, pas très loin du village. Ils élèvent une vingtaine de vaches et produisent quelques récoltes de maïs et d'orge ; et puis le potager, les volailles et le cochon sont là pour assurer la table, un peu comme dans la plupart des fermes de la région. Ils ont aussi à leur charge un frère de mon oncle, hélas un peu simplet mais très travailleur, qui vit chez eux et dont ils s'occupent. Mon cousin François ne rechignant pas non plus à la tâche, mon oncle ne manquait ainsi guère de main-d'œuvre.

— L'absence du petit Alban ne devrait pas lui faire grand défaut, expliquè-je à Charles. Aussi, seront-ils peut-être d'accord pour nous l'envoyer quelque temps, ne serait-ce qu'en attendant le retour d'Henri ?

Charles bougonnait et n'était pas très enthousiaste. Seule Emma soutenait mon idée.

— Si la petite te dit que son cousin serait ravi de venir t'aider, pourquoi ne pas essayer ? Et puis, ça t'allégera la tâche, tu ne peux pas continuer ainsi ! dit-elle en insistant longuement.

— Réfléchissez un peu à ce que vous dites, dit-il en haussant les épaules.

— C'est tout réfléchi, commente Emma en débarrassant les assiettes.

— Un vacher ? Mais qu'est-ce que vous voulez que ça connaisse à la boulange !

— Il apprendra, rétorqué-je, vexée.

— Exactement, renchérit Emma. Il n'est sûrement pas plus idiot qu'un autre…

— C'est pas une question d'être idiot… Je sais ce que je veux dire…

— C'est une question de quoi, alors ! s'écrie Emma qui perd patience. Toi et ta manie de ne jamais finir tes phrases !

— Nom d'un chien ! hurle Charles en décochant un grand coup de poing sur la table. S'il était là ce satané gosse ! Je te lui flanquerais une de ces raclées qui lui ferait passer l'envie de partir !

— Oui, et si tu ne lui en avais pas tant donné, Henri ne serait pas parti ! Monsieur ! hurle encore plus fort Emma. Alors maintenant, tu te tais, et tu essaies de te comporter un peu mieux devant la petite… !

— Mais qu'est-ce que j'ai dit ? demande innocemment Charles en se montrant tout penaud.

— Demain tu suivras la petite chez son oncle, et ne discute plus.

Emma avait réussi à le décider, et j'en étais tout admirative.

Le lendemain dans l'après-midi, Charles et moi sommes donc allés au Repaire. Nous avons réuni mon oncle et mon cousin pour leur présenter notre idée. Mon oncle n'y a vu aucun inconvénient majeur, et Alban tout compte fait était également intéressé par notre proposition ; si bien que l'affaire a été rapidement conclue, et mon cousin a commencé le mardi suivant.

Les débuts d'Alban ont été difficiles, mais finalement il s'est fait à son nouveau travail. Et puis je suis là pour le soutenir, il sait qu'il peut avoir confiance en moi. Il loge dans la chambre d'amis, et Charles lui donne quartier libre le dimanche et le lundi. Le plus souvent, il va rendre visite à ses parents et ses frères et sœurs. Mais de temps en temps il reste avec moi et Adrien, et nous nous promenons dans la région.

Je fais faire beaucoup de promenades à Adrien. Je marche à ses côtés en le tenant par le bras, tandis que de l'autre main il s'aide de sa canne blanche. Dès notre retour d'Épinal, le docteur Conte m'a conseillé un de ses confrères qui est psychiatre à Limoges, et qui régulièrement, l'examine dans l'attente d'une évolution. Par ailleurs, j'essaie autant que possible de le faire parler, pour qu'il fasse travailler sa mémoire. Mais depuis un peu plus d'un an, il n'y a guère eu d'amélioration ; il est toujours aussi renfermé et replié sur lui-même, et ce, depuis qu'il a réalisé qu'il était aveugle et malade. Il parle peu, si ce n'est pour nous interroger encore quelquefois, ou pour répéter ce qu'on lui a appris, qu'il s'appelle Adrien Croizer, qu'il est né le 30 novembre 1913, qu'il a un petit garçon qui s'appelle Paulino et que nous sommes mariés. Mais pour lui, ce ne sont que des mots et du vent, du moins il me semble. Il mange parce qu'il a faim, il boit parce qu'il a soif, il dort parce qu'il a sommeil, et il marche parce que je le tiens par le bras en l'entraînant. Sinon, de lui-même il ne fait rien. Au début, nous ne marchions guère qu'un peu dans le village. Mais rapidement, après quelques mois Adrien s'est fait plus alerte, et nous avons alors commencé nos promenades dans la campagne. Jusque chez papa et maman à Grivaux, puis au Repaire chez mes cousins, le long de la Glane où il allait autrefois pêcher avec Henri… Lorsque nous n'allions pas trop loin, j'emmenais avec nous Paulino qui vient d'avoir trois ans. C'est un petit garçon très calme, en comparaison d'Hortense, sa petite cousine de Paris qui a quatre ans et demi. Il n'est pas capricieux, il est doux, il obéit, il est très téméraire et qui plus est, rusé comme un renard.

« Plus il va et plus il ressemble à Henri, me dit souvent Emma. Oh oui, Henri était comme ça quand il était petit ! »

« Il a bien changé alors », ai-je souvent eu envie de répondre. Mais, vexer Emma me ferait tant de peine, que je ne dis rien.

En attendant, que Dieu préserve tout de même mon fils de suivre un jour les traces de son oncle !

*

* *

Paris, novembre 1941

Après un difficile hiver 40-41 et un été guère brillant, nos affaires commencent à aller mieux. Notre restaurant est maintenant une affaire de famille. Entrant dans sa quatorzième année, Laurence, en reine de la salle, tient sans difficulté le service des tables 1 à 12, tandis qu'Anna sert les tables 13 à 18 lorsqu'elles sont occupées. Depuis son quatrième mois de grossesse, ma femme s'occupe principalement de l'accueil et de la caisse. Nous allons bientôt songer à employer une jeune fille pour la remplacer définitivement au service. Gaston, quant à lui, est avec moi en cuisine où ses petites mains travaillent de mieux en mieux. Pour nous épauler, j'ai engagé dernièrement Alain Jouve, mon camarade cuisinier, en remplacement de notre jeune apprenti qui nous a quittés il y a six mois sans explication. Alain vient d'être licencié par mon ancien employeur, et forts de nos bons moments passés ensemble dans les cuisines de la rue de l'Abbaye, je n'ai pas hésité à reformer équipe avec lui. Depuis maintenant un mois, nous servons exclusivement le repas du soir. Les difficultés de ravitaillement et, durant cette première année d'occupation, une clientèle assez peu nombreuse le midi, m'ont poussé à prendre cette décision. Aussi, maintenant, je dois consacrer une grosse partie de la journée à la recherche et à l'achat des produits qui le soir seront dans les assiettes des Parisiens. Et ce n'est pas une mince affaire ! Fort heureusement, avec l'aide de quelques amis, quelques bons tuyaux et autres combines en cette période de restriction, j'ai pu m'établir une place de choix dans le trafic du marché noir. Et tous ces efforts sont en train d'être récompensés, puisque certains soirs nous affichons complet. Sans compter qu'une nouvelle catégorie de clients, attirée par des menus fins et élaborés, passe désormais la porte de notre restaurant. Des clients aux portefeuilles bien garnis, ô combien charmés de pouvoir à l'occasion savourer en pareille période un canard braisé avec sa sauce aux morilles, ou une lotte sur canapé ; mais surtout des clients qui petit à petit ébruitent dans un Paris plus que jamais animé, la délicate table du *Rendez-vous du Cherche-Midi*.

Il est à peine 8 heures, et la salle est déjà à moitié pleine ce soir ; c'est de bon augure. En cuisine, nous parvenons à tenir le rythme. Seul Gaston, pour compenser encore un petit manque d'entraînement, court dans tous les sens.

— Ça va fiston, tu t'en sors ? lui dis-je en ironisant.

— Pas de problème ! dit-il au moment où il manque d'échapper une assiette.

— Ah ! Il y a de l'amélioration ! s'exclame en riant Alain. Il y a quelques semaines, j'en aurais pas donné cher de sa peau à celle-ci !

— Allez-y, rigolez… dit Gaston avec amusement. Nous verrons bien d'ici quelque temps.

— Le hors-d'œuvre du 8 ? demande Laurence en faisant irruption dans la cuisine.

— Voilà pour le 8 ! triomphe-t-il en tendant l'assiette à sa sœur.

— Merci ! dit-elle en entamant un petit pas de danse qu'elle termine par une volte-face des plus féminines qui soient.

— Allons, les enfants, du sérieux, dis-je en les reprenant avec douceur, attendri et fier malgré tout.

Quelques secondes plus tard, Laurence revient précipitamment.

— Des Allemands ! dit-elle à voix basse.

— Quoi ?

Nous épions l'intérieur de la salle, serrés tous les quatre dans l'entrebâillement de la porte qui sépare la cuisine de la salle du restaurant.

Anna, derrière son comptoir, les reçoit.

Ils sont quatre. Des sous-officiers apparemment. C'est la première fois que des Allemands entrent dans notre restaurant. L'atmosphère s'en trouve soudain tendue.

— Madame, bonsoir. Nous *aime-rions* une *ta-ble* pour *quatre*... C'est *possible* ? dit l'un d'eux avec un mauvais accent français.

Anna est livide. Elle réfléchit quelques secondes, puis :

— Désolé, messieurs, tout est complet, déclare-t-elle avec obligeance.

Laurence et Gaston me regardent inquiets. Alain est retourné aux fourneaux, sans le moindre commentaire.

— Et ces *ta-bles* ? demande après un silence le sous-officier en montrant les huit tables du fond qui sont inoccupées.

— Elles sont réservées, continue Anna.

Alors que les Allemands se concertent à voix basse, je pousse la porte battante, et je m'avance vers Anna qui se retourne et me regarde en m'interrogeant du regard.

— Messieurs, que puis-je pour vous ? dis-je solennellement.

— Bonsoir, monsieur, dit le sous-officier en remarquant ma présence. Vous êtes le *pa-tron* de ce *res-taurant* ? ajoute-t-il enfin après m'avoir détaillé.

— Oui, à votre service...

— Ces messieurs désiraient une table, mais tout est réservé, me dit Anna dans un silence de mort où l'on n'entend guère que les mandibules de quelques clients, les autres nous observant, la fourchette en suspens.

— Ça ne fait rien, nous allons nous débrouiller, dis-je en m'essuyant les mains à un torchon. Venez par ici...

— Merci *beau-coup*, me répond avec surprise le sous-officier, mais nous ne *vou-lons* pas vous *dé-ranger...*

— Soyez sans crainte, vous ne dérangez pas... Il y a toujours des clients qui au dernier moment se décommandent, dis-je en les guidant vers la table du fond.

Ils posent leurs képis sur la table et s'installent en me remerciant encore une fois.

Ce n'est que bien après 10 heures qu'ils sont partis. Ils étaient les derniers, on n'attendait plus qu'eux. Aussi, je me suis approché, et tout en leur rappelant notre obligation de fermer à 10 heures pour cause de couvre-feu, je me suis excusé de devoir leur demander de quitter la table. Ce qu'ils ont fait sans difficulté. Anna et les enfants étaient rentrés à la maison depuis longtemps, lorsque peu avant 11 heures j'ai descendu le rideau de fer. Alain était déjà parti lui aussi. Il quitte son service vers 10 heures, ce qui lui laisse juste le temps de rentrer avant le couvre-feu.

Remontant le col de ma gabardine et tenant la caisse sous le bras, je me dirige vers la maison qui se trouve à cinq minutes de là. Aujourd'hui encore nous avons fait une bonne recette, qui sûrement en appellerait bien d'autres.

Je pousse bientôt la porte de la maison. Je monte doucement dans la chambre. Je range la caisse dans l'armoire. Anna dort. J'enfile mon pyjama dans l'obscurité, et je me glisse sans bruit dans le lit.

— Pourquoi as-tu fait ça ? me dit aussitôt Anna.

Je ne réponds pas de suite.

— Tu ne dors pas ? dis-je après un silence.

— Non, je ne dors pas. Pourquoi as-tu fait ça ? répète-t-elle.

— Ils avaient très bien vu que les tables n'étaient pas réservées...

— On avait dit pas de Boches dans notre restaurant... Et les premiers qui entrent, toi, tu les installes comme des rois.

— Les temps ont changé, chérie, et puis ce ne sont pas des mauvais bougres...

— C'est toi qui dis ça ? Faut vraiment que tu aies la mémoire courte !

— Chhuutt, tu vas réveiller les enfants...

— Laisse faire, tant que c'est pas les bombes qui les réveillent !

— Nous allons gagner beaucoup d'argent, chérie, faut pas laisser passer cette chance...

— Pendant que les Français crèvent de faim ?

— Que veux-tu qu'on y fasse ? Chacun tire comme il peut son épingle du jeu.

Elle reste longtemps silencieuse, le dos tourné, la tête enfouie dans l'oreiller.

— Nous reparlerons de ça plus tard, me dit-elle enfin.

Au bout d'un moment, je l'embrasse en lui souhaitant une bonne nuit.

Anna dort déjà ; ou bien elle fait semblant de dormir.

*

* *

Comme tous les matins, sauf le dimanche et le lundi, Louis est parti aux aurores pour le ravitaillement. Son ami de Versailles, Michaut, est venu le chercher au lever du jour avec sa camionnette. Ils ne devraient être de retour qu'en début d'après-midi. Louis travaille trop en ce moment. Toutes ces combines de marché noir pourraient un jour mal finir. Maintenant, il ne veut plus simplement subsister comme au début : il veut faire fortune. Il est fou. Et puis son histoire de trafic avec le tabac de son cousin Fernand qui habite au fin fond du Lot, ne me plaît guère ; je le lui ai déjà dit, mais il ne m'écoute pas.

« Nous avons cinq enfants et bientôt six. C'est ça ou la misère. Choisis… » m'a-t-il dit un matin pour me convaincre.

Je ne sais plus que faire. Nous n'avons pas besoin de tout cet argent qui s'entasse lentement mais sûrement. D'autant plus que nos voisins nous regardent désormais d'un mauvais œil. D'ici à ce que nous soyons bientôt traités de collabos, il n'y a pas loin ; alors que nous ne sommes pas plus pour Pétain que pour quiconque. Nous ne sommes pour personne. Nous voulons simplement vivre en paix, mais même cela est bien mal vu par les temps qui courent.

Le mois dernier, des dizaines d'otages ont été fusillés un peu partout en France, à cause des attentats contre les Allemands. C'est abominable. C'est révoltant. Tous ces Boches me dégoûtent. Mais que faire ?

Attendre.

Élever les enfants. Les protéger.

J'attends notre sixième enfant pour le printemps, autour du 20 mars. Si j'ai été heureuse pour les cinq premiers, je suis maintenant lasse de voir mon ventre grossir irrémédiablement tous les deux ou trois ans. Je pense que cette fois ce sera le dernier. Logiquement, ça devrait être un garçon, puisque jusqu'à maintenant, j'ai toujours donné naissance, avec une alternance parfaite, à un garçon après avoir eu une fille. Et si c'est bien un garçon, Louis ne veut pas en démordre avec son sempiternel Maurice, ou éventuellement Lucien, et peut-être Hubert. Et si c'est une fille, il pense à Raymonde, Angèle ou Francine, et la liste pourrait encore s'allonger ! J'ai beau y être habituée, je suis outrée par les goûts de mon mari ! Il dit qu'il a un choix très varié et qu'il ne veut rien imposer. C'est bien ça : pour les cinq premiers, de fil en aiguille, il me les a finalement, ni plus ni moins, IMPOSÉS ! En tout cas, cette fois, je ne me laisserai pas embobiner ! C'est moi qui choisirai ! Si c'est un garçon, ça sera Jean-Claude, et si c'est une fille, ça sera Édith. Qu'il ne me parle plus de ces horribles prénoms, dont il veut affubler un être aussi tendre et innocent qu'un beau petit bébé !

Le mois de décembre se termine, et la veillée de Noël a été grandiose pour les enfants. Louis a fait des folies. Des cadeaux comme jamais les enfants n'en ont eu. J'étais heureuse pour eux, mais en même temps j'avais honte. Louis continue de jouer dangereusement avec l'argent. S'il s'acharne ainsi, nous allons être riches dans peu de temps. Cela ne me plaît pas. J'ai extrêmement honte. La misère des gens fait peine à voir, et quand j'observe tout ce qui est en train de changer pour nous, je trouve que nous ne sommes plus à notre place. Nous ne sommes pas faits pour être riches. Mais Louis ne veut rien entendre. Je crains que tout cela ne nous mène un jour à notre perte. Louis me dit que je n'ai pas à m'inquiéter, mais personne ne sait comment les choses peuvent tourner : les Américains sont maintenant en guerre depuis l'attaque des Japonais ; les Boches s'enlisent en Russie ; encore cent otages fusillés ce mois-ci à Paris ; mon amie Denise est partie se cacher en zone libre avec ses enfants et son mari parce qu'ils sont juifs ; tout le monde se bat et meurt partout dans le monde, et nous, on s'enrichit ; et c'est avec toutes ces heureuses nouvelles que Louis me demande de ne pas m'inquiéter ?

Souvent j'ai envie de partir d'ici, de ce Paris allemand ; prendre mes enfants et rentrer au village, retrouver ma famille, une vie plus simple, et dans le fond, une dignité humaine que je n'ai plus ici. Louis mériterait que je le quitte… Ce n'est plus du tout le même homme ! Il est devenu égoïste, intéressé, arrogant et coléreux ; il n'a plus de cœur. Oui, il mériterait que je le quitte, ne serait-ce que pour le mettre en garde, pour le ramener sur terre. Mais je ne le ferai pas, à cause de l'enfant qui va arriver, et parce qu'il est mon mari.

Je dois rester auprès de lui.

Pour le protéger, le ramener à la raison, et l'aider à se sortir de cet enfer.

*

* *

Janvier 1942

Je viens de me réveiller en sursaut, comme si j'avais reçu un éclair de foudre dans ma tête. J'ai d'abord entendu à l'intérieur de moi une énorme détonation, puis dans la même seconde est apparue cette lueur de feu.

Plongé dans l'obscurité de la nuit, je n'ose bouger. Le campement est silencieux, trop silencieux même. Je doute à présent de m'être réveillé au campement, mais peut-être à la caserne. Pourtant… Certes je me rends bien compte que je suis allongé sur un lit, mais la nuit noire m'empêche de reconnaître les dortoirs de la caserne. J'essaie alors de rassembler mes souvenirs, mais il n'y a guère qu'un point douloureux à la tête qui ose se manifester. C'est comme si j'étais à l'hôpital. D'ailleurs ma respiration est lente, et je me sens très faible. Cependant, il y a dans cette chambre des bruits qui me sont familiers, mais je ne reconnais pourtant pas le campement, ni la caserne. À présent, sortant peu à peu de ma torpeur, je remarque que je suis habillé et que les bruits qui m'intriguent depuis tout à l'heure proviennent du dehors. C'est comme si… Mais oui ! Après quelques minutes d'écoute et de réflexion, il me semble reconnaître ma chambre à la maison ! Pourtant… Un doute subsiste encore en moi. Je décide alors de me lever. Dans l'obscurité complète, je palpe du bout de mes mains le mobilier qui se trouve dans la pièce, et c'est avec joie que je reconnais ma chambre. J'en suis sûr à présent, je suis à la maison ! Je me dirige à tâtons vers la fenêtre que je trouve du premier coup. J'ouvre les deux battants, et respirant profondément la douceur du soir, je demeure ainsi quelques minutes à observer la nuit. J'ouvre les yeux ; et je les ferme. Le village semble avoir disparu dans une opacité ténébreuse, mais je sais qu'il est là, je l'entends. Oui, je suis chez moi. J'ouvre à nouveau les yeux, et je les referme aussitôt. Je recommence le mouvement des paupières deux fois, trois fois, mais je ne distingue rien ; tout est noir, irrémédiablement obscur ; de plus, la douceur du soir que je croyais douce, ne l'est pas. Au contraire, elle me semble chaude à présent, comme si des rayons de soleil filtraient sur mon visage. Je ne vois ni lune, ni étoiles, je ne sens même plus la fraîcheur de la nuit, et il y a des bruits anormaux dehors… Comme s'il faisait jour. Affolé, je ferme la fenêtre et je reviens me coucher. Pour sortir au plus vite de cet enfer, je dois retrouver le sommeil, et ensuite, me réveiller ailleurs.

Durant de longues minutes, d'interminables minutes, j'essaie de retrouver ce satané sommeil ! Mais rien n'y fait ! Tous mes efforts restent vains !

Je n'arrive pas à sortir de cet enfer ! Mon Dieu, je n'en sortirais donc jamais !

Ce n'est pas possible que tout soit noir !

Aaaahhhhaahhh !

Tout est noir ! Maman ! Tout est noir !

Maman ! Je n'y vois rien !

Une porte vient de s'ouvrir brutalement.

— Adrien chéri ! crie une voix.

— Qui est là ?

— Mon amour… ? continue la voix.

— Qui est là ? répété-je en essayant de me lever, mais le noir est toujours là et je ne peux plus me lever, mes jambes sont comme paralysées.

— Mon amour ne bouge pas… dit la voix.

— Mon Dieu ! Qu'est-ce qui se passe ? demande une autre voix qu'il me semble reconnaître.

— Maman ?

— Adrien !

C'est maman, je la reconnais !

— Maman ! Je n'y vois rien ! Tout est noir !

Soudain quelqu'un m'étreint chaleureusement. Je reconnais maman qui pleure dans mes bras, son parfum de violette, sa peau chaude et douce, son chignon toujours soyeux, rien ne manque…

— Adrieenn… pleure-t-elle en me caressant les yeux.

Elle me serre si fort et si longtemps, sans dire un mot, que je sais déjà ce qu'il en est de mes pauvres yeux. Et ce n'est malheureusement pas le parfum de violette qui peut couvrir la terreur qui m'envahit de seconde en seconde.

— Maman, je n'y vois rien…

— Chhuuttt, répond-elle en mettant sa main sur ma bouche. Ne t'inquiète pas, ça va aller…

— Maman, je n'y vois rien !

— Je sais… pleure-t-elle.

— Mais pourquoi ? dis-je en retenant des cris qui ne demandent qu'à sortir.

— Tu as été blessé aux yeux… me dit-elle après un instant en prenant mes mains dans les siennes.

— Mais je vais guérir… ?

Long silence ponctué de sanglots étouffés.

— Je vais guérir, maman ? dis-je à nouveau.

— Je ne sais pas… répond-elle enfin d'une voix tremblante.

Voilà. La sentence est tombée. C'est tout à coup comme si l'on m'avait annoncé mon arrêt de mort.

— Maman ? Je ne suis pas aveugle ?

Maman ne peut même plus parler, mais je la devine brisée et étouffée par les larmes.

— Mais que s'est-il passé ? dis-je sans pouvoir cesser moi aussi de pleurer.

— Chuutt, mon fils, plus tard… Devine qui est là aussi ? dit-elle en se levant.

— Mon amour ? dit alors une voix que je ne reconnais pas.

Quelqu'un s'assoit près du lit, puis se jette également dans mes bras. C'est une autre femme, d'autres cheveux et un autre parfum que je ne reconnais pas. Je cherche dans mes souvenirs, je cherche et je ne trouve pas. Mes idées se perdent et se troublent. J'ai oublié. Je ne vois que des images qui dansent et reviennent et tournent terriblement. Je voudrais tant dormir et me réveiller ailleurs.

— Mon amour, regarde qui est là, reprend la voix.

Je sens alors un petit être qu'on me pose au creux des bras, qui bouge, grimpe sur ma poitrine et vient me tirer le nez en riant.

— Qui est là ? dis-je décontenancé. Maman ? Qui est là ?

Il y a un silence, et maman me répond :

— Je suis là, ne t'inquiète pas.

— Ne t'en va pas… dis-je à maman en cherchant ses mains.

— Mais non, je reste près de toi, me dit-elle en me prenant les mains. Veux-tu manger quelque chose ?

Soudain la porte de la chambre claque terriblement. Et j'entends courir dans l'escalier.

— Qu'est-ce que c'est ? J'ai entendu quelqu'un descendre l'escalier…

— Non, il n'y a personne, me répond maman en me caressant le visage.

Lorsque je lui ai demandé quel jour nous étions et qu'elle m'a répondu le mardi 13 janvier 1942, j'ai senti comme un gouffre s'ouvrir sous mes pieds et dans lequel je faisais une chute vertigineuse. J'étais abasourdi, consterné, effrayé, horrifié, comme si l'on m'avait amputé des deux jambes, des deux bras. Il manquait deux années à ma vie. J'avais été amputé de deux ans de vie.

— Que s'est-il passé ? lui ai-je demandé.

— Ça s'est passé en Alsace en 40…

— Oui, c'était l'hiver… Je me souviens… La forêt… Tout était froid, et blanc… Mais après je ne sais plus…

— Un jeune soldat devant toi a mis le pied sur une mine, et tu as été très gravement blessé.

— Michel… ?

— Il est mort, le pauvre enfant. Mais Valentine te racontera mieux, elle est restée presque trois mois à tes côtés à l'hôpital…

— Valentine ? dis-je tout à coup troublé.

Maman a comme une hésitation, comme si elle regrettait après coup ce qu'elle venait de dire.

— Oui, Valentine, répète-t-elle doucement, la voix triste. C'est à cause de l'accident si tu l'as oubliée… L'as-tu oubliée ?

— Ne t'arrête pas maman… Parle-moi encore d'elle ! dis-je alors que des taches infimes et lumineuses tentent péniblement de se détacher de mon néant.

— Depuis tout petit, tu as toujours eu un penchant pour la petite Valentine de chez Mory. Te rappelles-tu le jour où, enfant, tu lui avais offert un bâton de sucre d'orge alors qu'elle marchait à peine, même que ça avait fait rire tout le magasin ?

— Ne t'arrête pas, maman…

— Plus tard, quand tu es revenu de Paris, et qu'elle était devenue une belle jeune fille, ton regard brillait tout autant lorsque tes yeux… cherchaient les siens… Le jour des noces, Valentine portait la robe de sa maman, une fine robe de soie… Elle était resplendissante… Quels beaux jours c'étaient ! Des beaux jours qui reviendront très vite, car te voilà guéri. Nous attendions tous ce moment depuis de longs mois, mais celle qui a donné la plus grande part d'amour, de patience, et d'espoir… C'est Valentine…

— Maman ! m'écrié-je soudain le cœur plein de joie, ne t'arrête pas ! parle encore ! il me semble… Oui…

— Tu peux me croire, tu as une épouse exemplaire, poursuit-elle en arrangeant une mèche de cheveux sur mon front brûlant. La plus merveilleuse des mères pour ton petit garçon…

Cette fois, je les vois ! Enfin ! Valentine ! Mon pit'chou ! Comme une gigantesque étoile filante, l'image de mes deux amours traverse et illumine brusquement mon nuage noir.

— Maman ! Je les vois ! Valentine et Paulino ! Ils sont là ! Je les ai retrouvés ! hurlé-je, paralysé par l'émotion.

— Si tu savais à quel point ils ne t'ont jamais quitté… murmure maman en me serrant dans ses bras.

Je ne peux plus ni parler, ni faire le moindre mouvement, et sans que j'aie eu à répondre, maman est allée chercher mes deux amours si longtemps oubliés.

Lorsque quelques instants plus tard je les ai tous les deux serrés de bonheur contre moi, je n'ai pu m'arrêter de leur demander pardon pour tout ce que j'avais gâché durant ces deux années.

CHAPITRE XI

Les coups de sang

Je parlerai devant cette assemblée de saligauds et de lâches ! ou je mourrai, ou je m'établirai mon propre empire !

Tête d'Or
Paul CLAUDEL

Février 1942, Bordeaux

Comme tous les soirs à l'heure où je regagne mon bureau, la rue Victoire-Américaine est déserte. C'est pas plus mal. Ce n'est pas que j'aie peur – j'ai peur de personne, surtout avec un revolver dans la poche de mon pardessus –, mais la tranquillité du soir m'inspire davantage.

Je pousse la porte d'entrée de l'immeuble, je quitte mon pardessus, mon chapeau, je glisse dans la poche de mon pantalon le pétard dont je ne me sépare jamais, et je monte à l'étage. Dans l'escalier, je salue Mercadier qui descend en sifflotant.

— Il paraît qu'il y a quelqu'un pour toi dans ton bureau, me dit-il en me serrant la pogne.

— Qui est-ce ?

— J'en sais rien, c'est Bareta qui s'en est occupé... Tu verras bien.

Je continue à monter l'escalier en réfléchissant. À peine suis-je arrivé à l'étage au-dessus, que Mercadier me rappelle d'en bas.

— Oh Martin !

— Ouais ?

— Y a du nouveau pour la rue des Argentiers ?

— Je t'ai déjà dit qu'c'est dans mon bureau qu'on parle affaires !

Il remonte alors les deux étages et vient me glisser doucement à l'oreille :

— On pourrait y aller faire une descente ce soir... Non ?

— On te fera signe s'il y a besoin, lui dis-je sèchement.

Mercadier est un gars valable, mais depuis quelque temps, il veut s'occuper de tout. Ici, on ne fait pas ce qu'on veut. S'il ne l'a pas encore compris, il va l'apprendre. Et s'il continue, j'irai parler à Dohse pour qu'on lui règle son cas. En attendant, je lui conseille de rentrer chez lui, et il redescend l'escalier en sifflotant.

Je pousse la porte de mon bureau, et assis dans l'ombre à côté de la fenêtre j'aperçois le jeune gars. J'allume la lumière. À mon idée, il a à peine vingt ans. L'âge où l'on fait le dur. Je me présente, je lui serre la main, et je lui dis de venir s'asseoir à mon bureau. Je m'installe dans mon fauteuil, et je l'observe quelques secondes, en silence, sévèrement et avec autorité pour l'impressionner ; puis je souris bêtement, et je le fusille d'un autre regard tout aussi implacable.

— C'est à quel sujet ? lui dis-je gravement.

Je sais très bien ce qu'il veut, mais je joue le jeu. J'ai l'habitude maintenant, je les vois venir de loin, et je suis très intéressé de voir ce qu'il vaut. Il semble réfléchir, puis, sans baisser les yeux, détail qui a son importance, il répond enfin :

— Je voudrais entrer dans la Gestapo.

— Rien que ça, dis-je en rigolant et me moquant un peu pour le déstabiliser.

— Pourquoi vous riez ? demande-t-il vexé.

Ce gars-là commence à me plaire. On doit pouvoir en faire quelque chose.

— Jeune homme, pour entrer dans la Gestapo, il faut être utile à quelque chose…

— Je le serai.

— C'est toi qui le dis.

— Vous pouvez me faire confiance, répète-t-il très sûr de lui.

Parfait. C'est exactement ce que j'attendais qu'il me dise, et il faut qu'il soit persuadé de m'avoir convaincu.

— Très bien, dis-je alors en faisant une moue impressionnée… Ça ne te dérange pas que je te tutoie ? Je tutoie tout le monde…

— Non non, pas du tout.

— Très bien, dis-je à nouveau en affichant une satisfaction sans borne… Quel âge as-tu ?

— Bientôt vingt-trois ans.

Tout en l'observant minutieusement, je le laisse mijoter quelques minutes dans un silence qu'il a du mal à supporter.

— Je vais voir ce que je peux faire. Je ne te garantis rien, mais si jamais quelque chose se présente, on te fera signe, lui dis-je comme intéressé.

Il semble satisfait, c'est le principal.

— Quand est-ce que je peux repasser ? me demande-t-il.

— On te fera signe, ne t'inquiète pas.

— Quand ?

— Bientôt. Très bientôt. En attendant, je vais prendre ton nom.

Il ne répond pas. Il n'ose pas répondre. Son visage est plein d'hésitation, et pour la première fois, le temps d'une seconde il baisse son regard sur ses mains, puis il me regarde à nouveau et me dit :

— Frédéric.

— Frédéric comment ?

Il réfléchit quelques instants en me regardant droit dans les yeux. Ce gars a un regard étonnant. Très étonnant. Et je suis de plus en plus certain qu'on peut faire avec lui quelque chose de très intéressant ; mais attendons.

— Frédéric de Wille, me dit-il enfin.

— Moi, c'est Martin. Tu as une adresse où on peut te joindre ?

— J'ai une petite chambre derrière la place Gambetta.

— À quel endroit ?

— Au 10 rue Castelnau-d'Auros. Troisième étage. Porte 11.

Je note tout, puis je le raccompagne à la sortie. Nous nous serrons la main et il descend l'escalier de bois. Je ferme la porte et je vais jusqu'à la fenêtre. Il apparaît bientôt dans la rue, marchant sous la pluie d'un pas décidé.

Dès demain, je lui mets Mercadier sur le dos pour qu'il le surveille de près.

*
* *

Été 1942, Bordeaux

Il y a maintenant presque quatre mois que je surveille le petit gars de la place Gambetta. J'ai fait un rapport à Martin toutes les semaines, faisant état de mes observations. Il a 23 ans, célibataire ; il habite une petite piaule au troisième étage d'un immeuble de la rue Castelnau-d'Auros ; environ 1,80 m et 80 kg, châtain, yeux très clairs, bleus ou gris.

Il rencontre beaucoup de jeunes femmes. Sa faiblesse : le jeu et l'argent. Sa force : une personnalité hors du commun. Ses habitudes : dort le jour et vit la nuit (ça m'en a d'ailleurs coûté de longues et pénibles journées). Venant d'un petit village près de Limoges où ses parents sont boulangers, il a eu une enfance normale et heureuse.

Martin peut être fier de moi. Cela fait bientôt un an que je travaille pour lui. Je suis un de ses informateurs. Ça gagne bien. Et, glissant méticuleusement ma récompense dans la poche intérieure de ma veste, c'est avec un certain contentement que je sors de son bureau. Son bureau, qui soit dit en passant, sera un jour le mien. Ça, je lui dis pas, sinon il me démolit la figure d'un coup de coude. Il l'a déjà fait à un pauvre type qui voulait lui tenir tête. C'était un petit nouveau qui se disait plus fort que tout le monde, et qui croyait qu'avec Martin on pouvait faire sa loi sans risque. Il en faisait tellement à sa tête qu'on l'a emmené dans un bois, sur ordre de Dohse, pour lui tirer une balle dans la nuque ; voilà comment ça s'est terminé pour lui. Comme quoi, il vaut mieux se tenir à carreau. Combien de fois Martin m'a dit de ne pas marcher sur ses plates-bandes ? Moi, je l'écoute ! Combien de fois m'a-t-il fait le reproche de prendre trop de liberté ! Il a sans doute raison ; je n'avais pas dû faire attention. Mais je l'écoute. Combien de fois m'a-t-il dit : « Mercadier, tu n'es qu'un petit informateur de merde alors tu fais ce que je te dis ! » Il me provoque sans cesse pour m'humilier, me faire craquer ; mais si je craque, on m'élimine, alors je reste de marbre, je l'écoute encore, je l'écoute toujours. Moi, j'écoute tout ce que me dit Martin : c'est en l'écoutant que j'aurai un jour sa place. Mais en attendant, il vaut mieux l'avoir avec soi que contre soi. J'ai compris la leçon du sous-bois. Il n'empêche qu'un jour j'aurai sa place.

Assis en face de moi à la table au fond du café, le petit gars vide de temps en temps son verre en m'imposant un regard fixe et déterminé. Son regard habituel d'ailleurs, antipathique et implacable.

« Il est maintenant presque prêt pour le grand saut », m'a dit Martin. Je veux bien le croire, il y a des mois qu'on le cuisine. Il est tellement impatient de commencer maintenant qu'il serait capable de faire n'importe quoi. Alors je lui dis que Martin a peut-être enfin quelque chose pour lui.

Il me regarde toujours sans détourner la tête. Depuis que je le connais, il n'a jamais baissé les yeux devant moi, ni devant qui que ce soit.

— Pourquoi tu me regardes comme ça, avec tes yeux de « husky » ? je lui demande.

— Husky ? dit-il sans comprendre.

— Oui. Tu ne le sais peut-être pas, mais c'est comme ça qu'il t'appelle Martin : Husky, à cause de ton regard, ce regard, là, comme tu fais en ce moment, perçant et glacial, comme celui des chiens du Grand Nord…

— Tu lui diras à ton Martin que ça fait des mois qu'il a peut-être quelque chose pour moi… Et j'en ai plus que marre d'attendre ! me dit-il en se levant pour partir.

J'ai réussi à le faire rasseoir, en le rassurant comme me l'a demandé Martin.

— Sois patient, lui ai-je dit, ça va bien finir par arriver.

— Quand ? Dans dix mois ? Dans dix ans ? me demande-t-il ironique, le regard vaguement perdu dans le nuage de fumée qui s'échappe de sa cigarette.

— Demain matin, 11 heures, rendez-vous rue Victoire-Américaine, dis-je enfin en lâchant le morceau.

Je n'ai pas eu besoin d'attendre sa réponse. Ses yeux illuminés parlaient suffisamment à eux seuls. On s'est serré la main, et je suis parti en refermant derrière moi la porte du café de la rue Ségalier. Je pense qu'il ira loin ce petit gars, très loin ; il est increvable, rien ne paraît le rebuter.

Il sait que c'est Martin qui l'a baptisé Husky, et il sait aussi pourquoi. Il en est très fier. Il est d'ailleurs très fier de lui. Qualité essentielle. Et il est plein d'orgueil, c'est ce que finalement préfère le chef.

Non, le chef ne se trompe vraiment pas en l'appelant ainsi. Martin ne se trompe jamais : Husky marchera tête baissée en tirant son traîneau, en dépit de tout, comme les chiens du Grand Nord.

*

* *

Rue Victoire-Américaine. Je regarde ma montre. Je suis pile à l'heure au rendez-vous. Je pousse la porte énergiquement, et me voilà dans le hall d'entrée. Je reconnais bien l'endroit. Contrairement à la première fois où je suis venu, il y a du monde un peu partout, et j'aperçois bientôt Martin qui parle avec un officier allemand. Ce Martin, ça m'a l'air d'être quelqu'un. Il a peut-être une sale tête, mais il m'a fait très forte impression. C'est un type de taille moyenne, brun, cheveux courts, une fine moustache, des yeux froids, un visage maigre et allongé, le menton saillant, le nez long, et des dents blanches dans une bouche crispée. Avec tout ça, il manie à la perfection la courtoisie glaciale. Mais ça me dérange pas, au contraire. Je pense que ce type-là va m'apporter beaucoup, si je parviens à mériter sa confiance. Remarquant soudain ma présence, il lève la tête vers moi et me fait signe d'avancer.

— Ponctuel à ce que je vois, bravo, me dit-il en me serrant la main.

Je réponds « merci » en m'inclinant légèrement.

Ça va, tout se passe bien.

— Allez, suis-moi, me dit-il quand il en a fini avec l'Allemand.

Nous prenons le petit couloir à gauche que je reconnais bien, et nous montons les deux étages. Il me parle pas. Il se tient droit, et son pas est saccadé. Moi, je fais comme lui, je me tiens droit, et mes pieds suivent son rythme. S'arrêtant devant la porte de son bureau qu'il ouvre sèchement, il m'invite à entrer en me cédant le passage. J'entre, sûr de moi. Dans la pièce, tout est identique à la première fois.

— Installe-toi, je reviens, me dit-il en disparaissant aussitôt.

J'approche du bureau un grand fauteuil qui attendait dans un coin de la pièce, et je m'installe tranquillement en allumant une cigarette.

La porte est restée entrouverte, et venant du couloir ou des étages, j'entends des voix mêlées à des cris. Encore un qui s'est fait prendre et qui n'veut pas parler.

Tout à coup Martin revient en compagnie de quatre types. Je pose ma cigarette en me demandant un instant ce qui se passe. Puis, jouant l'indifférence parfaite, je reprends mon mégot que je porte à la bouche d'un geste olympien, tandis que les quatre individus me toisent en se tenant debout derrière Martin qui a pris place à son bureau.

— Petit, me dit-il, voilà tes coéquipiers : Azzaghipoulos dit Le Grec, Delmont, Junker et Bareta.

Puis, se tournant vers eux, il me présente en me désignant d'un mouvement de tête : « Lui, c'est Frédéric dit Husky. »

Le Grec s'avance pour me tendre la main.

— Voilà ton chef, me dit Martin. Tu obéis à tous ses ordres.

Je salue Le Grec. Il me sourit amicalement. C'est un grand brun, très basané. Si je comprends bien, c'est un Grec, ou d'origine. Il doit avoir trente ou trente-cinq ans, quoique peut-être quarante. Il a un visage ingrat, d'énormes sourcils, un nez tordu qui couvre une grossière moustache, une bouche difforme qui lorsqu'elle s'ouvre dévoile de grandes dents pourries. Ensuite, Delmont s'approche lui aussi et me serre la main.

Châtain clair comme moi, la trentaine passée, il me dévisage comme si j'étais une bête rare. Il est petit et épais comme une arbalète, et je suis sûr de pouvoir sans le moindre risque lui mettre sa raclée s'il me cherche trop. Junker me serre la main chaleureusement. Lui, il est très jeune. Vingt ans environ. Il doit être alsacien, ou peut-être autrichien, qui sait ? Je sais pas ce que je lui ai fait, mais il est heureux de me voir. Blond, 1,70 m environ, un visage d'adolescent, les yeux bleus, des petites mains tout enflées et abîmées qui tiennent un mégot de cigarette éteint. Bareta, qui semble le plus normal des quatre, me salue en hochant la tête. D'ailleurs, son visage me dit quelque chose, j'ai dû avoir affaire à lui la première fois où je suis venu. Il est brun, à peu près de ma taille, et il a des bras et des poings très musclés. Oui, très musclés. Beaucoup de muscle.

— Vous pouvez disposer, annonce Martin en plongeant les yeux dans ses dossiers.

Ils sortent tous les quatre, et arrivé sur le pas de la porte, Le Grec s'arrête, me regarde puis me dit :

— Alors ? Tu viens ?

Martin lève même pas la tête, comme s'il m'avait déjà oublié. Alors je me lève, je range le fauteuil, j'écrase ma cigarette dans le cendrier et je sors en tirant la porte. Delmont, Junker et Bareta ont déjà disparu dans les méandres des couloirs. Le Grec m'attend, l'épaule appuyée au mur, près de l'escalier. En le rejoignant, je remarque qu'il m'observe minutieusement, et je fais comme si cela me gênait pas. Il reste planté plusieurs secondes à m'observer en silence pendant que j'attends ses consignes. Je vois bien qu'il joue au dur, mais ça m'impressionne pas ; et d'ailleurs moi aussi je le regarde de la même façon, en jouant au dur.

— Alors ? Qu'est-ce qu'on fait ? je lui demande tranquillement en le fixant dans les yeux.

Il hésite une première fois à ouvrir la bouche, puis il me dit :

— Toi, me regarde pas comme ça.

— Quoi, comment je te regarde ?

— Fais pas le malin, Husky.

— Non, non.

— Bon, suis-moi.

Nous montons au quatrième étage, dans un silence de mort. Les cris de tout à l'heure se sont arrêtés.

Nous empruntons un long couloir sinueux qui se termine sur une porte fermée. Le Grec marche devant et en arrivant à la porte, il cogne deux fois, deux coups brefs. La porte s'ouvre sur Delmont, et nous entrons dans une grande pièce vide à la lumière blafarde. Je remarque un homme assis sur une chaise, et deux autres sont debout près de lui. Bien sûr, je reconnais Junker et Bareta, et sur la chaise un pauvre type qui a été passé à tabac. D'ailleurs, ça n'a pas l'air d'être fini pour lui. Il a du sang sur sa chemise déchirée, et son visage est comme déchiqueté. Delmont referme la porte.

— Alors ? Toujours rien ? demande Le Grec en s'avançant.

— Non, pas moyen d'en tirer quoi que ce soit, répond Junker avec un accent alsacien, en portant à la bouche de sa main gauche, enflée, abîmée, tremblante et maculée de sang, une cigarette incandescente qu'il fait rougir dans un petit nuage de fumée.

— Bon, on va voir, ricane Le Grec.

Ils ricanent tous, et j'entends tout à coup Le Grec qui me demande d'approcher. Je m'avance sans hésiter. Le type sur la chaise me regarde avec ce qu'il lui reste de ses yeux. Il doit avoir la cinquantaine, vu qu'il est presque chauve ; il est petit et gros. Je sais pas qui c'est, et il me regarde comme une bête traquée qu'il est. Il doit se demander s'il m'a déjà vu quelque part. Le Grec se plante devant lui.

— Alors, tu veux toujours pas parler ? lui dit-il en ricanant.

La face sanguinolente bronche pas d'un fil.

— Bon, à toi de jouer Husky, me dit Le Grec en s'effaçant.

Mon cœur s'accélère tout à coup. Ils m'observent tous. Je refuse d'avoir peur, ça serait impardonnable. Je regarde la face sanguinolente qui attend, résignée. Mes muscles tremblent à l'intérieur de moi, et j'essaie de rassembler toutes mes forces, me concentrant sur l'œil tuméfié de ce type qui m'était complètement inconnu il y a encore cinq minutes, et qu'il me semble maintenant connaître depuis toujours. Soudain je remarque que Le Grec est en train de m'observer minutieusement, préparant déjà sans aucun doute son rapport à Martin. Le type sur sa chaise a ouvert une bouche béante de sang, mais il est resté une fois de plus silencieux. Cela dit, dans ce magma de chair tuméfiée et pendante qu'était son visage, j'ai bien vu qu'il me narguait du haut de sa chaise. Les autres attendaient en me regardant. Mes poings se sont fermés.

Je supporte pas qu'on se moque de moi.

Quelques semaines s'écoulent avant que je puisse enfin assister à ma vraie première mission à l'extérieur. Jusqu'à maintenant, j'avais passé le plus clair de mon temps à suivre des interrogatoires, au cours desquels j'ai dû faire quelquefois mes preuves. Dans l'ensemble, cela s'est toujours bien passé pour moi. J'ai fait du bon travail. J'en ai eu d'ailleurs au début des douleurs aux mains, et même des hématomes. Maintenant tout va mieux, je me suis habitué et j'ai appris à ne plus me faire mal.

Nous stoppons la voiture en bas d'un vieil immeuble de la rue des Argentiers. Je suis toujours avec l'équipe du Grec. C'est le silence total, et nous montons au dernier étage sans ameuter l'immeuble. Une fois sur le palier, Le Grec frappe à la porte de droite. Une fois, deux fois, trois fois. Puis elle s'ouvre enfin sur une jeune femme qui tient à la main un torchon de cuisine. Brune aux cheveux longs, pas très jolie malgré une poitrine plantureuse, elle nous dévisage avec un dédain très subtil.

— Qu'est-ce que c'est ? dit-elle.

— Gestapo, réplique Le Grec en entrant.

Bareta et moi, nous commençons à fouiller la maison qui ne comporte que trois petites pièces. Il y a personne d'autre ici. Nous revenons dans la cuisine. Junker et Delmont maintiennent la jeune femme assise sur une chaise. Elle paraît docile et résignée.

— Où est votre mari, madame Coste ? demande Le Grec.

— Que lui voulez-vous ?

— Juste une vérification d'identité, dis-je machinalement en m'approchant d'elle, ravi de m'apercevoir qu'elle me regarde avec une crainte mêlée de méfiance.

— Alors, où est-il ? répète calmement Le Grec.

— Je ne sais pas, répond-elle après avoir réfléchi.

C'est une réponse qui évidemment me surprend pas, et j'en suis vraiment navré pour elle ; je comprends pas une telle réaction. S'obstiner bêtement à ne pas répondre à une question si banale ! Je sens que Le Grec va s'énerver et lui aligner un coup de poing. Il vient se planter devant elle, lui prend le visage dans les mains, et tout en la pinçant, lui enfonce ses ongles dans la chair ; tant pis pour elle s'il la cogne, elle l'aura cherché.

— Bon, très bien, embarquez-moi ça, dit-il finalement en la laissant tranquille.

Junker, Delmont et Bareta l'emportent vers la sortie, mais elle se débat en lançant des coups de pieds, en vociférant comme une truie qu'on égorge. Au moment où elle passe devant moi, mes nerfs craquent tout à coup. Je la saisis au menton en lui serrant les mâchoires pour qu'elle se taise. Je crois qu'à ce moment-là je pourrais flanquer des coups à cette salope jusqu'à ce qu'elle se taise ; je lui tords la bouche dans ma main tremblante, et je la regarde droit dans les yeux, comme Le Grec sait si bien faire :

— Pourquoi tu veux rien dire ! On te demande pas grand-chose ! Hein ? Tu vas pas gâcher ta vie à cause d'un sale communiste ! Parle bon Dieu ! Parle !

Ces yeux noirs roulent en tous sens, comme si elle réfléchissait à nouveau, et je me réjouis de lui avoir peut-être fait entendre raison. Alors elle ouvre enfin la bouche, mais au lieu qu'elle me réponde comme je l'espérais, c'est un crachat gluant qu'elle m'expédie sur le visage.

En une seconde j'ai perdu la tête. Alors qu'elle riait tout ce qu'elle pouvait, je lui ai donné une pluie de coups au ventre, sur le visage, partout. Ma main se jetait sur tout ce qu'elle pouvait atteindre. C'est Le Grec qui après un moment m'a retenu le bras.

— C'est bien petit, me dit-il, tu lui as mis son compte.

Maintenant elle est évanouie, et Junker et Bareta la traînent dans l'escalier.

— Je sais pas ce qui m'a pris… On m'avait encore jamais craché à la figure… Quelle salope, dis-je au Grec pour me justifier.

Il est debout devant le buffet de la cuisine et fouille les fonds de tiroirs.

— T'inquiète pas, ça lui a fait du bien, me dit-il en ne trouvant rien d'intéressant.

Puis, nous faisant signe de la tête que nous devons partir, il se dirige tout à coup vers le palier.

Je suis le dernier à sortir, et regardant une dernière fois à l'intérieur, je ferme la porte, plus que satisfait.

*

* *

Le village, novembre 1942

Je suis seule à la maison. Après la vaisselle, maman est allée au village rendre visite à Valentine et la famille. Papa s'occupe à la grange. L'hiver approche, et depuis un an personne n'a plus de nouvelles d'Henri. Aucune lettre, aucun signe de vie. Mon cousin François m'a plusieurs fois parlé des risques que prennent ceux qui veulent rallier l'Angleterre, et je m'inquiète vraiment pour Henri.

Écoutant en cachette la TSF, j'étais en train de me caler sur Radio Londres lorsque la porte s'ouvre tout à coup sur maman, couverte de sueur et essoufflée.

Gardant une main dans le dos, j'éteins discrètement le poste pendant qu'elle finit d'entrer.

— Cette fois-ci, nous sommes perdus, me dit-elle en reprenant son souffle.

— Qu'est-ce qui se passe ?

— Ces cochons de Boches envahissent depuis ce matin toute la zone libre ! Tout le monde ne parle que de ça au village ! Ils ont déjà défilé à Limoges ce matin ! Tu te rends compte !

— Qu'est-ce qu'on va faire ?

— Ah parbleu, j'en sais rien ma petite. Dieu seul sait ce qui va se passer... Quels sales cochons ces Boches !

— Il fallait s'y attendre... Voilà où nous a menés la politique de Pétain !

— Alors ça, ma fille, dit-elle tout à fait sceptique, politique ou pas, le résultat est le même...

— À qui la faute ? Personne ne fait rien.

— Alors ça, ma fille, reprend-elle tout aussi sceptique, si c'est pour faire comme Henri, partir en Angleterre, je me demande si ça... ça sert à quelque chose ?

— Sûrement bien plus que de rester là les bras croisés... Entre Pétain et de Gaulle, moi je n'hésite pas une seconde !

D'un geste vif et inattendu, ma mère m'envoie une gifle qui me paralyse de stupéfaction.

— Petite idiote ! crie-t-elle. Je t'interdis de parler comme ça ! Parbleu ! tu es donc complètement folle ? Qui t'a appris à parler comme ça ? Sais-tu seulement ce que tu dis ? Si ton père t'entendait ! Où vas-tu ? Susie ! crie-t-elle en me poursuivant dehors.

Je ne lui répondrai pas.

— Susie ! Où vas-tu ! continue-t-elle en ne parvenant pas à me rattraper.

Je n'ai plus l'âge d'être corrigée comme une fillette. Qu'elle n'essaie même pas de me demander pardon !

Sans me retourner, je file à travers champs en direction de la route du Repaire.

*

* *

J'étais à la grange quand ma cousine Susie est arrivée. Je curais l'étable des vaches avec mon père et mon oncle Auguste depuis le début de l'après-midi.

— Alors ? Vous êtes là ? nous dit-elle en apparaissant dans la clarté de la porte.

— Tiens, tu es là, toi ? clame mon père en se redressant avec surprise.

— Je me promène… dit-elle en mâchouillant une herbe.

— Tu as bien de la chance, réplique mon père pour la taquiner. Et que fait ton père ? Il va bien ?

— Oui oui, il est à la maison, il bricole…

— Eh bien, ça va… Ta mère ? demande-t-il en s'essuyant le front.

— Ça peut aller, répond-elle en faisant la moue. Elle était chez Valentine cet après-midi, mais quand elle a appris la nouvelle elle est rentrée à toute vitesse… J'ai bien cru qu'elle allait me faire un malaise !

— Quelle nouvelle ? demande mon père en reprenant la besogne.

— Eh ben, la nouvelle, répète Susie avec évidence, vous connaissez bien la nouvelle !

— Non, quelle nouvelle ? réplique mon père sans grand intérêt. Bon, fiston, on arrête pour aujourd'hui, je ne sens plus mon dos.

— Quoi ? Vous ne savez pas ? reprend Susie aussi hébétée qu'heureuse à l'idée de nous annoncer quelque chose d'incroyable.

On lui répète que non, en l'intimant de nous dire enfin ce dont il s'agit.

— Eh ben, les Boches ont envahi la zone libre ! dit-elle d'un ton grave. Ils ont défilé ce matin à Limoges !

Nous sommes montés à la maison boire un bon grog[1] pour nous réchauffer. Susie commente la nouvelle à ma mère tout en se frottant les mains devant le feu du cantou. Puis, après avoir bu notre miraculeux breuvage, je raccompagne ma cousine sur une bonne partie du chemin qui mène au croisement de la route du Repaire.

— Qu'est-ce que tu vas faire maintenant ? me dit-elle tout à coup.

— Comment ça, qu'est-ce que je vais faire ?

— J'sais pas, hésite-t-elle. Tu vas rester ici ?

— Où veux-tu que j'aille ?

— J'sais pas moi, hésite-t-elle encore.

Nous faisons quelques pas de plus, et je sens bien qu'elle essaie de me dire quelque chose.

— Tu connais mon beau-frère Henri ? commence-t-elle.

— Le frère d'Adrien ?

— Ben oui, mon beau-frère !

— Bien sûr, comme tout le monde…

1. Boisson faite de rhum ou d'eau-de-vie et de jus de citron, qu'on étend d'eau bouillante et sucrée, souvent utilisée pour lutter contre la grippe.

— Ça fait plus d'un an qu'il est dans la Résistance, dit-elle en croyant m'apprendre quelque chose.

— Oui, je sais.

— Ah bon ? Et qui te l'a dit ?

— Ta mère l'a dit à la mienne, lui dis-je en confession.

— Ah ben, oui, ça ne m'étonne pas. Et toi ? Ça ne te tente pas ? me dit-elle enfin, sachant très bien où elle voulait en venir.

— Mon père ne serait pas d'accord.

— Je te parle pas de lui, mais de toi ! Il te faut sa permission peut-être ?

— Je me fiche pas mal de sa permission ! Mais ce que je sais c'est qu'il est contre tout ça !

— Et toi aussi, tu es contre tous ceux qui essaient de libérer le pays ?

— Mais on n'est pas contre eux…

— Mais si vous êtes contre eux ! Tu viens de le dire !

— Non ! J'ai pas dit qu'on était contre eux ! Mon père n'est pas d'accord avec eux, c'est tout !

— Ton père, ton père ! Il s'agit pas de ton père, il s'agit de toi ! T'as quand même pas encore besoin à ton âge de ton père pour avoir un avis personnel !

— Absolument pas ! dis-je, un rien vexé par cette petite chipie.

— Bon, alors pourquoi tu ne pars pas dans le maquis ?

— Je t'ai déjà dit qu'on n'est pas d'accord avec ça, c'est illégal…

— Et aller bosser en Allemagne pour les Boches, c'est légal ça ?

— En tout cas, ça permet de libérer des prisonniers. On n'est pas égoïstes, nous. On pense à ceux qui sont prisonniers là-bas ! dis-je en l'attaquant sur son propre terrain.

— Mon pauvre François, je me doutais bien que tu étais un crétin, mais à ce point-là, non !

— Je préfère être crétin que finir fusillé, comme tous ces communistes.

J'ai à peine fini ma phrase qu'elle s'arrête brusquement en me dévisageant froidement.

Je crains d'avoir été trop loin dans mes propos, mais ce qui est dit ne peut être retiré.

— Et vous, vous êtes que des minables pétainistes doublés de collabos ! s'écrie-t-elle en me clouant sur place.

Je la rattrape calmement.

— Nous ? Pétainistes ? Mais de quoi tu me parles, là ? Pour ce qu'on s'en fout de Pétain ! On les met tous dans le même sac, Pétain et les autres ! T'entends ? dis-je en marchant à ses côtés pour qu'elle m'entende bien.

— Mais oui, je te crois, dit-elle méchamment. Allez retourne donc curer tes vaches, espèce de plouc !

Je suis tellement saisi que je m'arrête net au milieu du chemin.

Quelle petite peste cette Susie !

*
* *

Être aveugle et ne pouvoir rien faire. C'est à cette triste destinée que jour après jour, mois après mois, je me suis bien amèrement résigné. Heureusement, Valentine est là constamment près de moi, avec son amour toujours intact, pleine d'attention, de chaleur et de courage. Elle m'a aidé autant qu'elle a pu à traverser ces premiers longs mois durant lesquels j'ai appris à vivre dans ce noir omniprésent ; trou béant, froid, vertigineux et ignoble dans lequel j'ai souvent perdu mon équilibre physique et moral. J'ai dû réapprendre à connaître mon fils, à redevenir son père, et non une personne inerte et muette. Mais je ne pourrai plus jamais être un vrai père pour lui. Je suis bon à rien : s'il se noyait, je ne pourrais même pas le sauver !

Maman, comme Valentine, est très présente et plus que jamais maternelle, comme si elle reportait sur moi toute la tendresse que l'absence et le silence d'Henri l'empêchaient d'exprimer. Personne ne sait où il peut bien se trouver. Il y a un an qu'il n'a pas donné de ses nouvelles. Il a écrit une lettre à maman l'année dernière pour la Noël. Valentine m'en a fait la lecture. C'était très court, assez vague et à peine rassurant pour nous tous. Il disait aller bien, et nous demandait de ne pas nous inquiéter pour lui. Le tout était posté de Londres, et nous nous demandons encore aujourd'hui comment cette lettre venant de là-bas avait bien pu passer la censure du contrôle postal. C'était extraordinairement inexplicable.

Me réservant de bien longues journées, ma dramatique infirmité m'a toutefois donné l'occasion, autant que faire se peut, d'écouter à la TSF l'émission de la radio de Londres *Les Français parlent aux Français*. Et puis les nouvelles de là-bas nous tiennent un peu informés, car il est impossible de se fier aux bobards invraisemblables que nous racontent à longueur d'émissions Radio Vichy ou Radio Paris. Non, restons sérieux. C'est même à se demander si, en ce début d'année 1943, ils ne prennent pas les Français pour des imbéciles. D'ailleurs, le slogan « Radio Paris ment,

Radio Paris ment, Radio Paris est allemand » est un véritable délice pour l'oreille chaque fois que la voix de Londres nous le fredonne.

Nous avons passé la veillée de Noël à Grivaux, chez Françoise et Marcel. Mes parents étaient aussi avec nous. Ce fut un Noël assez gris, très simple, et bien maigre en réjouissance de la table. Cela dit, nous avons la chance de ne pas souffrir de la faim, comme dans les grandes villes où la pénurie est de plus en plus dure à supporter. Françoise nous a préparé une bonne soupe de légumes, suivie d'un canard accompagné d'une purée de haricots et de pommes de terre. Nous avons terminé avec un gâteau brioché fait par maman. Ce menu, aussi simple fût-il, a été grandement apprécié, car il y a tant de Français qui n'ont pratiquement rien dans leur assiette. Le docteur Conte nous a raconté que dans les villes les prix du marché noir sont incroyablement et épouvantablement élevés : « C'est inimaginable le nombre de gens qui crient famine. » Aussi nous étions bien heureux d'être tous réunis en famille autour du sapin, partageant notre petit bonheur tout simple, lorsque Paulino a ouvert son cadeau de Noël : une petite voiture en bois fabriquée par son grand-père Marcel qui travaille merveilleusement le bois. Valentine et moi avons été très touchés par son geste. Ce fut son seul jouet, mais de cadeaux il en eut bien d'autres, notamment une orange de Noël, sans oublier tous les baisers et tout l'amour que nous lui avions témoigné à l'occasion de cette soirée qui nous sortait un peu de notre quotidien.

Le 1er janvier arriva, et avec lui les traditionnels vœux du maréchal Pétain, le chef de l'État ou du moins de ce qu'il en restait. C'était à se tordre de rire. Comme si la situation allait pouvoir s'améliorer ? Personne ne croit plus aux éternels miracles qu'il annonce de sa voix éternellement miséricordieuse. L'unique rayon de soleil de cet accablant nouvel an est venu comme toujours de Radio Londres où ils ont annoncé que les troupes allemandes étaient en train de se casser les dents devant Stalingrad, et qu'elles avaient subi ces dernières semaines de nombreuses et graves pertes. Je prie tous les jours pour que de telles nouvelles viennent encore embellir un avenir désespérant.

Nous voilà à la mi-janvier. Le temps est froid et sec. Nous ne sortons plus faire nos promenades, faute de vêtements chauds. À la maison, nous avons un mal fou à nous chauffer, le charbon commence à manquer.

La pendule de la cuisine vient de sonner ses huit coups, lorsque quelqu'un frappe à la porte. Nous venons de finir notre maigre dîner, et je sens une inquiétude gagner doucement la maison.

— Qu'est-ce que c'est ? demande maman à papa. Tu attendais quelqu'un ?

— Non, répond-il à voix basse.

— Nous non plus, dit Valentine.

Les coups redoublent contre la porte du jardin.

— Bougez pas, je vais voir, annonce papa tout aussi tranquillement que possible.

— Et si c'était Henri ? dis-je tout à coup avec une pointe d'espoir.

— Mais oui, peut-être, reprend maman que j'entends s'avancer dans le couloir.

Des voix retentissent enfin de l'autre côté du mur de la cuisine.

— Et alors ? On se demandait bien si vous alliez ouvrir ou pas ! s'exclame une voix masculine et lointaine.

Puis des éclats de joie et des embrassades me parviennent à l'oreille.

— Mon amour ! C'est Henri !

— Henri ? m'écrié-je de bonheur.

— Oui, Henri et Yvonne « de La Rochelle » ! s'exclame Valentine en me prenant les mains pour m'aider à me lever.

Un court instant je m'étais préparé à retrouver mon frère, mais ce regret ne fut que de courte durée, car mon cœur s'ouvrit de joie à l'idée d'embrasser ma belle et si gentille cousine !

Tout le monde vient à présent d'entrer dans la cuisine. J'entends Valentine qui les embrasse, puis après un silence, une hésitation, peut-être un malaise, quelqu'un me serre tendrement dans ses bras, en déposant de gros baisers sur ma joue. En même temps, près de mes tempes, s'écrasent quelques fines larmes. Je reconnais Yvonne.

— Ça va, cousin ? me dit-elle d'une voix émue et attendrissante. Ça fait plaisir de te voir, tu sais, ajoute-t-elle avec courage, d'une voix qui s'éraille un peu.

Je devine qu'elle s'essuie les yeux tandis qu'Henri m'embrasse également.

— Eh bien, tu nous en as fait une de ces peurs ! plaisante-t-il en me tapotant la joue.

Nous nous sommes installés dans la salle à manger, et nous avons parlé jusque très tard. Un peu de politique, un peu de la famille, et surtout de toutes ces années écoulées. Même si Dieu ne me permet plus de revoir à jamais le visage d'Yvonne, je suis persuadé qu'elle est toujours aussi belle et resplendissante. Non, je ne reverrai plus jamais Yvonne et Henri, mais leur présence rayonnante balaie mon obscurité. J'ai senti qu'Yvonne était subjuguée par Paulino. Elle l'a longtemps gardé sur ses genoux, à lui faire des bisous, à lui parler dans le creux de l'oreille. Cela m'a rendu plus heureux que le malheur de mes propres yeux. Puis, Henri n'a cessé de nous faire rire avec ses histoires toujours aussi incroyables que burlesques. Notamment celle de l'officier allemand qui était venu à son magasin de radio lui apporter un poste TSF à dépanner.

— Il m'a dit, racontait Henri, qu'il reviendrait le chercher à son retour, parce qu'il partait bientôt pour le front russe. Alors vous pensez, moi, je lui ai répondu qu'il n'y avait aucun problème. Mais à peine a-t-il eu le dos tourné, j'ai dit à mon commis que si ce grand salaud partait pour le front russe, on pouvait être tranquilles, il ne reviendrait sûrement jamais. Alors j'ai tout démonté son appareil pour évidemment récupérer les pièces détachées et les utiliser pour d'autres postes ! Je l'avais complètement vidé ! Il ne restait plus rien, sauf le châssis que j'ai rangé dans un coin, en haut d'une étagère, en me disant qu'il pourrait peut-être un jour resservir ! Je ne croyais pas si bien dire : voilà que deux ou trois mois plus tard, à ma grande surprise, qui vois-je revenir au magasin ? le Boche. Je peux vous dire que j'en menais pas large. Alors il se présente et me dit évidemment qu'il vient chercher son poste. Moi, je me demandais comment j'allais me sortir de ce pétrin. "Ah oui, je me rappelle, vous deviez partir pour le front russe, c'est ça ?" dis-je pour jouer la montre. "*Ja, ja* !" disait-il, content de voir que je me souvenais de lui. "Et vous êtes revenu ?" "*Ja, ja* !" "Bon, je vais voir où c'en est". "Tenez, il est là !" s'écria tout à coup le Boche dans un mauvais français en reconnaissant son poste, posé sur l'étagère où je l'avais mis la première fois. "Ah oui, dis-je sans me démonter. Oui oui ! Il vous faut revenir. Il n'est pas encore tout à fait prêt !" Il n'a pas saisi du premier coup, mais quand il a compris que son appareil n'était pas encore réparé, il est reparti presque furieux, et en sortant il m'a dit qu'il reviendrait en fin d'après-midi. Eh bien, vous pouvez me croire que j'ai passé tout l'après-midi à récupérer des pièces dans les autres postes pour refaire le sien ; et il n'y a vu que du feu !

C'est avec ce genre d'histoires qu'il nous a tenus éveillés jusqu'à minuit passé. Ensuite, pendant que les femmes préparaient la chambre d'amis, nous avons un peu évoqué, Henri et moi, la situation du pays et la guerre sur le front de l'Est. Puis, sentant Henri fatigué de son voyage, nous sommes tous montés nous coucher, à regret car nous avions passé une si bonne soirée !

Se rendant quelques jours à Paris pour des affaires, ils sont, hélas, repartis dès le lendemain. Leur visite avait été bien trop courte à notre goût, mais nous étions heureux de les avoir eus parmi nous.

C'était il y a dix jours à peine, et le mois de février vient de commencer sur une nouvelle extraordinaire, comme si Dieu avait bien voulu exaucer mes prières : les Boches ont capitulé à Stalingrad ! Ils ont été battus, ce qui prouve bien que l'Allemagne n'est pas invincible !

Ah, si seulement j'étais valide ! J'irais volontiers rejoindre mon frère dans le combat qu'il mène dans la clandestinité aux côtés de de Gaulle, à Londres ou en Afrique du Nord peu importe, tant que c'est pour continuer la guerre et bouter les Boches hors de France. Durant ces longs mois de l'année 42, j'ai longtemps pensé à ce gouvernement d'incapables, tous ces ministres, tous ces généraux en retard complet d'une guerre, à qui je dois d'être dans l'état où je suis aujourd'hui, et qui nous ont menés dans le désastre le plus total. Moi, je voudrais leur dire à tous ces assassins, et Laval le premier, lui qui a osé déclarer à la radio française qu'il souhaitait la victoire de l'Allemagne parce que sans elle le bolchevisme s'installerait partout ! À tous ces assassins donc, je voudrais leur dire : « Vous avez ruiné la France ! Vous avez trahi les Français ! Et vos soldats y ont laissé leur vie comme mon camarade Dalancourt en février 40 et tant d'autres après ! Mais un jour, vous paierez pour cette infamie ! »

L'accident dont j'ai été victime est à jamais sorti de ma mémoire, mais je n'ai en revanche pas oublié Michel Dalancourt. Je revois encore son visage d'adolescent… Il était si jeune.

Que ne donnerais-je pas pour revoir mon ami ? Il n'est pas mort pour la France, c'est elle, la France, qui l'a tué. Ceux qui meurent pour la France, sont ceux qui combattent aujourd'hui pour la libérer. Et je voudrais tant les aider. Mais je ne peux pas. Je suis bon à rien. Tout le monde pense que je suis malheureux parce que je suis aveugle ; c'est tellement plus commode ! Mais ce n'est pas vrai, je suis heureux. Et ce bonheur d'être vivant, je me dois de le respecter en souvenir de tous ceux que la France a trahis en 1940, et qui, comme Michel Dalancourt, sont tombés au champ d'honneur !

CHAPITRE XII

Soldats, levez-vous !

Ami si tu tombes,
Un ami sort de l'ombre à ta place...

Le chant des partisans
M. Druon, J. Kessel, A. Marly

Paris, mars 1943
Chère famille
Quel soulagement et quel plaisir de pouvoir à nouveau envoyer du courrier, et non plus utiliser ces sordides cartes interzones dans lesquelles il était impossible d'écrire quoi que ce soit d'humain.
J'espère que ma lettre vous trouvera tous en bonne santé. Comment va le petit Paul ? Il a dû encore grandir depuis bientôt trois ans que nous ne l'avons pas vu !
Aujourd'hui, nous venons de fêter l'anniversaire de la petite Édith, un an, comme le temps passe malgré tout ! Laurence et Gaston, qui ont quitté l'école depuis

juin de l'année dernière, nous aident beaucoup au restaurant. Laurence est maintenant une belle jeune fille de quinze ans. Son impact auprès de la clientèle est considérable, car nous tenons en elle une serveuse de tout premier ordre et de toute beauté. Cela dit, nous faisons bien attention à elle, car elle est encore très jeune. Gaston veut un jour devenir un très grand cuisinier, mais en attendant il est un très bon apprenti. Roselyne et Roger sont encore à l'école, et Hortense ne fera sa rentrée qu'en septembre prochain. Roger travaille assez bien, mais Roselyne est infernale, c'est un véritable cancre. Louis et moi essayons bien de la corriger, de la punir, mais rien n'y fait. Je ne sais pas ce que nous ferons d'elle. En plus, comme pour arranger son année scolaire qui était déjà bien mal engagée, elle a été très malade en janvier. Une mauvaise bronchite qui l'a clouée au lit durant cinq semaines, ce qui nous a obligés à engager une jeune garde-malade qui venait à la maison le soir à partir de 6 heures, et jusqu'à 10 h 30 pour qu'elle puisse rentrer avant le couvre-feu. Grâce à Dieu, Roselyne a fini par guérir, et c'est avec soulagement et joie que nous l'avons vue retrouver ses capacités habituelles à nous rendre la vie impossible, aussi bien à la maison que par ses résultats scolaires. Quant à Hortense qui n'a que cinq ans, elle prend, hélas, le même chemin que sa sœur dans l'art et la manière d'être insupportable !

Nous vous remercions pour vos rapides nouvelles de l'année dernière qui nous ont appris l'heureux et le miraculeux dénouement pour Adrien. Nous avons hâte de le revoir ainsi que vous tous. Et grâce à cette satanée ligne de démarcation qui désormais n'existe plus, nous pourrons venir vous voir sans trop de difficultés, et bientôt j'espère. Tout va dépendre de notre travail au restaurant qui marche à merveille, et ce malgré la pénurie qui nous paralyse tous. Mais Louis a su se débrouiller, et nous ne sommes pas trop embêtés. Je suppose que cela doit être dur aussi pour vous. Comment vont les affaires avec la boulangerie ? Si vous êtes dans une situation difficile, n'hésitez pas à nous le faire savoir. Vous pouvez compter sur nous.

Comment se passe la vie au village ? Calme, je suppose. Ici, à Paris, les Allemands sont partout, et ce depuis le début de la guerre. Ce n'est pas facile, et il s'y produit bien souvent des drames. Comme celui qui a eu lieu au cours de notre premier hiver d'occupation en 40, je m'en souviens bien parce que c'était en période de Noël : les Allemands ont descendu un gars en plein Paris, du côté de la place de la République. C'est le premier Français dans Paris à être fusillé par les Boches. Et tout ça pour une vague histoire de chapeau, en plus. Il paraît qu'il aurait simplement refusé de se découvrir devant des officiers allemands. Bref, ils l'ont arrêté et ça n'a pas traîné. Ensuite, nous avons eu aussi un peu peur avec toutes ces histoires d'attentats et d'otages fusillés. Dieu soit loué, nous allons tous très bien malgré tout.

En attendant de vous revoir très bientôt, nous espérons vous trouver également en bonne santé.

Et Dieu fasse que cela dure.

Nous vous embrassons tous très fort.

Anna

*

*   *

Enfin des nouvelles de ma fille et de mes petits-enfants ! Quelle joie ! Même si l'arrivée de cette lettre ne fait qu'aggraver mon inquiétude et mon chagrin face au néant que nous impose Henri par son éternel silence. Depuis le début du mois que le courrier circule librement ou presque, tout le monde nous a écrit. Toute la famille, sauf lui. Pas le moindre signe de vie depuis maintenant seize mois. J'en suis malade. Adrien a beau écouter la radio de Londres, il n'y a pas eu jusqu'à ce jour le moindre message d'Henri pour rassurer sa pauvre mère. Je vous le dis, j'en suis malade.

Enfin bon, tout cela ne doit pas me faire oublier de répondre à Anna, lui dire qu'ici tout le monde va bien. Je suis heureuse de savoir qu'ils ne souffrent pas trop du ravitaillement. Ici non plus, nous nous arrangeons avec Françoise et Marcel qui nous approvisionnent en puisant dans leur potager, en échange de quelques kilos de farine pour qu'ils puissent faire du pain. Oui, avec ces histoires de rationnement, beaucoup de gens dans les campagnes le font désormais eux-mêmes. Et le rationnement, c'est pour tout le monde : nous-mêmes qui sommes boulangers devons utiliser des tickets pour nous fournir notre propre pain ! C'est tout de même fort ! En plus, nous devons être vigilants, car tout est contrôlé ! Exemple : tous les soirs après souper, je me retrouve à coller tous les tickets récoltés dans la journée sur une feuille fournie par la préfecture, et qu'on doit leur renvoyer à chaque fin de mois. C'est d'un pénible ces histoires de tickets ! Et croyez-moi, s'il y a une erreur quelque part ou si quelque chose leur paraît louche, les vérificateurs ne tardent pas à pousser la porte de la boutique. Avant que les Boches envahissent la zone libre, il y avait toujours moyen de s'arranger avec la clientèle ; les contrôles n'étaient pas aussi sévères, mais maintenant c'est fini ce temps.

Bref, ces tickets, c'est tout un bazar ! Et personnellement, j'en ai plus qu'assez de me retrouver tous les soirs nez à nez avec mon pot de colle !

Aujourd'hui nous sommes lundi, jour de repos, et venant faire sa visite hebdomadaire à Adrien, le docteur Conte fait son entrée au moment où je m'installe à ma table d'écriture.

— Bonjour, docteur, dis-je en reculant ma chaise pour me redresser.

— Ne bougez pas Emma, répond-il en venant me serrer la main. Comment allez-vous ?

— Eh, on fait aller, docteur…

— Eh oui, acquiesce-t-il avec un soupir. Et ce cher Adrien, comment va-t-il ? ajoute-t-il en se dirigeant vers le fauteuil où il se repose.

— Ça va bien, docteur, le salue Adrien en tendant sa main dans le vide et que le docteur saisit aussitôt.

Pendant que j'écrivais ma lettre à Anna, ils ont longuement parlé de Daniel, le fils unique du docteur et ami de longue date d'Adrien, qui termine ses études de médecine. Puis ils ont débattu sur la fameuse et toute récente Milice dont tout le monde parle, dernière et honteuse trouvaille de Laval, ainsi que du nombre de plus en plus croissant de jeunes Français qui se cachent dans les maquis pour échapper au Service du travail obligatoire.

*

* *

Mon cousin François est parti travailler en Allemagne. Il a dû avoir peur, cet âne, des représailles que réserve la Milice aux réfractaires du STO. Un âne doublé d'un petit lâche, voilà ce qu'il est. Je connais bien d'autres jeunes de son âge qui, eux, sont partis se cacher, pour ne pas devenir des traîtres.

— Susie… m'appelle maman tout en continuant à repriser une vieille paire de chaussettes.

— Oui, maman ?

— Éteins le poste, ton père va arriver.

— Mais maman, ce n'est pas Radio Londres, j'écoute seulement les chansons !

— Ça ne fait rien, tu sais ce que t'a dit ton père…

Je lui obéis en râlant, comme toujours. Depuis que les Boches ont envahi la zone libre, mon père n'aime pas trop me voir écouter la TSF. Déjà, avant, ça ne lui plaisait pas beaucoup, alors maintenant c'est encore pire. Quant à me brancher sur Radio Londres, là c'est bien simple, il me l'interdit ri-gou-reu-se-ment ! Il dit que c'est dangereux, qu'on risque gros si on se fait attraper. Vraiment, quand je l'entends me dire ça, j'ai une de ces envies de mettre le son à fond, qu'il se passe enfin quelque chose dans ce trou à rats ! J'aurai vingt ans à la fin de l'année, et même un nouveau-né, en tripotant ses petits doigts menus, ne s'ennuie pas autant que moi en ce moment ! Si c'est pas un comble !

J'occupe mes journées en tournant autour de la table, en faisant les cent pas, réfléchissant, rêvant, fredonnant les chansons entendues au poste. Je voudrais tant être avec Henri, partir le rejoindre. Si seulement je savais où il se trouve ! De toute façon, le maquis, ça ne peut pas être pire qu'à la maison. Il n'y a rien à faire ici, sauf le tour de la table et attendre comme un pot de fleurs. Faire le tour de la table et compter les carillons de la pendule !

Une semaine s'écoule ainsi, morne et ennuyeuse. Puis, un matin où j'étais seule, je reçois une lettre ne comportant rien d'autre que cette phrase : « Je ne t'oublie pas. » C'était signé Henri. Enfin il donnait signe de vie ! C'était bien trop court à mon goût, mais cela avait au moins le mérite de me rassurer quant à sa santé, tout en me permettant également de le savoir dans la région de Bordeaux. Ne souhaitant pas éveiller bien inutilement des soupçons sur nos affaires de cœur, je n'ai parlé à personne de cette lettre, ni à Emma, ni à Valentine, et surtout pas à Valentine, devrais-je dire.

Ces jours-ci, le temps est encore un peu frais, surtout le matin, mais les beaux jours du printemps seront vite là. Papa et maman sont à nouveau partis ce matin au Repaire, car mon oncle Robert a attrapé la fièvre de Malte. Il est au lit depuis plusieurs jours, et comme tante Paulette ne peut pas s'occuper toute seule des bêtes, papa lui prête main-forte. Mon cousin François étant en Allemagne, et Alban à la boulangerie, il n'y aurait guère qu'Auguste, le frère de mon oncle, pour faire quelques besognes ; malheureusement, il lui manque une case et il faut quelqu'un pour le commander sinon il fait n'importe quoi. De ce temps-là, maman veille le malade et répartit les tâches ménagères entre mes trois cousines. Ensuite elle rentre à la maison vers midi. Seul papa reste manger chez sa sœur. Il essaie, le plus souvent, de rentrer dans l'après-midi. De son côté, le docteur rend tous les jours visite au malade qui pourrait bien n'être rétabli que dans un mois ou deux. Tante Paulette est désespérée, et elle a bien besoin de maman pour la réconforter.

Maman n'est pas encore rentrée, lorsque quelqu'un frappe à la porte. J'éteins aussitôt la TSF qui diffusait la voix de Londres, et, avec une certaine anxiété, je me dirige silencieusement vers la porte. Je colle mon oreille près de la poignée, le souffle coupé. Les coups redoublent. Alors, avec précaution j'entrouvre légèrement la porte. Un jeune homme est là, apparemment inquiet ; son regard ne cessant de surveiller les alentours.

— Oui, qu'est-ce que c'est ? dis-je en me gardant bien de le faire entrer.

— Tu es bien Susie, la cousine de François Viaud ? me demande-t-il en chuchotant.

— Oui… Qu'est-ce que vous voulez ?

— Je peux entrer ?

— Non, dis-je en restant sur mes gardes. Qu'est-ce que vous voulez ?

— On a besoin de toi.

— Pardon ?

— Si tu veux nous rejoindre dans le maquis, c'est le moment ou jamais, décide-toi !

— Attendez, c'est quoi cette plaisanterie ?

— Mais… Quelle plaisanterie ? Je suis très sérieux, c'est ton cousin qui nous a parlé de toi, et…

— Mon cousin ? François Viaud ?

— Oui, François Viaud, c'est bien lui…

— Attendez, comment vous le connaissez celui-là ? dis-je en l'arrêtant aussitôt.

— C'est un ami.

— Ah oui ? Eh ben, justement… Je me méfie de ses amis… Vous n'êtes sûrement pas au courant qu'il est parti en Allemagne.

— Bien sûr que je le sais, je vous dis que c'est un ami.

— Et vous, vous êtes dans le maquis ?

— Oui…

— Eh ben, bravo, vous avez de drôles d'amis ! Et maintenant est-ce que je pourrais savoir ce que vous venez faire ici ?

— Écoute, laisse-moi entrer, je vais tout t'expliquer…

— Bon, dépêchez-vous. Ma mère ne va pas tarder à rentrer, dis-je en achevant d'ouvrir la porte.

— Oui, je sais, cela fait des jours que je surveille la maison…

— Ça alors, celle-là c'est la meilleure, on nous espionne maintenant !

— Chhuutt, j'ai pas le temps de rire, me dit-il en réajustant sa casquette sur le haut du front. Avant de partir en Allemagne, François m'a dit que tu voulais entrer dans la Résistance, alors je viens te chercher.

— Ça alors ! Il est pas gonflé lui ! Il court se planquer en Allemagne, et ensuite il envoie les autres au casse-pipe !

— Écoute, moi, je ne suis pas au fait de vos histoires… Je fais ce qu'il m'a dit… Alors ? Qu'est-ce que tu décides ? Tu viens ? me demande-t-il toujours aussi nerveux.

— Quoi ? Maintenant ?

— Ben oui, maintenant. Pourquoi ? Il te fallait un rendez-vous ? ose-t-il ironiser.

Mes idées se brouillent, je suis incapable de réfléchir.

— Alors ?

— Non, dis-je en parvenant à peine à articuler.

— Tu ne viens pas ?

— Non.

— Tu es sûre ?

— Non. Oui.

— Bon, oui ou non ? dit-il agacé.

— Non, je ne peux pas vous suivre, pas comme ça, dis-je soudain prise de cours.

— Bon écoute, maintenant je dois y aller, dit-il en saisissant la poignée de la porte. Demain à l'aube nous partons vers Rochechouart rejoindre des camarades partisans. Si jamais tu changes d'avis, je serai ce soir à minuit à l'entrée du chemin des Croix, près du lavoir des Bordes. Tu connais ?

— Bien sûr, dis-je en levant une épaule pour bien montrer que je ne suis pas idiote. Mais ce n'est pas la peine, je ne viendrai pas, ce n'est pas possible… Je ne peux pas partir comme ça, comme une voleuse, ça ne se fait pas…

— Tu fais comme tu veux.

— Et après tout, ce n'est pas une place pour une fille…

Il tire la porte vers lui en souriant et en ajoutant une dernière fois :

— Tu fais comme tu veux. Je t'attendrai jusqu'à minuit et demi, pas une minute de plus.

Avant de disparaître, il entrouvre une dernière fois la porte :

— Excuse-moi, mais je ne me suis même pas présenté. Je m'appelle Guillaume.

« D'accord, et au revoir, monsieur », ai-je pensé.

Et j'ai fermé la porte.

*

* *

Minuit vingt-cinq minutes. Dans cinq minutes, je m'en vais. La lune est dans son premier quartier, et la nuit est fraîche. Je suis assis sur le bord du lavoir dont le contact de la pierre froide m'a glacé les jambes.

Susie ne viendra pas.

D'un léger coup de reins, je saute dans l'herbe humide, et après avoir jeté un dernier coup d'œil derrière moi, je m'engouffre dans le bois, les mains au fond des poches de ma gabardine. Des branches que je ne vois pas dans l'obscurité me fouettent le visage. Mes godillots s'enfoncent à chacun de mes pas dans le tapis de feuilles du dernier automne, et du bois mort craque distinctement dans le silence de la forêt. C'est un indicible pressentiment qui tout à coup m'arrête dans ma progression. Je tends l'oreille, je m'écoute respirer, je m'écoute penser, je m'écoute frémir : dès lors, je perçois un petit vent léger qui fait bruire les arbres ; des feuilles paraissent se soulever et retombent sur le sol ; du bois mort se craquelle ; des branches ont bougé ; quelqu'un ou quelque chose marche non loin d'ici. Je m'accroupis en un éclair, craignant des gendarmes, des rôdeurs, ou un sanglier. Je m'arrête de respirer, mon œil scrute l'obscurité, mes oreilles recherchent le moindre nouveau bruit, mes os se figent. Les bruits redoublent et s'approchent. J'entends maintenant les pas piétiner les feuilles et les branches basses dans un mouvement de course. Tout se précise. Plus que vingt mètres, dix mètres ; je ne peux plus bouger le moindre muscle ; cinq mètres, trois mètres. Ce n'est pas un sanglier, ni un cerf : une capuche flotte entre les branches, une valise heurte les buissons desséchés par l'hiver, et le fouet d'une branche arrache soudain un petit cri de douleur.

C'est elle.

— Susie ?

— Guillaume ? répond aussitôt la voix.

Je me redresse, et en me voyant elle soupire de soulagement.

— Ah ! tu es là ? me dit Susie dans un murmure. J'avais peur de t'avoir perdu.

*

* *

Après un mois passé dans les bois de Rochechouart, je pars avec Guillaume en Gironde rejoindre une UCR (Unité de Combats et Renseignements). En attendant notre premier contact, nous logerons chez une de ses tantes qui habite un petit village près de Castillon-sur-Dordogne.

Guillaume m'aime beaucoup, et je sais ce qu'il a derrière la tête. Nous nous entendons bien. Nous sommes même devenus inséparables. D'ailleurs, tout le monde pense que nous couchons ensemble. Et même si l'occasion s'est effectivement plusieurs fois présentée, j'ai cependant toujours su m'esquiver. Il est vrai que Guillaume est quelqu'un de charmant. On lui donnerait trente ans, mais il n'en a que vingt-deux. Il est grand et élancé, et sa peau sent parfois la douceur de l'enfance. Ses yeux bleus sont pleins d'audace, et sous une âme sauvage, son visage n'en demeure pas moins une invitation à la tendresse. Guillaume est devenu un grand ami, mais je ne peux oublier Henri. Je donnerais tout ce que j'ai pour pouvoir le retrouver, et c'est dans ce but que je suis partie de la maison.

Durant tout le mois d'avril, j'ai vécu dans la forêt avec Guillaume et une vingtaine d'autres camarades. Guillaume était notre chef. La journée on se cachait, et on ne sortait qu'à la tombée de la nuit pour nous ravitailler dans les fermes des environs. Les populations des campagnes se sont toujours montrées, je dirais, plutôt coopérantes. Notre approvisionnement ne se limitait qu'à quelques volailles, des œufs, des fruits, du vin – ou parfois l'infâme piquette qui en tenait lieu. Mais, aussi maigres que pouvaient être ces offrandes, je vous laisse imaginer à quel point il n'y avait pas lieu de faire la fine bouche.

Notre unique armement n'était constitué que de trois revolvers et de deux fusils de chasse, dont on ne se servait jamais. Sauf une fois, quelques camarades qui, affamés comme nous tous, s'essayèrent à la chasse dans l'espoir de ramener un peu de gibier. Mais ayant agi sans autorisation et, après coup, fort inutilement puisqu'ils étaient rentrés bredouilles, Guillaume les a molestés en leur demandant s'ils n'étaient pas fous ! Qu'ils avaient couru le risque de nous faire repérer, et que la prochaine fois il leur casserait la figure ! La leçon fut retenue.

La nuit, nous dormions dans une cabane abandonnée au milieu des bois, nous relayant les uns après les autres pour notre tour de garde. Comme mes camarades, j'ai tenu mon poste, chaque nuit. Je ne voulais pas être ménagée sous prétexte que j'étais une fille, et devenir par la même occasion la responsable en chef de la corvée de casseroles, de raccommodage, ou je ne sais quelle autre tâche déprimante. J'étais un partisan comme les autres. Ni plus, ni moins.

Je suis sûre que mes parents, une fois le chagrin et la colère passés, doivent être fiers de moi. Je leur ai écrit une lettre que Guillaume a postée à Rochechouart. Ainsi, ils ne seront plus inquiets ; ils sauront que je vais bien. C'est le principal.

Après un chaotique voyage à travers les Charentes et la Dordogne dans des trains de fortune, entrecoupé de longues heures de marche, nous voilà débarqués en gare de Castillon-sur-Dordogne.

Il y a maintenant deux jours que nous avons quitté les bois de Rochechouart, et je suis épuisée. Guillaume marche devant moi, en direction de la sortie de la ville. Au bout de trois kilomètres, nous empruntons à la sortie d'un petit hameau un long chemin de terre. Je n'en peux plus, et je me demande si ce périple va se terminer un jour. Marchant tête baissée, les pieds endoloris, le dos courbaturé, les mains lacérées par la poignée de ma valise que je fais passer sans cesse d'une main à l'autre, je découvre enfin tout au bout du chemin, perdue dans des champs de vignes, une maison haute au crépi jaune sable et aux volets verts.

C'est dans cette maison que Lucienne Galet vit seule depuis la mort de son mari, fusillé en avril 42. La tante de Guillaume est une femme d'une cinquantaine d'années, assez grande et forte, avec des yeux très doux, un visage chaleureux et jovial, un cœur très généreux malgré sa grande tristesse.

Nous ayant accompagnés à l'étage, elle nous montre nos chambres et nous laisse nous installer. Je me débarrasse avec soulagement de ma valise en la posant sur la petite commode, et je fais le tour de la chambre. Après tant de nuits à dormir à même le sol sur des couvertures humides et puantes, je ne résiste pas à me laisser tomber sur le lit parfumé, retrouvant là un plaisir oublié, comme enveloppée dans un velours enivrant.

— Je vois que tu n'as pas perdu de temps, me dit Guillaume qui m'observe, l'épaule appuyée au chambranle de la porte de ma chambre.

— Huummm, si tu savais comme ça me manquait un bon lit ! dis-je en m'étirant.

— Tu vas pouvoir en profiter, dit-il en s'approchant, nous sommes là pour quelque temps.

— Plusieurs jours ? dis-je à peine intéressée, ne rêvant que de la merveilleuse nuit que je vais enfin passer.

Il s'assied près de moi, au bord du lit.

— Je ne sais pas exactement, dit-il en me regardant dans les yeux. Nous n'avons plus qu'à attendre.

Je vois bien qu'il ne va pas tarder à faire une bêtise, par exemple approcher sa bouche de la mienne et m'embrasser. Pauvre Guillaume, je voudrais pouvoir lui parler de Henri, lui dire que… Mais ça lui ferait trop de peine. Alors, avant qu'il se décide à tenter l'irréparable, je me lève avec légèreté, je regarde au-dehors par la petite lucarne, puis, en me dirigeant vers le lavabo, je lui dis que j'aimerais bien me laver. Il se lève alors à son tour, visiblement déçu de n'avoir pas saisi sa chance, et me laissant enfin seule, il appelle Lucienne pour qu'elle m'apporte des affaires de toilette.

Une fois lavée, le corps libre, léger et reposé, je me suis glissée de bonheur dans les draps blancs, et bien qu'il ne fasse pas encore nuit, je me suis aussitôt endormie pour ne me réveiller que le lendemain vers midi.

Après une semaine passée à nous reposer, nous avons reçu la visite de Clément notre chef de groupe. J'ai appris ce jour-là, chose que Guillaume m'avait cachée, que Lucienne faisait aussi partie de notre réseau sous le nom d'Antoinette. Puis, nous exposant notre rôle dans l'organisation, Clément m'a affectée aux renseignements, tandis que Guillaume ira rejoindre un groupe spécialisé dans les sabotages. Après cette entrevue qui fut courte, et alors que je restais avec Lucienne, Guillaume, devant partir avec Clément, m'embrassa en me souhaitant bonne chance.

À compter de ce jour, Guillaume Marchand et Susie Mory n'existèrent plus, et Gilbert et Lucie venaient de voir le jour.

Presque deux mois se sont écoulés sur les bords de la Dordogne, durant lesquels j'ai effectué de petites missions dans la région de Castillon et Sainte-Foy-la-Grande. Puis, j'ai été envoyée à Bordeaux pour remplacer Marie, la femme de Clément qui vient d'être arrêtée par la Gestapo. Et c'est ainsi que par cette belle journée d'août, me voici arpentant le quai Sainte-Croix où j'ai rendez-vous avec Émile, mon contact. Je porte un chapeau, une robe à fleurs rose et bleu. Je regarde longtemps la Garonne glisser près des berges, puis je m'assieds sur un banc, en attendant Émile. Depuis mon arrivée il y a trois semaines, je loge secrètement dans un petit studio, rue Malbec, et chaque seconde passée à l'extérieur est un moment terriblement trépidant et excitant. J'adore cette vie que je mène, même si bien sûr elle me fait peur. Et je ne peux m'empêcher de penser dans ces moments-là à maman, à Valentine, à papa, au village qui tout entier je présume, vit dans une complète et béate passivité. Si seulement ils pouvaient tous me voir ! S'ils pouvaient nous voir ! Nous tous qui faisons quelque chose !

Je me revois parfois lorsque, petite, j'inventais tous ces jeux de combat, de cache-cache et de poursuites effrénées dans la grange. Jeux que Valentine détestait tant, sans jamais toutefois parvenir à y échapper, l'obligeant à y prendre part au moyen de terribles mais néanmoins habiles crises de nerfs. Bien que la réalité ait maintenant plus que dépassé la fiction, le jeu ne me paraît guère avoir changé. Puis, tout en réfléchissant, au bout du compte, combien de fois me suis-je demandé ce que je faisais vraiment ? Pas grand-chose, presque rien, si peu à côté de ce que je pensais faire en réalité ; oui, si peu de choses à côté de tout ce que je faisais subir à Valentine et tous mes ennemis imaginaires ; si peu de choses à côté de tout ce que je voudrais faire subir aux salauds qui ont torturé Marie.

Elle a été arrêtée le 11 juillet à la place de Clément. Il était à Toulouse quand la Gestapo est venue pour l'arrêter ; et ne trouvant pas le mari, c'est la femme que ces salauds ont emmenée puis torturée. Depuis, Clément se cache dans un endroit secret. Il n'y a que Lucienne, au cas où il faudrait le joindre, qui connaît sa planque.

Voilà qu'un jeune homme s'approche du banc où je me trouve. Puis s'asseyant à un mètre de moi, il ouvre tranquillement son journal.

— Bonjour, me dit-il tout en lisant. L'eau de la rivière est douce ce matin.

C'est le code du contact. C'est donc Émile.

— Comme l'eau de la source, je réponds.

C'est le signal que tout va bien.

— Trois des nôtres ont encore été arrêtés, m'annonce-t-il tout à coup du coin des lèvres.

Mon cœur se met à battre plus vite.

— Quelles sont les consignes ? je lui demande dans un murmure.

— Pour l'instant, on arrête tout. Et en attendant d'autres instructions, tu t'enfermes chez toi et tu n'en sors plus, me recommande-t-il sans même me regarder une seule fois. On te contactera chez toi. Tu connais le code ?

— Oui, cinq coups à la porte. Trois coups, plus deux autres coups, et je réponds la même chose.

— Ça va, tu peux y aller, acquiesce-t-il pour me libérer.

— On a des nouvelles de Marie ? dis-je avant de me lever.

— Non, toujours pas, répond-il après un silence. On sait seulement qu'elle est toujours au Fort du Hâ.

— Vous croyez qu'elle a donné les camarades ? C'est ça, n'est-ce pas ?

— On ne sait pas.

— Il faut la sortir de là-bas.

— Je ne sais pas du tout ce qui a été décidé, déclare-t-il pour mettre un terme à l'entrevue.

Je le remercie et, avant de me lever, je lui demande tout à coup à brûle-pourpoint s'il peut faire passer un message pour moi.

— Quel message ? me demande-t-il le nez toujours dans son journal.

— Je recherche mon fiancé. Je n'ai plus de nouvelles de lui depuis longtemps, mais il doit faire partie d'un réseau de la région. Ou bien, il est dans un maquis, je ne sais pas. Tu crois que tu peux m'aider ?

— Ça n'a rien à voir avec la mission, me fait-il remarquer en réfléchissant.

— Je sais. Mais j'ai besoin de savoir où il se trouve. Je veux le retrouver, tu comprends, n'est-ce pas ? dis-je en essayant de le convaincre.

— Comment il s'appelle ?

— Henri Croizer. Il a vingt-quatre ans… Châtain clair… Yeux bleus… Environ 1,80 m.

— Et son nom de combattant ?

— Je le connais pas… dis-je en n'ayant pas songé à ce détail.

— Bien, je vais transmettre, mais je ne te promets rien, dit-il d'une voix neutre.

— Merci. Je me lève et je m'éloigne vers la place Renaudel en traversant le boulevard.

J'arrive sans encombre dans ma chambre de la rue Malbec. Je ferme le volet de la fenêtre qui donne sur la rue, je me déchausse et je m'allonge sur le lit. Dehors tout est calme, je n'entends même pas le bruit de la ville, juste quelques pas dans la cage d'escalier qui s'éloignent en quelques secondes.

Je pense à Grivaux, aux lapins que nous avions dans le clapier au fond de la basse-cour, au meuglement du bétail dans l'étable, aux odeurs des bois et des pâturages, toute cette époque d'avant la guerre… À maman aussi que j'ai laissée seule et sans nouvelles depuis mon petit mot de Rochechouart. Dès que je pourrai, je lui enverrai quelques lignes, juste pour la rassurer, lui dire que je vais bien, au moins ça. Et ma sœur ? Et Adrien ? Que deviennent-ils ? Le petit Paul a eu cinq ans le 14 juin dernier, et moi j'en aurai vingt dans exactement trois mois. Seule dans cette chambre à la chaleur lourde et moite, avec pour unique et triste compagnie des boîtes de conserve et des biscuits secs posés sur la table, je réalise tout à coup que je ne fêterai même pas mon anniversaire.

Vingt ans. Déjà. C'est fou.

Avant qu'éclatent de stupides sanglots, je saisis l'oreiller et je me couvre le visage tellement je me fais peine.

Si seulement je pouvais dormir.

Je suis restée cloîtrée chez moi pendant trois jours. Le matin du quatrième jour, vers 11 heures, j'ai entendu quelqu'un s'arrêter à ma porte, puis les cinq coups ont suivi. Alors, comme convenu, j'ai répondu en faisant le code, et après avoir tiré les verrous, j'ai ouvert. C'était Émile. Je l'ai fait entrer, et j'ai refermé la porte en tirant à nouveau les verrous.

— Ta mission est terminée, me dit-il en se servant un verre d'eau au robinet.

— Comment ça terminée ? Et Marie ?

— On ne peut plus rien faire pour elle. Elle est morte il y a dix jours, dit-il sombrement. On ne l'a appris qu'avant-hier.

J'ai dû attendre quelques minutes avant de pouvoir parler.

— Qu'est-ce qu'on dit à Clément ?

— La vérité. Tiens, c'est un message pour la boîte aux lettres, ajoute-t-il en me donnant un stylo à bille que je tourne et retourne dans mes mains.

— Le message est à l'intérieur ?

— Oui.

— Très bien. Et ensuite ?

— Tu rentres à Castillon. Antoinette a besoin de toi là-bas.

Je rassemble sans rien dire mes affaires dans ma petite valise de voyage posée sur le lit.

— Tu as su quelque chose pour Henri ? je lui demande en me redressant.

— Rien du tout.

Je saisis mon sac en réfléchissant.

— Tu es sûr ?

— Personne ne le connaît par ici. Et puis comment savoir sous quel nom il se cache ? N'oublie pas que nous sommes tous anonymes, c'est ce qui fait notre force. De toute façon, tu seras prévenue si on trouve quelque chose.

— Merci, c'est sympa de ta part.

— De rien, répond-il en tirant complètement les volets et en fermant la fenêtre. Moi, si j'avais une fiancée comme toi, je ne la laisserais pas seule aussi longtemps.

— Oui, mais il ne fait rien comme tout le monde, fais-je remarquer avec fierté.

— Tu finiras bien par le retrouver, ajoute-t-il en vérifiant que l'eau est bien coupée.

— Oui, Dieu sait où, dis-je pour conclure alors que nous sortons sur le palier.

Émile tire la porte, fait jouer les verrous, et nous descendons. Avant de sortir dans la rue, nous nous séparons comme de parfaits inconnus, et j'attends plusieurs minutes avant de sortir à mon tour. Une fois dehors, je m'engage sur le cours de la Marne que je remonte jusqu'à la place de la Victoire. Je tiens serré contre moi mon petit sac à main, à l'intérieur duquel se trouve le stylo. Tandis que ma valise se balance au bout de ma main droite. Il me semble que les gens m'observent, mais mon allure demeure cependant tout aussi sereine que possible. Place de la Victoire, je tourne à droite dans le cours Pasteur, et arrivant enfin à la rue de Cursol, je pousse discrètement la porte du Rugby Bar.

CHAPITRE XIII

Les affamés

Comme une araignée, je prendrai tout le monde dans ma toile
et sucerai à tous leur substance vitale...

Raskolnikov. *Crime et Châtiment*
Fedor Dostoïevski

Je ne reconnais plus ma ville. Bordeaux est infestée de Boches, il y en a partout ; sans oublier que la Gestapo est également omniprésente. J'en sais quelque chose, car je la connais, la Gestapo. C'est elle qui a arrêté Bernard, mon mari, en janvier dernier.

Je les croise tous les jours ces gens-là. Et si je le pouvais, que ne ferais-je pas... ?

Dans un tel climat, je devrais partir, mais je dois attendre encore quelques mois... En tout cas, je n'ai pas peur, je suis prête à tout pour trouver un moyen de savoir où se trouve Bernard.

Dans quelques minutes, j'espère avoir enfin des nouvelles. J'ai rendez-vous avec un responsable de bureau de recrutement ou quelque chose de ce genre. Je l'ai rencontré au Bouscat où se trouve le siège de la Gestapo. Pour la énième fois, je m'y étais rendue afin d'avoir des informations sur la destination exacte des prisonniers partis pour l'Allemagne le matin du 27 avril 1943, convoi de prisonniers dont faisait partie Bernard. J'étais assise et silencieuse dans le bureau de l'officier allemand. Un sale Boche qui n'arrêtait pas de me fixer avec une telle insistance que j'avais envie de vomir. Une fois de plus, il m'a répondu qu'ils allaient essayer de me renseigner, mais qu'il faudrait que je revienne plus tard.

J'allais me lever quand est entré un jeune homme, très strict, l'œil froid ; il s'est approché de l'officier allemand en me regardant, et il a déposé un petit carton sur le bureau. Il n'a pas parlé. Le Boche l'a remercié. J'ai baissé les yeux. Puis la porte a claqué légèrement ; il était sorti.

J'étais loin de me douter qu'il m'attendait de l'autre côté de la porte. J'étais donc à peine sortie lorsqu'il m'a abordée pour me proposer son aide. Il m'a dit que je ne devais pas hésiter si j'avais besoin de quoi que ce soit. Je ne savais pas ce que je devais répondre. Un instant, j'ai cru qu'il se moquait de moi. Après s'être présenté, il m'a invitée à passer le voir à l'occasion. Il y avait autour de nous des gens qui ne m'inspiraient pas confiance ; mes chaussures me faisaient mal ; et je suis sortie.

Je suis sûre qu'il va m'aider. Il m'a donné un rendez-vous pour 14 heures, ainsi que son adresse : 11, rue de Cursol.

Après avoir traversé le cours Pasteur, je m'engage avec hâte dans la rue de Cursol car je suis un peu en retard. Au bout d'une cinquantaine de mètres à peine, me voilà devant le n° 11. Je passe la grande entrée, traverse la cour intérieure et pénètre immédiatement dans l'immeuble. Une fois à l'accueil, je demande le bureau de Frédéric de Wille, qu'on m'indique sans guère de courtoisie.

Je frappe à la porte avant d'entrer, et comme prévu, il m'attend.

*

* *

J'ai rencontré il y a quelques jours, au Bouscat, une adorable petite Française à qui j'ai proposé une aide bienveillante. Pour ne pas l'effrayer, je me suis présenté comme responsable du bureau de recrutement, ce que je ne suis évidemment pas. Mais c'est un titre relativement convenable et je trouve qu'il me va comme un gant.

En réalité, je travaille depuis trois mois à la sous-section IV-N, service de renseignements de la Gestapo que dirige Dohse. J'ai quitté l'équipe de Martin à la suite d'une bagarre avec Le Grec qui, depuis le début, m'avait dans le collimateur. Cela ne lui a pas porté chance parce que trois semaines plus tard, il a été découvert mort chez lui, abattu de trois balles dans la tête. Personne ne sait qui a fait le coup. Mais moi, j'ai mon idée sur la question. Enfin, voilà comment Mercadier a pu prendre sa place.

Mon équipe se compose d'une vingtaine d'hommes qui travaillent en étroite collaboration avec ceux du commissaire Poinsot, cours du Chapeau-Rouge. Nous faisons un travail efficace. À tel point que Dohse m'a installé dans les anciens locaux du GFP 14[1], au 11 rue de Cursol.

La petite Française vient de faire son entrée dans mon bureau.

— Asseyez-vous, je vous en prie, lui dis-je en me levant pour l'accueillir.

— Merci, répond-elle intimidée.

— Alors ? Que puis-je pour vous ?

— Voilà, mon mari a été arrêté le 24 janvier, et je cherche à savoir ce qu'il est devenu.

— Je vois, dis-je avec la plus grande douceur.

— À la Gestapo, on m'a dit qu'il est parti pour l'Allemagne dans un convoi de prisonniers, le 27 avril.

— Cette année ? je lui demande d'un ton intéressé.

— Oui.

— Et il a été arrêté aussi en janvier de cette année ? dis-je en prenant des notes.

— Oui, cette année.

La porte s'ouvre brusquement sur Carlinaro qui ne se doutait pas que je recevais quelqu'un.

— Combien de fois faut-il que je te dise de frapper avant d'entrer !

— Désolé Husky, s'excuse-t-il d'un ton blême, mais on a besoin de toi au deuxième.

— Bien j'arrive. Tu peux disposer.

Cet imbécile de Carlinaro se retire en me faisant de plates excuses. J'aime mieux ça.

— Bon, reprends-je en regardant la belle jeune dame qui attend la suite de notre entretien, comment s'appelle votre mari ?

— Bernard Prat, déclare-t-elle en baissant les yeux.

1. *Geheime Feld-Polizei* (Police secrète de campagne).

— Très bien, je vais voir ce que je peux faire pour vous, dis-je sans cesser de l'observer. Quel est votre nom ?

— Yvette, Yvette Prat.

— Vous avez une adresse où je peux vous joindre ?

Elle me regarde longuement en hésitant à me répondre.

— 45 rue des Vignes, répond-elle enfin.

— C'est vers la gare Saint-Jean, il me semble ?

— Oui, près de la place Renaudel.

— Bien. C'est noté, dis-je en me levant.

Je m'approche d'elle, et je la raccompagne à la porte.

— Je peux compter sur vous ? me demande-t-elle avant de sortir.

— Soyez sans crainte, je ferai tout ce qui est en mon pouvoir, la réconforté-je avec une assurance qui lui redonne espoir.

Avant de la laisser sortir, je lui baise la main, et la porte se referme derrière son parfum délicat.

*

* *

Je viens de sortir du bureau de Frédéric de Wille. Il va m'aider. Son visage ne trompe pas.

La rue me paraît tout à coup plus animée, plus accueillante, plus chaleureuse. Ce Français m'a donné tant d'espoir que dehors la vie paraît plus belle. Un jeune homme sifflotant que je croise sur le trottoir m'adresse un sourire flatteur ; des enfants se poursuivent dans la rue en riant frénétiquement sous les tintements des grelots de bicyclettes qui essaient de les éviter ; un chien lève la patte contre le coin de la porte d'entrée d'un immeuble d'où surgit aussitôt une grosse concierge en tablier gris, furieuse et brandissant son balai en osier ; une jeune fille aux cheveux longs, tenant une valise à la main, manque de me renverser en sortant aveuglément du Rugby Bar ; une vieille dame, accoudée à sa fenêtre, observe depuis sa salle à manger les mouvements de la rue…

Traversant sans m'y attarder le quartier de la gare Saint-Jean qui fourmille d'Allemands, je marche ainsi durant un bon quart d'heure avant d'atteindre la rue des Vignes. Avant de monter à l'appartement, je frappe à la porte de la concierge qui, lorsque je ne peux emmener mon fils Pierre avec moi, se fait toujours un plaisir de le garder durant mon absence. Après l'avoir remerciée, nous montons lentement les trois étages, et une fois la porte fermée, je me laisse tomber sur une chaise tandis que Pierre, s'accrochant à mes jambes, essaie en vain de me faire bouger. Je sais ce qu'il veut : que je m'occupe de lui. Je le saisis alors dans mes bras, et je le dépose sur mes genoux en le serrant tout contre moi.

— Est-ce que papa va revenir maintenant ? me demande-t-il en jouant avec mes mèches de cheveux qui retombent sur mes épaules.

— Oui, mon chéri. Papa va revenir. Bientôt.

Une semaine s'écoule, lente et douloureuse. Douloureuse à cause de nos estomacs plus que jamais tenaillés par la faim, à cause du silence de l'immeuble, et à cause de la chaleur de l'été qui nous tient calfeutrés à l'ombre des murs de notre trois-pièces, nous obligeant à sortir le matin, avant les premiers rayons de soleil, pour aller faire la queue à la boulangerie. Depuis plusieurs mois, je meurs littéralement de faim, me privant pour mon petit Pierre qui n'a pourtant guère de quoi se mettre sous la dent. Je suis persuadée que ce sont ces sales Boches qui, en réquisitionnant tout, aggravent volontairement une situation depuis longtemps catastrophique. Je ne sais combien de temps je pourrai encore tenir. La maman de Bernard m'a encore écrit avant-hier en demandant de nos nouvelles, et en me proposant de venir habiter avec eux, en attendant la libération de Bernard. Je suis très touchée de son attention, mais je tiens absolument à laisser ouverte la porte de notre maison, pour le jour de son retour. Qu'il rentre dans un mois, dans un an, dans dix ans, peu importe, je me dois d'être là pour l'accueillir.

J'achevais juste de préparer notre maigre repas lorsque quelqu'un s'est mis à frapper à la porte. J'ai dit à Pierre de venir s'asseoir à table, et je me suis dirigée prudemment vers l'entrée.

Les coups redoublaient.

Après avoir hésité un instant, j'ai tiré délicatement le verrou, et passant la tête dans l'entrebâillement j'ai reconnu Frédéric de Wille.

— Bonjour, madame Prat, me salue-t-il d'un superbe sourire.

— Bonjour…

— Vous vous souvenez de moi ? me demande-t-il à peine ironique.

— Bien sûr, monsieur Frédéric, entrez, dis-je en finissant d'ouvrir.

— Je ne vous dérange pas au moins ?

— Pas du tout. Nous allions nous mettre à table, fais-je remarquer gauchement.

Paraissant surpris, il s'arrête net dans le vestibule, comme si j'avais dit quelque chose qui le gênait tout à coup.

— Vous voulez peut-être que je repasse plus tard ?

— Non, je vous en prie, entrez donc, dis-je en insistant et en lui indiquant poliment la cuisine.

Il s'avance avec hésitation, en se tordant le cou à mesure qu'il découvre l'intérieur de l'appartement, et arrivant à la cuisine il aperçoit Pierre qui est sagement attablé.

— Bonjour, petit garçon... fait-il avec surprise.

— Et alors, Pierre ? Dis bonjour au monsieur, allons ! dis-je en claquant des mains.

— Laissez, ce n'est pas grave, fait remarquer Frédéric en souriant.

— Bonjour, monsieur, articule enfin Pierre en cachant timidement ses mains sous la table.

— Bonjour, Pierre, lui répond Frédéric en lui caressant tendrement les cheveux.

— Tes mains sur la table ! Allons !

— C'est votre fils ?

— Oui. C'est vrai que je ne vous avais pas dit que j'avais un fils. Mais asseyez-vous donc, monsieur Frédéric.

— Quel âge a-t-il ?

— Il aura cinq ans, en septembre.

— Quel grand garçon ! dit-il en sifflant d'admiration.

Puis il ajoute, après m'avoir longuement observée, qu'il a un petit neveu âgé lui aussi de cinq ans.

— Ah bon ? Quelle coïncidence ! remarqué-je pour détendre l'atmosphère. Et comment s'appelle-t-il ?

— Paul. Il s'appelle Paul, me répond-il d'un ton vaguement détaché.

Une fois notre repas rapidement avalé – une bouillie de navet et du pain perdu en dessert – nous nous installons dans la salle à manger.

— Je venais vous voir à propos de votre mari, commence Frédéric d'une voix posée et rassurante.

Mes lèvres brûlant déjà de mille questions, je me garde bien toutefois de lui couper la parole avant qu'il ait terminé.

Pierre étant occupé à jouer avec son cheval de bois dans un coin de la pièce, toute mon attention s'en trouve suspendue à la bouche de cet homme providentiel.

— Bon, d'abord il y a plusieurs choses. J'ai passé toute la semaine à chercher la trace de votre mari dans les dossiers des convois pour l'Allemagne, et…

— Et… ? dis-je en l'invitant à poursuivre.

— Je peux vous assurer qu'il n'y figure pas…

— Comment ?

— Aucune trace d'un Bernard Prat dans les convois pour l'Allemagne…

— Mais alors, comment se fait-il que depuis des mois que je vais au Bouscat demander des renseignements, les différents officiers allemands qui m'ont reçue me disent…

— Tout simplement parce qu'aucun d'eux ne s'est jamais occupé de votre affaire, m'arrête aussitôt Frédéric en posant sur mon bras sa main froide et blanche. Il ne faut pas trop faire confiance aux Allemands, vous savez.

— Mais où se trouve mon mari, alors ? dis-je en retirant doucement mon bras.

— Il est prisonnier au camp de Mérignac.

Mon cœur s'emballe tout à coup. Mon sang bouillonne à l'intérieur de mes veines, et mon corps tout entier se relâche de joie et de soulagement à l'idée de le savoir si près.

— Au camp de Mérignac ! parviens-je à articuler.

— Oui, depuis le mois de mars.

— Comment va-t-il ? Vous l'avez vu ? Quand pourrai-je le voir ?

— Je ne crois pas malheureusement que vous pourrez le voir, mais rassurez-vous, je lui rendrai visite dès que possible, et je vous tiendrai informée.

— Merci, monsieur Frédéric, dis-je avec émotion en étouffant un sanglot.

Puis, ne pouvant résister davantage, je sors mon mouchoir afin d'essuyer mes larmes.

— Je vous en prie, ne pleurez pas. Il me soulève le menton de sa main froide.

Je me laisse guider, et tout en relevant la tête, je ravale un dernier sanglot.

— Excusez-moi, je suis trop bête…

— Vous reverrez bientôt votre mari, je vous le promets Yvette, murmure-t-il d'une voix douce et réconfortante.

Il émane de cet homme une telle gentillesse que ses yeux bleus semblent caresser les miens.

— Bon, je dois y aller, dit-il en se levant après m'avoir enveloppée d'un chaleureux sourire.

Reprenant le dessus, je le raccompagne alors jusqu'à la porte que j'ouvre légèrement, après l'avoir une fois de plus remercié pour tout.

— Appelez-moi simplement Frédéric, me dit-il en me reprenant parce que je ne cesse de l'appeler monsieur Frédéric.

— D'accord, Frédéric, acquiescé-je maladroitement.

— Ayez confiance, Yvette. Je reviendrai bientôt vous apporter des nouvelles de votre mari, ajoute-t-il en me serrant délicatement la main.

Au moment de refermer la porte, une question m'échappe tout à coup ; une question qui depuis tout à l'heure trotte dans mon esprit.

— Pourquoi faites-vous tout cela pour moi, Frédéric ?

— Pour rien, rassurez-vous…

— Et…

Je m'arrête dans mon idée.

— Oui ? demande-t-il naïvement en attendant la suite.

— Est-ce aussi pour rien que vous travaillez pour ceux qui ont arrêté mon mari ? dis-je malencontreusement en ajoutant à son malaise.

Tout en me regardant curieusement, il laisse planer un petit silence.

— Qui sait ? Peut-être avez-vous raison… Oui, pour rien, c'est possible… À bientôt.

Et il tire la porte.

*

* *

Fin novembre 1943

Durant ces quatre derniers mois, j'ai rendu visite six fois à Bernard Prat. Et j'y retournerai la semaine prochaine. Je lui donne de l'espoir. Cela m'amuse. Je lui parle d'Yvette bien sûr, même si ça le fait souffrir encore plus. J'ai besoin quelquefois de voir la douleur des gens, cela m'est d'un grand réconfort.

Ces derniers temps, nous avons fait de sacrés dégâts parmi les résistants. Une véritable hécatombe ! Ces idiots ! Ils ont tellement fait confiance à nos agents infiltrés, qu'il n'y avait plus qu'à se baisser pour les cueillir. Certains, malgré nos interrogatoires, n'ont pas parlé. Mais d'autres ont fini par céder, ce qui a entraîné toute une suite d'arrestations et de nouveaux interrogatoires. Personnellement, pour en revenir aux interrogatoires, je me fous pas mal en fait de savoir ce qu'ils vont bien pouvoir me raconter ; ce que je veux, c'est les voir céder. Ils peuvent dénoncer Pierre, Paul, Jacques, le pape, ou la lune, je m'en fous et je m'en contrefous ; ce que je veux, c'est les voir céder. Il n'y a rien de plus insupportable que de voir quelqu'un résister, ne pas se plier. C'est comme un combat, il doit y avoir un vainqueur. C'est eux contre moi. À moi de gagner le plus souvent possible, pour ensuite aller plus loin et plus haut. Tout le reste n'est qu'une question de sentimentalité et de morale. Ça m'intéresse pas. C'est pas avec des manières et de minables états d'âme que je pourrai faire mon chemin dans la voie de la réussite.

Le mois dernier, nous avons eu un nouveau Kommandeur, le Sturmbannführer Walter Machule en remplacement de Luther. J'ai eu l'occasion de le rencontrer. Son mètre quatre-vingt-dix et sa figure couverte de balafres ont de quoi impressionner. Machule, son adjoint le capitaine Nährich, Dohse, la vieille Sommer – que l'on appelle « la lionne » –, Martin, le commissaire Poinsot et son adjoint Denot… L'équipe a belle allure. Avis aux amateurs ! Je veux dire par là, aux fauteurs de troubles que sont tous ces crétins de résistants. D'ailleurs, les caves du Bouscat en regorgent et les interrogatoires vont bon train. C'est là-bas que Bernard Prat a été interrogé avant d'être interné à la prison Boudet, puis transféré en mars au camp de Mérignac. Il n'est pas question de faire libérer ce sale communiste. J'ai rien dit à Yvette. Elle est pleine d'espoir, comme lui. Ce qu'ils peuvent être idiots.

Je gravis l'escalier qui mène chez elle, au troisième étage du 45 rue des Vignes. Il y a deux semaines que je ne l'ai pas vue. Je frappe trois coups à la porte, j'attends, et je recommence. Puis la porte s'ouvre dans un grincement.

— Bonjour, Frédéric, me sourit-elle.

Elle me fait entrer et referme la porte derrière moi. Je vais jusqu'à la cuisine en pressant le pas, et je pose lourdement sur la table une grosse valise. Puis, un à un, je sors les produits devant les yeux ahuris d'Yvette et Pierre. Du chocolat, du café, du beurre, du sucre, du lait, une grosse miche de pain…

— Mais… ? bafouille Yvette.

Je continue de vider la valise : de la saucisse, des carottes, des patates, des conserves de petits pois, de haricots, de salsifis, un gros savon, de l'eau de toilette et du dentifrice.

— Voilà, c'est pour vous, dis-je en reposant la valise vide par terre.

— Mais vous êtes fou, Frédéric ? Où avez-vous trouvé tout ça ?

— Ne posez pas de questions. Vous maigrissez tous les deux à vue d'œil. Ça ne peut que vous faire du bien, et surtout au petit.

— Comment ? C'est pour nous ? s'étonne-t-elle éblouie par le trésor que je lui offre.

— Mais oui, Yvette, c'est pour vous.

— Mais je ne peux pas accepter… bredouille-t-elle émue aux larmes.

— Pourquoi ?

— C'est trop… Vous ne vous rendez pas compte.

— Taisez-vous… et mangez, dis-je en coupant une grosse tranche de pain que je partage ensuite en deux.

Puis, ayant cassé et déposé sur la première tranche de pain un bon morceau de chocolat, je m'agenouille devant le petit Pierre qui depuis tout à l'heure, à la vue de toutes ces bonnes choses, écarquille des yeux limpides et voraces. Sans plus attendre, et avec une immédiate frénésie, il m'arrache littéralement des mains l'appétissant goûter que je lui présente. Quant à Yvette, à peine ai-je le temps de me redresser, qu'elle s'est déjà jetée sur le chocolat. En quelques minutes, sa bouche engloutit une tranche de pain, puis une deuxième, le restant de chocolat et un morceau de saucisse, tandis que Pierre prenant à peine le temps de respirer entre chaque bouchée, se dépêche lui aussi d'engloutir ce délice inespéré, comme s'il craignait qu'on le lui retire tout à coup des mains.

— Vous en voulez ? me demande soudain Yvette, la bouche pleine.

— Non, merci.

— Mon Dieu, ce que ça fait du bien ! dit-elle en savourant les yeux fermés. Je ne saurai jamais comment vous remercier, Frédéric.

Je souris gentiment pour lui montrer que c'est avec plaisir, et elle me sourit à son tour.

— C'est bon, mon chéri ? dit-elle en se penchant vers le petit Pierre qui finit en léchant ses doigts maculés de chocolat.

— Je n'ai toujours pas pu voir Bernard, dis-je bientôt en m'asseyant sur la chaise qui se trouvait près de la porte.

— Je me doutais bien que c'était ça, lâche-t-elle mélancolique après avoir avalé.

— Il faut garder espoir. Je suis sûr que la prochaine fois sera la bonne.

— Il y a maintenant des mois que j'espère, et chaque semaine vous venez me dire que la prochaine fois sera la bonne, vous voyez, ce n'est jamais qu'une fois de plus…

— Yvette, je vous promets que c'est pour bientôt. Je dois voir Dohse après demain…

— Qui est ce Dohse ?

— Un officier allemand que je connais bien. Il dirige la Gestapo bordelaise. Il ne fera aucune difficulté, vous verrez.

— Et si je venais avec vous ? me demande-t-elle à brûle-pourpoint.

— Pourquoi voulez-vous venir ?

— Ma présence pourrait être utile…

— Je ne pense pas…

— Vous croyez ? demande-t-elle en avalant sa dernière bouchée.

— J'en suis certain.

— Mais si je suis avec vous, il n'osera peut-être pas refuser, insiste-t-elle en se galvanisant.

— Attendez, Yvette, dis-je en commençant à être agacé, vous ne voulez quand même pas me dire que vous allez pouvoir attendrir un officier SS ?

— Non, je sais bien, mais si vous me dites que celui-là vous le connaissez… Peut-être qu'à tous les deux nous pourrons…

— Yvette… Ce type-là, je le connais effectivement, mais c'est un SS ; c'est pas le père Noël, il ne fait pas dans la distribution de cadeaux. Non, croyez-moi, laissez-moi me débrouiller.

Elle réfléchit quelques instants, et, enfin, elle me dit de faire comme je veux. Ouf ! J'ai bien cru qu'elle allait mettre mon plan par terre.

Après avoir parlé encore un peu avec elle, je suis parti une heure plus tard.

J'ai laissé passer une semaine avant de retourner chez Yvette. Une semaine un peu grisâtre où la pluie a tous les jours été au rendez-vous. Une semaine épuisante où je ne suis guère sorti, travaillant tard le soir. Grâce à mes équipes qui récoltent de précieux renseignements, les interrogatoires se multiplient et les dossiers s'empilent sur mon bureau ; sans oublier le surcroît de travail dû aux lettres de dénonciations qui affluent chaque jour par dizaines.

Le mois de décembre commence dans deux jours, et l'année 44 arrive à grands pas.

Le troisième étage du 45 rue des Vignes est toujours aussi haut, et j'amène encore une valise de gâteries. Je frappe à la porte, et j'entre sous les hourras de satisfaction du petit Pierre qui court derrière moi jusqu'à la cuisine, en ayant nullement oublié les bienfaits du chocolat. Yvette, amusée, rattrape l'enfant pour le refréner doucement, tout en continuant à me dire inlassablement que je suis fou et déraisonnable.

— Alors, ces estomacs ? Comment vont-ils ? dis-je en plaisantant.

— Mieux, beaucoup mieux Frédéric, répond-elle scrupuleusement. Mais vous êtes fou, où trouvez-vous tout cela ? C'est de la folie !

— Ne vous inquiétez pas pour moi. C'est presque rien.

— Maman, je voudrais du chocolat, réclame le petit Pierre en tirant sur les pans de la robe de sa mère…

— Ah non, tout à l'heure, mon chéri, nous sortons à peine de table…

— Yvette…

— Oui, dit-elle tout en rangeant les provisions dans les placards.

— Ce soir, je vous invite au restaurant, annoncé-je solennellement.

— Au restaurant ? s'étonne-t-elle abasourdie en se retournant vers moi.

— Nous devons fêter quelque chose ensemble, dis-je sur un ton trop jovial pour qu'elle ne comprenne pas.

— Vous avez pu voir Bernard ? s'exclame-t-elle.

— Mieux que ça encore. Il va être libéré.

C'est à peine si elle a pu articuler « libéré », et sans réfléchir une seconde elle s'est précipitée dans mes bras.

Je suis revenu chercher Yvette vers 7 heures, en portant dans mes bras une montagne de paquets. Une robe du soir, des chaussures à talons, des bas, un manteau de fourrure, un boa blanc à plumes et des bijoux de perles fines.

— Qu'est-ce que c'est ? dit-elle au comble de la surprise en voyant les cartons.

Défaisant alors un à un les emballages, je lui annonce très fièrement que c'est pour elle. À ce moment-là, son visage se tourne lentement vers moi sans que ses yeux exorbités puissent cependant quitter les formidables parures que je lui offre.

— Comment ça ? Pour moi ? Vous voulez que je mette ça ?

— Cela ne vous plaît pas ? dis-je un peu vexé.

— Bien sûr que si Frédéric, mais ces choses-là ne sont pas pour moi !

— Pourquoi ?

— Voyons Frédéric, réfléchissez, une femme de ma condition en robe du soir ? Ça serait grotesque.

— Une belle femme comme vous ne peut pas être grotesque, c'est impossible. Et je la pousse doucement vers sa chambre. Tenez, vous avez là du savon, de la crème maquillante, et du parfum que j'ai fait venir de

Paris, et maintenant allez vous préparer au lieu de discuter.

C'est ainsi que, bien obligée de m'écouter, elle s'est enfermée dans sa chambre. À plusieurs reprises, l'eau s'est mise à couler des robinets. Les sons qui par la suite me sont parvenus, m'ont rapidement renseigné sur la progression des préparatifs. Puis, au bout d'une petite heure, la porte s'est doucement ouverte. Et lorsque Yvette est apparue, j'ai constaté non seulement que je m'étais pas trompé, mais aussi que bien au-delà de toutes mes espérances le résultat était sensationnel. La robe, couleur fuchsia, était longue, étroite jusqu'à la taille et bouffante avec des volants de soie jusqu'en bas. L'épaule droite, découverte, prolongeait un cou superbe orné de perles pures et étincelantes où le boa à plumes d'autruche s'enroulait sublimement. Ses cheveux fins et noirs étaient relevés en haut de la nuque en un chignon sensuellement négligé, offrant aux regards une parure de boucles d'oreilles incomparables. Il n'y avait qu'un mot à dire à tout ça : exceptionnel !

— Vous voyez bien, Frédéric, que je ne peux pas sortir comme ça, je suis ridicule, se désole-t-elle les bras ballants en se regardant.

— Ne vous inquiétez pas, et allons-y, nous sommes en retard.

Ainsi, bien que modérément enthousiaste, Yvette se laissa convaincre. Et tandis que Pierre nous regardait partir, debout derrière le carreau de la fenêtre de la concierge, nous nous sommes engouffrés dans l'auto qui nous attendait devant l'immeuble.

— Où allons-nous ? me demande-t-elle en serrant son manteau de fourrure.

— C'est une surprise.

L'auto démarre, et après avoir longtemps roulé à travers Bordeaux, nous prenons la direction du Bouscat. Yvette s'approche alors brusquement de la vitre, qu'elle frotte de sa main, comme pour mieux voir.

— Mais où allons-nous ?

— Je vous ai dit que c'était une surprise.

— Si je ne me trompe pas, c'est bien la direction du Bouscat… ?

— C'est exact.

Elle reprend sa position dans le creux de la banquette, tout en me regardant du coin de l'œil. Nous roulons encore cinq minutes avant que l'auto stoppe devant le 220 avenue Maréchal-Pétain.

— Vous pourriez au moins m'expliquer ce que nous faisons ici ! me reproche sèchement Yvette.

— Nous sommes arrivés.

— Ah oui ? La Gestapo aurait ouvert un restaurant ? Ravie de l'apprendre, je l'ignorais !

— Écoutez Yvette, Dohse tient à vous rencontrer. Il a organisé une petite fête ce soir, et c'est l'occasion ou jamais. Vous verrez, je suis sûr que vous ne vous ennuierez pas.

— Vous voulez que je mange à la table des Boches ? Mais vous êtes complètement inconscient, Frédéric ! Plutôt crever de faim jusqu'à la fin de mes jours !

— Ne soyez pas désagréable…

— Je ne suis pas désagréable, j'ai tout simplement le sens de la dignité !

— Allez, cessez donc vos gamineries, on nous attend.

— Allez-y tout seul, Frédéric, moi je ne peux pas, me dit-elle en se calant dans le fond de la voiture. Dites au chauffeur de me ramener.

— Si ça peut vous rassurer, vous ne verrez pas que des Boches, comme vous dites. Il y a également d'autres Français.

— Évidemment…

Je prends une profonde inspiration afin de garder mon calme.

— N'oubliez pas, Yvette, que c'est grâce à Dohse que votre mari va être libéré. Votre devoir est de répondre à son invitation et de le remercier pour sa clémence.

— Et faudra-t-il que je lui cire les bottes aussi ?

— Ne soyez pas cynique, ce n'est pas le moment, dis-je avec une froide courtoisie.

— Vraiment Frédéric, qu'est-ce que vous ne me ferez pas faire ! cède-t-elle enfin.

Nous claquons les portières de la voiture, et je mène Yvette par le bras, dans le silence du soir. Au fur et à mesure que nous nous approchons, des bruits de fête commencent à se faire entendre, et Yvette paraît de plus en plus tendue.

— Frédéric…

— Oui ?

— Vous êtes fou.

— Je sais.

— Frédéric ?

— Oui… ?

— Promettez-moi que nous partirons après avoir rencontré votre Dohse.

— Comme vous voudrez.

— Non, promettez-le-moi, insiste-t-elle en m'arrêtant brusquement.

— Je vous le promets, dis-je après un soupir.

— Très bien, dans ce cas, allons-y.

*

* *

Bras dessus bras dessous, Frédéric et moi traversons avec toutes les difficultés du monde une pièce tout enfumée, remplie d'officiers allemands, d'hommes en complet-veston, et de superbes femmes en robe de soirée qui pérorent avec leur coupe de champagne à la main.

Frédéric, qui connaît pratiquement tout le monde, s'arrête tous les deux pas pour serrer des mains en ne manquant pas, visiblement fier de me tenir à son bras, de me présenter à des officiers allemands à tête de cochon, puis à des Français à tête de collabo, et pour finir à des bourgeoises arrogantes à tête de vipère. Face à l'obligation qui m'est faite de serrer les mains poisseuses de tout ce beau monde, voire de les laisser déposer sur le dos de ma main droite leurs lèvres baveuses, il me vient très vite une envie de vomir ; d'autant plus que les fumées mouvantes de certains gros cigares semblent me poursuivre irrémédiablement de leur puanteur.

— Tenez-vous bien, Yvette, me murmure Frédéric en me donnant discrètement un coup de coude dans le bras, voilà Dohse.

— Comment voulez-vous que je me tienne ? dis-je en parlant entre les dents pour être aussi discrète que lui… Je ne suis quand même pas couchée par terre !

L'officier allemand, nous ayant remarqués, s'approche de nous, paradant fièrement au milieu de ses invités et tenant sa coupe de champagne entre le pouce et l'index.

— Bonsoir, mon commandant, commence Frédéric tout frénétique. Voici la petite Française dont je vous ai parlé, Yvette Prat.

Le Boche me détaille d'une façon si indécente que dans mon estomac le champagne est entré en ébullition.

— Yvette, continue Frédéric, je vous présente l'Oberscharführer Friedrich Wilhelm Dohse.

— Mes hommages, madame, dit-il tout en baisant ma main, vous êtes ravissante.

— Merci, mon commandant.

Tous des goujats ces Boches !

— Merci à vous de me faire l'honneur de votre présence, madame Prat.

Il parle drôlement bien le français ce cochon ! Mais il va voir ce que j'en fais de son honneur !

— Mon commandant, me permettriez-vous pourtant de quitter avec regret cette charmante soirée ?

— Comment ? Vous nous quittez déjà ? s'exclame-t-il d'un air sournoisement désolé.

— Je ne peux laisser mon petit garçon seul plus longtemps, comprenez-vous ?

— Votre petit garçon ? Vraiment ? Et quel âge a-t-il ?

— Cinq ans, mon commandant.

— Vraiment ? Que c'est charmant ! dit-il à l'instant où son regard se pose sur mes épaules. Ainsi, vous ne voulez pas vous joindre à nous et partager l'excellent repas que j'ai réservé à mes invités ?

— Merci beaucoup, mon commandant, mais je ne peux vraiment pas.

— Quel dommage…

— Oui quel dommage, dis-je en répétant stupidement.

— Je sais, par expérience, continue-t-il sur un ton aussi confidentiel que sarcastique, qu'il est impossible de rivaliser avec la délicate attention d'une mère pour son enfant.

— Comme vous dites, mon commandant…

— Dans ce cas, bonsoir, madame Prat, me salue-t-il en baisant encore ma main. Ce fut un plaisir de faire votre connaissance, notre ami Frédéric m'a tant parlé de vous. À une prochaine fois, j'espère, ajoute-t-il après avoir fait claquer les talons de ses bottes.

— Bonsoir, mon commandant, dis-je une dernière fois afin qu'il tourne plus vite les talons et disparaisse une bonne fois pour toutes.

Les verres continuent à se vider et s'entrechoquer ici et là, au milieu des rires et des conversations qui se tiennent à moitié en allemand et en français ; et je supplie Frédéric de m'extraire au plus vite de cet épouvantable brouhaha.

La voiture nous a rapidement ramenés en ville et ne voulant pas finir la soirée ainsi, Frédéric a tenu à m'emmener chez lui, dans son appartement.

— N'oubliez pas, Frédéric, que je dois rentrer avant le couvre-feu, lui ai-je rappelé en croyant si facilement faire diversion.

— Vous oubliez mon laissez-passer, répondit-il en le sortant triomphalement de la poche intérieure de sa veste.

Après ça, il m'a été évidemment impossible de résister davantage.

Frédéric loge dans un petit deux-pièces, au deuxième étage d'un immeuble de la rue Condillac. À peine entrés, il m'a demandé ce que je voulais boire.

— De l'eau.

— Vous ne préférez pas un petit alcool ? J'ai un excellent monbazillac…

— Non, de l'eau suffira…

— Ou un cognac ? propose-t-il en sortant pour lui une bouteille.

— Non non, j'aime mieux un bon verre d'eau, répété-je en croisant les bras, appuyée à la porte.

— Vous semblez fatiguée, constate Frédéric en avalant coup sur coup deux verres.

— Oui, énormément. Servez-moi un verre d'eau que je puisse rentrer chez moi et quitter cette deuxième peau, dis-je en tirant sur les moulures de la robe.

Il se laisse enfin convaincre et disparaît un instant dans la cuisine.

— Vous étiez exceptionnelle de beauté ce soir, Yvette, dit-il tout à coup, reparaissant avec mon verre d'eau.

Pendant que je bois longuement à grandes gorgées, il s'installe dans le sofa.

— Savez-vous quand Bernard sera libéré ? dis-je en reposant le verre sur la table.

— Non, je l'ignore. Mais bientôt sûrement. Venez donc ici, près de moi.

Je remarque alors qu'il en est déjà à son troisième verre de cognac, et si je ne fais rien, je sens que je vais rentrer aux aurores.

— Merci encore pour tout, Frédéric. Vous avez été formidable. Mais maintenant, sincèrement je voudrais rentrer chez moi.

La voiture nous a une dernière fois promenés dans le dédale des rues et des avenues. Il est presque minuit lorsque je gratte à la porte de la concierge. Attendant mon retour avec impatience, elle m'a guidée jusqu'à la chambre où Pierre dormait profondément. Prenant mon enfant dans les bras, j'ai gravi les trois étages suivie de près par Frédéric qui se désolait de voir se terminer notre soirée.

*

* *

Yvette est en train de coucher le petit Pierre, pendant que je bois un dernier verre de la bouteille de cognac que j'ai ramenée de chez moi. En fait, j'ai eu le temps de boire quatre verres avant qu'elle réapparaisse.

— Diable, que faisiez-vous ? dis-je en la voyant enfin revenir.

— Si vous saviez le temps qu'il m'a fallu pour retirer mon déguisement !

— Yvette, venez ici. Je dois vous parler.

— Je vous écoute Frédéric, me répond-elle la bouche pleine de dentifrice.

— Je dois vous parler, sérieusement.

— Oui, qu'y a-t-il ? me dit-elle en s'approchant.

— Asseyez-vous ici.

Elle s'assoit sur le canapé, à deux mètres de moi.

— J'ai oublié de vous dire quelque chose de très important…

— Quoi donc ?

— Votre mari sera libéré, je vous l'ai promis, mais…

Elle me regarde attentivement.

— Mais ? me demande-t-elle inquiète.

— Il y a une condition.

Le silence est terrible. Elle me dévisage, comme si elle venait déjà de comprendre.

— Je veux une nuit d'amour avec vous, et après seulement, votre mari sera libéré.

De terrible, le silence devient angoissant. Yvette me regarde, du fond des yeux. Son visage s'assombrit et paraît profondément triste.

— Taisez-vous, vous êtes saoul, murmure-t-elle en baissant les yeux.

— Pourquoi pleurez-vous, Yvette ? Il ne faut pas. Votre mari va être libéré, vous devez être heureuse.

Elle secoue la tête négativement.

— Comment non ?

— Je sais maintenant qu'il ne sera pas libéré. Il ne sera jamais libéré, sanglote-t-elle.

— Je vous le promets, vous pouvez me faire confiance…

— Vous ne comprenez pas…

— Quoi donc ?

Elle se lève et se dirige vers la fenêtre.

— Je ne céderai jamais à votre ignoble chantage, Frédéric, déclare-t-elle avec froideur. J'aime mon mari, et je ne le tromperai jamais.

Elle aussi me déteste. Mais qu'ai-je donc de si déplaisant ?

— Je sais que vous aimez votre mari, dis-je avec compréhension, mais je ne souhaite pas le remplacer, je vous demande seulement une nuit d'amour, ensemble vous et moi, dans le plus grand secret, il n'en saura jamais rien.

— Vous avez raison sur ce point Frédéric, il n'en saura effectivement jamais rien, mais pas de la façon que vous croyez : il n'en saura jamais rien, parce que ça ne se passera jamais.

— Yvette, ne soyez pas stupide. C'est ça ou vous ne le reverrez jamais, ajouté-je en gardant mon calme.

— Continuez, Frédéric, ne vous arrêtez pas de parler, dit-elle doucement. Plus vous me paraissez dégoûtant, et plus je trouve la force de vous haïr.

Mes cheveux se dressent alors sur la tête, en même temps que des frissons de colère me lacèrent la peau. Je m'approche d'elle lentement, et en la voyant me toiser comme si elle me défiait de la toucher, je lui envoie avec une violence inouïe une paire de gifles si terrible que sa tête se déporte et heurte le mur.

— Fais plus ta maline avec moi ! dis-je en serrant les dents pour éviter de la cogner encore.

J'allais sortir lorsque, me ravisant, je reviens vers elle :

— Et n'oublie surtout pas que je peux te violer quand je veux, et te balancer au fond d'une cave où mes hommes se chargeront de t'arranger ta petite gueule ! Pigé ! Je te laisse encore une semaine pour te décider !

— Salaud ! hurle-t-elle en pleurant alors que je sors de l'appartement. J'aurais dû me douter que t'étais une vraie sale petite ordure ! Une vraie sale petite ordure comme tes sales Boches !

Je dévale l'escalier avec une rage terrible. Je voudrais flinguer tout le monde, et me descendre ensuite d'une balle dans la tête ! Pourquoi toujours cette haine envers moi ? Elles sont donc toutes folles ! Je claque la portière de la voiture sans un mot, serrant les dents et les poings. Puis Frantz met le moteur en route et me ramène chez moi.

— Ça va, lui dis-je au moment où il stoppe devant le 27, rue Condillac. Tu peux rentrer chez toi.

J'ai monté quatre à quatre l'escalier. J'ai claqué la porte d'entrée. J'ai donné un grand coup de pied dans une chaise. J'ai jeté ma veste contre le mur. J'ai arraché ma cravate, déchiré ma chemise, et avec ça, j'ai pas pu dormir de la nuit !

Cette affaire m'a agité pendant plusieurs jours, et j'ai longtemps réfléchi avant de me décider à retourner chez Yvette. C'est-à-dire que j'ai surtout attendu d'avoir retrouvé mon calme et ma bonne humeur.

Me voilà arrivé au troisième étage. Je frappe trois coups à la porte, comme à mon habitude. Je recommence plusieurs fois. Rien. J'essaie à nouveau.

— Qui est là ? demande soudain une voix craintive.

— Yvette, c'est moi Frédéric, ouvre-moi…

— Je ne suis pas folle… répond-elle à travers la porte.

— Allez, excuse-moi pour la dernière fois, ça n'arrivera plus.

— Va-t-en et ne reviens plus jamais.

— Ouvre-moi…

— Ça, jamais.

— Bon, dis-je en réfléchissant rapidement, je te donne encore deux semaines pour te décider. Je repasserai te voir après Noël. Mais après ça, je ne pourrai plus rien pour Bernard. Réfléchis bien, Yvette.

Sa seule réponse n'étant qu'un long silence, je redescends nonchalant, et accusant le coup. Je traverse la place Renaudel, tout en pensant à cette stupide et maladive brutalité qui trop souvent d'une manière inconsciente me pousse à lever la main sur les gens. En ruinant mes dernières chances avec Yvette, j'ai définitivement tout gâché.

Après une longue errance pleine de morosité, je parviens bientôt à la gare Saint-Jean où je m'assois sur un banc public. Les secondes et les minutes passent ainsi. Cherchant à oublier ce nouvel affront qui m'était fait, j'observe les allées et venues des Bordelais, dans un mélange d'idées noires, de frénésie amoureuse, de violences contenues, de souvenirs d'enfance, d'abandon et de lassitude.

J'étais là, assis sur ce banc à observer inconsciemment des hommes, des femmes et des enfants qui passaient indéfiniment dans mon champ visuel.

J'étais là, assis sur ce banc depuis je ne sais combien de temps, lorsque je l'ai vue passer en se mêlant à la vague de voyageurs ! Les yeux ont failli m'en tomber sur les chaussures. Elle marchait à petits pas et sans se soucier de personne, se dirigeant vers la sortie de la gare. Instinctivement, je me suis alors levé et je l'ai suivie, en me tenant à distance raisonnable derrière elle, à une trentaine de mètres pour ne pas éveiller ses soupçons, car il aurait été catastrophique qu'elle me reconnaisse. Je l'ai suivie jusque… Chose incroyable… Jusqu'au Rugby Bar de la rue de Cursol qui se trouve à moins de cinquante mètres de mon propre bureau !

Mais diable, qu'est-ce que peut bien faire ici à Bordeaux, cette gourde de Susie !

*

* *

Noël 1943

C'est avec l'intention d'en finir une bonne fois pour toutes avec Frédéric, que je me suis rendue chez lui, ce matin. Mais une fois arrivée devant la porte de son appartement, c'est avec surprise que j'ai senti mes jambes se mettre tout à coup à trembler. J'ignore pourquoi j'ai perdu courage, mais c'est ainsi ; tout en me demandant ce que je faisais là, j'avais compris que je ne parviendrais jamais à lever sur lui le long couteau de cuisine que j'avais enveloppé dans un vieux linge, et que je tenais dissimulé sous mon manteau.

La rue est calme et vide. En cette veille de Noël, l'hiver s'est installé. Je rentre à la maison, sans doute déçue de n'avoir pas eu le cran d'accomplir mon geste. Cependant me voici soulagée de ce poids haineux qui m'étouffait à petit feu, et qui miraculeusement s'est éteint tout seul. Ce soir sera notre première veillée de Noël sans Bernard. Ayant beaucoup d'affection pour nous, madame Jaubert, notre concierge, qui est veuve depuis des années, nous a très gentiment invités. « Il ne faut pas rester seuls un jour pareil. Même si je ne pourrai rien vous préparer d'extraordinaire, ce sera quand même l'occasion de passer la soirée ensemble », a-t-elle ajouté pour me décider à accepter.

Si seulement Bernard était là. Peu importe que nous souffrions à nouveau de la faim ou que nous ayons froid. Peu importe que l'avenir soit si noir. Si seulement il était là, nous pourrions alors, je crois, tout supporter !

J'entre enfin dans notre immeuble, et je viens frapper deux petits coups à la vitre de la porte de la concierge pour récupérer Pierre. Après quelques instants, la porte s'ouvre sur madame Jaubert qui me regarde avec étonnement.

— Oui ? me demande-t-elle comme si elle attendait une explication à ma venue.

— Je viens chercher Pierre, dis-je le plus normalement du monde, sans trop comprendre son étonnement.

— Comment ça, vous venez chercher Pierre ? Mais il n'est pas là, me répond-elle tout à coup en paraissant réfléchir, comme si elle aussi essayait de comprendre ce que tout cela signifiait.

— Comment ça, il n'est pas là ? m'écrié-je.

— Non, le monsieur est venu le chercher…

Une angoisse terrible m'empêchant presque de respirer m'étrangle tout à coup et me soulève la poitrine.

— Quel monsieur ?

— Eh bien, le monsieur qui vient de temps en temps chez vous…

Mon sang est comme figé.

— Et vous l'avez laissé partir avec mon fils ?

— Oui, il m'a dit qu'il devait vous attendre chez vous, que c'était convenu ainsi, alors je l'ai accompagné…

— Il est là-haut ?

— Oui, je suis montée lui ouvrir, avoue-t-elle confuse. Il ne fallait pas ?

Sans attendre une seconde de plus, je m'élance dans l'escalier. Mon cœur bat si fort que je crains de suffoquer, et mes yeux chavirent de vertige à force de voir tourner et danser les murs… Sous mon manteau, le couteau de cuisine en se balançant vient cogner contre mes côtes.

— Excusez-moi si j'ai fait une bêtise… retentit d'en bas la voix bredouillante de madame Jaubert.

Arrivée au troisième étage, je défonce presque la porte de la maison, et faisant irruption dans le salon, je découvre Pierre assis par terre sur le tapis, en train de jouer et grignotant du chocolat. Frédéric est confortablement installé dans le sofa, les bras croisés, le sourire en coin. Me jetant vers Pierre avec précipitation, je le saisis enfin dans mes bras, et, tout en le tenant serré contre moi, je le couvre de baisers.

— Mon Dieu, Pierre ! Tu m'as fait une de ces peurs ! dis-je dans un soupir de soulagement, en essayant de reprendre mon souffle. Tu ne dois plus jamais partir avec monsieur Frédéric, tu m'entends, Pierre ? Ni lui ni personne d'autre !

— Pourquoi, maman ? me demande-t-il naïvement.

— Parce que ! Tu dois écouter ce que te dit maman ! Quant à toi, dis-je en regardant Frédéric, sors d'ici et ne reviens plus jamais, t'entends !

— Je suis venu chercher ta réponse, déclare-t-il en crânant.

— Tu l'as déjà eue ma réponse. Elle n'a pas changé et elle ne changera jamais.

— Ma pauvre Yvette, commence-t-il en ricanant, excuse-moi de te décevoir, mais je n'ai jamais rencontré de femme plus idiote que toi…

— T'excuse pas va, venant de toi, c'est un compliment et un honneur, renchéris-je en reposant Pierre. Maintenant, tu te lèves et tu sors, s'il te plaît. Et si jamais tu t'avises de retoucher à mon fils…

Frédéric vient de se lever, nonchalant, exaspéré. S'il me touche, je sors mon couteau. Il s'approche de moi, comme le soir où il m'a frappée. Comme l'autre fois, il se poste devant moi, fier, lamentablement fier.

— T'es vraiment complètement idiote, dit-il enfin après m'avoir longuement fixée d'un regard malsain.

J'avais tant de choses à lui répondre et j'aurais tant aimé les lui envoyer à la face, mais il a fait un mouvement pour partir, et je l'ai laissé s'en aller. Il venait de fermer la porte, et je me sentais plus rassurée en sachant cette ordure hors de chez moi. « Qu'il ne revienne jamais ! » ai-je pensé. Mais pourtant, toute la journée j'ai gardé en moi un pénible sentiment de culpabilité, car je suis sûre que cette ordure va se venger impitoyablement sur Bernard. Et une horrible question ne cesse de me tourmenter à chaque instant : « Ai-je finalement raison de ne pas céder ? »

*

* *

23 janvier 1944

Il y a quelques minutes à peine que je suis enfermée dans ma chambre, lorsque quelqu'un frappe à la porte. Je reviens à l'instant du Rugby Bar où j'ai déposé un message, et je n'avais aucune visite prévue avant plusieurs jours. D'ailleurs, ce n'est pas le code habituel. La personne frappe à nouveau, en donnant des coups plus forts qui témoignent d'une certaine impatience. Je comprends presque aussitôt qu'il se passe quelque chose d'anormal. Alors que je me précipite vainement vers la lucarne qui donne sur les toits, j'entends une voix crier : « Gestapo, ouvrez ! » Dans la seconde qui suit, la porte est enfoncée et trois hommes font irruption sans que j'aie eu le temps de réagir. Tandis que deux d'entre eux s'occupent de moi, le troisième fouille violemment dans mes affaires. Passant rapidement au peigne fin la chambre, il finit par trouver ce qu'il cherchait. Cynique, médiocre et triomphal, il sort du fond de l'armoire un petit paquet ficelé qu'il déchire rageusement sur le lit.

— Est-ce que c'est à vous ça ? dit-il en brandissant des exemplaires de journaux clandestins.

J'ai beau savoir que je suis foutue, je ne peux m'empêcher d'avoir le plaisir de lui dire :

— Oui, c'est à moi, et alors ? Vous en voulez un ?

Maintenant, à cause de cette réflexion, j'ai un gros hématome au-dessous de l'œil droit. Depuis que ce salaud a osé me frapper, il ne s'est plus rien passé. Il y a plus d'une semaine que je suis ici, au Bouscat, enfermée dans ce trou à rats, puant et tout humide, et j'ai parfois l'impression qu'on m'a oubliée. Quoique, je ne m'en plains pas, on me laisse tranquille, on me laisse crever en paix. J'entends tous les jours les gémissements des camarades que l'on ramène de la torture, et c'est innommable. Mon Dieu, que cette porte ne s'ouvre jamais ! Qu'elle ne s'ouvre jamais sur ces trois mots qui m'attendent là-bas derrière : « Ne pas parler ». Trois mots qui nous attendent tous, et qui me torturent déjà à eux seuls. Je ne pourrai jamais résister à ces choses atroces qu'on m'a racontées et qu'il faut pourtant subir sans décrocher les mâchoires. Enfin, faut-il tout au moins essayer, penser aux autres camarades, ceux qui pourraient tomber. Penser à ceux qui doivent être fiers de moi, à papa et maman, à ma sœur, à ma famille, à Henri qui lui aussi est peut-être passé par ces souffrances, sans avoir parlé. Oui, penser à tous ceux qui n'ont rien dit. C'est avec eux, dans l'ombre noire de mon cachot, que je passe mon temps à réciter en silence, au milieu de leurs souffrances et dans la mort qui nous guette tous, les vers de *Liberté*, ce poème extraordinaire de Paul Eluard que Lucienne m'a fait découvrir l'année dernière.

C'est ainsi que j'écoute durant de longues heures d'angoisse les bruits qui parfois traversent les murs, ou ceux qui flottent dans cette atmosphère de puanteur et de moisissure : des pas obscurs, le glissement d'un corps qu'on traîne à moitié, des cliquetis de clés, une serrure qu'on déverrouille, un gémissement lancinant…

À qui est-ce le tour maintenant ?

Sur mes cahiers d'écolier
Sur mon pupitre et les arbres

Les pas se rapprochent.

Sur le sable sur la neige
J'écris ton nom

Bruit de clés derrière ma porte.

Sur toutes les pages lues
Sur toutes les pages blanches
Pierre sang papier ou cendre
J'écris ton nom

La clé entre dans la serrure, et mes poumons me brûlent tant que je ne peux respirer qu'en suffoquant.

Sur les images dorées
Sur les armes des guerriers
Sur la couronne des rois
J'écris ton nom

La porte s'ouvre, on me ramasse, on me tire, on m'arrache.

Sur la jungle et le désert
Sur les nids sur les genêts
Sur l'écho de mon enfance
J'écris ton nom...

Seigneur, donnez-moi la force.

*
* *

Castillon, début février 1944

Après trente kilomètres à bicyclette, je pose mon vélo en bas de l'escalier de la maison de ma tante Lucienne, et je gravis les marches en reprenant mon souffle. Je frappe à la porte, puis au carreau de la fenêtre de la cuisine.

— Bonjour, tatie, dis-je alors qu'elle ouvre prudemment la porte.

— Guillaume ? Que fais-tu ici ? s'exclame-t-elle heureuse de me voir.

— Susie est ici ? demandé-je en l'embrassant.

— Oui, dans sa chambre... Elle a la fièvre...

Je monte deux à deux les marches qui mènent à l'étage.

— Tout va bien, Guillaume ?

— Très bien, ne t'inquiète pas tatie...

— Je te sers quelque chose ?

— Non, merci...

— Je suis en train de préparer un grog à l'eau-de-vie pour Susie, tu en voudras ? s'écrie-t-elle du bas de l'escalier.

— Oui, merci... dis-je pour lui répondre en me penchant par-dessus la rampe.

Je pousse délicatement la porte de la chambre du fond. Susie est couchée, mais elle ne dort pas.

— Guillaume ! s'écrie-t-elle avec une joie qui me fait bien plaisir.

Nous nous serrons tendrement. Il y a des mois que l'on ne s'était pas vus, et elle a beaucoup changé.

— Quelle surprise, dit-elle en m'examinant à son tour. Que fais-tu par ici ?

— Je suis venu voir comment tu allais, dis-je en la regardant profondément. Lucienne vient de me dire que tu es malade… ?

— Oui, rien de grave… Tu as su que j'avais été arrêtée, n'est-ce pas ? demande-t-elle soudain en baissant les yeux.

— Oui. Arrêtée, puis relâchée, lui fais-je remarquer.

Il y a un petit silence durant lequel nous nous observons à couteaux tirés. Un silence qui me fait peur.

— Qu'est-ce que tu veux dire ? m'interroge-t-elle froidement.

— Tu as parlé ?

Son visage pâlit.

— Voyons, Guillaume, bien sûr que non, m'assure-t-elle en hoquetant de stupeur.

— Depuis ta libération, cinq des nôtres ont été arrêtés.

— Je te jure Guillaume que je n'ai pas parlé !

— Tu peux me le dire, je ne t'en voudrai pas.

— Alors tu ne me crois pas… ?

— Je ne sais pas… Et puis ça n'a plus d'importance maintenant…

— Comment ! Ça n'a pas d'importance ? Eh bien merde, alors !…

— Chhuutt, calme-toi, tu as de la fièvre, dis-je alors que Lucienne vient de frapper à la porte.

— Voilà qui va vous faire du bien, les enfants, dit-elle en venant poser sur la table deux grosses tasses fumantes.

Nous la remercions, et elle nous laisse en refermant délicatement la porte derrière elle.

— Je n'ai même pas été interrogée ! reprend Susie en parlant à voix basse. On est venu me chercher au bout d'une semaine et on m'a fait remplir des papiers, c'est tout !

— Quels papiers ?

— Je ne sais pas moi, on m'a fait écrire une lettre !...

— Une lettre ?

— Oui, une lettre...

— À qui ?

— Aucune idée... Je pensais que j'allais être fusillée, et en quelques minutes je me suis retrouvée dehors... ! Tu vois comme c'est banal.

— Mais qu'as-tu écrit dans cette lettre ?

— Mais rien Guillaume ! Je t'assure ! Absolument rien ! Des niaiseries de... de... de... de... rendez-vous de gare, de blessure, et je ne sais quoi d'autre moi !

Je me lève en soupirant et me dirige vers la table. J'avale une gorgée, tout en apportant l'autre tasse à Susie.

— Je comprends rien à ton histoire, dis-je en me rasseyant à côté d'elle.

— Si tu crois que moi j'ai compris quelque chose ! s'exclame-t-elle en se recalant contre l'oreiller.

— Tu sais, les autres camarades pensent que tu as trahi.

— Je te jure que c'est faux, je te le jure sur la tête de ma mère, sur celle de ma sœur et de mon neveu... Je n'ai rien dit, je n'ai même pas ouvert la bouche... Est-ce que tu vas finir par me croire !

— Oui, je te crois. Mais c'est trop tard, il faut que tu disparaisses…

— Quoi ? s'étonne-t-elle en me regardant effarée.

— Je suis venu secrètement te prévenir de ce qui se prépare si tu ne pars pas au plus vite… Alors tu vas m'écouter : il faut que tu t'en ailles, dès cette nuit, avant qu'il soit trop tard ! Et que personne ne sache où tu te caches, pas même moi, tu entends ?

— Mais ils sont donc devenus fous ! dit-elle, livide. Ils me tueraient ? Après tout ce que j'ai fait pour eux ! J'ai risqué ma vie pour servir mon pays ! Autant que vous tous !

— Tu sais très bien que le réseau ne peut pas courir le risque de garder un agent qui s'est peut-être retourné…

— Moi ? Avec ces sales putains de Boches ! Mais qu'on me tue si jamais je fais ça un jour ! s'écrie-t-elle en serrant de rage ses petites dents blanches.

— Tu as été arrêtée, puis relâchée, donc pour nous tu représentes une menace au sein du réseau.

— Et toi ? Tu n'as plus confiance en moi ?

— Bien sûr que si, dis-je en lui prenant tendrement la main, mais je ne crois pas que cela soit une garantie suffisante.

Elle a retiré doucement sa main, et elle m'a souri, comme pour s'excuser.

— Vraiment quelle récompense… ! soupire-t-elle.

Au milieu de la nuit, alors que ma tante dormait d'un sommeil de plomb, je suis allé gratter à la porte de Susie. Comme prévu, elle se tenait prête. Nous sommes sortis en silence, et après lui avoir préparé quelques vivres et une bouteille d'eau, je l'ai accompagnée jusqu'au bout du chemin. Puis je l'ai laissée partir dans le froid et la nuit claire, sans même avoir osé l'embrasser.

CHAPITRE XIV
Une âme noire

Quiconque eût pu contempler cette scène […] aurait sans doute frémi […]

Ainsi, madame, vous avez le secret de l'affaire ; […]

Une ténébreuse affaire
Honoré de BALZAC

Février 1944

Il y a dix jours à peine que le mois est commencé, et le froid qu'il faisait le mois dernier est revenu sans crier gare depuis quelques jours. Avec cela, le poêle qui chauffe l'étage est tombé en panne hier. La fin de l'hiver promet.

Ce matin, le facteur nous a apporté une lettre qui venait de Bordeaux. Ne connaissant personne habitant la Gironde, Emma a cru comme la dernière fois que c'était Henri. Elle est très inquiète à son sujet ; voilà maintenant deux ans qu'il n'a plus donné aucune nouvelle de lui.

Cependant, la lettre m'était destinée personnellement, et quelque chose me disait que ce n'était pas lui. C'est donc avec impatience que je l'ai ouverte. L'écriture fine et penchée, qui ne remplissait même pas une feuille, était celle de Susie. Il est arrivé malheur à ma sœur. J'ignore ce qui s'est réellement passé, mais il semble que cela soit grave.

Dans sa lettre, Susie dit qu'elle est blessée, sérieusement blessée, et que je dois me rendre auprès d'elle, à Bordeaux. « Il faut absolument que tu viennes me retrouver, le plus tôt possible, c'est urgent », est-il écrit au bas de la page. Cette phrase est soulignée à l'encre rouge. Un de ses amis m'attendra à la gare, à l'arrivée du train. Avec la lettre, est glissé le billet de train. Tout cela est étrange, mais puisque ma petite sœur m'appelle à son secours, je vais y aller.

Presque un an après, Emma ne comprend toujours pas pourquoi Susie est allée se jeter dans cette gueule du loup qu'est le maquis. Je sais qu'elle lui reproche d'avoir abandonné papa et maman. Elle dit aussi que ce n'est pas une place pour une gamine de vingt ans, et que ma mère a été bien maladroite de ne pas la surveiller davantage : « Je te garantis qu'avec moi elle ne se serait pas avisée de prendre la poudre d'escampette comme elle l'a fait ! » Emma n'est pas méchante, au contraire. En fait, c'est à de Gaulle qu'elle en veut surtout, car c'est pour rallier sa cause si Henri est parti lui aussi. Un jour, elle m'a dit textuellement : « De Gaulle est comme les autres : il n'a qu'une idée en tête ! C'est le pouvoir ! Et voilà qu'avec sa propagande il a réussi à embrigader tous nos jeunes ! Je hais ce type-là ! » J'avoue que je n'ai pas osé entrer dans son jeu, et même si j'ai beaucoup d'espoir dans l'action que mène la Résistance, je crains parfois qu'elle n'ait raison.

— Tu vas y aller ? me demande-t-elle.

— Qu'est-ce que je peux faire d'autre ? dis-je en me tournant vers Adrien qui se reposait dans son fauteuil, chaudement emmitouflé.

— Ne pas y aller, réplique Emma. Voyons ma petite, c'est trop dangereux, réfléchis... Adrien, dis quelque chose !

— Tu as entendu comme moi, maman, Susie a besoin de secours... Il serait inhumain...

— Et toute la peine qu'elle a fait à ses parents, est-ce que c'est humain peut-être ? s'écrie-t-elle, rouge de colère.

— Ça, ça regarde ma sœur, dis-je sans pouvoir me taire devant l'évidente animosité de ma belle-mère...

— Bien sûr, Valentine, acquiesce-t-elle en hochant la tête, mais tu ne peux pas y aller quand même, c'est trop dangereux, ajoute-t-elle en espérant le soutien de son fils.

— Mais que voulez-vous qu'il m'arrive ? Je ne suis pas une terroriste...

— Toi, non, mais elle, si ! rétorque durement Emma qui ne veut décidément pas en démordre.

— Maman, ne parle pas comme ça à Valentine ! s'exclame alors vivement Adrien. Dire que j'aimerais tant pouvoir partir moi aussi un jour, au secours de mon frère s'il venait à m'en prier, mais j'en suis incapable ! Alors cesse d'être égoïste, et ne te mêle plus des décisions de Valentine qui ne regardent qu'elle !

Emma, visiblement très peinée par les reproches de son fils, garde longtemps le silence, les yeux baissés, le corps nonchalamment posé sur sa chaise.

— Vous avez tous les deux raison, répond-elle après un long silence, confuse, en poussant un profond soupir de désarroi. Susie, et pas plus qu'Henri d'ailleurs, ne sont des terroristes. Vraiment parfois, je ne sais plus ce que je dis, excusez-moi.

— Ne vous excusez pas, Emma, dis-je avec compassion. Vous allez voir, je vais y aller, calmement, sans tambour ni trompette, personne ne saura que j'existe, et tout se passera bien.

— Si tu penses que c'est ce que tu dois faire…

— Oui, c'est ce qu'elle doit faire, renchérit aussitôt Adrien. Quand pars-tu ? poursuit-il en me prenant la main.

— Demain matin. Je vais aller prévenir papa et maman…

— Vas-y, ma chérie…

*
* *

Devant la petite gare, en attendant le tramway j'observe Valentine qui, immobile et droite, paraît songeuse avec sa petite valise à la main. Paulino se tient serré contre ses jupons. Nous n'avons rien pu faire pour empêcher cet enfant de sortir à cette heure matinale. C'est un garnement de première. Comme sa Rallonge de tante Susie !

C'est de la folie ce départ. De la folie. Je n'ai pas arrêté de le répéter jusqu'à ce qu'Adrien prenne sa défense en me parlant sur un ton qui m'a laissée béate de stupeur. Et je le répète encore ! Toute seule à Bordeaux ! Elle ne se rend pas compte ! Mais soit, peut-être va-t-elle nous ramener des nouvelles d'Henri ?

Apparaissant à l'entrée du village, la machine traverse lentement le voile de brouillard qui nous enveloppe. Françoise assise à côté de moi se lève avec un soupir. Elle est fatiguée, Françoise. Nerveusement, je veux dire. Remarquez, il y a de quoi, avec tout ce que lui en a fait voir sa dernière. Il me semble que le jour où elle va revenir, La Rallonge, elle va recevoir une de ces trempes ! Elle ne l'aura pas volée ! Et que Dieu m'entende, parce que si elle revient, ça voudra dire qu'il ne lui est pas arrivé malheur.

Le tramway s'arrête. Valentine et Adrien s'étreignent une dernière fois. Puis elle nous embrasse Françoise et moi, l'une après l'autre ; et pendant qu'elle monte dans la voiture de tête, Françoise tient dans ses bras le petit Paul que sa mère a déjà mille fois couvert de baisers.

— Je peux t'accompagner… Il est encore temps si tu veux, lui dit Françoise.

Valentine refuse.

Elle nous répète pour la énième fois qu'il n'y a qu'un seul billet, et qu'il lui est bien recommandé de venir seule. Puis elle va s'asseoir près de la fenêtre.

Impossible de lui faire entendre raison ! Elle n'a peut-être pas tort, mais moi j'y comprends rien ! La petite a beau dire ce qu'elle veut, moi, ça me dépasse ! En pleine guerre, on ne part pas comme ça en train jusqu'à Bordeaux, comme si on allait faire sa promenade de la semaine ! Elle est peut-être déjà allée jusqu'à Épinal, mais ce n'était pas pareil, c'était moins dangereux !

— Ne vous inquiétez pas, je vais bientôt revenir, dit-elle en ouvrant la vitre.

Je vois bien qu'elle n'est pas aussi joyeuse que ce qu'elle veut bien paraître. Pauvre petite, je suis sûre qu'elle tremble de peur, mais elle est tellement têtue… !

— Ramène ta sœur, surtout ramène-la ! lui recommande Françoise.

— Au revoir, mon amour ! lance-t-elle à l'adresse d'Adrien que je tiens à mon bras.

Le tramway démarre et nous nous faisons une dernière fois des signes de la main.

— Au revoir, mon bébé ! s'écrie-t-elle en envoyant de la main des petits baisers vers Paulino.

Nous suivons du regard la machine qui, après avoir passé le bâtiment de la poste, sort bruyamment du village.

Je me demande encore ce qu'elle va faire là-bas, je n'arrive pas à le croire. Si elle était là, cette Rallonge ! Je lui ferais passer l'envie d'aller courir au fin fond des bois !

*
* *

C'est la troisième fois de ma vie que je quitte le village. La première fois, c'était pour notre voyage de noces. Il y aura bientôt sept ans, déjà. La deuxième fois, c'était pour aller dans l'enfer de l'Est, à Épinal. Là aussi, bientôt quatre ans, alors qu'il me semble que c'était hier.

Le tramway ne met qu'une demi-heure pour arriver à Saint-Junien, et j'ai largement le temps d'attraper ma correspondance pour Bordeaux.

Une fois dans le petit hall de gare, je remarque rapidement la présence de gendarmes devant la porte d'accès au quai. Ils sont au nombre de trois et contrôlent les papiers de quelques voyageurs qu'ils arrêtent du bras, au hasard de leur passage. Certaines personnes se font même fouiller, et bien qu'étant personnellement tout à fait en règle, je ne sais quelle crainte me saisit tout à coup. Alors, faisant discrètement demi-tour, je décide de contourner la gare par l'arrière où je connais une entrée secondaire. Mais une fois parvenue, j'ai la mauvaise surprise de découvrir que l'entrée est condamnée par une barrière en bois. Alors, après quelques hésitations, mes jambes ne font finalement ni une ni deux, et j'escalade énergiquement la palissade qui donne directement sur le quai, à une cinquantaine de mètres des gendarmes. Une fois de l'autre côté, je me faufile dans les taillis qui bordent la voie, et profitant ainsi de l'abondance des buissons, je me dirige, sans risquer d'être vue, en bout de quai où l'atmosphère paraît plus calme. Après plusieurs minutes d'attente, inconfortablement accroupie à l'abri des branchages, je vois surgir la machine à vapeur en provenance de Limoges. Quittant alors en douce ma cachette, je me glisse habilement parmi les quelques voyageurs qui s'attroupent devant le marchepied du wagon de queue. Ce n'est qu'en montant dans la voiture, que je réalise que ceux que j'ai pris pour des gendarmes, et qui maintenant arpentent le quai d'un pas fier et méprisant, les mains croisées derrière le dos, l'arme au ceinturon et l'œil aux aguets, sont en fait des miliciens. Je n'en avais jamais vu d'aussi près. Si ce n'est, il y a quelques semaines, au village, depuis la fenêtre de la chambre d'Emma. « Regarde, là-bas, m'avait-elle dit en chuchotant après avoir prudemment écarté un coin du rideau, ce sont des miliciens… » Les deux hommes, hélas, étaient déjà loin lorsque je pus enfin entrevoir deux silhouettes sous un semblant d'uniforme…

Mais ceux d'aujourd'hui sont bien réels. Tout en achevant de monter dans le wagon, je pense, comme ils le disent à la radio de Londres : « Miliciens assassins, fusillés de demain. »

Après avoir traversé trois compartiments complets, je trouve rapidement de la place dans le quatrième. Et, tout en veillant à ne pas déranger les voyageurs qui sont déjà présents, je m'installe timidement. Une fois assise seulement, je dis bonjour en jetant quelques regards furtifs à mes compagnons de voyage. Le train commence à s'élancer et un dernier voyageur entre dans le compartiment. Il murmure un « bonjour » général et alors que nous répondons à sa courtoisie par des sourires de bienvenue, il vient s'asseoir juste en face de moi où il restait encore une place libre. C'est un jeune homme de l'âge d'Adrien ou guère plus, portant des lunettes, une casquette et une lourde gabardine. Il paraît convenable, enfin je veux dire pas inquiétant. Nous voilà maintenant au complet. Nous sommes six personnes en tout. Quatre femmes et deux hommes. Les deux dames assises à ma gauche semblent voyager ensemble, car elles ne cessent de converser. Sur la banquette opposée, entre le jeune homme qui me fait face et un vieux monsieur qui occupe la place côté fenêtre, est assise une troisième dame – une dame très distinguée et très belle, bien que d'un âge avancé.

Le trajet se déroule bien jusqu'à Angoulême, où, après avoir eu la sensation que le train allait repartir, nous restons plusieurs minutes à l'arrêt en attendant le départ qui devrait être imminent. Le vieux monsieur assis à l'extrémité du compartiment côté fenêtre, regarde l'heure en tirant une montre de son gousset. Comme nous tous, il commence à se demander ce qui se passe. Face à moi, le jeune homme consulte également sa montre ; puis il se lève et sort dans le couloir, tandis que la dame qui est à mes côtés, ne cachant pas son impatience, se décide à demander l'heure.

— 10 h 20, répond le vieux monsieur.

— 10 h 20 ? s'étonne-t-elle en regardant son amie, il va y avoir encore du retard… !

— Oui, au moins une heure, confirme le monsieur.

La dame distinguée a la même réaction de surprise et de mécontentement. Moi, je ne dis rien, mais je n'en pense pas moins.

— Il doit se passer quelque chose, s'inquiète tout à coup la dame distinguée.

— Sûrement, reprend l'homme âgé.

— J'espère que cela ne va pas durer, ronchonne une de mes deux voisines.

De retour, le jeune homme reprend sa place en réajustant sa casquette sur le front.

— Nous ne sommes pas prêts de partir, dit-il, la Gestapo fouille le train.

Un silence pesant s'installe alors aussitôt dans le compartiment. Des inquiétudes, des peurs et des soupçons semblent se forger dans les esprits. Et, tout en s'observant de temps à autre, à la dérobée, du coin de l'œil, tout le monde garde cependant les yeux fixés devant soi, sur un point immobile ou imaginaire. Soudain deux coups de feu retentissent bientôt suivis d'un troisième.

— Regardez… Là-bas ! s'écrie la jeune femme assise à la fenêtre.

Dans un élan de curiosité animale, tout le monde se précipite et se colle à la vitre.

Un groupe d'hommes en uniforme, et d'autres en ciré noir, s'approchent en courant du cadavre d'un jeune homme étendu au milieu des voies. Deux d'entre eux le ramassent et le traînent sans ménagement en le tenant chacun par un bras, tandis que les autres semblent se concerter avant de revenir vers le train. La tête du gamin, rouge sang, dodeline horriblement, penchée vers le sol.

— Il ne faut jamais s'enfuir devant la Gestapo, fait remarquer sombrement le vieux monsieur.

Chacun regagne sa place, pétrifié, et le silence s'installe à nouveau dans le compartiment. Puis au bout de quelques instants le train s'ébranle enfin, alors que tout le monde se trouve encore sous le choc.

Moi qui au village, finalement, n'avais que rarement entendu parler de la Gestapo, je venais de la voir à l'œuvre de la pire des façons qui soit… Et hélas ! cela ne présageait rien de bon pour la suite.

Après trois heures de route et une heure de retard, nous approchons enfin de Bordeaux. Encore quelques minutes, une série de soubresauts, et le train s'immobilise. Je m'avance dans le couloir où tout le monde se bouscule pour descendre. Je suis outrée, mais je ne dis rien. Mes compagnons de voyage ont disparu dans la cohue ; je ne connais personne, et je n'en reviens pas de voir autant de monde.

En descendant le marchepied, je prie pour que la personne qui doit m'accompagner auprès de Susie m'ait attendue malgré le retard du train.

C'est effarant le flot de voyageurs qui transite dans cette gare ! J'ai l'impression que la terre entière s'est donné rendez-vous ici. Aussi, craignant de me perdre au milieu de cette marée humaine qui déferle autour de moi, je n'ose m'avancer vers la sortie. De temps à autre, je me dresse sur la pointe des pieds, surveillant si quelqu'un est à ma recherche. Non, personne. Arpentant le quai, je me mets à épier la moindre personne qui semble vouloir m'accoster. Au bout d'une demi-heure, lasse d'attendre sous les regards des gens qui me dévisagent étrangement, je décide de sortir dans la rue.

Une fois à l'air libre, je vais m'asseoir sur un banc devant la gare, en espérant que mon correspondant viendra m'y chercher.

*
*   *

Depuis le temps qu'on la cherche, on remarque enfin la fille, assise sur un banc à l'extérieur de la gare.

— Tu la vois, là-bas, c'est elle, me dit Rocca.

— Tu crois ?

— Évidemment. Regarde bien la photo, et tu verras que c'est elle.

Je lui prends la photo des mains, l'examine, et après un semblant d'hésitation, je suis d'accord avec Rocca.

— Bon, qu'est-ce qu'on attend ?

— Rien. On fait ce qu'a dit le chef, on y va.

Il en a de la veine, le chef ! Vue de dos, elle a l'air mignonne cette demoiselle !

On s'approche d'elle. Assise sur son banc, elle ne nous a pas encore vus car elle nous tourne le dos. Je me demande ce qu'elle fait là ; elle devait nous attendre sur le quai. Résultat des courses : ça fait une demi-heure qu'on la cherche. Si après ça le chef nous passe pas un viron, ça m'étonnerait.

À cinq mètres d'elle, Rocca m'arrête tout à coup du dos de la main, et il me fait signe d'attendre là. Puis il finit de s'approcher d'elle.

— C'est bien vous ? demande-t-il en posant sa main sur l'épaule de la fille qui, surprise et effrayée, se tourne alors d'un seul trait en se dégageant d'un geste vif.

— Pardon ? dit-elle en regardant la photo que lui montre Rocca.

— Sur la photo là, c'est bien vous ? répète-t-il.

Elle se penche et regarde la photo.

— Oui, oui, c'est bien moi. Qui êtes-vous ?

— Peu importe, suivez-moi.

— Ah, c'est donc vous qui devez me conduire auprès de ma sœur blessée ?

— Vous voyez quelqu'un d'autre ici qui a l'air de s'intéresser à votre sort ?

Elle jette un œil autour d'elle, et n'ayant vu personne à part moi, elle demande à Rocca, tout en continuant de me regarder :

— Et ce monsieur derrière vous, vous le connaissez ?

— Vous inquiétez pas, poulette, il est avec moi. Il s'appelle Lucien.

— Excusez-moi, messieurs, mais à cause du retard du train, j'ai bien cru que vous étiez partis… dit-elle en ramassant ses petites affaires.

— Venez par ici. Une voiture nous attend.

La fille et Rocca viennent vers moi. Elle est vraiment pas mal ; je lui sauterais bien dessus. Mais je sais me tenir, alors je lui fais un sourire histoire de la mettre à l'aise, et je lui tends la main pour lui souhaiter la bienvenue.

— Bonjour, moi c'est Lucien, lui dis-je.

Elle me serre la main. Eh… Pas mal. Je la garde un peu cette jolie main, histoire de faire durer le plaisir.

— Faites pas attention, on l'appelle La-main-froide, dit Rocca en replaçant son chapeau sur la tête.

— J'adore serrer les mains, cela ne vous dérange pas trop, j'espère ? j'ajoute en la dévorant des yeux.

— Bon, tu vas bientôt la lâcher, tu vois pas que tu lui fais peur ? me dit Rocca en me repoussant. Allez en route… Hanzer nous attend à la voiture.

*

* *

Je ne sais pas qui sont ces deux messieurs, mais ils ne m'inspirent pas trop confiance. Le premier ne s'est pas présenté. C'est un grand costaud, avec une moustache et une tête de bouledogue ; il me paraît un peu trop amical pour être honnête. Quant au second, avec ses yeux de vicieux et son air de ne pas y toucher, il me fait l'effet d'un crapaud.

Enfin peu importe, pourvu qu'ils me mènent auprès de Susie ; pour le reste, j'aurai toujours le temps d'y songer plus tard.

À proximité de la gare, il y a partout des policiers et des soldats allemands. C'est la première fois que je les vois de si près, les Boches, comme dit maman. Je n'ose pas les regarder en face ; ils sont là pour arrêter les gens et les fusiller. C'est ce qu'on raconte… Et c'est hélas la vérité. Mais voilà que soudain, éprouvant une angoisse atroce, je m'arrête, paralysée : des soldats allemands viennent vers nous. Ils sont trois. Je suis incapable de m'enfuir, et ils s'approchent de nous. Il reste encore une vingtaine de mètres avant d'atteindre la voiture que m'a montrée le bouledogue. Je voudrais mourir sur-le-champ. Et c'est alors que, m'empoignant sans ménagement, les deux types qui m'escortent font un signe aux Allemands ; et nous passons sans aucune difficulté.

Tout s'est passé si vite que j'ai à peine eu le temps de réaliser la chose. Assis au volant de la voiture qui nous attend, un troisième type fait ronfler le moteur. Ils sont pressés. Mon cœur s'accélère d'un coup... Je ne sais pas comment dire... J'ai comme l'intuition qu'il faut partir, mais le type à tête de crapaud ouvre déjà la portière.

— Montez, si vous tenez encore à revoir votre sœur, me dit le Bouledogue.

Et c'est ainsi que je me retrouve assise entre les deux types, à l'arrière du véhicule, et nous démarrons en trombe.

— Où allons-nous ? osé-je demander après quelques centaines de mètres.

Personne ne répond. Le crapaud m'examine des pieds à la tête, pendant que le bouledogue se frise la moustache ; quant au chauffeur, il ne sait faire qu'une chose : appuyer sur l'accélérateur. Les murs des maisons se succèdent à une vitesse folle, et je ne sais toujours pas où l'on va. Après avoir tourné et viré dans des rues toutes semblables, nous longeons la Garonne et passons devant un pont magnifique dont l'accès encombré de barrages et de barbelés est gardé par des sentinelles allemandes. Puis, après avoir suivi une longue avenue ombragée, nous nous engageons dans une rue calme. Après que le chauffeur a enfin ralenti, l'automobile entre dans une cour intérieure. Je regrette de n'avoir pas eu la présence d'esprit de regarder quel était le nom de la rue. Mais soit, nous sommes enfin rendus. Ayant visiblement décidé de ne plus m'adresser la parole, les deux types m'entraînent à l'intérieur d'un grand immeuble dont l'entrée se situe à droite de la cour. Le bâtiment me paraît aussi désert et silencieux que la rue. Nous sommes au numéro 11, ça au moins ça ne m'a pas échappé.

Nous commençons à gravir l'escalier. Même les couloirs sont déserts. Les portes sont closes. Tout est gai, quoi.

Nous montons deux étages, et je suis impatiente d'être auprès de Susie. Puis ils ouvrent enfin une porte.

— Installez-vous, monsieur Frédéric va bientôt arriver, me dit le Bouledogue en m'indiquant l'entrée.

— Qui ? Quel monsieur Frédéric ? lui dis-je aussi calmement que possible. C'est ma sœur que je viens voir, elle n'est pas ici ?

Depuis mon arrivée dans cette ville, je ne comprends strictement rien de tout ce qui peut se passer autour de moi… C'est parfaitement insensé, comme si j'étais prisonnière d'un rêve incompréhensible !

— Monsieur va bientôt arriver. C'est tout ce que je peux vous dire, ma belle dame, dit-il en me poussant à l'intérieur avec un ricanement.

— J'espère qu'on se reverra ! s'empresse le crapaud, l'œil pétillant et essayant de me saisir la main.

J'ai tout juste le temps de lui échapper, et après que le bouledogue l'a plaqué de colère contre le mur, la porte se referme sur leurs cris. Je me retrouve seule dans une pièce froide et un peu trop sombre à mon goût. À travers la cloison, j'entends les deux molosses se quereller bruyamment…

Où suis-je donc ? Que signifient tous ces mystères ?

J'ignore qui est cet homme qui doit me recevoir, mais en voilà des manières ! Et toi, Susie, dans quel pétrin es-tu venue te mettre aussi ! Si Emma était là, elle saurait te le dire, fais-moi confiance… !

Je pose ma valise et je déboutonne mon ciré. Puis je fais quelques pas dans la pièce où une mince fenêtre à deux battants donne un peu de jour. Dans le fond, à droite, se trouve près de la fenêtre un bureau ; un gros bureau en bois, avec son fauteuil ; un fauteuil ancien, tapissé d'un tissu verdâtre, terne et usé. De l'autre côté de la fenêtre, il y a un autre meuble ; un vieux buffet en chêne recouvert de poussière dont les deux portes ont été arrachées ou cassées. À l'intérieur, tout un tas d'affaires en désordre débordent des étagères. Dans l'angle, près de la porte, se dresse une grande armoire. J'ouvre un des battants. Elle est pleine de classeurs de rangement, de paperasse et de cartons ; là aussi c'est le fouillis. Je referme. Sur le bureau, il y a de tout partout : trois verres ici, une pile de classeurs là, une bouteille de bière vide perdue au milieu des dossiers et des feuilles de papier, un porte-photo renversé, et des cendriers que personne n'a vidés depuis longtemps. Franchement, je n'en reviens pas d'un pareil désordre. Entre le bureau et l'armoire, une vulgaire table de travail, encombrée d'une vieille machine à écrire, achève d'alourdir le mobilier. Sous la table, une corbeille est remplie de feuilles de papier froissées. Trois chaises sont alignées près de l'armoire ; j'en essaie une, pour voir. Je me relève et je vais à la fenêtre. La vue donne sur la cour. La voiture qui m'a transportée a disparu ; seuls deux tilleuls sont là, dont l'un, aux grandes branches sèches, effleure les fenêtres. Un instant il me semble entendre quelqu'un dans l'escalier. Je m'approche de la porte et je tends l'oreille. Non. Fausse alerte.

En passant près du bureau, un vieux réveil aux longues aiguilles tordues m'indique de son tonitruant tic-tac que j'attends depuis maintenant un quart d'heure. Et je commence à m'inquiéter pour ma sœur. Au passage, je redresse machinalement le porte-photo qui était renversé sur le bureau. Et, regardant la photo qui s'y trouve, je reçois dans la seconde un choc terrible, un choc si intense que j'en tombe presque. Il me faut bien cinq minutes pour reprendre mes esprits. Mais en dépit de mes efforts, il m'est impossible de comprendre, impossible…

Sur la photo, c'est moi !

Ma photo est là, dans ce cadre de bois, sur ce bureau, dans cette pièce où je n'avais jamais mis les pieds auparavant. Je reconnais parfaitement la photo. C'est une photo d'Adrien et moi, le jour de nos fiançailles. Ou du moins ce qu'il en reste car, et c'est ce qui m'inquiète également, quelqu'un a découpé Adrien avec des ciseaux. J'ai toujours cru que cette photo avait été perdue, eh bien, non, elle est là. Il n'y a pas de doute, je la reconnais bien. Je me demande tout à coup si je ne suis pas en plein délire.

Cette fois, c'est décidé, je sors d'ici ! Je vais chercher Susie, elle doit être dans une pièce voisine ; je n'ai qu'à chercher à tous les étages, je finirai bien par la trouver.

Je prends ma valise, et je saisis la poignée de la porte.

Malheur ! La porte est bloquée ! Je suis enfermée !

Je m'acharne encore sur la poignée, lorsque des crissements de pneus retentissent brusquement dans la rue. Des portes de voitures claquent et presque aussitôt des cris arrachés s'élèvent de la cour. Je me précipite alors à la fenêtre. Deux autos sont effectivement arrêtées dans la cour, et un homme et une femme en sont extraits violemment. Ils sont rossés de coups et insultés. Les cris sont ceux de la femme. Frappée au visage, une fois, deux fois, elle refuse de se taire et de se laisser emmener. L'homme supplie les agresseurs en demandant qu'elle soit épargnée, mais ils parviennent rapidement à les traîner dans l'immeuble. L'immeuble où je me trouve moi ! Je suis désemparée, mes yeux n'arrivent pas à se détacher de la cour redevenue maintenant tout à fait calme et déserte.

C'est la Gestapo ! Les types que je viens de voir en bas dans la cour et qui sont entrés dans l'immeuble, appartiennent à la Gestapo ! J'en suis certaine ! Je les ai reconnus ! Ils sont comme ceux de la gare d'Angoulême !

La Gestapo ! Ce n'est pas possible ! Je ne suis quand même pas à la Gestapo !

Quel est cet horrible cauchemar ! Susie n'est quand même pas aux mains de la Gestapo ! Non, ce n'est pas possible ! C'est inouï, horriblement inouï !

Dans l'escalier, les cris reprennent, toujours ceux de la femme. Et des coups sont encore donnés. Je n'ose m'approcher de la porte, mais j'écoute, le souffle coupé, en priant pour que cela s'arrête avant qu'on la tue pour de bon.

J'ai peur qu'ils n'entrent et ne me fassent subir le même traitement. Je suis si terrifiée que je ne peux rien faire, rien dire ; seulement attendre…

Le silence s'est déjà installé depuis quelques minutes quand un bruit grinçant de serrure semble me transpercer la tête de part en part ; et la porte s'ouvre…

Elle s'ouvre. Et je le vois. Je le vois se tenant debout, sur le seuil, fier et me souriant, heureux de me revoir et bien plus méconnaissable que jamais…

*

* *

Comme je suis heureux de revoir Valentine.

Pendant trois longues années, j'ai attendu ce moment. Il ne s'est pas écoulé un seul jour sans que je pense à elle. Et tout ce que j'ai fait durant ces longs mois, je l'ai fait pour vivre cette minute de bonheur. Je m'exalte peut-être trop, et un peu trop vite aussi… Quelle importance ? Elle est enfin à moi, et je n'vais plus la lâcher. Non plus jamais. Ou bien il faudrait que je sois fou.

— Mais Henri qu'est-ce que tu fais ici ? me dit-elle horriblement stupéfaite.

Je crois qu'elle a compris. Elle est loin d'être sotte. Je préfère pas répondre à sa question, ça serait mal venu.

— On ne s'embrasse pas ? je lui demande.

— Non, répond-elle en s'écartant. Explique-moi d'abord ce que tu fais ici… C'est toi, monsieur Frédéric ?

Je n'réponds pas, et je la regarde en souriant.

— Où est ma sœur ? Et pourquoi des types de la Gestapo sont montés dans cet immeuble en maltraitant des pauvres gens ?

— Calme-toi…

— Tu ne travailles quand même pas pour la Gestapo ? me demande-t-elle interloquée.

Je n'réponds pas.

— Henri, ne me dis pas que…

Elle s'arrête au milieu de sa phrase, horrifiée par ce qu'elle vient de comprendre.

— Bien sûr que si… Un type comme toi ne peut travailler que pour ces salauds… C'est pour cette raison que tu as changé ton nom ?

Je n'réponds toujours pas à ses provocations.

— Où est ma sœur ? Je veux la voir.

Je ne réponds pas davantage. Elle me hait encore. Je le sens. Je le sais. Sa voix ne m'excuse de rien, au contraire elle m'accuse ; elle est une main qui m'arrache les yeux et dont les doigts tentent d'extraire ma cervelle. Ses yeux sont des couteaux froids et sonores qui me laminent le visage jusqu'à l'os. Qu'ai-je donc tant fait pour mériter cela ? J'ai longtemps cru qu'avec le temps et la guerre, Valentine aurait oublié mes petits écarts de conduite à son égard – qui entre nous, ne valent pas de quoi faire un drame. Mais force est de reconnaître que j'ai eu tort.

Elle est là devant moi, elle tourne en rond comme un lion dans sa cage, elle attend de moi une réponse ; je crois que je ne sais plus parler. Je ne sais pas dire ce qu'elle désire entendre de moi ; et je ne sais même pas si je suis attentif à ce qu'elle veut de moi. En tout cas, moi, ce que je veux, c'est enfin goûter à ses lèvres ; de gré ou de force, je la tiendrai bientôt dans mes bras, et elle devra se faire à l'idée qu'elle m'appartient... Embrasser ses lèvres, goûter à sa peau délicate, ne plus la lâcher et perdre la tête s'il le faut.

Quant à sa sœur, si j'avais su... Oui, j'en viens à regretter de ne pas l'avoir violée cette gourde de Susie ; ensuite mon équipe se serait fait un plaisir de la touyaguer[1], comme on le fait à toutes ces petites salopes qui osent jouer les héroïnes ! Au fond, ça aurait payé pour les humiliations et tout le mal que Valentine me fait depuis toutes ces années. Mais aujourd'hui, je suis prêt à oublier, à condition qu'elle m'obéisse et m'offre ce que je désire. Elle est mon guide, mon souffle, et mon autre vie, celle qu'elle me doit et que j'attends ; une vie que j'espère heureuse, sinon je sais pas ce que je serais capable de lui faire. Tout, probablement.

Mais je ne suis pas inquiet, car rien ne peut plus m'échapper. J'ai tout calculé, tout préparé, et tout répété. Minutieusement.

1. Terme de Fouquey, tortionnaire de la Milice : *le 2° service de la Milice à Bordeaux ne torture plus :* il touyague.

*

* *

J'attends depuis presque une minute, penchée sur son bureau, immobile, mon visage près du sien, et la lèvre frémissante de colère. J'ai l'impression qu'il observe mes lèvres. Qu'est-ce qu'elles ont mes lèvres ? Il veut peut-être les voir de plus près ?

S'il ne répond pas, je lui crache à la figure.

— Ta sœur ? Je ne sais pas où elle est, dit-il.

— Comment ça, tu ne sais pas où elle est ? Bien sûr que si, on m'a fait venir ici à Bordeaux pour la voir, elle est blessée ! Tiens, voilà la lettre que j'ai reçue, je ne suis pas folle quand même !

— Désolé. Je ne suis pas au courant pour ta sœur, je ne peux rien faire…

— Quoi, tu es en train de me dire que j'ai fait tout ce chemin pour rien ? Tu te fous de moi ?

— Pas du tout…

— Mais cette lettre, c'est bien quelqu'un qui me l'a envoyée ! Elle n'est pas tombée du ciel !

— Peut-être, mais je ne suis pas informé…

— Alors renseigne-toi, dans les cliniques, les hôpitaux, n'importe où, mais débrouille-toi…

Il ne répond pas. Il me regarde, et il ne répond pas. J'ai envie de le gifler tellement il m'énerve, à rester là sans rien dire ! Il se lève et va à la fenêtre.

— Qu'est-ce qu'on fait ? lui dis-je agacée. Je ne repartirai pas d'ici sans nouvelles, certainement pas.

Il ne se retourne même pas. Maintenant, monsieur regarde dehors, les mains au fond des poches ; et il siffle en plus. Il n'a vraiment pas changé. Il fait toujours autant son fier ! Il peut bien faire son fier autant qu'il voudra avec sa nouvelle petite moustache, ses cheveux coupés ras, son corps d'athlète et ses muscles de bœuf, moi ça ne me fait aucun effet !

— Qui sont les deux types qui m'ont emmenée ici ? dis-je en attendant une réponse.

En vain.

— Tu pourrais répondre quand je te parle !

Avec son air supérieur, il fait celui qui m'ignore.

— Très bien. Puisque apparemment tu as décidé de ne rien faire, moi je m'en vais. Je préfère encore me débrouiller toute seule. Au revoir, et à la prochaine.

Je commence à me diriger vers la porte, en me demandant si je dois raconter à Emma que j'ai vu son fils ; et quel fils, s'il vous plaît !

— Tout le monde va bien à la maison ?

— Très bien, rassure-toi, lui dis-je sèchement. Si tu venais les voir de temps en temps, ça ne te ferait pas de mal. Au revoir.

— C'est encore trop tôt... dit-il alors que je ne m'occupe absolument plus de lui.

— Henri, la porte est fermée... Ouvre-moi, s'il te plaît.

— Non.

— Comment ça non ? C'est fermé à clé, ouvre-moi, que je puisse partir...

— Non, tu ne sortiras pas d'ici.

— Qu'est-ce que tu racontes ? Ouvre-moi cette porte !

*

* *

Elle sortira pas d'ici.

Je lui demande de s'asseoir et de se calmer. Elle regagne sa chaise et recommence à vouloir me crier dessus.

— Tu t'assieds, tu te tais et tu m'écoutes ! lui dis-je en m'énervant un peu, parce que là, ça commence à bien faire.

Elle me regarde farouchement ; elle arrête pas de me regarder farouchement depuis tout à l'heure.

— Tu ne pourras pas sortir d'ici sans moi…

— Comment ça ? demande-t-elle en tressaillant.

— J'ai donné des ordres…

— T'es devenu fou, mon pauvre Henri, dit-elle en se levant.

— Assieds-toi, je n'ai pas encore fini.

Elle m'écoute pas, et je la saisis au bras pour la ramener à sa chaise. Je lui ai même collé une gifle, parce que, dans un geste d'énervement, elle a voulu se rebiffer ; maintenant, je me méfie de certains coups bas dont elle a le secret. Ainsi, une fois jetée sur sa chaise, elle se calme enfin.

— Est-ce que tu vas finir par comprendre que tu vas devoir m'obéir ? C'est pourtant facile, obéir ? Non ?

Elle m'observe longuement.

— Qu'est-ce que je t'ai fait, Henri ? me demande-t-elle d'une voix étrangement douce.

— Tu pleures ? Ce n'est pas la peine de pleurer… Tu verras comme nous serons heureux tous les deux.

Ce visage terrible et froid qu'elle lève vers moi est une véritable merveille ; c'est la plus belle femme au monde que je connaisse.

— Qu'est-ce que tu dis ? s'enquiert-elle hébétée.

— Tu ne retourneras plus au village. Je vais t'emmener à Paris où nous allons vivre, après notre mariage.

Rivée sur sa chaise, je sais qu'elle a peur. Elle a beau s'efforcer de rire, je suis certain qu'elle a peur, et qu'elle commence à me croire. Elle ne peut pas sortir d'ici, elle est prise au piège.

— Te rappelles-tu, lui dis-je en allumant une cigarette, le jour où je t'ai avoué ce que j'aurais dû te dire depuis des années, depuis que nous sommes enfants ?

— Je ne sais pas de quoi tu parles…

— Ce jour-là, tu m'as craché dessus en paroles ; oh, je t'en veux pas, c'était trop tard de toute façon ; tu n'as jamais su m'apprécier. Ensuite, avec tes fiançailles et ton mariage, j'ai été bafoué et humilié comme personne. À cette époque-là, je voulais qu'on me casse la gueule, j'aurais trouvé ça délicieux, comparé à tout le mal que tu m'infligeais.

— Où veux-tu en venir ?

— C'est simple… Je veux qu'on se marie. Exactement comme ça aurait dû se passer…

— Arrête donc de dire que je vais me marier avec toi, rétorque-t-elle avec agacement. Tu sais bien que c'est complètement absurde…

— Laisse-moi t'expliquer, et tu verras que justement rien n'est absurde.

— Je veux partir, Henri, arrête…

— Sais-tu ce que contiennent tous ces dossiers ?

— Non et ça ne m'intéresse pas…

— Ça ne fait rien, je vais t'expliquer quand même. Eh bien, vois-tu, ici, dans ce bureau apparemment si anodin, je reçois depuis longtemps et tous les jours un nombre incalculable de lettres de dénonciations, et parfois même des renseignements importants, très importants. Nous nous renseignons, et on nous renseigne. Si tu savais combien certains Français ont été très coopératifs ; et parfois même avec un tel zèle que j'en reste encore aujourd'hui sidéré. Ils m'ont donné – et me donnent encore – un travail fou ; il y a tant de lettres à éplucher. La plupart des gens sont des rapaces, des rancuniers, et dès que l'occasion se présente pour eux de se venger de quelqu'un, ils la saisissent ; ils n'oublient rien, crois-moi.

Elle ne rit plus depuis longtemps, et ose à peine me dire d'une voix fluette, avec aussi un profond dégoût, mais d'une voix fluette quand même, elle ose à peine me dire qu'il y a des salauds partout.

— Ils font ce qui leur semble être leur devoir. Et grâce à eux mon travail demeure de jour en jour passionnant.

— C'est toi qui fais tout ça ? me demande-t-elle en montrant les piles de dossiers.

— Oui, voilà mon œuvre. Mais je ne fais qu'exécuter les ordres. Les arrestations, c'est un autre service de la Gestapo qui les décide, pas moi.

— Arrête, tu me dégoûtes.

— Tu peux dire ce que tu veux, j'ai finalement réussi à avoir un pouvoir immense. Un pouvoir que tu ne peux même pas imaginer. Sans moi, rien ne se passerait dans ces bureaux. Je peux épargner, en déchirant la lettre qui le dénonce, un Juif ou un terroriste s'il est un ami, ou en oubliant volontairement de faire apparaître son nom dans les dossiers. En revanche, comprends que je peux, selon mon propre désir, ma seule humeur, en condamner un autre, même le plus parfait innocent, en rédigeant moi-même une lettre de dénonciation, évidemment fausse. C'est si facile, et il y a tant de bonnes raisons de dénoncer n'importe qui. Cet homme-là serait arrêté simplement parce que je l'aurais voulu et décidé. C'est un pouvoir extraordinaire et un plaisir unique que d'avoir le destin des gens entre ses propres mains, tu ne penses pas ?

— Cette fois, je m'en vais, je t'ai assez entendu. Tu es fou, Henri. Je ne sais pas ce qui te prend, mais tout ça t'est complètement monté à la tête, me dit-elle en montrant les dossiers posés sur le bureau.

Son visage a l'air tout désolé pour moi, ce qui ne m'affecte guère, et je lui demande de se rasseoir, ce qu'elle refuse. Alors je lui tends la feuille de papier que j'avais posée sur mon bureau, pour qu'elle lise et comprenne ce dont certains Français sont capables.

— Qu'est-ce que c'est encore ?

— Vas-y, prends, et lis. Tu vas comprendre. Après tu pourras partir si tu y tiens vraiment, lui dis-je en me rasseyant.

Je suis attentif à tous ses gestes. Elle prend la lettre en se disant sûrement que plus tôt elle sera lue, plus tôt elle pourra partir d'ici. Mais je sais qu'elle partira pas, pas après ce qu'elle va lire. Elle tourne la feuille dans le sens de la lecture, et je l'observe. Je suis impatient. Elle est en train de lire, et elle commence aussi à comprendre. Elle s'assoit. Dans sa main blanche, la feuille de papier commence à trembler, et j'entends d'ici les battements affolés de son cœur. Pauvre Valentine. Je ne voulais pas faire ça, mais tu m'y as poussé.

Oui, vous m'y avez tous poussé.

*

* *

Il veut faire fusiller Adrien. Son propre frère. J'en suis étrangement certaine, même si c'est humainement inimaginable. C'est un fou dangereux que j'ai en face de moi. Je pose la lettre sur le bureau. Je le regarde mais je ne peux pas parler, pas encore. Je l'examine, ce fou, il paraît comme pénétré, embrasé d'une puissance unique, indiscutable, infaillible et odieusement définitive. Je le regarde m'observer pleurer. Il ne dit rien non plus, j'ai l'impression qu'il savoure. Je voudrais m'arrêter de pleurer, ne serait-ce qu'une seconde, mais c'est trop dur. J'ai devant mes yeux ces mots horribles qui dansent douloureusement, et je n'arrive pas à les effacer. Lui, je voudrais le tuer, mais même ça, je ne peux pas. Tout à coup, il me demande si ça va. Quelle sale ordure ! Je voudrais rester calme, mais en même temps, je voudrais faire quelque chose, réagir.

— Ce papier sera demain matin sur le bureau de l'Oberscharführer Dohse. Adrien est un terroriste, il va être arrêté, ose-t-il prononcer.

— C'est faux ! Tu le sais bien !

— Ne crie pas, s'il te plaît. Peu importe maintenant si c'est vrai ou faux, Adrien a été dénoncé.

— C'est toi qui as écrit cette monstruosité pour le faire arrêter ! Mais dis-le que c'est toi !

— Tu te trompes…

— Tu n'as même pas ce courage… ?

— Peu importe qui l'a écrite…

— Déchire cette lettre Henri, c'est insensé, lui dis-je en le suppliant.

Ce n'est pas possible qu'il fasse une chose pareille à son frère, il veut seulement me faire peur.

— Non, répond-il. Il a été dénoncé et je me dois de faire mon travail. Et après tout, qu'est-ce que ça change ? Adrien est une épave, une victime de la guerre, c'est comme s'il était déjà mort.

— Il est guéri. Henri, tu entends ? Ton frère est guéri : il a enfin retrouvé la mémoire, il est sorti de son cauchemar, il revit ! Il te réclame souvent, et il a hâte de te revoir. Je ne voulais pas te le dire, parce que tu ne méritais pas que je te donne de nos nouvelles après ces années de silence de ta part, mais ta monstruosité m'y pousse, Henri.

Henri se lève, silencieux. Je n'ai pas l'impression qu'il m'écoute. Je lui redemande calmement de déchirer cette lettre.

Il ne m'écoute pas, alors j'ajoute d'un ton grave :

— Ne commets pas l'irréparable en faisant arrêter ton propre frère… Tôt ou tard il saura que c'est toi, tu peux compter sur moi !

Il se tait, obstinément. Je ne sais même pas dire s'il est bouleversé par cette nouvelle inattendue.

— Déchire cette lettre, Henri, lui intimé-je pour la troisième fois.

— C'est impossible. Ce que tu demandes est impossible, dit-il brusquement dans une grande agitation.

Il est fou à lier, je ne peux pas croire qu'il va faire ça, il veut me faire marcher.

— Mais si, c'est possible ! Tu prends ta lettre et tu la déchires, voilà c'est simple !

— Il me semblait bien que tu n'avais pas compris quand je te disais que tu m'épouserais, explique-t-il en demeurant obstinément figé devant la fenêtre. Dès que tu seras veuve, tu deviendras ma femme, c'est pourtant clair ?

— Tu veux me faire peur. Je ne peux pas croire que tu vas faire assassiner ton propre frère, c'est du délire. Henri, donne-moi cette lettre que je la déchire !

— Tais-toi. Tu vois bien qu'il est trop tard, me répond-il d'une voix ténébreuse. Et puis arrête de dire que c'est moi qui suis responsable de ce qui arrive ! Moi, je ne décide rien ! Je ne suis qu'un pion sur l'échiquier !

— Ce n'est pas ce que tu disais tout à l'heure !

— Mais c'est ce que je dis maintenant ! s'écrie-t-il en cognant du poing sur son bureau. On ne peut plus rien changer : des hommes se rendront lundi au village pour arrêter Adrien. Personne ici ne sait que j'ai tout fait pour essayer de sauver mon frère…

— Menteur !

— Mais tu comprendras que mes fonctions m'interdisent toute infidélité au Reich, n'est-ce pas ?

— Tu me dégoûtes… !

— Adrien sera interrogé dans la nuit de lundi à mardi, continue-t-il. Que pourra-t-il dire ? Probablement rien qui intéresse la Gestapo. Et hélas, comme tous ceux qui refusent de parler, il est perdu d'avance. Il se pourrait que mercredi au plus tard, tout soit fini.

Il me dévisage avec des yeux ivres de délire, et je crois que si j'en avais la force je l'assommerais.

— Dans quelques semaines, ajoute-t-il avec une insupportable gaieté, nous allons partir pour Paris où un nouveau poste m'attend. Paul sera mon fils. Nous nous marierons et aurons beaucoup d'autres enfants. Si tu savais combien de fois j'ai rêvé ce moment !

Ne plus l'entendre ! Surtout ne plus l'entendre ! Je ne veux plus l'entendre, ni plus jamais le revoir ! Je vais me lever et partir. Il faut que je sorte d'ici. Je n'arrive plus à respirer. C'est un fou cinglé. Je dois rentrer à la maison. Je pousse ma chaise en arrière, et je me lève…

Je me lève, mais il me semble ne plus avoir de jambes tout à coup… J'essaye de saisir la table, et le sol se dérobe subitement sous mes pieds…

CHAPITRE XV

La résurrection

Je revendique le devoir de lever moi-même une main vengeresse et de vous atteindre personnellement comme vous le méritez.

La Dame d'onze heures
Pierre APESTEGUY

Hier, Valentine s'est évanouie dans mon bureau. Sa tête a d'abord cogné le coin de la table et ensuite le plancher. Elle s'est fait un gros hématome près de la tempe. Elle s'est un peu réveillée quand je l'ai transportée à mon appartement, mais en arrivant elle a perdu à nouveau connaissance. Je l'ai installée dans mon lit. Je l'ai déshabillée, et j'ai appelé un médecin. Une heure après, il était là pour l'examiner, et il m'a de suite rassuré : « Au plus, elle en a pour deux jours à se remettre, elle n'est que légèrement commotionnée. »

Je l'ai veillée toute la nuit. Notre première nuit ensemble. Je n'oublierai jamais. Le docteur venait de partir lorsque je suis retourné hier soir dans la chambre. Valentine dormait à poings fermés, silencieuse, et toujours aussi attirante. Ça m'a fait une telle sensation de la voir dans mon lit, que je me suis approché d'elle. J'ai écarté les draps. J'ai touché sa peau. J'ai pas pu m'arrêter, d'ailleurs je ne souhaitais pas vraiment m'arrêter ; je me suis glissé dans les draps, et pour la première fois de ma vie j'ai pu goûter à son corps et à sa peau si douce.

Ce matin, il y a un peu de soleil et j'ai entrouvert le rideau de la fenêtre. Je suis assis dans mon fauteuil, à trois pas du lit, et j'attends que mon amour se réveille. Maintenant qu'elle est près de moi, je suis patient.

J'ai attendu presque deux heures, et ce n'est que vers dix heures et demie qu'elle a commencé à bouger. Puis elle a ouvert un œil. Je lisais mon journal, je l'ai plié et je me suis avancé. En me voyant, elle s'est légèrement redressée, et elle a vu le soleil à travers la fenêtre.

— Où suis-je ? Quelle heure est-il ?

— Chez moi. Tu as fait une mauvaise chute dans mon bureau. Un docteur t'a soignée. Ça devrait aller maintenant, mais tu dois rester te reposer.

— Quelle heure est-il ?

— Presque 11 heures du matin.

Le regard qu'elle me lance est très clair : elle ne me croit pas. Et pourtant je dis la vérité. Je remarque aussi qu'elle est pleine de méfiance à mon encontre, comme toujours. Sur ce point-là, rien ne semble avoir changé. Ressentant la douleur de sa bosse, elle porte la main à son front.

— Tu t'es cognée en tombant, ça te fait mal ? je lui demande.

— C'est toi…

— Quoi, c'est moi ?

— C'est toi qui m'as frappée… ? dit-elle d'un ton soupçonneux.

Elle se rappelle pas si elle est tombée, par contre elle oublie pas de me haïr ; ça non, elle l'a pas oublié, ni sans doute tout ce qui s'est passé hier.

— Mais non, tu t'es seulement évanouie…

— Je dois partir, je rentre à la maison, dit-elle en essayant de se lever.

Je voudrais pas la frapper pour la retenir, alors j'invente n'importe quoi. Je lui dis qu'elle a perdu connaissance pendant cinq jours, à cause du choc ; et qu'il ne lui sert à rien de retourner au village parce qu'Adrien, arrêté depuis dimanche, a été fusillé hier matin.

Tout cela est évidemment faux, puisque nous sommes samedi et que l'arrestation de mon frère n'est prévue que pour lundi à l'aube, mais je vois pas d'autre solution pour la retenir. Ainsi, le temps qu'elle passera à pleurer, j'aurai un peu de tranquillité.

— Tu veux déjeuner ? je lui demande aussi banalement que possible.

Pas de réponse.

Elle ne me regarde plus. Ses yeux paraissent hagards, son corps entier est figé comme un pic de glace.

Je me lève pour aller lui préparer son petit déjeuner, et au moment de quitter la chambre je me retourne une dernière fois vers elle.

— Il n'a pas souffert… dis-je sur un ton qui sonne juste.

Je ferme la porte, et c'est alors qu'éclate un hurlement terrible. Terrible. J'en ai des frissons dans le dos, mais je ne peux pas m'en vouloir de lui faire de la peine. Maintenant ou dans quelques jours, qu'est-ce que ça change ? Au contraire, ça va la préparer. Et de toute façon, Adrien est mort le jour où cette mine lui a éclaté à la figure. Et ça, j'y suis pour rien ; il fallait pas qu'il y ait cette guerre. Si je suis vivant et lui infirme, j'en suis pas responsable. Absolument pas.

Surveillant le feu sous la casserole de café, je sors du placard le pot de confiture de fraise – je sais qu'elle adore la confiture de fraise. Et je vais lui concocter avec amour de si délicieuses tartines qu'elle m'en dira des nouvelles !

*

* *

Comment ai-je fait pour arriver jusqu'au lavabo ? Je l'ignore. Je suis morte, ou c'est tout comme. J'ai envie de mourir. Si vous saviez combien j'ai envie de mourir ! J'ai mal partout dans la tête. J'ai mal partout. Je me regarde dans le miroir où je vois une personne ; une personne qui ne me ressemble plus. Je m'observe longuement. Non, ce n'est pas moi. Devant moi, au-dessus du lavabo, un objet est posé sur la tablette entre un savon parfumé et un flacon odorant. On dirait qu'il est là depuis longtemps, et qu'il m'attend. J'ai mal à la tête et aux yeux. Je revois Adrien. Son image flotte devant moi, et je n'arrive pas à croire qu'elle s'en aille et disparaisse de mes yeux ; je veux garder son image avec moi. Posé sur la tablette du lavabo, le rasoir à main m'attend. Mon regard que je reconnais difficilement me paraît épouvantable maintenant. Que m'arrive-t-il ?

Si Adrien est mort, je veux mourir avec lui. Il est toute ma vie, alors que me reste-t-il s'il n'est plus là ? Mes doigts se sont maintenant emparés de l'objet. Il ne peut plus m'échapper. Serré dans ma main, il ne m'échappera pas.

Je n'ai pas le temps de regagner le lit que la porte s'ouvre. C'est Henri. Il tient à la main le plateau du petit déjeuner. Comme si j'avais le cœur à manger ! Il me regarde, surpris de me voir debout, et il me demande ce que je fais là au lieu d'être couchée. Je reste muette. Il m'examine et aperçoit tout à coup son rasoir dans ma main. Il pose alors son plateau de victuailles et vient vers moi en me demandant ce que je fais avec ça. « Je veux mourir, voilà ce que je fais avec ça ! » ai-je envie de lui crier, mais je ne dis rien. Je n'arrive plus à parler. Il s'avance toujours.

— Viens te recoucher, ma chérie. Et pose-moi ça, tu veux, me dit-il comme s'il parlait à une attardée.

Plus il s'approche et plus je le hais ! Mais une haine que je ne connaissais pas encore ! Un tel degré de haine que j'ignorais que cela puisse être possible ! Il se met à rire, il ose rire ! Il a fait mon malheur et il rit ! Je vais me tuer et nous verrons s'il rit toujours !

Le coup fut bref, rapide, fulgurant. Henri a voulu m'arracher des mains le rasoir que mes doigts crispés tenaient fermement, et j'ai essayé de l'en empêcher. J'ai eu un mouvement incontrôlé. Je ne savais plus ce que je faisais. Ce n'est seulement quand il a crié que j'ai compris que je lui avais coupé la figure. Il avait du sang partout sur les mains. Il a alors voulu se jeter une deuxième fois sur moi, et pour me défendre j'ai mis sans hésiter l'arme tranchante entre lui et moi. Il s'est arrêté net, comme foudroyé. Le rasoir est planté dans son ventre, et curieusement il ne crie plus ; la peur se dessine sur son visage grimaçant.

— Qu'est-ce que tu as fait ? me lâche-t-il les yeux exorbités de douleur.

— Rien… C'est de ta faute, dis-je en reculant.

— Vite ! Appelle un docteur !

Une mare de sang commence à se former autour de lui, mais, terrorisée, je ne bouge pas d'un centimètre. Je revois le jeune garçon qu'il était autrefois, bien avant que je connaisse Adrien, et je me dis que ce petit garçon-là ne peut pas mourir. Celui qui meurt ce n'est pas Henri, mais Frédéric. J'aurais peut-être sauvé Henri, mais Frédéric, je ne fais que le laisser pâlir et s'affaiblir de seconde en seconde.

— Appelle un docteur… gémit-il.

Je ne bouge toujours pas, je suis incapable de réagir.

— Tu vas payer pour ce que tu as fait à ton frère… murmuré-je accablée en pesant chaque mot.

C'est incroyable, mais il vient de sourire ; et s'il l'avait pu, il aurait même ri !

— Adrien n'est pas mort, avoue-t-il alors d'une voix entrecoupée.

Je suis au comble de la stupéfaction, et l'horreur qu'il m'inspire n'a soudain plus de limite.

— Qu'est-ce que tu dis ?

— Il n'est pas mort…

— Quoi ? Où est-il !

— À la maison… expire-t-il en tombant lourdement sur le plancher.

— Quoi ! Mais qu'est-ce que tu racontes ? dis-je en retrouvant tout à coup des forces pour me jeter sur lui et le secouer.

Tout en criant que je lui fais mal, il parvient cependant à articuler qu'Adrien n'a pas encore été arrêté... Seulement lundi, pas avant.

— Comment ça, lundi ? Quel jour sommes-nous ?

Ses paroles ne sont plus que des murmures inaudibles, et je me relève sans perdre de temps. Le journal ! Je cherche des yeux le journal qu'il lisait tout à l'heure. Je cours dans la cuisine que je repère facilement, et je le trouve plié sur la table. Je l'ouvre nerveusement, et j'aperçois en haut à droite la date du jour : samedi 12 février 1944. Ce n'est pas possible ! Nous sommes samedi !

Mais alors... ! Adrien est vivant et bien vivant !

Mon sang ne fait qu'un tour ! Je dois demander à Henri où il a mis la lettre de dénonciation. Si j'arrive à mettre la main sur cette lettre, le cauchemar est terminé ! Mais lorsque je parviens dans la chambre, je remarque le corps de Henri recroquevillé sur le sol comme un enfant qui dort. Inerte, il ne bouge plus. Je regarde ses yeux, et un grand froid me traverse le dos. Je n'avais jamais vu de mort. C'est la première fois. Enfin, il me semble qu'il est mort, j'en suis presque certaine.

Reculant lentement sans quitter Henri des yeux, je m'assieds sur le lit, la gorge serrée, et des larmes se mettent à couler le long de mes joues. Est-ce le contrecoup de ces dernières heures d'enfer que je viens de vivre ? Est-ce le choc d'avoir tué un homme ? La tristesse que cet homme soit Henri ? Ou bien est-ce peut-être le souvenir du petit garçon qu'il était autrefois qui déjà vient me hanter ? Probablement tout ça à la fois.

J'ai du mal à croire que tout ce qui s'est passé depuis mon arrivée à Bordeaux a véritablement eut lieu. Et pourtant, le corps sans vie de Henri est là pour me ramener à la réalité. Je repense subitement à la lettre, et à la Gestapo qui doit arrêter Adrien, lundi ; et peut-être avant si elle découvre ce qui s'est passé ici… ! Aussi, je n'ai plus une seconde à perdre. Je dois retourner au village pour cacher Adrien ou l'emmener loin, le plus loin possible.

Je m'habille en toute hâte. Je trouve ma valise rangée dans l'armoire. En jetant un drap blanc sur le corps d'Henri, des sanglots me serrent à nouveau la gorge. Sans me retourner, je ferme la porte de la chambre. Je traverse le vestibule en enfilant mon ciré. Je tire les verrous intérieurs de la porte d'entrée, et au moment où j'allais saisir la poignée deux coups retentissent soudain. Paralysée, je ne peux faire le moindre pas, ni réfléchir. Deux autres coups sont donnés. La poignée grince sur son axe. Et la porte s'ouvre lentement. Une femme, apparaissant dans l'embrasure de la porte, sursaute de frayeur en découvrant ma présence.

— Que faites-vous ici ? dis-je avec un sang-froid inespéré.

— Excusez-moi… Je suis bien chez Frédéric ? demande la femme d'une petite voix tremblante.

Prise de panique, j'invente n'importe quoi… Qu'elle se trompe d'étage.

— Pourtant… On m'avait bien dit qu'il habitait au deuxième étage, continue-t-elle en finissant d'entrer.

— Il n'est pas là, je réponds nerveusement.

— Et quand revient-il ?

— Je ne sais pas.

— Ah… dit-elle contrariée. Bien. Dans ce cas je repasserai plus tard…

— Oui. Demain, repassez demain, dis-je brusquement.

Par bonheur elle sort et referme la porte. Une peur panique m'envahit peu à peu. J'attends quelques minutes, et ramassant ma valise je me précipite dans l'escalier sans même penser à refermer la porte derrière moi. Je ne pense à rien sauf à dévaler deux à deux les marches, jusqu'au moment où je déboule, ô miracle sans encombre, dans la rue déserte que balaye un vent glacial. Je prends aussitôt une autre rue à droite, et après une cinquantaine de mètres, je débouche sur un grand boulevard où je demande à une vieille dame la direction de la gare. Suivant ses indications, je marche sans m'arrêter. Je marche sans me retourner. Mon cœur bat trop vite, je suis presque essoufflée ; j'ai peur de tomber au milieu de la rue. J'ai peur que la Gestapo ne m'attrape. Je pense aux tortures, aux cris de la jeune femme l'autre soir, aux coups qu'elle recevait… Lorsque soudain une question terrible me traverse l'esprit : qui me dit que le journal que j'ai vu chez Henri est bien le journal d'aujourd'hui ? Ne peut-il pas, après tout, dater de plusieurs jours ? Et ainsi, ne serions-nous pas réellement mercredi et non samedi ?

Ne pouvant demeurer davantage dans l'incertitude, j'arrête la première personne qui se présente, un homme qui s'engouffrait dans le vent, tête baissée, la main sur son chapeau.

— Excusez-moi, monsieur… Quel jour sommes-nous ? lui demandé-je en l'interpellant poliment.

Surpris, il me regarde avec méfiance, puis curiosité, avant de me répondre sèchement :

— Samedi.

— Samedi 12 février ? ajouté-je avec empressement.

— Oui, samedi 12 février, dit-il comme s'il s'était résigné à l'idée d'adresser la parole à une folle.

Je le remercie alors du fond du cœur, tout en ne pouvant cacher des larmes de soulagement.

— Si je peux vous aider, mademoiselle, n'hésitez pas… me propose-t-il en me voyant partir bouleversée.

Je le remercie encore mille fois. Et je disparais.

*
*   *

Nous venons de passer Chalais ; et si tout se passe bien nous arriverons à Angoulême dans une petite heure.

Je me suis assise dans le même compartiment que la jeune femme qui était tout à l'heure chez Frédéric.

Lorsque je l'ai surprise s'enfuyant précipitamment de chez lui, il y avait à peine une minute ou deux que j'étais cachée dans la pénombre, au fond du couloir du deuxième étage. J'avais remarqué qu'elle était sur le point de sortir, mais mon arrivée aussi inattendue qu'inopportune l'avait, semblait-il, retardée. J'ai l'œil. Dévalant l'escalier comme si le diable la poursuivait, je l'ai un instant suivie du regard, puis sortant mon pistolet du sac, je suis entrée dans l'appartement dont elle n'avait même pas refermé la porte. Cherchant calmement cette crapule de Frédéric, je m'exhortais toute seule en tenant des deux mains l'arme à feu qui l'enverrait en enfer. Mais c'est alors avec surprise, frayeur et déception, que je l'ai trouvé déjà gisant sous un drap blanc empourpré de sang. Ses yeux étaient fixes, mais par sécurité j'ai quand même braqué le pistolet sur lui. Serrant les mâchoires, j'ai appuyé sur la détente, deux fois. Deux coups de feu dont les terribles détonations m'ont projetée contre la porte. « Voilà, plutôt deux fois qu'une, pensai-je en voyant les deux trous béants où s'étaient logées les balles. » Ensuite j'ai à mon tour dévalé l'escalier, et j'ai couru jusqu'à la place des Quinconces. Comme il était prévu dans mon plan, j'ai jeté le pistolet dans la Garonne en passant près des quais, et je me suis rendue chez madame Jaubert afin de récupérer Pierre. Après quoi, je me suis dirigée avec hâte vers la gare. Je suis montée dans mon train sans difficulté ; et par le plus grand des hasards, alors que je traversais les wagons à la recherche de deux places, j'ai aperçu assise au fond d'un compartiment la jeune femme de tout à l'heure. Cette coïncidence aussi intrigante que passionnante, attirait trop ma curiosité pour que je laisse passer une telle occasion de faire plus ample connaissance. Je me suis donc assise en face d'elle. Elle a d'abord été très surprise, très désagréablement surprise, je dirais.

Elle n'a qu'une petite valise avec elle. Son imperméable est plié sur ses genoux. Elle m'observe de temps en temps, du coin de l'œil, paralysée par la peur. Je voudrais bien la rassurer, mais il y a trop de monde autour de nous pour parler en toute sécurité.

— Je m'appelle Yvette, lui dis-je enfin au bout d'une heure de route pour briser le silence. Et voilà mon fils Pierre. Nous descendons à Angoulême. Et vous ?

Elle ne me répond pas et serre au contraire sa valise contre elle, comme pour se protéger de moi et de mes questions.

Décidée à agir, j'ouvre mon sac à main pour en sortir un crayon ainsi qu'un bout de papier sur lequel je note discrètement : « N'ayez pas peur, je sais ce que vous avez fait, et je l'approuve. »

Tout aussi discrètement, je glisse au bout d'un moment le papier au creux de sa main. Elle me regarde avec curiosité, en se demandant probablement quel est ce manège auquel je l'invite à se prêter.

Quelques minutes s'écoulent encore avant qu'elle saisisse l'occasion de lire subrepticement le message. Une fois la chose accomplie, je remarque avec plaisir que son regard est différent, quoique encore méfiant et intrigué, mais plus détendu.

— Vous rejoignez votre mari ? me dit-elle après un très long silence en regardant mon fils Pierre.

Là, c'est moi qui ne réponds pas. Je n'ai guère envie de claironner mon histoire dans tout le wagon. Nous vivons une époque où il faut faire attention à ce qu'on dit.

Dans un sifflement de vapeur, le train entre en gare d'Angoulême.

— Au revoir, dis-je à la jeune femme en me levant.

— Au revoir. Je m'appelle Valentine, me répond-elle en osant enfin un léger sourire.

Sur ce, je m'apprête à sortir, mais voyant venir vers moi des voyageurs un peu affolés qui se précipitent vers les sorties, je m'écarte du passage en me serrant près de la porte. « La Gestapo est dans le train », murmure l'un d'eux. D'un coup, je regarde en direction de Valentine qui a entendu. Son visage est livide. Elle se lève d'un bond, saisit sa valise, et tout en s'excusant, essaie de se frayer un passage entre les occupants. Elle me suit dans le corridor et nous descendons du wagon. Dans la cohue de la gare, je tiens Valentine au bras en l'entraînant avec moi. Pierre ne cesse de crier parce que nous marchons trop vite. Par je ne sais quel miracle, nous traversons sans difficulté les barrages de la Milice qui ne semble pas faire cas de nous, et nous atteignons la sortie. Je cherche des yeux mon beau-père qui, je le sais, doit faire les cent pas sur le trottoir.

Derrière moi j'entends quelqu'un m'appeler, et je reconnais sa voix. Je me tourne. Oui, ça y est ! Je le vois de l'autre côté de la chaussée, c'est lui ! Nous traversons alors aussi vite que possible.

— Bonjour, beau-papa, dépêchons-nous, ne restons pas là ! dis-je en prenant à peine le temps de l'embrasser.

Sans comprendre nullement ce qui se passe, il nous obéit cependant. Il prend Pierre dans ses bras, et tout en me posant des questions que je laisse sans réponses, il nous conduit vers la voiture qu'il a garée un peu plus loin.

Odile, la maman de Bernard, nous attend debout près de la voiture, les bras ouverts. Au moment où elle nous aperçoit enfin, elle agite sa main gantée. Nous nous embrassons rapidement, puis elle arrache des bras de son mari le petit Pierre qu'elle se met à serrer chaudement contre son cœur. N'ayant pas vu son petit-fils depuis bientôt deux ans, je laisse l'étreinte durer encore quelques instants, malgré les regards affolés que me lance Valentine en surveillant les alentours.

— Odile, le temps presse, nous devons y aller, dis-je en lui ouvrant la porte afin qu'elle s'installe.

— Que se passe-t-il ? demande-t-elle avec curiosité.

— Oui, que se passe-t-il ? renchérit mon beau-père, gravement inquiet.

— Allons-y ! Je vous expliquerai après !

— Comment ? Cette jeune dame va venir avec nous ? dit-il, tout étonné que je pousse Valentine à l'intérieur.

— Justin, je vous en conjure ! dis-je en claquant la portière, démarrez donc ! Il sera toujours temps de discuter une fois que nous serons partis !

— Oui, mais enfin… commence-t-il en râlant.

— Bon, tu entends ce qu'on te dit ! Oui ou non ! Allez démarre ! s'exclame Odile qui vient à mon secours.

Obéissant enfin, Justin met le moteur en route, et nous traversons le centre-ville d'Angoulême. Une fois sortis d'affaire, je leur présente Valentine.

— Elle est comme moi, elle n'aime pas trop ces fumiers de la Gestapo, dis-je en guise de conclusion, pour éclaircir les questions qui à n'en pas douter demeurent en suspens dans l'esprit de Valentine.

— Mademoiselle, dit Odile en la gratifiant d'une sorte d'admiration, je suis enchantée de faire votre connaissance.

— De même, madame… Merci…

— Détendez-vous, vous n'avez plus rien à craindre… continue Odile en tapotant le dessus de la main que lui présente Valentine.

— Merci beaucoup, madame…

C'est avec une grande reconnaissance que Valentine se tourne alors vers moi en me souriant. Moi, je m'approche d'elle, et comme pour sceller notre amitié, je lui donne un baiser sur sa joue. Cachant son visage dans ses mains, elle laisse alors doucement les larmes envahir ses yeux.

— Maman ? Pourquoi elle pleure la dame ? me demande Pierre en me tirant sur le bras.

Avant que j'aie le temps de répondre, Valentine relève la tête.

— Non, c'est fini… Tu vois, je ne pleure plus, dit-elle en s'essuyant les yeux.

Elle nous regarde tous avec un apaisement qui fait chaud au cœur, et elle embrasse mon fils au-dessus du front.

*

* *

Comment ai-je fait pour rencontrer de tels gens ? Ils sont si gentils, tellement formidables. Les beaux-parents d'Yvette habitent, près de Nontron en Dordogne, une superbe et grande maison située à l'écart de la ville. Durant le trajet pour aller chez eux, je leur ai plusieurs fois demandé de me laisser sur la route. J'ai tout essayé, j'ai dit que je saurais me débrouiller, qu'ils avaient été trop aimables et que je ne voulais pas abuser de leur bonté, mais rien n'y a fait. Ils m'ont amenée chez eux, et pour clôturer le tout, ils m'ont gardée à déjeuner. Mais je n'ai rien pu avaler. Ils ne veulent pas me laisser partir. Ils disent que je dois rester me reposer. Mais je ne veux pas me reposer, je dois rentrer au village le plus vite possible, et agir avant que la Gestapo apprenne la mort d'Henri – si ce n'est déjà fait – auquel cas, Adrien pourrait bien être en danger à l'heure qu'il est.

Lorsque Yvette a réalisé que j'étais décidée à partir coûte que coûte, elle m'a proposé avec l'accord de madame Odile de me raccompagner directement au village.

— Comment ? dis-je avec étonnement.

— Oui, on va te ramener chez toi, précise Yvette.

Bien que cette proposition me tente, je ne pus toutefois me résoudre à abuser encore de leur incroyable bonté.

— Non, je connais quelqu'un qui, je pense, pourra venir me chercher, dis-je en déclinant poliment l'offre.

Le docteur Conte qui grâce à sa profession a droit à des rations d'essence, est une des rares personnes au village à pouvoir utiliser à peu près normalement son automobile ; et connaissant de plus sa tendresse à l'égard de notre famille, je ne me suis pas trop fait de soucis quant à sa venue. Cependant durant presque une heure, le téléphone du docteur ne répondait pas, et l'opératrice des postes a dû lancer plusieurs fois l'appel avant que nous puissions enfin avoir la communication, vers une heure et demie de l'après-midi. Surpris de m'entendre de si loin, et après lui avoir expliqué brièvement la situation, le docteur n'a fait aucune difficulté et m'a dit qu'il se mettait immédiatement en route. Si tout se passe bien, il devrait arriver vers trois heures et demie. Il m'a avoué bien connaître la ville de Nontron, et madame Odile lui ayant très bien expliqué le chemin pour trouver la maison, il ne me reste plus qu'à l'attendre.

Après le repas, Yvette et madame Odile se sont mises à la vaisselle ; et alors que j'aurais souhaité les aider, elles m'ont proposé d'aller m'allonger pour essayer de dormir. Impossible. Impossible de me reposer. Impossible de me calmer. Impossible de m'asseoir... Tout me semble irréalisable.

Une fois que le petit Pierre, fatigué du voyage, a été couché pour sa sieste, Yvette m'a fait visiter la maison. Ensuite, nous sommes allées nous promener dans le jardin, mais je suis incapable de décrire ce que j'y ai vu ; je n'ai rien vu à vrai dire ! C'est comme si mes yeux ou une partie de mon esprit ne fonctionnaient plus ! L'idée même de me concentrer sur autre chose que l'urgence de mon retour à la maison m'était inconcevable.

— Je t'ai vue quand tu t'es enfuie de chez Frédéric, me dit Yvette d'une voix douce. J'étais cachée dans l'ombre du couloir et je t'ai vue quitter l'appartement… ajoute-t-elle comme un aveu.

— Pourquoi fais-tu tout ça pour moi ? dis-je naïvement.

Yvette m'observe en silence, comme si au même instant une pensée venait de s'emparer d'elle.

— Comme c'est drôle, dit-elle en baissant les yeux. C'est exactement cette question que je lui ai posée un jour, et il m'avait répondu : « Pour rien. »

— C'est ce Frédéric dont tu parles ?

— Oui, répond-elle dans un soupir, c'est de lui qu'il s'agit. Eh bien, moi, je fais tout ça pour toi parce que si tu n'avais pas descendu cette crapule, c'est moi qui l'aurais fait.

Le regard d'Yvette est noir, et la voix pleine d'amertume. Ainsi les choses deviennent pour moi tout à coup plus claires : son arrivée ce matin chez Henri alors que je m'apprêtais à m'enfuir, son entrée dans le wagon où je m'étais installée, son petit mot griffonné au crayon, rien n'était le fruit du hasard.

— Alors, tu le connaissais toi aussi ? dis-je en la regardant tristement.

— Si je connaissais Frédéric de Wille ? Mais ce fut même mon plus grand malheur, me répond-elle d'une voix lourde de regrets. C'est lui qui a retrouvé la trace de Bernard, mon mari, qui finalement se trouvait prisonnier non pas en Allemagne, mais au camp de Mérignac… Il a subvenu à tous nos besoins pendant des semaines, en me promettant jour après jour la libération de Bernard : il s'occupait de l'affaire. Je ne savais pas encore que son affaire, c'était ni plus ni moins de m'allonger sur son lit. Quand il m'a avoué ce qu'il voulait de moi en retour de son aide bienveillante, j'ai aussitôt compris que je ne pourrais plus rien pour Bernard. Repoussant ses avances, il m'a alors menacée de viol ; et il n'a plus cessé de me harceler en me faisant du chantage sur Bernard. Un matin, je m'étais décidée à le tuer, mais lorsque je suis arrivée devant chez lui, je suis repartie comme j'étais venue ; c'est drôle parfois le désir qu'on a de tuer certaines gens, et puis ça passe, ça retombe comme un soufflet, va savoir pourquoi.

Le silence s'installe entre Yvette et moi. Un silence bienfaisant, comme s'il nous aidait à dissiper nos tourments.

— La semaine dernière, continue-t-elle d'une voix coupée par l'émotion, il est venu m'annoncer qu'il venait de faire déporter Bernard… Et il a eu l'atrocité de me dire avec le sourire, que j'en étais la seule responsable…

Yvette sort son mouchoir et s'essuie les yeux d'un geste bref. Pauvre Yvette, qui peut nous dire ce que nous faisons dans cet enfer ?

— J'ai passé des journées entières à pleurer, reprend-elle en me serrant le bras, avant d'arriver à comprendre que de toute façon il n'aurait pas libéré Bernard : il m'aurait eue moi, et il ne l'aurait pas libéré.

Yvette a évidemment raison, et il ne peut plus être question pour moi de regretter le geste que j'ai accompli ce matin. Et, bien que tout cela me paraisse lointain – au point de ne plus être certaine d'avoir réellement commis un acte aussi terrible –, je n'en ressens aucun remords.

Monsieur Justin qui à l'instant vient de nous rejoindre dans le jardin, me propose de l'accompagner sur la grand-route afin d'attendre l'arrivée du docteur.

Il craint de le voir manquer l'embranchement qui mène à la maison. Madame Odile a beau dire que c'est inutile, en prétendant qu'il est impossible de se tromper, il insiste tellement que je ne peux refuser davantage sans risquer de le froisser. Il est bientôt 15 h 30, et c'est ainsi que nous nous retrouvons seuls sur le petit chemin de terre qui descend vers la route.

— Il ne devrait pas tarder, dit-il pour briser un silence pesant.

— J'espère qu'il n'a pas eu d'ennuis sur la route…

— Ne parlez pas de malheur.

— Vous avez raison, j'en conviens maladroitement.

— D'ailleurs, commence-t-il après une hésitation, maintenant que vous me parlez de ça… Oui, puisque vous en parlez, dit-il en passant sa main sur son crâne à moitié chauve comme s'il cherchait ses mots. Écoutez mademoiselle, je n'ai pas beaucoup de temps, aussi je vais aller droit au but : je ne cache pas que votre présence ici chez moi m'a beaucoup inquiété. Et quand j'ai su que vous repartiez dès cet après-midi, ce fut pour moi un soulagement inespéré. Vous ne devez pas revenir ici. Jamais. Vous m'entendez ? Votre façon de mettre en danger comme vous le faites la vie d'honnêtes gens, me dérange et me déçoit énormément. J'espère que vous me comprenez, n'est-ce pas ?

— Mais…

J'étais tellement interloquée que je ne savais quoi répondre.

— Vous êtes-vous rendu compte ne serait-ce qu'une seconde, qu'en venant chez moi vous avez pris le risque irréfléchi et intolérable de nous faire tous arrêter et fusiller !

— Mais… Je… Je n'ai pas tellement fait attention, monsieur… J'étais en danger, j'ai eu peur… Yvette m'a entraînée avec elle… Je m'excuse, mais je n'ai guère eu le temps de choisir… D'ailleurs, je n'avais rien demandé à personne… Si vous ne vouliez pas m'aider, il fallait me laisser là-bas…

— Si j'avais su de quoi il s'agissait, croyez bien que je l'aurais fait…

— Je vois.

— Non, vous ne voyez pas. Je n'ai rien contre vous. Vous êtes libre de faire ce que vous voulez. Mais par pitié, ne mêlez pas des pauvres innocents à vos activités douteuses, et surtout lorsqu'il s'agit de ma famille !

— Quoi… ?

— Je vous demande de laisser ma famille en dehors de vos sales histoires ! Vous pouvez faire ce que vous voulez, où vous voulez, mais pas chez moi. Suis-je assez clair ?

— Mais qu'est-ce qui vous prend de me parler sur ce ton ?

— Écoutez, je ne veux pas discuter davantage avec vous. Partez d'ici et ne revenez plus jamais, sinon je n'hésiterai pas à vous chasser.

— Merci monsieur… J'ai eu beaucoup de plaisir à vous connaître…

— Où allez-vous ? m'arrête-t-il en me voyant repartir vers la maison.

— Rejoindre des personnes qui ont une âme un peu plus humaine que la vôtre… dis-je en avouant mon indignation.

— Ne vous méprenez surtout pas. Je suis notaire et tout ce que j'ai, je l'ai acquis par le travail ! Je protège ma vie et ma famille comme je peux, rien de plus ! Vous comprenez ? Il y a assez d'un prisonnier dans la famille… S'il revient un jour… ! Et que tout ceci reste entre nous, Yvette et ma femme ne comprendraient pas…

— Comme vous dites, dis-je étonnée d'une telle lucidité.

Avant de le laisser définitivement seul au bord de la route, je lui annonce qu'il ne doit pas compter sur moi, n'existant plus à mes yeux, pour lui faire mes adieux quand je partirai.

Il en paraît ravi. Moi aussi.

*

* *

Je roule vite car la petite me l'a demandé. On roule trop vite, mais tant pis. J'ai compris qu'il se passe quelque chose de grave. Elle a un teint effroyable, ainsi qu'une ecchymose au-dessus de l'œil, mais je ne pose pas de questions, pas encore. Il n'y a pas cinq minutes que nous sommes partis ; je viens, à l'instant, de démarrer.

— Emma s'inquiète. Qu'est-il arrivé ?

— Vous l'avez prévenue ?

— Oui, quand même, c'est la moindre des choses, je suis passé devant la boulangerie pour venir jusqu'ici. Et elle m'a dit qu'elle enverrait quelqu'un prévenir tes parents.

— Vous avez vu Adrien ces jours-ci ? Il va bien ? me demande-t-elle en pleurant.

— Tu pleures ? Pourquoi pleures-tu, petite ?

J'essaie de la réconforter, mais ne sachant ce qui se passe, je ne sais finalement quoi lui dire.

— Tu sais, il y a une surprise pour toi au village…

— Ah bon ? dit-elle en reniflant. Quelle surprise ?

Je pourrais ne pas lui dire, mais le moment est bien mal choisi pour faire des mystères.

— Ta sœur est chez toi…

Elle demeure un instant interdite. Il y a un long silence durant lequel elle semble réfléchir.

— Vous êtes sûr ?

— Oui, quand même, je l'ai vue ce matin au village…

— Et depuis quand est-elle rentrée ? demande-t-elle en se mouchant.

— Hier après-midi, je pense…

Il y a encore un long silence.

— Tu ne veux pas me dire ce qui se passe ?

Elle hésite, et me répond enfin en rangeant son mouchoir :

— Je suis recherchée par la Gestapo, les Boches et la Milice.

J'ai cru qu'elle plaisantait, alors j'ai ri ; mais comme elle ne riait pas et que je sentais qu'elle allait se remettre à pleurer, j'ai repris mon sérieux et j'ai essayé d'analyser la situation.

— Eh bien, tu n'as pas perdu ton temps, dis-je au bout d'un moment plus que jamais stupéfait.

Le trajet ne dura que deux heures. J'avais mis un peu plus de temps à l'aller qu'au retour. Nous sommes arrivés au village vers 6 heures du soir. J'ai déposé la petite devant la boulangerie en klaxonnant pour avertir de notre arrivée ; aussitôt Emma et Françoise se sont précipitées dehors.

*

* *

Adrien, debout devant l'entrée de la boulangerie, tenait Paulino dans ses bras. En une seconde, le souvenir d'Henri m'exposant dans son bureau le plan de ses atrocités m'a projetée de plein fouet dans les bras des deux êtres qui m'étaient les plus chers au monde. C'est à cet instant seulement que je fus consciente de revenir de l'enfer.

Derrière lui, je remarque Susie et maman qui attendent pour m'embrasser. Maman me serre très fort, et Susie est heureuse de me revoir. Puis, Emma fait entrer tout le monde dans la cuisine, même le docteur à qui elle propose une bonne boisson chaude.

— Bon, maintenant, dites-moi, les filles, là, commence maman avec curiosité, qu'est-ce que c'est ces histoires de lettres ? On voudrait bien comprendre ce qui s'est passé !

— Moi, je n'étais pas au courant, répond Susie.

— Oui, je sais que tu n'étais pas au courant, réplique maman, d'ailleurs comme d'habitude, tu n'es jamais au courant de rien ! Cependant ta sœur est partie te chercher je ne sais où, le jour où tu reviens après un an sans la moindre nouvelle de toi ! Parbleu ! C'est quand même fort, non ?

— Écoute, maman, si c'est pour t'entendre crier, j'aime autant repartir de suite, rétorque Susie.

— Arrêtez donc de vous disputer, dis-je avec lassitude en m'asseyant près d'Adrien, et en prenant Paulino sur mes genoux. Il y a des choses bien plus graves…

— Qu'est-ce que tu veux dire ? demande maman.

— Adrien est en danger…

— Quoi ! s'exclame Emma.

— Adrien ? dit Charles tout étonné.

— Pourquoi ? Que se passe-t-il ? me demande Adrien alors que je tiens sa main serrée dans la mienne.

— Chéri, la Gestapo va venir t'arrêter demain. Tu as été dénoncé…

— Seigneur ! soupire Emma en s'effondrant de consternation sur une chaise.

— Dénoncé ? s'exclame Charles.

— Comment ça, dénoncé ? murmure Adrien avec une totale incompréhension.

— Parbleu, c'est impossible, dit à son tour maman après mûre réflexion.

— Oui… C'est même ridicule. Dénoncé pour quoi, je me le demande… Pour cueillir des pâquerettes peut-être ? ose ironiser Susie.

D'un regard qui la fusille net, je mets aussitôt fin à l'humour plus que douteux de ma sœur. Et il est clair que personne dans cette maison ne semble comprendre la situation. Il n'y a que le docteur qui ne dit rien. Il nous observe, silencieusement.

— Écoute, Susie, je ne vais pas t'expliquer ce qu'est la Gestapo, tu dois le savoir mieux que moi. Je ne sais qu'une chose, c'est qu'ils vont venir demain matin arrêter Adrien… Et pour éviter qu'une telle chose ne se produise, aussi absurde soit-elle, je ne vois pas d'autre solution que de déguerpir.

— Mais pourquoi ? Il n'a rien fait ! Nous leur dirons tous qu'il n'a rien fait et ils verront bien qu'ils font une erreur !

— Emma, je vous en prie, revenez sur terre, dis-je réellement exaspérée.

— Ces gens-là ne se déplacent pas pour rien, fait enfin remarquer Susie qui retrouve un tant soit peu de lucidité.

— Non. Il y a forcément une erreur… Attendons demain, et nous nous expliquerons avec eux, annonce Charles d'une voix trop sûre, tellement sûre qu'elle m'en paraît ridicule.

— Exactement, renchérit Emma.

— Emma et Charles, si c'est la mort de votre fils que vous voulez, continuez donc à vous entêter ! dis-je avec agacement.

— Elle a raison, intervient enfin le docteur. Il ne serait pas raisonnable de prendre le moindre risque. Qu'en penses-tu, Adrien ?

— Si Valentine dit que je suis en danger, il n'y a pas à hésiter.

— Il faut absolument partir, c'est une question de vie ou de mort, lui dis-je très sérieusement.

Ensuite, il a fallu se mettre d'accord sur le lieu où nous pourrions nous cacher sans le moindre risque. Charles a d'abord proposé chez son frère, à Limoges.

— C'est bien, ça ! s'écrie aussitôt Emma. Pour que la Marguerite les jette à la rue à la première difficulté !

— Mais qu'elle ne s'avise pas de faire un tel sale coup, ou elle aura affaire à mon frère ! réplique Charles un brin vexé.

— Qui donc ? Ton frère Edmond ? dit-elle en pouffant. Il n'est bon qu'à dire amen à tout ce que dit sa perruche !

Charles s'accorde très bien avec son frère ; en revanche Emma ne peut pas supporter sa belle-sœur. Aussi, exténuée de les entendre se chamailler, j'ai expédié l'affaire en leur disant que de toute façon, Limoges, c'était trop près.

— Dans ce cas, le mieux c'est chez Yvonne, dit Emma d'un ton savamment étudié.

C'était une idée aussi merveilleuse qu'ingénieuse, et je me demandais comment nous n'y avions pas pensé plus tôt.

— Ben oui, quoi ? Yvonne de « La Rochelle », ta petite-nièce ! souligne Emma en s'adressant à son mari qui la regardait avec des yeux effarés.

— Oui, ça va, j'ai compris, finit-il par articuler. Mais sais-tu seulement où ils habitent ?

— Parfaitement ! Et tu le sais aussi bien que moi !

— Oui, mais tu sembles oublier qu'ils ont déjà déménagé plusieurs fois depuis l'année dernière !

— Elle a écrit dernièrement pour le nouvel an et j'ai gardé l'adresse, figure-toi ! dit Emma triomphante.

— Et alors ? Rien ne dit qu'ils sont encore à Toulouse !

— Ah, ne commence pas ! Ils ne déménagent pas tous les mois, si ?

— Bon, c'est décidé, nous partons chez Yvonne, dis-je pour clore l'incident.

Nous n'avions pas revu Yvonne et Henri depuis leur visite éclair l'année passée, et cette agréable perspective me gonflait le cœur de joie autant que de soulagement.

— Vous verrez, vous serez bien chez eux… me dit Emma en clignant de l'œil.

— Oui, je sais, dis-je en lui répondant par un sourire.

— Et elle n'a pas une pierre à la place du cœur… comme certaines, ajoute-t-elle à l'adresse de son mari à propos de sa belle-sœur Marguerite qui, à en croire Emma, n'avait apparemment rien d'une fleur.

Charles sort en haussant les épaules.

— Bon, je me dépêche, je vais vous chercher cette adresse, dit Emma en montant dans sa chambre.

Quelques minutes plus tard, elle redescend avec la précieuse enveloppe et lit à haute et intelligible voix, l'adresse inscrite au dos.

— Il faudrait les prévenir de notre arrivée, dis-je avec quelques scrupules.

— Si ces personnes ont le téléphone, je peux facilement m'en charger ? propose notre cher docteur.

— Oui oui, il me semble qu'ils ont bien le téléphone, mais rien ne presse, répond Emma. Cela peut attendre à demain, tant que les enfants ne sont pas encore partis, rien ne presse !

— Non, non, insiste le docteur, Valentine a raison. Il faut être sûrs de leur destination avant de les lâcher dans la nature.

Ainsi, après avoir réglé cette question, vint le moment de réfléchir au moyen de locomotion le moins risqué pour nous rendre jusqu'à Toulouse. Nous pensions tous au train, mais le danger dans les gares était trop important pour que nous choisissions cette solution. C'est alors que le docteur, qui parlait peu mais parlait bien, prend à nouveau la parole et nous annonce sans aucune espèce d'embarras, qu'il est prêt à mettre sa voiture à notre disposition.

— Mais docteur, vous n'y pensez pas, proteste Emma. Vous ne pouvez pas rester sans voiture…

— Ce n'est qu'une affaire de deux ou trois jours, le temps à mon fils Daniel de faire l'aller-retour, dit-il simplement. Du reste, j'en ai une autre plus vieille qui roule moins bien certes, mais qui en attendant suffira largement pour me déplacer en campagne.

— Vous êtes trop généreux, docteur, le remercie maman en le bénissant du regard.

— Mais non, ce n'est rien, dit-il pour esquiver le compliment. Quand comptez-vous partir ? ajoute-t-il en se tournant vers Adrien et moi.

— Demain, dès l'aube, dis-je sans hésiter. On ne peut se permettre d'attendre davantage.

— Entendu, acquiesce-t-il en se levant. Sur ce, je vais prévenir votre famille et préparer l'itinéraire.

— Merci encore pour tout, cher docteur, intervient Emma en le raccompagnant. Charles va vous suivre… Il peut quand même téléphoner à sa nièce… !

Après quoi maman monte à l'étage avec Emma afin de préparer les valises. Moi, je profite de l'occasion pour dire à Susie que je dois lui parler, et nous sortons. La nuit commence à tomber. Nous descendons le petit chemin qui mène au bois de Mercier. Quand nous atteignons l'orée du bois, où je sais que nous serons tranquilles, je me retourne vers elle et je lui colle une gifle magistrale qui l'envoie rouler par terre dans les feuilles.

— Et c'est maintenant que tu reviens ! hurlé-je de toutes mes forces. Tu disparais pendant un an ! On ne te voit plus ! Aucune nouvelle ! Et c'est maintenant que tu reviens !

Susie sanglote sans comprendre.

— Mais quoi ? Qu'est-ce que t'as ? bafouille-t-elle.

— Est-ce que tu te rends compte qu'à deux jours près, tout était changé !

Sans comprendre davantage, elle frotte sa joue douloureuse :

— Mais de quoi tu parles ?

— Je te rappelle que vendredi j'ai dû partir te chercher.

— Oui, maman m'a parlé de cette lettre, mais j'y suis pour rien !

— J'ai cru qu'on t'avait torturée… ! Ou que tu étais morte… !

— Mais tu t'es inquiétée pour rien ! On m'a obligée à écrire cette lettre ! Je ne savais même pas qu'elle te serait destinée… ! Franchement y a pas de quoi s'énerver !

— Si tu étais revenue deux jours plus tôt, Henri serait peut-être encore vivant… dis-je sans même réfléchir.

Susie aimait beaucoup Henri, même un peu trop à mon goût, aussi je n'aurais jamais dû lui apprendre la nouvelle. Mais c'est sorti tout seul. Durant de longues minutes, Susie n'a eu aucune réaction.

— Ne dis rien à personne… ajouté-je plus que désolée, et surtout pas à Emma, ça la tuerait.

Derrière son grand regard vide, ma pauvre petite sœur ne cède pas même une larme. Je ne sais plus dire ce qu'elle ressent. Au bout de quelques minutes, elle me demande ce qui s'est passé.

— Il a été tué chez lui…

— Tué ? Mais par qui ?

— On ne sait pas. Un règlement de comptes, sûrement.

— Tu mens… me dit-elle brusquement.

— Je mens ? Et pourquoi je mentirais ?

— Alors comment sais-tu qu'il est mort ?

Maintenant je voudrais partir. Elle sait l'essentiel. Je dois m'en aller. D'ailleurs, je m'en vais…

— Réponds-moi, insiste-t-elle en m'attrapant le bras, sans méchanceté, au contraire presque avec amour.

Ses yeux baignés de larmes, elle me serre contre elle. Elle me fait trop de peine, ma petite sœur.

— Jure-moi de ne rien répéter à personne.

— Je te le jure.

— Henri travaillait pour la Gestapo, c'est pour ça qu'il a été tué.

Elle m'a longtemps observée, probablement pour s'assurer que je disais bien la vérité.

— Qu'est-ce que tu racontes ? me dit-elle sans quitter mon regard. Tu es complètement folle ?

— C'est la vérité.

— C'est impossible. Henri est un résistant de la première heure.

— C'est ce qu'il a fait croire. Mais moi, je l'ai vu.

— Tais-toi, tu mens, conclut-elle en s'en allant.

J'étais certaine qu'elle refuserait de me croire, parce qu'elle ne l'a pas vu. Si seulement elle avait pu le voir tel qu'il était.

Je cours derrière elle pour la rattraper.

— Il avait un bureau à lui tout seul à la Gestapo…

— Tais-toi…

— Il était très haut placé…

— Arrête, s'il te plaît.

Elle continue à marcher et refuse de m'écouter.

— Susie, c'est difficile à imaginer, mais c'est lui qui décidait du sort de centaines de Juifs et de résistants !

— Mais tu es horrible !…

— J'ai tout vu, c'était un salaud !

— Évidemment, de suite les grands mots…

— Quoi ? Quels grands mots ? Susie, écoute-moi…

Je l'arrête en lui prenant le bras.

— Laisse-moi, ça ne m'intéresse pas… me dit-elle en s'agitant. Évidemment toi, tu n'as pas imaginé une seule seconde qu'il puisse être un agent double !

— Qu'est-ce que c'est ?

— Un agent double opère en réalité pour le compte de la Résistance ! Ça t'a pas traversé l'esprit ! Ça t'arrange bien de croire seulement ce que tu as vu !

Je l'empêche d'aller plus loin, et je lui dis droit dans les yeux, ces grands yeux qui n'arrêtent pas de pleurer maintenant :

— C'est lui qui a organisé l'arrestation d'Adrien ! Est-ce que tu vas finir par comprendre que Henri était devenu cinglé ?

— Non, je ne te crois pas ! Jamais ! Et s'il est mort, alors je veux crever aussi ! Tu entends ! Toute ma vie est fichue maintenant !

— Ta vie ?

— Bien sûr, tu ne comprends pas, tu ne comprends jamais rien ! Il n'y a que quand ça t'intéresse que tu comprends ! Tu n'es qu'une égoïste !

Une seconde j'essaie de rassembler mes esprits, tant je n'ose croire ce qu'il me semble comprendre.

— Susie, tu ne veux quand même pas me dire que tu étais amoureuse d'Henri ?

— Ça ne te regarde pas ! Laisse-moi… Laisse-moi tranquille, gémit-elle en s'échappant.

Cette fois, je la laisse partir.

Alors, c'était donc ça !

Mais comment ai-je pu ne pas m'en rendre compte avant ?

Cela me paraît aujourd'hui tellement évident. Oui, c'était tellement évident que cela crevait les yeux, et durant tout ce temps je n'ai rien vu ! Absolument rien vu ! J'aurai dû me douter que seule ma sœur pouvait s'enticher d'un type aussi fade qu'Henri ; elle n'a jamais pu résister aux bêtises les plus invraisemblables et aux désirs les plus grotesques, mais là, ça dépassait les bornes ! Tout ce qui était irréalisable ou même inconcevable pour quiconque ne semblait pas être fait pour la gêner.

Ça alors… Ma sœur amoureuse d'Henri !

Si je m'attendais à pareille nouvelle !

*

*   *

Si mon amour est mort… Je ne suis même pas sûre que cela soit vrai… Non, c'est impossible… Je ne le supporterai pas. Ce n'est pas possible. Tout ce que m'a dit Valentine est impossible. Mon amour n'était pas un traître. Ma sœur le détestait, elle a dû inventer ; ou quelqu'un lui a dit toutes ces choses et elle les a crues. Mais moi, je ne les crois pas.

La voiture du docteur est garée devant la boulangerie. Le capot est ouvert, et procédant aux dernières vérifications mécaniques, Charles, papa, le docteur et son fils Daniel sont attroupés autour du moteur qui ronfle bruyamment. Maman et Emma courent dans tous les sens pour s'assurer que rien n'a été oublié dans les bagages et les provisions. Moi, je suis assise sur le muret de l'école de l'autre côté de la rue, et j'observe avec indifférence les préparatifs du départ. Je ferme les yeux. Et j'essaie de penser à Henri.

La rue est déserte, silencieuse, angoissante, comme si tout à coup les voitures de la Gestapo pouvaient à tout moment surgir de la place du Champ de foire.

Puis, Valentine, Adrien et Paulino apparaissent bientôt sur le seuil de la boulangerie. Daniel referme le capot de la voiture en s'essuyant les mains au moyen d'un chiffon tout graisseux. C'est lui qui va les conduire jusqu'à Toulouse chez une cousine à Charles et Emma. Le docteur a prévenu la personne, hier par téléphone, et elle les attend déjà avec impatience.

Il doit être environ 7 heures. Tout est prêt pour le départ. Papa et maman embrassent Valentine et le petit Paul. Charles aide Adrien à s'installer à l'avant de l'auto, et Emma a dit cent fois au revoir sans cesser une minute de s'essuyer les yeux.

Moi aussi, je vais partir ; dans quelques jours, le temps de m'organiser. Je dois retourner à Bordeaux pour retrouver Henri… Ce n'est pas possible qu'il soit mort…

Une fois là-bas, je saurai exactement ce qu'il en est de toute cette histoire. Pour l'instant, je refuse d'y croire.

Le jour se lève à peine lorsque la voiture démarre. La rue est déserte. Et les bras s'agitent en signe d'adieu.

CHAPITRE XVI

Destinées

C'est un destin heureux qui fait mourir des vivants qu'on regardait vivre, avant qu'ils soient devenus des vivants qu'on ignore comme s'ils étaient déjà des morts.

Adieu Volodia
Simone Signoret

Cela fait maintenant presque trois heures que nous roulons, et nous sommes à peine au sud de Brive. Nous avons effectivement pris du retard, car nous évitons de passer par la nationale 20 où des colonnes allemandes pourraient patrouiller. Ainsi, roulant sur des routes départementales, nous avons successivement traversé les petites villes de Saint-Laurent, Châlus, Saint-Yriex-La-Perche, Juillac et Objat. Ensuite, pour éviter Brive, j'ai voulu emprunter des chemins communaux jusqu'à Larche, mais je me suis un peu perdu. Tant et si bien que nous nous sommes retrouvés à Terrasson-

Lavilledieu. C'est finalement Valentine qui, au moyen de la carte routière prêtée par mon père, nous a rapidement remis sur la bonne route en me faisant bifurquer à gauche vers Salignac.

Adrien, à mes côtés, est longtemps demeuré silencieux avant de nous demander quelle était la prochaine étape. Assis sur la banquette arrière, le petit Paul est tout aussi calme, tandis que Valentine continuant à suivre du doigt sur la carte, étudie avec minutie l'itinéraire préparé par mon père. À l'extérieur, le temps est au froid, et je prie pour que la neige ne se mette pas à tomber. Ce serait une catastrophe.

Ayant maintenant dépassé Salignac depuis une bonne vingtaine de kilomètres, nous entrons dans Sarlat. La traversée de la ville se déroule assez bien, malgré la présence d'un groupe de miliciens sur la grand-place. Mais notre peur n'en est pas quitte pour autant : un kilomètre environ après la sortie de la ville, juste avant un carrefour en patte d'oie, des tirs de mitraillette éclatent en bordure de la route de Gourdon, à moins de cent mètres de là. Au prix d'un réflexe inespéré, je braque à fond le volant vers la gauche, et manquant d'emporter sur le capot de la voiture la pancarte indiquant « Souillac », j'appuie à fond sur l'accélérateur jusqu'à en arracher le plancher.

— Qu'est-ce qui s'est passé ? s'écrie Adrien dans un nuage de poussière.

— J'en sais rien, et je veux pas le savoir ! dis-je en gardant le pied au plancher.

— Des Boches ?

— Dieu soit loué, on n'a pas eu le temps de voir, lui répond Valentine encore sous l'émotion.

Reprenant ses esprits, Valentine, dans un bruit de papier froissé, se replonge rapidement dans la carte à la recherche d'un autre itinéraire.

Après avoir longé les eaux de la Dordogne sur quelques kilomètres, nous avons rencontré une nouvelle route à droite en direction de Gourdon, sur laquelle nous nous sommes engagés sans hésiter en traversant la rivière au pont de Rouffillac. Mais au carrefour suivant, dans le village de Saint-Julien-de-Lampon, nous nous sommes naïvement perdus après avoir cherché en vain la direction de Gourdon qui n'était plus indiquée. Ce n'est qu'après avoir parcouru plusieurs kilomètres en longeant à nouveau la rivière, que nous avons enfin trouvé à la sortie d'un village qui s'appelait Mareuil, un panneau indiquant Gourdon, route départementale 12 : 18 km. Route que Valentine a, tout compte fait, difficilement retrouvée sur la carte.

Nous suivons ainsi un petit vallon où serpente un ruisseau débordant dans les prés, et quelques kilomètres après la sortie du petit village de Lamothe-Fénelon, la route accidentée quitte la vallée pour nous conduire sur les coteaux où elle sillonne à travers bois. À l'arrière, le petit Paul dort sur les genoux de sa mère ; en raison des nombreux virages qui pourraient le réveiller, je roule doucement en m'appliquant, évitant ainsi toute brusquerie inutile. Lorsque tout à coup, je dois freiner brutalement à la sortie d'une courbe. Trois hommes, debout derrière une grosse branche d'arbre placée en travers de la chaussée, bloquent la route en nous faisant de grands signes.

— Qu'est-ce que c'est ? dit Valentine, une fois la frayeur passée, en s'avançant entre les sièges.

Adrien demande également ce qui se passe.

Je lui réponds que des gens bloquent la route. Trois hommes.

— Encore des Boches ? dit-il.

— Non, on ne dirait pas… répond Valentine.

Les trois hommes s'approchent de nous. Ils n'ont pas l'air très rassurants. Méfiance. Deux d'entre eux s'arrêtent devant la voiture, alors que le troisième, un gros chauve au visage mal rasé, vient vers moi et se poste devant la vitre de ma portière.

— Il s'est passé quelque chose ? lui dis-je en descendant la vitre.

Il ne me répond pas. Il ne fait qu'ouvrir sa lourde veste fourrée, et… Il ouvre sa veste et sort de sa poche intérieure… Il sort un gros pistolet qu'il me présente sur la tempe !

— Tout le monde descend, dit-il en appuyant son arme près de mon œil.

— Mais, mon Dieu, qu'y a-t-il ? demande une nouvelle fois Adrien.

— Il menace Daniel avec une arme, lui répond doucement Valentine d'une voix tremblante.

J'essaie de garder mon sang-froid.

— Qu'est-ce que vous nous voulez ? dis-je calmement.

— On veut la bagnole, alors tout le monde dehors, dit-il d'une voix grave.

Le métal froidement appuyé sur ma tempe me lance de terribles bouffées d'angoisse dans tout le corps. Derrière moi, Valentine prend les devants en suppliant le type de ne pas nous faire de mal… Elle lui dit qu'Adrien est aveugle, qu'elle a un petit garçon de cinq ans… Et autre chose que je n'arrive plus à entendre, car ma pensée s'est tout à coup comme égarée. Mon cœur bat à la volée… Et mon agresseur, tout en s'amusant à bouger le revolver sur ma tempe, répond :

— Désolé, ma petite dame. Nous sommes du maquis et nous avons besoin de cette voiture.

— À quel maquis appartenez-vous ? demande Adrien.

— Pourquoi ? Ça te regarde ? rétorque d'emblée le type.

— Nous sommes nous aussi des résistants, reprend Adrien sans se démonter. On peut peut-être vous conduire quelque part…

— Je ne crois pas non… Bon, assez discuté, tout le monde descend !

— Monsieur, je vous en supplie… gémit Valentine.

— Vous n'êtes pas des résistants ! Mais des brigands et des voleurs ! s'écrie subitement Adrien, entrant dans une colère noire.

Je ne sais pas pourquoi, mais le sale type retire enfin le pistolet de ma tempe ; et j'ai alors soudain le sentiment de revivre.

Mais presque aussitôt, éclate dans la voiture une détonation sourde et insoutenable. Mes tympans n'en peuvent plus de siffler comme s'ils allaient se fissurer, et il règne dans l'auto un chaos inextricable de cris, de sifflements, de bourdonnements, de fumées et d'odeur de poudre. Valentine hurle comme à la mort et je me rends compte que j'ai du sang partout sur le visage ; alors, me tournant vers Adrien qu'elle regarde ulcérée de douleur, je m'aperçois avec horreur que sa tête n'est plus qu'un tissu d'os et de chair sanguinolente collé à la vitre de la portière. La vue du corps sans vie d'Adrien, et les hurlements incessants de Valentine, me font l'effet d'une seconde déflagration. Sans pouvoir bouger de mon siège, j'observe l'assassin essuyant paisiblement son arme. Puis, me demandant à nouveau de descendre, il replace le canon encore fumant contre ma tempe. Je n'ai plus que quelques secondes pour essayer de me saisir du pistolet qui se trouve caché sous mon siège. Je n'aurais jamais cru devoir m'en servir, et ma main tremble en touchant enfin le métal froid.

— T'as compris ce que j't'ai dit ! s'impatiente le tueur. Lève tes mains sur la tête et sors de là !

Ni ses menaces, ni sa face de chien, ni son artillerie qu'il pointe vers moi ne me font peur !

— Lève tes mains ! répète-t-il comme s'il se doutait de ce qui se préparait.

Je dépose alors délicatement le pistolet entre le siège et le châssis de la voiture, avant qu'il ouvre la porte en me faisant signe de descendre. J'obéis, et dans le mouvement que j'effectue pour m'extraire de l'auto, je parviens à son insu à me saisir rapidement de l'arme. En quelques dixièmes de seconde, je mets en joue et je tire. Le coup de feu parti, la balle vient seulement se loger dans l'épaule du meurtrier d'Adrien qui pousse alors des jurons de douleur. J'entends Valentine hurler de plus belle, et je m'apprête à recharger pour achever définitivement ma victime lorsque je remarque avec effroi deux fusils braqués sur moi, à trois pas de la voiture.

Je n'ai eu qu'une seconde pour voir les visages mortifiés des deux autres agresseurs, une seconde pour découvrir non pas des tueurs, mais des gamins, une seconde pour avoir peur comme eux, une seconde pour apercevoir leurs doigts se placer sur la gâchette et comprendre que je n'aurai pas le temps de recharger mon pistolet…

*

* *

Je roulais tranquillement sur la route de Gourdon, entre Lamothe-Fénelon et Anglars-Nozac, avec ma fourgonnette à bestiaux. La nuit était tombée depuis longtemps ; il pouvait être huit heures et demie.

Après avoir traversé la voie de chemin de fer, quelques kilomètres après la sortie du bourg Lamothe-Haute, j'ai attaqué la longue montée qui mène au carrefour de Fajoles et Payrac. Le vieux tacot du père Delbecq avançait péniblement sur cette portion de route émaillée de virages en épingle, lorsque, à la sortie de l'un d'eux, j'aperçus sur la route quelqu'un qui me faisait signe de m'arrêter. J'ai d'abord ralenti, et j'ai remarqué que c'était une jeune femme. J'ai rapidement compris qu'elle n'allait pas bien, alors j'ai stoppé mon camion et je suis descendu prudemment. Elle avait du mal à se tenir debout. Sur le moment, j'ai pensé à une vagabonde qui cherchait du secours. Puis en m'approchant d'elle, j'ai aperçu au bord de la route un petit garçon larmoyant assis dans les feuilles. La jeune femme paraissait également choquée. D'horribles sanglots l'agitaient, et elle s'est brusquement effondrée au milieu de la route. Je me suis précipité pour la relever, et c'est alors que j'ai vu l'effroyable. Dans le talus, juste à côté d'elle, gisaient les corps de deux hommes. C'était horrible. Un carnage digne d'un abattoir. D'une voix hachée et entrecoupée, elle m'a raconté ce qui s'était passé.

Il n'y avait plus un instant à perdre. J'ai chargé les deux corps à l'arrière de ma camionnette, et après l'avoir installée à l'avant avec son enfant, j'ai démarré en trombe. Moins d'une demi-heure plus tard, nous étions à l'hôpital de Gourdon.

L'un d'entre eux, le mari de la dame, celui qui avait reçu la balle dans la tête, était déjà mort depuis longtemps. L'autre est mort en arrivant sur la table d'opération. Après un moment, on m'a questionné. Un médecin m'a demandé comment le drame s'était produit. J'ai raconté ce que je savais, en laissant entendre qu'il s'agissait probablement de rôdeurs. Les deux corps ont été transportés à la morgue. Tandis que la jeune femme, encore sous le choc, a été placée dans une chambre. Elle ne sortira que dans quelques jours. Ainsi j'ai gardé avec moi le petit garçon qui s'appelle Paul.

Je suis rentré à la maison vers 22 heures. Maman commençait à s'inquiéter de me voir ainsi tarder, et lorsqu'elle m'a vu sur le pas de la porte avec l'enfant dans les bras, elle s'est exclamée :

— Mais, Camille ! Où as-tu trouvé cet enfant ?

Je lui ai raconté toute l'histoire, et elle a eu si pitié du petit garçon, qu'elle me l'a arraché des bras en l'enveloppant d'une tendresse bien féminine.

— Tu as bien fait de le ramener, me dit-elle au bout d'une heure, en le berçant au creux de ses bras.

— Tu devrais le coucher... Il commence à s'endormir...

— Laisse-moi faire, Camille, il est bien là, me répond-elle. Tu n'es pas fatigué ?

Je l'étais effectivement, et je ne tardai pas à aller me coucher.

— Demain, tu iras voir ton patron pour qu'il te donne la journée, nous aurons beaucoup à faire. Nous irons tous les trois à l'hôpital rendre visite à cette pauvre dame...

— Bien sûr, maman... acquiesçai-je.

Le petit Paul était endormi dans ses bras, et minuit allait bientôt sonner.

Maman a gardé l'enfant avec elle dans son lit, dormant près de lui, au cas où il serait effrayé dans la nuit. Ma mère adore les enfants. Je sens qu'elle s'attache déjà à ce petit garçon, ainsi qu'à la mère qui se trouve seule dans son lit d'hôpital, et qu'elle ne connaît pas encore…

*

* *

Je suis assise dans le couloir du rez-de-chaussée de l'hôpital, attendant le retour de Camille. Mon fils est monté aux étages demander au docteur si nous pouvions rendre une courte visite à la jeune dame. Je tiens sur mes genoux le petit Paul qui est sage comme tout. Depuis hier soir que nous l'avons recueilli, il n'a que très peu parlé. Une fois pour réclamer sa maman, et une autre pour répondre « non » après lui avoir demandé s'il avait faim. Le reste du temps, il nous observe, silencieux et encore sous le choc, avec ses petits yeux effrayés. Cet enfant est d'une docilité rare ; se retrouvant ainsi chez des étrangers, sans sa mère, et après ce qu'il avait vécu, je pensais qu'il allait nous faire des crises d'angoisse et de pleurs, et hurler toute la nuit. Pas du tout. Camille et moi l'avons entouré de beaucoup d'affection, pour qu'il prenne confiance en nous, lui parlant sans cesse d'une voix douce, lui expliquant que sa maman était à l'hôpital, malade, et que nous irions la voir bientôt. Comme il pleurait en hoquetant de chagrin, je lui ai promis qu'elle sortirait bientôt pour ne plus jamais le laisser seul.

— Elle ne partira plus ? me dit-il alors avec sa petite voix frémissante.

— Non, jamais plus, je lui réponds en l'embrassant.

Son doux visage rond mais si triste se changea alors en un joli soleil, et dans le silence de cette tendre complicité, j'ai compris que nous serions amis.

D'un léger signe, je dis bonjour à la fille de madame Lécuyer, notre voisine. Elle est infirmière et vient de passer dans le couloir en tenant à la main un plateau de seringues et tout un tas d'outils. Alors qu'elle ne m'avait, semble-t-il, pas reconnue, elle revient sur ses pas.

— Madame Roche ? Bonjour… Tout va bien ? me demande-t-elle intriguée de me voir en ces lieux.

— Oui, j'attends Camille. Il est allé voir le docteur pour la maman du petit… Vous savez…

— Ah oui… J'ai appris ce matin ce qui s'était passé… Quel horrible drame ! Il me semble qu'elle est à la chambre 14.

— Vous savez si elle va bien ?

Elle n'a pas le temps de me répondre que Camille m'appelle discrètement du bas de l'escalier.

— On peut aller la voir, me dit-il.

Je prends alors congé de la fille de madame Lécuyer qui n'a pas su me répondre, et portant l'enfant contre mon épaule, nous montons au quatrième étage. Une fois devant la chambre, nous poussons la porte. Camille passe devant, et je le suis avec le petit.

La chambre est froide, avec ses grands rideaux blancs. Dehors, le temps est toujours à la pluie, une petite pluie fine et glaciale. Cette année, le temps est pourri ; d'ailleurs, tout est pourri.

Les draps du lit sont à peine froissés, et la jeune dame est couchée silencieusement. On dirait qu'elle a très peu dormi : ses yeux sont rouges, son teint est pâle. Ses cheveux dorés sont fraîchement brossés, et pourtant elle a un visage effroyable, mélange de tristesse et de désespoir. Dès qu'elle voit son petit garçon, un large sourire se dessine sur ses lèvres desséchées. L'enfant grimpe vaillamment sur le lit et se jette dans les bras de sa mère. Je n'ose pas regarder le chagrin qu'ils échangent, et sortant un mouchoir blanc de mon sac à main du dimanche, je l'offre poliment à la jeune dame.

Camille parle le premier. Il lui demande comment elle va.

— Ça va aller, merci, dit-elle la gorge nouée. Je voudrais vous remercier pour tout, monsieur.

— Pourquoi me remercier ? Ce n'est rien, répond-il embarrassé.

— Mais oui, c'est tout naturel. Il ne faut pas vous inquiéter pour ça, lui dis-je en m'avançant vers elle.

— Merci, merci pour tout, madame, répète-t-elle dans un murmure à peine audible.

— Ne m'appelez pas madame, je suis la maman de Camille, dis-je tout en m'asseyant près du lit. Et vous ma petite, comment vous appelez-vous ?

C'est vrai, nous ne savons même pas comment elle se nomme. On ne va quand même pas passer notre temps à l'appeler « la jeune dame » !

— Je m'appelle Valentine…

— Moi, c'est Henriette, lui dis-je en confidence.

Elle a de grands beaux yeux verts, Valentine ; des yeux qui pleurent encore, et qui n'ont pas cessé de pleurer. J'ai dans mon filet à provisions un petit bouquet d'œillets que j'ai acheté ce matin chez la fleuriste. Je le lui offre avec joie et elle me remercie tendrement. En les embrassant, elle nous dit qu'elle va les garder pour le cimetière. Ensuite, elle nous informe qu'elle voudrait prévenir sa famille, mais qu'elle ne sait pas à qui s'adresser.

— Je peux m'en occuper, lui propose Camille.

— Non, ce n'est pas la peine. Je vais m'arranger avec le docteur, refuse-t-elle entre deux sanglots.

— Il vaut mieux que vous vous reposiez, Valentine, dis-je en insistant. Mon fils va s'occuper de tout ça.

— C'est vrai ? demande-t-elle d'une voix reconnaissante.

— Bien sûr, reprend Camille. Dites-moi les personnes que je dois prévenir, et je m'en occupe dès ce matin.

Elle nous demande du papier, un crayon. Une aide-soignante nous amène de quoi écrire, et Valentine griffonne sur la feuille une suite de noms avec un numéro de téléphone.

— Bien, je m'en occupe tout de suite, assure Camille sur le pas de la porte. Je reviendrai vous chercher plus tard. Le docteur m'a dit que vous pouviez sortir dès cet après-midi.

— Je sais, confirme-t-elle.

— Et vous allez venir habiter chez nous quelque temps, je lui suggère avec un sourire aussi réconfortant que possible.

— C'est très gentil à vous, me répond-elle en caressant les cheveux de son petit garçon, mais ce n'est pas la peine, je me débrouillerai…

Camille sort en tirant doucement la porte, et je viens m'asseoir près d'elle, sur le bord du lit.

— Vous savez, depuis que mon mari a été rappelé à Dieu, la maison nous paraît bien vide… Alors c'est avec joie que nous vous accueillerons.

Lorsque je me suis rendu compte que j'aurais dû me taire, il était trop tard. Je venais d'évoquer mon mari qui était décédé, et cela eut pour effet de raviver sa douleur. Elle s'est alors caché le visage dans ses mains, et sa détresse m'a déchiré le cœur. Je suis restée plusieurs secondes devant elle sans réaction, sans rien pouvoir dire, ni faire. Je ne désirais qu'une chose : la prendre dans mes bras et la consoler. Mais je n'avais pas l'habitude d'exprimer ainsi mon affection, et mes bras et mes mains me parurent tout à coup si bêtes. Dehors, la pluie n'en finissait pas de tomber. Le temps était triste. Cette chambre était triste. Et, avec des gestes maladroits, j'ai quand même serré Valentine contre moi. J'étais maladroite, mais j'ai essayé de la consoler, au moins ça.

*

* *

Je veux qu'Adrien soit enterré ici, dans ce pays où il a été rappelé à Dieu, comme dirait Henriette. C'est mieux qu'il en soit ainsi. Il a fini de souffrir maintenant ; et c'est désormais à mon tour. Je vais devoir continuer mon chemin, toute seule. Avec mon fils. Avec le souvenir, et les regrets aussi. Quelle vie m'attend à présent… ? Comme dirait mon amour… « À présent » : deux mots dont je n'entendrai plus la délicate musique… Il me semble à présent que la vie ne me sert plus à rien. Je ne la mérite plus puisqu'il m'est impossible de vivre sans Adrien. Impossible de vivre tout court. Depuis sa disparition, je suis morte, moi aussi. Peut-être, une autre personne va-t-elle renaître après moi ? Une nouvelle Valentine n'ayant plus rien dans la vie ; rien, si ce n'est son petit garçon. Paulino va devoir grandir sans son père, et ne jamais l'oublier. La vie est parfois d'une cruauté bien difficile à accepter. Je ne cesse de ressasser ce sentiment, et bien plus encore lorsque je pense à Daniel et à notre cher docteur. Ce pauvre homme nous a toujours aidés, et par notre faute et nos histoires, nous lui avons fait perdre son unique fils. En me rendant ainsi coupable de cet affreux malheur, je ne pouvais réellement lui réserver plus ignoble épreuve ! J'ai l'impression de vivre un cauchemar permanent. Si vous saviez combien de fois j'ai prié pour me réveiller enfin en plein jour, et m'apercevoir que c'est un cauchemar ! Malheureusement tout est réel. Affreusement réel.

Camille, mon sauveur, mon étoile, s'est occupé de tout pour l'enterrement d'Adrien. Il a téléphoné avant-hier au docteur Conte pour lui annoncer l'horrible nouvelle. Puis, hier, nous avons rappelé de la mairie, où le maire a généreusement mis à notre disposition son téléphone. Ainsi, j'ai pu parler à maman, à Charles et à Emma. Nous étions dans un tel état de choc que nous n'arrivions pas à dire un mot. Il a fallu que ce soit le maire qui s'entretienne avec Charles pour décider des modalités des obsèques. Ensuite, j'ai repris l'appareil et j'ai dû expliquer à Charles et Emma pourquoi je voulais qu'Adrien repose ici. Ils n'ont pas protesté. Maman voulait que je rentre au village, mais dans l'immédiat cela m'était impossible. Charles m'a appris que le docteur s'occupait, quant à lui, de rapatrier le corps de Daniel. Il m'a demandé si je voulais lui parler. J'ai alors eu soudain si peur d'entendre sa voix, que je n'ai pu répondre que par un long silence angoissé. Puis, après avoir parlé une dernière fois avec maman pour lui dire que j'allais bien et que Paulino, par son courage, m'était d'un grand secours, j'ai raccroché sur son support le combiné téléphonique de monsieur le maire.

Ils arrivent tous aujourd'hui, au train de 5 heures. Le trajet est direct depuis Limoges, car Gourdon se trouve sur la ligne de chemin de fer Paris-Toulouse.

J'ai quitté l'hôpital avant-hier, et depuis, la pluie s'est arrêtée. Désormais, c'est le vent du nord qui souffle par bourrasques. Les températures ont terriblement chuté, mais selon les gens en ville, cela ne devrait pas durer.

À part Camille, Henriette, Paulino et moi, il n'y a pas âme qui vive sur les quais de la gare. Il me semble qu'il y a une éternité que nous sommes là.

De l'autre côté des voies, dans la gare de marchandises, des ouvriers travaillent autour des wagons en chargeant du bétail. Je les vois sans les remarquer, car mon attention est retenue ailleurs, de l'autre côté, vers la droite, à l'horizon des voies qui se rejoignent dans la campagne. Je tremble déjà à l'idée qu'ils vont tous descendre de ce train, dans cet endroit où, jamais de la vie nous n'aurions pensé nous retrouver si vite pour vivre un tel drame ! Nous nous étions quittés dimanche matin, et en quelques jours, quelques heures, quelques secondes, le train de Paris-Toulouse allait nous réunir trop vite, dans un pays perdu où j'ai tout perdu. Ils vont me découvrir en jeune veuve, et ils ne me reconnaîtront pas.

Un coup de sifflet retentit dans la campagne, et nous entendons au loin une locomotive s'approcher. Henriette tient Paulino dans ses bras, au moment où le train apparaît en cahotant.

Une fois la locomotive immobilisée, les portières des wagons s'ouvrent, et quelques voyageurs descendent ici et là. Je reconnais rapidement le docteur qui marche en tête d'un petit groupe. Puis je distingue papa accompagnant en silence Charles, et monsieur Deslandes, le maire du village, suivi aussitôt de maman, Emma et Gabrielle, la femme du docteur, qui toutes trois, vêtues de noirs et voûtées, se soutiennent en marchant main dans la main.

À mesure que le docteur approche, enveloppé dans un manteau et couvert de son chapeau habituel, une peur grandissante s'empare de moi. Le voici maintenant à deux mètres. Il s'arrête, pose son bagage, et lève sur moi son regard. Un regard fatigué, dans un visage blême… J'aperçois alors sur ses joues creusées la plus inattendue et la plus belle des compassions… Toute la beauté de son pardon m'ouvre ses bras.

Des bras qui me supplient et dans lesquels je cours me jeter.

*
* *

La carriole mortuaire, lentement suivie du cortège funèbre, descend maintenant la rue du Majou sous des rafales de vent. Ma mère marche à mes côtés, derrière une vingtaine de personnes. Valentine a tenu à ce que nous soyons présents, parmi sa famille. Le cheval n'arrête pas de tousser, et tandis que le cocher lui donne de temps en temps quelques coups de cravache, la carriole saute sur les pavés dans un bruit sec de ferraille et de bois. Valentine, soutenue par son père et son beau-père, marche derrière le cercueil. Les gens, sur le trottoir, s'arrêtent à notre passage en nous regardant avec curiosité. À hauteur du café L'Esplanade, nous tournons vers la route de Sarlat, et après avoir dépassé l'école des garçons, nous franchissons enfin le portail du cimetière. Sous les grands cyprès qui s'élèvent au ciel, les fossoyeurs attendent près du trou. Un trou béant, vers le fond du cimetière. C'est horrible. Les porteurs posent le cercueil, et les fossoyeurs, à l'aide de cordes, commencent à descendre le malheureux dans sa dernière demeure. Je préfère ne pas regarder. Des cris et des gémissements de douleur s'élèvent parmi l'assemblée. Valentine et la mère du défunt sont inconsolables ; et leur chagrin faisant tant de peine à voir, je décide de quitter le cimetière.

Je ne supporte pas les cimetières.

Après la cérémonie, la famille de Valentine est venue à la maison. Maman tenait à ce qu'ils viennent boire quelque chose de chaud. Ils reprennent tous le train dans la soirée, et chacun se repose comme il peut de ces heures épouvantables passées dans le froid. Heureusement, le petit Paul est là pour égayer un peu l'atmosphère. Il passe de bras en bras, au grand ravissement de ma mère qui s'est prise d'une grande affection pour Valentine et sa famille. Tout le monde le lui rend bien d'ailleurs, toute sollicitée qu'elle est par les diverses marques de sympathie et de reconnaissance. Hier, Valentine a renouvelé à sa famille son désir de ne pas rentrer avant quelque temps. Et elle leur a en même temps annoncé notre proposition de la garder avec nous. Elle n'aura rien à craindre, ici. Personne n'a contesté sa décision, et tout le monde semblait d'accord, ou tout au moins, rassuré. Maman et moi en sommes ravis. Cela va redonner un peu de vie à notre maison qui en manquait ces derniers temps.

Dans la cuisine, l'horloge sonne 6 heures. Le docteur et sa femme se lèvent et nous disent au revoir. Ils doivent se rendre à la morgue pour assister à la levée du cercueil de leur fils. Ce sont des pompes funèbres de Limoges, ami du docteur, qui s'occupe de ramener le corps.

Ensuite, Yvonne, la cousine du défunt, et son mari, Henri, qui sont arrivés un peu en retard à la messe, funèbre, se lèvent également pour nous quitter. Ils reprennent dans la soirée le train pour Toulouse.

Quant aux parents de Valentine et à ses beaux-parents, ils sont restés encore un peu avec nous ; jusqu'au train du soir qui a quitté la gare de Gourdon sous des trombes d'eau, en laissant Valentine, trempée jusqu'aux os, seule et debout sur le bord de la voie.

*

* *

Le village, fin février 1944

Mon mari et moi n'avons plus goût à rien depuis la mort de notre fils. Nous ne travaillons plus. Nous avons fermé la boutique, et nous vivons tant bien que mal sur nos quelques économies. Si seulement Valentine et le petit Paul étaient là, cela nous consolerait de notre malheur. La maison est tellement vide sans eux, sans Henri, et Anna, et tous nos petits-enfants… Il ne reste plus à la maison que mémé Alida ; la pauvre est devenue tellement sénile qu'elle n'a même pas réagi quand nous lui avons appris le décès d'Adrien. Et cette sale guerre qui ne s'arrête jamais ! Notre tranquillité… Nous voudrions retrouver notre tranquillité passée ! Mon Dieu, nous ne demandons pas grand-chose, seulement vivre normalement… Revivre.

Françoise et Marcel viennent souvent nous voir. À tous les quatre, nous formons une petite famille ; quatre petits vieux abandonnés par leurs enfants. Depuis son départ en douce il y a dix jours, on ne sait toujours pas ce qu'est devenue La Rallonge. Françoise en est une nouvelle fois toute retournée ; elle qui pensait que sa fille était définitivement revenue.

Oui, quatre petits vieux abandonnés par leurs enfants, voilà ce que nous sommes.

Anna qui m'écrit de jour en jour des lettres déchirantes, refuse toujours de croire ce qui est arrivé. Pour elle, Adrien n'est pas mort, et elle n'a pas voulu venir à l'enterrement. Elle est inconsolable. Comme nous tous.

Quant à Henri ? Où est-il ? Je me demande quelquefois si nous existons encore pour lui ? Mais je suis sûre que oui…

Je voudrais tant que mon dernier fils soit auprès de nous… Auprès de moi… Il en serait heureux, je le connais mieux que quiconque, je suis sa mère.

Le temps est au froid et à la pluie depuis quelques jours. Si bien que je suis quelque peu souffrante en ce moment. Le docteur Conte a tenu à venir m'ausculter. Il est passé ce matin vers 9 heures. Ensuite, il a profité de la visite pour me demander des nouvelles de la petite. Nous avons échangé quelques souvenirs bien agréables, puis dans le silence de notre chagrin, nous nous sommes comme réconfortés mutuellement. Lorsqu'il a eu tiré la porte derrière lui, je me suis sentie comme apaisée, presque heureuse à nouveau. Heureuse de quoi ? je ne saurais dire. Pourtant, une fois dans ma cuisine, la douleur est aussitôt réapparue, et je me suis remise à pleurer, comme tous les jours.

Il est maintenant bientôt midi. Mon mari n'est pas encore rentré, mais il ne devrait pas tarder.

Le repas est presque prêt, lorsque quelqu'un frappe à la porte côté jardin. Est-ce le docteur qui aurait oublié quelque chose ? Je quitte mes fourneaux et me dirige alors vers l'entrée. Derrière la vitre, je reconnais la vieille silhouette de notre facteur.

J'ouvre la porte. Il me salue, je lui serre la main et, le temps qu'il sorte de sa sacoche notre courrier, nous échangeons quelques banalités, puis il me tend une lettre. Je suis impatiente de savoir si c'est une lettre de Valentine. À moins que ce soit Anna ? Je n'en oublie pas pour autant d'inviter notre facteur à entrer un instant, mais il referme sa sacoche en disant que sa tournée est loin d'être terminée, et il s'éloigne avant que la pluie se remette à tomber.

La lettre qu'il m'a remise vient de Bordeaux ! Je déchire d'une main tremblante l'enveloppe blanche. Et si c'était Henri qui nous écrivait enfin ! Oui, pourvu que ce soit lui ! Mon Dieu, je vous en conjure, dites-moi que c'est lui ! Durant ces secondes d'attente, j'en oublie tout, ma maladie et presque mon malheur, et je me remets à espérer.

*

* *

Après avoir posé ma gabardine mouillée dans le vestibule, je rentre dans la cuisine en me frottant les mains pour me réchauffer. J'allais me rendre à l'évier pour me laver les mains lorsque j'aperçois ma femme assise sur la chaise près du buffet. Elle est immobile, et tellement pâle que je m'arrête net.

— Emma ?

Elle ne semble pas me remarquer. Je m'approche d'elle.

— Emma, qu'est-ce qui se passe ? dis-je en me penchant vers elle.

Elle me regarde enfin.

— Mais… Qu'est-ce que tu as ?

Puis elle ouvre la bouche comme pour me parler, mais aucun son ne sort.

— Le docteur est venu ? dis-je en essayant de comprendre.

Je lui prends alors les mains, et une feuille de papier tombe sur le plancher. C'est alors que je remarque sur la table une enveloppe déchirée. Je ramasse la feuille en la tournant dans le sens de la lecture. Au bout de quelques phrases, je ferme les yeux. Je ne sais pas dire si c'est la tristesse, l'horreur ou l'humiliation que j'essuie de mon revers de manche.

J'ai eu un mal fou à lire jusqu'au bout. Ma femme est terriblement abattue. J'ai dû aller chercher le docteur, et il lui a fait une piqûre pour qu'elle s'endorme. Ensuite je lui ai tout raconté, en lui demandant de me jurer de ne parler de ça à personne.

— Voyons, Charles, je suis un ami, m'a-t-il répondu en refermant sa trousse noire. Bon, je repasserai ce soir.

Je l'ai raccompagné jusqu'à la porte, et je suis revenu voir ma pauvre Emma. Elle ne dort toujours pas, enfin pas profondément. Ses yeux sont fatigués, sa respiration est légère ; ses mains blanches, perdues dans le blanc des draps, sont posées à plat, le long du corps.

— Mes deux garçons… gémit-elle dans un soupir. Pourquoi m'a-t-on tué mes deux garçons… ?

— Chut, repose-toi. Il faut que tu dormes…

— Il faut s'occuper de le ramener… On ne peut pas laisser mon Henri là-bas… murmure-t-elle péniblement avant de s'endormir.

Durant l'après-midi, j'ai relu au moins dix fois la lettre de la Gestapo avant d'y croire. Quelle humiliation. Il n'y avait jamais eu de traître dans la famille. Mon père s'était battu à Sedan en 1870, mes deux plus jeunes frères étaient tombés à Verdun en 1917, Adrien avait réussi à revenir de l'enfer des Vosges, et lui, tout ce qu'il a su faire, c'est entrer dans la Gestapo et traîner notre nom dans la boue et le déshonneur !

Il y a plus de dix jours qu'il a été enterré à Bordeaux et il y restera. Il n'est pas question de ramener son corps ici. Il n'a pas sa place parmi nos aïeux.

CHAPITRE XVII

Les correspondances

Des heures à causer tout seul avec l'absent.
[…]
Je lis sa lettre avec des larmes dans les yeux,
[…]
Peut-être qu'elle est très joyeuse et qu'elle oublie ?

Quinze longs jours encore
Paul VERLAINE

Sous-préfecture du Lot, Gourdon est une jolie ville du Moyen Âge, construite sur une butte. Camille m'a raconté qu'il y avait à l'époque, en haut de la butte, un château féodal qui dominait la vallée ; mais il a été rasé au début du XVIIe siècle, sous le règne de Louis XIII, si j'ai bonne mémoire. Maintenant, à la place du château, il y a un superbe point de vue d'où l'on peut admirer toute la vallée, et apercevoir en contrebas les grands cyprès du cimetière.

C'est la première chose que j'ai vue : les cyprès du cimetière qui d'ici paraissent si petits.

Toute la partie de la ville construite sur les versants de la butte forme le Vieux-Gourdon. De superbes maisons anciennes jalonnent les rues étroites de la vieille ville, où je viens souvent me promener avec Paulino, et quelquefois avec Camille lorsqu'il ne travaille pas. Il y a une rue que j'adore, c'est la rue Zigzag ; une minuscule rue qui, comme son nom l'indique, zigzague dans tous les sens. La rue du Majou est aussi très pittoresque. C'était au Moyen Âge la rue principale de la ville. Partant de la porte du Majou, elle remonte jusqu'à l'église Saint-Pierre, en haut de la butte, sur la place où se trouve la mairie. Cette même mairie où Camille m'avait conduite pour téléphoner au docteur Conte ; il pleuvait sur la ville ce jour-là, et quatre semaines se sont écoulées depuis. Nous sommes aujourd'hui aux portes du printemps, mais il me semble vivre ici depuis toujours ; le temps est tellement long. J'attends avec impatience la fin de cette guerre. Camille me dit que c'est pour bientôt, mais je ne sais quoi penser. Il règne en ville une atmosphère lourde et étrange, personne ne parle ; tout le monde se méfie de tout le monde. Même à la librairie où je travaille. Grâce aux relations de l'oncle de Camille, j'ai été engagée à la librairie qui se trouve sur la place du Majou, à l'angle de l'avenue Cavaignac, non loin du café Divan. Je remplace depuis une semaine une employée qui est très malade. Au début, ils m'ont fait faire du ménage, mais à présent, je range les livres dans les rayonnages. C'est plus intéressant car je suis davantage au contact des clients. Je commence le matin à 8 heures, et généralement je suis rentrée pour midi. Je ne travaille pas l'après-midi, hélas, mais cette petite occupation a tout de même le mérite de faire passer le temps… Malgré tout. Durant mon absence, Henriette garde Paulino. Elle a insisté pour s'occuper de lui en m'affirmant que cela ne la gênait pas dans son travail. Henriette est couturière, comme l'était sa mère, et elle a une bonne clientèle. De temps à autre, j'essaie de l'aider pour l'avancer dans ses commandes, mais elle refuse le plus souvent. Elle dit qu'elle ne me donne pas le gîte dans le but de me faire travailler. Je la comprends, mais j'ai trop de scrupules. C'est pour ces mêmes scrupules que j'ai tenu à trouver un petit travail et compenser ainsi la pension qu'elle nous offre si généreusement.

Paulino va bien. Quant à moi, je n'ai pas grand appétit. J'ai perdu quelques kilos. Henriette en est très inquiète. « C'est parce que je travaille et que je marche beaucoup », lui dis-je souvent pour la rassurer.

Tous les jours, je me rends au cimetière, seule. Et si je m'obstine tant dans ces visites qui de jour en jour demeurent toujours aussi déchirantes, c'est parce que je n'imagine pas de journée sans Adrien, mon amour. J'ai besoin d'être avec lui, au moins un petit peu tous les jours. Il me manque tant. Terriblement. Presque un mois s'est écoulé, et je ne comprends toujours pas pourquoi Dieu m'a infligé cette épreuve…

Je me rends sur sa tombe comme une pauvre morte, et je l'attends, comme s'il pouvait réapparaître à tout moment. Au bout d'une heure ou deux de solitude, durant lesquelles je n'arrive même plus à me recueillir, je referme le gros portail noir du cimetière, et je rentre à la maison, toute seule, comme tous les jours. Chaque jour que Dieu me donne, je vis ce vide comme une véritable injustice.

Mes seules consolations sont mon fils, et mon village que je voudrais tant revoir… Maman, toute la famille. Mais pour cela, je dois attendre la fin de la guerre.

Pourtant, comment pourrais-je partir d'ici ? Ne plus venir au cimetière ? Ne plus entendre sous mes pas crisser les cailloux des allées ? Ne plus déposer les brins d'œillets dans le vase, regarder la croix de bois, caresser les lettres peintes en blanc… ?

Je n'ose penser à ce départ prochain, à cet abandon.

Heureusement, Henriette et Camille s'occupent bien de nous. Camille m'aime beaucoup. Les sentiments, qui peu à peu s'éveillent en lui, me font peur. Enfin, disons seulement qu'ils m'inquiètent. J'étais la femme d'Adrien, et je ne laisserai personne le remplacer, jamais. Je n'ai plus d'amour à donner à un homme. Je n'ai plus qu'à marcher toute seule les après-midi en direction du cimetière, et pousser le portail noir de l'entrée. Là, sous un gros cyprès, mon amour repose en paix et je viens l'y retrouver. Même si, hélas, il n'en sortira jamais, je serai toujours là pour veiller sur lui. Prier pour lui, et me souvenir. Voilà tout cc qu'il me reste.

Aujourd'hui, c'est jour de foire à Gourdon, et exceptionnellement je ne travaille pas ce matin. Aussi, je profite de ce petit congé pour emmener Paulino admirer la foire aux bêtes. Il est à peine 8 heures lorsque nous sortons dans la fraîcheur matinale de ce samedi de mars. Nous montons tranquillement main dans la main vers le Tour de ville où se trouve la foire aux moutons. Nous traversons la place de la gendarmerie où les marchands ont installé leurs étalages de vaisselle, quincaillerie, linges et étoffes, puis nous nous dirigeons vers le centre-ville. Il y a déjà du monde dans les rues, mais ce n'est pas encore la foule. Nous arrivons enfin devant un énorme attroupement, d'où s'élèvent, dans une cacophonie inextricable, bêlements d'agneaux et voix pittoresques des marchands et des éleveurs discutant avec acharnement du prix du bétail. Soigneusement parqués au moyen de ridelles[1] en bois attachées les unes aux autres, les moutons sont attrapés, palpés, étudiés, examinés, puis relâchés ou sélectionnés dans un rituel tout à fait amusant qui ne manque pas de fasciner Paulino. Désirant lui aussi toucher une des bêtes, je le prends dans les bras, et je le penche par-dessus les barrières vers un des moutons dont il caresse avec ravissement le haut de la tête. Nous avons ainsi passé presque une heure, allant de troupeau en troupeau ; puis nous les avons quittés pour aller découvrir, de l'autre côté du Tour de ville, vers l'esplanade, les vaches et les bœufs ; animaux que nous connaissons bien dans nos campagnes du Limousin. Ensuite, nous avons achevé notre tournée des bêtes par la foire aux cochons, place du Foirail. Paulino a été un peu effrayé d'en rencontrer autant à la fois, lui qui n'avait l'habitude d'en voir que deux ou trois dans la ferme de son grand-père.

À présent nous remontons en ville, vers les différents bazars de la foire, juste pour le plaisir de flâner. La grande horloge de l'église des Cordeliers marque 10 heures, et il y a maintenant beaucoup de monde qui se bouscule dans les allées. Toute cette animation campagnarde me rappelle la vie heureuse de notre village.

Un peu avant midi, nous prenons le chemin du retour. Paulino, ravi de cette sortie, marche devant moi

1. Barrière qui borde chaque côté ou l'arrière d'une charrette, d'un camion, pour maintenir en place les objets transportés. (Dans le cas présent, utilisées dans les foires, par les fermiers, pour parquer les moutons.)

en jouant avec une branche qu'il a récupérée je ne sais où, et dont il ne veut pas se débarrasser. Nous descendons tranquillement l'avenue Gambetta. Une vingtaine de mètres avant d'arriver chez Henriette, nous passons devant la boulangerie Delpeyre. Là, Paulino reste tout à coup comme figé face à la devanture, et mon regard ose s'attarder quelques secondes à l'intérieur. L'odeur du pain se dépose sur moi comme si elle me connaissait, comme si elle m'appelait… Puis, prenant la main de mon garçon, je me résous à passer mon chemin sans pouvoir refréner un pincement au cœur. Au numéro 52 de la rue, je pousse le portail ; nous passons le petit porche et descendons les quatre marches qui mènent à la maison.

J'ai aidé Henriette à dresser la table, et ce n'est que vers 13 heures que Camille est arrivé.

— Excusez-moi du retard, dit-il en se lavant les mains au robinet, mais j'arrive à l'instant de l'abattoir.

— Oui, eh bien, lave-toi bien les mains, lui dit Henriette avec une grimace.

— Mais oui, maman, réplique-t-il en soufflant droit devant lui.

Puis, il s'essuie délicatement les mains, et sortant de sa poche une enveloppe, il me dit :

— Tenez, Valentine, une lettre pour vous…

— Pour moi ? dis-je avec surprise.

— Oui, j'ai vu le facteur ce matin… explique-t-il. La lettre m'est adressée, mais elle vient de votre village, regardez, ajoute-t-il en me montrant le cachet de la poste.

— C'est vrai, vous avez raison, dis-je en décachetant nerveusement l'enveloppe dont j'extrais deux feuillets et une deuxième enveloppe. Ne m'attendez pas, commencez donc à manger…

Et je file dans ma chambre en commençant à déplier le premier feuillet.

Le 15 mars 1944,

Ma chère Valentine, mon petit Paul,

Comme tu vois, je t'envoie avec cette lettre une autre lettre qui est arrivée pour toi la semaine dernière, et qu'Emma m'a fait passer. Une lettre qui vient de Nontron ; ce doit être la jeune femme de Bordeaux dont tu m'as parlé plusieurs fois.

Un mois s'est maintenant écoulé depuis que tu es partie. Nous espérons, ton père et moi, que tu te trouves en bonne santé ainsi que notre petit Paul. Vous nous manquez beaucoup à tous. Ta sœur est revenue depuis maintenant quinze jours. Elle a énormément changé ; elle ne mange guère et maigrit d'une façon inquiétante. Est-ce à cause la nouvelle de ton malheur qu'elle a appris en rentrant ? Ou bien parce que je lui ai raconté, comme je l'avais fait pour toi, la vérité sur nous, sur Pauline et votre Italien de père ? Ou peut-être d'une autre nouvelle dont Emma m'a demandé de ne pas te parler encore, parce qu'elle veut te l'apprendre elle-même dans une très prochaine lettre ? Toujours est-il que je suis inquiète et malheureuse de voir comment ont tourné les événements. Je voudrais tant avoir le pouvoir d'effacer ces malheurs, et de reprendre notre vie heureuse d'il y a quelques mois ; tout recommencer en contournant cette fois les obstacles du destin. Mais cela ne sert à rien de parler ainsi, car ce qui est fait est fait ; hélas, mille fois hélas. Plus rien ne compte à présent pour nous que le bonheur de nos filles, car vous êtes vivantes, et si jeunes. Ma petite fille, il nous tarde de te revoir parmi nous avec le petit

Paul. Emma et Charles t'attendent aussi, et nous sommes certains que nos deux familles resteront unies dans le malheur, comme elles l'ont été dans le bonheur.

Comme je te l'ai dit plus haut, Susie ne va pas bien. Elle est constamment triste et de plus en plus renfermée, repliée sur elle-même. Quand je lui ai parlé de Pauline, elle a à peine réagi. « Qu'est-ce que ça change ? » m'a-t-elle dit en regardant dans le vide. Je lui ai répondu que ce qui changeait, c'est que vous n'étiez pas mes filles de sang, mais seulement mes nièces que j'ai élevées comme mes enfants. Elle m'a répondu que c'était ridicule et que j'étais votre seule mère. Ensuite, elle s'est replongée dans son mutisme, sans explications. Et depuis, elle erre comme une âme en peine, refusant d'aller voir le docteur. Je ne sais que faire…

Voilà, sans cela, la vie au village est toujours la même, paisible et douce. À la ferme, le travail se fait rare, et nous vivotons. Nous ne souffrons pas de la faim, c'est déjà pas si mal. Mémé Mélina se porte bien, et elle se joint à moi pour vous embrasser. Tu vois, nous t'attendons tous.

Ma petite Valentine, porte-toi bien et reviens-nous bientôt avec Paul que nous embrassons très très fort. Et n'oublie pas également d'embrasser pour nous madame Roche et son fils pour toute la bonté dont ils font preuve.

Ta mère qui t'adore.

Assise sur mon lit de la chambre du fond, je range cette première lettre, et je sors de la grande enveloppe blanche la deuxième lettre. Paulino est venu me rejoindre ; il est assis à mes côtés. Je lui rapporte les mots gentils que lui envoie sa mamie. Il me sourit, et sans plus attendre je déchire la seconde enveloppe.

Nontron, le 26 février 1944

Chère Valentine

Il y a quelque temps déjà que je voulais t'écrire, et même si tu as quitté la région avec ton mari et Paul, comme tu le souhaitais, ta famille te fera probablement parvenir cette lettre.

Mais avant toute chose, je veux te rassurer et te dire que c'est moi qui ai ton porte-monnaie. Tu l'as oublié ici, chez mes beaux-parents, le jour de ton départ avec le docteur. Tu me diras à quelle adresse tu souhaites que je te l'envoie, et je te ferai un petit colis.

Ensuite, je dois t'apprendre une nouvelle extraordinaire : mon mari Bernard est vivant, et qui plus est, il est parmi nous. Il est revenu à la maison le mois dernier, trois jours après ton départ précipité. Rappelle-toi ce fameux samedi, le jour où nous avons réglé son compte à Frédéric de Wille, eh bien, à ce moment-là, Bernard était déjà libéré du camp de Mérignac depuis le jeudi matin, alors que cette crapule de Frédéric m'avait dit qu'il avait été envoyé en déportation. Bernard s'est rendu chez nous, rue des Vignes, dans cette matinée du jeudi, mais comble de malchance, je n'étais pas là, pas plus que madame Jaubert qui était en visite chez une amie souffrante. Alors, il a décidé de rentrer chez ses parents, à Nontron, où je l'ai vu arriver le mardi suivant, les pieds en sang et épuisé après cinq jours de marche et d'angoisse. J'aurais voulu que tu sois là pour te faire partager mon bonheur, mais ce n'est que partie remise. Une fois la guerre finie, vous viendrez nous rendre visite pour que tu connaisses Bernard, et que je fasse moi également la connaissance de ton mari et de ton enfant.

Pourtant, ce n'est pas encore ça le plus extraordinaire. En parlant avec lui, je me suis rendu compte que Bernard connaissait bien ce Frédéric de Wille qui lui avait très souvent rendu des visites au camp de Mérignac, alors qu'à moi il prétendait faire tout son possible sans jamais parvenir à le voir. Mais ça, ce n'est rien, ce n'est pas encore le plus terrible : tu ne devineras jamais grâce à qui Bernard a été libéré ! Grâce à Frédéric de Wille ! C'est lui-même qui est venu le lui annoncer, il était présent à sa sortie, et c'est dans sa voiture personnelle qu'il l'a fait déposer chez nous, rue des Vignes !

Devant toutes ces révélations incroyables, je n'ai pu parler à Bernard du chantage qu'avait exercé sur moi Frédéric, pas plus que je n'ai pu, ne serait-ce qu'avouer que je le connaissais tout aussi bien que lui et même bien plus. Peut-être, un jour aurai-je le courage de lui parler de ces mois si difficiles, si horribles, si atroces que nous avons vécus Pierre et moi, pris comme nous l'étions dans l'étau de Frédéric de Wille.

Quoique, après coup, en y réfléchissant, je me suis souvent demandé s'il était réellement aussi inhumain et aussi dangereux qu'il le prétendait ? Parfois, je m'inquiète encore, comme si quelques remords me serrant de temps en temps la gorge me disaient : « Tu vois, nous l'avons abattu pour rien. » Pourtant, ma chère Valentine, Dieu sait tout le mal qu'il nous a fait !

Enfin, tout cela fait maintenant partie du passé, n'y pensons plus, et savourons notre bonheur retrouvé.

Ma petite Valentine, donne-moi vite de tes nouvelles, et n'oublie pas qu'après la guerre nous devons nous revoir, comme promis.

Odile se joint à moi pour t'embrasser.

Ton amie Yvette

Je replie en tremblant les deux feuilles blanches. À côté de celle d'Adrien, la photo d'Yvette est posée sur ma table de nuit, me souriant, comme si elle venait de me faire la lecture de sa lettre. Je voudrais tant être près d'elle.

Confiant Paulino à Henriette, je m'apprête à sortir lorsque Camille me rattrape en haut des escaliers de la cour. Il me demande si tout va bien, je lui réponds que je n'ai pas faim et que j'ai besoin d'être seule.

Après avoir traversé l'avenue Gambetta, je monte une petite rue qui mène à la place de la Gendarmerie. Puis je prends à droite, vers le Tour de ville. Souffrant d'un terrible mal de tête, je marche sans m'arrêter. Je ne cesse de repenser à la lettre d'Yvette. Et si Henri avait tout inventé ? Était-il réellement capable de mettre à exécution toutes ses menaces envers Adrien ? Finalement, n'avait-il pas fait libérer Bernard, alors qu'il aurait pu le faire disparaître sans la moindre difficulté ? Comme le dit Yvette, était-il vraiment dangereux ? Autant de questions qui me tourmentent tout à coup.

Yvette est impatiente de me revoir et de connaître enfin Adrien. Mon Dieu, si elle savait comme j'ai le cœur gros en poussant le portail du cimetière !

3 avril 1944

Déjà. Dimanche prochain, c'est Pâques. Les semaines s'écoulent finalement tant bien que mal. Mon travail à la librairie me plaît énormément. Être entourée d'autant de livres m'a redonné l'envie de lire. Je n'en avais plus ouvert depuis mon séjour à l'hôpital d'Épinal. Un livre que m'avait prêté Simone, l'infirmière, et que je n'avais pas achevé tellement il était ennuyeux.

Camille m'a conseillé un livre américain qu'il avait lu récemment : *L'appel de la forêt* de Jack London. Formidable ! Si bien que j'en ai ouvert un deuxième, puis un troisième, et depuis je ne m'arrête plus. La liste est longue : *Robinson Crusoé* de Daniel Defoe, *Le Lys dans la vallée* de Balzac, *Germinal* de Zola, *Le dernier des Mohicans* de Fenimore Cooper, *Jane Eyre* de Charlotte Brontë. En ce moment je lis *Crime et Châtiment* d'un Russe au nom très compliqué. Ce titre est terrible. Quand mes yeux se sont posés sur ce livre, j'ai cru qu'il avait été écrit pour moi.

Hier, jour des Rameaux, je me trouvais à l'église Saint-Pierre. Une messe a été donnée pour des maquisards tués il y a quelques jours, et l'église était archicomble. Après la cérémonie, Camille m'a présenté son oncle Antoine, le frère de son père, un brave homme avenant et discret, qui, je l'ai appris plus tard, combat dans les maquis de la région. Ensuite, j'ai revu le curé qui a enterré Adrien. Il s'appelle l'abbé Delages. Disons que c'est lui qui est venu me voir, moi, je n'aurais jamais osé l'aborder. Il m'a très bien reconnue et il est venu prendre de mes nouvelles. Nous avons longuement parlé. Au début, j'avais peur de lui, à cause de Dieu, à cause de mon crime, et à cause de ce livre que je lis en ce moment. Ensuite, j'ai remarqué que sa présence et son attention pour moi m'apportaient une chaleur et un réconfort que personne jusque-là n'avait pu m'offrir. Avant de partir, il a posé, pour le saluer, sa main pure et divine sur le front de Paulino. Les yeux brillants d'émotion et de ravissement, mon fils m'a regardé, puis, intimidé devant le curé, il s'est caché derrière mes jambes. Plus tard dans la journée, il m'a dit : « Maman, j'ai vu le Seigneur… ! »

Au courrier de ce matin, il y a une lettre pour moi. Une lettre d'Emma, comme me l'avait écrit maman, et dans laquelle j'apprends, évidemment sans aucune surprise, la mort d'Henri. Emma m'explique que le décès remonte à la mi-février – ce que je ne sais que trop – et qu'ils ont appris la nouvelle une dizaine de jours après l'enterrement d'Adrien :

Charles a dû se rendre à Bordeaux, écrit-elle d'une écriture penchée et inégale. *Moi, j'ai été malade à mourir. Mes deux fils. C'était trop d'un coup. Je suis restée alitée durant deux semaines complètes, vidée de mes forces. Je n'ai même pas pu accompagner Charles à Bordeaux et me recueillir sur la tombe de mon fils. Seuls le docteur et ton père l'ont suivi. Charles s'est occupé de tout là-bas, enfin je veux dire de tous les papiers. Henri avait déjà été enterré et mon mari ne m'a ramené de mon fils que des petites affaires personnelles. Je n'ai plus rien de mes enfants, il ne me reste plus qu'Anna. Pour une mère, c'est horrible !*

À l'heure où je t'écris, je vais un peu mieux, beaucoup mieux ose même avancer notre cher docteur. Pourtant. Mon cœur est brisé. Heureusement, ta maman vient souvent me voir, et avec son aide et son admirable dévouement, je pense reprendre un jour le dessus. Je le dois. Pour toi, ma petite Valentine, pour notre petit Paul, pour Anna et tous mes autres petits-enfants, toute cette famille qu'il me reste et que je ne dois pas oublier.

Ces temps-ci, Charles ne va pas fort lui non plus. Il ne peut plus travailler à cause de ses douleurs au dos, et nous avons dû fermer la boulangerie, pour quelques mois, le temps de retrouver notre santé et quelques ardeurs. Lui aussi a beaucoup été marqué par ce double deuil. Ses deux fils disparus, il a voulu tout abandonner. Heureusement, le docteur et tous nos voisins et amis ont réussi à l'en dissuader.

Il a surtout été choqué par une chose que tu dois savoir et que tout le monde ignore, ici, à part tes parents, le docteur et Anna : Henri était dans la Gestapo ! Il est vrai, pour moi, que ça ne fait pas de différence : mon fils est mort. Mais pour Charles, ça a été un choc supplémentaire, une véritable humiliation. C'est ainsi qu'il a fait en sorte que notre fils ne soit pas ramené ici, dans notre cimetière, pour ne pas salir l'honneur de tous nos morts. Bien que je comprenne cette décision, je ne peux m'empêcher quand même de lui en vouloir.

Pauvre Emma, pauvre Charles, leur vie doit leur paraître bien vide désormais. Toutefois, je suis rassurée de voir que papa et maman prennent soin d'eux. Et, comme Emma me le demande, je vais bientôt lui écrire, donner des nouvelles et raconter notre vie ici.

*

* *

Je viens de quitter le presbytère, et remontant la petite rue vers l'église Saint-Pierre, je croise Julia Delpy, des Vitarelles, dont le fils, Jean, va faire sa communion solennelle au mois de juin.

— Bonjour, Julia. Votre petit Jean va bien ?

— Oh oui... Il lui tarde sa communion... me répond-elle.

— Justement, à propos de la préparation de sa communion solennelle, il faudrait que je le rencontre... S'il le veut bien...

Ravie, elle me rassure aussitôt en disant que cela lui ferait grand plaisir.

— Tant mieux… Voyez-vous, j'aime me rendre utile, et si je pouvais l'éclairer de mes conseils dans la démarche qu'il va entreprendre le mois prochain dans la maison de Dieu, et peut-être le guider, lui faire entrevoir cette formidable voie de Dieu… Eh bien, aurais-je alors la satisfaction d'accomplir ma vraie mission… qui est de préparer tous nos petits bourgeons à la réussite d'une belle et généreuse vie chrétienne… et non pas de me limiter à dire la messe tous les dimanches…

— Écoutez, mon père…Voilà de belles paroles et c'est trop d'honneur pour notre fils…

La famille Delpy des Vitarelles fait partie de mes amis intimes, avec lesquels je partage souvent des moments intenses, de joie, de générosité, aussi bien dans notre vie religieuse que dans les instants de la vie quotidienne.

— Je ne vous cache pas, Julia, lui dis-je la voix douce, et quoique vous deviez le savoir, que j'ai pour votre fils une fierté toute particulière quant à la révélation de sa vie religieuse, tellement je trouve en lui des réminiscences de l'enfant que j'étais à son âge.

— Eh bien, mon père, pourquoi ne venez-vous pas aux Vitarelles, dimanche ? Pour le déjeuner, par exemple ? Vous aurez ainsi tout l'après-midi pour vous occuper de Jean !

Trouvant l'invitation fort aimable, j'accepte sans hésiter une seconde.

— Voilà une excellente idée ! Alors à dimanche !

— À dimanche, mon père. On vous attend pour midi, après la messe, il va de soi…

— Bien sûr, Julia.

Après avoir quitté madame Delpy, je reprends ma route vers l'église. Je pousse enfin la grande porte en bois, et j'entre dans la maison de Dieu où la fraîcheur des pierres et le silence des prières m'accueillent, comme toujours, en me comblant de joie.

Longeant la nef, je me dirige vers la sacristie. Quelqu'un qui se recueillait dans l'ombre se lève alors doucement et s'approche de moi.

Je vais à sa rencontre, et parvenant à l'allée centrale je reconnais sans difficulté la jeune femme.

— Bonjour, mon père, me salue-t-elle en baissant la tête.

— Bonjour, mon enfant… Si j'ai bonne mémoire, tu t'appelles Valentine… dis-je avec une petite hésitation.

— Oui, Valentine, c'est bien ça, acquiesce-t-elle en souriant à contrecœur. Je voulais vous voir mon père.

— Oui… Que puis-je pour toi, mon enfant… ?

— Je voudrais me confesser.

Durant quelques longues secondes de silence, j'observe cette belle enfant aux yeux si tristes. Je n'ai évidemment pas oublié son malheur, et s'il m'est possible de lui alléger sa peine, c'est avec une grande satisfaction que je m'y attacherai.

— Très bien… Va t'asseoir près du confessionnal, je vais me préparer, dis-je bientôt de ma voix la plus douce.

J'ai souvent revu Valentine depuis l'enterrement de son mari en février dernier, mais je ne lui ai vraiment parlé qu'une fois, le jour des Rameaux. Quelque temps auparavant, dans le mois de mars, mon amie Henriette Roche était venue me rendre visite au presbytère pour me parler de cette enfant. Elle s'inquiète beaucoup pour elle. Elle m'a dit qu'elle venait souvent à la chapelle prier pour le défunt, ainsi que pour la jeune femme et l'enfant qu'il a laissés derrière lui. Dans ses prières, elle disait implorer notre Seigneur en demandant, sinon de redonner à cette jeune éplorée la joie de vivre, mais tout au moins de lui apporter un apaisement, une quiétude, une renaissance. Je ne doutais pas de la foi et de la ferveur de cette chère Henriette, et sa peine de voir ses prières rester vaines était profonde. Je l'ai aussitôt rassurée en lui disant que Dieu ne l'oublierait pas et nous nous sommes donc quittés en promettant de redoubler nos prières.

Et voici que notre Père tout-puissant, dans sa miséricorde, nous a enfin écoutés en nous envoyant aujourd'hui dans sa maison, cette pauvre et malheureuse enfant.

Une fois installés dans l'ombre du secret, les premiers sons de nos voix s'échappent entre les trous de la grille. Sons fluets des chuchotements de Valentine qui répondent aux mots d'accueil que je récite minutieusement.

— Je voudrais me confesser mon père, parce que j'ai péché, commence-t-elle dans un murmure.

— Tu as gravement péché ?

Une hésitation.

— Oui, gravement, avoue-t-elle.

— Je suis là pour t'écouter, mon enfant…

Long silence.

— Mon père… je suis une criminelle… murmure-t-elle soudain d'une voix étouffée par l'émotion.

— Qu'est-ce qui te fait penser cela ? dis-je après un silence alors qu'elle pleure doucement derrière la grille.

— J'ai tué un homme…

Je n'ai plus souvenance des paroles que j'ai eues pour apaiser le chagrin de Valentine, car elles sont sorties du cœur, sans émaner de l'esprit. Ensuite, je lui ai demandé de me raconter ce qui s'était passé afin qu'elle puisse se délivrer du poids qui la tenait tant en souffrance, et elle le fit, durant de longues minutes de douleur, de répit, de désespérance, d'hésitation, d'interrogation, de soulagement, de silence, de compréhension, de communion… Avec au bout de cette confession, un émouvant repentir.

Comme il se devait, j'ai écouté jusqu'au bout ; et je lui ai offert l'absolution avec toute la grâce du Père tout-puissant.

Bien que nous ne soyons qu'à la mi-avril, il fait un dimanche magnifique dans la ferme des Vitarelles. Julia Delpy nous a préparé un déjeuner des plus simples, mais des plus savoureux également. Nous nous sommes levés de table vers 3 heures et Jean et moi sommes venus nous installer à une table sous le tilleul. L'enfant est un peu intimidé, et je décide de commencer à le questionner tout en douceur.

— Alors, mon enfant… comment définirais-tu Dieu ?

— C'est le Père tout-puissant, me répond-il d'emblée.

Voilà qui est bien dit. Je lui pose alors la même question à propos de Jésus.

— C'est le fils de Dieu.

— Et Marie ?

— La Sainte Vierge qui a mis au monde l'enfant de Dieu.

Je lui dis que c'est parfait. Il baisse ses yeux d'un air joyeux, ravi de me voir satisfait.

— Maintenant peux-tu me dire ce que signifie pour toi « croire en Dieu » ?

— Croire en l'Esprit-Saint.

— Oui… mais encore ?

— Eh bien, par exemple, c'est croire en une force qui est en nous, qui nous guide à chaque moment de la vie… Avoir la foi en Dieu, c'est croire en cette force qui peut nous accompagner dans la voie de l'amour, du pardon, du partage… Car Dieu est amour et miséricorde.

Je suis littéralement impressionné par les réponses pertinentes et exhaustives de cet enfant. Et je suis en train de me demander en quoi je pourrais réellement l'aider, lorsque Julia Delpy fait son apparition avec une corbeille de fruits du verger.

— Tenez, mon père. Vous voulez goûter nos premières pommes ?

— Ah, merci bien…

— Alors ? Cela se passe bien ?

— Écoutez, Julia. Je me faisais le devoir de préparer Jean pour sa communion solennelle… Mais cela n'est nullement nécessaire…

— Ah ? dit-elle inquiète.

— Mais oui. Cet enfant possède tout ce qu'il faut, plus qu'il n'en faut même…

— Ah bon… sourit-elle, rassurée.

— Il n'y a plus qu'à attendre l'arrivée de ce jour de grâce. N'est-ce pas, Jean ? ajouté-je en lui caressant la tête.

— Oui, mon père. Et j'ai hâte d'y être, dit-il le regard lumineux.

— Nous y serons vite, mon enfant, affirme en conclusion Julia Delpy.

*

* *

Le mois de mai est arrivé, doucement, avec ses rayons de soleil. Je vais à présent beaucoup mieux depuis ma confession il y a une quinzaine de jours. J'ai achevé dernièrement la lecture de *Crime et Châtiment*, et le dénouement final m'a permis de faire la paix avec moi-même. Avec ça, j'ai retrouvé un peu d'appétit ; sans parvenir toutefois à reprendre du poids. Ce qui d'ailleurs inquiète encore Henriette, mais je n'ai pas manqué de la tranquilliser en lui disant que je n'allais guère tarder à recouvrer une bonne santé.

Actuellement, je ne lis pas mais je dévore *Le Comte de Monte-Cristo* d'Alexandre Dumas. J'attaquerai ensuite *La Dame aux camélias*. En dehors de cela, j'ai reçu dernièrement une lettre de ma petite sœur Susie qui me raconte un peu la vie à la maison, bien trop ennuyeuse à son goût en comparaison des multiples et piquantes aventures qu'elle a vécues l'année passée au sein de la Résistance, et qu'elle regrette beaucoup, évidemment. Elle me parle mille fois d'un jeune garçon, Guillaume Marchand, un camarade de combat : « Guillaume est venu me voir secrètement dans le courant du mois de mars et, bien qu'il ne puisse pas parler à cause du danger qui est partout, j'ai ressenti très fortement cette sensation, ce sentiment que la France libre n'était plus nécessairement une espérance comme au début de notre combat, mais au contraire une certitude… J'ai beaucoup d'espoir en l'avenir, Valentine… Et bien des fois je pense à toi… Et bien des fois je me dis : "Comment fait-elle ?" Comment fais-tu pour surmonter ? Y arrives-tu seulement ? Bien sûr que oui. Maintenant que nous savons toutes les deux que notre mère est partie si jeune et que notre père nous a abandonnées, comment ne pas se battre ? Comment ne pas vouloir surmonter ? Comment abandonner à notre tour et la vie et nos enfants ? » Comme je la remercie de tant croire en moi ! Je voudrais lui dire : « Tu as raison. Se battre. Se battre pour que le meilleur de nous-mêmes nous aide à prendre le dessus et nous relancer toujours dans la bonne voie, le bon chemin, la route que chacun de nous doit parcourir sur cette terre. » Tout en bas de la page, elle m'écrit ceci à propos d'Henri : « J'ai tout vérifié, et tu avais raison. Tu ne peux pas savoir le choc que cela m'a causé… Car Henri était le soleil de ma vie… L'homme que j'aurais voulu épouser… Le père de mes futurs enfants n'était qu'un traître à notre cause et à notre combat pour la liberté. Il en est mort, ce n'est que justice… Je l'ai rayé de ma mémoire, je ne sais même plus à quoi il ressemblait. »

Dans sa lettre, elle m'a glissé une carte postale arrivée à la maison quelques jours après Pâques. Une carte postale d'Italie, venant de Calabre, écrite en mauvais français mélangé à de l'italien, et signée Alberto Feccetti, notre père. Il dit ne pas nous avoir oubliées ; puis il finit ses quelques mots en disant embrasser ses petites filles chéries. Ses petites filles chéries qu'il n'a peut-être pas oubliées, mais qu'il a abandonnées. De toute façon, qui est-il pour nous cet Alberto Feccetti ? Notre père ? Tout comme Susie, je me le demande. Je me le demande vraiment.

Ensuite, j'ai soigneusement rangé ces lettres avec celles de maman, Emma et Yvette, dans ma boîte à correspondances ; une boîte en fer dont Henriette voulait se débarrasser et qui sent encore les petits gâteaux secs.

Ces derniers temps, je me rends beaucoup moins au cimetière, remplaçant ces sorties quotidiennes par des visites à l'abbé Delages. Depuis qu'il m'a raconté qu'il connaissait un peu ma région par l'intermédiaire d'un de ses confrères, un prêtre qui officie à Boisseuil – bourg situé sur la RN 20 avant d'arriver à Limoges –, nous sommes devenus de véritables amis. Il m'apporte une paix et un réconfort inestimable que personne ne peut comprendre, un échange de spiritualité qui nous est personnel. Il me comprend, il me guide, il m'encourage, il m'écoute ; il ouvre en moi toutes sortes de rêves et de perspectives. Des projets dans l'avenir, pour moi et pour mon fils. Il est d'une générosité exemplaire, et il fait naître en moi le désir de ne penser qu'aux autres, de me dévouer et de vivre une vie un peu différente de ce que les gens attendent en général. Il me conseille dans le choix de mes lectures, et depuis que je lis, c'est vrai que je suis différente. Les livres, au même titre que son amitié et sa foi en Dieu, m'ont ouvert l'esprit. Je voudrais à présent m'épanouir en donnant mon temps, mon amour, mes joies perdues, tout ce que j'ai en moi et qui doit s'exprimer. C'est à cette seule condition que je parviendrai à vivre sans Adrien. J'avais pour lui une passion immense, mais j'ai trouvé le courage de continuer à vivre, en dépit de mon malheur. J'ai compris et accepté ces sentiments depuis peu. Avec la mort de mon amour, c'est aussi la Valentine d'alors, de ce temps à jamais perdu, qui est morte. Aujourd'hui, je suis une autre personne, parce que la vie m'a meurtrie – comme tant d'autres avant moi, hélas. Mais grâce à la littérature et à l'abbé Delages, du soleil est revenu dans mon cœur et me voilà animée de nouvelles espérances. C'est la raison pour laquelle je ne pense pas pouvoir un jour retourner au village, dans ma famille, les regarder avoir pitié de moi, et voir chaque jour sur leur visage, celui d'Adrien qui pleure sur notre malheur.

L'abbé m'a parlé d'un de ses amis missionnaire au Brésil. Et vous me croirez si vous le voulez, sans n'avoir jamais vu la moindre image de ce pays lointain que je situe à peine, j'en rêve toutes les nuits. Peut-être, un jour prochain, prendrai-je mon fils dans un bras, ma valise à l'autre main, et je m'embarquerai pour un long voyage, vers une contrée si lointaine dont j'ignorais jusqu'à l'existence !

Je n'ai encore parlé de tout ça à personne, ni à Henriette, ni à Camille, et encore moins à maman ou Emma. Elles ne comprendraient pas et surtout feraient tout pour m'en dissuader. J'attends la fin de la guerre avant d'y réfléchir davantage.

Quant à Paulino, il se porte à merveille. Il a trouvé en Camille un ami fidèle. Ce dernier s'occupe très bien de lui, comme un vrai père. Parfois, je le surprends à m'observer, et cela me fait de la peine. Je sais ce qu'il ressent pour moi. C'est un ami formidable, il est notre protecteur, mais cela n'ira jamais plus loin. C'est sans aucun espoir pour lui, et il doit être bien malheureux. Aussi, reporte-t-il tout son amour sur Paulino. Dès qu'il rentre du travail, il joue avec lui. Lorsqu'il sort faire une course, il l'emmène avec lui. Le soir venu, il lui lit des contes, assis au pied du petit lit qui était le sien quand, lui-même, n'était pas plus haut que trois pommes.

Camille travaille depuis plusieurs années à la boucherie Delbecq, derrière l'église Saint-Pierre. C'est avec la fourgonnette de son patron qu'il nous a trouvés sur la route du malheur, il y a maintenant trois mois passés. Il revenait de Souillac, petite ville située à une vingtaine de kilomètres de Gourdon, où il se rend régulièrement chez des marchands de bestiaux. Sinon, il est la plupart du temps à la boucherie. Il rentre le soir vers 8 heures, comme ce soir, à l'heure où la soupe chaude fume dans la soupière posée au milieu de la table. Même si le couvert est mis, nous l'attendons toujours avant de commencer à dîner.

Nous venons de nous mettre à table, et je suis penchée sur Paulino. J'essaie de lui attacher sa serviette, lorsque tout à coup quelqu'un frappe à la porte…

— Tiens… ? Qui cela peut-il être ? chuchote Henriette étonnée.

Camille s'interroge également, tandis que les coups redoublent. Inquiète, je prends Paulino dans mes bras.

Henriette se lève avec mille précautions et nous emmène nous cacher dans sa chambre. Une fois la porte de la chambre refermée, je tends l'oreille, écoutant les bruits de voix qui semblent provenir de la cuisine. Paulino et moi sommes serrés l'un contre l'autre, couchés sous le grand lit de bois d'Henriette, et à la seconde où il veut parler, je lui mets la main sur la bouche en l'implorant de garder le silence. Je tends à nouveau l'oreille. Rien. Seulement des bribes de mots et de conversations. Puis des bruits de pas. Et enfin, un filet de lumière balaie le plancher jusqu'à nous en me coupant la respiration.

— Venez… vous pouvez sortir, retentit alors la voix d'Henriette.

— Qui était-ce ? demandé-je en commençant à m'extraire de notre refuge.

— C'est ta sœur, me dit-elle.

— Ma sœur ?

— Oui, Anna… Elle t'attend dans la cuisine…

— Comment ? Anna ?

— Oui… c'est bien ta sœur ? s'inquiète Henriette.

— Non, mais ça c'est tout à fait elle !

— À moi, elle m'a dit qu'elle était ta sœur, répond Henriette en libérant le passage sans rien comprendre.

*

* *

Je viens de faire connaissance avec les braves gens qui ont recueilli Valentine et le petit Paul. Le jeune homme m'a installée dans la cuisine. Maman m'avait bien dit son nom, mais j'avais oublié ; je croyais que c'était Achille, j'ai eu l'air fine, une vraie queue de casserole !

— Non, je ne m'appelle pas Achille, mais Camille… comme Camille Desmoulins… sourit-il en débarrassant un peu la table.

Comme je ne vois pas de qui il parle, je préfère me taire et ne plus dire d'âneries. La dame est allée prévenir Valentine de mon arrivée. Achille me propose timidement de m'asseoir, ne sachant trop quoi faire pour m'être agréable. J'ai mis longtemps à me décider à venir jusqu'ici, me recueillir sur la tombe de mon frère, et voir Valentine et mon petit filleul. Nous avons quitté Paris depuis maintenant deux semaines. Maman nous héberge tous, comme au bon vieux temps des vacances d'été. Louis s'improvise boulanger pour aider papa qui est très fatigué.

Quelqu'un court dans le couloir. Je sais que c'est elle. La porte s'ouvre, et j'aperçois… Mon Dieu… ! Valentine ! C'est terrible ce qu'elle a changé ! Elle s'approche, et nous nous jetons dans les bras l'une de l'autre, en nous serrant si fort… Elle pleure et je ne dis rien. Mon silence est idiot, mais comment dire, nous nous voyons pour la première fois depuis la mort d'Adrien, alors parler, je ne peux pas, surtout devant des inconnus. Nous nous embrassons longtemps, en silence. J'embrasse le petit Paul aussi, puis Valentine annonce à Achille et sa mère que nous revenons de suite, et nous sortons.

— Comment es-tu venue jusqu'ici ? me demande-t-elle.

— En train, dis-je en passant mon bras sous le sien.

— Et Louis, et les enfants ?

— Ils sont tous à la maison, au village.

— Comment ça ? Vous avez quitté Paris ?

— Oui, il y a deux semaines…

— Et le restaurant ? s'étonne-t-elle avec surprise.

— Il n'y a plus de restaurant…

— Quoi ? s'exclame Valentine, consternée par cette nouvelle.

— Et plus de maison non plus…

— Mais, que s'est-il passé ? dit-elle après un silence.

— Nous avons tout perdu sous les bombardements. C'est une chance que nous ayons pu nous rendre à temps dans les abris. Voilà, nous n'avons plus rien, mais nous sommes tous vivants, c'est le principal. Après l'alerte, nous avons erré quelques heures dans les ruines, sauvant ce qui pouvait l'être. La plupart de notre argent, et Dieu sait si nos caisses étaient pleines, a disparu en fumée. Puis, après avoir pu rassembler malgré tout quelques maigres économies, nous avons pris le train pour Limoges dans la soirée.

— C'est Emma qui doit être heureuse de vous avoir, m'avoue Valentine d'une voix réconfortante.

— Oui. Après tous ces malheurs, ils semblent revivre depuis notre arrivée. Ils ont rouvert la boulangerie. Laurence et moi aidons maman à la boutique, tandis que Louis et Gaston sont au fournil avec papa.

— C'est bien, je suis contente.

— Moi aussi, tout compte fait. À Paris, les choses auraient fini par mal tourner pour nous…

— Pourquoi ?

— Tu sais, nous avions beaucoup de clientèle allemande, et pas mal de collabos. Et puis Louis trafiquait avec le marché noir. En quelques mois, nous nous sommes enrichis à un point que tu n'imagines même pas. L'argent monte à la tête, Valentine. C'est le poison du diable. Louis était devenu comme je ne l'avais jamais connu auparavant… Obsédé par l'argent, et parfois même méchant. Enfin, soit, aujourd'hui je remercie Dieu de nous avoir envoyé ce bombardement salutaire, qui en tout détruisant nous a comme délivrés du mal.

— C'est Dieu qui a voulu vous sauver, me dit Valentine en baissant les yeux.

— Oui, il en sauve certains… Pendant qu'il en tue d'autres, dis-je dans un murmure triste et résigné en pensant à mes frères.

Un long silence s'installe entre nous, durant lequel nos pas s'enchaînent les uns aux autres. Puis Valentine me demande des nouvelles des enfants. Je lui dis que Laurence est maintenant une belle jeune fille de seize ans, très travailleuse et très respectueuse. À quinze ans, Gaston mesure déjà 1,80 m. Il ne veut plus devenir un grand cuisinier, mais un grand sportif ! Nous essayons bien de l'en dissuader, car ce n'est pas ainsi qu'il gagnera sa vie, mais sa passion du football est bien difficile à combattre ! Roselyne, en dépit de son caractère de cochon, s'est tout à coup mise à très bien travailler à l'école depuis la rentrée dernière. Elle a seulement treize ans, mais elle sait déjà ce qu'elle veut faire plus tard : maîtresse. Roger, lui, ne pense qu'à une chose : manger ; c'est le seul souci de sa journée. Il a déjà repéré au village la pâtisserie qui se trouve sur le Champ de foire et où se font les meilleures et les plus incroyables pâtisseries de toute la région. En pleine période de restriction, il parvient tout de même à peser, à douze ans, cinquante kilos ! et ce pour 1,40 m ! Pour se moquer de lui, ses frères et sœurs l'appellent « Bouboule ». Les enfants sont impitoyables entre eux. Hortense, elle, du haut de ses sept ans, n'a jamais cessé, du jour de sa naissance à aujourd'hui, d'être un véritable diable ! C'est maintenant une petite fille aux longs cheveux blonds, aux yeux malicieux, et surtout à la langue bien pendue ! Édith, quant à elle, a deux ans et presque trois mois, et elle est sage comme une image. Elle ressemble à son père, brune avec des petites bouclettes qui tombent dans le cou, un sourire adorable, et des yeux verts tellement paisibles ! Si tous les enfants pouvaient être comme elle !

Valentine se réjouit de tous ces petits détails, et je sens qu'elle aurait voulu les avoir aujourd'hui avec nous, pour profiter un peu d'eux, surtout Édith qu'elle ne connaît pas encore. Puis elle me demande aussi des nouvelles de ses parents, et je lui réponds qu'ils vont bien.

— Et Susie, l'as-tu vue dernièrement ? s'inquiète-t-elle.

Je la rassure aussitôt :

— Oui ! Depuis que sa santé va mieux, elle vient souvent nous voir ! Et puis elle s'entend très bien avec Laurence !

— Ta fille ?

— Oui, Laurence ! Si tu les voyais faire toutes les deux… ! Toujours à rire bras dessus bras dessous, discuter et faire des messes basses !

Valentine sourit. Toutes ces évocations de la famille et du village lui font du bien. Comme je la comprends.

— Il ne manque qu'une chose, dit-elle après une hésitation, c'est que cette guerre se termine.

— Ça ne devrait pas tarder, tout le monde parle d'un débarquement allié.

— Ah bon ? Un débarquement ? s'arrête-t-elle, étonnée.

— Oui oui, dis-je avec affirmation en reprenant la marche, c'est Louis qui m'en a parlé, il l'a entendu à la radio. Il dit que c'est pour bientôt, que ça se prépare.

— Quand ?

— Alors ça, j'en sais rien. Je te dis ce qu'il m'a dit, on n'en sait pas plus, tu penses bien.

— Eh bien, j'en savais rien… C'est vrai qu'ici les gens se méfient. Camille m'a dit un jour : « La région est infestée de collabos, de miliciens, et tout ça ne fait pas très bon ménage avec les résistants : parler, c'est se mettre la corde au cou. »

— La vache ! Ça rigole pas ici…

— Non, personne n'a envie de rigoler. Surtout pas Henriette. Son beau-frère est dans la Résistance, dans les maquis qui se trouvent autour de Gourdon, et bien sûr elle redoute qu'il n'entraîne Camille avec lui…

— Oui, dis-je après un long soupir, nous en sommes tous là : que cette guerre finisse au plus vite avant qu'il soit trop tard pour certains… Même si pour mes frères c'est déjà trop tard.

Comme elle garde le silence, j'ajoute avec précaution :

— Tu sais, tu peux rentrer au village maintenant, tu n'as rien à craindre. On n'y a encore pas vu le moindre Boche, pas plus que la Gestapo… Et nous sommes tous si impatients de te revoir parmi nous, continué-je dans la foulée.

— Non, c'est encore trop tôt, murmure Valentine en baissant les yeux au sol.

— Pourquoi ?

— Parce que… dit-elle sans finir sa phrase.

Puis nous continuons à marcher, main dans la main, bras dessus bras dessous, comme Laurence et Susie. Nous marchons longtemps ainsi, côte à côte, serrées l'une contre l'autre, comme deux amies qui se retrouvent, toutes deux imprégnées du souvenir d'Adrien sans même avoir eu besoin de l'évoquer. Non, nous n'avons pas besoin de parler de lui, il marche avec nous, au milieu de nous, ses bras posés sur nos épaules, nous donnant du courage, nous tenant serrées près du souvenir qui, hélas, le précède en ne laissant sur le sol que l'empreinte de nos pas silencieux et solitaires.

Au bout d'un moment, nous arrivons devant un grand portail derrière lequel apparaissent d'immenses cyprès.

— Dieu ne tue personne, Anna… Ce sont les hommes qui tuent, me dit soudain Valentine en me serrant le bras.

Mon cœur se serre alors de tristesse, et nous entrons dans le cimetière.

CHAPITRE XVIII

Le point de non-retour

Des enfants morts parlent parfois avec leur mère
Et des mortes parfois voudraient bien revenir

Rhénane d'automne
Guillaume Apollinaire

Début juin 1944

Anna est restée deux jours avec nous, avant de repartir pour le village. Je l'ai emmenée sur la tombe d'Adrien où nous nous sommes recueillies. Elle m'a ensuite avoué qu'elle était en réalité venue à Gourdon, bien sûr pour nous voir Paulino et moi, mais aussi et surtout pour s'excuser auprès de son frère de n'être pas venue le jour de son dernier voyage. « Mon frère adoré qui me manque tant », m'a-t-elle murmuré.

J'ai été très heureuse de cette visite, et surtout soulagée de savoir Emma et Charles en si bonne compagnie. Maintenant que la maison et la boulangerie revivent sous les cris et les rires des enfants, et que l'ardeur au travail semble être revenue, je vais pouvoir me consacrer sereinement à mes projets de voyage. J'avoue que l'idée d'abandonner Emma et Charles à une mortelle solitude me donnait quelques scrupules. Ainsi, avec le retour d'Anna à la boulangerie, et la présence de Susie auprès de papa et maman, la voie est désormais libre.

Je dois aller voir l'abbé Delages cet après-midi afin qu'il m'aide à rédiger une lettre pour son ami. Plus les jours avancent et plus mon impatience est grande de commencer enfin une autre vie. J'ai dû arrêter, il y a quelque temps, mon travail à la librairie. Ayant recouvré sa santé, la dame que je remplaçais a repris son emploi. J'étais bien déçue de quitter cet univers, mais le libraire m'a dit qu'il continuerait à me prêter des livres d'occasion, et que je serais toujours la bienvenue.

Par chance, la semaine suivante j'ai pu trouver un autre travail. Avec l'aide de l'abbé, j'ai obtenu un poste à l'hôpital de Gourdon. Je fais du ménage dans les chambres, j'assiste les aides-soignantes dans différentes tâches, comme faire les lits et distribuer les repas. J'aime également beaucoup ce nouveau travail. Il me prend, il est vrai, un peu plus de mon temps, mais il m'apporte la satisfaction de soulager et réconforter les malades. Je travaille quatre jours sur sept de 7 heures le matin à 19 heures le soir, avec une coupure de midi et demi à trois heures et demie. Cela me permet de rentrer à la maison prendre le repas avec Paulino, Henriette et Camille, et de continuer à lire, même si j'ai moins de temps qu'auparavant.

Après avoir remonté toute l'avenue Cavaignac, je traverse la place du Majou sous un soleil de plomb et m'engage dans l'avenue Gambetta. Un petit quart d'heure m'est nécessaire à pied pour faire le trajet de l'hôpital à la maison, et une fois arrivée, je pousse la porte d'entrée. Paulino se jette dans mes bras comme tous les jours, et j'embrasse Henriette qui me demande comment s'est passée la matinée.

— Bien, dis-je en me lavant les mains.

— Alors ? Tu as su la nouvelle ? me dit Camille s'attendant à ce que je lui réponde par l'affirmative.

— Quelle nouvelle ? demandé-je en rangeant le torchon sur son crochet.

— Eh bien, le débarquement !

— Quoi ?

— Comment tu ne sais pas ? Ça y est, ils ont débarqué !

— C'est sûrement une blague, dis-je après une hésitation. Ils nous ont fait le même coup hier.

— Non, aujourd'hui c'est pour de bon, insiste-t-il en essayant de me convaincre. Les Alliés ont débarqué ce matin à l'aube en Normandie. Toute la Résistance est en alerte !

— Oui, et toi ne vas pas faire comme ton oncle ! s'exclame Henriette en se plantant devant son fils.

— Mais non maman, soupire-t-il en lui tournant le dos.

— Le maquis et les bêtises, c'est bien joli, mais laisse ça aux grandes personnes.

— Il y a du courrier pour moi ? demandé-je à Camille.

— Non, pas aujourd'hui…

— Allez, tout le monde à table ! déclare Henriette en tapant des mains. Débarquement ou pas, ce n'est pas ce qui va nous empêcher de manger !

Depuis maintenant deux mois, je n'ai plus de nouvelles d'Yvette. J'ai répondu à sa lettre au début du mois d'avril, et devant son silence j'ai à nouveau écrit trois semaines plus tard. Je lui demandais de garder le porte-monnaie en attendant que l'on se revoie. En revanche, je souhaitais qu'elle m'expédie à l'adresse d'Henriette mes papiers d'identité qui se trouvent à l'intérieur. Voyant qu'elle ne se manifestait toujours pas, j'ai écrit deux autres lettres courant mai. À présent, je m'inquiète. J'ai longtemps réfléchi, et je crains que notre courrier ne soit intercepté. Il n'y a pas d'autre explication. J'ai en souvenir ce que m'avait dit monsieur Justin : « N'essayez pas de revenir ou je vous chasse ! » Je ne sais plus que faire, si ce n'est tenter de joindre Yvette au téléphone. J'irai voir monsieur le maire, et j'insisterai pour payer la communication.

Je suis arrivée vers 14 heures chez l'abbé Delages. Cela me laisse une heure et demie avant ma reprise de travail, bien plus qu'il n'en faut. L'abbé a une grande et jolie chambre au presbytère, avec un côté de la pièce aménagé en bureau de travail, et l'autre où se trouvent un petit lit et une gentille petite table de chevet. Quelques étagères où sont soigneusement alignés des livres, deux chaises, une table, une armoire en chêne, un lavabo, trois tableaux et un crucifix au-dessus du lit complètent la sobriété du mobilier.

— Je suppose que tu as su pour le débarquement ? me dit l'abbé après un instant, en rangeant le travail qu'il avait en cours.

— Oui, Camille m'a appris la nouvelle. J'espère que je ne vous dérange pas au moins… ?

— Pas du tout, mon enfant, tiens, installe-toi là, me dit-il en plaçant à son bureau une seconde chaise à côté de la sienne.

— Vous pensez que la guerre va bientôt finir, mon père ? demandé-je timidement.

— Je n'en sais rien mon enfant, mais gardons espoir…

Puis il sort de son tiroir deux grandes feuilles blanches et s'assied à mes côtés.

— Alors, on l'écrit cette lettre ? dit-il en me regardant de ses grands yeux clairs.

— Bien sûr, mon père.

— Bon, décide-t-il en prenant son crayon à plume, on va d'abord faire un petit brouillon…

— Si vous voulez…

— Par quoi va-t-on commencer ? réfléchit-il en regardant le plafond. *Mon cher Michel*, commence-t-il. Je lui écrirai d'abord un petit mot pour lui donner des nouvelles d'ici et m'enquérir de sa santé… Mais je verrai ça plus tard au moment de tout mettre au propre… En attendant, venons-en à l'essentiel… *Mon cher ami, je t'écris aujourd'hui pour te demander si tu peux prendre sous ta…* Non, se reprend-il en barrant toute la phrase. *Mon cher ami, j'ai fait la connaissance, ici à Gourdon, d'une jeune personne qui s'appelle Valentine et qui souhaiterait s'engager dans les Missions de France*. C'est mieux, non ? me demande-t-il en levant sa plume.

J'acquiesce d'un mouvement de tête.

— *Aussi ai-je aussitôt pensé à toi*, continue-t-il d'une écriture régulière. *Te serait-il possible de l'accueillir dans ton diocèse ? C'est une jeune personne très dévouée que je te recommande, quelqu'un qui demande à vivre dans une communauté d'amour et de joie, quelqu'un de courage, de persévérance qui veut trouver, dans les chemins de la fraternité, un sens nouveau à sa vie. Son désir de compassion, de solidarité et de partage avec les pauvres est immense, et se fait de jour en jour vital à ses yeux. Valentine a un enfant de six ans, Paul, et désire ardemment commencer sa nouvelle vie de missionnaire au Brésil...* Qu'en penses-tu ainsi ? m'interroge-t-il en posant son crayon.

— C'est... C'est trop beau... dis-je avec émotion.

— Ça va, mon enfant ? me demande l'abbé en me dévisageant.

— Oui.

— Tu es toute pâle, s'inquiète-t-il en me regardant dans les yeux. Tu n'as pas peur ?

— Non, peur de quoi ?

— De partir, répond-il après un silence.

— Non, mon père.

— Tu ne regretteras pas au moins ?

— Je ne sais pas, mon père, avoué-je après un long silence. Comment pourrais-je le savoir ?

— Si tu hésites à partir, dis-le-moi. Rien ne t'oblige...

— Je veux partir, mon père. Je vous assure que je veux partir. J'ai seulement une petite appréhension, mais elle s'effacera très vite...

— Oui, c'est compréhensible. Alors on l'envoie cette lettre ? me dit-il en souriant.

— On l'envoie, mon père. Et pas un mot, à personne.

Il me regarde avec une si douce et si chaleureuse amitié que j'ai envie de lui serrer les mains pour le remercier, puis il me rassure :

— Sois sans crainte, c'est notre secret.

Je le remercie du fond du cœur.

— Mais non. Ne me remercie pas...

— Oh si, mon père. Grâce à vous, du soleil est revenu dans mon cœur.

Il m'observe longuement et me dit dans un murmure éclairé :

— Le soleil est entré dans ton cœur, mon enfant. Ce n'est pas tout à fait pareil. Il y est entré, car tu lui as ouvert la porte.

— La porte dont vous parlez, mon père, est en réalité un livre. Le livre que m'a prêté Camille : *L'Appel de la forêt*. Tout a commencé là, lorsque j'ai ouvert ce livre.

— Tu as raison, Valentine, de mordre à pleines dents dans toute la richesse de la littérature… me dit-il en me prenant les mains. Elle est source de découverte… Elle ouvre l'esprit et nous aide à trouver la croisée des chemins.

— La croisée des chemins ?

— Oui. La croisée des chemins est un moment de la vie que nous rencontrons tous un jour ou l'autre. Libre à chacun de choisir sa route et d'agir en son âme et conscience.

— Et vous, mon père ? L'avez-vous rencontrée ?

— La croisée des chemins ? Oh oui. Il y a bien longtemps. Sinon, nous ne serions pas là aujourd'hui à converser ensemble…

— Comment avez-vous fait ?

— Pour savoir que j'étais à la croisée des chemins ?

— Oui.

— Je ne saurais te le dire précisément. Rappelle-toi seulement que ton cœur et l'esprit de Dieu sauront te l'indiquer.

— Encore une fois, merci pour tout, mon père. Grâce à votre amitié et votre foi en Dieu, je vous dois de revivre… Alors comment ne pas vous remercier ?

— Je suis homme de Dieu, et un homme de Dieu se doit de transmettre la vie spirituelle aussi humblement que possible…

*

* *

Dimanche 11 juin 1944

J'ai momentanément délaissé ma paroisse de Gourdon pour venir quelques jours à Boisseuil, près de Limoges, rendre une visite à mon ami l'abbé Chastaint.

Cinq jours seulement se sont écoulés depuis l'annonce du débarquement, et j'en suis à me demander aujourd'hui, si cet événement tant attendu ne va pas se transformer en véritable catastrophe pour notre pays, en lamentable boucherie.

L'abbé Chastaint m'a annoncé... Comment dire ? Je crois qu'il n'y a pas de mot pour qualifier cette chose. Je ne l'ai d'abord pas cru, évidemment, c'est tellement... C'est tellement au-delà de ce que Lucifer peut accomplir. Mais j'ai dû bien vite me rendre à l'évidence. L'abbé va se rendre là-bas sur place, tandis que je dois rentrer à Gourdon annoncer à Valentine cette chose abominable.

Le soleil commence à décliner lorsque le train entre en gare de Gourdon. Je descends sur le quai en tenant à la main mon sac de voyage, et sans plus attendre je remonte l'avenue Gambetta d'un pas lourd, la gorge serrée, le dos voûté par la fatigue de cet aller-retour précipité, chose qui, je m'en rends compte, n'est plus de mon âge.

J'arrive chez Henriette, et je frappe deux petits coups à la porte. Silence.

— Henriette, c'est moi, l'abbé Delages, dis-je à travers la porte.

Elle s'ouvre.

— Eh bien, monsieur l'Abbé ? Vous êtes déjà de retour ? s'étonne-t-elle en tirant largement la porte.

— La petite Valentine est là ?

— Oui, mon père, répond-elle. Mais je vous en prie, entrez donc…

— Non, Henriette, pas ce soir, dis-je en la remerciant. Je dois parler à la petite.

— Ne bougez pas, je vais vous la chercher.

Mon cœur tremble quelques secondes en voyant Valentine s'approcher de moi avec curiosité.

— Bonsoir, mon père, me salue-t-elle, surprise. Vous n'êtes pas à Boisseuil ?

— Viens avec moi, je dois te parler, dis-je en la prenant par le bras.

Elle ferme la porte, et nous nous éloignons.

— Qu'y a-t-il mon père ? demande-t-elle bientôt avec une certaine inquiétude.

— Pas ici, mon enfant, pas dans la rue…

— Où allons-nous ?

— Viens. Descendons à Notre-Dame-des-Neiges.

J'ai encore quelques minutes pour trouver les mots. Il fait jour, mais dans moins d'une heure la nuit sera tombée. Encore quelques minutes à parcourir l'étroit chemin qui descend vers la petite chapelle de Notre-Dame-des-Neiges. Valentine marche en silence à mes côtés, et à sa façon de ne rien me demander, de ne plus parler, d'attendre, je mesure combien sa peur est immense.

Nous entrons dans la petite chapelle, et nous nous agenouillons, pieusement. J'ai par instants la sensation qu'elle sait déjà tout.

— Ma petite Valentine, il nous faut prier, tu sais… dis-je en commençant d'une voix émue.

— Je vous en supplie, mon père, dites-moi ce qui se passe…

— Il faut prier pour des pauvres innocents… Qui ont été massacrés…

— Quels innocents, mon père ?

— Il faut prier pour tous tes amis, mon enfant…

— Qu'est-ce que vous dites ?

— Il faut prier pour tes amis, tes voisins et… ta famille aussi…

— Que s'est-il passé, mon père ? s'écrie-t-elle dans un murmure horrifié, serrant son chapelet dans ses mains jointes.

— Les Allemands ont massacré ton village… Tout le village, dis-je en me tournant vers ses yeux mortifiés. Ils n'ont rien laissé.

— C'est pas possible… dit-elle d'une voix blanche.

— Si, ma pauvre enfant, c'est la vérité.

Je ne sais si elle réalise ce que cela signifie pour elle. Elle tourne une seconde son visage de côté, vers le sol, puis relève la tête et observe Jésus sur la croix.

— C'est pas possible, mon père… pourquoi ?… Mais pourquoi mon village !

— Personne n'en sait rien, ma pauvre enfant… La barbarie frappe au hasard…

Son incroyable silence m'arrache des larmes ; je ne peux plus la regarder, et je me lance dans une prière lancinante. Au bout de quelques phrases, j'entends soudain sa voix déchirée qui reprend dans un murmure chaque mot de ma prière.

Nous restons longtemps ainsi, en communion avec Dieu, les genoux et les mains endoloris, mais dans la foi du Seigneur qui accueille l'âme de ces innocents.

— Je dois partir, mon père… murmure Valentine en séchant ses yeux.

— À Oradour ?

— Oui.

— Tout est détruit, mon enfant… Ils ont mis le feu partout… Tout le monde a été tué…

— Dans le village, mais pas dans les campagnes… lance-t-elle avec une lueur d'espoir.

— Ça, je ne sais pas, mon enfant…

— Mes parents habitent à l'écart du village… Il n'a rien pu leur arriver, s'empresse-t-elle d'affirmer comme si elle essayait de se convaincre elle-même.

— Tu as peut-être raison… dis-je en l'aidant à espérer. Nous partirons demain à la première heure. Il est impossible d'entrer dans Limoges et encore moins d'en sortir, mais nous trouverons bien un moyen.

— Merci, mon père…

La nuit était tombée lorsque nous sommes rentrés. En chemin, nous étions convenus de ne rien dire à Camille et Henriette, pas avant demain matin. Et ceci, pour leur laisser un dernier répit avant l'annonce de ce drame atroce.

Une fois parvenus chez Henriette, Valentine me quitta en me remerciant une dernière fois de l'avoir prévenue. Malgré un émouvant courage, elle paraissait cependant bien faible.

— Tu ne veux pas que je reste avec toi ? demandai-je en tenant sa petite main froide serrée dans la mienne.

Elle me fit signe que non, de la tête.

— Alors, à demain, mon enfant. Je vais prier pour toi.

*

* *

Minuit vient de sonner. Je dépose sur le front de mon petit Paulino deux baisers, en veillant bien à ne pas le réveiller. Je laisse un mot sur le lit, pour Henriette :

Chère Henriette, je ne peux pas vous parler, mais notre ami l'abbé pourra vous expliquer ce qui se passe. J'ignore quel jour je serai de retour, aussi je vous confie Paulino…

Affectueusement, Valentine.

Je sors dans le couloir central, je tire au passage la porte de la chambre de Camille afin de ne pas risquer de le réveiller en heurtant quelque chose dans la pénombre, et après m'être glissée dehors, je referme délicatement la porte derrière moi. Je traverse le porche, passe le portail et sors dans la rue non sans avoir soudain une pensée pour ceux que je trahis odieusement, l'abbé, mon enfant, Henriette et Camille. Mais je promets de revenir bientôt.

Je n'ai plus peur de rien, ni de Satan, ni de ses ténèbres, et je m'enfonce dans la nuit noire, avec un désir irrépressible de retrouver mon village et ma famille.

Mardi 13 juin 1944, après-midi

Je suis épuisée. Deux nuits et deux jours de voyage. En train, sans argent, sans billets, perdue dans des gares vides, en voiture avec des inconnus, sur des charrettes de paysans, en bicyclette que j'ai dû voler, à pied, dormant dans des fossés, restant des heures sur des routes désertes, ne pouvant plus mettre un pied devant l'autre, affamée, volant des cerises et des pommes dans les vergers. Deux jours et deux nuits, mais enfin là, sur la route de Grivaux, où mes souliers craquelés soulèvent la poussière du chemin dans une chaleur assommante. La maison n'est plus qu'à une vingtaine de mètres. Je demanderai à maman une autre paire de chaussures, et nous nous rendrons aussitôt au village. J'ai trop besoin d'elle pour affronter l'horreur dont m'a parlé l'abbé. J'arrive dans la cour, et me dirige vers la maison.

— Maman ? C'est moi, Valentine !

Je gravis les quelques marches, et je pousse la porte de la maison qui est entrouverte.

— Maman ? Tu es là ?

Personne ne semble me répondre. Je monte à l'étage en appelant encore maman, puis mémé, Susie, et papa ; mais pas un bruit dans la maison. Les chambres sont vides, les fenêtres ouvertes, les volets à demi tirés pour garder la fraîcheur. Je redescends à la cuisine. Les chaises sont bien rangées autour de la table. La cuisinière est froide. Dans l'égouttoir, la vaisselle est sèche. Je ne peux pas croire que la maison soit vide ! Je sors sur la terrasse, et mettant mes mains en porte-voix, je me mets à hurler de peur : « Mamaaann ! » Pas de réponse. « Pappaaa ! » Toujours rien. « Susieee ! », « Méméééé ! » Rien qu'un silence effroyable.

Malgré mes souliers cassés, je m'élance alors en direction du village. Je coupe à travers champs et pâturages pour aller plus vite, et je cours sans m'arrêter, sans même respirer, en me disant que papa, maman et Susie doivent se trouver là-bas avec d'autres voisins pour prêter main-forte aux secours. Mais je ne m'explique pas pourquoi mémé n'est pas restée à la maison. Je m'engage sur la route, et le pont de la Glane est déjà en vue tout au bout, lorsque, quelque chose que je n'avais pas de suite remarqué, m'éclate soudain au visage en m'immobilisant sur la chaussée... Des premières maisons du village, je ne vois plus que des pans de mur effondrés et noircis par le feu. Une forte odeur, pestilentielle à retourner un estomac, me saisit tout à coup les narines. Couvrant mon nez d'une main, essoufflée d'horreur, de fatigue, parvenant difficilement à respirer, je m'approche lentement du pont. Puis soudain, j'aperçois au travers du feuillage des arbres notre chère église qui, ô malheur ! n'émerge plus que d'une masse de pierres noircies, décapitée d'une partie de son clocher ! Mes jambes tremblantes ne cessent tant bien que mal de me porter, et je m'approche encore, sous la chaleur, bouleversée d'horreur et d'incompréhension. Non loin de là, des hommes d'un village voisin qui sont en faction m'arrêtent à l'entrée du bourg.

— Où allez-vous, mademoiselle ? m'interroge l'un d'eux.

Je voudrais pouvoir répondre, mais je suis incapable de parler.

— N'allez pas plus loin, c'est terrible là-haut, me dit un autre.

— Vous êtes du village ? me demande un troisième.

— Oui, parviens-je enfin à articuler. Je viens voir mes parents…

— Ma pauvre dame, tout le monde a été tué…

— Eux, non… Ils n'habitent pas au village.

— Bon, attendez, je vous accompagne, répond l'un d'entre eux.

Le monsieur marche devant moi. Il ne dit rien. Il veille à ce que je le suive. Nous commençons alors à pénétrer dans le village, dans mon village, où nous croisons des gens qui errent au milieu des ruines. De temps en temps, l'homme se retourne pour me demander si je vois mes parents. Je continue à marcher, comme folle, dans un enfer vivant. Je suis morte, je n'ai plus de corps, je suis détruite à l'intérieur, comme le sont toutes les maisons du village. Mes amis ? Où sont-ils ? Où sont tous mes amis… ? Dans les maisons éventrées s'entassent des monceaux de pierres et de gravats, de meubles et d'objets calcinés. Une totale désolation dont l'horreur dépasse l'imaginable. Je n'arrive plus à me souvenir de mon village, les murs raides et bien droits, les toitures enveloppées, les volets de bois, les fleurs aux fenêtres, les enfants dans la rue, le marché du Champ de foire, le passage du tramway…

Non, je n'y arrive plus ! Tout est mort !

Je me mets à courir maintenant… Mon cœur étouffe à mesure que j'approche de la boulangerie… Je la vois déjà, et c'est tout à coup l'explosion dans ma poitrine. Tout a brûlé ! Il ne reste plus rien ! Seule l'enseigne au-dessus de l'entrée de la boutique est encore lisible. Emma, Anna et les enfants ! Charles, Louis !

Je continue à remonter la rue centrale vers la sortie du village. Je reconnais, en passant devant le Champ de foire, l'épave brûlée de la voiture du docteur. Qu'est devenu mon ami ? A-t-il pu se sauver ? En passant devant sa maison, je ne trouve que ruines et désolation. Je dépasse la petite gare du tramway en direction de la poste, et toujours pas la moindre trace de maman dans le village, ni de Susie, ni de papa. Le monsieur qui m'accompagnait a disparu, et je redescends la rue centrale, m'arrêtant ici et là à hauteur de groupes de gens qui, le visage masqué d'un mouchoir, rassemblent les morts au-dehors. Tout en me tenant à l'écart, je cherche des yeux, parmi ces vivants… Mais toujours rien. En me dirigeant vers la place de l'église, où j'ai vu tout à l'heure des groupes de secours, je croise des personnes errant dans le village à la recherche d'un parent. Un mal terrible derrière la tête m'assomme à chacun de mes pas, et c'est avec difficulté que j'atteins la petite place. En bas de l'escalier de l'église, quelqu'un m'arrête tout à coup. C'est Philippe Deslandes, le fils du maire, un camarade d'Henri. Il connaît bien toute la famille ; son père est même venu à Gourdon assister à l'enterrement d'Adrien.

— Valentine ? s'exclame-t-il. Comment es-tu venue jusqu'ici ?

— Qu'y a-t-il dans l'église ?

— N'entre pas… et il ne vaut mieux pas que tu restes ici…

— Qu'y a-t-il dans l'église ?

— Les femmes et les enfants. Valentine, n'entre pas, je t'en conjure…

— Oh ! grands dieux, ne me dis pas ça, Philippe ! Laisse-moi y aller, je cherche ma mère, ma sœur, toute ma famille, laisse-moi y aller, je t'en supplie…

— Elles sont mortes, Valentine…

— Peut-être pas…

— Malheureusement si. La dernière fois que je les ai vues, elles étaient sur la place avec tous les enfants… Puis ils les ont emmenés dans l'église…

— Ma mère était avec eux ?

— Oui. Et ton père figure aussi parmi les victimes des granges…

— Noonn, tu te trompes sûrement, dis-je le cœur brisé.

— Je voudrais tant, murmure-t-il abattu, et je me demande si je ne préférerais pas être mort avec eux.

— Et ma sœur, tu as vu ma sœur… ?

— Je ne me rappelle pas, mais je suppose qu'elle était également dans l'église. J'ai vu aussi Emma sur la place, avec sa fille…

— Anna ? Et les enfants ?

— Ils y étaient.

— Et Charles ?

— Il était dans mon groupe qui a été mitraillé dans le garage…

— Et le docteur ? Et mes cousins du Repaire ?

— Aussi. Tout le monde, Valentine. Tout le monde.

— Je dois aller les voir, dis-je en me levant.

— N'y va pas.

— Personne ne peut m'empêcher d'entrer…

— Tu n'y trouveras que des corps calcinés… Une dernière fois, Valentine, n'entre pas dans cette horreur, tu n'y reconnaîtras personne ! s'écrie-t-il en me tenant le bras. Ma mère est là parmi les cendres et je n'ai retrouvé d'elle que sa bague, comprends-tu ? On ne reconnaît personne ! dit-il soudain d'une voix poignante.

— Personne ne peut m'empêcher d'aller où j'aurais dû me trouver…

Des corps, ou plutôt ce qu'il en reste, sont transportés hors de l'église, tandis que je m'engouffre à l'intérieur.

Dans une atroce et suffocante vision d'horreur, j'en viens aussitôt à poser les mains sur mon ventre, restant paralysée de longues secondes, la bouche ouverte, les yeux pleins de larmes, et la voix ne parvenant qu'à murmurer inlassablement : « Aaahhh mon Dieu ! mon Dieu ! »

Ce n'est pas possible. Ça ne peut pas appartenir à ce monde !

— Ne restez pas là, me dit quelqu'un.

— Je cherche ma mère…

Puis on me laisse enfin tranquille. Et je ne suis que cadavre au milieu des cadavres, réalisant tout à coup que c'est à Henri que je dois d'être encore vivante. Sans lui et tout le mal qu'il m'a fait, je serais là, dans ce magma intolérable de cadavres, de cendres, et d'ossements. Marchant vainement, un mouchoir plaqué sur le visage à cause de l'odeur du charnier, ne reconnaissant personne, je pose mes pieds sur les dalles cuites, entre les corps calcinés, à la recherche d'un objet que je pourrais reconnaître. Je ne suis plus qu'une bête, je ne sais même plus parler, ni pleurer, ni penser, et toujours mon mal de tête qui m'écrase la nuque.

Quand, soudain, mes yeux sont attirés vers le sol. Je me penche vers un petit objet doré. Je le saisis, l'observe de plus près, sans toutefois le reconnaître. Puis, sur le point de me relever pour continuer à chercher, je remarque à nouveau, à proximité, un autre objet gisant au bord des cendres, près d'une masse informe de plusieurs corps cramoisis et méconnaissables.

Je prends dans ma main le bijou, tout en le contemplant minutieusement, car la chaleur du feu l'a déformé sur tout un côté. Cela dit, je reconnais sans difficulté une esquisse de la Vierge. Je retourne alors le médaillon. Mon cœur dans ma poitrine est à l'agonie dans la crainte d'y lire… Je retourne le médaillon et… Ce que je craignais tant d'y lire, je le lis !

Dans un dernier effort, ma voix hoquetant sort alors de ma gorge comme le souffle de Dieu :

— Oooohhhhh ! ma p'tite Susie ! Ma p'tite Susie ! Ma toute p'tite Susie !

Ce n'est que des heures après que je reviens à moi. Quelqu'un que je ne reconnais pas me surveille.

Il me parle.

Je ne sais pas ce qu'il dit.

Je ne comprends pas.

Je ne sais même pas où je suis.

Au bout d'un moment, je me retrouve seule alors je me lève, et je m'en vais.

Personne ne me remarque, et je continue à marcher. Je m'enfonce dans la campagne, je marche dans l'eau, dans l'herbe, dans les bois, plus personne ne m'arrête.

En arrivant près d'une rivière, je décide de descendre au bord de l'eau, pour aller laver mes ongles noirs.

C'est en grattant les vitres de la maison que je me suis sali les mains.

Des vitres rouges, pleines de sang, qu'il me fallait nettoyer et asperger d'eau pour éteindre le feu qui les faisait craquer.

Il me semble encore entendre les coups de feu.

Il y avait un tel bruit. Un fracas terrible dans ma tête.

Et tout ce sang collé à la vitre ! Et l'odeur de poudre qui m'étouffait ! Et encore des coups de feu ! Et ma tête qui s'effondre sur mes genoux ! Mon corps qui roule sous la banquette arrière ! Des cris terribles, puis le silence froid des bois…

Heureusement, dès que j'ai pu, je me suis échappée de cette horreur, et maintenant, il faut que je me lave les mains pour effacer les traces. Enlever tout ce rouge. J'arrive à la rivière, je me jette à genoux et j'enfonce mes mains dans l'eau verte ; je passe de l'eau sur mon visage et soudain mes mains se couvrent à nouveau de rouge… La rivière se change également en un énorme fleuve rouge sang, aux flots déchaînés, et sans que je comprenne, mon corps entier se sent comme attiré par ce bouillonnement des eaux qui m'arrache du sol, m'extrait et m'emporte…

Que s'est-il passé ensuite ? Exactement, je l'ignore… Ce que je sais, c'est qu'on me veut du mal… Quelqu'un s'est approché de moi pour me noyer dans la rivière… Puis d'autres l'ont rejoint et tous ces gens ont essayé de m'engloutir, de me retirer, avec leurs questions, le peu d'air qu'il me restait encore… Mais je ne me suis pas laissé attraper, je me suis encore enfuie. Je fuirai toujours, je ne les laisserai jamais m'attraper.

Maintenant, je suis seule, je n'ai pas de souvenirs. Personne ne me fera parler.

Les regrets m'ouvrent leurs bras, et je n'espère plus rien.

Je ne veux qu'une chose. C'est rentrer chez moi.

Ces salauds me trouveront pas.

CHAPITRE XIX

Libres et fusillés

Et les bois étaient noirs jusques à l'horizon.
Nous marchions sans parler, dans l'humide gazon,
[…]
Fais énergiquement ta longue et lourde tâche.
[…]
Puis, après, comme moi, souffre et meurs sans parler.

La Mort du Loup
Alfred DE VIGNY

Gourdon, 28 juin 1944

Voilà déjà deux semaines passées que Valentine est partie, et nous sommes toujours sans nouvelles. Seule une petite lettre posée sur son lit. Lorsque le lendemain, je suis allée le prévenir de ce départ aussi inattendu que précipité, l'abbé Delages ne m'a pas semblé surpris. Il a baissé la tête, puis il m'a tout raconté.

J'en suis restée pétrifiée d'horreur toute une semaine, ne parvenant même pas à avaler une bouchée de pain.

Je pensais à tous ces enfants, toutes ces femmes et ces hommes, massacrés comme des bêtes… Quelle honte, quelle abomination !

Heureusement que le petit Paul était avec nous, il a pu être ainsi sauvé de cet enfer. Et depuis ce drame horrible, Camille et moi ne cessons de redoubler d'amour pour lui, en priant tous les jours pour le retour de Valentine.

Il est midi et demi lorsque l'abbé, que j'ai invité à manger, vient frapper à la porte. Le petit Paul joue sur la terrasse, et gardant un œil sur lui, nous nous asseyons tous les deux à l'ombre, sous le pommier du jardin.

— Camille ne devrait pas tarder. En attendant, vous voulez boire quelque chose, mon père ? dis-je en me relevant.

— Un grand verre d'eau, Henriette, ce sera très bien, me répond-il en s'essuyant le front de son mouchoir.

Je rentre à la maison chercher des verres et un grand pichet d'eau, et j'en profite au passage pour surveiller une dernière fois mes marmites. Le repas est à point, alors j'éteins le feu et je sors.

Je sers l'abbé et j'appelle Paul pour qu'il vienne lui aussi se désaltérer.

— Vous êtes fatigué, mon père ? dis-je en le voyant reposer son verre après un profond soupir.

— C'est que j'arrive à l'instant de Molières, et vous savez, à mon âge les kilomètres m'essoufflent rapidement.

— Eh oui, fais-je avec compassion. Et avec ça, nous sommes tous préoccupés par Valentine…

— C'est vrai, soupire l'abbé.

Nous observons un long silence avant de reprendre notre conversation.

— Je suis allé chez Barrel à Molières commander du bois pour faire une table, dit-il en s'essuyant le front.

— Elle marche bien cette scierie ? dis-je en sirotant mon verre.

— Oh oui, répond l'abbé d'un hochement de tête qui en dit long. Et monsieur Barrel en a profité pour me montrer son tracteur… Un des premiers dans le coin…

— Oui, c'est ce qu'on m'a dit… acquiescé-je avec une moue d'admiration. Et madame Barrel, comment va-t-elle ? Il y a longtemps que je ne l'ai pas rencontrée…

L'abbé n'a pas le temps de me répondre que j'entends Camille refermer le portail de la rue.

— Ah, voilà Camille ! Nous sommes dans le jardin ! dis-je d'une voix assez forte pour qu'il m'entende.

Il tire le portillon du jardin et nous rejoint directement en marchant entre les rangées de poireaux et de petits pois. Essoufflé, il salue l'abbé, prend Paul dans ses bras et se sert à boire.

— Tu as couru ? demandé-je en le regardant vider son verre d'un seul trait.

— Un peu, oui… Dans une heure il faut que je reparte. Je dois être à Souillac à deux heures et demie, dit-il vivement.

— Ah bon ? On peut alors se dépêcher de se mettre à table au lieu de nous prélasser !

Tout en mangeant, Camille me dit qu'il ne rentrera probablement pas avant demain matin, parce qu'un travail fou l'attend à Souillac.

— J'irai dormir chez tante Ginette, non ?

— Tu fais comme ça t'arrange, mais ce n'est pas une raison pour manger trop vite, tu vas être malade.

Durant tout le repas, la conversation a tourné autour de Valentine et son silence inquiétant. Finalement, nous sommes tombés d'accord pour attendre jusqu'au début juillet, avant d'entreprendre quoi que ce soit. Si d'ici là, elle n'est toujours pas rentrée, l'abbé Delages et Camille essaieront de se rendre sur place ; si les Boches veulent bien les laisser passer !

Une amie, épicière en bas de l'avenue Gambetta, m'a dit que les Allemands ont été vus un peu partout dans la région ces jours-ci : à Pontcarral, mais aussi sur la nationale 20, et même du côté de Labastide-Murat. Ces sales Boches ! Mais est-ce qu'un jour ils vont finir par nous foutre le camp !

La pendule de la cuisine marque 13 h 30 lorsque Camille se lève soudain de table. N'ayant pas vu l'heure passer, il va vite préparer ses affaires, tandis que je glisse quelques pommes du jardin dans son sac – je sais qu'il les aime. Puis il nous dit rapidement au revoir, et la porte se referme.

Devant vaquer à ses occupations, l'abbé ne s'est guère attardé non plus. Quand il est parti, j'ai tranquillement débarrassé les assiettes, puis je suis allée coucher le petit Paul pour sa sieste. Il est maintenant environ 14 heures. Je viens à peine de commencer ma vaisselle, et regardant par la petite fenêtre de la cuisine au-dessus de l'évier, j'aperçois tout à coup l'abbé revenir vers la maison.

— Henriette ! Henriette !

— Oui, mon père ?

— Les Allemands !

— Quoi !

— Les Allemands sont à Gourdon ! Ils encerclent la ville !

— C'est pas possible !

— Ils bloquent toutes les routes…

— Alors ça y est, ils vont recommencer les massacres… !

— Surtout, quoi qu'il arrive, ne bougez pas d'ici ! dit-il en repartant après s'être signé.

— Où allez-vous ? dis-je, inquiète.

— Je vais aux nouvelles…

— Et Camille ?

— Ne vous inquiétez pas pour lui, il doit être loin.

— Mon père, je suis sûre qu'il va arriver un malheur…

— Il ne faut pas y penser, Henriette, c'est la meilleure chose à faire pour que cela n'arrive pas. Et surtout, ne bougez pas d'ici ! Prenez l'enfant et allez vous cacher dans le grenier, et n'en sortez pas avant mon retour ! dit-il en tournant les talons et en faisant voler les pans de sa soutane.

J'ai obéi dans la seconde. J'ai fermé la maison, et prenant avec moi le petit Paul qui ne s'était d'ailleurs pas encore endormi, nous sommes allés nous cacher. J'ai bien veillé à tirer le verrou intérieur de la porte du grenier, et nous nous sommes installés près de l'œil-de-bœuf qui donne sur le portail d'entrée. Repère idéal pour guetter la rue et l'accès à la maison sans risquer d'être vus. De plus, il fait une telle chaleur sous les tuiles, que le filet d'air qui se glisse jusqu'à nous à travers cette petite ouverture nous permet de respirer un peu. Après avoir couché Paul près de moi sur un vieux matelas récupéré dans un coin du grenier, je m'installe à mon poste de surveillance.

Les heures s'écoulent, les unes après les autres. Au loin, on entend l'agitation de la ville. Des bruits d'engins motorisés descendant quelquefois l'avenue Gambetta me font tressaillir. Paul ne s'est assoupi qu'une heure, et le reste du temps j'ai dû l'occuper de mon mieux sans relâcher la moindre surveillance ; lui raconter des petites histoires, en murmurant pour éviter d'être repérés ; lui lire quelques jolies fables de La Fontaine trouvées dans des cahiers d'écolier que Camille avait abandonnés au fond d'une vieille caisse poussiéreuse. Il doit être environ 8 ou 9 heures du soir lorsque j'aperçois enfin l'abbé descendre les marches qui mènent à la maison. Nous quittons aussitôt notre cachette, et je me précipite pour venir lui ouvrir.

— Alors, mon père ? Ils sont repartis ?

— Hélas non ! Ils n'ont pas dû trouver ce qu'ils cherchaient, me dit-il en entrant. Vous les avez vus ?

— Non, personne n'est venu… Ils sont nombreux ?

— Je n'en ai jamais autant vu. Ils sont partout. Des camions, des motos, des petits engins blindés aussi. Ils tirent sur tout ce qui bouge. Il paraît qu'ils ont tué quelqu'un derrière l'église des Cordeliers…

— Qui ?

— Je n'ai pas pu savoir. Et puis ils ont fouillé beaucoup de maisons…

— Mais que veulent-ils ?

— Précisément, je l'ignore. Ils font des perquisitions, ils contrôlent les identités ; d'ailleurs, ils ont déjà arrêté trois personnes.

— Qui ?

— L'ouvrier espagnol de Plancastel, un cheminot de la gare de Saint-Clair et un jeune de Dégagnac…

— Mais qu'est-ce qu'on leur reproche ?

— Allez savoir… me répond l'abbé en haussant les épaules.

J'ai une pensée tout à coup pour mon beau-frère Antoine qui fait partie de la Résistance, et qui, je l'espère, a eu le temps de s'échapper.

— Que pensez-vous de tout ça, mon père ? demandé-je en prenant le petit Paul dans mes bras.

Il s'assied lourdement sur une chaise de la cuisine et réfléchit quelques secondes.

— Attendons et prions… Nous verrons demain.

— Si seulement Camille pouvait rester à Souillac demain, je serais plus tranquille.

— J'essaierai demain matin de le faire prévenir… Allez, bonne nuit, Henriette, et que Dieu vous protège.

— Bonne nuit, mon père. Et merci pour tout.

*

* *

Gourdon, 29 juin 1944

J'ai quitté le presbytère de bonne heure ce matin, et je me suis rendu à la boucherie Delbecq où travaille Camille. J'ai demandé à son patron comment je pourrais le joindre à Souillac. Malheureusement, il m'a répondu que c'était impossible parce qu'il faisait la tournée dans les fermes, et que par conséquent il n'y avait aucun moyen de le joindre, à moins de se rendre sur place.

Je l'ai remercié et je suis sorti. De là, je suis allé me recueillir à Saint-Pierre où j'ai prié durant une heure. Ensuite, je suis descendu en ville dans le courant de la matinée. Arrivant de Cahors, la Gestapo ainsi que des miliciens venaient de s'installer à l'hôtel Bellevue.

Peu après, alors que je me rendais chez Henriette, le tambour de ville a annoncé que tous les hommes devaient se rendre obligatoirement au rassemblement prévu à 13 heures sur la place de la gendarmerie, munis de leurs papiers d'identité et de leurs cartes d'alimentation, et que tous ceux qui ne se présenteraient pas auraient leurs cartes d'alimentation supprimées.

— Alors ? Vous avez pu joindre Camille ? me demande Henriette en m'ouvrant rapidement la porte.

— Hélas non, il n'y a aucun moyen… dis-je en m'épongeant le front.

— Ah mince !

— Toutes les routes sont bloquées. On ne peut ni entrer ni sortir de Gourdon…

— Les fumiers !

— Que Dieu ait notre âme, sur ce point, je suis d'accord avec vous…

— Mais que veulent-ils ? s'écrie Henriette excédée.

— J'avoue que je crains quelque action de représailles, car ils viennent de faire une annonce : tous les hommes doivent se rendre à un rassemblement sur la place de la gendarmerie à 13 heures pour un contrôle d'identité.

— Un rassemblement ? Mon père, il faut les prévenir de ne pas y aller !

— Ils s'y rendront… murmuré-je sans cacher mon affliction.

— Mais pourquoi ? Sont-ils donc fous !

— Ceux qui n'y seront pas, on leur supprimera les cartes d'alimentation…

— Eh bien, avant les cartes, ce sont eux qu'on supprimera en premier ! Pour moi, le choix est vite vu !

— Vous savez bien, Henriette, que les rares personnes à qui nous avons raconté ce qui s'est passé à

Oradour ne nous ont pas crus… J'ai déjà parlé à beaucoup de personnes, et la plupart m'ont dit qu'ils se rendront au rassemblement… Ne serait-ce que pour montrer qu'ils n'ont rien à se reprocher. Et puis, il y a cette question des cartes qui va en décider plus d'un…

— Les inconscients, ils courent s'aligner devant le peloton d'exécution !

— Prions pour que tout se passe bien…

— Oui, prions. En tout cas, Camille n'ira pas, je reste ici pour l'attendre et je le cacherai dans le grenier.

Une fois rentré au presbytère, je grignote le petit repas préparé par Léonie, notre dévouée servante depuis maintenant dix-sept ans, et je descends ensuite sur la place vers 13 heures. Il fait horriblement chaud, et le ciel est lourd de nuages.

La place est complètement encerclée par des soldats allemands, et les hommes, rangés en file, tenant leurs cartes d'identité et d'alimentation, attendent que commence le contrôle.

Un officier, en uniforme noir, grand, élancé, imposant, écrasant d'orgueil, monte sur les marches qui relient la place au boulevard du Tour de ville.

— Nous venons du Nord, commence-t-il à hurler en français, nous avons pendu et exécuté beaucoup de Français, et après notre passage, c'est le calme qui règne !

*

* *

Les hommes de la Gestapo et de la Milice commencent à passer dans les rangs. Nous avons été rangés par ordre alphabétique.

C'est maintenant mon tour.

Deux hommes en civil s'arrêtent devant moi.

— Vos papiers.

Ce sont des Français.

Je donne mes papiers.

Il ouvre la carte.

— Camille Roche, dit-il à son acolyte.

L'autre consulte un document qu'il tient à la main, et après comparaison, dit : « C'est bon, de côté. »

— Allez vous mettre là-bas contre le mur, me dit froidement le premier.

— Pourquoi ? protesté-je. Qu'est-ce que j'ai fait ? Je suis en règle…

— Tu as trois secondes pour obéir, assène-t-il en me jetant un regard terrible.

Profondément choqué par ce qui m'arrive, je me décide à obéir. Et en dépit de la peur qui me glace tout le corps, je parviens à marcher vers le mur où je dois rejoindre d'autres hommes. C'est en passant près d'un groupe de personnes que je n'avais même pas remarqué – troublé comme je l'étais ! – que je distingue soudain faiblement une voix qui m'appelle.

Je me retourne machinalement.

— Camille ! reprend la voix.

L'abbé Delages est là, stupéfié, bloqué derrière les soldats qui l'empêchent de s'approcher.

— Camille, mais que fais-tu ici ? s'écrie-t-il sans parvenir à se frayer un passage.

Je ne peux pas répondre. Je le regarde sans trouver le moindre mot à dire. Et bientôt, je ne le vois même plus : il a comme disparu dans la foule.

Je ne sais pas ce qui se passe. Je ne comprends pas. Ce doit être une erreur. Je suis arrivé tout à l'heure de Souillac, et j'ai été arrêté à l'entrée de la ville sur le pont de la gare. On m'a directement amené ici où tout le monde était rassemblé. J'ai essayé de comprendre ce qui se passait en questionnant des camarades. On m'a dit que les Boches étaient arrivés hier après-midi, et qu'ils avaient bouclé toutes les issues. Ils chercheraient des personnes précises.

Maintenant, me voilà aligné avec les autres contre le mur de la gendarmerie, et je ne comprends pas davantage ce que je fais ici. C'est une erreur, ils vont s'en rendre compte. Obligatoirement.

Tout à coup, je remarque à nouveau l'abbé à une cinquantaine de mètres de moi. Jouant des coudes avec la foule, il s'écarte un peu, et tenant dans ses bras le petit Paul, maman apparaît alors. Je vois d'ici sur son visage une stupéfaction et un anéantissement total.

« Maman, ne pleure pas. Ça va s'arranger. C'est obligé. Je n'ai rien fait. Je suis innocent », ai-je envie de lui dire.

Le ciel est lourd, le tonnerre gronde, mais il ne pleut pas.

Une fois le contrôle terminé, nous nous retrouvons une quarantaine. Puis après de nouvelles vérifications, quelques-uns sont relâchés.

Mais pas moi.

Louis Delpeyre est venu se rendre pour faire libérer son frère aîné qui avait été pris à sa place. Les Delpeyre, qui étaient des amis de mon père, sont nos voisins boulangers.

Nous sommes emmenés maintenant dans la cave et le garage de l'hôtel Bellevue, sous le cinéma, où trois camarades sont déjà là. Les portes se referment alors sur nous, dans l'angoisse, l'incertitude, la peur, l'obscurité, la nuit… Combien de nuits ?

Vendredi 30 juin 1944

Une nuit horrible. Nous avons passé une horrible nuit, au milieu des coups, des interrogatoires et des tortures.

Je n'ai plus d'espoir que cela s'arrange. Que vont-ils faire de nous ? La plupart d'entre nous sont des résistants, mais pas tous. On ne sait pas comment, mais les hommes de la Gestapo avaient une liste de noms préétablie. Ils n'ont pas trouvé tous ceux qu'ils cherchaient ; et d'autres ont été arrêtés un peu par hasard, des innocents comme moi. Je ne veux pas dire par là que mes camarades résistants soient plus coupables que moi, au contraire, ils ont bien plus de courage que moi !

Louis Delpeyre avec qui j'ai parlé m'a dit de ne pas m'inquiéter, que puisque je n'étais pas un résistant, j'avais une chance de m'en sortir.

— De toute façon, je resterai avec vous…

— Fais pas l'idiot… Tu es si jeune… Tu as la vie devant toi… m'a-t-il dit.

— T'inquiète pas, j'ai pas l'intention de mourir, ça non…

J'ai souvent admiré leur courage, à tous les résistants… Et aujourd'hui, je regrette un peu de ne pas avoir rallié le maquis, comme mon oncle Antoine. C'est lui qui devait être arrêté, et c'est moi qu'ils ont pris, parce que c'était le même nom.

— Au fond, lui ai-je dit avec fierté, je vais malgré tout apporter ma contribution au mouvement de résistance, puisque avec mon arrestation, j'offre la liberté à un vrai combattant de l'ombre.

— De telles paroles t'honorent… Mon brave… Bonne chance à toi.

10 h 30. Ils nous emmènent. Un camion militaire nous attend dehors. On dirait un autocar, il me semble. Madame Poujolle parvient à faire passer une valise à son mari, Noël, qui est le premier à monter dans le camion. Sous la menace des soldats, fusils braqués, nous le rejoignons les uns après les autres. Avant de monter, j'ai tout juste le temps d'apercevoir une mitrailleuse posée sur la cabine.

Puis le camion démarre et roule lentement à travers la ville. Toute la population est là, le long du Tour de ville, blême, silencieuse et figée. Les familles, les amis, les parents essaient de nous voir, de nous parler, à travers les vitres et la porte arrière du camion qui sont ouvertes.

Nous nous arrêtons plusieurs fois et nous repartons. Albert Veyron se lève et crie en direction de la foule : « Pense à ce qui vient… ! » Sa femme, qu'il a dû apercevoir, attend un bébé pour bientôt.

Nous voyons passer devant le camion la sœur de Louis Delpeyre, à qui Paul Bordes crie : « Dites à ma femme que je lui recommande le fils. »

Puis, au moment où nous passons devant la place du Majou pour tourner en direction de l'avenue Cavaignac, j'aperçois enfin maman, pétrifiée, les mains posées sur la tête, priant le ciel. Je ne peux pas parler, je lui fais un petit signe de la main, et puis plus rien : elle a été lentement happée par la foule… Je ne la vois plus… Maman… !

Le camion roule maintenant vers l'hôpital, et prend ensuite la route de Concorès. Nous nous arrêtons encore. À Curebourset d'abord, puis à Concorès, vers 14 heures.

Le camion est à l'arrêt sur le bord de la route, en face de la place. Ils vérifient encore des identités et au bout d'un moment, c'est un homme d'une quarantaine d'années qu'ils font monter dans le camion à coups de pied parce qu'il est juif. Nous voilà maintenant vingt-trois. Les uns après les autres, les regards se croisent, dans le silence et la peur.

Les minutes s'écoulent, interminables, dans la chaleur, la peur… Une demi-heure ? Une heure ? Où serons-nous demain ? Dans quelle prison ? Dans quel cachot ? Dans quel trou obscur et froid ?

Noël Poujolle partage avec nous la valise de victuailles que lui a fait passer sa femme. Nous repartons, puis nous nous arrêtons, nous avançons encore, pour stopper à nouveau, et ainsi durant des kilomètres, jusqu'à Boissières.

Que font-ils ? Que cherchent-ils ? Pourquoi ne nous emmènent-ils pas directement à Cahors ? Nous en sommes si proches !

Le camion avance et s'arrête à nouveau, au pont de Nuzéjouls, près de la voie de chemin de fer ; ça n'en finit plus.

Tout à coup, de l'agitation, des ordres. Nous nous regardons les uns les autres. Ils nous font descendre, en nous bousculant.

« Ils ne vont pas nous tuer, peut-être ? » demande Albert Veyron.

L'air est chaud, mes muscles se tendent, la peur me paralyse, mes mains tremblent, je ne sens plus mes jambes. Il y a des noyers, un petit ravin. Le soleil est encore haut. Il est à peine 18 heures. Que fait maman maintenant ? Ma gorge se serre. Je n'ai pas eu le temps de revoir maman, ni mon petit Paul. Et Valentine que j'aime tant, où est-elle aujourd'hui ? Qui va lui dire que je l'aimais, que je l'aurais attendue toute ma vie... ? Ma voix voudrait jaillir, mais je tremble trop. Ils nous séparent en deux groupes. Nos camarades sont emmenés près du ravin, sous les noyers.

Et tout à coup, une rafale de mitrailleuse retentit en nous arrachant le cœur. Ma maman que je ne veux pas abandonner me serre dans ses bras... « Je ne veux pas mourir... Je ne veux pas mourir ! » s'écrie une voix douloureuse comme une entaille. Je regarde mes camarades autour de moi, et à leurs yeux tristes, je comprends tout à coup que c'est moi qui ai crié. Noël Poujolle s'approche alors et me prend affectueusement l'épaule : « N'aie pas peur, mon petit, sois courageux ; tu verras, ce sera vite fait... »

Nous devons maintenant avancer vers les noyers, et être courageux. Je prends le temps de respirer profondément, pour le plaisir de goûter encore la vie... J'ai tant de choses à vivre tout à coup... que je ne me rappelle pas avoir marché vers les noyers qui nous attendent... près du ravin...

Non, ce n'est pas possible...
Maman va être trop malheureuse...
Et je suis trop jeune...
Je voulais tant avoir un jour des enfants...
La mitrailleuse est prête... face à nous.
C'est un mauvais rêve...
Laissez-moi me réveiller.
La mitrailleuse est prête... face à nous.
Laissez-nous partir et rentrer chez nous.

Sur l'enfant que je suis encore, ne tirez pas...

ÉPILOGUE

Avec le retour des enfants du pays,
Avec le retour après la guérison,
Avec les souvenirs d'une saison finie,
C'est dans les gares de nos villages
Que les trains déposent quelques années
de jeunesse au milieu des visages...

Village du Pays (Poème)
Jean-François BOUYGUES

Plus de six mois se sont écoulés depuis que je me suis installé à ma table d'écriture.

J'ai maintes fois parcouru le pays afin de retrouver les lieux, les gens, les atmosphères et le poids du passé qui m'ont permis de reconstituer l'histoire de ma grand-mère Valentine. Paris, Bordeaux, Limoges, Gourdon, Nontron, le département du Lot, de la Dordogne et de la Haute-Vienne, autant d'étapes, de découvertes et de rencontres émouvantes. Un travail difficile mais passionnant s'achève pour moi, et le moment est venu de reposer le stylo. Cependant, je ne peux encore me résoudre à l'idée d'écrire le mot « Fin ». Je me dois, avant de refermer ce recueil, d'ouvrir un dernier chapitre, un « épilogue » dans lequel je tiens à vous dévoiler le destin final de ces hommes et ces femmes qui vous ont accompagnés durant près de cinq cents pages.

Ainsi, que sont-ils devenus ?

Yvette Prat.

La tendre amie de Valentine. De février 1944, date du retour de Bernard (libéré par Dohse à la demande d'Henri-Frédéric de Wille) à la fin de l'année 1945, elle demeure à Nontron chez ses beaux-parents, en compagnie de son mari et de son fils Pierre. Ne désirant pas retourner à Bordeaux après ce qu'ils y avaient vécu, Yvette et Bernard vendent leur appartement de la rue des Vignes et partent s'installer en janvier 1946 à Castillonnès, situé dans le Lot-et-Garonne, à 30 km au sud de Bergerac, à la limite du département de la Dordogne. En février 1946, Yvette qui n'a pas oublié son amie Valentine, entreprend seule un pèlerinage au village martyr pour se recueillir devant la mémoire des disparus. Là-bas, elle apprend que des témoins, quelques jours après le drame, ont vu Valentine se jeter et sombrer dans les eaux de la Vienne, près de Saint-Junien, sans que son corps ait jamais pu être retrouvé. Bouleversée par la disparition de son amie, Yvette rentre à Castillonnès. Quelques mois plus tard, Justin, le père de Bernard, victime d'une hémorragie cérébrale, échappe de peu à la mort. Mais le diagnostic ne laisse pas d'espoir : hémiplégie. De plus, suite aux lésions cérébrales, son quotient intellectuel fait état d'un âge mental moyen de deux ans. À soixante et un ans, Justin Prat, notable de la ville de Nontron, a en quelque sorte troqué, à la plus grande désolation de ses proches, son étude de notaire contre une petite voiture miniature avec laquelle il ne cesse de jouer. Il vit ainsi encore quelques années, jusqu'en juin 1953 où son épouse, Odile, le découvre un matin raide mort, tenant serré dans sa main droite son jouet fétiche. Entre-temps, Yvette a mis au monde trois autres enfants : Nicole en 1948, Patrice en 1950 et Chantal en 1951. En 1955, Bernard est conseiller financier dans une banque de la ville, alors que Pierre réussit son baccalauréat et entreprend de brillantes études. En 1964, le voilà agrégé d'histoire. Dans le début des années 1970, Pierre part enseigner dans les facultés de Paris, tandis que son père devient, à huit ans de la retraite, directeur de banque.

Aujourd'hui, Yvette vit encore à Castillonnès, seule ; son mari, Bernard, l'ayant quittée il y a deux ans, emporté par un infarctus. Pierre vit à Paris entouré de sa femme et de ses deux enfants. Nicole, mère également de deux enfants, vit à Bordeaux où son mari est instituteur. Patrice est expert-comptable et vit à Villefranche-du-Périgord avec son épouse et ses quatre filles. Chantal, divorcée depuis peu, a trouvé un emploi de secrétaire à la mairie de Castillonnès, où avec son fils unique elle vit heureuse auprès de sa mère.

Quant à Odile Prat, la mère de Bernard, aujourd'hui âgée de quatre-vingt-dix-sept ans, elle coule des jours paisibles dans une maison de retraite près de Périgueux, où ses petits-enfants et arrière-petits-enfants viennent lui rendre de régulières visites.

J'ai rencontré Yvette à deux reprises, une première fois au mois de mars dernier, au cours de laquelle j'ai relaté la découverte de la carte d'identité, et une autre fois dans le courant de l'été, lors de l'écriture de ce livre. C'est lors de cette deuxième rencontre qu'elle m'a raconté comment elle avait retrouvé la trace de mon père, et pourquoi elle avait essayé de prendre contact avec lui.

— Je n'ai jamais, m'a-t-elle dit, sauf peut-être dans les premières années, je n'ai jamais pu accepter ni surtout croire à la disparition de Valentine. Pour moi, c'était inconcevable ; elle ne pouvait pas être partie ainsi, pas après tout ce qu'elle avait vécu. Et durant toutes ces années, je ne l'ai pas oubliée. Puis un jour, dans les années 1968-1969, j'ai eu une première apparition, puis une autre, et encore une autre, et ainsi régulièrement. Pour moi, cela ne faisait pas de doute : elle était là, vivante, quelque part, peut-être proche de moi. Lorsque au bout de longs mois de recherches, j'ai retrouvé Paul, ton père, j'ai cru que j'avais aussi retrouvé Valentine. Hélas, dès les premiers mots au téléphone, j'ai compris que ton père ne désirait pas me parler, ni me recevoir, et encore moins me croire. Pour lui, sa mère était morte lorsqu'il avait six ans ; c'était une évidence. J'ai longtemps regretté la maladresse de lui avoir donné le sentiment de n'être qu'une excentrique qui menaçait de lui empoisonner la vie. Aussi, je ne me suis jamais plus manifestée… Jusqu'à l'année dernière, lorsque j'ai parlé à ta sœur…

— Pourquoi avoir attendu toutes ces années ? demandais-je.

— Je ne sais pas. J'ai eu comme une pulsion inexplicable. Tout ne peut pas toujours être expliqué. Pas plus ma réaction que celle de ton père. Aujourd'hui, je pense que nous n'avons pas su nous comprendre. Il fallait tout simplement te laisser le temps de naître, de grandir et d'arriver jusqu'à moi.

Henriette Roche, la mère de Camille.

Moins d'un an après la mort des 22 fusillés de Gourdon[1] (dont son fils Camille faisait partie, et qui furent en octobre 1944 transportés du cimetière de Boissières où les hommes du village les avaient décemment inhumés le dimanche 2 juillet 1944, au cimetière de Gourdon où le dimanche 22 octobre 1944 des obsèques grandioses furent organisées à la mémoire des martyrs), Henriette, accablée de chagrin, s'éteint dans son sommeil quelques jours avant l'armistice du 8 mai 1945.

Le petit Paul Croizer, âgé de sept ans, est alors recueilli par l'abbé Delages et sa vieille servante Léonie. À la mort de l'abbé en 1951, l'enfant est à nouveau recueilli ; il s'installe chez des amis de l'abbé défunt : la famille Delpy qui vit au lieu-dit Les Vitarelles, sur la commune de Payrignac, à trois kilomètres de Gourdon. Paul grandit dans la petite ferme des Vitarelles, jusqu'à son départ pour le service national qu'il effectue en Algérie, comme Jean, le fils aîné de la famille, et ce, quelques mois seulement après le retour de ce dernier.

1. En effet, un des otages, s'évanouissant juste avant la salve de la mitrailleuse, dut son salut à cette heureuse défaillance ; il fut certes l'heureux rescapé, mais également le témoin malheureux de la tragédie de Boissières.

Deux ans plus tard, également de retour au pays, Paul, jeune homme très troublé par ce qu'il a vécu lors de la guerre d'Algérie et par les souvenirs d'enfance qui le hantent, décide de quitter ce dernier cercle familial. Il prend alors la route, muni d'un simple baluchon, et au hasard de rencontres inattendues se retrouve à Toulouse où il fait connaissance en 1960 d'Arlette Délac dite Letty, une adolescente de seize ans qui la nuit arpente les rues voisines de la rue Bayard, quartier chaud de la ville rose. Ensemble, ces deux enfants de la guerre apprennent à revivre, à s'aimer, puis à rêver et à croire en des jours meilleurs. Tant et si bien que six mois plus tard, ils quittent leur infâme deux-pièces, et partent s'installer à Puget-Ville, près de Toulon, chez un arrière-grand-oncle de Letty, épicier et veuf depuis peu, qui voit ainsi une manière peu coûteuse de s'offrir une ménagère à domicile et un commis pour le magasin. Pour le jeune couple, les mois s'écoulent paisiblement, mais l'euphorie du début laisse bientôt place à une inquiétante morosité ; la vie qu'ils espéraient s'envole peu à peu, et un quotidien insipide s'installe indubitablement. Jusqu'au jour où, très affectée par ce nouvel échec, et ne trouvant pas d'autre exutoire à son ennui profond que de voler régulièrement quelques billets dans la caisse, Letty est surprise en flagrant délit par son vieil oncle. Chassé dans la minute, le couple indésirable rassemble ses maigres affaires et prend la route de Toulon. Une fois là-bas, ils s'installent quelques semaines dans un hôtel miteux. Paul cherche du travail et trouve rapidement un emploi à l'arsenal de Toulon, pendant qu'à son insu, Letty reprend du service dans les quartiers chauds du port où les marins de passage ne peuvent la laisser longtemps indifférente.

En 1964, au lendemain de ses vingt et un ans, Letty, pupille de la nation, se décide à épouser Paul. Le mariage est célébré dans la plus stricte intimité. Les années qui suivent, et qui suivront, seront des années perdues, perdues pour toute la famille : Lisa, mon père, ma mère, et moi.

Aujourd'hui, un an après la mort de notre mère, me voici sur le quai de la gare de Gourdon, attendant l'arrivée du train Toulouse-Paris. Lisa, à qui j'ai demandé de ne rien dire à papa, a eu beaucoup de mal à le décider à revenir dans le Lot. Et il ignore ce qui l'attend ici.

Valentine est assise sur un banc, derrière moi, dans une robe couleur cendre, les mains jointes, coiffée d'un chapeau noir, inerte, très recueillie, contenant son impatience. Elle sait que son fils va descendre de ce train.

La psychiatre des Vieux Cèdres, le docteur Bataille, n'a fait aucune difficulté pour délivrer à Valentine une autorisation de sortie. Elle se charge déjà de rassembler les pièces nécessaires à la clôture du dossier. Ainsi, dans moins d'un mois, Valentine devrait pouvoir quitter définitivement sa chambre 218. Elle m'a dit qu'elle souhaitait vivre à Toulon, avec nous, sa famille. Mais avant, elle se rendra à Castillonnès passer quelques jours avec son amie Yvette. Elle ira aussi rendre visite à Yvonne de « La Rochelle » que j'ai retrouvée près de Juan-les-Pins ; mais cela ne servira probablement à rien, car cette dernière, âgée de quatre-vingt-onze ans, ne reconnaît plus personne. C'est tout juste si elle a réalisé que son mari, Henri, que j'avais pu rencontrer dans le début de l'été, vient hélas tout juste de nous quitter à la fin du mois d'août, à l'âge de quatre-vingt-treize ans. Lui qui souhaitait tant revoir Valentine ! Et lorsque après notre entrevue je suis reparti pour le Sud-Ouest, il m'aurait suivi s'il l'avait pu. Lui qui aurait tant aimé revoir une dernière fois cette région… ! Que le vent de la plaine de La Crau ait la force de faire pour lui ce dernier voyage ! Et qu'il dépose dans les sous-bois du Quercy un peu de la poussière de ces mots qui désormais accompagnent son âme :

Que ton repos soit aussi doux que ton cœur fut bon…

Les haut-parleurs annoncent enfin l'arrivée du train, et les voyageurs qui vont embarquer se préparent, chargés de sacs et de valises. Dans un bruit de machine, la locomotive fait son apparition sous le pont de la gare. Valentine se redresse, et je viens près d'elle la soutenir en lui tenant le bras.

Le train s'arrête dans un crissement de ferraille, et les premières portes s'ouvrent. Les voyageurs montent, descendent, tirent leur valise, chargent leur sac sur l'épaule. En moins de deux minutes, le quai est presque vide. Mes yeux scrutent attentivement, vers l'avant, puis vers l'arrière du train. Valentine serre dans ses mains ridées un mouchoir roulé en boule, tout en observant comme moi l'extrémité du quai. Un petit groupe de voyageurs descend encore du train, tout au bout, vers les premiers wagons ; il s'approche de nous lentement. Je distingue deux jeunes filles marchant quelques mètres devant deux autres personnes. Le groupe s'effiloche, les demoiselles prennent leur distance, et apparaissent enfin, loin sur le quai, Lisa et papa.

— Ils sont là… dis-je à Valentine en leur faisant signe de la main.

Lisa tient papa par le bras. Je prends également le bras de Valentine, et je l'entraîne doucement. Ses pas sont hésitants, douloureux, elle me serre le bras, et essuie ses larmes de sa main lasse.

— Continue, Vincent, me dit-elle en s'arrêtant en pleurs.

— Ça va, mamie ?

Elle acquiesce de la tête, et me fait signe de continuer.

Je m'avance vers Lisa qui tient toujours papa par le bras. Valentine est à une vingtaine de mètres derrière nous lorsque j'embrasse ma petite sœur.

— C'est de la folie, mes enfants, de me faire revenir ici, nous dit papa en m'embrassant. On dirait que rien n'a changé…

— Papa.

— Oui… ?

— Il y a une surprise pour toi, dis-je en me tournant vers Valentine.

— Une surprise ? Quelle surprise ?

Je ne sais pas trouver les phrases qu'il faudrait, alors d'un signe de la tête, je lui indique Valentine.

— Va voir, lui dis-je la gorge serrée.

Il me regarde curieusement, comme s'il essaie de comprendre ce qui se passe ; puis il s'approche de Valentine, lentement, lentement. Il s'arrête à trois mètres d'elle. Il y a un long silence durant lequel ils s'observent. Depuis le début, Lisa m'a encouragé et soutenu dans toutes les étapes de ces recherches, et connaît donc toute l'histoire. Pourtant, elle ne peut s'empêcher de sortir son mouchoir. D'ici, nous entendons Valentine murmurer quelque chose à papa ; sa voix est très douce, entrecoupée de sanglots. Dans un élan soudain, papa se jette alors dans les bras de sa mère et tout l'amour, toute la souffrance, et toute la joie refoulés durant tant d'années, rejaillissent tout à coup dans son étreinte.

Nous les avons laissés un peu ensemble avant de nous approcher, et Lisa a été aussi bouleversée que papa en serrant Valentine sur son cœur.

Nous sommes restés deux jours à Gourdon. Valentine et papa sont allés se recueillir sur la tombe d'Adrien, puis sur celle de Camille et Henriette. Ils ont aussi voulu revoir la maison d'Henriette, au 52, avenue Gambetta, qui existe toujours, et qui n'a absolument pas changé. Après une visite éclair à la ferme des Vitarelles qui se trouve aujourd'hui dans un état de total abandon, nous sommes descendus à Gibau où toute la famille Delpy nous attendait. Papa et Jean Delpy ont passé une journée merveilleuse ensemble, échangeant dans la gaieté et l'émotion leurs souvenirs d'autrefois. Je crois que de toute sa vie, papa n'a jamais été plus heureux que ce jour-là. Le lendemain matin, au moment du départ, Jean et Marthe ont promis de venir nous voir à Toulon, et nous nous sommes quittés à regret. Nous avons pris la direction de Cahors pour nous rendre à Boissières, au monument des Fusillés. Nous nous sommes arrêtés seulement une petite heure. Poursuivant notre route jusqu'à Cahors où nous en avons profité pour découvrir le Pont-Valentré, principale curiosité de la ville. Ensuite, nous avons rapidement rejoint la nationale 20 qui nous conduit maintenant à Limoges.

Papa et Valentine, mais surtout Valentine, souhaitent revoir une dernière fois le village avant de dire adieu à leur passé.

Nous sommes arrivés en début d'après-midi. Et, au tout dernier moment, ne se sentant finalement pas le courage de retrouver des souvenirs depuis longtemps enfouis, papa a renoncé à cette visite du village martyr. Comprenant et respectant sa décision, nous l'avons donc laissé, debout derrière les grilles de l'entrée du village, tandis que nous franchissions en silence ces mots gravés sur la pierre :

Remember, souviens-toi.

Valentine marche à quelque distance devant moi, soutenue par Lisa, la tête droite, émue de retrouver une dernière fois le village.

Le ciel est exceptionnellement bleu en ce jour de novembre. Le vent chasse des cimes les dernières feuilles de l'automne ; nature qui continue à vivre au milieu d'un passé qui lui, est mort depuis plus de cinquante ans.

Comme je l'ai moi-même été au cours de ma première visite ici, Lisa arpente le village, muette et bouleversée par ce qu'elle voit, par ce qu'elle comprend, par ce qu'elle imagine. Toute l'horreur qu'elle ressent ici est indiscutablement identique à celle que j'ai pu relater dans ce livre. Et si j'ai pu la raconter aussi crûment, c'est parce que, aujourd'hui encore, nous, visiteurs, nous en sommes comme les témoins. Les cris horrifiés et les voix brisées par les bourreaux nous parviennent, tout au long de la visite, avec une force et une émotion inextinguible. Après tout, ces gens, ce village, c'était notre famille, et jamais nous ne pourrons les oublier, même Lisa et moi qui ne les avons pas connus.

Valentine marche avec difficulté, mais elle a trouvé en Lisa une aide précieuse et toute dévouée, à qui elle raconte tous ses souvenirs du village : la maison du docteur qui était l'ami de la famille, l'école des filles qu'elle avait fréquentée jusqu'à l'âge de douze ans, et bien évidemment, la boulangerie de notre arrière-grand-père où papa est né. C'est avec une vive émotion que Lisa et moi observons la façade de la maison et ce qu'il reste de la devanture, en songeant que c'est ici que papa a poussé son premier cri et effectué ses premiers pas dans la vie.

Lors de l'écriture du livre, je suis souvent venu parcourir les ruines afin d'essayer d'imaginer la vie du village d'autrefois. De poignantes et émouvantes traces de vie y subsistent encore, le plus souvent sous la forme d'objets divers de la vie quotidienne laissés sur place en guise de mémoire. Certes, tout est mort ici, et pourtant, au-delà de la prise de conscience de l'abomination qui s'y est déroulée, une chose cependant m'a toujours frappé, et me frappe encore : ils sont tous là, tous nos morts ; ils sont là, présents, mis en éveil, comme ressuscités, car ce sont nos yeux et nos sentiments à nous, visiteurs, qui les font revivre. À chacune de mes visites, j'ai reçu comme Lisa aujourd'hui et comme n'importe qui je pense, un terrible choc devant les divers témoignages que le drame a figés pour toujours.

Ayant lu jusqu'à ce jour tous les chapitres que je lui ai régulièrement envoyés, Lisa, après m'avoir glissé un regard de complicité, semble se perdre dans un recueillement attendri et contemplatif de la boulangerie. Connaissant parfaitement l'histoire de notre famille, peut-être imagine-t-elle tous les moments joyeux que le livre fait revivre : les sourires d'Emma derrière son comptoir, les éclats de rire des enfants d'Anna, Valentine apparaissant à une fenêtre du haut, Adrien roulant ses manches de chemise au-dessus du coude, Charles travaillant dans son fournil, Henri assis sur le pas de la porte de la boutique… Et papa, en petit garçon de moins de cinq ans, galopant frénétiquement dans toute la maison…

Sentant comme une présence derrière moi, je tourne lentement la tête vers la droite… Et j'aperçois effectivement quelqu'un. Se tenant derrière nous, inerte, bouleversé, papa observe silencieusement la maison où il est né.

Valentine, que Lisa et moi soutenons du bras depuis notre arrivée devant la boulangerie, se détache lentement de nous après avoir elle aussi remarqué sa présence. S'approchant alors doucement de son fils, elle s'accroche à son bras, comme pour le réconforter.

— J'ai toujours su que c'était ici que je reverrais la maison, dit-il en s'essuyant les yeux.

— Tu te souvenais d'elle ? demande Valentine sans quitter du regard la bâtisse en ruine.

— Oui, c'est ici que j'ai passé toute ma vie, dit papa d'un ton amer. J'ai peut-être grandi et vécu ailleurs… Mais c'est ici que j'étais.

— Pourquoi n'es-tu jamais revenu ?

— Je ne sais pas, maman. Je ne sais pas, dit-il en prenant Valentine par les épaules. Allez, viens, il faut partir, maintenant… ajoute-t-il en l'entraînant doucement.

— Non, pas encore. Je voudrais aller à Grivaux, dit Valentine en exprimant un dernier souhait.

Un petit silence flotte soudain, tandis que papa prend Valentine par le bras pour la raccompagner à la voiture.

— Tu te souviens de la ferme ? lui demande-t-elle.

— Il me semble. Tu veux vraiment y aller ?

— Oui, s'il te plaît.

— Comme tu voudras, répond papa en cédant affectueusement.

Ainsi, nous regagnons la voiture, et nous prenons la route des Bordes. À la sortie d'un petit virage, nous tournons à droite, et après avoir parcouru un kilomètre, au lieu-dit Grivaux, je stoppe à l'entrée d'un petit chemin de terre, à une cinquantaine de mètres d'une maison, comme le vieux tacot du livreur soixante ans plus tôt. C'est là. La ferme des Mory, autrefois. À maintes reprises, je me suis rendu jusqu'ici, sans jamais oser m'approcher davantage, par respect des gens qui vivent là, et pour ne pas les ennuyer. La première fois, j'avais d'ailleurs rencontré, là sur ce chemin, une vieille dame qui se promenait, et qui fort poliment m'avait demandé de m'éloigner. J'avais bien essayé de lui poser des questions, mais elle ne m'avait répondu qu'une chose : « Je regrette, monsieur, mais je ne pense pas que je veuille vous parler. » Elle avait ensuite évidemment refusé de me laisser m'approcher de la maison. Cependant, en prenant soin de me dissimuler, je n'avais pas hésité à revenir plusieurs fois pour observer discrètement les alentours de la ferme, de manière à dépeindre dans mes chapitres ces lieux avec une relative fidélité.

Descendant de voiture le premier, j'en fais rapidement le tour pour venir ouvrir à Valentine. Papa me vient en aide en lui tenant la portière. Une fois sortie, elle fait quelques pas, marchant difficilement, et s'arrêtant à l'entrée du chemin, elle observe tout le paysage qu'elle reconnaît parfaitement. Nous regardons tous les quatre dans la direction de la ferme, immobiles et silencieux.

La maison est grande ; on reconnaît la grange, le hangar, ainsi qu'un long bâtiment neuf. Au milieu de la cour, s'élève un majestueux tilleul. On entend un chien aboyer.

— On dirait que quelqu'un habite ici ? demande papa.

— Oui.

— Depuis quand ? ajoute Valentine d'une voix morne.

— Des années, je pense. J'ai déjà essayé de demander, mais on n'a pas voulu me répondre…

— Alors, c'est ici que tu as grandi, mamie ? s'enquiert Lisa en s'accrochant à son bras.

— Oui, c'est ici… Mais cela a bien changé. Ou c'est plutôt moi qui ai changé…

— Et si nous leur rendions une visite ? dit Lisa en se tournant vers moi.

— J'ai déjà essayé, mais les gens qui habitent là ne veulent pas être importunés.

— Ils ont peut-être raison, répond Valentine, en baissant la tête. Et puis, à quoi cela servirait ?

Se détournant lentement, elle regagne l'auto et s'installe sur la banquette arrière, prostrée, livide, les yeux fermés, les mains jointes.

Lisa, papa et moi faisons quelques pas, regardant une dernière fois avant de nous en retourner à jamais, lorsque tout à coup j'aperçois la vieille dame que j'avais rencontrée la première fois. Elle marche difficilement, le dos un peu voûté, regardant plusieurs fois dans notre direction. Elle se dirige ensuite derrière la maison où elle commence bientôt à étendre du linge sur une corde tendue entre deux jeunes chênes.

— Allez, partons, dis-je alors en rebroussant chemin. On va finir par être remarqués.

Au même instant, deux jeunes écoliers portant leur cartable en bandoulière, passent près de la voiture et nous regardent avec curiosité.

— Bonjour, dis-je dans un réflexe de politesse pour rassurer quelque peu leur inquiétude.

— Bonjour, répondent-ils alors, non sans méfiance au moment où nous nous croisons.

— Vous cherchez quelque chose ? demande subitement le garçon en se retournant vers nous.

Il semble avoir une douzaine d'années, tandis que la fillette peut avoir neuf ou dix ans.

— Non, rien, répond papa en ouvrant la portière de l'auto. On regardait seulement la maison.

— C'est donc que vous cherchez quelque chose, reprend le gamin.

Cet enfant me paraît enclin à la parole et je me dis que c'est une occasion à ne pas manquer pour tenter d'en savoir un peu plus…

— Ce sont tes parents qui habitent ici ? dis-je d'un ton amical, en m'approchant de l'enfant.

— Oui, pourquoi, monsieur ? continue le gamin d'une voix inquiète.

— On venait seulement voir la maison, intervient papa après s'être installé au volant. Ma mère a habité ici lorsqu'elle était enfant…

— Ça, ça m'étonnerait, rétorque le gamin avec un aplomb étonnant. Ici, c'est chez nous…

— Et comment tu t'appelles ? dis-je en me baissant pour être à sa hauteur.

— Je m'appelle Paul Marchand, dit-il avec fierté.

Je reçois alors un choc terrible. Comme pris dans un tourbillon, j'essaie alors de rassembler mes idées, et ma voix parvient tant bien que mal à balbutier :

— Marchand ?

— Oui, monsieur.

Puis après avoir réfléchi quelques secondes :

— Et ton père ?

— Mon père ? Christian.

— C'est ton grand-père alors qui s'appelle Guillaume ?

— Oui, monsieur, vous le connaissiez ? me demande-t-il agréablement surpris.

Durant un instant, j'ai une hésitation, n'étant pas certain d'avoir bien entendu.

— Il n'est plus là ? dis-je alors avec précaution.

— Non, il est mort l'année dernière…

J'observe un petit silence de compassion, et je questionne à nouveau le gamin.

— Et ta grand-mère, c'est la vieille dame que l'on voit là-bas ?

— Oui, c'est elle.

— Et elle, comment elle s'appelle ? dis-je en retenant ma respiration.

— Suzanne.

— Suzanne Marchand ?

— Oui.

— Susie Marchand ?

— Non, Suzanne Marchand, me corrige le gamin.

— C'est incroyable, dis-je en me relevant, dans un murmure tout ému. Tu peux m'emmener chez toi, il faut que je voie ta grand-mère, c'est très important.

— Si vous voulez. Venez, dit-il en ouvrant la marche.

Entouré des deux enfants, je me retourne une seconde vers la voiture où papa, quittant son siège, me regarde m'éloigner avec un regard d'incompréhension :

— Mais Vincent, où vas-tu ? me demande-t-il hébété en réagissant enfin.

— Qu'est-ce qui se passe, papa ? s'inquiète Lisa.

Je ne peux pas leur répondre, ni leur expliquer.

— Ne bougez pas, je reviens, dis-je en leur faisant signe de rester tranquillement à la voiture.

Les enfants me conduisent gentiment jusque derrière la maison. Je reste un peu à l'écart pendant qu'ils embrassent leur grand-mère. Puis elle remarque subitement ma présence. Elle m'observe avec attention, et je me demande si elle me reconnaît.

— Qui est ce monsieur ? demande-t-elle à son petit-fils en me désignant du regard.

— J'sais pas, mémé, il veut te voir… Il m'a dit qu'il habitait ici avant, c'est vrai ? dit le gamin dans la foulée.

— Va donc chercher ton père au lieu de dire des sottises, marmonne-t-elle entre ses dents.

Elle m'observe encore quelques instants après avoir fait signe aux enfants de filer.

— Madame Marchand ? dis-je en m'approchant lentement.

— Oui, monsieur… ?

— Susie Marchand ?

Son visage pâlit.

— Il y a bien longtemps… qu'on ne m'appelle plus Susie… Qui êtes-vous ? Que voulez-vous ?

— Vous vous souvenez de moi ? Nous nous sommes déjà rencontrés…

Elle m'examine en plissant les yeux.

— Quand ?

— Il y a six mois environ, au bout du chemin, là-bas…

— Non, vous devez faire erreur, monsieur. Que voulez-vous ? dit-elle froidement.

— Je dois vous parler…

— Je ne veux parler à personne, m'arrête-t-elle aussitôt en se penchant vers son seau de linge.

— Je suis le fils de Paul Croizer, dis-je alors sans préambule mais avec émotion.

Médusée, elle redresse l'échine et lâche la poignée de linge qu'elle venait de saisir.

— Le fils de qui ?

— Paul Croizer, mon père, dis-je à nouveau.

— Comment ça, Paul Croizer ? Quel Paul Croizer ?

— Paulino, votre neveu.

Son visage devient alors exsangue, et elle me regarde étrangement.

— Qu'est-ce que vous dites ?

— Il est là-bas, près de la voiture…

Elle tourne la tête et regarde dans la direction que j'indique.

— C'est pas possible… dit-elle sans oser le croire.

— Si, madame, il vous attend, et votre sœur aussi… dis-je en insistant prudemment.

— Ma sœur ?

— Oui, Valentine…

— Ma sœur est morte depuis plus de cinquante ans, monsieur, dit-elle d'une voix chevrotante et teintée de chagrin. Mais qui êtes-vous ? Que voulez-vous au juste ?

— Venez avec moi…

— Non, laissez-moi, vous entendez !

Elle se dirige vers la maison, et je la poursuis en essayant de la convaincre.

— Les enfants ! s'écrie-t-elle en accélérant le pas.

— Oui, mémé ? demande le gamin en sortant de la maison.

— Paul ! Où est ton père ? s'exclame-t-elle en atteignant la cour. Je t'avais dit d'appeler ton père ! Tu n'écoutes donc rien !

— Il est là, répond-il inquiet en montrant l'entrée de la cave. Papa ! Viens vite !

Christian Marchand, le fils de Susie, ameuté par les cris, apparaît aussitôt dans l'encadrement de la porte.

Il ressemble étonnamment à sa mère, et je remarque également un air de famille avec papa.

— Qu'est-ce qu'il y a, maman ? dit-il en la voyant accourir tout émue.

Puis il me remarque avec surprise, et s'avance vers elle, le regard inquiet.

— Que faites-vous ici, monsieur ? me demande-t-il un rien menaçant en voyant sa mère bouleversée.

— Bonjour, monsieur… dis-je en m'avançant poliment.

— Oui, bonjour, que voulez-vous ? C'est privé ici… dit-il en m'arrêtant non sans agressivité dans la voix.

— Je suis le fils de Paul Croizer.

— De qui ?

— Paul, le fils de Valentine, rappelle-toi, je t'en ai souvent parlé, lui souffle Susie en sortant un mouchoir.

— Qu'est-ce que c'est que ces salades ? dit-il en me regardant étrangement.

— Tenez, voici mes papiers… Allez-y, vérifiez, fais-je en lui tendant mes papiers d'identité. Je m'appelle Vincent Croizer et je suis le fils de Paul, le neveu de votre mère.

— C'est pas possible… reprend Susie.

— Mais qu'est-ce que c'est cette histoire ? soupire Christian en mettant les mains sur les hanches. Écoutez, monsieur, ma mère a longtemps souffert des malheurs qu'elle a vécus par le passé, et notamment la disparition de cet enfant qu'elle n'a jamais pu retrouver… Alors si vous essayez de…

— C'est sûrement un malheureux concours de circonstances, dis-je en l'arrêtant aussitôt. Moi-même je ne comprends pas ce qui a pu se passer... Comment avez-vous pu ne pas vous retrouver plus tôt, je n'en sais rien. Mais aujourd'hui, le mal est réparé...

— Comment ça ?

— Mon père, Paul Croizer, ma sœur et Valentine, la sœur de votre mère sont là-bas... dis-je en me retournant pour lui montrer la voiture.

Il regarde par-dessus mon épaule en direction de la voiture, avec autant de méfiance que de curiosité, puis il soupire à nouveau profondément en déclarant :

— Vous êtes fou, monsieur.

— Oui, je suis fou. Je suis fou de n'être pas venu ici plus tôt...

— Est-ce que vous vous rendez compte...

— À peine, monsieur, à peine. Je sais que c'est incroyable, mais c'est la vérité... Valentine est là-bas, dans cette voiture... répété-je en essayant d'être le plus convaincant possible.

J'ajoute ces derniers mots en observant la réaction de Susie dont sa poitrine se soulève tout à coup ; elle porte sa main à la bouche pour refréner un cri.

— C'est pas possible... articule-t-elle péniblement en essayant de retrouver sa respiration. Ma sœur est morte... morte...

— Vous voyez bien que c'est insensé, monsieur, proteste Christian.

— Je vous en prie, venez avec moi, dis-je également avec un nœud dans la gorge.

— C'est insensé, répète-t-il à nouveau en secouant la tête avec beaucoup de perplexité.

Mais enfin, je m'aperçois bientôt avec soulagement qu'il est disposé à accepter ma requête, et prenant

Susie par le bras, il commence à l'entraîner sur le petit chemin de terre.

— Prenez garde à vous si jamais… ! ajoute-t-il menaçant en laissant sa phrase en suspens.

Au bout de quelques mètres à peine, Susie, très affaiblie, s'arrête en portant la main à sa poitrine.

— Ça va, maman ?

— Christian, laisse-moi, je ne peux plus…

— Allez, viens, maman…

— Noonn… supplie-t-elle dans un souffle.

— Pourquoi ?

— Je ne peux pas.

— Mais si tu peux, maman, je sais que tu peux…

Christian me fait alors signe de lui prendre l'autre bras, et nous l'aidons à marcher.

— C'est pas possible, répète-t-elle après chaque respiration.

Nous nous approchons de la voiture.

— C'est pas possible, murmure-t-elle toujours à chacun de ses pas.

Droit devant nous, papa et Lisa, debout près de la voiture, nous regardent approcher. J'entends Lisa parler, et aussitôt apparaît la tête de Valentine qui était assise à l'intérieur de la Citroën.

C'est alors que Susie, en la voyant, s'arrête brusquement, comme paralysée. Puis, portant ses mains à la tête, un terrible cri jaillit de sa gorge : « Valentine ! »

Il s'écoula bien plusieurs secondes avant que Valentine comprenne ce qui se passait. Plusieurs secondes durant lesquelles Susie, sans l'aide de personne, s'est rapprochée de la voiture, entendant bientôt, comme nous, un écho qui nous fait encore tous frémir : « Susie ! »

S'élançant alors l'une et l'autre en retrouvant une jeunesse qu'elles croyaient depuis longtemps avoir perdue, elles avalent en quelques secondes les cinquante-deux années qui les avaient séparées, pour se jeter dans les bras l'une de l'autre, le visage ruisselant de larmes.

— Oh, ma p'tite sœur ! Ma p'tite sœur ! pleure doucement Valentine. Moi qui te croyais morte !

— Mais où étais-tu ? murmure Susie. Où étais-tu ? C'est pas possible ! Je n'y crois pas ! C'est pas possible ! Où étais-tu ?

— Je ne sais pas, sanglote Valentine en serrant sa sœur dans ses bras. Je ne sais pas…

— Mais où étais-tu ? Pourquoi tu n'étais pas là quand je suis revenue ?

— Je ne sais pas… J'étais à la maison…

— Mais quelle maison ?

— Je ne m'en souviens plus… J'étais trop malheureuse… Je croyais que tu étais morte… susurre Valentine en étreignant inlassablement sa sœur.

— C'est fini maintenant, murmure Susie, en essuyant ses larmes. Tu sais, je suis triste parce que j'aurais tant voulu que Guillaume te connaisse… !

— J'ai trouvé ton médaillon dans les cendres de l'église… Je croyais que tu étais morte comme maman et tous les enfants !

— Non, je n'y étais pas… sanglote à nouveau Susie. J'étais partie avec Guillaume à cause du débarquement… Et avant de partir, j'avais offert mon médaillon à Laurence, la fille d'Anna. Et…

Susie s'interrompt, étouffée par l'émotion du souvenir.

— Chhutt… Ne dis plus rien, l'apaise Valentine en la serrant toujours dans ses bras. Ne dis plus rien… Je t'en prie.

Puis, tout à coup, dans un chuchotement, la voix de Susie s'élève près de l'oreille de Valentine, une voix bouleversée et pleine de remords :

« Ce jour-là, je suis partie sans dire au revoir à maman… Et je ne l'ai jamais revue. »

REMERCIEMENTS

L'auteur tient à remercier pour leur précieuse collaboration, parfois involontaire, les personnes suivantes :

Henri Amouroux, Maryse Angelier (bibliothèque de *La Vie du Rail*, Épinay), les Archives militaires (Vincennes), le personnel des Archives municipales de Bordeaux, le personnel des Archives municipales d'Épinal, Pierre Bécamps, Paul Berben, Michel Chabaud, le personnel du C.H.T. (Collection historique des télécommunications), le Comité du souvenir et l'Association nationale des Familles des martyrs d'Oradour-sur-Glane, monsieur Darthout, Claude Milord, Jacques Delarue, Yves Frete ET le personnel de la Médiathèque de la RATP, Albert Hyvernaud, Bernard Iselin, Dominique Lormier, l'Office du Tourisme d'Épinal, Michel Peyramaure, madame Pommiès (Conservateur au Centre national Jean-Moulin à Bordeaux) et le personnel du Centre national Jean-Moulin, madame le docteur Michèle Poncet-Ramade, le personnel du musée de la Résistance (Lyon), le personnel du musée de la Boulangerie (Bonnieux), le colonel Rémy, René Terrisse, monsieur et madame Raymond Salanié (Gourdon).

Pour avoir été, à travers votre vie personnelle, des témoins de l'histoire, pour tous ces récits qui sont vôtres et dont je me suis inspiré, pour tout ce que j'ai reçu de vous, intentionnellement ou non, et qui spontanément s'est écoulé de ma plume, pour les petits mots anodins qui, sans qu'ils y paraissent, m'ont encouragé et donné la foi en ce travail, pour m'avoir permis d'avancer sur le chemin que je me suis choisi, un merveilleux et émouvant merci à :

Michèle, Fabrice, Adeline, Nicole et Claude, la famille Capy, Lionel, Véronique, Isa de Nîmes, Pascal et Colette, Adrien Gibrat, Chantal et Estelle, la famille Gibrat, Pierre Louty (Éditions de La Veytisou), Jean-Pierre et Solange, Céline et Jean-Claude, abbé Michel Paré, Danièle et Claude, Lucette, la famille Pineaud, Sabine et Tiné, la famille Ricard, Pierrot et Odette, Frédéric mon professeur de théâtre… et tous ceux que j'ai hélas peut-être oubliés et qui peuvent se reconnaître dans ces remerciements.

Avec tout mon amour et toute ma gratitude, un tendre merci à mon épouse Carole, qui fut ma première lectrice.

Et pour finir, à mes cousins David et Patrice trop tôt disparus.

Chaque lettre, chaque mot, chaque phrase, chaque page, tout est pour eux, aussi bien les regrets que les rires, mais plus encore l'émotion, car toute la vie tient en ce mot.

Composé par Nord Compo
à Villeneuve-d'Ascq (Nord)

Imprimé en France par

MAURY-IMPRIMEUR
à Malesherbes (Loiret)
en avril 2010

POCKET – 12, avenue d'Italie - 75627 Paris cedex 13

N° d'impression : 155059
Dépôt légal : mai 2010
S20002/01